NOËLE
AUX QUATRE VENTS

DOMINIQUE SAINT-ALBAN

NOËLE
AUX QUATRE VENTS

*

roman

Pygmalion

Sur simple demande adressée à
Pygmalion, 70, avenue de Breteuil, 75007 Paris
vous recevrez gratuitement notre catalogue
qui vous tiendra au courant de nos dernières publications.

ISBN 2-85704-892.0

AVANT-PROPOS

Dominique Saint-Alban est né au printemps 1965, sur le trottoir de l'avenue Montaigne, à Paris, devant une pharmacie qui a disparu aujourd'hui. J'y ai rencontré, ce jour-là, un ami de longue date, Jean Chouquet, l'un des meilleurs metteurs en ondes de ce qui s'appelait alors l'ORTF. Il m'a appris que France-Inter cherchait une idée de feuilleton quotidien, qui serait diffusé par quart d'heure en début d'après-midi, et m'a proposé d'y réfléchir. « Pourquoi pas ? » ai-je répondu. Un peu plus tard, sur un script de vingt pages, Roland Dhordain, directeur de l'antenne, me signait un contrat de trois mois. L'aventure de *Noële aux Quatre Vents* commençait. Etant à l'époque salarié de Radio-Luxembourg, comme adjoint à la direction des programmes, il m'était impossible de travailler sous mon nom pour la concurrence. D'où ce pseudonyme : *Saint-Alban*, petit village de la Loire où j'allais souvent en vacances. Dans la bande d'amis que j'y retrouvais figuraient quatre frères qui habitaient une propriété voisine appelée Les Quatre Vents. J'avais ainsi le cadre de mon histoire, cette image de maison-mémoire, de maison-refuge, « comme une lanterne dans la nuit », dira Nicole Vaindrier, où l'on revient toujours. Ces amis m'en ont un peu voulu, quelques années plus tard, quand le succès du feuilleton a fait de leur maison une étape obligée pour les autocars de tourisme.

J'ai parlé d'aventure. C'en était une, car rien n'était sûr. France-Inter ne renouvelait son contrat que de trois mois en trois mois. Il fallait donc se tenir prêt à prolonger l'histoire ou à l'interrompre selon les décisions de la chaîne. La diffusion, commencée en septembre 1965, s'est déroulée pendant quatre ans, jusqu'en décembre 1969, interrompue par les grèves de 1968, et reprise trois mois plus tard sur demande instante des auditeurs. C'est également sur leur demande que j'ai donné à cette histoire une forme romanesque. Ils m'écrivaient nombreux qu'ils demandaient à leur libraire de leur procurer un livre qui n'existait pas encore. Le premier tome a paru en 1966. Trois autres ont suivi, d'année en année, le troisième étant le plus attendu, car les grèves de 1968 n'avaient pas empêché mes personnages de continuer à vivre, et le tome III permettait de savoir ce que l'antenne avait occulté. En 1970, Pierre Sabbagh, qui dirigeait la 2e chaîne de la télévision, a proposé à Henri Colpi de mettre « Noële » en images, là encore sous forme de quarts d'heure quotidiens diffusés juste avant le Journal du soir. Nous avons écrit l'adaptation en un été, dans un village du Lubéron. Elle comportait quarante-deux épisodes en 1971 et quarante-cinq en 1972.

Le titre est alors devenu tellement familier que lorsqu'une tempête arracha en une nuit toutes les guirlandes lumineuses accrochées aux arbres des Champs-Elysées pour les fêtes de fin d'année, *Le Figaro*, qui en publiait une photographie en première page, la sous-titrait simplement : *Noël aux Quatre Vents*. Que Coluche a pu en faire, sous le titre : *Noële aux Quatre Auvents*, une savoureuse parodie qui a fait rire la France entière. Que dans une très sérieuse tribune politique écrite pour *Le Monde*, François Mitterrand pouvait comparer les gaullistes à Noële, car ils venaient de perdre un père (le général de Gaulle était mort en 1970) et s'en cherchaient un autre dans les sphères de l'argent – allusion transparente à Georges Pompidou, qui avait dirigé la banque Rothschild.

En reprenant ce texte à près de quarante ans de distance, je mesure tout ce qu'il doit aux comédiens. Les enregistrements avaient lieu deux matins par semaine (trois, parfois, lorsque l'approche de l'été obligeait à prendre de l'avance), et le studio, toujours le même, était devenu leur maison de famille. Ils s'y déplaçaient d'instinct d'un micro à l'autre. Jean Chouquet, en qui ils avaient une entière confiance, savait tirer d'eux le meilleur. Mais, en dehors du studio, chacun avait sa vie personnelle et professionnelle, ce qui posait souvent des problèmes de présence et de liberté et m'obligeait, pour les résoudre, à inventer les péripéties nécessaires. Si Ugo disparaît si longtemps en Hongrie, c'est que Pierre Michaël qui jouait le rôle était retenu loin de Paris par le tournage d'un film. Si Jean-François Saulieu s'attarde en Suède, c'est que Marcel Bozzuffi qui jouait le rôle était gravement malade d'une mauvaise jaunisse. Si Marie-Hélène accouche d'une petite Céline, c'est que Catherine Samie qui jouait le rôle venait d'avoir une petite fille, prénommée Céline elle aussi. C'est une règle du jeu qui s'impose à tous les feuilletonistes et qu'il faut accepter. Loin de les contraindre, elle les oblige au contraire à explorer des directions imprévues, qui finissent par enrichir la trame de l'histoire.

Les comédiens ont été si nombreux à tenir un rôle dans cette aventure, tant à la radio qu'à la télévision, qu'il serait impossible d'en dresser une liste complète. Je me permets simplement de dire que c'est le couple Vaindrier, Nicole-Rosy Varte et Gilles-Pierre Mondy, qui a permis à cette maison des Quatre Vents de trouver ses assises et son rayonnement. La chance a voulu qu'ils fussent libres et que leur couple ait pu se reformer devant la caméra d'Henri Colpi, lui donnant ainsi une existence définitive. Tout reposait sur leur complicité, qui était profonde, et sur l'harmonie de leur jeu – qui trouvait un écho musical dans la voix de Raymone, la femme de Blaise Cendrars, pour qui j'ai une tendresse particulière, et qui a été une surprenante Madame Marie.

Avec le temps, les voix s'éloignent. Restent les mots qui leur appartenaient et qu'elles habitent encore, éveillant la mémoire de qui relit ces mots, et s'imposant sans qu'il le sache à qui les découvre.

Jacques Tournier
Printemps 2004

Première Partie

Le chalet de Venosc

I

– Mon Dieu, quel temps !

Nicole Vaindrier enlève ses bottes de caoutchouc, les pose sous l'escalier, garde aux pieds ses grosses chaussettes de laine.

– Noële !

La maison est sombre. Une seule lampe allumée dans la cuisine, au fond du petit couloir qui longe l'escalier.

– Noële n'est pas rentrée, madame Marie ?

– Pas encore, madame.

Debout devant le fourneau, un tablier autour de la taille, la vieille servante surveille le dîner. Elle soulève un couvercle, respire lentement, les yeux fermés, repose le couvercle.

– Il faudrait même qu'elle se dépêche. Mon dîner est prêt dans dix minutes.

– Qu'est-ce que vous nous mijotez pour ce soir ?

– Oh ! rien, madame. Un petit lapin aux olives.

– Nous allons encore prendre un kilo, monsieur et moi. Vous ne pouvez pas, de temps en temps, nous faire simplement un œuf à la coque et une tranche de jambon ?

Madame Marie tourne le dos. Des phrases de ce genre, il vaut mieux faire comme si on ne les entendait pas.

Nicole entre dans le salon, allume toutes les lampes, s'approche de la cheminée, prépare rapidement une flambée. Dehors la pluie redouble, et le vent tourne dans la cour, fait battre un volet du premier étage. C'est la tempête depuis cinq jours, comme on n'en a pas connu

depuis dix-sept ans, annonce la radio. Nicole pense à sa fille, qui ne doit plus être loin maintenant.

– La pauvre, avec son Solex !

Le bois a pris, un peu difficilement. Le vent gêne le tirage. La cheminée aurait sérieusement besoin d'être ramonée. Gilles Vaindrier le dit chaque hiver, mais cesse d'y penser au printemps. Et d'année en année, la maison prend des rides. Mais elle est solide, et la tempête perd son temps.

Nicole Vaindrier a saisi le courrier, sur le petit bureau, tiré un fauteuil devant le feu. Chaque soir, elle s'assied ainsi, les pieds posés sur la pierre de la cheminée. Son mari s'attarde à la laiterie, lorsque le contremaître et les deux ouvriers sont partis, pour vérifier que tout est en ordre.

– Madame…

– Oui, madame Marie ?

– Vous savez qu'il est sept heures et demie ?

Elle est venue jusqu'à la porte du salon, avec un visage de directeur d'usine qui surveille le pointage de ses ouvriers.

– Et monsieur, pourquoi n'est-il pas rentré lui non plus ?

– Ce n'est pas à cinq minutes près, madame Marie.

– Pour vous, peut-être, mais pour le lapin…

Elle retourne à ses fourneaux. Nicole a posé le courrier sur le bras du fauteuil. Rien d'intéressant : des prospectus dont l'un vante les mérites d'une petite voiture qui va sortir pour le Salon et qui sera d'une souplesse, d'une rapidité et d'une économie jamais égalées. Elle sourit, le feuillette plus attentivement. Si Noële continue à travailler pour le service social de la mairie, elle sera de plus en plus occupée et son Solex ne suffira pas. Il lui faudra sûrement une petite voiture de ce style. L'an prochain, si les affaires ne sont pas trop mauvaises…

– C'est toi, mon chéri ?

La porte d'entrée s'est ouverte.

– Quel temps ! soupire Gilles Vaindrier en accrochant son imperméable sous l'escalier. Noële n'est pas là ?

– Pas encore.

Il embrasse sa femme, se rapproche du feu.

– Que faisait-elle aujourd'hui ?

– Je crois qu'elle devait passer chez les Bourguignon. Elle y va tous les jours en ce moment, tant que Mme Bourguignon est couchée.

– Le bébé doit avoir quinze jours maintenant ?

– Il est du 3.

Gilles Vaindrier prend sa pipe sur le coin du bureau, cherche sa blague à tabac.

– J'ai envie de sauter dans la voiture et d'aller au-devant d'elle.

– On ne sait pas quelle route elle a prise. Souvent elle passe par le raccourci de Chassignol.

– C'est mauvais ce coin-là, en ce moment. Avec la Loire qui est en crue. J'y ai été ce matin. Je me suis dit que ce serait plus prudent de mettre une barrière. Quand la nuit tombe…

Madame Marie passe de nouveau la tête :

– On attend toujours, madame?

– Bien sûr, madame Marie.

– Si c'est immangeable, je dégage ma responsabilité.

Gilles Vaindrier s'assied sur le bras du fauteuil, prend sa femme par les épaules.

– Ta journée?

– Un Comité de la Croix-Rouge, sans rien de particulier. Mais j'ai été très fière des compliments qu'on m'a faits sur Noële. Mme de l'Hesdain notamment. Il paraît que tout le monde est enchanté. On la trouve gentille, précise. On lui fait confiance. L'autre jour, je ne sais plus qui disait, paraît-il: «Cette petite, c'est un vrai soleil.»

Gilles Vaindrier sourit en regardant sa montre :

– Je trouve qu'il met du temps à revenir, ce soir, notre soleil.

Nicole tend à son mari le prospectus de la voiture:

– Si elle avait ça pour faire ses visites, ce serait mieux.

Il regarde le papier, amusé brusquement.

– Pas mal du tout. Et pas cher. J'ai toujours pensé qu'il nous fallait une deuxième voiture aux Quatre Vents. Autant pour toi que pour Noële.

– Mais le camion que tu dois acheter au printemps prochain?

– Ça n'empêche pas.

– J'ai l'impression que les finances sont bonnes, cette année.

Gilles Vaindrier regarde toujours le prospectus.

– Ce n'est pas ça. Mais dans deux mois Noële aura vingt et un ans. Et comme j'ai envie de lui faire un beau cadeau…

Il se lève, va ranger le prospectus dans un tiroir du bureau, s'approche de la fenêtre.

– Il fallait absolument qu'elle aille le voir, ce bébé? Avec le temps qu'il fait, elle aurait pu attendre demain.

– Noële apprend le métier d'aide familiale, mon chéri. Et elle l'apprend très sérieusement. Il m'était difficile de l'empêcher d'y aller.

– Le métier, le métier… N'exagérons rien. Elle aide l'assistante sociale.

– Pas du tout. Elle travaille pour l'assistante sociale, notamment à la rentrée des classes, pour toutes les histoires d'assurance, d'inscription dans les écoles, de bourses. Mais l'aide familiale est un métier à part, et…

Elle s'interrompt. Le téléphone a sonné dans la pièce voisine. Gilles Vaindrier va répondre.

— Allô?... C'est moi, oui... Qui ça? La gendarmerie? Bonsoir, brigadier. Qu'y a-t-il?

Pendant un long moment, Gilles écoute en silence. Il fait entendre de petits grognements, comme pour approuver ce que lui raconte le brigadier. A un moment, il dit: «Le numéro? Mais je ne le connais pas par cœur. Voulez-vous que j'aille regarder les papiers?»

Un silence encore, puis:

– Si Coindreau l'affirme, il connaît tout ça mieux que moi.

Nicole Vaindrier est debout au milieu du salon, l'oreille tendue vers ce téléphone dont elle ne sait rien sinon qu'à cette heure-ci la gendarmerie n'appelle que pour des nouvelles graves.

– Bon, conclut Gilles Vaindrier. J'arrive.

Il raccroche rapidement.

– Ils ont retrouvé le Solex de Noële à Roanne sur les Promenades. C'est Coindreau qui l'a reconnu. Le brigadier me demande de venir vérifier. Les papiers sont là-haut?

Nicole a entendu des mots à la suite, mais ne comprend pas encore ce qu'ils signifient. Gilles est déjà dans le vestibule

– Nicole, les papiers du Solex, où les met-elle?

– Les papiers du Solex?

– Tu n'entends pas ce que je dis?

Brusquement elle comprend tout. Que Noële est perdue, que son Solex a été retrouvé à Roanne, que la gendarmerie est alertée, qu'elle a peur.

– Je vais avec toi, annonce-t-elle.

Ses mains tremblent. Elle essaie d'enfiler ses bottes. Gilles l'en empêche.

– Il faut que tu restes ici. Pour répondre au téléphone, si le brigadier appelle encore, ou Noële elle-même. Tu sais bien que madame Marie en est incapable.

Elle cherche les papiers dans le tiroir du petit meuble de l'entrée. Ils sont toujours là, avec les clefs et les cartes routières. Gilles Vaindrier les trouve avant elle, les met dans sa poche. Il est sur le seuil de la porte. Le vent s'engouffre brusquement dans le vestibule, fait claquer la porte du salon.

– Sois prudent! crie Nicole.

Il est déjà parti.

Elle est debout près du téléphone, appuyée au mur, le regard fixé sur la nuit. De temps en temps, elle dit, à mi-voix : «Il ne s'est rien venir.» La petite pendule sonne. Mais elle ne compte … Elle a l'impression que son mari est parti depuis des … eille maison se plaint doucement du vent qui s'acharne

… a cuisine, madame Marie est toujours assise devant son four- … lle a refusé d'aller se coucher. Elle veut attendre Noële. Parce … e sait qu'elle ne dormira pas tant que les portes des Quatre Vents … seront pas verrouillées, les volets clos. Il a fallu lui expliquer ce qui passait sans avoir l'air de s'inquiéter. Nicole a essayé, mais elle ment mal, et madame Marie a très vite compris qu'il y avait quelque chose de grave qu'on refusait de lui dire. Elle sert aux Quatre Vents depuis le temps où M. Vaindrier, le père, s'y est installé. Il avait déjà ses quatre fils, et une femme malade qui avait besoin de respirer du bon air. C'est lui qui avait découvert cette vieille maison, cachée sous les tilleuls. Une ferme en dépendait, qu'il avait achetée en même temps, et dès cette époque, les enfants, chaque matin, buvaient pour leur petit déjeuner du lait encore chaud qu'apportait le fils du fermier. Madame Marie avait alors vingt-cinq ans.

Nicole a beaucoup regardé les photographies de ce temps-là. Ce soir, elle tourne ces images dans sa tête, parce que ce sont des images d'un temps heureux.

– Madame…

Madame Marie est sur la porte, avec son manteau et son fichu autour de la tête.

– Que faites-vous, madame Marie ?

– Je vais chez les Bourguignon. Ils doivent bien savoir quelque chose.

– A pied, mais vous n'y pensez pas !

– Je connais les raccourcis, madame. J'y vais et je reviens. On ne veut pas tout me dire, mais je suis sûre qu'il faut interroger les Bourguignon.

Elle a mis de grosses chaussures qui lui montent jusqu'à mi-jambe.

– Je vous interdis, madame Marie. C'est de la folie !

– Je ne suis pas venue demander la permission à madame. Simplement lui dire que je m'en vais. Etre assise, ça ne me convient pas pour le sang.

Gilles Vaindrier revient une demi-heure plus tard. Le Solex trouvé à Roanne, appuyé sur un arbre des Promenades, est bien celui de Noële. Les numéros concordent. Ce qui paraît surprenant, c'est qu'il soit en parfait état de marche. L'abandon s'expliquerait plus facilement s'il s'agissait d'une panne.

– Alors pourquoi ?

– Si nous le savions…

Les gendarmes de Roanne sont très optimistes. Ils pensent q… a sans doute été voir des amis à Roanne, sans avertir ses parents, q… jeunes filles de son âge ont souvent des secrets de cet ordre, qu'i… inutile d'alerter les autres commissariats avant quarante-huit heures.

– Quarante-huit heures !

Gilles la rassure. Il a lui-même suivi la première enquête qu'ils viennent de faire, par téléphone, auprès des divers postes de gendarmerie de la région. Ils en ont appelé huit, de façon méthodique. Aucun n'avait quoi que ce soit à signaler.

– Alors ?

– Alors je pense comme eux. Il faut attendre. Je peux te l'avouer maintenant, quand tu m'as parlé du gué de Chassignol, j'ai eu peur. Mais puisqu'on a retrouvé son Solex en état de marche, ce n'est pas un accident.

Ils sont assis devant la cheminée, après avoir remis du bois dans le feu. Ils attendent madame Marie. Gilles Vaindrier s'en veut de n'avoir pas songé à aller voir les Bourguignon lui-même. Il aurait ainsi épargné à la vieille femme une course aussi fatigante. Même par les raccourcis, c'est une longue route. Et la tempête n'a pas cessé.

Nicole cherche. Elle fait le tour des amis de sa fille. Ils ne sont pas nombreux : une petite bande, toujours la même, qui danse, nage, fait du ski pour les vacances d'hiver, va au cinéma, écoute des disques et organise, pendant les beaux jours, des pique-niques où les parents ne sont pas invités. Il y a les jumeaux Herbillon, Charlie le garçon et sa sœur Catherine, dont les parents possèdent un chalet au Freney-d'Oisans. C'est chez eux que se passent les vacances de neige. Vingt ans. Des études de coiffure. Employés dans le même salon, rue du Lycée, l'un du côté hommes, l'autre du côté femmes. Une aventure secrète entre les Herbillon et Noële ? Cela paraît tout à fait impossible. Alors ?

Il y a trois autres garçons dans la bande. Jean-François Saulieu, fils unique de petits industriels de la région. Il fait actuellement son service militaire. Ce n'est donc pas lui qui a pu provoquer l'absence de Noële. Le second s'appelle Richard. Sorte d'intellectuel paresseux, qui semble vivre de l'air du temps, toujours accompagné de jeunes filles étranges, du genre cheveux longs et ciré de pêcheur breton, qui lit les philosophes chinois, fait brûler de l'encens et ne prend au sérieux que la plaisanterie elle-même. Nicole secoue la tête : Richard ne saurait avoir aucune influence sur sa fille.

Reste Denis. Le gentil Denis, qui a le même âge que Noële, a grandi avec elle, dans cette école d'Ouches, où il est aujourd'hui instituteur.

Denis, orphelin de naissance, élevé par une vieille tante indifférente, que chacun considère comme le frère de Noële, tant ils étaient inséparables. Si Noële était avec lui, il n'aurait qu'une pensée : prévenir ses parents pour qu'ils se rassurent. D'ailleurs Denis habite l'école d'Ouches depuis la rentrée des classes. Et le Solex a été retrouvé à Roanne.

Autour d'eux, il y a comme un arrêt de la tempête. On dirait que le vent renonce à secouer la vieille maison et décide d'aller chercher plus loin des volets à faire battre. Dans ce bref instant de silence, ils entendent la porte d'entrée qui se ferme.

– Madame Marie ?

Nicole est déjà dans le vestibule.

– Oh ! madame, madame... Que c'était loin !

Madame Marie est toute retournée. Vraiment retournée : *à l'envers*. Parce qu'elle a marché contre le vent et qu'il s'est acharné à tirer son manteau, sa jupe et ses cheveux dans tous les sens. Elle ne sait plus où elle en est, ni comment elle a retrouvé la maison. Nicole la prend par le bras, la soutient jusqu'au fauteuil, devant le feu. La vieille servante se laisse aller contre le dossier du fauteuil. Elle détache son fichu, le frotte contre son visage.

– Les Bourguignon ont bien vu mademoiselle Noële vers cinq heures et demie. Elle est restée quelque chose comme vingt minutes. Elle a changé le bébé. Elle a rempli les papiers de Sécurité sociale. Et elle est repartie.

– Dans quelle direction ? demande Gilles Vaindrier.

– Ça, Mme Bourguignon ne peut pas savoir. Elle est encore couchée.

– Comment a-t-elle trouvé Noële ?

– Comme d'habitude, à ce qu'elle dit, sauf qu'elle regardait sa montre de temps en temps.

– Pourquoi sa montre ?

– Mme Bourguignon n'a pas osé le lui demander.

Il n'y a rien d'autre à tirer de cette visite. Il faut maintenant obliger madame Marie à se coucher, faire chauffer du café et attendre.

Ils ont repris leur place devant la cheminée. De temps en temps, Gilles Vaindrier se lève, remet une bûche dans le feu, remue les braises, regarde l'heure à la pendule. Il a posé l'appareil du téléphone sur le tapis, à portée de la main. Nicole pense à la phrase du brigadier : « Les jeunes filles de cet âge ont souvent des secrets. » Elle revient sans cesse à la petite bande. Catherine, Charlie, Richard, Jean-François, Denis... C'est de ce côté qu'il faut chercher. Elle se lève brusquement :

– Je vais voir Denis.

– Maintenant ?

– Il habite Ouches. J'en ai pour un quart d'heure.

Elle a enfin une raison de bouger, d'enfiler ses bottes, de mettre sa gabardine. Elle n'en pouvait plus de rester immobile. Son mari comprend, et lui donne lui-même les clefs de la voiture.

Elle conduit vite dans des chemins détrempés. Elle est heureuse de se battre contre la pluie qui a redoublé de violence. La voiture s'enfonce dans une ornière. Nicole redresse, donne un coup de frein, se penche en avant. Il lui a semblé que quelqu'un traversait la route. Elle ouvre la portière :

– Noële!

Dans la lumière des phares, la pluie est un mur lumineux. Nicole sort de la voiture, se plante au milieu du chemin, crie une fois encore :

– Noële!

Ce devait être un arbre, plié par le vent. Elle repart. Elle a les cheveux trempés. Comme madame Marie. Bouleversée, elle aussi, désemparée. Elle se dit: «Je n'ai qu'une fille. Elle a vingt ans. Elle est libre. Elle est gaie. Tout le monde l'aime. Elle est toujours sur son Solex, allant d'une ferme à l'autre. Et brusquement, un soir, au moment de se mettre à table, on s'aperçoit qu'elle n'est pas rentrée, on s'étonne, on l'attend, les heures passent, et me voici au milieu de la route à crier son nom en pleurant…»

Elle pleure. Elle s'en aperçoit, secoue la tête. Il ne faut pas. Il ne faut pas. Elle est obligée de faire marche arrière. Elle a laissé passer la petite route qui conduit à l'école d'Ouches.

Ils sont debout dans la salle de classe. Denis a enfilé un manteau par-dessus son pyjama. Le visage encore fripé de sommeil, les cheveux ébouriffés, il a l'air d'un enfant et, comme il a oublié de mettre ses lunettes, son regard clair s'agrandit démesurément.

– Noële est partie vers quatre heures. Elle allait chez les Bourguignon. Depuis elle a disparu. On a retrouvé son Solex abandonné à Roanne sur les Promenades. J'ai pensé que tu savais peut-être quelque chose.

Nicole Vaindrier parle fort, d'une voix tendue, parce qu'il n'a pas l'air bien réveillé.

– Même si elle t'a demandé le secret, Denis, il faut que tu me dises ce que tu sais.

– Disparue?

– Elle te raconte tout, Denis. Si tu sais où elle est, si tu as le moindre soupçon, tu dois me le dire.

– Non, non, je ne sais rien.

Il va vers le poêle, dont le tuyau fait un grand coude avant de disparaître dans le plafond.

– Voulez-vous que je rallume le feu ?

– Non, Denis, je ne reste pas. Depuis quand n'as-tu pas vu Noële ?

– Depuis la rentrée des classes. Non. Attendez... Depuis le baptême du petit Bourguignon. Il y a dix jours.

– Elle ne t'a pas paru soucieuse, ou inquiète ?

– Absolument pas. Vous y étiez d'ailleurs, M. Vaindrier aussi.

– C'est vrai.

Nicole regarde autour d'elle.

– Il n'y a pas si longtemps, elle et toi, ici. On vous prenait pour le frère et la sœur...

Elle parle à mi-voix, comme à regret.

– Voulez-vous que je vous accompagne, madame ? J'en ai pour deux minutes à m'habiller.

– Ce n'est pas la peine. Nous allons passer la nuit près du téléphone à attendre. Si tu te souviens de quelque chose, appelle-nous.

II

Marie-Hélène entre en trombe dans la chambre, tire les doubles rideaux.

– Pardon de te bousculer, ma louloute, mais ce matin j'ai un travail fou. Et je ne voudrais pas partir sans savoir comment tu as dormi.

Elle se penche, embrasse sa cousine sur les deux joues.

– Comment trouves-tu mon nouveau déshabillé? C'est la mode. A Paris, tout le monde est dingue de ce genre-là. Les garçons comme les filles. Cet été, sur la Côte, ils étaient tous en chemise de couleur: mandarine, violet, hortensia. C'est merveilleux cette gaieté, non? Tu devrais te lever. Le petit déjeuner est prêt. Tu ne sens pas le pain grillé?

Noële ne peut pas s'empêcher de rire.

– Tu es toujours la même. Tu parles, tu parles. On n'a pas le temps de répondre.

Elle s'est rapidement brossé les cheveux avant de rejoindre Marie-Hélène dans la grande pièce. L'appartement est joli, dans un immeuble un peu sévère d'Asnières. Une chambre, un long couloir et un salon avec un petit balcon. Tout près de la gare. Malgré les fenêtres fermées, on entend passer les trains qui vont vers Saint-Lazare.

– Ne fais pas attention. Je n'ai pas eu le temps de mettre de l'ordre.

– Je le ferai, c'est de ma faute. Je suis arrivée chez toi, sans prévenir. Il a dû être furieux, ton ami Robert…

– Robert?

Marie-Hélène éclate de rire. Elle est brune, ronde, avec un visage plein où le rire se sent à l'aise. Des cheveux qui lui tombent en frange jusqu'aux sourcils, un nez pointu, des lèvres bien rouges qui découvrent des dents gourmandes.

– Ce n'est rien du tout, Robert, ma pauvre chérie ! Un petit comédien qui a envie de chanter parce que le théâtre ne lui a pas réussi. Il sait que je travaille pour une maison de disques. Il me fait la cour. Et je me laisse faire. Parce qu'il est joli garçon...

Elles sont assises l'une en face de l'autre, devant la fenêtre. La lampe est allumée parce qu'on est en octobre et qu'il ne fait pas encore jour.

– Ce que c'est bon de te voir là, si tu savais ! Depuis que je t'invite à venir.

Noële baisse la tête. Elle retrouve brusquement sa peur de la veille, lorsqu'elle avait débarqué gare de Lyon. Sa valise était lourde. Elle espérait prendre un taxi et se faire conduire à Asnières, mais il y avait une trop longue file d'attente. Elle s'était perdue dans les couloirs du métro, trompée dans les correspondances, s'était retrouvée finalement au Pont de Levallois. Elle avait traversé la Seine, n'osant pas demander son chemin, avait commencé à errer au hasard dans les rues à peine éclairées. Elle avait fini par entrer dans un café encore ouvert, et s'était sentie soulagée d'apprendre qu'elle était pratiquement arrivée. En montant l'escalier, sur la pointe des pieds, elle avait entendu de la musique et son premier réflexe avait été de fuir. Mais elle ne se sentait pas le courage de chercher un hôtel. Elle avait fini par sonner.

Tout avait été très simple. Marie-Hélène avait poussé des cris de joie : «Noële ! A Paris ! mais c'est extraordinaire ! Et sans prévenir ! Ça alors ! » Son ami Robert s'était très discrètement éclipsé. Très vite, elle s'était retrouvée seule, dans le noir, les yeux ouverts.

– Oh ! Noële... Où es-tu ?

Sa cousine la regarde en souriant :

– Tu penses à ton petit ami ?

Noële n'a pas la force de répondre à ce sourire.

– Ecoute. Il va falloir que tu sois très patiente avec moi. J'ai un peu de difficulté à vivre en ce moment. Je te dirai pourquoi, plus tard. Si tu n'as pas le courage, ou le temps, de me supporter, dis-le-moi franchement.

– Mais Noële, tu es folle !

– C'est la première fois que j'ai vraiment besoin d'une amie, poursuit Noële. Hier, j'ai cherché. Le tour a été vite fait. Je n'ai que toi.

Cette fois, Marie-Hélène embrasse sa cousine de toutes ses forces.

– Tu es ici chez toi. Aussi longtemps que tu en auras envie.

Et, comme elle ne veut pas se laisser gagner par l'émotion :

– Bon. Ce n'est pas tout ça. Il faut que je m'habille et que je file. Je vais à la Maison de la Radio. J'ai promis à Jean-Yves, l'animateur du matin, tu sais? de lui apporter des disques nouveaux. Tu restes ici ou tu m'accompagnes?

– Je préfère aller avec toi.

– Parfait. Je prends la salle de bains la première. Il faut qu'on soit parties dans dix minutes.

Les deux jeunes filles tournent dans les couloirs de la Maison de la Radio. Il y a des portes rouges, d'autres vertes, avec des chiffres mystérieux; de loin en loin sur les murs clairs, des tableaux de couleurs avec des flèches et des schémas; et des échappées inattendues vers de hautes fenêtres qui font penser à un aquarium. «Comme ce serait bon, songe Noële, de tourner ainsi sans fin, séparée du monde, séparée de tout...» Marie-Hélène chantonne, ouvre de temps en temps une porte, dit «Bonjour!», et repart en tirant Noële par le bras. Elle s'arrête enfin devant une lourde porte bleue qui a le numéro 133.

– C'est là.

Brusquement, la musique leur saute au visage, une musique bruyante, joyeuse. Trois hommes, en bras de chemise, appuient sur des boutons, mettent en marche des machines sur lesquelles s'enroulent de gros rubans rouges, jonglent avec des disques, écoutent dans un petit appareil la voix nasillarde de l'horloge parlante.

– Attention, crie l'un. Bientôt neuf heures.

Il fait signe à quelqu'un, que Noële n'a pas encore remarqué et qui est assis dans une pièce plus modeste, de l'autre côté d'une vitre.

– Tu vois, c'est Jean-Yves, explique Marie-Hélène en faisant de grands signes. On va lui faire la bise.

– Une seconde, confirme l'un des techniciens. Il va donner l'heure.

Quatre tops aigus, une lampe rouge: la musique s'arrête brusquement. Une voix démesurément grossie annonce:

– Les points sur l'heure. France-Inter. Il est neuf heures. Nos informations.

La lampe rouge s'éteint.

– Tu peux y aller, dit le technicien à Marie-Hélène qui fait signe à Noële de la suivre et se précipite dans la petite pièce.

– Salut! dit-elle en embrassant Jean-Yves qui s'est levé et l'embrasse à son tour.

Là aussi, il y a des diffuseurs, mais les voix qui en sortent sont comme étouffées. Noële s'approche de la fenêtre, découvre une cour circulaire d'où jaillit une haute tour métallique. Marie-Hélène parle un langage incompréhensible, où reviennent sans cesse les mots: *balance*, *E.P.*, *gravure*, *tube*... La lampe rouge de nouveau.

– Attention, ça va être à toi! crie une voix.

– Je n'ai pas eu le temps de te présenter ma cousine, dit Marie-Hélène à voix basse. Noële, voici Jean-Yves.

Noële fait un signe de tête. Le célèbre animateur la regarde en souriant. Quelque chose se met à briller dans ses yeux amusés. Très vite, il dit à Marie-Hélène :

– Attends une seconde.

Et comme, derrière la vitre, le technicien lui fait signe, il s'approche du micro :

– Mes chères amies, s'il y en a beaucoup parmi vous qui m'écrivent – et je ne les remercierai jamais assez de leurs lettres –, certaines auditrices viennent me voir lorsqu'elles sont de passage à Paris. C'est ainsi qu'à l'instant même, une jeune fille est entrée dans le studio. Je ne sais rien d'elle, sinon qu'elle est ravissante, qu'elle ne doit pas avoir plus de vingt ans, et qu'elle s'appelle Noële. N'est-ce pas, mademoiselle ?

Il a pris Noële par le bras et l'attire vers le micro. Marie-Hélène sourit, pousse sa cousine dans le dos. Noële se débat.

– Non, non, laissez-moi !

Jean-Yves, de plus en plus souriant :

– N'ayez pas peur, mademoiselle. Elle est un peu impressionnée, mes chères amies, et c'est bien normal. C'est certainement la première fois qu'elle pénètre dans un studio de radio. Rassurez-vous, Noële, nous sommes ici entre amis.

Noële secoue le bras, tente de se dégager, mais Marie-Hélène la pousse en disant :

– Mais voyons, ne crains rien.

– Ah ! s'écrie Jean-Yves, Noële est heureusement accompagnée par l'une de ses cousines qui, elle, n'a pas peur du micro. Bien au contraire. Dites-nous rapidement comment s'appelle cette jeune effarouchée ?

– Noële Vaindrier.

– Où habite-t-elle ?

– Aux environs de Roanne, dans une très jolie maison qui s'appelle les Quatre Vents. Elle a des parents adorables. N'est-ce pas, Noële ?

Celle-ci a enfin réussi à se dégager. Elle sort du studio en courant, bouscule les techniciens, se jette dans le premier couloir.

La voix de l'animateur la poursuit tandis qu'il commente :

– Elle a quitté le studio en courant, mes chères amies ! Elle a vraiment eu peur de moi. Je dois avoir l'air d'un croquemitaine.

Noële aperçoit un escalier, s'y engouffre, descend trois étages et soudain, c'est la liberté : une porte qui s'ouvre, un jardin rempli de voitures. Elle continue à courir, atteint un large boulevard, un passage clouté. Le feu est rouge. Elle traverse. Un pont enjambe la Seine. Elle découvre une petite île avec des arbres, s'y réfugie, se laisse tomber sur un banc, le dernier, tout au bout de l'île, espérant qu'on ne la trouvera pas.

– Madame !

Madame Marie sort de la cuisine en courant :

– Elle est à Paris, madame. Ils viennent de le dire à la radio !

Elle est tellement émue qu'elle se couvre le visage de son tablier. Nicole Vaindrier essaie de comprendre des mots sans suite. Elle entend : « Mademoiselle Marie-Hélène... Elle ne voulait pas... Elle est partie en courant... Il disait... »

Le téléphone sonne.

– Allô ?

C'est la gendarmerie.

– Vous aussi, brigadier ? Vous l'avez entendue à la radio ?

Elle écoute attentivement, raccroche.

– Elle est à Paris. C'est bien vrai.

Une phrase se met à tourner dans tout son corps : « Elle est vivante... Elle est vivante... »

– Et Gilles qui n'est pas là. Si je savais où le joindre !

Nicole se dit qu'il faut appeler Marie-Hélène sans attendre. Mais d'abord elle va jusqu'à la cuisine, remplit un verre d'eau froide, boit à petites gorgées en respirant doucement.

La phrase tourne toujours en elle, mais quelque chose est venu s'y mêler en sourdine, quelque chose qu'elle entend à peine, qui ressemble à une plainte étouffée. Elle remplit de nouveau son verre. Que va lui apprendre Marie-Hélène ? Peut-être serait-il préférable d'attendre le retour de Gilles pour l'appeler ? Elle écoute le silence de la maison. Il y a du feu dans la cuisinière et tous les placards autour d'elle sont fermés sur des parfums d'herbe et de sucre, comme dans toutes les maisons heureuses. Cela a duré vingt ans. Vingt ans de bonheur paisible. Une petite fille qui grandit, dont on croit tout savoir, qui a le visage ouvert. Chacun dit, en la voyant : « C'est un soleil. » Et, depuis deux jours, cette petite fille se met à vivre en étrangère.

Pour la troisième fois, Nicole Vaindrier remplit son verre. Il lui semble qu'elle n'a pas bu depuis des mois. Elle distingue mieux la plainte étouffée. Ce n'est plus l'angoisse, comme elle vient de la connaître, ni l'impatience, ni l'attente. C'est plus difficile à supporter. C'est l'inconnu.

III

– MADAME ! C'est Mlle Marie-Hélène qui appelle de Paris.

Nicole Vaindrier se lève d'un bond, regarde l'heure : huit heures. Comment a-t-elle pu dormir si profondément ? Elle descend l'escalier en hâte.

– C'est toi, Marie-Hélène ? Nous cherchons à te joindre depuis hier. Nous t'avons téléphoné tous les quarts d'heure, jusqu'à minuit. Que se passe-t-il ?

La voix de Marie-Hélène est un peu trop aiguë, un peu trop rapide. Comme si elle avait hâte de raccrocher. Elle raconte ce qui s'est passé la veille, lorsque Noële a quitté en courant la Maison de la Radio : les recherches, les appels, la course à travers Paris, les heures qui passaient et les pistes, l'une après l'autre, qui se révélaient inutiles.

– Elle est restée toute la journée dans le métro, tournant sur elle-même. Elle a fini par revenir à Asnières lorsque la dernière rame s'est arrêtée.

– Mais enfin, pourquoi ?

– Je ne sais pas, ma tante. Elle refuse de parler.

– Tu l'as interrogée ?

– Elle répond : je te dirai plus tard.

– Et nous ? Elle n'a pas pensé que nous étions fous d'inquiétude, son père et moi ?

Marie-Hélène hésite.

– Je croyais que vous étiez au courant. C'est ce matin seulement...

– Va me la chercher, interrompt Nicole.

De nouveau, Marie-Hélène hésite. Puis elle parle du médecin qu'il a fallu appeler dans la nuit, à cause d'une forte grippe brusquement déclarée, et qui lui a donné un léger somnifère pour la faire dormir.

– Elle a dû attraper cette grippe dans le train, ou hier après-midi, en métro. Ce n'est pas grave. Dans quarante-huit heures le médecin affirme...

Nicole regarde la pendule sur la cheminée du salon.

– Il y a un train pour Paris à 11 h 07. J'ai largement le temps de le prendre.

– Non, ma tante. Surtout pas.

Marie-Hélène a parlé si vite que Nicole réentend la petite plainte étouffée de la veille.

– Je te dis que j'arrive.

Alors il y a comme une brusque panique à l'autre bout du fil, et la voix de Marie-Hélène, dans un souffle :

– Ecoute, ma tante, je ne voulais pas t'en faire part, mais nous avons parlé de vous, cette nuit. Je lui ai signalé que vous deviez être aux cent coups, qu'elle n'avait pas le droit...

– Et alors ?

Il faut bien aller jusqu'au bout, répéter la phrase de Noële, mot par mot :

« Téléphone à mes parents, si tu veux. Je refuse de leur parler. Et s'ils cherchent à me rejoindre ici, dis-leur que je ne les reverrai jamais. »

Pendant un long moment, Nicole Vaindrier garde le silence.

– Bien, fit-elle enfin.

Elle raccroche.

– Madame veut que je serve le petit déjeuner ? demande madame Marie.

– Oui, répond Nicole distraitement.

– Alors je vais chercher Monsieur. Il m'a priée de l'avertir dès que Madame serait réveillée.

De la cuisine lui arrive l'odeur du pain grillé. Elle va jusqu'au fourneau, retourne les tranches déjà dorées. Puis elle ouvre le garde-manger, sort le beurre, se fait une tartine. Elle s'oblige à ne penser à rien d'autre qu'à ce goût de pain chaud. Gilles Vaindrier revient avec madame Marie. Elle lui raconte le téléphone de Marie-Hélène, jusqu'au bout, jusqu'à la terrible phrase de Noële. Elle s'efforce d'être calme. Puis ils mangent en silence.

– Je n'aime plus le thé, dit Nicole en reposant sa tasse. Demain je demanderai à madame Marie de me faire du café.

– Je peux t'en faire si tu veux. Je n'ai pas perdu la main. Tu te souviens de Grenoble ?

C'était pendant leur voyage de noces. Il a besoin de parler. Et il choisit ce souvenir parce que c'est le premier qui se présente. L'occupation. Ils s'étaient connus dans le maquis et tout de suite avaient compris qu'ils ne pourraient plus se séparer. Par bravade, comme on prend un coup de fièvre, ils avaient décidé d'aller passer quelques jours dans un hôtel de Grenoble, au nez des Allemands, pour se prouver que leur amour les protégeait contre eux-mêmes. Ils avaient vécu en amoureux, émerveillés l'un devant l'autre, oubliant qu'au-delà des murs de leur chambre la mort continuait à dresser ses pièges. Trois jours. Trois jours en marge. Comme un rêve.

– On faisait bouillir l'eau dans une boîte de conserves et, comme combustible, on se servait de boules de journal mouillées, puis séchées. C'était pourtant du bon café, du vrai, le meilleur qu'on n'ait jamais bu. J'en avais caché quelques poignées dans une poche. Notre plus beau cadeau de mariage. Un Américain parachuté dans notre maquis me l'avait donné.

Il regarde Nicole. Elle n'écoute pas. Elle tourne lentement sa cuiller dans sa tasse de thé. Brusquement elle se lève :

– J'y vais.

Elle est déjà dans l'entrée, ouvre une petite resserre sous l'escalier, attrape une valise.

– Marie-Hélène a menti. Ce n'est pas une grippe. Je ne peux pas t'expliquer pourquoi, mais je suis certaine qu'il y a autre chose. Je suis prête dans vingt minutes. Tu peux me conduire à la gare ?

– Mais ce qu'elle a dit ? Cette phrase que tu m'as répétée ?

– Quand on a une fille, et qu'elle est malade, peu importe ce qu'elle raconte : on prend le premier train pour Paris.

Pendant le voyage, Nicole Vaindrier a réfléchi. Il ne faut pas aller chez Marie-Hélène, mais louer une chambre dans un hôtel et, de là seulement, avertir Marie-Hélène de son arrivée. Celle-ci a paru soulagée de savoir sa tante à Paris :

– Attends-moi à l'hôtel. Je vais essayer de trouver quelqu'un pour garder ma malade et j'arrive.

Elle parlait à voix basse, pour ne pas réveiller Noële qui dormait toujours. Nicole a compris qu'elle avait eu raison de venir. Ce n'était pas une simple grippe.

– Je t'ai menti, c'est vrai. Mais c'est le Dr Gentien qui me l'a conseillé.

Marie-Hélène est arrivée à l'hôtel, un peu après sept heures et tout de suite elle a avoué.

– Ça lui a pris brusquement vers quatre heures du matin. Elle ne parvenait plus à respirer. Elle me regardait, effrayée, comme si j'étais une inconnue. Elle voulait parler, mais les mots ne venaient pas. Alors elle poussait de petits cris, comme un jeune chien.

Le Dr Gentien était venu presque aussitôt. Il avait réussi à la calmer, en lui faisant deux piqûres à une demi-heure d'intervalle. Depuis Noële dormait.

– Voilà, ma tante. Tu sais tout. Le docteur m'a promis de repasser dans la soirée.

Elle a regardé sa montre :

– Il faut que je reparte.

Nicole a noté l'adresse du docteur.

– Je vais lui téléphoner.

Elle réussit à le joindre une heure plus tard. Il lui confirme le récit de Marie-Hélène.

– Si votre fille refuse de vous voir, madame, je vous demande instamment de ne rien faire pour aller contre sa volonté. Sinon, je ne réponds pas de ce qui peut arriver.

– Il faut donc que je reste dans ma chambre d'hôtel ?

– C'est le plus sage.

Nicole insiste pour le rencontrer :

– Certainement, madame. Mais nous sommes samedi. Je ne pourrai vous recevoir que lundi, à midi, à mon hôpital.

Deux jours à ne rien faire, allongée sur le lit, la main sur le téléphone, attendant que Marie-Hélène lui donne, de loin en loin, des nouvelles. Et maintenant, elle est assise dans une petite salle de l'hôpital, sa valise posée près d'elle, parce qu'elle a décidé de rentrer à Roanne, après avoir vu le docteur Gentien. Inutile de prolonger son séjour. Noële va mieux. Elle a été très vite et très bien soignée. Dans une semaine, elle sera complètement rétablie. Reviendra-t-elle aux Quatre Vents ? Nicole n'ose pas encore se le demander. Tant que le secret de cette fugue demeure, comment imaginer l'avenir ?

Une infirmière pousse la porte :

– Madame Vaindrier ?

– Oui.

– Si vous voulez bien me suivre.

Elle la précède dans un couloir éclairé de hautes fenêtres donnant sur un jardin. Un soleil timide tente de percer les brouillards d'octobre. Elles pénètrent sous une voûte, traversent deux salles curieusement vides, entrent enfin dans une petite cellule où un homme à cheveux gris se lave les mains.

– Votre fille va bien, madame. Je suis passé la voir ce matin. Jusqu'à la fin de la semaine, elle est encore sous Gardénal, mais j'ai diminué la dose. Ce choc nerveux n'a pas eu de conséquence grave. Elle n'a aucun organe atteint. Sur ce point, je suis formel.

– Quand pourrai-je la voir, docteur ?

Il reste un instant immobile, puis se frotte le visage comme s'il était brusquement très las.

– Je vais être brutal, madame. Laissez votre fille tranquille. Les moyens nécessaires au rétablissement de son équilibre, elle les choisira elle-même. Un jour, elle décidera de vous revoir. D'ici là…

Il a pris son manteau dans une armoire métallique, l'a boutonné soigneusement, avant de serrer sous son bras le porte-documents que lui tend l'infirmière :

– Merci, mademoiselle. A demain.

Et tourné vers Nicole :

– Sortons ensemble, madame.

Tout de suite, ils sont dans le jardin. Le Dr Gentien marche vite. Nicole a de la peine à suivre. Sa valise lui semble lourde.

– J'imagine, docteur, que vous avez rencontré beaucoup de cas semblables ?

– Beaucoup, en effet.

– Quelles sont les causes les plus fréquentes ?

– Votre nièce m'a posé la même question ce matin. Statistiquement parlant, je suis obligé de reconnaître qu'à cet âge, ce sont les chocs sentimentaux qui dominent.

Il regarde la valise que Nicole tient à la main :

– Vous rentrez chez vous ?

– J'ai un train dans une heure.

– Vous faites bien. Cette chambre d'hôtel, c'était trop déprimant. Il faut que vous soyez en parfait état moral lorsque votre fille reviendra.

Nicole interroge, avec une brusque angoisse :

– Elle reviendra, docteur ?

– Les cas de rupture définitive sont très rares, madame. Un jour ou l'autre, votre fille voudra revoir le garçon qu'elle aime, et qui ne doit pas habiter très loin de chez vous.

IV

– JEAN-FRANÇOIS ?

Mme Saulieu est assise près de la lampe, dans le fauteuil grenat. Une assiette à la main, elle trie des lentilles.

– Tu es là, Jean-François ?

– Oui, mère.

– Je ne t'entendais plus. Je pensais que tu étais sorti sans me le dire.

Il referme l'armoire, va ranger sa valise dans la penderie au fond du couloir et s'approche de sa mère.

– Tu vas rejoindre ton père à l'usine ?

– J'avais l'intention d'aller jusqu'à Ouches. Denis...

– C'est très joli, le service militaire, Jean-François, mais c'est terminé. A partir d'aujourd'hui le vrai travail commence !

Déjà il est sur le pas de la porte. Mme Saulieu reprend ses lentilles :

– Le dîner est à sept heures. J'espère que tu t'en souviens ?

Le vieux vélo est rouillé, mais il marche. Jean-François a dépassé les faubourgs de Roanne. Il est heureux d'avoir retrouvé son pantalon de velours côtelé, son vieux blouson de daim. Autour de lui, les champs sont encore détrempés par les pluies de la semaine passée. Il reconnaît tout et s'en étonne. Pourquoi s'était-il imaginé qu'après son service militaire il se sentirait dépaysé ? Au plaisir profond qu'il éprouve, se mêle comme une amertume. Oh, très légère. Pas même une amertume. Une désillusion, plutôt. Il repense à sa mère. Elle lui parle toujours comme s'il avait douze ans. Il a retenu à grand-peine un mouvement d'impatience lorsqu'elle lui a rappelé l'heure du dîner. Contre elle, bien sûr, mais aussi contre le fauteuil grenat, l'assiette de lentilles, les rideaux de l'appartement, le grincement de l'armoire. Il n'a pas souffert de l'armée, de la vie communautaire, de la discipline. Très vite, il a appris à s'y sentir à l'aise. Depuis son retour, c'est la vie civile qui lui semble presque étouffante.

« Dans la cavalerie, comme ton père ! » Jean-François rit au souvenir de cette phrase, répétée par sa mère jusqu'à l'obsession. Il n'avait pas cédé. Il s'était fait inscrire dans l'aviation. Et le miracle avait eu lieu. Après sa première leçon de pilotage, il s'était senti comme un homme neuf, et...

Il fait un écart, frôle de peu le fossé. Une énorme motocyclette vient de le croiser.

– Jean-François !

Il se retourne : c'est Denis, qui a donné un coup de frein brutal et vient vers lui en courant.

– Tu es rentré ?

– Hier soir.

Les deux amis se serrent la main.

– J'allais justement te voir !

Denis a remonté sur son front ses grosses lunettes de motard. Son regard est d'un bleu presque blanc.

– Alors ? interroge Jean-François. Les nouvelles ?

– Pas grand-chose. La Loire a débordé. La rentrée des classes a eu lieu.

– C'est tout ?

Denis se met à rire.

– Dans un petit pays, il n'y a pas d'événement marquant tous les jours.

Il remet ses gants.

– C'est idiot de se rencontrer comme ça, au milieu d'une route. Je suis en retard. Ma tante m'attend. Mais viens à l'école demain. La classe finit à quatre heures et demie. J'essaierai de réunir la petite bande.

– D'accord.

Denis lève la main, s'éloigne déjà.

– A propos de la petite bande, dit Jean-François, et Noële ? Tu as des nouvelles ?

Denis s'arrête. Il a remis ses lunettes, et derrière ses verres sombres, on ne distingue plus son regard.

– Je croyais que vous vous écriviez.

– Une carte postale de temps en temps. Pour le 1er janvier. Pour sa fête. Elle va bien ?

– J'ai eu la rentrée des classes, mon école à remettre à neuf. Il a fallu tout repeindre, nettoyer, meubler. Un gros travail. Je n'ai pas eu le temps d'aller aux Quatre Vents.

Jean-François l'accompagne jusqu'à sa motocyclette.

– Tout à l'heure, j'ai été rechercher mon vélo au garage. Quelqu'un que je ne connais pas racontait sur Noële une histoire curieuse : qu'elle s'était enfuie, qu'elle avait abandonné son Solex contre un arbre, qu'elle était malade à Paris. C'est vrai ou non ?

Denis a mis le contact, ouvert la manette des gaz et, d'un coup nerveux d'accélérateur, fait ronfler son moteur.

– Puisque tu es sur la route des Quatre Vents, arrête-toi et pose directement la question.

Il démarre rapidement.

– Monsieur Jean-François, ça alors !

– Mais c'est le Père Victor !

Ils tombent dans les bras l'un de l'autre. Pour Jean-François, le vieux jardinier de l'usine, c'est toute son enfance. C'est une odeur de terre humide et de ficelles, sortant de la poche d'un tablier qui s'ouvrait, comme par enchantement, sur des merveilles inattendues, car le Père Victor y cachait parfois un chaton né de la veille, un petit porc-épic ou deux poussins tremblants de froid. C'est aussi une tignasse sèche comme de l'herbe et qui descend le long des joues pour former une barbe de Père Noël. C'est enfin une voix rouillée, un rire cassé comme une toux, et des tendresses de nourrice bourrue.

– C'est que vous n'avez pas attrapé bien bonne mine au régiment, monsieur Jean-François. Ils ne vous donnaient rien à manger ?

– Ce sont les tomates de ton potager qui m'ont manqué, Père Victor. Mais ça va s'arranger en quelques jours. Ça pousse ?

Le vieux jardinier a un geste vers le ciel :

– Tous tant qu'ils sont, ils nous ont déréglé le temps avec leurs machines. Il y a eu trop de soleil, et maintenant trop de pluie. C'est vrai que vous êtes monté là-haut, vous aussi, monsieur Jean-François ?

– C'est vrai, oui.

– Il s'en est fait du mauvais sang, votre papa ! Je ne devrais pas vous le dire, mais il est bien fatigué. On a le même âge, pourtant, à un mois près. Heureusement qu'il va pouvoir se reposer sur vous, maintenant que vous êtes là. C'est ce qui est bon quand on a des fils : ils prennent la relève au moment où il faut.

Il montre un panier posé au milieu des perches de haricots.

– Qu'il ne parte pas sans venir me voir. Je lui cueille les derniers haricots de l'année.

Jean-François serre l'épaule du vieux jardinier et entre dans l'usine. Il s'immobilise dans le couloir, le cœur serré. Là tout est plus délabré encore qu'à son départ. Il écoute le bruit sourd des machines dans l'atelier voisin. Elles tournent à grand-peine, si essoufflées, depuis tant d'années, qu'il n'est plus question de les remettre en état. Pour sauver l'usine, il faudrait la transformer complètement, acheter des machines neuves, bouleverser la production, implanter un nouveau réseau de représentants, repenser le système de financement et de vente. M. Saulieu n'a pas le goût des révolutions. Cette usine il l'a reçue de son père, qui la tenait déjà du sien. Il entend bien la céder à son fils, mais Jean-François, au fond de lui-même, sait déjà qu'il va interrompre cette succession. Sa découverte de l'aviation lui interdit d'envisager un autre avenir. Il a pris des contacts avec une compagnie d'aviation civile. Il attend une lettre. En longeant le couloir qui conduit au bureau de son père, sa conviction se renforce.

– Entrez !

M. Saulieu signe le courrier :

– Je ne t'attendais plus.

Il feuillette le parapheur :

– Quatre lettres aujourd'hui. Si cela continue, dans six mois nous sommes en faillite. Alors, au travail, mon petit !

– Mais...

– Tu ne vas pas me dire que tu as besoin de te reposer de ton service militaire. Ce serait le comble ! Et moi ? Tu sais l'âge que j'ai ?

Il s'est levé, s'approche de la fenêtre qui donne sur le fleuve :

– La Loire est mauvaise depuis quelques jours. Elle monte. Si elle pouvait monter encore et tout emporter en une nuit.

– Père !

Le Père Victor avait raison. Comme il s'est voûté, lui aussi ! Deux ans plus tôt, c'était encore un cavalier : taille cambrée, buste en avant, jambes souples, poing nerveux toujours refermé sur une invisible badine, petite moustache en croc qu'il continuait par coquetterie à teindre en noir. Jean-François a toujours vu sur la tablette de la salle de bains le flacon que son père débouchait gravement chaque dimanche matin. Aujourd'hui la moustache est grise. Elle retombe, les épaules aussi. Ce n'est plus une badine que cherche la main mais une canne. Jean-François décide de ne pas encore parler de ses projets.

– Rentrons, père. Nous allons être en retard pour dîner.

La nuit est tombée. Une ampoule jaunâtre éclaire mal le couloir. Près de la porte, une ombre paraît attendre.

– C'est toi, Père Victor ?

– Oui, monsieur. J'avais peur que vous ne pensiez plus aux haricots.

Jean-François prend le panier.

– Merci, et bonsoir, Père Victor.

V

CELA fait des jours et des jours. Noële ne les compte pas. Elle sait seulement qu'elle attend le soir avec impatience, parce qu'il y a sur sa table de nuit le petit flacon de comprimés que lui a laissé le Dr Gentien. Deux dans un peu d'eau. Le sommeil qu'ils lui procurent est si profond qu'elle a l'impression de s'allonger, les bras en croix, sur une mer sans mémoire qui se referme peu à peu, sans jamais l'étouffer. Cette plongée rassurante la conduit jusqu'à cette plage du matin, où elle vient doucement s'échouer tandis que les bruits de la rue, l'un après l'autre, lui rappellent qu'elle est à Paris, que Marie-Hélène est déjà levée, qu'il faut se décider à ouvrir les yeux.

Le jour gris d'octobre glisse à travers les volets. Un léger sifflement, de l'autre côté de la cloison, annonce que l'eau du thé va bouillir et l'odeur du pain grillé lui apporte, comme une image imprécise, le souvenir des Quatre Vents.

– Tu es réveillée ?

La voix enrouée de Marie-Hélène qui fume sa première cigarette. Noële s'assied dans son lit. Elle ne sait plus comment elle vit. Elle sait seulement que Marie-Hélène est une cousine exemplaire, qui ne pose aucune question, accepte le moindre changement d'humeur et s'ingénie à la distraire tout en obéissant aux ordres du médecin. Noële a ainsi des souvenirs de séances de cinéma avec des garçons extrêmement drôles qui ne s'intéressent qu'aux westerns ; une soirée, très élégante, à la Comédie-Française ; un souper aux chandelles dans un restaurant du quartier Latin, où l'on ne mange que des tomates crues et des filets grillés au feu de bois. Mais toutes ces images, elle ne sait plus dans quel ordre les mettre, ni ce qui les rattache l'une à l'autre. S'il n'y avait pas, au centre de chacune, le visage rond et le rire de Marie-Hélène, elle finirait par croire qu'elles ne lui appartiennent pas.

– Alors, ma louloute ? Le pain va être brûlé.

– J'arrive.

Marie-Hélène regarde sa montre :

– Il faut que je me dépêche. Je dois assister à la séance d'enregistrement de Johnny Hallyday.

Elle disparaît dans la salle de bains. Noële a fermé les yeux. Il lui faut encore une bonne heure avant d'être tout à fait réveillée. D'ici là, elle va se traîner d'un fauteuil à l'autre. C'est le moment qu'elle préfère. Comme après une anesthésie, lorsque la douleur est encore lointaine. On sait qu'elle finira par réapparaître. Mais pendant cet instant de grâce, on se sent guéri. Marie-Hélène revient, enveloppée dans un peignoir de bain.

– Tu sais ce qui serait gentil ? Envoyer une carte postale à tes parents. Depuis que tu es ici tu ne leur as pas écrit un mot.

Pourquoi ce matin ? Elle, si discrète d'habitude...

– Et Jean-François ? continue Marie-Hélène.

– Quel Jean-François ?

– Tu ne vas pas me faire croire que tu ne penses pas à lui, de temps en temps. Si mes souvenirs sont bons, il est assez joli garçon.

– Marie-Hélène !

C'est vrai que c'est la première fois. Elle n'a jamais parlé de rien, ni de personne. Aucune allusion aux Quatre Vents, aux amis, et ce matin, sans raison... Noële est trop fatiguée pour se défendre. Si Marie-Hélène passe, à son tour, dans le camp ennemi, elle sera définitivement seule.

– Ecoute, Marie-Hélène, ne cherche pas à me faire parler sans en avoir l'air. Pourquoi Jean-François ?

Il y a tant de lassitude dans sa voix, que sa cousine a honte.

– Je suis maladroite. Ça fait des jours que j'hésite, que je ne sais pas comment faire. C'est le Dr Gentien. Il pense que tu as subi un choc sentimental. Alors j'ai cherché. Le seul garçon que nous ayons évoqué de temps en temps, c'est Jean-François Saulieu. Je me suis dit que, si je t'amenais peu à peu à en parler, tu irais peut-être mieux. Parce que, ma petite fille, je ne veux pas t'inquiéter maintenant, mais tu nous as fait très peur. Voilà ! C'est dit.

Noële regarde fixement un dessin du tapis, quelque chose comme une fleur enroulée sur elle-même, ou un serpent, elle ne sait pas.

– Tu m'en veux ? demande doucement Marie-Hélène.

Une lumière. Petite encore, au fond de la nuit. La première qui s'allume depuis tant de jours.

– Réponds-moi, tu m'en veux?

Noële regarde sa cousine avec une sorte de soulagement:

– Au contraire. Ce que tu viens de me dire... tu ne peux pas savoir... Je crois que je pourrai tout t'expliquer bientôt, et retourner aux Quatre Vents. Mais avec toi.

Elles partent quatre jours plus tard. Elles ont décidé de faire le voyage en voiture, et un lundi pour qu'il n'y ait pas trop de circulation. Marie-Hélène a un peu de mal à obtenir quelques jours de vacances:

– En plein mois d'octobre? Vous n'y pensez pas! On rentre à peine.

Mais elle a su faire jouer son charme et son excellente réputation professionnelle. Noële semble ressuscitée. Elle ne prend plus de comprimés pour dormir. Le petit flacon reste au fond d'un tiroir dans la salle de bains. Elle chante en faisant sa valise. C'est amusant de mettre la clef sous le paillasson, de dire à la concierge qu'elle fasse suivre le courrier aux Quatre Vents, de traverser tout Paris, en songeant qu'on va vers la Nationale 7, la route des vacances, en plein mois d'octobre, alors que tout le monde travaille.

– Si on continuait jusqu'à Venise? propose Noële en souriant. Plus loin encore. Jusqu'en Grèce. Tu connais la Grèce?

– En photo.

– Il doit faire beau là-bas. On visiterait l'Acropole. On danserait le sirtaki. On se ferait faire la cour par des bergers bouclés.

– Chiche!

Elles chantonnent. Le temps passe. Marie-Hélène a ouvert sa radio. Elles discutent chanteurs, émissions, animateurs, sans faire la moindre allusion à l'incident Jean-Yves. La pluie parfois les accompagne un moment, se lasse de leur bonne humeur. Elles poussent une exclamation de surprise en découvrant, au détour de la route, le pont de La Charité-sur-Loire, sur fond de nuages orange. Il est près de deux heures.

– On s'arrête à la première auberge ?

– D'accord.

Un énorme camion d'essence occupe le milieu de la route. Marie-Hélène s'énerve:

– Plus ça va et plus ils sont gros. Dans quelques années, on sera obligé de rouler sur les trottoirs. Et tu crois qu'il me laisserait passer!

– La route n'est peut-être pas libre.

– Penses-tu. Il a vu que j'étais une femme. Il est comme les autres. Il se dit: «Elle arrivera bien assez tôt.» Je connais le refrain. Comme si les hommes conduisaient mieux que nous.

– Il te fait signe de passer.

Marie-Hélène appuie sur l'accélérateur. Noële baisse sa vitre et crie au passage :

– Merci quand même !

Elles éclatent de rire.

– Si tu tiens cette forme jusqu'au bout, tante Nicole va être très contente de te retrouver ce soir.

– Elle ne me retrouvera pas ce soir, répond Noële doucement.

– Qu'est-ce que tu dis ?

– Tu as parfaitement entendu.

– Mais alors ? Où va-t-on ?

– Je t'expliquerai en déjeunant. Tiens…

Elle désigne, sur la gauche de la route, une petite auberge aux vitraux de couleurs, couverte de vigne vierge. Marie-Hélène freine, s'arrête.

– On va se rouler dans la marmelade d'oranges comme deux vieilles Anglaises.

Un léger carillon les accueille. La salle est longue, avec de hautes boiseries, des parquets qui sentent la cire. Au fond, une cheminée.

– Quelle chance ! dit Noële. J'adore les feux de bois.

Une dame à cheveux gris, petite et ronde, paraît, suivie d'un chien-loup.

– C'est pour déjeuner, mesdemoiselles ?

Les deux cousines s'installent dans de profonds fauteuils, déplient des serviettes parfumées de lavande. Le chien s'approche de Noële.

– Bonjour, toi.

Elle se penche, enfonce ses deux mains dans la fourrure, lui dit à l'oreille, avec une brusque tristesse :

– Tu es un beau chien. Bien nourri, heureux de vivre. Il ne te viendrait pas à l'idée d'aller chercher refuge à Paris.

Elle reste un long moment ainsi, le visage contre le museau du chien. Il tremble un peu sur ses pattes de derrière, mais ne bouge pas, comme s'il avait tout entendu. La petite dame sort de la cuisine, suivie d'une serveuse en tablier blanc. En un instant, la table se couvre de hors-d'œuvre, servis dans de larges terrines. Noële mord dans un oignon confit :

– Maintenant, je t'explique.

Elles sont seules, l'une en face de l'autre. Le feu flambe doucement. Le chien est allé se coucher près de la porte.

– Je n'ai pas le courage de rentrer aux Quatre Vents ce soir et de tout raconter à mes parents. Tu vas donc me conduire à Ouches. Je demanderai l'hospitalité à Denis pour la nuit. Il s'est installé dans l'école depuis la rentrée des classes.

– Et moi ?

– Toi, tu vas aux Quatre Vents seule. Tu expliques tout. Demain matin tu viens me rechercher à Ouches, et quand j'arrive chez moi, comme on est au courant, on ne me pose plus de questions.

Elle remplit l'assiette de Marie-Hélène de céleri rémoulade et de champignons à la grecque.

– Mange. Tu auras besoin de forces. D'abord pour m'écouter jusqu'au bout. Ensuite pour répéter à mes parents ce que je vais te dire.

Elle commence son histoire. C'est la première fois qu'elle la raconte et elle ne la connaît pas encore très bien.

– Tu avais deviné juste, l'autre jour. Il s'agit bien de Jean-François Saulieu...

Elle prononce ce nom lentement. Et maintenant qu'elle l'a prononcé, elle découvre soudain que c'est vrai. Que tout ce qu'elle va dire à Marie-Hélène est vrai. Qu'elle connaît Jean-François depuis très longtemps, puisqu'ils font partie de la même bande, mais qu'il n'y a jamais eu le moindre flirt entre eux. Qu'ils se sont retrouvés dans les mêmes surprises-parties, à la piscine, au bord de la Loire, au cinéma, sans jamais échanger un mot qui ressemble à l'amorce d'une confidence. Qu'ils ont passé plusieurs jours d'hiver, dans le chalet des jumeaux Herbillon, au Freney-d'Oisans, toujours avec la bande. Que Jean-François l'invitait à danser, qu'il jouait au tennis avec elle, mais pas plus souvent qu'avec les autres filles. Et qu'elle ne le remarquait pas, qu'elle n'y pensait pas, que cela lui semblait tout à fait naturel. Jusqu'au jour où il est parti faire son service militaire.

Elles ont terminé les hors-d'œuvre. La petite dame revient, toujours suivie de la servante en tablier blanc qui porte un plat de blanquette.

– Ça sent bon, dit Noële. Madame Marie elle-même serait jalouse.

– Mon Dieu, c'est vrai ! Je vais manger la cuisine de madame Marie. A mon retour à Paris, je n'entrerai plus dans mes robes.

Elles rient toutes les deux. Marie-Hélène est rassurée. Quand elle a compris que Noële allait lui apprendre la vérité, elle s'est demandé si cela n'allait pas provoquer une nouvelle crise. Et tout de suite, elle a pensé aux médicaments du Dr Gentien, qu'elle a enfouis bêtement au fond d'une valise. Mais Noële parle très calmement, d'une voix égale. Elle paraît même heureuse d'avouer son secret.

– Il est donc parti faire son service militaire, alors j'ai commencé à comprendre. Tant qu'il était là, je ne faisais pas attention à lui. Brusquement, je me suis rendu compte qu'il n'était plus là. Quelqu'un manquait. Peut-être pas aux autres. Mais à moi. Au début, je ne voulais pas l'admettre. Mais les semaines ont passé. J'ai entendu une fille, un jour, raconter que Jean-François lui avait écrit. Je me suis demandé pourquoi il ne m'avait pas écrit à moi aussi. Sans le vouloir, je me suis mise à attendre le facteur. Il m'a envoyé trois cartes postales, en tout et pour tout, pendant ses mois d'absence.

– Il n'est jamais venu en permission ?

– Si. Et j'ai été très sotte. Je me suis arrangée pour l'éviter. Je m'ingéniais à trouver des prétextes tout à fait incroyables. Je me disais que Jean-François finirait par le remarquer. Mais non ! Il n'avait pas l'air d'y faire attention. J'interrogeais les autres, après, lorsqu'il était reparti. Jamais un mot pour regretter mon absence. Jamais une réflexion. Du moins, on ne me le disait pas. Mais on parlait beaucoup de lui. Les filles surtout. Elles disaient qu'il était très beau en uniforme. Qu'il dansait encore mieux qu'avant. Qu'il était plus mince, parce qu'on le nourrissait mal à la caserne, mais que ça lui allait beaucoup mieux. Et les garçons racontaient avec des petits rires qu'il leur avait fait des confidences, et que dans la ville où il était, il ne comptait plus ses conquêtes. J'écoutais tout ! Je croyais tout ! Je me souvenais de tout ! Ça s'installait en moi comme une maladie. Je commençais à dormir moins bien.

Noële continue à écouter l'histoire qu'elle raconte, et à se dire qu'elle est vraie. Les mots l'un après l'autre l'obligent à y croire. Depuis quatre jours, dans le silence de l'appartement de Marie-Hélène, elle se les répétait pour elle-même. Mais sans les prononcer. Maintenant qu'elle les a entendus, elle sait qu'elle est sincère. Elle avoue qu'elle a cherché à se guérir de cette maladie. Qu'elle s'est presque jetée au cou de Richard, mais qu'il avait la tête chavirée par une petite élève du lycée et qu'il ne s'était aperçu de rien. Elle a tourné ensuite autour de Charlie Herbillon. Quelques jours seulement, parce que le cœur n'y était pas.

– J'ai failli te téléphoner et venir te rejoindre à Paris. Je savais qu'il y avait des tas de garçons autour de toi, et je me disais que parmi eux... Tout ça, pendant des mois. Je te le raconte vite, mais j'ai trouvé que c'était très long à vivre. Près de deux ans. Et puis...

Brusquement, Noële hésite. Ce qui reste à dire est le plus difficile.

– Il y a trois semaines, quand on m'a appris qu'il revenait...

Elle repousse son assiette, reste un long moment silencieuse. La petite dame à cheveux gris passe timidement la tête par la porte de la cuisine :

– Ces demoiselles ont terminé ?

– Oui, dit Marie-Hélène.

La servante en tablier blanc vient desservir sans bruit.

– Ces demoiselles prendront-elles un dessert ? Nous avons une tarte maison...

– A quoi est-elle, votre tarte maison ?

– A l'ananas.

– Noële ?

Noële fait signe que c'est très bien.

– Deux tartes, alors, et un café.

Le chien s'est levé. Il s'approche de la table, en fait lentement le tour, disparaît dans la cuisine.

– Je suis devenue folle, dit Noële doucement. Je ne peux pas expliquer autrement. J'ai appris qu'il revenait, et je suis devenue folle. Je me suis retrouvée à la gare de Roanne, sans savoir comment j'y étais arrivée. J'ai laissé mon Solex contre un arbre, sur les Promenades. Je me suis approchée d'un guichet. J'ai dit : « Paris », sans réfléchir. C'est seulement quand le train est parti que j'ai pensé : « J'irai sonner chez Marie-Hélène. »

Elle a l'air d'attendre une question, quelque chose qui va l'obliger à continuer. Mais Marie-Hélène ne dit rien.

– Voilà. Tu sais tout.

Elle mange un morceau de sa tarte à l'ananas, trouve qu'elle est trop sucrée.

– Je ne sais pas tout, dit enfin Marie-Hélène.

Maintenant que le déjeuner est fini, il faut que Noële aille jusqu'au bout.

– Pardonne-moi de te le demander, mais tes parents m'en parleront ce soir, et je ne saurai pas quoi leur répondre. Tu m'as dit, en parlant d'eux : « S'ils cherchent à me rejoindre, je ne les verrai plus jamais. » Pourquoi ?

Noële savait bien qu'elles en arriveraient là. Elle croyait que le plus difficile était fait. Mais il y a encore un peu de chemin à parcourir. Ce serait impossible avec quelqu'un d'autre. Il faut que ce soit Marie-Hélène, qui est la bonté même, et la douceur, et la patience.

– Je me méfie d'eux.

– Tu te méfies ?

– Tu les connais. S'ils apprennent que je suis malheureuse à cause de Jean-François, ils sont capables de vouloir arranger les choses eux-mêmes, d'aller trouver M. et Mme Saulieu et de tout leur raconter. Je vois très bien papa. Il mettra ses gants blancs, son chapeau haut de forme... J'ai l'air de plaisanter, mais c'est vrai. Papa est capable de tout pour moi. Il va se mettre à crier : « Je lui dirai deux mots, moi, à ce petit imbécile de Jean-François ! » Marie-Hélène, je te le demande de toutes mes forces...

Elle prend la main de sa cousine dans la sienne et la serre, comme quelqu'un qui perd pied.

– Obtiens-moi leur silence. Qu'ils s'engagent à ne poser aucune question, à reprendre la vie commune comme si rien ne s'était passé. Sinon, je m'en vais de nouveau. Et cette fois, pour toujours.

VI

NOËLE se réveille en sursaut. Elle ne comprend pas où elle est. La chambre est noire. Elle a froid. Elle cherche à tâtons l'interrupteur de la lampe de chevet, regarde l'heure à sa montre :

– Cinq heures dix.

Elle s'assied dans son lit. Le poêle est éteint. Il faudrait aller chercher des bûches sous le préau. Elle remonte ses couvertures jusqu'au menton. Elle ne savait plus que les nuits de la campagne étaient silencieuses. Après le tumulte de Paris, c'est cette absence de bruit qui l'a réveillée. Le lit de Denis est étroit, dur, un vrai lit de camp, avec des sangles. Elle voudrait se rendormir, mais elle sait qu'elle ne pourra pas. Dorment-ils aux Quatre Vents ? Elle imagine ses parents, les yeux ouverts dans le noir, se répétant l'un après l'autre tous les détails du récit de Marie-Hélène.

Elle se lève, enfile son manteau par-dessus le pyjama qu'il lui a prêté, ouvre sans bruit la porte de la chambre, descend l'escalier, arrive dans la salle de classe. Denis dort, roulé en boule, dans un vieux fauteuil qu'il a traîné près du poêle. Le feu, là aussi, s'est éteint. Il dort, comme un enfant, les cheveux dans les yeux. Il ne s'est pas déshabillé. Il a gardé ce chandail de grosse laine verte, trop large pour lui, que lui a tricoté sa tante, son pantalon de velours noir.

– Denis !

Il sursaute, ouvre les yeux.

– Quoi ?

– C'est moi.

Il s'est levé, il cherche ses lunettes.

– Tu ne dors pas ?

– Je voudrais qu'on aille à la vieille maison.

– Maintenant ?

– Oui. J'en ai pour cinq minutes à m'habiller. On sera revenu avant tes gosses.

Denis ne cherche pas à comprendre. Elle est venue, elle lui a demandé l'hospitalité, et tout ce qu'elle exige, il sait qu'il le lui accordera, parce que c'est une nuit en dehors de tout ce qui est vrai.

– Bon, dit-il. Je mets un blouson et je sors la moto.

Il conduit très vite, mais elle n'a pas peur. Elle le tient par la taille. Elle a du vent sur le visage, un vent froid, qui la réveille. Les routes sont désertes. Bientôt, ils entrent dans la forêt. Le froid devient plus lourd. Dans certaines allées, le verglas s'est formé par plaques.

– Arrête ici ! crie Noële.

– On est encore loin de la clairière.

– En cette saison, il doit y avoir des bûcherons dans la vieille maison. Ne les réveillons pas.

Il arrête le moteur, pose la motocyclette contre un tronc d'arbre.

– Tu te souviendras qu'elle est là ?

– Oui.

C'est la première fois qu'ils viennent dans la forêt, la nuit. Noële ne reconnaît rien. Il y a de grandes clairières qu'elle n'a jamais vues, parce qu'on a mis les arbres en coupe. Elle devine des bûches en tas égaux dans les sentiers. Ils marchent longtemps, arrivent enfin près de la vieille maison, et ce n'est plus la même qu'autrefois. Il y a des carreaux aux fenêtres, une serrure neuve à la porte.

– Je le savais, dit-elle à mi-voix.

Elle regarde de loin. Dans l'ombre de la nuit, elle croit apercevoir quelqu'un qui s'échappe, une petite fille qui lui ressemble, qui ouvre la bouche, appelle peut-être. Mais sa voix se fond dans le silence des années perdues. Elle s'accroche au bras de Denis :

– Jure-moi que c'est vrai.

– Quoi ?

– Toi et moi, ici.

Elle dit tout, dans n'importe quel ordre : les jeudis, la bicyclette rouge, le panier du goûter, la couleur de ses robes, et la voix de Denis, le tablier noir qu'il ne quittait jamais, même le jeudi, pour venir la retrouver à la vieille maison, et les livres, tous les livres qu'il cachait sous ce tablier. Elle entrait dans la vieille maison. Elle s'allongeait dans les fougères. Il essuyait ses lunettes avec soin, et il lisait. La voix de Denis... D'année en année toujours la même. Elle avait douze ans, treize ans, parfois des tresses, parfois des cheveux coupés court, comme un garçon, mais c'était toujours la voix de Denis qui lisait.

– Jure-moi que tout est vrai ?

– Je te jure que tout est vrai.

Il y a comme un sourire sur le visage de Noële. Le vent, brusquement, se lève, s'impatiente contre les arbres, retombe. Ils repartent lentement.

– Tu as su, pour moi ? demande Noële.

– Oui. Ta mère est venue me voir.

– Que voulait-elle ?

– Savoir si j'étais au courant de ton départ. J'ai dit que je ne savais rien. Et c'était vrai.

– C'est pour te dire tout que je suis venue ici, cette nuit.

Elle serre son manteau, parce qu'elle a froid. Elle sait qu'elle va parler longtemps, mais ce ne sera pas aussi difficile qu'avec Marie-Hélène. Devant Denis, il n'y a que la vérité.

– Ecoute. Marie-Hélène est arrivée aux Quatre Vents, hier soir. Elle a raconté à mes parents une histoire qui n'est vraie qu'en partie. Du moins, le plus important n'y est pas. Je vais te le dire à toi, parce que je n'en peux plus de le garder toute seule. Le jour où je suis partie pour Paris, sans prévenir personne, je devais aller chez les Bourguignon. J'avais oublié un dossier à la mairie. Je suis passée le prendre. J'ai laissé mon Solex dehors, sous la fenêtre du maire. Tu vas penser que ça n'arrive jamais, Denis, que ce n'est pas vrai. Et pourtant... Je te le jure. La fenêtre était ouverte. Il pleuvait ce jour-là. Tu te souviens comme il pleuvait ? Le maire aurait dû la fermer, cette fenêtre. Mais non. Elle était ouverte. Parce qu'il avait mal allumé son poêle, et que son poêle fumait. Tu me crois, Denis ?

– Je te crois.

– Je suis entrée dans mon bureau, j'ai pris le dossier, je suis ressortie. En reprenant mon Solex, j'ai entendu prononcer mon nom. Quelqu'un parlait de moi avec le maire. Un homme. Pas le maire. Un autre homme, dont je ne connaissais pas la voix. Et cet homme disait...

Noële enfonce les mains dans les poches de son manteau, regarde fixement le sol.

– Je suis devenue sourde, aveugle, d'un seul coup. Tout était noir autour de moi. Je ne sais pas comment j'ai été chez les Bourguignon, comment je me suis retrouvée aux Quatre Vents. Quand le noir s'est dissipé, j'étais dans ma chambre. J'avais monté l'escalier sans m'en apercevoir. Et toute ma vie passée était anéantie. Il n'y avait plus rien.

Elle relève la tête, essaie de distinguer le visage de Denis. Il est debout, comme son double, comme si elle se parlait à elle-même.

– Je n'ai pas réfléchi. J'ai pris une valise. Je suis descendue à Roanne. Il y avait un train pour Paris. Je savais que je ne reviendrais plus jamais. Que je ne reverrais plus jamais mes parents.

Elle se serre contre Denis, les bras autour de sa taille, le visage contre son blouson comme sur la motocyclette tout à l'heure.

– Tu sais ce que disait la voix?

– Non.

Elle se met à trembler si fort qu'il est obligé de refermer ses bras sur elle. Elle sait qu'il faut parler, que tout sera fini après. Elle remue les lèvres. Denis se penche. Elle dit tout bas, d'une voix étouffée:

– Je ne suis pas la fille de mes parents !

Elle devient lourde entre les bras de Denis, comme si elle avait perdu connaissance. Il murmure, effrayé :

– C'est faux !

– C'est vrai, Denis! Le maire a répondu à cette voix. Il a parlé des registres d'état civil. De l'acte d'adoption. C'est vrai.

– Je connais tes parents. Pourquoi n'ont-ils rien dit?

– Pourquoi, Denis? Explique-moi pourquoi?

– Ils sont incapables de mentir.

– Incapables, Denis. Incapables.

Elle répète les mots l'un après l'autre, parce qu'elle peut enfin s'en délivrer. Ce sont les mêmes, exactement les mêmes. Tout ce que pense Denis, c'est ce qu'elle a pensé. Son frère. Son véritable frère.

– A qui? De qui tout ce qui est en moi? On ne peut pas me le dire. C'est ça la raison. On ne peut pas! Cent fois j'ai entendu les gens qui disaient: Noële a le caractère de sa mère. Cent fois. Et d'autres: comme elle ressemble à son père. Mais non. Mes parents tremblent. Ils se disent: non, non, pourvu qu'elle n'ait pas le caractère de sa vraie mère, qu'elle ne ressemble pas à son vrai père. Fille de qui, Denis? De quels parents dont on n'ose pas me parler?

Elle a une sorte de rire bref :

– Tu sais qu'à Paris, je suis devenue folle? Vraiment folle. On a fait venir un médecin. Il m'a donné des remèdes. C'était bon, Denis. C'était bon d'avoir perdu la raison, de ne plus savoir, d'oublier. C'était bon.

Elle se laisse aller contre un arbre. L'aube est encore lointaine, mais dans le ciel, par-dessus les arbres, il y a comme une lueur.

– Tu comprends maintenant pourquoi je t'ai supplié, tout à l'heure? Pourquoi j'ai voulu que tu te souviennes avec moi de toutes ces années? Que tu m'affirmes qu'elles étaient vraies? Je ne veux pas qu'on me les prenne. Elles sont à moi! C'est mon enfance, ma seule enfance. Même si je ne suis pas la fille de M. et Mme Vaindrier, j'ai vécu ici, et j'ai grandi ici, et tu as grandi avec moi, et si tu m'affirmes que j'existe, personne ne pourra rien contre moi.

– Tu existes, dit-il tout bas.

Ils restent longtemps immobiles, puis Noële se redresse.

– Rentrons.

Le petit jour est là, qui les accueille à la sortie de la forêt. Denis conduit moins vite. Dans les fermes isolées, des lumières s'allument. Sur les routes, ils croisent les premières voitures. Un chien aboie. Le vent s'est levé. Ils sont de nouveau dans le monde. Avant d'atteindre Ouches, Denis arrête sa motocyclette contre un petit mur.

– Attends-moi, dit-il.

Il revient un moment plus tard avec un pot de lait.

– Il sera tout chaud pour ton petit déjeuner.

Noële tient le pot serré contre elle jusqu'à l'école.

– Tu veux que je t'avoue une chose ?

– Oui.

– J'ai terriblement faim.

Ils entrent dans l'école.

– Je vais te montrer ma nouvelle cuisine. Entièrement remise à neuf. Je l'ai terminée dimanche dernier. Comme si je prévoyais ta visite.

La pièce est toute blanche, et brillante, avec des casseroles accrochées au mur, un fourneau neuf, des rideaux.

– Tu as fait ça tout seul ?

– Qui veux-tu ?

Il allume le gaz sous une casserole, y verse le lait.

– Ce sera prêt dans une minute.

– Laisse-moi faire, dit Noële. Les garçons, ça met les pieds sous la table, et ça proteste quand le petit déjeuner est en retard.

Ils parlent un peu trop haut, tous les deux, un peu trop vite, parce qu'ils sont dans la lumière, et que tout a été dit. Denis sort deux bols d'un placard, du pain, du beurre, les pose sur une table couverte d'une toile cirée, Noële verse le lait bouillant dans les bols, repose la casserole dans l'évier. Denis s'est assis et l'observe.

– Pourquoi me regardes-tu comme ça ? Je suis laide, mal coiffée. C'est ça que tu penses ?

La fumée monte des bols, le pain est bien blanc, le beurre bien frais. C'est comme un dernier instant suspendu au bord d'une journée qui s'attarde.

– C'est bon de t'avoir là, dit-il doucement, en face de moi, pas coiffée justement, comme si tu venais de te réveiller. Comme si...

Il plisse un peu les yeux, cherchant des mots difficiles à prononcer:

– … comme si on était mariés.

– Denis…

– Laisse-moi dire. C'est la première fois que ça nous arrive. Et la dernière. J'ai rêvé cette nuit. Quand tu es venue me réveiller, je rêvais. Tu veux savoir?

– Tu vas te faire du mal.

– J'étais dans une barque, au milieu d'une rivière. Quelqu'un cognait contre le fond. Je croyais que c'était un poisson. J'ai soulevé une planche. J'ai vu que c'était toi. Tu étais assise au fond de l'eau, avec des maisons tout autour, et tu tendais une main vers moi en disant: «Ici, c'est à nous.»

– Tu m'avais juré de ne plus en parler.

– Pardon, murmure-t-il.

Noële voudrait qu'ils soient encore dans la forêt, parce qu'il est son frère, et qu'elle l'aime comme un frère, et qu'elle souffre pour lui dans les moments où il espère davantage.

– Il faut que tu saches une chose encore, dit-elle. La dernière. Je n'ai pas vraiment menti à Marie-Hélène. Ce qu'elle a raconté à mes parents est vrai en partie. Ce n'est pas à cause de Jean-François que je me suis enfuie, tu le sais maintenant. Mais c'est vrai que Jean-François est en moi depuis longtemps. Et je pense à lui. Je me dis: quelle va être sa réaction s'il apprend que je ne suis pas Noële Vaindrier?

– Jean-François? répète Denis.

– Oui.

Il demande, après un moment :

– Tu l'aimes?

– Je crois.

Elle se lève, parce que tout est dit.

– Je vais me préparer. Marie-Hélène arrivera bientôt. Et tes élèves en même temps.

Elle sort de la cuisine. Denis prend son bol à deux mains, l'approche de son visage, respire un long moment l'odeur du lait chaud, essayant de ne plus entendre cette voix qui prononçait avec tendresse le nom de Jean-François.

VII

Marie-Hélène arrête la voiture dans la cour des Quatre Vents.

Gilles Vaindrier, qui guettait depuis longtemps, vient au-devant de sa fille, ouvre la portière :

– Et voilà. C'est elle.

– C'est moi, oui.

Noële descend de voiture.

– Tu as fait bon voyage ?

– Tu sais, pour venir d'Ouches... Bonjour, papa.

– Bonjour, Noële.

Ils s'embrassent rapidement.

– Maman n'est pas là ?

– Dans le salon.

Nicole Vaindrier est debout devant la cheminée. Elle serre ses mains l'une contre l'autre, peut-être parce qu'elle a froid.

– Mon chéri !

Elle parvient à garder son calme. C'est un matin comme les autres. Il le faut. A tout prix.

– Montre-moi un peu cette mine... Pas bien fameuse. On va s'en occuper. Marie-Hélène m'a dit que Gentien t'avait donné un traitement.

– Ce n'est plus la peine.

– Excuse-moi, ma petite fille, mais tu vas te soigner. Et très sérieusement.

Elle a pris Noële par le bras, l'entraîne jusqu'à la porte du salon :

– Gilles, Marie-Hélène, pourquoi restez-vous à la porte ? On est en plein courant d'air.

Et à Noële :

– Denis va bien ?

– Oui. C'est drôle de dormir dans une école.

Nicole Vandrier sourit. Noële lui est reconnaissante de ce sourire, de cet accueil si parfaitement naturel. C'est tout ce qu'elle souhaitait : que ce soit comme un simple retour de promenade.

– Tu n'enlèves pas ton manteau, mon chéri ?

– Je vais monter dans ma chambre. La salle de bains de Denis est très rudimentaire.

Soudain, la porte s'ouvre.

– Ah ! quand même ! Tu peux te vanter de nous avoir fait tourner les sangs, toi !

Madame Marie se précipite vers Noële, lui saisit le poignet.

– Qu'est-ce que ça veut dire, cette façon de filer sans prévenir personne ? Et à Paris ! Tu as perdu le sens, ou quoi ?

Gilles Vaindrier veut s'interposer. Mais la vieille femme continue de la même voix furieuse :

– J'ai le droit de lui parler comme ça, monsieur. Vous êtes beaucoup trop gentil avec elle, et Madame aussi. Pas vrai, ma nonoche ?

– Oh ! non, pas nonoche...

– Nonoche, et nochette, et nounouche, et nolette et n'importe quoi de ce qui me vient dans la bouche ! Ce sont des mots, c'est tout, et mon cœur avec. Je t'en ai dit bien d'autres, depuis que tu es petite, et tu ne les as pas entendus parce que tu n'avais pas encore la mémoire en marche.

Elle lâche le poignet de Noële :

– Aujourd'hui c'est moi qui m'occupe de toi. Tu n'as pas bonne mine. Je vais te frotter avec de la Cologne, comme je sais faire. Et tu retrouveras ta beauté.

Noële la suit sans rien dire, parce que, depuis son enfance, la voix de madame Marie est la voix même des Quatre Vents. Nicole s'est laissée tomber dans un fauteuil, épuisée brusquement.

– Il ne s'est rien passé, dit-elle. C'est ce qu'il faut se répéter. Sinon, nous n'arriverons à rien.

– Une visite, annonce Marie-Hélène tournée vers la fenêtre.

Une 403 noire est entrée dans la cour. Nicole reconnaît tout de suite la voiture des Saulieu.

– C'est Jean-François ! Il est déjà venu hier. Gilles, sois gentil. Explique-lui, le plus doucement possible, qu'il faut qu'il s'en aille.

Gilles va au-devant du visiteur. Deux jours de suite. Il a vraiment envie d'avoir des nouvelles.

– Bonjour, Saulieu.

– Bonjour, monsieur Vaindrier. Je vais à Chabreloche pour mon père, et comme c'est sur la route... Noële est rentrée?

Gilles a envie de sourire. Ce sont de grands garçons, ils jouent les affranchis, ils s'imaginent que leur génération va tout réinventer. Mais dès qu'il s'agit d'une jeune fille, ils sont tous aussi timides et maladroits et presque rougissants.

– Elle arrive à l'instant. Avec sa cousine. C'est pour ça que je ne vous propose pas d'entrer. Mais revenez un de ces jours.

– Nous pensions justement, avec la petite bande... Ce soir, c'est possible?

– Ce soir?

Gilles a bien envie de dire: oui. Tant d'impatience lui paraît un bon signe. Noële ne pourra qu'en être heureuse. Mais il y a ce visage tiré, cette fatigue, ce regard un peu trop tendu.

– Ecoutez, Saulieu. Noële est assez fatiguée. Dites à vos amis d'attendre encore quelques jours.

– Comme vous voudrez, monsieur.

Jean-François remonte en voiture. Avant de fermer la portière:

– Je pourrais téléphoner demain?

– Demain. Entendu.

«Tout va peut-être s'arranger plus vite qu'on ne pense», se dit Gilles en regagnant la maison. Noële est redescendue. Elle a changé de robe. Elle est assise sur le divan, à côté de Marie-Hélène. Nicole range des papiers dans un porte-documents.

– Alors, tu te sens mieux?

– Oui, papa. Madame Marie m'a frictionnée avec une vigueur remarquable.

– Parfait. Je vais à la laiterie. A tout à l'heure.

– Moi, je descends en ville, dit Nicole Vaindrier. J'ai à faire à la mairie. A propos, Noële, il faudra que tu penses à reprendre ton Solex. Il est chez Coindreau.

– Sûrement pas ce matin.

– Qu'allez-vous faire toutes les deux?

Marie-Hélène s'étire:

– On va se rouler en boule sur des fauteuils. On va ronronner comme des chattes. Et on va se dire des secrets.

– Excellent programme.

– Papa...

Gilles Vaindrier est sur le pas de la porte

– Oui?

– Cette voiture, c'était qui?

– Rien, mon chéri. Un client. Il m'apportait des barèmes.

Dès qu'il est sorti, Marie-Hélène hoche la tête :

– Des parents comme ça, je paierais cher pour en avoir. Ils sont formidables ! Quand je pense à mon père... Toi qui avais tellement peur de ce retour, ils ont été parfaits.

Noële est allée vers la fenêtre. Elle regarde la cour des Quatre Vents, le portail, l'allée de tilleuls.

– Pourquoi m'a-t-il menti ? demande-t-elle doucement. Je la connais cette 403 noire. C'est celle des Saulieu.

VIII

La vie reprend. Comme si de rien n'était. Chacun, du moins, fait ce qu'il faut pour qu'elle reprenne comme si de rien n'était. Chacun surveille ses paroles, évite toute allusion à ce qui s'est passé, joue à être naturel. Il y a de nouveau les repas, les plaisanteries sur la cuisine de madame Marie, la mise en route de la laiterie, chaque matin, à sept heures, avec l'arrivée du contremaître Simon. Il y a les rires de Marie-Hélène qui détendent l'atmosphère, les réussites interminables qu'elle fait le soir sur le tapis du salon, les histoires qu'elle raconte sur les maisons de disques, les chanteurs à la mode, et sur son ami Robert qui va partir en tournée avec une troupe de jeunes comédiens.

– S'il joue à Roanne, j'espère que vous irez le voir. Ça fera au moins trois spectateurs !

Il y a aussi Jean-François. Noële ne sait pas ce qu'il faut croire. Elle a appris qu'il était venu aux Quatre Vents deux jours de suite, pour demander de ses nouvelles. Et pourtant, il était rentré la veille. Est-ce vraiment à elle qu'il a pensé, avant toutes les autres ? Il téléphone le lendemain, comme Gilles Vaindrier le lui a permis. Noële répond. Elle ne cache pas qu'elle est contente.

– On aimerait te voir, avec toute la bande. Tu nous invites un soir ? propose-t-il.

Elle prétexte une fatigue. Elle explique qu'elle a été malade à Paris, qu'elle a encore besoin de repos.

– La semaine prochaine, si tu veux.

Le lendemain, elle décide d'accompagner Nicole Vaindrier à la mairie et de reprendre ses dossiers abandonnés depuis un mois. Elle a un peu honte. Elle se dit qu'il y a des gens qui attendent des réponses et qui doivent s'impatienter. Elle remet de l'ordre, note des rendez-vous urgents.

– Je vais avoir besoin de mon Solex, dit-elle à sa mère en revenant aux Quatre Vents pour déjeuner.

– Va le chercher cet après-midi avec Marie-Hélène. Ça la distraira.

Les deux cousines descendent à Roanne un peu avant quatre heures, dans la voiture de Marie-Hélène. Elles ont décidé de faire quelques courses, puis d'aller chercher le Solex, et, comme Noële n'est pas encore tout à fait rétablie, Marie-Hélène la suivra en voiture, prête à intervenir s'il y a une défaillance. Elles sont heureuses de se promener en ville, d'entrer dans les magasins, de dévaliser les épiceries. Elles passent rue du Lycée, devant le salon de coiffure où travaillent les jumeaux Herbillon.

– On va les embrasser? propose Noële.

Ce sont des cris de surprise. Charlie, occupé avec un client, leur fait signe de loin, mais Catherine, qui est libre entre deux shampooings, saute au cou de Noële et l'embrasse comme si elle l'avait crue morte.

– Jean-François nous a dit, raconte-t-elle. Il paraît que tu as été très malade! On va venir te voir, tous ensemble, la semaine prochaine. Quelle chance que tu sois revenue!

La nuit vient. Les deux cousines ont un peu trop flâné. Noële aurait préféré faire la route en Solex pendant qu'il faisait encore jour. Elles vont rapidement jusqu'au garage Coindreau.

– Arrête, dit soudain Noële.

Devant la porte, Jean-François est là, qui fait les cent pas.

– On rentre, tant pis. Je reviendrai chercher mon Solex demain.

– Il te fait peur à ce point-là?

– Peur ? Bien sûr que non, tu es bête. Mais sois gentille. Accompagne-moi.

Jean-François les a aperçues. Il vient vers Noële en levant les bras.

– Ah! quand même!

– Tu ne vas pas me dire que c'est moi que tu attendais ?

– Non. J'ai un pneu crevé. Coindreau me le répare. Mais comme j'ai vu que ton Solex était encore là, je me suis dit qu'avec de la chance...

Il est un peu maladroit. Marie-Hélène lui sourit.

– Tu connais ma cousine? Marie-Hélène Vaindrier.

– Mademoiselle...

Ils se serrent la main.

– Coindreau en a encore pour un quart d'heure. Vous avez le temps de venir boire un verre quelque part?

– Non, répond Noële. Je suis déjà en retard. J'avais promis à ma mère de rentrer avant la nuit.

Elle ajoute, comme une excuse :

– C'est ma première sortie.

Et elle rentre dans le garage. Marie-Hélène reste avec Jean-François qui cherche quelque chose à dire.

– Vous êtes aux Quatre Vents pour longtemps ? demande-t-il enfin.

– Deux ou trois jours.

Noële revient très vite.

– A bientôt, Jean-François.

– On se voit la semaine prochaine ?

– Si tu veux.

Et elle part brusquement, laissant Jean-François un peu étonné, sur le bord du trottoir. Marie-Hélène est obligée de crier :

– Attends-moi !

Le soir, au moment d'aller se coucher, les deux cousines s'embrassent. Marie-Hélène murmure :

– Je te comprends. Il est *très* séduisant…

Pour Jean-François aussi la vie a repris. Il n'a pas eu droit à plus d'un jour de vacances. M. Saulieu fait sonner le réveil chaque matin à sept heures. Trois quarts d'heure plus tard, il prend avec son fils le chemin de l'usine. Jean-François conduit. M. Saulieu parle. Des machines, du vieillissement, des commandes, d'une décision qu'il faut prendre et qui a déjà trop tardé. Jean-François ne répond pas. Il pense à Noële. Pourquoi si fuyante ? C'est avec elle pourtant qu'il faudrait parler de l'avenir et des décisions à prendre. Il a toujours vécu seul, sans amis. Cette lettre qu'il attend, de la Compagnie d'Aviation Civile, il aimerait la faire lire à Noële, et qu'elle dise ce qu'elle en pense. Ce n'est rien pourtant qu'une fille parmi d'autres, et qu'il a fait danser, sans plus. Jolie, simple, un peu secrète. Et depuis son retour…

– Tu m'écoutes, Jean-François ?

– Oui, oui !

Ils arrivent à l'usine. Il est huit heures deux minutes.

– Nous sommes en retard, dit M. Saulieu mécontent. Un vrai patron arrive toujours le premier. Demain, tu conduiras plus vite.

Sur le pas de la porte, le contremaître attend les ordres pour la journée.

– La Loire monte toujours ?

– Oui, monsieur.

Ils entrent dans le bureau.

– Tu sais qu'on reparle du barrage ?

M. Saulieu hausse les épaules. C'est un vieux projet. Si vieux qu'il ne le prend plus au sérieux. Son père déjà en parlait tous les deux ou trois ans. Un barrage sur la Loire qui obligerait à noyer l'usine.

Plusieurs fois les experts étaient venus étudier les conditions d'expropriation.

– Ce serait la meilleure solution.

Jean-François n'est pas loin de le penser.

La lettre arrive ce jour-là au courrier de onze heures. Mme Saulieu tourne et retourne l'enveloppe. Elle a toujours ouvert le courrier de son fils. Mais un scrupule la retient. Depuis qu'il est revenu, elle a un peu peur de lui. Pour le garder, elle sent qu'il faut plus de souplesse. Elle se dit avec étonnement qu'il a déjà vingt-trois ans.

En rentrant déjeuner, M. Saulieu interroge son fils :

– Comment trouves-tu ta mère ?

– Bien. Pourquoi ?

– Nous sommes entre nous. Sois franc.

– Il me semble qu'elle a changé depuis deux ans. Qu'elle est moins alerte.

Ils roulent un moment en silence. La route traverse une forêt que l'automne incendie.

– Je ne t'ai jamais parlé d'elle. Je ne sais pas pourquoi. Sans doute par pudeur, et puis je te considérais encore comme un enfant. C'est très bête.

Jean-François écoute. Est-ce vraiment son père qui parle ? Jamais il ne lui avait entendu cette voix.

– Nous nous sommes mariés très tard. Son père ne voulait pas de moi pour gendre. Je touchais le salaire d'un contremaître. Rien de plus. J'étais le fils du patron, mais il me traitait comme un employé. J'ai attendu dix-sept ans pour être patron à mon tour. Ta mère n'a pas perdu patience. On a beaucoup tourné autour d'elle. Elle a toujours dit non.

Un silence.

– Quand tu es né, elle allait avoir quarante ans. C'était comme un miracle.

Il ne dit plus un mot jusqu'à l'appartement. L'enveloppe est posée sur sa serviette, bien en évidence. Il est obligé de l'ouvrir devant sa mère, en se mettant à table. Il lit rapidement la lettre, la met dans sa poche.

– Prends ton temps pour lire ton courrier, Jean-François. Je ne pense pas que notre présence te gêne.

– Ce n'est rien, mère. Un camarade de régiment.

– Il tape ses lettres à la machine ?

– C'est un jeu. Il a un oncle, je crois, qui dirige une compagnie d'aviation. Comme il est amoureux d'une des secrétaires, tous les prétextes lui sont bons pour dicter son courrier.

Il déplie sa serviette. Une date tourne déjà dans sa tête. Une date qu'il a tout de suite retenue en parcourant la lettre : il doit être à Paris le 20 octobre.

IX

Chez les Saulieu. On parle. On n'empêchera personne de parler. Il y a un salon grenat, des dames à chapeaux, des cakes, et Mme Bergondi qui s'extasie sur la recette :

– Vous mettez l'orange en sirop ?

– En poudre, répond Mme Saulieu. Je râpe l'écorce.

Le soir au dîner, sous la suspension 1900 :

– Savez-vous ce que Mme Bergondi m'a appris ?

Jean-François écoute sa mère d'une oreille distraite. Il avait oublié qu'elle donnait un thé, le troisième vendredi de chaque mois.

– La petite Vaindrier... Mais au fait, elle faisait bien partie de votre bande ?

– Noële ? Oui. Pourquoi ?

– Je n'ai pas de conseils à te donner, Jean-François. Mais tu devrais mettre les autres au courant. C'est un vrai scandale. Tu sais ce qu'elle a fait en revenant de Paris ? Elle s'est arrêtée à Ouches. Elle a passé la nuit avec Denis Maréchal et elle n'est rentrée aux Quatre Vents que le lendemain matin. Tous les élèves l'ont vue...

Jean-François se lève brusquement.

– Jean-François !

Il quitte la salle à manger, claque la porte. Ses parents sont stupéfaits. Il sort de chez lui, entre dans le premier café, demande le téléphone.

– Allô ?... Je voudrais parler à Mlle Vaindrier... A Marie-Hélène. Oui. Merci, monsieur...

Il entend qu'on appelle dans un couloir. Une voix crie :

– Pour moi ? Tu es sûr ?

Marie-Hélène arrive, un peu essoufflée :

– Allô, qui me demande ?

Jean-François se nomme, dit qu'il a besoin de la voir de toute urgence, qu'il l'attend à Roanne, au Café des Sports, sur les Promenades.

– Vous savez l'heure qu'il est ?

– Huit heures et demie. Et après ?

Marie-Hélène comprend qu'il vaut mieux ne pas discuter. Ce grondement dans sa voix, c'est quelque chose comme de la colère. Elle accepte le rendez-vous. Noële ne saisit pas ce qui se passe.

– Pourquoi veut-il te voir, toi ? Je t'accompagne.

– Pas question, ma louloute ! Si c'est un rendez-vous galant, tu ne penses pas que je vais le rater pour tes beaux yeux.

Mais elle embrasse sa cousine très fort, et lui dit à l'oreille : « Je donnerais ma main à couper qu'il va me parler de toi. »

Lorsqu'elle arrive au Café des Sports, Jean-François ne lui laisse même pas le temps de dire bonjour. Il attaque aussitôt :

– Cette histoire d'Ouches, c'est vrai ou non ?

Il est posé sur le coin d'une chaise, les genoux pliés, prêt à bondir. Marie-Hélène se laisse tomber sur la banquette et ne peut pas cacher son envie de rire. C'était ça, son rendez-vous galant. Elle est obligée de reconnaître que Jean-François est encore plus séduisant lorsqu'il est en colère.

– Alors, c'est vrai ou non ?

– Oui, c'est vrai. C'est moi qui ai déposé Noële à Ouches le soir de son retour, et qui suis allée la chercher le lendemain matin.

– Je vais lui casser la gueule !

– A qui ?

– A Denis.

– Pourquoi ?

– Parce que j'en ai envie !

Le garçon, qui entend crier, s'approche pour prendre la commande. Dès qu'il s'éloigne, Marie-Hélène ne se retient plus. Elle rit franchement :

– Vous savez que vous êtes merveilleux dans la grande scène du deux : je vais lui casser la gueule et toute la symphonie ! Dites-vous bien une chose. Si Noële a envie de passer la nuit à Ouches, je ne vois pas pourquoi elle aurait des comptes à vous rendre.

– Je sais.

– Alors ?

Le garçon revient avec les verres. Jean-François donnerait n'importe quoi pour ne pas avoir téléphoné à Marie-Hélène. Parce qu'elle a raison de rire et de le trouver ridicule. Il sort de sa poche la lettre de la compagnie d'aviation.

– Lisez, vous allez comprendre.

Elle apprend qu'il doit être à Paris le 20 octobre pour rencontrer le directeur de la compagnie. Elle attend qu'il s'explique. Il se décide, maladroitement. Il parle de son père, de l'usine, de l'aviation, de son service militaire, tout ça en désordre. Et finalement, il avoue qu'il voudrait bien que Noële aussi lise cette lettre et lui dise ce qu'elle en pense.

– Pourquoi ?

– Mais parce que je l'aime, tiens !

Il a crié de nouveau, brusquement excédé d'être obligé de tout dire. Marie-Hélène sourit :

– Voilà. C'est dit.

– Oui.

– Et tout le monde a entendu.

– Je m'en fous !

Il sourit à son tour.

– D'ailleurs, il n'y a personne.

Et maintenant, il parle. Il reprend tout dans le détail. Il raconte ce qui s'est passé pendant son service militaire, l'éblouissement qu'il a eu en découvrant l'aviation. Le désir de plus en plus profond de continuer dans cette voie. La possibilité de devenir pilote de ligne, et même, ce qui le tenterait davantage, pilote d'essai. Il raconte aussi que, pendant tout ce temps-là, il s'était mis à penser à Noële. Qu'il la connaissait depuis des années, mais qu'il n'avait pas encore compris ce qu'elle représentait pour lui. Que c'est loin d'elle, qu'il s'était enfin aperçu qu'il l'aimait. Marie-Hélène a envie de sourire. Ce sont les phrases exactes de Noële. La même histoire.

– Je ne sais pas si elle acceptera que je devienne pilote d'essai. C'est un métier dangereux. D'un autre côté, je la connais un peu. Je ne crois pas qu'elle envisage de passer sa vie dans une vieille usine, au bord de la Loire. Quand je pense à elle, à moi par rapport à elle, je me dis qu'il faut que je fasse de grandes choses.

Il parle avec passion. Marie-Hélène se laisse prendre à ce charme. Elle a envie de lui raconter tout ce qu'elle sait, tout ce que lui a avoué Noële : la fuite à Paris et le rôle qu'a joué Jean-François dans cette brusque panique. Ce serait si simple de tout arranger en quelques phrases. Mais elle se retient. Elle n'a pas le droit de trahir la confiance de Noële.

– Rendez-moi un service, demande Jean-François. Un vrai ! Quand je dis un service... Posez-lui la question pour moi. Expliquez-lui tout ce que je vous ai raconté. Et retrouvons-nous ici demain soir. Vous me donnerez sa réponse.

Marie-Hélène secoue la tête. Elle est un peu irritée qu'il soit si naïf.

– C'est très touchant ce que vous me proposez. Mais comment voulez-vous qu'elle réponde ? Vous n'avez aucune précision à lui donner. Cette lettre, c'est une simple convocation. Que va-t-il vous dire, ce directeur ? Avant de mettre Noële au courant, allez à Paris, étudiez les propositions qu'on va vous faire, prenez le maximum de renseignements. C'est la sagesse même.

Elle ajoute avec un peu de mélancolie :

– J'ai l'impression d'être une vieille dame qui donne des conseils raisonnables.

Un petit sourire naît dans son regard.

– C'est le 20 votre convocation à Paris ?

– Oui.

– Si on faisait le voyage ensemble ? J'ai une voiture, et j'ai toujours rêvé d'avoir un chauffeur. Je vais raconter à Noële que vous vouliez me voir pour me le proposer. D'accord ?

Le départ a lieu à neuf heures. M. Saulieu a tenu à accompagner son fils aux Quatre Vents. Il porte une pelisse avec un col de fourrure comme en plein hiver.

Il s'incline devant Nicole Vaindrier :

– Il y a longtemps que je désirais vous voir, chère madame. Mon fils m'en fournit le prétexte et j'en suis enchanté.

Nicole Vaindrier sait qu'il a voté contre elle aux dernières élections municipales, et qu'il a beaucoup dit qu'une femme était une menace de désordre et d'inefficacité. Non qu'il souhaitait le siège pour un de ses amis, mais par principe. Parce qu'il appartient à une génération où on n'imagine pas les femmes hors du foyer.

– Pardonnez-moi de parler affaire tout de suite, poursuit-il. Mais vous étudiez, je crois, le dossier du futur barrage sur la Loire. Vous savez que mon usine est menacée. Je serais heureux d'en discuter avec vous.

Près de la voiture, Noële souhaite bon voyage à Marie-Hélène. Elle l'embrasse avec force. Elle lui dit à l'oreille : « Sois prudente. Je te confie Jean-François. » Ils se sont à peine parlés, aussi gênés l'un que l'autre, devant Marie-Hélène qui a reçu leur double confidence. Et celle-ci, qui comprend très bien leurs sentiments, presse le départ, coupe court aux embrassades, prétextant que la route est longue et qu'elle n'a pas envie de conduire vite.

– Méfiez-vous, mademoiselle, dit M. Saulieu. Ne laissez pas trop le volant à mon fils. Depuis qu'il a piloté des avions, il roule comme un acrobate.

Une marche arrière. La voiture sort de la cour, disparaît entre les tilleuls. Noële est très vite remontée dans sa chambre. Du premier étage on voit la route plus longtemps. La voiture est déjà loin, bientôt disparue. Que va-t-il se passer maintenant ? Rien. La maison reproduit ses bruits familiers. Noële reprend son travail. On voit partout son Solex. Elle se passionne pour ses tournées, les raconte le soir à ses parents. Ils sont heureux de la retrouver telle qu'elle a toujours été.

Deux jours après le départ de Marie-Hélène, une carte postale arrive de Paris, signée de Jean-François. Elle représente la tour Eiffel.

– Si on allait à Paris, tous les trois, pour le réveillon? propose Gilles Vaindrier.

Il se tourne vers Noële, qui est allongée sur le tapis devant la cheminée et fait une des réussites que lui a apprises Marie-Hélène.

– Tu vas avoir vingt et un ans, cette année. Ce serait une bonne occasion de faire la fête.

Noële continue à retourner ses cartes, comme si elle n'avait pas entendu.

– Qu'en penses-tu, mon chéri? demande Nicole Vaindrier.

– Si c'est un cadeau d'anniversaire, ce n'est pas à moi de décider.

– C'est vrai.

Gilles Vaindrier va jusqu'au petit bureau, ouvre le tiroir où, quelques semaines plus tôt, il a rangé le prospectus de la nouvelle voiture.

– Puisqu'on en parle, dit-il. Je veux te faire un beau cadeau. Un cadeau qui te fasse vraiment plaisir. J'ai une idée. Mais avant de te préciser ce que c'est, je voudrais savoir si tu as quelque chose en tête.

Noële s'est levée brusquement. D'une main, elle brouille les cartes, s'écrie d'une voix dure:

– Ce dont j'ai envie, vous ne pouvez pas me le donner.

Elle quitte le salon, monte dans sa chambre.

– Qu'est-ce que j'ai bien pu dire? demande Gilles à mi-voix.

Nicole est perplexe. C'est la première fois, depuis tant d'années, que sa fille rompt ainsi une conversation. Hautaine, presque insolente. La phrase que leur a rapportée Marie-Hélène lui revient en mémoire: «Elle se méfie de vous.» Peut-être a-t-elle cru à un piège, car tout a commencé avec cette carte postale de Jean-François.

– Il faut absolument que les Saulieu viennent dîner un soir, affirme-t-elle. Je leur téléphone demain, pour fixer une date.

Madame Marie s'est surpassée. Sa charlotte n'a jamais été si fondante. M. Saulieu en a redemandé. Et il a tenu à féliciter lui-même la cuisinière, après le repas, d'un petit discours ravi. Debout sur le seuil de la salle à manger, les joues bien rouges, la moustache relevée en croc, comme autrefois, il aimerait savoir si ce parfum qui lui enchante encore le palais est dû à la prune ou à l'abricot. Mais madame Marie se refuse à livrer ses secrets.

– Monsieur ne me croira pas, mais j'invente au fur et à mesure. Je ne sais pas ce que je mets. C'est à l'inspiration.

Il y a la cérémonie des cigares, du petit verre d'alcool. La conversation tourne sur elle-même. Puis Nicole Vaindrier entraîne M. Saulieu dans le salon, pour parler barrage et dossier. Gilles Vaindrier fait pour Mme Saulieu l'historique des Quatre Vents, parle de son père qui a quatre fils, dont trois ont fait de brillantes études.

– Un avocat, un médecin, un ingénieur des Ponts et Chaussées. Ils vivent à Paris tous les trois et ne donnent jamais signe de vie. Pour eux, je ne suis qu'un petit fermier.

– Oh ! fermier... C'est une façon de parler.

Mme Saulieu cherche à être aimable. Mais Gilles insiste. Il est bel et bien fermier, et n'en a pas honte. Il a des vaches, une laiterie modèle et souhaite que les paysans des environs s'associent avec lui, forment une sorte de coopérative. Il entraîne Mme Saulieu vers ses bâtiments. Jean-François et Noële restent seuls.

– Je n'aime pas ! dit Noële sourdement.

– Quoi ?

– Cette cérémonie. Tout le monde semble assis sur une pelote d'épingles. Sauf ton père.

– Il est content. Je le connais bien. Cette soirée lui fait plaisir.

C'est la première fois qu'elle entend sa voix. D'habitude il y a les autres, ou de la musique parce qu'ils dansent, ou le bruit des plongeons dans la piscine. Mais ce soir, c'est le silence, et il ne parle que pour elle.

– Mon père aime ce genre de maisons. Il y a quelque chose... comment dire? C'est comme un fauteuil tu comprends, et on s'y enfonce. C'est profond, les Quatre Vents. Je ne l'avais pas encore remarqué.

– Tu n'es pas venu souvent.

– Et toujours avec la petite bande. C'était différent. Ce soir, il y a la nuit derrière les vitres, quelque chose plus loin, comme des arbres. On se laisse prendre.

Elle voudrait qu'il parle encore, parce qu'elle ne savait pas qu'il avait une voix si grave.

– Tu ne sens pas la même chose ?

– Je connais depuis si longtemps.

– Tu n'envisages pas de partir ?

– Parfois.

Elle attend. Elle ne sait pas si elle va tout lui dire. Ce serait si simple. On entend à peine, dans la pièce voisine, Nicole Vaindrier et M. Saulieu qui parlent à mi-voix. De l'autre côté de la cour, la laiterie est éclairée. Lorsque Gilles Vaindrier se lance dans les explications techniques, rien ne l'arrête. Il est capable de discuter des heures.

– Parfois je suis comme une étrangère. Je regarde ces murs. Je me dis : ce n'est pas à moi, reprend Noële.

– Pourquoi ?

– Je ne sais pas. L'impression que quelqu'un va frapper à la porte et m'apprendre la vérité.

– Quelle vérité ?

Noële hésite. Il faudrait qu'il lui vienne en aide. Mais il semble si sûr de lui.

– Quel âge a ton père ?

– Soixante-deux ans.

– Que fait-il en ce moment ? Il se penche sur les plans d'un barrage qui peut noyer tout ce qui a été sa vie. En quelques jours, il n'y aura plus qu'un grand lac. Où sera sa vérité à ce moment-là ? Il croyait la connaître, avoir gagné le droit de se reposer. Et toi ?

Jean-François s'est levé. Il se penche vers le feu, met une bûche.

– Ma vérité, je la connais.

Il se retourne. Il a le visage attentif. Comme s'il mesurait une distance ou la force d'un adversaire invisible.

– Il faut que je te parle, Noële. Pas ici. Pas ce soir. Mais il le faut.

– Pourquoi ?

– J'ai passé trois jours à Paris. J'ai eu des conversations importantes. Je voudrais te mettre au courant. Parce que…

Il sourit :

– Parce qu'il est possible que ma vérité soit aussi la tienne.

X

Deux jours plus tard, Nicole Vaindrier attend son mari avec une certaine impatience pour le déjeuner. Elle vient de recevoir un coup de téléphone de la présidente de la Croix-Rouge, Mme de l'Hesdain, qui la préoccupe un peu. Mme de l'Hesdain lui a simplement demandé d'être à la sous-préfecture ce jour même, à deux heures et demie.

– Un homme qui arrive de Genève insiste beaucoup pour vous rencontrer. Il est de passage à Roanne, a-t-elle expliqué.

– Que me veut-il ?

– Je ne me suis pas permis de le lui demander. C'est un Américain. Très aimable. Il s'appelle Baxter. William Baxter.

– Bien. J'y serai.

Lorsque Gilles Vaindrier rentre, à midi passé, il ne comprend pas pourquoi sa femme est soucieuse.

– Que crains-tu ?

– Je me demande qui est cet homme, et pourquoi il veut me voir.

Ils déjeunent rapidement.

– Tu peux me conduire à Roanne ?

– Bien sûr. J'ai des courses à faire. Il faut que je passe chez l'électricien, justement. Tu en as pour longtemps à la sous-préfecture ?

– Comment savoir ?

En route, elle finit par avouer :

– C'est absurde, je sais. Mais j'ai l'impression que cet homme est venu me parler de Noële…

Gilles Vaindrier ne répond pas. Il y a pensé lui aussi, mais il ne veut pas l'avouer à sa femme, pour ne pas augmenter son inquiétude. Il la dépose devant la sous-préfecture au moment où sonne la demie.

– On se retrouve au parking de la gare.

– Entendu.

Mme de l'Hesdain attend Nicole Vaindrier sur le palier du premier étage :

– J'ai demandé qu'on ouvre un petit bureau où vous serez tranquilles. De l'autre côté du couloir.

C'est une pièce sombre, donnant sur une cour intérieure, avec une haute cheminée et une pendule de marbre. Un homme attend, debout. Il est grand, mince, les cheveux déjà gris, coupés en brosse, un long visage, des lunettes à monture d'acier. Mme de l'Hesdain se retire :

– Si vous avez besoin de moi, chère amie, vous savez où me joindre.

M. Baxter a refermé la porte. Il fait face à Nicole. Son regard est très clair, presque gris, mais d'une extrême vivacité.

– Regardons-nous avec le plus de sympathie possible, madame. Dans quelques instants, je serai sans doute votre ennemi. Ce que je suis venu faire, c'est par devoir. Mais d'avance je vous en demande pardon.

Nicole s'étonne de ne pas avoir peur. Elle attendait un policier, un homme-robot, avec des chiffres, des dates, des dossiers. Mais il a la voix d'un ami, perdu de vue de longue date, et qui revient à peine vieilli. Elle se souvient des Américains parachutés dans son maquis. Ils avaient la même voix, la même façon de se tenir debout et de vous regarder, la même gentillesse. Elle voudrait trouver un mot plus fort. C'est le seul qui convienne.

– Nous devons avoir sensiblement le même âge, madame, et je tiens à vous dire, même si vous jugez cela gênant, que j'ai trois enfants. L'aîné aura dix-neuf ans cette année. Il s'appelle Philip.

– Ma fille aura vingt et un ans pour Noël. Du moins, nous avons décidé, mon mari et moi, de lui souhaiter son anniversaire le 25 décembre, puisque nous avons choisi de l'appeler Noële.

– En réalité, dit M. Baxter doucement, elle a dû naître un peu plus tôt. En novembre...

Le combat est engagé. Nicole cherche le regard de son adversaire.

– Je vous ai attendu longtemps, monsieur. J'ai tremblé à cause de vous pendant des années. Il y a des jours où je n'osais pas ouvrir le courrier, répondre au téléphone. Peu à peu, je m'étais rassurée. Je ne dis pas que je n'y pensais plus. Mais c'était très loin, très vague. Et vous êtes là.

M. Baxter prie Nicole de s'asseoir, s'assied à son tour, croise ses longues jambes. Il n'a pas de porte-documents, pas de notes. Il est venu les mains vides, comme en visite.

– Je tourne autour de votre maison depuis plusieurs semaines. J'hésite à y entrer. Ce rendez-vous que je vous ai demandé, j'aurais pu en fixer la date beaucoup plus tôt. Il y a plus d'un mois que je loge chez des amis, à Riorges, et que je fais une enquête très discrète sur vous, votre fille, la vie que vous menez, l'opinion que les gens ont de vous. Je découvre une famille heureuse, unie, sans problèmes, et j'ai envie de rentrer à Genève sans avoir parlé. Il le faut pourtant.

– Pourquoi tant de détours, monsieur? Vous avez identifié Noële?

– Non.

– Alors?

– Je n'ai qu'une chose à vous dire. Une phrase très courte. Vous comprendrez facilement pourquoi j'ai tant hésité à la prononcer. Voici: nous sommes obligés de reprendre l'enquête.

Il a parlé doucement, sans quitter Nicole Vaindrier des yeux, comme un médecin qui, au moment d'atteindre un point trop sensible, surveille les réactions de son malade.

– Pourquoi? interroge Nicole après un instant de silence.

– Nous avons retrouvé la trace du pasteur Gérald Garner. Celui qui était à Venosc trois jours avant la découverte de l'enfant. Nous l'avions cherché en vain depuis toutes ces années, et nous avions perdu tout espoir de le joindre. Les hasards d'une enquête récente au Nord Viêt Nam l'ont fait brusquement sortir de l'ombre.

Maintenant, il y a entre eux l'image de cet inconnu si longtemps recherché qui, d'un mot, peut faire jaillir la lumière.

– Je rentre à Genève demain, reprend M. Baxter. Je ne sais pas combien de temps durera cette nouvelle enquête. J'ai l'intention de la mener moi-même jusqu'au bout. Tant qu'elle ne sera pas terminée, vous n'entendrez parler de rien.

Il s'est levé, a repoussé sa chaise. Derrière ses lunettes cerclées de métal, son regard n'a plus le même éclat. On y devine de la lassitude. Nicole Vaindrier se lève à son tour. Il n'ose pas lui tendre la main.

– Essayez de vivre comme avant, dit-il.

Nicole ne se domine plus. Sa patience cède brusquement:

– Comme avant? Imaginez qu'on vous prenne votre Philip et vous verrez si c'est possible!

Elle sort de la petite pièce, passe sans s'arrêter devant le bureau de Mme de l'Hesdain, descend l'escalier en courant. Elle a besoin de son mari. Elle voudrait qu'il soit devant la porte, et que déjà il sache tout, et qu'elle n'ait pas besoin de raconter. Il lui a dit quelque chose à propos du parking. Elle ne sait plus. Elle traverse la place. Elle court toujours. On se retourne sur son passage, mais elle n'y fait pas attention. Ah, oui ! La gare… Le parking de la gare. Elle dit, à mi-voix : « Gilles… Gilles… » et, soudain, il est là. Il l'a vue arriver de loin. Il la prend dans ses bras, la porte presque jusqu'à la voiture, met le moteur en marche, sort de la ville. Peu à peu, il entend que sa respiration redevient normale. Il ralentit. La route passe entre de grands arbres, longe des prés où la brume s'accroche aux barrières.

– Nous avons trop attendu, commence enfin Nicole. Il faut tout dire à Noële ce soir.

XI

C'EST un dîner comme les autres. Mais il n'y a que Gilles Vaindrier qui parle. Nicole mange à peine. Elle a hâte d'arriver à ce qui doit être.

– Ne fermez pas encore les volets, madame Marie. La nuit est si belle.

Il y a clair de lune, et le froid s'installe déjà. La cour des Quatre Vents est comme un lac pris par le gel, et la façade de la laiterie, avec ses hautes portes, semble s'y refléter.

– Tout sera blanc, demain matin, annonce Gilles Vaindrier en se levant de table. C'est une nuit à givre.

Il quitte la salle à manger, monte dans sa chambre. C'est le dernier jour du mois. Il doit préparer la paye de ses ouvriers. Noële s'est installée sur le tapis du salon, et commence une réussite.

– Marie-Hélène m'a donné le virus, dit-elle en souriant.

Nicole aide madame Marie à débarrasser la table. Elles ont vite fait de tout ranger dans le buffet. Elles se disent bonsoir et madame Marie regagne sa cuisine. Elle va, comme chaque soir, faire ce qu'elle appelle son «examen de placards»: le compte de farine, de sucre, de café, ce qui reste et ce qui manque, avec le sérieux d'un intendant militaire. «C'est maintenant», pense Nicole. Debout devant la fenêtre, elle écoute le silence de la maison. Vingt ans à vivre ainsi, à construire, jour après jour, un bonheur paisible. Et rien ne menaçait ce bonheur. Jusqu'à l'arrivée de M. Baxter. Tout sera blanc demain, Gilles a raison. Tout sera neuf. Il le faut! Elle monte rapidement à l'étage.

– Il faut que tu viennes, Gilles.

Il range ses fiches.

– Tu es toujours décidée ?

– Oui.

– Tu auras la force ?

– Avec toi, oui.

Ils descendent ensemble. Noële est encore plongée dans ses cartes. Elle s'exclame :

– L'as de pique ! Enfin ! Je vais peut-être en réussir une.

Gilles Vaindrier prend sa pipe sur le bureau, cherche sa blague à tabac. Nicole s'est assise sur le divan.

– Noële, mon chéri, tu devrais laisser tes cartes.

– Pourquoi ?

– Ne demande pas. Viens t'asseoir là, en face de moi, dans ce fauteuil.

Noële s'est redressée :

– Qu'y a-t-il ?

– Nous avons à te parler, ton père et moi.

Gilles Vaindrier a rejoint sa femme.

– Nous pensions le faire pour tes vingt et un ans. Mais nous ne pouvons plus attendre.

Noële est debout devant eux. Elle les regarde. Brusquement son visage s'éclaire.

– Vous allez me parler ? C'est bien vrai ? Vous allez me parler ce soir ? Oh ! si vous saviez comme j'ai attendu...

– Il faut que tu restes calme, mon chéri. Sinon, nous ne pourrons pas.

– Comment voulez-vous ? Mais comment voulez-vous ?

Ils ne comprennent pas ce sourire sur le visage de leur fille, ni ce regard, ni cette voix qu'elle ne contrôle plus. Ils sont obligés de penser à Paris, au docteur Gentien, à ce qui est arrivé chez Marie-Hélène, et ils se demandent s'ils ont le droit de continuer. Mais Noële est là, qui les presse, les bouscule :

– Dites-moi. Dites-moi ! Enfin...

– Noële, donne-moi ta main.

– Voilà.

– Ecoute ton père.

– J'écoute.

Gilles Vaindrier cherche ses mots.

– Il faut que je remonte loin, dit-il en posant sa pipe sur l'accoudoir du divan. Juste après la guerre, en octobre, quand je suis venu ici en permission, pour la première fois. Je t'ai vue. Et... c'est très simple : je ne savais pas que je te verrais. Je ne pouvais pas le savoir. Comprends-tu ? Ta mère n'a jamais attendu d'enfant.

Il y a un très long silence. Tout s'est immobilisé. La lumière de la lune est irréelle.

– Tant de temps, murmure Noële. Je le savais. Et j'ai attendu. Et voilà...

Elle avoue. La fenêtre ouverte. La voix. Elle sait maintenant. C'était la voix de M. Baxter. Le Solex. La fuite vers Paris. Elle se débat, elle lutte, et Nicole Vaindrier, penchée vers elle, lui tient les mains, et lutte avec elle. Lorsque tout est dit, elles se regardent, épuisées et liées l'une à l'autre, comme une mère et sa fille enfin mise au monde.

– Maman..., dit Noële. Maintenant, c'est vrai ! Et il faut tout me raconter.

– Gilles, tu devrais apporter un peu de bois. Nous en aurons besoin.

Il se lève, sort du salon. Sans un mot, Noële vient prendre sa place sur le divan, se roule en boule comme un petit animal, pose son visage contre le ventre de sa mère. Elles écoutent le bruit des volets qui se ferment, le grincement des gonds rouillés. C'est la voix familière des soirées d'automne. Le clair de lune, chassé d'une fenêtre à l'autre, s'éloigne vers le fond de la cour et la maison se replie autour du feu.

– Tout a commencé en gare de Grenoble, commence Nicole lorsque son mari est revenu. Le 17 janvier. Un peu après trois heures.

Elle raconte. Gilles s'était engagé, dès la Libération, dans la division Leclerc. Il était quelque part en Alsace. Nicole s'occupait des réfugiés. Il y en avait beaucoup. C'était pourtant la fin de la guerre. Il y avait eu le débarquement, les villes libérées l'une après l'autre. Mais derrière les armées victorieuses, les misères sortaient de l'ombre. Beaucoup de gens se mettaient en marche, cherchaient à rentrer chez eux. Ce jour-là, le 17 janvier, on avait annoncé qu'un train se dirigeant vers l'Italie s'arrêterait en gare de Grenoble. Le trafic avait repris depuis peu, par Briançon.

– Il faisait très froid. On n'avait rien pour se chauffer, ni pour se nourrir.

– Comment faisiez-vous ?

– La Croix-Rouge envoyait quelques vivres. L'armée américaine aussi. Et puis, le blocus des côtes était levé. L'Afrique du Nord avait repris ses expéditions vers la métropole. Je me souviens des premières oranges...

Elle sourit une seconde, reprend son récit. Une femme est entrée dans la gare de Grenoble. Une Italienne, Mme Buccianti. Elle avait entendu parler de ce train qui allait en Italie et elle venait le prendre avec ses enfants. Elle arrivait de Venosc, dans la montagne. Elle était partie très tôt le matin, parce qu'il n'y avait pas de service d'autocar. Les enfants étaient petits. Ils traînaient de grandes valises. Mme Buccianti ne pouvait pas les aider.

– Pourquoi ?

– Parce qu'elle portait un bébé dans ses bras.

– Moi ?

– Oui.

Noële se serre davantage contre sa mère. Elle répète plusieurs fois à mi-voix : « Buccianti... Buccianti... » Elle redresse la tête.

– Tu l'as revue ?

– Non. Mais de temps en temps, j'ai de ses nouvelles. L'an dernier elle était à Palerme. Elle mariait sa fille aînée, Angelina.

– L'été prochain, j'irai la voir.

Elle baisse de nouveau la tête :

– Continue.

La salle d'attente était pleine. Le bébé pleurait très fort. Mme Buccianti ne savait pas pourquoi. Peut-être avait-il faim ? Elle ignorait depuis combien de temps il n'avait pas mangé. Il n'était pas à elle. Elle l'avait trouvé, le matin même, dans un chalet abandonné de Venosc. Tout de suite, Nicole Vaindrier a pris le bébé et l'a porté dans un petit local qui servait d'infirmerie. Il était un peu plus de trois heures. Et depuis, elles ne s'étaient pas quittées. Pendant ce temps, dans la gare, Lisette Andrieux interrogeait Mme Buccianti.

– Lisette ? Elle était avec toi ?

– Nous étions de permanence toutes les deux, ce jour-là.

– Alors, elle sait ?

– Oui, mon chéri. C'est pour ça qu'elle est ta marraine. Mais elle est la seule. Madame Marie elle-même ignore tout.

– Il faudra bien le lui dire.

– Plus tard. Quand l'enquête de M. Baxter sera terminée.

– Papa...

Gilles Vaindrier a écouté en silence, debout devant la cheminée. Cette partie-là de l'histoire, il ne l'a pas vécue. Il la connaît pourtant dans ses moindres détails, mais ce soir, parce que Noële intervient et pose des questions, il a l'impression de l'entendre pour la première fois.

– Papa, raconte-moi à ton tour. Comment as-tu fait ma connaissance ?

– Je te l'ai dit tout à l'heure. En octobre. Quand je suis venu en permission. Tu dormais. Dans la chambre là-haut. C'était le matin. Je ne t'ai pas touchée, pas prise dans mes bras. Je t'ai observée. Pendant deux jours, je suis resté près de ton berceau, à t'écouter respirer.

Il cherche sa pipe. Il ne veut pas s'attendrir. Pendant le récit de Nicole, il a regardé cette jeune fille, redevenue soudain si petite, et qui, pour se rapprocher de sa mère, a retrouvé d'instinct les gestes de son enfance. Il a interrogé son visage. Les gens se trompent-ils vraiment en disant qu'elle lui ressemble ? Et qu'importe que Vaindrier ne soit pas son nom, et que son sang soit autre ? L'attachement qui les lie est exactement celui d'un père pour sa fille.

– Tu n'as pas froid ?

– Un peu.

– Je vais te chercher une couverture. Et je te raconterai l'histoire des Mesnard.

– C'est vrai, dit Nicole Vaindrier. J'ai trop parlé.

Elle est rassurée, parce qu'il y a de nouveau ce poids sur elle, ce corps vivant, comme dans la gare de Grenoble. Gilles revient avec la couverture promise, vérifie que le feu flambe bien, s'assied dans le fauteuil.

– Il faut revenir à Mme Buccianti, dit-il.

Il explique ce qu'on a vite découvert. Mme Buccianti était française de naissance, devenue italienne par son mariage. L'Italie ayant déclaré la guerre à la France, elle ne l'avait pas supporté. Elle avait attendu que son mari soit mobilisé et, par une sorte de miracle, elle avait réussi à passer la frontière avec ses quatre enfants... Elle se souvenait d'une vague cousine qui habitait Venosc, au-dessus de Grenoble. Elle avait décidé de lui demander l'hospitalité. En fait, la cousine n'existait plus. Mais il y avait une ferme abandonnée. Mme Buccianti s'y était installée. De l'autre côté de la route, un chalet.

– Celui dans lequel on t'a trouvée. Il appartenait à M. et Mme Mesnard.

– Tu les connais ?

– Non. Ils habitent Nantes. Le père est gardien de nuit dans une fabrique de biscuits. La mère brode. Le fils Georges a été les rejoindre après son divorce. Jusque-là, il vivait à Briançon. Les Mesnard n'étaient pas de mauvaises gens. Mais ils avaient eu de petits ennuis à la Libération. Oh ! pas graves. Ils s'étaient montrés un peu trop aimables avec les Allemands. On leur en voulait. Ils avaient d'ailleurs senti le vent tourner et, dans les derniers mois, ils ravitaillaient régulièrement les maquis. S'étant cru dédouanés, ils n'avaient pas fui. Mais de temps en temps, on les avertissait d'un danger possible. Alors, ils allaient passer quelques jours chez leur fils, à Briançon.

– C'est pendant l'une de ces absences qu'on m'a trouvée ?

– Pas exactement. Après le débarquement de Provence, les armées ont remonté la vallée du Rhône. Elles laissaient derrière elles toute une série de petites unités qui s'installaient ici et là, dans la montagne. Des services d'intendance, des infirmeries de campagne, des groupes de liaison, de radio. Et, toujours pour se dédouaner, les Mesnard ouvraient largement leur chalet. Ils recevaient tout le monde. Des convalescents, des médecins, des infirmières... Deux jours, trois jours, une semaine. Et sans jamais savoir à qui ils ouvraient leur porte. Ils ne demandaient pas les noms. Ils se contentaient d'entretenir le fourneau et de refaire les lits. Les Mesnard ont quitté Venosc le 24 décembre, pour aller passer Noël à Briançon chez leur fils. Ils savaient déjà qu'ils n'y reviendraient plus. Le père Mesnard avait, en effet, trouvé une situation à Nantes. C'était à l'autre bout de la France. Ses ennuis ne le suivraient pas si loin. Un groupe d'Anglais occupait leur chalet à ce moment-là. Parmi eux, un pasteur: Gérald Garner. Il soignait une blessure au genou avant de partir en mission spéciale vers les camps de personnes déplacées. Ces Anglais sont restés à Venosc jusqu'au 15 janvier. Dans la nuit du 15 au 16, M. Mesnard en se cachant est venu chercher quelques affaires. Il est reparti à trois heures du matin. Et puis il y a un jour vide, le 16 où il ne se passe rien. Et le 17, à l'aube, quand Mme Buccianti quitte sa ferme avec ses quatre enfants pour descendre vers Grenoble, elle entend pleurer dans le chalet des Mesnard. Elle entre. Sur un matelas, près du fourneau éteint, un bébé pleure... Voilà, mon chéri.

– Et le pasteur Garner?

– Peut-être sait-il quelque chose. Il faut attendre que M. Baxter ait réussi à le joindre. Il avait disparu depuis vingt ans.

Noële se sent brusquement épuisée, comme si elle avait marché des jours et des jours.

– Viens te coucher, dit Nicole.

– Non, non pas encore.

Elle tend la main vers Gilles Vaindrier.

– Tous les trois. Ensemble. On est bien.

Elle parle d'une voix déjà endormie. Des images passent, qu'elle confond et déchiffre mal.

– Tous ces lieux, dit-elle. Grenoble. Et Venosc. Il faudrait y aller.

– Je t'y accompagnerai, promet Gilles. Ta mère n'aime pas voyager.

– Pourquoi, maman?

– Sortie des Quatre Vents, je suis perdue.

– Mais l'horizon? Par moments il faut l'élargir.

Nicole sourit doucement.

– Mon horizon?

Elle se penche et, d'un doigt un peu tremblant, dessine un cercle autour des yeux fermés de Noële.

– Mon horizon, c'est ton regard.

XII

PENDANT quelques jours, Noële ne quitte plus son lit. Non qu'elle soit malade. Mais elle n'a pas envie de se lever, de s'habiller. Elle traîne. Elle s'enfonce sous les couvertures, remonte l'édredon, ronronne. Elle dit : « J'écoute la maison. » Elle s'y sent en sécurité. M. Baxter aura beau faire des voyages, et poser des questions, et compulser des fiches, il ne pourra pas l'arracher à la chaleur des Quatre Vents.

Madame Marie s'inquiète.

– Tu es bien pâlotte aujourd'hui.

Noële rit :

– Je n'ai jamais eu si bonne mine. Je retrouve un teint de bébé.

– Tu étais plus belle que ça. Bien ronde, bien rose, avec des joues comme des pommes.

– Tu t'en souviens encore, madame Marie ?

Elle aime cette voix, et ce visage et les murs de sa chambre et les arbres dans la fenêtre avec un petit morceau de champ et la haie de fusains. Le téléphone sonne. Elle refuse de répondre. Elle a seulement écrit un mot rapide à Denis pour qu'il sache. La 403 noire entre dans la cour, repart aussitôt. Jean-François ne comprend pas. On lui répond n'importe quoi : que Noële dort, qu'elle est fatiguée. Il insiste, sans succès. Cela dure cinq jours… Le sixième, au début de l'après-midi, il y a du bruit à la porte d'entrée. Une voix en colère :

– Elle ne dort quand même pas toute la journée !

Et madame Marie qui répond sur le même ton :

– Puisque je vous le dis, je ne vois pas pourquoi vous ne me croyez pas.

– Et si je montais jusqu'à sa chambre, pour voir ?

– Vous seriez bien avancé. Elle se réveillerait en sursaut, et puis quoi?

Noële s'est redressée dans son lit. Cette colère, tout à coup, l'amuse. Et s'il montait jusqu'à sa chambre? Il y a un pas dans l'escalier, et madame Marie qui crie de plus en plus fort:

– Mais enfin, monsieur Jean-François !

Il est là. Il frappe à la porte.

– Entre.

Il ouvre.

– Je savais bien que tu ne dormais pas!

Il reste sur le seuil, hésitant. Il voudrait bien dire tout ce qu'il a à dire. Mais Noële le regarde en souriant, du fond de son lit, les couvertures au menton, et il se sent désarmé.

– Tu es malade?

– Absolument pas.

– Alors?

– Je vis au ralenti. Je ne peux pas t'expliquer. Ce sont des journées extraordinaires.

– Et moi?

– Toi?

– J'ai à te parler. Ça va faire huit jours. Tu t'imagines que je peux attendre encore longtemps?

La colère le reprend peu à peu, parce qu'il a l'impression d'être ridicule, debout sur le seuil de cette chambre. Et Noële, qui sourit toujours.

– Ta mère vient demain à l'usine. Accompagne-la.

– Peut-être.

– Réponds oui.

– Je ne sais pas encore.

Alors, il éclate. Et madame Marie, qui est restée au bas de l'escalier, se demande s'il ne faut pas qu'elle intervienne.

– Qu'est-ce que ça veut dire: je ne sais pas encore ? Tu te moques de moi ou quoi? Tu ne comprends pas qu'il faut absolument que je te parle? C'est trop facile, à la fin. Tu tranches, tu décides, et les autres? Tu ne peux pas penser aux autres?

Elle essaie de crier aussi fort que lui.

– Jean-François! Mais écoute-moi, à la fin !

Il s'arrête brusquement. Il ne sait plus très bien ce qu'il a dit. Il a un peu honte. Dans le silence, Noële sourit toujours.

– Je viendrai demain à l'usine.

Ils sont dans le bureau de M. Saulieu. Nicole visite l'usine. Avant de se plonger dans les dossiers, elle a préféré connaître le bâtiment. Noële pensait l'accompagner, mais Jean-François est intervenu:

– Laissons les parents. On va faire notre visite à nous.

M. Saulieu a pris cette réflexion en souriant.

– Je ne sais pas si nous devons nous vexer...

– Au contraire, a dit Nicole Vaindrier. Nous serons beaucoup plus tranquilles pour parler.

Et ils les ont laissés seuls. Noële tourne sur elle-même, regarde par la fenêtre. De l'autre côté de la cour, le Père Victor, penché sur son potager, gratte la terre. C'est un temps de gel, avec du soleil très clair.

– Viens, dit Jean-François. Du premier étage, on voit la Loire.

Ils suivent un couloir obscur, montent un escalier. Jean-François prend une clef dans sa poche, ouvre une porte qui grince un peu.

– Attends. Il n'y a pas d'électricité. Je vais ouvrir les volets.

Il fait quelques pas dans l'ombre. Noële hésite sur le seuil. Une étrange odeur l'entoure : de poussière et d'humidité.

– Voilà, dit Jean-François.

Il a ouvert les volets. Le soleil éclaire une pièce vide, aux murs couverts de papier peint fané. Le bois des portes a joué. Une cheminée perd son marbre.

– C'est l'appartement de mon grand-père, explique Jean-François. Quand il a fondé l'usine, il s'est installé ici. Au bout de quelques années, il a préféré la ville. Depuis, personne n'y est venu.

Il montre la Loire, derrière les bâtiments de l'usine.

– D'ici la vue est très belle.

Noële le rejoint. Le fleuve est presque bleu, avec des mouvements de courtes vagues. On voit encore, dans les champs voisins, la trace des crues récentes.

– Il y a une petite île, en face ?

– Oui. C'est là qu'on va pêcher.

Il la regarde dans le soleil. Il ne savait pas qu'elle était si belle. Il a envie de lui relever les cheveux.

– Tu m'en veux, pour hier ? Je ne sais pas ce qui m'a pris. Je ne suis jamais comme ça.

– J'espère bien que si ! C'est bon, un garçon qui se met en colère.

Elle se souvient de la voix furieuse, du pas dans l'escalier, de cet homme à la porte de sa chambre. Pendant quelques secondes elle a senti comme une complicité entre eux, et elle s'est dit qu'un jour il viendrait ainsi la chercher et qu'elle n'hésiterait pas à le suivre.

– Il y a trois pièces à la suite, qui donnent sur le fleuve. La dernière est ronde, avec un balcon qui fait le tour.

Elle le suit. C'est comme quelque chose dont elle a rêvé. Elle sait déjà ce qu'il va dire.

– Tu habiterais ici ?

– Je ne me suis pas posé la question.

– Je te la pose. Mets-toi à la place de ma grand-mère. Tu viens de te marier. Ton mari te propose de vivre dans cet appartement. Que lui réponds-tu?

Elle le regarde bien en face.

– Explique-toi clairement, Jean-François. Tu m'as dit l'autre soir que tu avais eu des conversations importantes à Paris. Alors?

Il lui est reconnaissant de sa franchise. Tout de suite, il raconte. La compagnie d'aviation civile. Le stage qui se déroule en janvier. La possibilité de devenir un jour pilote d'essai. Et de l'autre côté, l'usine de son père, les travaux à faire pour éviter la mise en sommeil et, peu à peu, la faillite.

– C'est une décision grave. Je ne suis pas quelqu'un qui se décide sur un coup de tête. Je ne sais même pas si je réussirai mon stage. Et je ne sais pas non plus si je suis capable de faire marcher une usine. En fait, je suis dans un brouillard complet. Si tu voulais m'aider à y voir clair...

Il hésite un peu:

– Tout serait plus simple si tu me disais que tu as envie de vivre dans cet appartement. Je renoncerais à l'aviation tout de suite.

Il y a un silence. Le soleil descend déjà vers l'horizon. Une lumière orangée pénètre dans la pièce ronde. Noële fait quelques pas vers le mur, comme si elle cherchait la pénombre. Il se rapproche d'elle. Il est grand, si grand et si rassurant. Il fait enfin ce geste qu'il retenait: sa main écarte doucement les cheveux.

– Tu sais, dit-elle...

Elle a la voix si basse, qu'il se penche pour mieux entendre.

– Ça m'ennuie qu'on se tutoie. J'aimerais que ce soit comme une première fois, comme des gens qui se croisent dans la rue et qui se disent bonjour cérémonieusement. Et peu à peu ils font connaissance, et c'est au bout d'un très long temps...

– Il y a très longtemps que je te connais.

– Tu as une date?

– Un 2 mai exactement. A la première vente de charité du lycée. Tu es venue avec tes parents. Tu avais des nattes, assez longues dans le dos. Tu étais habillée en bleu.

– J'avais des nattes. C'est vrai.

– Tu les as coupées deux ans plus tard. Avant les grandes vacances. Tu es arrivée un jour à la piscine avec des cheveux de garçon.

– C'était la mode.

Elle s'émerveille qu'il ait une si bonne mémoire, et, avec un peu de surprise, elle murmure:

– Si longtemps, si longtemps...

Il se penche, l'embrasse très doucement, avec une sorte de respect qui la laisse étonnée. Puis il se redresse et tous deux, pendant un long moment, se regardent sans rien dire.

– Nos parents doivent nous chercher.

Elle revient vers la fenêtre. La Loire est sombre entre les prés inondés.

– Tu ne m'as pas répondu, pour cet appartement.

– Je ne peux pas encore.

– Le stage est dans deux mois. Il faut que je m'inscrive maintenant.

– C'est long, ce stage ?

– Cinq semaines.

– Ton père te laissera partir ?

– Bien sûr.

– Alors inscris-toi.

Il voudrait qu'elle s'explique mieux. Mais elle ne dit plus rien. Elle vient d'apercevoir, dans le potager, sa mère et M. Saulieu qui discutent avec le Père Victor.

– Ce soir, nous mangerons des salades de l'usine.

Elle se retourne vers Jean-François.

– Il faut redescendre.

– Explique-toi d'abord.

Elle secoue la tête.

– Ecoute, dit-elle...

La nuit s'annonce déjà. Il fait froid brusquement dans l'appartement désert.

– Tout à l'heure tu m'as dit que tu me connaissais depuis longtemps. Peut-être est-ce vrai, peut-être non. Je ne peux rien dire encore. Mais tu crois me connaître. Un jour, peut-être, il faudra que tu me réapprennes.

XIII

La neige tombe brusquement, une nuit, et tout de suite on se dit que les vacances de Noël approchent. Le calendrier le confirme. Les jumeaux Herbillon téléphonent : leurs parents, cette année encore, leur prêtent le chalet du Freney-d'Oisans. Ils invitent la petite bande.

– Tu as envie d'y aller ? interroge Nicole Vaindrier.

– Tout dépend de qui viendra.

– Attention, dit Gilles Vaindrier. De toute façon, vous ne partez pas avant le 25. Cette année, c'est un anniversaire très important. Je donne une grande fête en ton honneur.

Le soir même, aux Quatre Vents, on dresse des plans de bataille.

– Il te faut une robe neuve, assure Nicole à sa fille.

Rendez-vous est pris avec Mlle Clémence, la couturière de Villemontais, qui proteste parce qu'elle a tout le mariage de Louisette Cathelineau à habiller : « Vous imaginez, mademoiselle ! explique-t-elle au téléphone, il y a la mariée, les six demoiselles d'honneur, et la mère de la mariée, et une tante qui leur arrive de je ne sais où et qui n'a rien à se mettre. Comment voulez-vous que je fasse ? Surtout que c'est dans un lamé ivoire très difficile à travailler... » Mais elle se fait toujours tirer l'oreille. Gilles s'inquiète : la neige tombe pendant deux jours. Les chemins sont impraticables.

– Si ça continue, il faudra commander un chasse-neige pour que nos invités arrivent jusqu'ici.

– Mais, papa, c'est dans trois semaines !

Noële aime cette neige, cet univers blanc autour de la maison et le sentiment que personne ne peut venir la rejoindre. Dans le lointain, il y a peut-être un homme qui compulse des fiches et qui interroge. Sa voix est étouffée. Seul, Jean-François a le courage de franchir ces défenses. Il s'aventure sur les routes, chaque jour, vers cinq heures. M. Saulieu le regarde partir avec un peu d'impatience. Mais il se dit qu'une aventure avec la petite Vaindrier lui fera peut-être oublier ses rêves d'aviation, et l'enracinera dans le pays. La 403 noire glisse sur les routes verglacées, finit toujours par atteindre les Quatre Vents. Noële la guette de sa fenêtre. Elle descend en courant.

– Où vas-tu encore? crie madame Marie. Tu ne vois pas que c'est un temps à attraper la mort? Mets au moins des bottes.

– Oui, mère poule. Tu me parles toujours comme si j'avais trois ans.

Elle rit en rejoignant Jean-François.

– Pourquoi ris-tu?

– C'est madame Marie...

Il se penche, l'embrasse rapidement, et remet la voiture en marche, roule un moment, s'arrête de nouveau.

– Raconte-moi ta journée.

Elle est bien. Elle se dit que les gens mariés sont ainsi et que chaque soir, lorsque le mari rentre, il raconte ce qu'il a fait. Elle se dit qu'ils auront un jour une maison à eux, qu'ils ne seront plus obligés de rester dans une voiture, sur le bord de la route, avec des vitres embuées qui les isolent du monde. Elle pense à la vieille maison, dans la forêt.

– Dès qu'il n'y aura plus de neige, je t'y conduirai. Toute mon enfance y est enfermée.

– Tu as été une petite fille comment?

– Horriblement gâtée, parce que j'étais fille unique.

– Moi aussi, je suis fils unique. Mais je n'ai pas été spécialement gâté.

Ils en sont à ce moment de l'amour, où sans se connaître encore, ils aimeraient avoir vécu toute leur vie ensemble, où ils sont impatients de tout découvrir, et jaloux de ce qu'ils ignorent.

– On t'a déjà embrassée?

– Oui.

– Qui?

– Je ne sais plus.

– Tu peux me dire.

– Je t'assure que je ne sais plus. C'était entre deux portes, un jour, pour savoir, parce que les autres filles en parlaient.

– Et c'était comment?

– Plutôt bête. A se dire après: on en fait toute une histoire, et ce n'est que ça...

Ils parlent de tout ce qui les concerne, s'interrogent et se racontent, oubliant que l'heure tourne, qu'il faut de nouveau se séparer. Avec un soupir, Jean-François allume le tableau de bord, regarde la montre.

– Mon père doit commencer à ronchonner.

– Tu lui as demandé pour Le Freney-d'Oisans ?

– Pas encore.

Il fait demi-tour.

– Je ne peux quand même pas le laisser tomber tout le temps. Déjà, à cause du stage, je vais rester cinq semaines à Paris, en janvier. Si je lui réclame huit jours, en plus, pour aller faire du ski...

– Ce n'est pas pour le ski, c'est pour être avec moi. Des journées entières, Jean-François, du matin au soir, et non pas cette petite heure sur le bord de la route qu'on a l'impression de voler chaque soir. Est-ce que tu imagines ?

Le froid s'en va aussi vite qu'il était venu, et la neige fond. Mlle Clémence téléphone pour dire que le premier essayage est prêt. Noële obtient de Jean-François qu'il l'accompagne.

– J'ai besoin d'un avis d'homme.

Ils y vont un jeudi par des routes détrempées. Pour justifier le voyage, Jean-François s'est souvenu de courroies à porter chez le tanneur de Villemontais. La voiture sent le cuir. Ils roulent un long moment en silence. Le paysage est encore blanc par endroits, et les ruisseaux recommencent à courir. La petite route grimpe entre des collines où les vignes sont comme des croix noires.

– J'aime ce pays, dit Noële.

– Mais si je réussis mon stage, si je suis engagé comme pilote, il faudra sûrement habiter Paris.

Elle ne répond pas.

– Tu entends ce que je dis ?

– Oui.

– Et tu ne réponds pas ?

– Je ne peux pas répondre encore.

– Quand ?

– Un jour, bientôt. Ne cherche pas à savoir.

Ils sont arrivés à Villemontais. Pendant que Jean-François porte les courroies chez le tanneur, Noële sonne chez Mlle Clémence. L'essayage a lieu dans l'agitation. La bouche pleine d'épingles, la couturière parle de tous et de tout. Son salon est le centre des commérages. Elle le reconnaît sans honte :

– J'habite dans une vallée. C'est normal que tous les vents y circulent.

Noële se regarde dans les glaces. Ce petit tailleur de jersey bleu est un peu sévère pour un anniversaire, mais elle aime ce qui est discret. Elle espérait que Jean-François lui donnerait son avis, mais au dernier moment, ils ont jugé préférable l'un et l'autre qu'on ne les voie pas ensemble. Les langues marchent vite. Mlle Clémence raconte en détail les péripéties du mariage Cathelineau, les prodiges qu'elle doit faire pour qu'on ne voie pas, sous le lamé ivoire, que la mariée est déjà grosse.

– Et votre mariage à vous, mademoiselle Noële, c'est pour quand?

– Je ne suis pas pressée, répond Noële, le bras levé pour une dernière mesure.

– Faites des mystères, si ça vous chante. Les gens n'ont pas les yeux dans leur poche.

Et le petit rire est plein de sous-entendus.

Noële rejoint la 403 sur la place de l'église.

– Il fait beau et nous avons le temps, dit-elle. Allons jusqu'à la vieille maison. Je t'en ai parlé, l'autre jour.

Ils entrent dans la forêt, et tout de suite Jean-François est obligé de ralentir. Les chemins sont encore verglacés.

– C'est loin?

– On va trouver une grande clairière à gauche avec les premières coupes de bois. Tu arrêteras la voiture et on continuera à pied.

La forêt est déserte. Les animaux eux-mêmes ont disparu, et, de loin en loin, une trace légère dans la neige est comme la griffe d'un revenant.

– C'est ici.

Ils descendent de voiture.

– Viens, commande-t-elle.

Elle marche difficilement. Elle n'a pas mis ses bottes, et la couche de neige est plus épaisse qu'elle ne pensait. Il lui a pris le bras et l'aide chaque fois qu'elle menace de s'enfoncer. Ils arrivent à la vieille maison. La cheminée ne fume pas. Sur la porte, il y a un cadenas tout neuf.

– Voilà, dit-elle. C'est le pays secret de mon enfance. Maintenant, les bûcherons l'ont repris. Mais quand j'étais petite, c'était ouvert et délabré, et la porte tenait à peine.

– Que venais-tu y faire?

– Lire. L'été surtout. Avec les arbres tout autour, quand il fait très beau, on a l'impression que la mer est tout près.

– La mer?

– Non, Jean-François, ne me dis pas que la mer est loin d'ici. Je le sais. Il faut savoir regarder derrière les choses.

Il sourit avec un peu de gêne. Noële a une voix qu'il ne lui connaît pas.

– Moi, tu sais, je suis lourd. Dès que je ferme les yeux, je m'endors.

Il s'approche de la vieille maison, examine le cadenas.

– Il est facile à faire sauter, dit-il. Le bois de la porte est tellement vermoulu que la vis ne tient pas.

Il tire dessus, d'un coup sec. La porte s'ouvre.

– C'est sombre. Et ça sent la paille.

Il est entré dans la maison. Avant de partir, les bûcherons ont empilé leurs paillasses dans un coin de la pièce. Ils ont nettoyé la cheminée. L'un d'eux a oublié un quart en fer-blanc sur l'appui de la fenêtre. Noële entre à son tour.

– Il fait froid...

Il l'attire contre lui, l'embrasse. Avec violence. Il y a comme de la colère en lui, en même temps qu'une avidité inconnue. Elle ne résiste pas.

– Le désert, dit-elle en rejetant la tête en arrière. Oui, le désert. Quand tu m'embrasses. Chaque fois. Le vide. L'indifférence à ce qui n'est pas toi.

– Alors, tu m'aimes ?

– Je ne sais pas.

– Tu ne veux pas le dire.

– J'aime quand tu m'embrasses.

– Moi, je n'aime pas seulement quand je t'embrasse. J'aime tout de toi. Ta voix. Ta façon de marcher. Ton silence. Tout ! Ton absence aussi. Quand tu n'es pas là...

Un bruit de moteur les fait s'immobiliser. Noële se détache brusquement de Jean-François.

– C'est vrai, murmure-t-elle. C'est jeudi.

Le moteur s'est arrêté. Quelqu'un approche.

– Denis.

– Il connaît cette maison ?

– C'est lui qui l'a découverte.

Elle sort de la maison.

– Bonjour, Denis.

Il sourit, avec un geste de surprise et explique :

– J'espérais que tu serais là. Je suis passé aux Quatre Vents. Madame Marie n'a pas su me dire où tu étais. J'ai fait un crochet à tout hasard avant de rentrer à Ouches. Je voulais te parler des vacances. Tu sais que les jumeaux...

Noële l'interrompt :

– Je suis avec Jean-François.

Il sort de la maison à son tour.

– Bonjour, Denis.

– Nous revenions de Villemontais, explique Noële. J'ai eu envie de lui montrer la vieille maison.

Denis est devenu pâle. Il n'a même pas regardé Jean-François. Ses yeux ne quittent pas Noële. Il tire nerveusement sur ses moufles de cuir noir.

– Cette maison est à moi.

– A toi et à moi.

– Justement.

– J'aurais peut-être dû te demander la permission ?

– Tu aurais pu penser...

Il ferme les yeux. Pendant quelques secondes, il écoute au fond de lui cette vague qui n'a pas éclaté et qui retombe.

– A quoi bon ? murmure-t-il. C'est sans importance.

Il tourne le dos, reprend sa motocyclette et repart. Noële n'a pas bougé.

– Je l'aime, dit-elle doucement. C'est vrai. C'est mon frère. Je l'aime autant qu'on peut aimer son frère. Mais un frère n'a pas le droit d'être aussi jaloux.

Elle garde le silence un moment.

– Rentrons.

Jean-François remet le cadenas en place, et ils repartent, à travers la neige, vers la voiture.

– C'est avec lui que tu venais ici ?

– Presque tous les jeudis. Depuis que nous sommes enfants. Il apportait des livres. Il lisait pendant des heures et moi j'écoutais. J'avais du pain et du chocolat. On goûtait. Il reprenait sa lecture. Ce qu'il y a derrière les mots et les choses, c'est Denis qui m'a appris à le voir. Et puis...

– Et puis ?

– Nous avons eu quinze ans. Et nous ne sommes plus venus.

– Pourquoi ?

Ils sont arrivés dans la clairière où la voiture est arrêtée. Noële ouvre la portière, se recroqueville sur le siège. Jean-François hésite à mettre le contact.

Elle pose une main sur son bras.

– Tout ce que tu imagines est faux, Jean-François. Denis est un frère pour moi. Rien d'autre qu'un frère.

– Non, mes enfants. Aujourd'hui il fait trop froid. La récréation, nous allons la passer dans la classe.

Il y a un murmure de déception, et des chaussures qui raclent le plancher avec impatience. Mais Denis continue :

– Vous allez vous asseoir autour du poêle et je vais vous lire une histoire.

La déception fait place au chahut. Les enfants se lèvent d'un bond, se bousculent, se battent pour être à la meilleure place, contre le tuyau, les pieds sur la fonte et le visage à hauteur du foyer.

– Qu'est-ce que vous allez nous lire, m'sieu ? interroge Liotard.

– Un conte de Rudyard Kipling, qui s'appelle *La première lettre*. Qu'y a-t-il, Antonin ?

– Je disais à Liotard que Kipling, c'est un Américain, m'sieu.

– Tu aurais mieux fait de te taire. C'est un Anglais.

Les autres rient, se disputent les places, attendent que l'histoire soit vraiment commencée pour se donner la peine d'être attentifs.

– Silence ! crie Denis.

Il a ouvert le livre.

– *Or il y avait une fois, il y a très longtemps, un homme néolithique. C'était un primitif qui vivait dans une grotte et portait très peu de vêtements. Il ne savait ni lire ni écrire...*

Les enfants rirent doucement, et Denis avec eux.

– *... ni lire ni écrire, et ça lui était bien égal.*

Le rire s'affirme, et le petit Charnois, qui a cinq ans et qui vient à peine d'être inscrit à l'école, se lève et dit d'une voix pointue :

– Comme moi, m'sieu !

– Charnois, veux-tu te taire !

Denis a levé la tête. Il s'interrompt, regarde vers la porte et, dans le silence qui se fait brusquement, toutes les têtes se tournent. Noële vient d'entrer dans la classe.

– Je te dérange ? demande-t-elle.

Denis hésite une seconde.

– Liotard...

– M'sieu ?

– Viens là, prends ce livre, et continue la lecture. Les autres, vous écoutez, et vous vous tenez tranquilles. Compris ?

Ils répondent tous en chœur : « Oui, m'sieu », mais l'atmosphère est surchauffée. Liotard s'est levé, quelqu'un le pousse, il se cogne contre le poêle, et les rires ne demandent qu'à éclater. Il y a des regards vers Noële, des chuchotements, un gosse qui proteste parce qu'on lui vole un bonbon, une courte bataille. Denis fait comme s'il ne remarquait rien.

Liotard, le doigt sur la page, reprend :

– *Il était toujours content, excepté quand il avait faim.*

Denis entraîne Noële sous le préau.

– Que veux-tu ?

Il a la voix brève, le regard dur.

– Je veux savoir ce qui t'a pris, hier. De quel droit m'as-tu fait cette scène ? Est-ce que je t'appartiens ?

– Toi, non. La vieille maison, oui.

– Elle est aux bûcherons.

– Et alors ?

– Alors, ça ne peut plus durer.

– Je pense comme toi.

Jamais encore ils n'ont eu une vraie dispute. Des batailles d'enfants, oui, avec des cris, des larmes, des insultes. Mais ces phrases sèches, cette haine sourde, jamais.

– Je fais ma classe. Tu me déranges. Tu t'imagines que tout t'est dû. Tout ça, parce qu'un garçon t'a prise dans ses bras, parce qu'il t'a embrassée.

– Denis !

– Et mes gosses, pendant ce temps ? Ecoute ce chahut !

Il rentre dans la classe, et dans la même colère :

– Allez-vous vous taire, oui ou non ?

Le silence tombe d'un seul coup.

– Je ne peux pas vous laisser une minute, alors ? Dès que j'ai le dos tourné… Tant pis pour vous. Je supprime la récréation.

La vie revient. Un bref frisson, une sorte de murmure qui tente de protester.

– Je la supprime, parfaitement. Tous à vos places. Ouvrez vos cahiers. Et copiez-moi vingt fois *: je ne dois pas faire de bruit pendant que Liotard me lit une histoire*. J'ai dit vingt fois.

Dans la classe, c'est la consternation. On retourne lentement à son pupitre, comme si chaque mouvement était devenu impossible. On met du temps à trouver son cahier. On espère que c'est un jeu, que le professeur, maintenant qu'il a bien crié, va retrouver son calme.

Le petit Charnois tente une diversion.

– Et moi m'sieu ? J'sais pas écrire.

– Comme les autres, Charnois. Vingt lignes de bâtons.

Et il retourne sous le préau.

– Tu te sens mieux d'avoir crié ?

Il hausse les épaules. Ce n'est pas qu'il se sente mieux. C'est qu'il est malheureux. Cette classe, ce préau, Noële et lui lorsqu'ils étaient enfants, toutes les images qui reviennent et qu'il faut déchirer.

– Je vais partir, dit-il sourdement.

– Où ?

– Je ne sais pas. En Guyane, peut-être. On y demande des professeurs. Quand je vous ai vus tous les deux, hier, j'ai compris qu'il fallait que je parte.

Elle voudrait pouvoir sourire.

– Pour mon anniversaire, le 24, je veux que tu sois là et qu'il soit là, et que vous ne soyez pas deux ennemis.

– Je ne suis pas son ennemi.

– Alors, va le lui dire.

D'un geste machinal, il enlève ses lunettes, essuie lentement les verres avec le coin de son tablier. Liotard cogne au carreau :

– J'ai fini mes vingt lignes, m'sieu.

– Je viens.

Il remet ses lunettes, regarde Noële sans un mot, et rentre dans la classe. Il n'a pas besoin de parler. Elle sait qu'il obéira.

– M. Saulieu est-il là, mademoiselle ? Le fils.

– Dans la salle des machines. C'est de la part de qui ?

– Denis Maréchal.

La secrétaire regarde avec un peu d'étonnement cet étrange martien vêtu de cuir noir, chaussé de bottes et qui a gardé sur les yeux ses lunettes de motocycliste. Elle quitte rapidement le bureau. Jean-François arrive.

– Bonjour.

– Je te dérange ?

– Pas du tout.

Ils se dévisagent, sans se tendre la main. Denis aurait préféré qu'il dise : « Reviens un autre jour. » Il ne sait par où commencer. En route, il a cherché des phrases. Rien ne lui a paru possible : « Tu sais, entre Noële et moi... », ou « Elle a besoin de nous deux, alors... » Il se jette à l'eau brusquement :

– Je suis venu pour le 24.

– Le 24 ?

– L'anniversaire de Noële. Toute la bande est invitée. Je me disais, pour le cadeau... Plutôt que d'apporter chacun un petit quelque chose, comme les autres fois, on pourrait lui en faire un tous ensemble. Un beau.

Jean-François paraît étonné. Est-ce vraiment pour lui parler du cadeau que Denis a fait cette route ? Dans le bureau, son père signe le courrier. La porte est encore ouverte. En attendant le parapheur, la secrétaire regarde toujours Denis avec étonnement.

– Ne restons pas là, dit Jean-François.

Il l'entraîne vers le fond du couloir, s'arrête devant l'escalier qui conduit au vieil appartement.

– Je n'ai pas de bureau à moi. Mais là...

Ils restent debout l'un en face de l'autre. La lumière est sourde, le bruit des machines ressemble à un grognement étouffé.

– Tu peux parler maintenant.

– Parler ?

– Tu as sûrement quelque chose à me dire. Le cadeau, c'est un prétexte. Expliquons-nous une fois pour toutes. Je n'ai pas compris ce qui t'est arrivé, quand tu m'as vu sortir de la vieille maison. Pourquoi es-tu parti si vite ?

– Ce sont des choses qui me regardent.

– Elles me regardent aussi.

– Absolument pas.

– Je sais qui tu es, Denis. Je sais l'influence que tu as sur Noële. Elle a confiance en toi. Elle répète sans arrêt que tu es son frère. Alors, je te préviens : je me battrai. De toutes mes forces. Tu peux lui dire tout le mal que tu penses de moi, je ne me laisserai pas faire.

Après un silence, Jean-François continue :

– Je l'ai demandée en mariage. Elle n'a pas voulu me répondre. Sur le moment, je n'ai pas compris. Maintenant, je sais. C'est à cause de toi.

– Quoi ?

– Je ne suis pas très intelligent, Denis, mais je l'aime, tu m'entends ? Je l'aime. C'est ça qui me fera gagner.

– Tais-toi ! mais tais-toi…

Jean-François pense soudain qu'on a pu les entendre, que la secrétaire va venir voir ce qui se passe, ou M. Saulieu lui-même. Il empoigne Denis par le bras, le pousse vers une petite porte qui ouvre sur la cour. Dehors, ils respirent. Ils commencent à marcher, à pas lents, font le tour d'un bâtiment, arrivent au potager. Le Père Victor n'est pas là. Jean-François se baisse, ramasse un vieux couteau rouillé, le jette dans un panier qui traîne.

– Quelle idée as-tu de moi ? dit enfin Denis à mi-voix. Pourquoi lui dirais-je du mal de toi ? Elle t'aime. Ça ne servirait à rien.

– Elle te l'a dit ?

– Pas besoin ! Ça se voit, ça s'entend. Chaque geste qu'elle fait, chaque mot qu'elle dit…

Il sent qu'il faut continuer, sans penser à lui-même, seulement à Noële et au plaisir qu'elle aura d'apprendre que tout est rentré dans l'ordre.

– Je ne suis pas ton ennemi, Jean-François. Je me demande seulement…

– Quoi ?

– Si tu sauras la rendre heureuse. Elle a l'air très décidée, très sûre d'elle-même, très volontaire. Mais elle est si vulnérable…

Une fenêtre s'ouvre derrière eux. Une voix appelle : « Jean-François ! » C'est M. Saulieu.

– Je viens, père.

Il tend la main à Denis.

LE CHALET DE VENOSC

– Je suis content que tu sois venu. Je me faisais des idées absurdes. Ça va mieux maintenant. Pardonne-moi, il faut que je retourne travailler.

Ils se serrent la main.

– Pour le cadeau, laissons tomber la bande. Achetons-le tous les deux. Puisque tu la connais mieux que moi, tu m'aideras à lui faire plaisir.

– Entendu.

Denis va lentement vers sa motocyclette, met ses gants, baisse ses grosses lunettes.

Il se dit qu'il faut conduire lentement, parce que ses mains tremblent un peu.

XIV

C'EST une vraie fête ! Gilles Vaindrier a passé son après-midi à dérouler des fils électriques, à brancher des petites lampes multicolores. Il y en a partout, à l'intérieur de la maison et à l'extérieur, le long des fenêtres et du toit. Les Quatre Vents flambent au centre de la campagne et le pays tout entier en fait son étoile des bergers. Les gens qui vont à la messe de minuit s'arrêtent en passant, frappent au carreau, crient : « Joyeux Noël et bon anniversaire ! » Noële ouvre la porte, les remercie, leur donne des poignées de dragées. L'arbre est au milieu du salon, le plus grand qu'on ait jamais dressé, et tous les paquets sont autour. Dans la cuisine madame Marie a les joues en feu. Elle a voulu tout faire elle-même, jusqu'au pain, qui est une brioche fondante, et au gâteau d'anniversaire, qui mesure près d'un mètre de haut. La bande est là. Les jumeaux Herbillon ont apporté leurs disques et Richard son pick-up. Il est suivi d'une étrange fille à cheveux longs, qui semble ne pas avoir plus de treize ans.

– Elle m'accompagne au Freney-d'Oisans, dit-il. Pour la cuisine et la vaisselle, c'est ce qu'on fait de mieux.

Le tailleur en jersey a beaucoup de succès, Catherine Herbillon essaie la veste.

– Tu ne vas pas me dire que c'est Mlle Clémence qui t'a fait ça ?

– Mais si.

– Elle était inspirée, ce jour-là !

– Les petits pâtés au foie gras ! crie Richard. Mangez-en mes enfants. Ils sont tout simplement sublimes.

Jean-François regarde et se tait. Il se souvient des anniversaires précédents, de l'indifférence avec laquelle il dansait avec Noële. Cette année, ils se parlent à peine, affectent presque de s'ignorer. Mais leurs regards ne se quittent pas. Denis arrive le dernier, un peu avant minuit. Il avait organisé pour ses élèves une veillée dans la salle de classe. Les cloches des églises s'éveillent l'une après l'autre et se répondent dans la nuit.

– Eteignez tout ! crie Gilles Vaindrier.

Madame Marie sort de la cuisine, portant le gâteau qui brûle plus haut que son visage. Elle avance lentement, et dans l'obscurité qui s'est faite, Jean-François se penche vers Noële, l'embrasse rapidement.

– L'an prochain..., murmure-t-il.

Elle sourit sans répondre. Madame Marie a posé le gâteau sur la table de la salle à manger.

– Et maintenant, ma petite fille, souffle.

Richard a saisi une cuiller sur la table et s'en sert comme d'un micro :

– Attention, mesdames et messieurs, l'instant solennel est arrivé. La jeune Noële Vaindrier, très émue, s'approche du gâteau d'anniversaire, de son éblouissante couronne de vingt et une bougies enflammées. Elle hésite, se demande de quel côté elle va mener son attaque. Ah ! elle se décide. Elle a choisi de frapper droit et de face. Elle prend sa respiration, attention, elle va souffler... Elle souffle.

Tout le monde applaudit.

– D'un seul coup ! Elle a soufflé d'un seul coup !

Gilles Vaindrier rallume les guirlandes de lumière. Nicole tend à Noële un couteau :

– Maintenant tu découpes.

– Fais-le pour moi, maman.

– La première part, au moins. Après, je prends la relève.

– Et les cadeaux ! crie Catherine Herbillon en courant vers l'arbre. Il faut regarder les cadeaux !

Jean-François et Denis se sont rapprochés l'un de l'autre. Noële a laissé sa mère découper le gâteau. Elle cherche les paquets qui sont pour elle, et, du regard, interroge Jean-François. Il lui indique un paquet rouge, noué d'un ruban vert. Denis confirme d'un sourire. Elle le prend, le soupèse, le secoue doucement, essayant de deviner ce qu'il contient. Les invités dénouent des ficelles, arrachent des papiers.

– Tout ce que j'aime..., murmure Noële en découvrant une jolie boîte de bois peint.

– Ouvre d'abord, conseille Jean-François.

Elle soulève doucement le couvercle. Le ressort se déclenche et la musique égrène ses petites perles voilées. Noële élève la boîte à hauteur de son visage, pour qu'on ne voie pas qu'elle a les larmes aux yeux. Elle s'approche de Jean-François :

– C'est toi qui l'as choisie ?

– Non, c'est Denis.

Elle regarde Denis à son tour :

– Ce n'est pas vrai, dit-il. C'est Jean-François.

Elle leur sourit à l'un et à l'autre, et il y a dans son regard comme le reflet de cette musique qui a tant de charme que tout le monde se tait pour l'entendre.

– Pourquoi es-tu si pressée d'aller à Venosc ? On devrait attendre demain. Les routes seraient plus faciles.

– Non, Jean-François. Aujourd'hui. Tu comprendras là-bas.

Ils sont installés au Freney-d'Oisans depuis trois jours. La neige ne s'est pas arrêtée de tomber. Les skieurs sont sortis quand même, chaque matin, bien décidés à ne pas perdre une minute de ces trop courtes vacances. Noële n'est pas assez sportive pour les accompagner. Elle préfère rester au chalet avec Rebecca, la petite amie de Richard, qui fait si bien la vaisselle. De temps en temps, sous prétexte d'aller acheter du pain ou des journaux, elle descend jusqu'au syndicat d'initiative et consulte le bulletin météorologique. Mais il n'annonce aucune amélioration. Ce matin, pourtant, en se réveillant, elle a eu le sentiment qu'il faisait beau. Elle s'est glissée sans bruit hors du dortoir des filles, a ouvert la porte du chalet. Un vent imprévu s'était levé pendant la nuit, avait balayé le ciel en quelques heures et la neige étincelait à perte de vue. C'était bleu et or, avec l'ombre noire des sapins dans les courbes de la vallée, un froid vif qui mordait le visage. Sur la pointe des pieds, Noële est allée réveiller Jean-François dans le dortoir des garçons.

– Il fait beau. Viens.

Il ne comprend pas, mais il accepte. Il sait que la route sera longue du Freney à Venosc. Il remarque seulement :

– J'aurais dû faire mettre des chaînes.

Il enlève la neige qui s'est accumulée sur la voiture depuis trois jours, réussit à faire repartir le moteur. La petite bande dort encore. Noële a déplié une carte. Elle a l'impression de tout laisser derrière elle, toute sa vie passée, de partir à la rencontre de quelqu'un qu'elle se doit d'aborder les mains vides. Elle n'a pas peur. Elle sait que Jean-François est avec elle, et qu'il saura la protéger.

– Bientôt, tu vas trouver une route à gauche…

Ils sont presque arrivés. Elle n'a pas regardé l'heure et ne sait pas combien de temps il leur a fallu pour parcourir vingt années révolues.

Elle se demande s'il y avait autant de neige, et comment les enfants Buccianti ont eu la force de traîner leurs lourdes valises jusqu'à Grenoble. Elle a replié la carte, s'est redressée. Penchée en avant, elle regarde la route qui conduit au village. C'est par là qu'elle est passée, par cette même route, dans ce soleil et ce froid peut-être. Comme elle criait, comme elle avait faim, comme elle appelait déjà cette femme inconnue, qui, dans la gare de Grenoble, s'affairait autour des marmites de café, et qui allait devenir sa mère. Deux tournants encore et les premières maisons apparaissent. Ils découvrent une petite place, avec une église et un bureau de tabac. Jean-François se gare près d'une fontaine.

– Tu es déjà venue ici ?

– Oui et non.

– Qu'est-ce que ça veut dire ?

– Ça veut dire que c'est la première fois. Et pourtant...

Elle descend de voiture, regarde autour d'elle.

– Il faut demander, mais je ne sais pas à qui. Dans ce tabac, peut-être.

Ils entrent. C'est un grand café, avec un percolateur tout neuf. Une jeune femme sort des paquets de cigarettes d'un carton et les installe en pile sur une étagère.

– Pardon, madame. Savez-vous où se trouve le chalet des Mesnard ?

– Mesnard ? Il n'y a personne de ce nom-là ici. Du moins à ma connaissance.

– Il y a vingt ans, madame, est-ce que...

– Je n'étais pas encore là. Mais attendez...

Elle se tourne vers l'arrière-salle.

– Henri !

Une voix d'homme répond :

– Oui ?

– Les Mesnard, ça te dit quelque chose à toi ? Il y a vingt ans, il paraît que...

– Pourquoi tu me parles des Mesnard ?

– C'est quelqu'un qui les demande.

– J'arrive.

La jeune femme revient vers Noële.

– Mon mari est du pays. Il doit savoir.

Noële serre la main de Jean-François, regarde la porte de l'arrière-salle. Un homme arrive, avec des cheveux déjà gris.

– C'est vous qui cherchez les Mesnard ?

– Leur chalet, monsieur. Le chalet qu'ils habitaient pendant la guerre.

L'homme se penche, les coudes sur le comptoir.

– Vous aussi, vous venez pour l'enquête?

Noële hésite à répondre. Elle n'avait pas pensé que le village était au courant. Elle imagine, brusquement, les enquêteurs avec leurs fiches et leur crayon, assis à une table de café, et tous les habitants l'un après l'autre, venant répondre aux questions.

– Ils sont venus plusieurs fois, continue l'homme, et ils n'ont rien trouvé.

– Je sais.

– Si vous tenez à y aller quand même, vous prenez la rue qui monte à droite, puis la deuxième sur votre gauche et vous débouchez sur un petit chemin entre deux chalets. Celui des Mesnard est à droite.

– Merci, dit Noële.

– Je peux vous accompagner, propose l'homme.

– Il faut que j'y aille seule. Au revoir, madame. Au revoir, monsieur.

Ils sortent du café-tabac. Ils savent que, derrière eux, l'homme s'est approché de la vitre, a soulevé un rideau et les regarde s'éloigner.

– La rue qui monte à droite, rappelle Jean-François. C'est celle-ci.

Il a compris qu'il ne fallait rien demander, que tout s'expliquerait à son heure. Il a passé son bras autour des épaules de Noële. Elle dit à mi-voix:

– C'est avec toi qu'il fallait que je vienne. Avec mes parents, ça n'aurait pas été supportable. La première fois du moins.

Ils comptent deux rues, tournent à gauche, et le chemin s'ouvre entre les deux chalets.

– C'est là.

Il y a comme un silence soudain. Le village lui-même semble s'être immobilisé, regardant de toutes ses fenêtres. Tel qu'il est placé, un peu au-dessus des autres, accroché au flanc de la montagne, on peut voir le chalet des Mesnard de partout.

– Ils n'ont sûrement pas changé. Ce sont deux vieux chalets, dit Noële, à mi-voix. On a peut-être refait une porte, ou une marche d'escalier. Mais ce sont les mêmes. Tiens-moi bien, Jean-François.

– Oui.

– Je n'ai pas cherché à me faire une image. Mais celle que j'aurais pu inventer, c'est à peu près ça. Le petit chemin, les deux maisons face à face. A droite les Mesnard, à gauche les Buccianti. Et la montagne derrière. Avec toute cette neige. C'était en janvier. Le 17. Ne fais pas attention, je parle pour moi. Allons voir s'il y a quelqu'un.

Ils avancent dans le chemin.

– Il y a un chien attaché sous l'escalier, dit Jean-François.

Ils avancent toujours. Le chien les a sentis approcher. Il se redresse lentement, fait quelques pas vers eux. Sa chaîne est courte, et très vite il est obligé de s'arrêter. Noële se baisse, pose une main sur son dos. Il est fauve avec de grandes taches noires sur le museau. Il respire à petits coups rapides. La porte du chalet s'ouvre.

– Vous cherchez quelque chose ?

Noële se redresse. Une femme la dévisage avec curiosité.

– Je voudrais entrer chez vous, madame. Juste une minute. Pour regarder.

La femme a toujours la main sur la poignée de la porte.

– Vous êtes déjà venue ici ?

Elle parle comme l'homme du café-tabac, sans méfiance, avec une sorte d'intérêt plutôt et même d'impatience, comme si depuis longtemps quelque chose devait arriver.

– Il y a presque vingt et un ans, répond Noële.

Elles se regardent un long moment, puis la femme demande :

– Vous êtes la petite fille ?

– Oui.

Alors la femme ouvre sa porte. Son visage se plisse dans un grand rire silencieux.

– Je savais bien qu'un jour ou l'autre, on vous verrait ! Il y a eu les inspecteurs, les enquêteurs, les médecins. Et toujours je me disais : la petite fille finira bien par venir. Entrez. Vous êtes chez vous.

Noële monte l'escalier, entre dans le chalet. Jean-François reste dehors à côté du chien qui s'est recouché.

– C'était là, précise la femme, en désignant le coin de la cheminée. Du moins, c'est ce que disent les officiels. Le matelas par terre.

Noële a l'impression d'être devenue aveugle. L'intérieur du chalet est sombre, à peine éclairé par deux fenêtres étroites, dont une seule a des volets ouverts. Les meubles sont de bois presque noir. Comme si, pendant des années, une lourde fumée avait tourné dans la pièce. Une question, un secret, l'ombre de quelqu'un qui appelle en vain, et la lumière se détourne, et les murs sont seuls à se souvenir.

– Asseyez-vous, dit la femme en avançant une chaise.

Noële accepte, et maintenant qu'elle est assise elle fait signe à Jean-François de la rejoindre. Il n'en peut plus de ne pas comprendre.

– Explique-moi.

Elle secoue la tête, le regard levé vers lui, avec tout ce qu'elle a de tendresse, et elle tente de parler, mais les mots ne viennent pas.

– Attendez, dit la femme. Je vous sers un petit verre de marc.

Elle ouvre un placard, en sort deux verres qu'elle pose sur la table. Puis elle va chercher dans le fond de la pièce une bouteille au col allongé, et revient en disant :

– Vous avez vu le chien, comme c'est curieux. Pour n'importe qui, il aurait aboyé. Mais vous, rien. Comme s'il vous reconnaissait. C'est pour ça que je suis venue voir.

Elle remplit les deux verres :

– Tenez. Buvez ça. Vous aussi, monsieur.

– Merci, dit Noële.

Elle boit. Puis elle lève les mains, saisit Jean-François aux épaules, l'oblige à se baisser pour que leurs deux visages soient à la même hauteur. La femme recule, n'est plus qu'une ombre parmi les ombres.

– Un 17 janvier, juste après la guerre, dans ce chalet, il y avait une petite fille qui pleurait. Une petite fille de deux mois. On ne sait rien de cette petite fille : ni son nom, ni ses parents, ni son pays d'origine. Dans ce coin, près de la cheminée. Sur un matelas.

Elle parle à mi-voix, avec douceur, comme on raconte aux enfants une histoire difficile à croire. Leurs lèvres sont si proches que parfois, en parlant, elle l'embrasse.

– Tu te demandes qui était cette petite fille, Jean-François. Pourquoi serais-je venue jusqu'ici, et avec toi, avec toi seul, si cette petite fille n'avait pas été moi ?

Et sans attendre, elle ajoute tout bas :

– C'est ici seulement que je pouvais te répondre, comprends-tu ? Si tu veux bien encore de moi, je réponds oui.

Deuxième Partie

L'île de Lefkas

I

JEAN-FRANÇOIS commence son stage à Paris, le 15 janvier. Son départ a provoqué une crise assez violente entre son père et sa mère. Mme Saulieu n'avait jamais admis que son fils fasse son service militaire dans l'aviation. Elle l'avait vu revenir avec soulagement, persuadée que cette folie lui était sortie de la tête. En apprenant qu'il allait rester à Paris cinq semaines pour tenter de devenir pilote d'essai, elle s'est révoltée. Elle a tout fait pour l'empêcher de partir. Mais M. Saulieu a pris le parti de Jean-François, se disant sagement que rien n'était plus grave pour un garçon de vingt-trois ans qu'un regret trop longtemps entretenu.

– Qu'il fasse ce stage, puisqu'il en rêve ! Rien ne prouve qu'il le réussira. Et s'il réussit, il sera loin du but. Avant d'atteindre à ce qu'il souhaite, il aura le temps de se décourager. Je compte beaucoup sur la petite Vaindrier pour cela.

Mme Saulieu n'a pas voulu comprendre. Elle s'est fait conduire aux Quatre Vents, pour accuser Noële de pousser Jean-François hors de chez lui.

– Il ne supporte plus la maison, je le sais. Il ne me supporte plus. Depuis son retour de l'armée, il n'y en a plus que pour vous, mademoiselle. Ne niez pas. Vous avait-il parlé de son stage?

– Oui, madame.

– Depuis longtemps?

– Plusieurs mois.

– Vous voyez! Moi, il ne m'a rien confié. Je l'ai appris juste avant son départ, parce qu'il n'a pas pu faire autrement. Et lorsqu'il vous a parlé, vous n'avez pas dit non?

– Je n'avais pas le droit de dire non.

– C'est bien ce que je pensais. Non seulement vous n'avez pas dit non, mais vous l'y avez poussé. Un pilote d'essai... Ça vous a éblouie. C'est autre chose qu'un petit directeur d'usine. Et quelle usine ? Une vieille fabrique de papier, qui n'a plus une machine en état. Cette vie vous a fait peur. Et moi, mademoiselle ? Je l'ai été, moi, la femme du directeur de cette usine. J'ai parfaitement supporté cette existence et j'ai parfaitement élevé mon fils. Ce que j'ai eu ne vous suffit pas ?

Il y a eu un long silence.

– Pardonnez-moi, a finalement murmuré Mme Saulieu.

Elle s'est laissée aller dans son fauteuil.

– Depuis quelques jours, je suis dans un état que j'ignore. Je dis ce que je ne pense pas. Je fais ce que je ne veux pas faire. Jean-François vous a raconté ?

– Non, a répondu Noële encore sur la défensive.

– Le soir de son départ. Au moment de l'embrasser, j'ai détourné la tête. S'il lui arrive quelque chose, avec ces avions on ne sait jamais ! Vous voyez ce qui me restera à faire...

Elle a fait signe de la main pour que Noële la rejoigne, et c'est une autre femme qui s'est penchée vers elle.

– Aurez-vous des enfants ?

– Je le souhaite.

– Ayez-en dans votre jeunesse. N'attendez pas. Moi, j'ai trop attendu.

Elles sont restées un long moment ensemble, parlant de Jean-François, d'elles-mêmes, faisant lentement connaissance.

– J'aime vos yeux, a dit Mme Saulieu. Pourquoi sont-ils si noirs ?

Elles se sont quittées en se promettant d'échanger les nouvelles qu'enverrait Jean-François. Mais il écrivait peu, le travail du stage étant très absorbant. Marie-Hélène elle-même, chargée par Noële de le distraire, ne l'a vu qu'une fois. « *Il tombe de sommeil*, expliquait-elle. *C'est comme une caserne. On les fait lever à six heures. Et toute la journée, ils sont en exercice.* » Jean-François griffonnait sur des cartes postales : « *Je suis heureux. Tout va bien. C'est exactement ce que je souhaitais.* » Gilles Vaindrier a pensé faire plaisir à sa fille, en l'envoyant passer quelques jours à Paris, chez sa cousine. Mais Noële elle-même a compris que c'était inutile.

– Je le dérangerai. Il se croira obligé de sortir le soir pour me voir. Et il travaillera moins bien.

En attendant le retour de Jean-François, elle a continué à s'occuper du service social de la mairie, mais sans grande passion. Avec l'hiver, tout semblait endormi. Denis lui-même ne quittait plus son école. Il travaillait à transformer son grenier en salle de musique. Il venait de s'acheter une chaîne hi-fi qui lui permettait d'écouter des disques avec le maximum de perfection. Il modifiait sans cesse la place et l'orientation de ses haut-parleurs.

Il y avait aussi les petits incidents de chaque jour: une trayeuse en panne, une vache malade, les dégâts du gel dans une gouttière. Mais les Vaindrier n'y prêtaient pas attention. Dans cette demi-somnolence rien ne pouvait les atteindre. Ils ne s'éveillaient qu'à l'heure du courrier. Sans qu'un mot jamais soit prononcé, ils guettaient les nouvelles de M. Baxter. Nicole se disait, comme par jeu: «Pas de nouvelles, bonnes nouvelles», mais elle savait que la trêve ne pouvait pas s'éterniser.

Et la lettre est arrivée. Elle l'a trouvée sur le guéridon de l'entrée, un matin en rentrant de Roanne. Elle a attendu l'heure du déjeuner pour l'ouvrir devant son mari et sa fille.

– C'est de Genève, a-t-elle annoncé en montrant l'enveloppe.

Et tous les trois ont compris que le silence de l'hiver était achevé.

Le rendez-vous est fixé à la préfecture, pour trois heures. Cette fois Gilles Vaindrier accompagne sa femme. C'est le même petit bureau silencieux.

– Pourquoi ne pas être venu aux Quatre Vents? demande Nicole Vaindrier. Notre fille est au courant de tout. Vous pouviez parler devant elle.

– Non, madame. Vous allez comprendre pourquoi.

M. Baxter est habillé de tweed beige. Les mêmes cheveux gris coupés en brosse, les mêmes lunettes à monture de métal. Mais son regard bleu est d'une gravité nouvelle.

– Il y a deux éléments nouveaux, dans notre enquête. La piste amorcée par la réapparition du pasteur Gérald Garner a abouti à une impasse. Je l'ai longuement interrogé moi-même, à trois reprises. J'ai fait deux fois le voyage jusqu'à lui. Il a quitté le chalet des Mesnard le 15 janvier au matin, comme nous le savions déjà. Il s'est rendu directement à Genève, n'y est resté que quelques heures, le temps de rejoindre un groupe de médecins partant pour la Pologne. Son voyage, qu'il m'a raconté en détail, ne concerne en rien l'affaire qui nous occupe. Le mur devant lequel nous nous trouvons est donc infranchissable. Le pasteur Garner ne m'a apporté aucun fait nouveau, ne m'a désigné aucun témoin inconnu. Et notre organisme, devant cette impossibilité absolue de conclure, a décidé de classer le dossier définitivement.

– Comment?

Nicole s'est levée, bouleversée.

– Vous avez dit que vous classiez le dossier *définitivement*?

– Oui, madame.

– Alors Noële reste notre fille ? Elle continuera à porter notre nom, et plus jamais nous n'entendrons parler d'enquête ? C'est bien ce que vous êtes venu nous annoncer, monsieur Baxter ?

Elle se tourne brusquement vers Gilles :

– Tu entends, Gilles ? Il n'y a plus d'enquête. C'est fini, fini, fini…

Elle ne sait plus retenir ses larmes. Elle rit et pleure en même temps.

– Calme-toi, dit Gilles. Calme-toi…

M. Baxter est resté silencieux, immobile, le visage fermé. Il dit enfin, doucement :

– J'ai dit : *deux* éléments nouveaux, madame Vaindrier. Ce n'était que le premier.

Nicole se redresse.

– Non, monsieur Baxter. Vous n'allez pas me reprendre Noële ?

Gilles Vaindrier l'oblige à s'asseoir de nouveau. Il lui tient la main. Il ne comprend pas pourquoi M. Baxter se trouble soudain, éprouve le besoin de se rapprocher d'eux, de tirer une chaise, de s'asseoir à son tour, et pourquoi il paraît si las.

– Je voudrais que vous compreniez bien ceci, reprend-il. J'ai agi jusqu'ici comme le délégué officiel d'un organisme international, et j'ai mené ma mission jusqu'au bout. Je pourrais vous remettre dès maintenant un document déjà prêt, reprendre le train pour Genève et vous n'entendriez plus jamais parler de moi. Mais ma conscience m'oblige à aller plus loin.

Sa voix est sourde.

– Oui, ma conscience, répète-t-il. C'est la première fois, en vingt ans de carrière, que je me trouve devant un cas de conscience aussi grave. J'ajoute encore ceci : nous ne sommes que trois dans ce bureau. La porte est fermée, la fenêtre aussi. Personne ne saura ce que je vais vous dire. Depuis quatre jours, je me demande s'il faut ou non que je parle. Je me décide à le faire parce que j'ai une estime profonde pour vous et pour Noële.

Il enlève ses lunettes, les frotte lentement contre la manche de sa veste.

– Voilà, dit-il enfin : il y a quatre jours exactement, j'ai reçu une lettre de M. Mesnard.

– De M. Mesnard ? murmure Nicole Vaindrier stupéfaite.

– Oui. Je précise que cette lettre n'est pas arrivée à mon bureau, mais à mon domicile personnel. Je ne l'ai pas versée au dossier. Je suis actuellement le seul à l'avoir lue. Dans cette lettre, M. Mesnard me dit qu'il est très malade, qu'il met de l'ordre dans ses papiers, et qu'il vient de découvrir un document concernant Noële. Il me demande si je veux bien venir à Nantes, pour en prendre connaissance. J'ignore la nature exacte de ce document. Je sais seulement ceci : M. Mesnard ne l'a pas découvert par hasard. Il savait parfaitement qu'il le possédait. Au cours des différents interrogatoires, il a donc menti, et sciemment. C'est pour cette raison qu'il m'a écrit à mon domicile personnel, qu'il ne m'a pas alerté officiellement. Il se trouve moralement et juridiquement dans une position délicate. Il fera donc ce que je lui conseillerai.

M. Baxter regarde Gilles Vaindrier, puis Nicole, pour s'assurer qu'ils ont bien compris l'un et l'autre ce qu'il a voulu leur faire entendre. Gilles résume :

– Lorsque M. Mesnard vous aura montré ce document, vous serez libre de le verser au dossier et de recommencer l'enquête, ou de le détruire et de laisser le silence retomber définitivement sur cette affaire ? C'est bien cela ?

– Exactement, monsieur Vaindrier.

Gilles se tourne vers Nicole.

– Que décides-tu ?

Elle voudrait que rien n'ait eu lieu, que M. Mesnard n'ait pas envoyé sa lettre. Que ce qu'elle a cru fini, un moment plus tôt, le soit réellement. Non qu'elle redoute la vérité, mais elle ne sait pas si elle aura la force de l'accepter. « Vingt ans ! pense-t-elle. Il y a vingt ans, et maintenant je suis lasse et j'ai envie de me reposer. »

– Il faut en parler à Noële, dit-elle enfin.

– Tu n'y penses pas, protesta Gilles. M. Baxter l'a précisé : nous ne sommes que trois à savoir.

– Il faut en parler à Noële ! répète Nicole. Vous ne pouvez pas me l'interdire. Elle seule, désormais, a le droit de décider.

Elle se lève.

– Vous aurez notre réponse demain, monsieur Baxter. Venez déjeuner aux Quatre Vents. Mais dès maintenant, je pose une condition.

– Laquelle ?

– Si Noële vous demande d'aller à Nantes, j'irai avec vous.

II

Nicole Vaindrier a froid. Elle enfile son manteau sur sa chemise de nuit, revient vers la fenêtre. Le jour va se lever. Sur la droite, il semble qu'il y ait des marches conduisant à un jardin public et, au-delà, une sorte de clarté blême, qui est peut-être un bâtiment entre les arbres. Elle pense à Noële, à son calme, à la rapidité de sa décision :

– Il faut aller à Nantes, maman ! Il faut connaître ce que contient le document de M. Mesnard. Maintenant que nous savons qu'il existe, c'est impossible de dire non.

Le lendemain, pendant le déjeuner, elle avait étonné M. Baxter par son assurance. On avait mis au point tous les détails du voyage. Gilles avait bien envie d'accompagner sa femme, mais il ne voulait pas que Noële reste seule. Il avait été décidé qu'on se téléphonerait deux fois par jour. En outre, il ne s'agissait pas d'une longue absence. Deux jours à peine, si tout se passait bien. M. Baxter avait à faire à Paris. Il partait le lendemain. Nicole Vaindrier le rejoindrait à Nantes le vendredi suivant. Ils étaient convenus d'un hôtel où se retrouver. La seule difficulté venait de madame Marie. Elle sentait qu'on lui cachait quelque chose. Pendant tout le déjeuner, elle avait remarqué que la conversation devenait hésitante lorsqu'elle entrait dans la salle à manger. Ce M. Baxter ne lui plaisait guère.

– Il a l'air d'un policier, avait-elle confié à Noële le soir même.

– Que vas-tu chercher ?

– Je sais ce que je dis. Il doit venir mettre son nez dans les affaires de ton père ou quelque chose comme ça. J'ai bien remarqué qu'on se taisait chaque fois que j'arrivais.

Noële avait essayé de lui parler d'autre chose, mais elle y revenait sans cesse. Et ses soupçons n'avaient fait que croître en apprenant que Nicole prenait le train pour Nantes.

– Qu'est-ce que ça veut dire, ce voyage? Pourquoi on ne m'explique jamais rien, à moi? Est-ce que je n'ai pas le droit de savoir?

– Mais je n'en sais pas plus que toi, madame Marie. C'est une affaire de famille.

– De famille! Je les connais depuis plus longtemps que personne les familles de Monsieur et de Madame. Elles n'ont jamais rien eu à faire à Nantes.

Nicole n'avait pas voulu qu'on l'accompagne à la gare. Elle s'y était fait conduire en taxi. Le voyage lui avait paru interminable. En descendant du train, elle avait tout de suite cherché son hôtel, s'était couchée sans dîner. M. Baxter n'arriverait que tard dans la nuit. Elle n'avait pas eu le courage de l'attendre. Elle espérait que le sommeil la prendrait vite et la conduirait d'une traite jusqu'à cette journée difficile. Mais elle s'est éveillée à l'aube, et elle est debout devant la fenêtre, incapable de rester allongée plus longtemps. Elle préfère marcher. Où est le port? En face de l'hôtel, il lui semble apercevoir des reflets d'eau. Un pont. Derrière les vitres, le ciel est mauve. Nicole pense à M. Mesnard, qui ne doit pas dormir, lui non plus, qui doit se demander quelle va être la réaction de M. Baxter. Elle sait qu'elle n'aura pas la force d'attendre plus longtemps. Elle fait rapidement sa toilette, s'habille, quitte sa chambre.

– Si M. Baxter me réclame, dites-lui que je serai de retour à neuf heures.

– Bien, madame.

Le concierge de nuit la regarde partir avec un peu d'étonnement. Pourquoi cette femme sort-elle de si bonne heure? Elle marche. Elle respire. Elle se dirige vers ce qu'elle croit être le port. Les reflets d'eau aperçus de la fenêtre l'y conduisent. C'est encore la Loire, comme à Roanne, mais qui a rejoint la mer. Elle a bien fait de quitter sa chambre. Elle étouffait. Sur le quai, il y a du vent, des maisons éclairées, un café ouvert. Elle y pénètre. Les marins sont là, en gros cirés jaune vif, qui boivent la première goutte d'alcool au comptoir. Elle demande un café bien fort. On ne la regarde pas. Les voix sont sourdes, comme si personne encore ne voulait éveiller la ville. Nicole Vaindrier se sent bien. Elle commande un second café. Elle ne pense plus à M. Mesnard. Elle est dépaysée, oublie presque pourquoi elle est à Nantes. Elle ressort, marche le long du fleuve. Elle voudrait se perdre. M. Baxter irait seul chez les Mesnard, la chercherait en vain, ne pourrait rien lui apprendre, et elle aurait gagné une journée de sursis.

Mais il faut retourner à l'hôtel. Refaire en sens inverse le chemin parcouru. Et que tout se passe le plus vite possible.

– M. Baxter est descendu ?

– Pas encore, madame.

Il n'est pas tout à fait neuf heures.

– Demandez-moi ce numéro de téléphone, s'il vous plaît.

Nicole a brusquement besoin d'entendre la voix de Noële et de Gilles. Un besoin physique. Comme s'ils étaient en danger.

– Allô ?... C'est toi, ma petite fille ?

La communication est brève. Elle ne dit rien, sinon qu'elle a dormi un peu, qu'il est l'heure de partir, qu'elle attend M. Baxter.

– Ton père est là ?... Tu peux me le passer ?

Elle prononce simplement : « Bonjour, mon chéri. Je suis très calme. Ne t'inquiète pas. » Elle raccroche. M. Baxter est debout dans le hall de l'hôtel, très grand dans un imperméable beige. Il s'incline légèrement :

– Bonjour, madame Vaindrier.

Et, regardant sa montre :

– Il est l'heure.

Ils sortent, tournent à gauche, s'éloignent du fleuve. M. Baxter semble connaître le chemin, comme s'il habitait Nantes depuis toujours. « Il est déjà venu plusieurs fois », pense Nicole. Ce n'est plus un port, mais une ville serrée sur elle-même, avec des rues étroites, des maisons bien alignées. Les enfants sont déjà en classe. Les mères, qui les ont accompagnés, font leur marché avant de rentrer chez elles. M. Baxter s'arrête devant une porte cochère, s'efface pour laisser passer Nicole.

– C'est ici.

L'escalier est mal éclairé, la maison silencieuse. Au deuxième étage, M. Baxter sonne à une porte, attend un moment, sonne de nouveau.

– Ils savent que nous venons ? interroge Nicole.

La porte s'ouvre brusquement. Une petite femme en noir passe la tête :

– Monsieur ?

– Je suis M. Baxter. Je viens voir M. Mesnard. Il m'attend.

– Monsieur Baxter ?

– Oui.

La porte se referme. Nicole Vaindrier tente de la rouvrir.

– On ne va quand même pas rester sur ce palier. Nous n'avons pas fait ce voyage...

M. Baxter se tourne vers elle.

– Ma mission est très délicate, madame Vaindrier. Si vous n'avez pas le sang-froid nécessaire, il est préférable que vous m'attendiez à l'hôtel.

Il parle de cette voix mécanique et impersonnelle qu'il sait prendre lorsqu'il est en mission officielle. Nicole rougit.

– Pardonnez-moi.

Il attend encore un moment, sonne de nouveau. La porte s'ouvre presque aussitôt. La petite bonne proteste d'un ton sec:

– A quoi bon vous impatienter? Ça ne ressuscitera pas M. Mesnard.

– Que dites-vous?

– Il est mort hier soir. C'est le fils, M. Georges, qui va vous recevoir.

Elle leur fait signe d'entrer, ouvre la porte d'un salon encombré de meubles. Un homme vient vers eux, la main tendue. Il a un visage rouge, des moustaches, des yeux qui bougent sans cesse.

– Monsieur Baxter? Entrez. Je suis Georges Mesnard. Madame...

– Madame Vaindrier.

– Ah, oui!...

Georges Mesnard sourit largement. Il ne paraît guère frappé par la mort de son père. Il désigne deux fauteuils, s'assied lui-même dos à la fenêtre.

– Alors? demande-t-il.

– Vous savez pourquoi nous sommes là, répond M. Baxter.

– Pour le document.

– Exactement.

Georges Mesnard fixe alternativement Nicole Vaindrier et M. Baxter. Il a croisé les mains sur son ventre.

– Vous avez fait tout ce chemin pour le chercher? Il doit donc avoir une assez grande importance.

– Il m'appartient seul de l'apprécier.

– Et madame?

– Je répète: *seul.*

Georges Mesnard hoche la tête :

– Savez-vous où j'étais hier, monsieur Baxter? A Paris. J'avais besoin de consulter un de mes bons amis, qui est avocat. Il m'a confirmé ce que je pensais. Un document comme celui dont nous parlons a une grande importance. Et quand je dis: importance, je devrais dire: valeur. Vous me comprenez?

M. Baxter répond de la même voix précise:

– Je vous comprends parfaitement. Mais vous faites fausse route et votre ami avocat aussi. Vous allez me donner ce document sans essayer d'en tirer un centime.

– Vraiment?

Georges Mesnard sourit toujours, en hochant la tête. Son regard est devenu fixe.

– Et pourquoi, s'il vous plaît?

Nicole étouffe dans ce salon surchauffé. Cet homme lui fait peur. Elle a envie que tout soit fini le plus vite possible, et qu'elle soit libre de s'en aller.

– Vous l'avez, ce papier, oui ou non? dit-elle d'une voix violente. De l'argent, je vous en donne, tant que vous en voudrez. Mais je veux le papier, vous m'entendez? Je veux le papier...

M. Baxter lui saisit le bras:

– Madame Vaindrier, je vous en prie.

– Cette comédie a assez duré, monsieur Baxter. Nous sommes là, comme deux mendiants. Achetons ce papier et sortons.

– Voilà au moins quelqu'un qui comprend les choses, dit Georges Mesnard en écartant les mains.

Il sent que l'affaire est faite, et c'est tout juste s'il ne se lève pas pour prendre dans un buffet trois petits verres et une bouteille de cognac. Mais M. Baxter sort une lettre de son portefeuille :

– Vous oubliez ceci.

– Ceci?

– La lettre de votre père. Ecrite de sa main, signée de sa main. Elle reconnaît clairement qu'il y a eu faux témoignage au cours des enquêtes précédentes... Je répugnais à mettre cette affaire sur le plan juridique, monsieur, surtout après le deuil qui vous a frappé hier soir, mais je suis au regret de vous dire que vous vous trouvez, madame votre mère et vous-même, dans une situation délicate. Sans doute votre ami avocat n'est-il pas au courant de tout, sinon il vous aurait mieux conseillé.

Georges Mesnard hésite.

– Je disais simplement qu'il y avait peut-être moyen de s'arranger. Et madame a l'air de penser comme moi...

– C'est moi qui parle, et moi seul.

M. Baxter tient toujours la lettre à la main.

– Il n'y a qu'une solution. Vous me remettez le document. En échange, je vous remets la lettre. Vous la déchirez. Vous la brûlez. Vous en faites ce que vous voulez. Et vous n'entendez plus jamais parler de rien.

Il y a un silence. Puis Georges Mesnard se lève lentement, sort du salon. Nicole Vaindrier cache son visage dans ses mains.

– Encore un peu de patience, murmure M. Baxter.

Mais il ne peut dissimuler qu'il est aussi ému qu'elle.

– Tenez, le voilà votre document, dit Georges Mesnard en revenant. Un simple papier.

– Votre père m'a écrit qu'il était dans un petit étui de cuir.

– Vous voulez aussi l'étui?

– Oui.

– Ma mère pensait qu'elle pouvait le garder.

Il hausse les épaules et repart. Alors M. Baxter déplie le papier. C'est une feuille blanche déchirée sur un côté, comme une page arrachée à un carnet. Nicole Vaindrier se penche. D'une grande écriture tremblée, deux mots se détachent, à l'encre noire. «*Alexandra. Lefkas.*» Et, en dessous, une date plus difficile à déchiffrer.

– Alexandra, dit-elle à mi-voix.

M. Baxter s'est levé. Il semble réfléchir profondément, chercher au fond de sa mémoire l'écho que ces deux mots font naître.

– Comprenez-vous? interroge Nicole.

– Pas encore. Mais avec des précisions pareilles nous avons beaucoup de chances d'aboutir. Lefkas, c'est une île en Grèce.

Georges Mesnard revient. Il tient à la main un étui de cuir noir, attaché à une petite courroie. M. Baxter l'identifie tout de suite. C'est une étiquette comme on en fixe aux poignées des valises et dans laquelle on glisse une carte de visite pour marquer qu'elle vous appartient. Il replie le papier en quatre, le glisse dans l'étui: il y tient parfaitement.

– Comment votre père était-il en possession de ce document?

Alors Georges Mesnard, brusquement furieux, les pousse vers la porte.

– Vous avez le document, j'ai la lettre. Allez-vous-en! Mon père est mort. Il ne peut plus répondre.

Mais Nicole Vaindrier lui fait face.

– Et votre mère?

– Laissez ma mère tranquille.

– Je veux la voir!

Elle bouscule Georges Mesnard, ouvre la porte du salon, appelle:

– Madame Mesnard!

Elle ne sait pas ce qu'elle fait. Elle sait seulement que c'est la dernière bataille. Un couloir. Une porte qui se ferme au fond, le cri de la bonne. Nicole atteint cette porte, l'ouvre. C'est une cuisine. Sur une chaise, à côté du fourneau, une grande femme est assise, un bol de café à la main. Elle a un visage blanc, des cheveux blancs coupés très courts. Tout en elle est énorme: les épaules, les jambes, les chevilles. Contre le fourneau, il y a deux cannes.

– Qu'est-ce que c'est?

La voix est rauque, grondante, mais Nicole ne se laisse pas impressionner.

– Pendant vingt ans, j'ai eu une fille, dit-elle. Au bout de vingt ans, vous me l'enlevez. Votre mari et vous. Pourquoi? Pourquoi au bout de vingt ans?

Toute sa colère est tombée. Elle voudrait se mettre à genoux. Peut-être suffirait-il de prendre les mains de Mme Mesnard, de les tenir un long moment serrées, et la chaleur reviendrait peu à peu dans ce corps immobile.

– Vous saviez tout. Tout ce qui est écrit sur le papier ! Pourquoi n'avez-vous pas parlé plus tôt ?

Mme Mesnard n'a pas posé son bol de café. Elle regarde fixement Nicole Vaindrier, une longue minute.

– C'est M. Mesnard qui savait, dit-elle lentement. Moi, rien...

III

M. BAXTER est rentré directement à Genève. Nicole Vaindrier l'a rejoint, après être restée deux jours aux Quatre Vents. Les éléments fournis par le document des Mesnard ont permis de sélectionner cinq dossiers, qui présentent certains points communs avec ce qu'on appelle maintenant: «L'affaire Alexandra.»

– Je ne m'habitue pas à ce prénom, soupire Nicole.

Elle a pris une chambre dans un petit hôtel qui donne sur le lac. Il y a les mouettes, les lampadaires qui s'allument tôt dans l'après-midi, les promenades qu'elle fait pour que le temps passe. Et matin et soir, les longues conversations avec M. Baxter. Il est d'une patience extrême. Il explique tout ce qui peut s'expliquer quand elle s'étonne:

– Vous avez trois précisions essentielles: un prénom, un lieu, une date de naissance. Et vous retenez quand même cinq dossiers?

– En temps de paix, tout aurait été simple, chère madame. Il aurait suffi d'interroger les registres d'état civil. Nous aurions su, sans erreur possible, quelle était la famille d'Alexandra. Mais l'Europe était encore en plein bouleversement à cette époque de l'après-guerre.

– Il n'y a rien à Lefkas?

– Mon correspondant de Grèce s'en est occupé tout de suite. La petite fille n'a pas été déclarée.

– Alors?

– Nous continuons les recherches.

Nicole Vaindrier quitte le bureau de M. Baxter, hésite un moment, fait quelques pas au bord du lac. Elle a dans l'oreille la voix de Noële, le premier soir, lorsqu'elle a eu fini de raconter tout ce qui s'était passé à Nantes. Une voix qui s'est élevée brusquement :

– Je ne peux pas, je ne peux pas ! J'ai beau me dire : *Alexandra*, et me dire : *Lefkas*, et me dire : la *Grèce*, je ne peux pas. Je suis votre fille. Les autres, je n'en veux pas !

Nicole entre dans une agence de voyages, demande une documentation sur la Grèce. Dans sa chambre d'hôtel, elle déplie les cartes, découvre que Lefkas est une île de la côte ouest, pas loin d'Ithaque. Une grande île, avec des pêcheurs, des brebis et des oliviers. Elle essaie de comprendre. Comment cette petite fille a-t-elle pu se retrouver, un matin de janvier, dans la gare de Grenoble ? Quel chemin a-t-elle suivi ? Elle replie les cartes, décroche son téléphone, demande la communication pour Roanne. Gilles et Noële sont seuls, de nouveau. Noële a pensé un moment qu'elle accompagnerait sa mère à Genève, mais elle a vite abandonné cette idée. Elle a besoin des Quatre Vents, parce que ses murs la protègent. Assise toute la journée dans un fauteuil, près de la cheminée, elle aussi regarde des cartes. Elle a retrouvé dans la bibliothèque un vieil atlas qui lui servait lorsqu'elle allait en classe. Gilles Vaindrier, le soir lorsqu'il rentre, commence à tourner autour du fauteuil. Il voudrait dire tout ce qu'il a dans le cœur, mais les mots viennent mal. Il se penche sur l'atlas.

– Je le savais.

Il explique que depuis toujours, en regardant sa fille, il se dit qu'elle cache du soleil derrière son visage. Il n'avait pas pensé à la Grèce, mais à l'Espagne, ou à l'Orient, à ces pays où les femmes restent assises derrière leurs volets fermés. Il s'est souvent reproché de l'obliger à vivre dans un pays où les hivers sont froids.

– L'été, en vacances, tu redeviens toi-même. Surtout quand tu nages. Il y a des pêcheurs dans ton île, des bateaux, la mer.

– Si M. Baxter finit par découvrir la vérité, tu seras triste ? s'inquiète Noële.

– Ce n'est pas pour nous que nous t'avons adoptée. C'est pour toi. Parce qu'il te fallait des parents. Mais nous ne sommes pas des voleurs. Le jour où tes vrais parents viendront te chercher, nous ne nous battrons pas pour te garder.

Il ajoute doucement :

– J'aimerais beaucoup connaître ton père. Un jour, peut-être, il viendra, et ce sera comme le jugement dernier. Mais oui ! On se présente devant un juge, on lui montre ce qu'on a fait, et on attend qu'il dise si c'est bien ou mal.

Noële feuillette de nouveau l'atlas.

– Tu as souffert de ne pas avoir d'enfant à toi ?

– Au début, oui. Mais tu as été si vite ma fierté que je n'y ai plus pensé.

– Pourtant si je suis obligée d'aller dans cette île grecque, tu penseras qu'une fille à toi serait restée aux Quatre Vents ?

– Lorsque les enfants deviennent grands, ils quittent la maison. Et de toute façon, tu nous as donné tant de joies depuis vingt et un ans que notre compte est largement créditeur, comme on dit en termes de banque.

Le téléphone sonne. C'est Nicole, du fond de sa chambre de Genève, qui leur fournit des nouvelles de l'enquête, leur explique que les premières recherches n'ont rien donné à Lefkas, que cinq dossiers ont été retenus.

– Demain, peut-être, en saurons-nous davantage, conclut-elle avec un soupir.

Le lendemain, la situation est la même.

– Je vais vous aider, propose M. Baxter qui comprend ce que cette attente a d'insupportable. J'ai sorti les cinq dossiers actuellement à l'étude. Les voici, sur mon bureau.

Il montre à Nicole cinq chemises cartonnées de même couleur grise, épaisses, et portant sur la tranche des initiales.

– Nos services les ont étudiés de façon habituelle, je dirais même : routinière. J'ai besoin d'un œil neuf. Je vous les confie, madame Vaindrier. Je vous ai fait réserver ce petit bureau à côté du mien. Si vous avez une question embarrassante, n'hésitez pas à me la poser.

Il prend les cinq dossiers, les porte dans la pièce voisine.

– Travaillez bien !

Puis il sort, referme la porte. Nicole s'assied derrière la table, sans même penser à enlever son manteau. Le soir, par téléphone, elle explique à son mari le travail de sa journée. Elle n'a pas le droit de tout raconter, car M. Baxter lui a fait comprendre que c'était une faveur tout à fait exceptionnelle. Elle peut déjà dire qu'elle n'a, pour sa part, retenu que deux dossiers parmi les cinq, tant sont grands les écarts entre les faits qu'ils mentionnent et la réalité.

– Deux dossiers seulement, annonce Gilles Vaindrier en raccrochant le téléphone.

– Demain un seul, le vrai ! répond Noële.

Elle est toujours roulée en boule dans son fauteuil, près de la cheminée.

– Papa, la nuit, sois gentil, ne ferme pas la porte de ta chambre.

– Pourquoi ?

– Si je me réveille, j'aime bien t'entendre respirer.

– Ainsi vous n'en gardez que deux, madame Vaindrier ?

– Un seul, finalement.

Ils sont dans le petit bureau que M. Baxter lui a réservé. Les cinq chemises de carton gris sont posées l'une à côté de l'autre.

– Lesquels éliminez-vous ?

– Ces quatre-là. Je ne garde que le dossier 3.

M. Baxter met le 3 de côté, rassemble les autres.

– Pouvez-vous me donner rapidement vos raisons ?

Il a ouvert le dossier 1.

– Seul le prénom concorde pour celui-ci. Et l'enfant a disparu début janvier, dans des circonstances assez précises : l'accident d'autocar, le chirurgien de Kalamai...

M. Baxter ouvre le dossier 2.

– Là, rien ne concorde, dit Nicole Vaindrier. Même pas le prénom. Il s'agit d'une petite Aïssa. Je n'ai pas compris pourquoi vous l'aviez retenu.

– Lefkas. J'ai tout de suite pensé que c'était une île. Mais c'est peut-être un nom propre.

– De toute façon, l'enfant est née en décembre et se perd du côté des Balkans.

Ils examinent de la même façon les dossiers 4 et 5. C'est sur le 5 que Nicole Vaindrier a hésité longtemps. Si elle s'est décidée à l'éliminer, c'est que la trace de l'enfant se perdait du côté de l'Espagne.

– Tout est possible, je sais bien ! Mais j'ai du mal à imaginer comment un tel voyage a pu avoir lieu. L'Europe tout entière était en mouvement. Sur toutes les routes, des gens traînaient leurs valises. Les convois militaires montaient et descendaient. Mais de l'Espagne à Venosc en si peu de temps ! Tout concorde pourtant : le prénom, la date de naissance. Et cette île de Lefkas, qui n'est pas son lieu de naissance, mais la première étape de sa fuite.

M. Baxter range les quatre dossiers examinés, ouvre celui qu'il a laissé de côté : le 3. Sur la tranche deux initiales : D. et K.

– Alors celui-ci ?

Il parle d'une voix tranquille, comme un professeur devant un élève qui passe un examen difficile. Il regarde attentivement Nicole Vaindrier.

– Vous le connaissez bien, ce dossier 3 ?

– Très bien, oui. Je l'ai relu plusieurs fois.

– Tout vous paraît coïncider avec ce que vous saviez déjà ?

– Presque tout, oui ! Il y a seulement un grand trou entre l'hôpital militaire de Prato et Venosc. Mais ces deux villes ne sont pas très éloignées. Je veux dire : par rapport au dossier 5, et à l'Espagne. Entre l'Italie du Nord et la France, il y avait à ce moment-là de constants échanges. Je m'en souviens très bien, d'après la gare de Grenoble où j'étais alors.

– Je suis soulagé, madame Vaindrier. Depuis deux jours, j'attends avec anxiété vos réactions. Vous avez eu celle que je souhaitais.

– C'est-à-dire ?

Sans répondre, M. Baxter prend dans le dossier 3 une lettre manuscrite, puis sort son portefeuille de sa poche, y prend le feuillet que lui a remis Georges Mesnard, le déplie, le pose à côté de la lettre. Nicole se penche : les deux écritures sont les mêmes.

Ils restent silencieux un long moment. Puis, Nicole saisit la lettre, la relit lentement. C'est un billet très court, en anglais, sans doute écrit à une parente. Il n'a rien à voir avec la disparition de l'enfant. La signataire dit seulement que son mari et elle arriveront à Athènes quelques jours plus tard. Ce billet a été joint au dossier comme un élément parmi d'autres, qui pouvait aider les recherches. Un spécimen d'écriture.

– La mère ? interroge doucement Nicole Vaindrier.

– Oui.

– Ainsi vous savez la vérité ?

– Presque. Je quitte Genève demain matin pour la Grèce. Je vais procéder aux dernières vérifications. Mais dès maintenant, il n'y a plus de doute possible.

Il reprend le document, le remet dans son portefeuille, classe la lettre dans la chemise 3, qu'il referme d'un geste rapide.

– J'ai voulu que vous appreniez cette histoire comme je l'ai apprise moi-même, bribe par bribe. J'ai voulu que vous soyez dans l'état d'esprit d'un enquêteur. Que la vérité vous apparaisse peu à peu, comme elle nous est apparue, à mes collègues et à moi. Je vous devais cette marque de confiance.

– Je vous en remercie.

– Maintenant, il faut que vous rentriez aux Quatre Vents. Je sais que vous aimeriez m'accompagner en Grèce, mais c'est impossible. Je vous autorise, bien entendu, à raconter tout ce que vous savez à votre fille et à votre mari. Tout, sauf une chose ! Une confidence que je vais vous faire maintenant, mais à vous seule. C'est une révélation si forte qu'il vous faut quelque temps avant de la faire partager à votre fille.

Il montre du doigt les deux initiales sur la tranche du dossier 3 : D. K.

– D. c'est un prénom féminin : Delpina. Non pas la mère, mais la tante de... disons toujours d'Alexandra. Celle précisément à qui est adressé le billet que vous venez de relire. Son obstination à retrouver la petite fille disparue, sa foi absolue dans la victoire finale nous ont toujours beaucoup impressionnés. C'est elle qui a exigé des enquêtes, des contre-enquêtes... Mais je vous en parlerai mieux à mon retour de Grèce. Pour le K...

Il hésite, se lève, va dans son bureau, en revient avec une liasse de journaux, de magazines illustrés, de revues, venant d'un peu tous les pays. Il les feuillette, l'un après l'autre, les ouvre à la page qu'il cherchait, les tend à Nicole. Elle sursaute, regarde M. Baxter. Elle n'a pas l'air de croire à ce qu'il lui fait voir :

– Lui ?

Il répond : oui, de la tête, et continue à ouvrir les magazines, à lui montrer les photographies du même homme : grand et large, avec des cheveux blancs, le regard souvent dissimulé par de grosses lunettes noires ; debout sur le pont d'un yacht, arrivant à une soirée de bienfaisance à New York, en habit, mitraillé par les photographes, ou descendant de son avion personnel, accompagné d'un homme d'Etat, qui vient passer quelques jours de vacances dans l'île de Lefkas.

– Lefkas..., murmure Nicole. C'est vrai. Comment n'y ai-je pas pensé ?

Dans les journaux, en gros titres, on parle de milliards, de pétrole, de navires, de chantiers navals, dans toutes les langues : en anglais, en italien, en allemand, en espagnol, en russe. Nicole regarde, regarde, ses mains tremblent. Et cet homme sourit toujours aux photographes, et le voilà faisant du ski nautique, visitant les installations de Cap Kennedy, posant la première pierre de ce qui doit devenir une grande chaîne d'hôtels au Moyen-Orient. Son regard est toujours dissimulé par ses lunettes noires, et elle voudrait une fois au moins savoir ce qu'il y a au fond de ces yeux qu'il refuse de découvrir. M. Baxter a fini d'ouvrir les journaux. Se penchant à son tour, il regarde les images qui couvrent le bureau.

– Oui, dit-il enfin. K. c'est Karrassos. Yannis Karrassos.

IV

AVANT de pouvoir révéler ce qu'elle vient d'apprendre à Genève, Nicole Vaindrier est obligée d'attendre quinze longs jours. M. Baxter, en effet, reste en Grèce jusqu'au 1er mars. Quinze jours pendant lesquels il faut donner le change, ce qui n'est pas dans le caractère de Nicole. Elle se surveille continuellement. Si elle s'attarde un peu trop sur une photographie de Yannis Karrassos publiée par un hebdomadaire – et il s'en publie presque chaque jour –, elle a l'impression de trahir son secret. Elle regarde furtivement son mari et sa fille, se demande s'ils n'ont rien remarqué.

Elle ne leur a fourni qu'un aperçu très schématique de ce que contient le dossier 3. Une jeune femme malade et sa petite fille âgée de quelques jours à peine quittent en bateau l'île de Lefkas pour rejoindre l'Italie. Le bateau s'arrête à Brindisi. Là, pour des raisons mal connues, la jeune femme commence un long voyage dans les terres, atteint Rome, continue vers Florence, puis Prato. Sa santé est de plus en plus précaire. A Prato, elle est recueillie dans un hôpital militaire. Elle y meurt trois jours plus tard. Et la petite fille disparaît.

Noële écoute ce récit sans émotion.

– C'est trop loin! dit-elle. Trop différent de moi. Je ne parviens pas à le croire.

Maintenant que sa mère est revenue, que les Quatre Vents ont repris leur visage familier, elle se sent de nouveau en sécurité. Ce voyage en bateau, cet exode à travers l'Italie ne font pas partie de sa vie. Nicole s'étonne de cette indifférence:

– Il s'agit presque sûrement de ta vraie mère. Et tu apprends sa mort ainsi !

Noële vient vers elle, dit tout bas :

– Si ce dossier-là est vraiment le mien, tu resteras ma mère.

Jean-François rentre de Paris et trouve une maison désorganisée. Mme Saulieu est malade. Une petite attaque dont elle se remet lentement. Quelques jours plus tôt, elle a voulu visiter le vieil appartement de l'usine. Depuis longtemps, elle se disait que la vie à Roanne était fatigante et qu'à son âge elle se reposerait mieux au bord de la Loire. Elle avait tant insisté auprès de son mari qu'il avait fini par céder. Un dimanche après-midi, il l'avait conduite à l'usine. En montant l'escalier, elle avait senti comme un éblouissement. Et dans l'appartement même, au moment où M. Saulieu poussait les volets, elle s'était doucement laissée glisser à terre. Il avait fallu appeler une ambulance et la faire admettre d'urgence à la clinique du Dr Berthelin. Pendant trois jours, elle n'avait plus su qui elle était. La mémoire lui revenait par bribes, au hasard. On avait fini par la reconduire chez elle où elle s'était mise à chercher Jean-François, s'étonnant lorsque la nuit venait qu'il ne soit pas encore rentré du lycée.

Ayant appris l'accident par le Dr Berthelin, Noële avait été lui rendre visite. Elle avait trouvé une femme drapée dans une couverture, se plaignant du froid et mangeant de petits bonbons à la réglisse. Elle parlait du printemps.

– Dès qu'il fera beau, j'irai m'installer à l'usine. J'ouvrirai les fenêtres, j'entendrai autre chose que ces cornes de voiture. Vous aimez la campagne, mademoiselle ?

Elle ne se souvenait plus que les Vaindrier vivaient au milieu des arbres. Son visage semblait amaigri, sous des cheveux qu'elle ne coiffait plus. Pour marcher, elle s'appuyait au mur.

Brusquement, elle s'était penchée vers Noële, l'avait regardée comme si elle la reconnaissait :

– Vous aurez des enfants, n'est-ce pas ? Vous viendrez me voir avec eux, les jours sans classe.

L'absence de Jean-François devient de plus en plus lourde. Ce stage qu'il avait accepté avec beaucoup de compréhension irrite maintenant M. Saulieu. Aussi, sans même lui accorder quelques heures de détente, il oblige son fils à peine débarqué du train de Paris à l'accompagner à l'usine.

– A partir d'aujourd'hui, c'est toi qui signes le courrier.

– Mais, père...

– Il n'y a pas de mais. Tu as vu l'état de fatigue dans lequel est ta mère. Je ne peux pas la laisser seule trop longtemps. C'est à toi de faire marcher l'usine.

– Je n'y connais rien.

– Tu apprendras.

– J'attends le résultat de mon stage. Si je l'ai réussi, j'en ferai un autre dans deux mois.

– Et alors ?

– Alors, ne vous reposez pas trop sur moi, père. Il est très possible que je vous quitte un jour définitivement.

M. Saulieu hausse les épaules avec agacement.

– Ce qui compte pour moi, c'est demain ! Demain, tu seras là. Demain, tu me remplaceras. Demain, tu signeras le courrier, tu feras marcher l'usine. Pour le reste, on a le temps d'y penser.

Dès qu'il est seul dans son bureau, Jean-François téléphone aux Quatre Vents. C'est Noële qui répond.

– Tu as réussi ?

– Je ne sais pas. J'aurai les résultats dans un mois.

Il lui apprend qu'il est déjà à l'usine, que son père l'accable de travail.

– Je pensais venir te voir, mais…

– Tu veux que je vienne ?

– C'est pour ça que je t'appelle !

– Je saute sur mon Solex. A tout de suite.

Dès qu'il l'aperçoit, Jean-François la rejoint, l'entraîne vers l'escalier du vieil appartement. La porte à peine refermée, ils sont dans les bras l'un de l'autre.

– Tu as un beau visage.

– Tu ne le vois pas.

– Je l'apprends à la main.

Ils parlent tout bas, leurs lèvres presque jointes.

– Raconte Paris.

– Toi d'abord.

Elle se détache de lui, entre dans la pièce ronde avec un balcon sur la Loire. Les volets sont restés ouverts. Elle regarde le fleuve entre les arbres. Jean-François la rejoint.

– Pourquoi ne réponds-tu pas ? Il s'est passé quelque chose ?

– Oui.

– De grave ?

– Oui.

– Pourquoi ne me l'as-tu pas écrit ?

– Dans une lettre, comment veux-tu ?

Elle se serre de nouveau contre lui, raconte la visite aux Mesnard, Genève, le dossier 3, M. Baxter qui va revenir de Grèce dans quelques jours, avec la vérité.

– Je te le dis à toi, Jean-François. A toi seul. Il y a quelque chose en moi qui m'attire loin d'ici. Je ne sais pas si c'est une force bonne ou mauvaise. J'essaie de lutter contre elle, mais elle est puissante. C'est une attirance, une curiosité, un désir de savoir.

Il a écouté sans un mot. Lorsqu'elle a terminé, il semble écouter en lui l'écho des paroles qu'elle a prononcées. Puis, la serrant de toutes ses forces contre lui, il murmure :

– Dis-moi que tu n'iras pas là-bas.

– J'irai.

– Ce sera long ?

– Je ne sais pas.

– Et moi ?

– Tu entends la Loire ?

Le fleuve roule au bord de l'île avec des couleurs de fumée.

– Quand tu m'as embrassée, la première fois, on entendait la Loire. C'était la même voix. Où que j'aille maintenant, où qu'on m'oblige à vivre, j'aurai toujours le bruit de la Loire en moi. Et ton visage contre le mien.

– Tu es partie déjà. Tu es loin. Tu m'entends à peine.

– Et toi, quand tu es en avion ?

Elle voudrait lui donner le courage nécessaire.

– Toi et moi, en ce moment, nous obéissons à des forces qui nous poussent hors de nos maisons. Il faut s'y abandonner, Jean-François. Ma vraie famille, ta vocation de pilote, ce sont des portes qui s'ouvrent.

– Il le faut ? Vraiment ?

– Oui.

– Même si nous faisons souffrir les autres ?

– Oui.

A son tour, il se détache d'elle, doucement, va vers la fenêtre.

– Tu es au courant pour ma mère ? Je voudrais savoir ce qui s'est passé exactement. Mon père m'a mis très vite au courant. Il paraît que c'était dans cet appartement, l'autre dimanche. En entrant dans cette pièce.

Il regarde autour de lui. La cheminée, les papiers déchirés, le parquet rongé d'humidité.

– C'est moi qui suis responsable ! C'est mon stage à Paris, mes projets. Elle a vieilli de dix ans. Elle marche à peine. Mon père aussi a changé. Il était d'accord avec moi quand je suis parti. Il ne l'est plus. Il a décidé de rester à Roanne pour soigner ma mère et de me confier l'usine.

Noële s'approche de lui, passe son bras sous le sien, comme il l'a fait à Venosc pendant qu'ils cherchaient le chalet des Mesnard. Cette fois-ci, elle a le sentiment que c'est elle qui l'aide à avancer.

– Faut-il que je renonce ? demande-t-il enfin.

– Toi et moi, si nous faisons ce que nous avons à faire, nous allons causer un mal terrible à nos parents. Aux tiens et aux miens. Un mal terrible.

Ils écoutent ensemble ces mots un long moment, puis elle ajoute :

– Mais il faut aller jusqu'au bout.

V

– Si, si, je veux que tu sois là et que tu apprennes tout en même temps que moi, déclara Noële.

– M. Baxter ne sera peut-être pas d'accord, dit Jean-François.

– Tu as le droit de savoir et je veux que tu saches !

C'est le soir. Ils sont dans la chambre de Noële. Ils attendent. M. et Mme Vaindrier attendent aussi, dans le salon, où le feu est allumé. Madame Marie grogne toujours. On lui a dit qu'il y avait une fois encore l'invité américain du mois dernier et qu'il fallait qu'elle se surpasse. Mais elle fait sa cuisine sans plaisir, car elle sent qu'on lui cache des choses importantes. M. Baxter a précisé qu'il serait là vers huit heures. Il arrive de Genève en voiture, et doit rester quelques jours à Roanne pour régler tous les détails avec les Vaindrier. Nicole lui a proposé de s'installer aux Quatre Vents, où il y a une chambre prête pour les amis. Il a refusé. Il préfère laisser les Vaindrier seuls avec leur fille pendant ces journées difficiles.

Jean-François se lève, va vers la fenêtre, regarde la route.

– Toujours rien ?

– Non.

Il secoue la tête :

– Comment fais-tu pour être aussi calme ? Moi, depuis que je sais que Baxter est revenu de Grèce, je n'arrive pas à respirer librement.

– Par moments, je suis comme toi. Mais je me dis : à quoi bon ? Si je ne voulais pas connaître la vérité, c'était facile : je demandais à M. Baxter de ne pas aller à Nantes. Il m'aurait obéi.

Ils restent un moment silencieux. Noële pense à ce début d'après-midi, où elle l'a vu piaffer d'impatience devant sa porte, le visage rouge de colère. Combien de mois ? Si peu. Et déjà, ils en sont à partager le plus grave.

– Le voilà !

Noële rejoint Jean-François près de la fenêtre. La lumière des phares, sur la route, est encore lointaine, mais elle se déplace rapidement.

– Descendons, dit-elle en prenant la main de Jean-François.

Ils sont assis dans le salon, autour de la cheminée. Nicole Vaindrier a servi à chacun un verre de whisky. Madame Marie est venue annoncer que le dîner était prêt, mais personne n'avait la patience d'attendre plus longtemps. On a décidé de ne passer à table qu'après avoir écouté les révélations de M. Baxter. Madame Marie n'a pas pu retenir un mouvement d'humeur :

– On me dit de tout préparer pour huit heures, et voilà que les ordres ne sont plus les ordres. Puisque c'est comme ça, je laisse tout brûler dans mes casseroles !

Gilles Vaindrier essaie de garder son calme.

– Ecoutez, madame Marie...

Comme la vieille servante se refuse à l'entendre et continue à se plaindre, il lui demande brutalement de se taire, de retourner dans sa cuisine et d'attendre qu'on vienne la chercher. Puis il ferme la porte un peu trop nerveusement, et M. Baxter le regarde avec un sourire confus.

– Nous vous écoutons, dit Gilles en s'asseyant près de sa femme sur le canapé.

Jean-François s'est installé à côté de Noële, dans un fauteuil. M. Baxter n'a émis aucune objection lorsque Noële lui a dit :

– Je vous présente Jean-François Saulieu. J'ai tenu à ce qu'il écoute votre récit en même temps que moi.

M. Baxter tourne le dos à la cheminée et leur fait face à tous les quatre.

– Je vous relève de votre vœu de silence, madame Vaindrier. La vérité que je vous ai laissé entendre s'est précisée.

Il y a un silence. Nicole demande à mi-voix :

– C'est bien lui ?

– Oui.

– Je peux le lui dire maintenant ?

– Oui.

Nicole Vaindrier se tourne lentement vers sa fille. Elle sait que, lorsqu'elle aura parlé, sa fille ne sera plus sa fille.

– Ton père..., dit-elle.

Avec un pauvre sourire, elle se lève, va jusqu'au petit bureau dans l'angle du salon, cherche un journal plié en quatre.

– Je ne parviens pas à y croire. J'ai beau faire, et beau faire, depuis des jours et des nuits…

Elle essaie de déplier le journal, mais il lui échappe des mains. Elle n'a pas la force de le ramasser. C'est Jean-François qui se baisse et le lui rend tandis qu'elle poursuit :

– Vingt fois, j'ai été au bord de tout te dire. Chaque fois que j'ai vu qu'on parlait de lui dans les journaux ! Presque chaque jour. En ce moment surtout, à cause de cette histoire des pétroliers américains.

Elle serre le journal, comme si elle voulait le froisser, le déchirer, le jeter au feu.

– Je le laisse traîner exprès sur le bureau. Tu l'as regardé hier, en prenant ton café. Je me mordais les lèvres pour ne pas te crier que c'était ton père. Oui, mon chéri…

Elle jette brusquement le journal sur les genoux de Noële, ouvert à la page où se détache un titre en gros caractère, surmontant la photographie d'un homme à lunettes noires : « *Je n'ai pas l'intention de céder, déclare le célèbre armateur grec.* »

– Tu es la fille de Yannis Karrassos, achève Nicole Vaindrier.

Puis elle revient s'asseoir près de son mari, et laisse aller sa tête contre le dossier du canapé.

Le silence est absolu. Pas un geste, pas un soupir. Comme si personne n'avait entendu. Comme si les quelques mots prononcés par Nicole Vaindrier tournaient lentement dans la pièce avant d'atteindre la conscience de chacun. M. Baxter, lui aussi, est immobile. Il regarde fixement Noële sachant que c'est vers lui maintenant qu'elle va se tourner. D'un geste extrêmement lent, Noële prend le journal, examine la photographie, se penche un peu comme si elle avait du mal à lire le titre, puis secoue la tête et regarde M. Baxter.

– Ce n'est pas vrai ! lance-t-elle d'une voix curieusement rauque.

– Si, mademoiselle.

De nouveau, elle examine la photographie. Lorsqu'elle retrouve le regard de M. Baxter, elle sourit d'une façon inattendue.

– Alexandra Karrassos, moi ?

Elle se met à rire comme une enfant, d'un rire clair et rapide, une sorte de respiration, qui s'arrête net. Déjà elle est debout, roule le journal en boule.

– Pas moi ! dit-elle.

Elle jette le journal au feu, avec violence. Une haute flamme. Le papier noircit, se soulève, retombe. M. Baxter n'a pas bougé. Il affirme d'une voix très calme :

– Vous.

Son regard ne quitte pas celui de Noële. C'est un regard sans dureté. Celui de quelqu'un qui est là pour l'aider. S'il était seul avec elle, il lui aurait déjà tendu la main. Mais il ne se sent pas le droit de le faire, puisqu'il y a deux hommes avec elle. Deux hommes qu'elle aime et qui l'aiment et qui ont sur elle de vrais pouvoirs. Gilles Vaindrier finit par le comprendre. Il a entendu rire sa fille, et il a eu envie de rire avec elle, mais plus rien en lui n'obéissait. Il était sans réflexes et sans volonté. Brusquement, il a besoin de bouger, de parler, de se prouver, peut-être pour la dernière fois, qu'il est encore le père de Noële. Il lui prend le poignet, l'oblige à regagner son fauteuil :

– Il faut laisser parler M. Baxter. Il a beaucoup de choses à nous dire et j'ai besoin de l'entendre.

Comme elle s'est assise docilement, il lui embrasse la main. Avec une tendresse si profonde qu'elle se sent rassurée. Elle sourit à Gilles Vaindrier, en plissant un peu les paupières. C'est entre eux le signe d'une complicité qui les unit depuis toujours. Pour se rassurer davantage, elle tend son autre main à Jean-François. Et de nouveau ils font face à M. Baxter.

– Votre mère a eu connaissance du dossier, mademoiselle. Je pense qu'elle vous a dit tout ce qu'il contenait et qu'il est inutile de revenir sur des faits déjà connus.

– J'aimerais que vous recommenciez au début, monsieur Baxter. Pour Jean-François, qui ne sait rien.

– Bien.

M. Baxter, d'un geste machinal, enlève ses lunettes, les frotte contre sa manche. Ses yeux, que la lumière rend gris, ne perdent rien de leur vivacité.

– Nous allons nous retrouver dans les drames de la Libération. Pardon de faire un peu d'histoire, mais elle est nécessaire. La Grèce a été envahie au début de la guerre par les Italiens qui n'ont pas réussi à s'y implanter, puis, par les Allemands. La flotte marchande de M. Karrassos, qui comptait alors dix-sept navires, a tout de suite été réquisitionnée. Il n'avait pas, comme d'autres armateurs, gagné l'Amérique. De gré ou de force, il a travaillé avec l'occupant. A la Libération, la réaction a été, comme partout, d'une extrême violence. M. Karrassos a réussi à se cacher dans les montagnes. Mais sa femme, qui attendait un enfant et qui avait une grossesse assez difficile, dut renoncer à le suivre. Elle est restée dans la grande maison familiale que les Karrassos possèdent au nord de l'île de Lefkas. Elle pensait y être en sécurité. Pendant plusieurs semaines, tout s'est passé calmement. La naissance de l'enfant a eu lieu.

Noële l'interrompt.

– Ma naissance ?

– Oui, mademoiselle.

– Le 3 novembre ?

– Le 3 novembre.

Le temps, très bref, d'une respiration, et M. Baxter reprend :

– Cette naissance a failli coûter la vie à Mme Karrassos. Elle n'en a réchappé que par miracle. Elle avait besoin d'un très long repos et de soins répétés. Mais le drame éclate, brutalement. Les partisans s'exaspèrent de ne pas avoir réussi à capturer M. Karrassos. Pour l'obliger à se rendre, ils décident d'aller à Lefkas, et de prendre comme otages sa femme et cette petite fille qui vient de naître. Avertie à temps, Mme Karrassos s'enfuit à son tour et gagne l'Italie où vit sa belle-sœur, Delpina Karrassos. Elle s'embarque secrètement dans la nuit du 22 décembre. Je dois ajouter qu'ayant appris ce qui se préparait, M. Karrassos avait quitté son refuge et s'était rendu aux autorités le 22 à l'aube. Mais cette reddition a été inutile. Mme Karrassos, enfermée dans son île, ne l'a pas su à temps. Elle a quitté Lefkas le soir de ce même jour. Sans doute a-t-elle eu peur que ses forces ne la trahissent. Elle n'avait rien sous la main, qu'un étui de cuir comme on en met aux poignées des valises. Cet étui vous le connaissez maintenant. Mme Karrassos l'a attaché autour du cou de sa fille, après y avoir glissé un papier portant, tracés à la hâte, son prénom, la date et le lieu de sa naissance. Mme Vaindrier a vu, dans le dossier, une lettre écrite par Mme Karrassos qui confirme que l'écriture est bien la même. Plusieurs analyses graphologiques concordent de façon formelle sur ce point.

M. Baxter, qui a parlé sans regarder personne, les yeux fixés devant lui, comme s'il lisait un document connu de lui seul, remet ses lunettes et enfonce les mains dans les poches de sa veste.

– Mme Karrassos et sa petite fille se sont donc embarquées clandestinement dans la nuit du 22 décembre. La traversée de l'Adriatique a été particulièrement agitée. Nous en connaissons les détails par l'un des marins qui accompagnaient les fugitives. L'interrogatoire de cet homme figurait au dossier que Mme Vaindrier a étudié. C'est dans la matinée du 24 que le bateau a atteint le port de Brindisi. Mme Karrassos était dans un état d'extrême fatigue. Les marins ont eu beaucoup de mal à lui trouver une voiture pour se rendre à Pisticci, petite ville où Delpina Karrassos, sa belle-sœur, avait une maison. L'Italie était encore à cette époque un vaste champ de bataille. Les Américains poursuivaient leur avance vers la frontière allemande.

M. Baxter regarde Noële avec une sorte de sourire, et ce n'est plus un document qu'il semble lire mais quelque chose qui lui touche le cœur.

– Pardonnez-moi, mademoiselle. Mais j'étais moi-même en Italie à ce moment-là, avec les armées américaines. C'est une étrange impression de penser que je vous ai peut-être entrevue, au hasard des routes...

Il rêve un court instant. L'hiver, les enfants affamés, les visages tendus vers les soldats américains, tant de mains, tant de regards avides... Et le jour de Noël, si pauvrement illuminé, où chacun avait honte de n'avoir dans ses poches qu'une poignée de chocolats. Il reprend son récit :

– Le 26, Mme Karrassos quitte Brindisi en voiture et se rend à Pisticci. Elle y arrive dans l'après-midi, découvre que la maison de sa belle-sœur a été détruite par un bombardement. Pas une pierre l'une sur l'autre. Personne dans le pays ne sait où Delpina Karrassos a cherché refuge. Des paysans recueillent la mère et l'enfant. Il faut un médecin. Les armées américaines ont apporté avec elles un remède miracle : la pénicilline. On réussit à en obtenir pour la malade. Le médecin lui promet qu'après quelques jours elle sera en état de continuer son voyage. Mais Mme Karrassos ne supporte pas d'être immobilisée. Elle a une idée fixe : retrouver sa belle-sœur et lui remettre l'enfant. Elle interroge les paysans. On finit par penser que Delpina a gagné Rome. Le médecin cherche par tous les moyens à retenir Mme Karrassos. En vain. Elle s'échappe. Commence alors un voyage insensé.

M. Baxter hésite.

– Je dis bien : insensé. Car, par une sorte d'ironie du sort qui me paraît aujourd'hui atroce, Delpina Karrassos, cherchant de son côté à rejoindre sa belle-sœur, s'était embarquée le même jour pour l'île de Lefkas.

Noële écoute avec une étrange indifférence, incapable de comprendre que cette histoire est la sienne, comme si, en jetant tout à l'heure au feu une page de journal, elle avait à jamais effacé ce passé que M. Baxter tente de recréer. Rien n'est vrai. Ce sont des mots qui s'ajoutent les uns aux autres, sans que rien l'atteigne d'une histoire difficile à croire.

– La trace de Mme Karrassos et de sa petite fille se perd à Rome, continue M. Baxter. Il semble qu'elles soient arrivées dans la capitale le 31, mais les renseignements ne sont pas sûrs. Il n'y a plus qu'une date certaine. J'aurais voulu vous épargner cette dernière précision : c'est le 3 janvier que Mme Karrassos est morte dans un hôpital militaire, installé dans un couvent de Prato, non loin de Florence. Hôpital que je connais bien, car on m'y a soigné quelques mois plus tard. Ici s'arrête mon récit. Entre le 3 janvier et le matin du 17, où Mme Buccianti vous a retrouvée dans le chalet de Venosc, il y a un trou que personne ne parvient à combler.

Maintenant qu'il a rempli sa mission, M. Baxter se lève, semble découvrir le verre de whisky que Nicole Vaindrier lui a servi tout à l'heure et auquel il n'a pas touché. Il le saisit avec une brusque impatience et va le boire d'un trait près de la fenêtre, laissant les Vaindrier seuls avec leur fille. Mais la porte du salon s'ouvre avec violence.

– Ce n'est pas vrai ! crie madame Marie.

Elle est debout sur le seuil. La peur se lit dans son regard, une peur terrible contre laquelle elle ne peut rien.

– On ne voulait pas que je sache. J'ai écouté ! J'ai tout écouté. Et je dis que ce n'est pas vrai.

Noële court jusqu'à la porte, serre madame Marie dans ses bras.

– Tais-toi, madame Marie, murmure-t-elle. Tais-toi !

Sa voix est si déchirante, que madame Marie comprend qu'elle a perdu la partie. Elle prend le visage de Noële dans ses mains, et de la même voix, en la regardant comme si elle la voyait pour la première fois, demande :

– Ce n'est pas vrai, n'est-ce pas ? Ma petite belle, je me mets à genoux, je t'en supplie, dis-moi que ce n'est pas vrai !

– Je voudrais tant, je voudrais tant...

Elle sait maintenant. Tandis que Baxter parlait, elle refusait de comprendre, et même lorsque Nicole Vaindrier lui avait révélé son nom véritable. Elle avait envie d'éclater de rire par moments, comme elle l'avait fait en regardant le journal. Mais maintenant elle sait. Parce que madame Marie a parlé. Parce qu'il y a dans son regard cette peur terrible, cette peur qui avoue que tout est vrai.

– Venez, madame Marie.

Nicole Vaindrier entraîne la vieille femme vers la cuisine. Il faut dîner. Très vite. Pour faire quelque chose. Pour rompre le silence. Madame Marie est incapable de savoir ce qu'elle fait. Elle se trompe dans ses casseroles. Nicole l'aide à servir, en lui répétant :

– Ne pleurez pas, madame Marie. Est-ce que je pleure, moi ?

Noële mange à peine. Elle est assise en face de M. Baxter et, comme une élève qui veut prouver qu'elle a bien compris sa leçon, recommence à son tour le récit, s'arrêtant lorsqu'un détail lui manque, prenant conscience qu'il s'agit bien d'elle au fur et à mesure que les mots lui échappent et qu'elle les prononce à haute voix. Elle ne lâche pas la main de Jean-François. Gilles Vaindrier écoute et se tait. A la fin du repas, il rejoint madame Marie dans la cuisine.

– Monsieur me comprend, n'est-ce pas ?

– Oui, madame Marie.

– Si monsieur pouvait, il se laisserait aller à son chagrin, lui aussi ?

– Oui, madame Marie.

Il y a une haute cafetière sur le fourneau. Madame Marie prépare les tasses et le sucrier sur un plateau.

– Vous vous souvenez, madame Marie ?

– De tout, monsieur.

– Elle avait huit ans. Elle apprenait sa leçon de géographie. Pourquoi ce soir-là m'a-t-il frappé parmi tant d'autres ? Elle était assise près de la cheminée. Avec une robe rouge, vous savez, celle qu'elle n'aimait pas.

– Elle disait : j'ai l'air d'une cerise. Un jour elle a coupé les manches avec des ciseaux.

– Je revois son livre ouvert sur ses genoux. Elle étudiait la Grèce. Elle ne comprenait pas pourquoi c'était si loin des Quatre Vents. Elle demandait s'il y avait beaucoup de kilomètres et si on pouvait y aller en une nuit. Le lendemain, elle a dit : « J'ai rêvé d'Athènes. Il y avait notre maison au milieu des colonnes. »

Le café est sur le point de bouillir. Madame Marie le verse dans une cafetière en argent.

– Pourquoi monsieur ne m'a-t-il rien dit ? J'avais quand même le droit de savoir. Pourquoi m'avoir laissé croire si longtemps ?

– Ce n'était pas une petite fille abandonnée, comme celles qu'on confie à l'Assistance publique. C'était une petite fille perdue. Jamais nous ne pensions qu'on retrouverait sa vraie famille. Bien sûr, nous aurions dû, je le comprends maintenant. Mais jamais…

Il prend le plateau du café, le porte lui-même au salon. « Jamais », se répète-t-il. Et c'est vrai. Même le jour où M. Baxter leur a parlé de la lettre des Mesnard. Il ne sait pas expliquer pourquoi, mais quelque chose en lui se refusait à croire que l'enquête pouvait aboutir. Il entre dans le salon. M. Baxter qui tient une enveloppe à la main se tourne vers lui. Dans un même mouvement, Nicole, Noële et Jean-François lui font face. Il pose le plateau sur le petit bureau.

– Qu'y a-t-il ?

C'est Noële qui répond, d'une voix basse, un peu hésitante :

– M. Karrassos a remis à M. Baxter une lettre pour moi. Mais je ne pourrais pas la lire.

Elle prend l'enveloppe des mains de M. Baxter, la tend à Gilles Vaindrier.

– Tu veux bien ?

D'un geste machinal, il cherche ses lunettes dans la poche de sa veste, ouvre l'enveloppe, en tire une feuille de papier gris. Pour cacher son trouble, il s'approche de la lampe, lit d'abord pour lui-même, rapidement, puis à haute voix :

« *Mademoiselle, les enquêteurs viennent de découvrir, après vingt et un ans, que je suis votre père. Mais pour vous, je ne suis qu'un inconnu. Si vous désirez que je reste un inconnu, faites-le savoir à l'homme qui vous remettra cette lettre. Je m'inclinerai. Si vous acceptez de faire ma connaissance, venez chez moi quand vous voudrez. Dès maintenant, vous y êtes chez vous. Yannis Karrassos.* »

Noële a pris la lettre. Elle regarde cette écriture, ce premier signe d'un être qui lui a donné la vie. Elle repense à la photographie du journal. Elle regrette de l'avoir brûlée. Un large visage, des cheveux blancs, des lunettes noires. Quel regard dissimulent-elles ? La lettre, curieusement, fait penser à un enfant. Jean-François s'approche. Il n'a rien dit. Depuis des heures, il écoute et, seul sans doute, il s'émerveille qu'il ait fallu tant de détours et de chemins pour conduire Noële vers lui.

– Comment m'aimes-tu, maintenant ? demande-t-elle.

– Je t'aime.

– Ce père très riche, qui a des bateaux, qui fait le tour du monde et dont les journaux parlent, ça ne change rien pour toi ?

– Je t'aime sans lui, en dehors de lui. Malgré lui.

Ils se sentent un peu bêtes avec leur tasse de café à la main. Ils voudraient qu'il n'y ait personne et qu'ils puissent se parler, lèvres à lèvres, en secret.

– Que vas-tu répondre ? demande enfin Jean-François.

– Je te l'ai dit déjà. Cette force en moi, cette attirance, ce besoin de savoir.

– Quand y vas-tu ?

Noële n'hésite pas. C'est en elle depuis que Gilles Vaindrier a lu la lettre à haute voix. Elle s'est décidée, sans réfléchir.

– Pour Pâques.

– Dans un mois ?

– Oui...

Il sait qu'elle a quelque chose à ajouter. Il le devine à la façon dont elle le regarde, au sourire qui s'accentue pour masquer ce qu'il y a de trop grave dans sa voix.

– Mais avant de partir, j'ai deux choses à faire. Tout d'abord aller voir Mme Mesnard à Nantes, l'obliger à me dire tout. Je n'accepte pas ce trou de quatorze jours.

– Oui, dit Jean-François. Et la seconde chose ?

– Je ne partirai pas pour Lefkas avant que nous soyons fiancés.

VI

NOËLE marche vite. Son père lui a dessiné un plan très clair. Elle ne peut pas se tromper. Elle est descendue dans le même hôtel que sa mère et M. Baxter, quelques semaines plus tôt. Le réceptionniste, en lisant son nom sur la fiche, a marqué d'un sourire qu'il se souvenait d'avoir déjà hébergé une Mme Vaindrier et a demandé pourquoi, en si peu de temps, deux personnes d'une même famille venaient passer une nuit à Nantes.

– Peut-être cherchez-vous un appartement ou une maison, mademoiselle ? Il ne faut pas hésiter à m'en parler. Je pourrais vous aider.

– Je vous remercie, a répondu Noële.

Elle voudrait que personne ne sache qu'elle est à Nantes, et qu'on lui laisse vivre cette journée comme elle l'entend. Elle est très calme. Elle sait qu'il va falloir se battre. Mais elle est décidée à aller jusqu'au bout. Elle ne quittera pas Nantes sans connaître la vérité. Elle regarde son plan. Deuxième rue à gauche. Elle reconnaît la porte cochère que sa mère lui a décrite plusieurs fois. Elle monte à tâtons deux étages, sonne, attend un long moment, sonne de nouveau. Pas un bruit. Il semble que l'appartement soit inhabité. Elle frappe à la porte, écoute, sonne encore, se décide à redescendre.

La concierge l'attend au bas de l'escalier :

– Si vous m'aviez interrogée, je vous l'aurais dit qu'il n'était pas là.

C'est une femme ronde et souriante, jeune encore, avec des petites boucles sur le front.

– C'est à son bureau qu'il faut aller. Juste à côté. Au 27 de la rue des Hauts-Pavés. Il n'aime pas que je donne l'adresse. Mais après ce qui est arrivé avant-hier...

Elle vient regarder Noële presque sous le nez.

– Vous n'avez pas pris de Gardénal, vous, au moins?

Et elle rit franchement.

– Si vous aviez entendu ce concert! Il a fallu que j'aille chercher des voisins pour l'obliger à partir. Elle était couchée sur le palier, en travers de la porte, et elle disait qu'elle était turque et qu'elle ne pouvait plus rentrer chez elle, et qu'elle préférait mourir si le pauvre Georges ne la laissait pas entrer. Tout ça depuis que Mme Mesnard est partie. Du temps où sa mère était là, il n'aurait pas osé faire un tel scandale.

Noële n'a entendu qu'une phrase.

– Mme Mesnard est partie?

– Depuis un mois.

– C'est elle que je suis venue voir.

La concierge la regarde un moment, ne sachant plus très bien s'il faut continuer sur le même ton et quel genre de complicité elle peut établir avec cette jeune fille qui ressemble si peu aux petites amies de Georges.

– Vous venez de loin?

– Oui.

– Et vous avez une voiture?

– Non.

– Alors ça ne sera pas facile. C'est à 50 kilomètres de Nantes. Il n'y a pas de train ni d'autocar. Le seul qui puisse vous y conduire, c'est M. Georges.

Elle est déjà dans la rue, indique le chemin à Noële.

– Vous tournez deux fois à droite.

– Merci, madame.

– Et surtout ne lui dites pas que c'est moi qui vous ai renseignée.

Noële pensait que tout serait simple, que la porte s'ouvrirait, que Mme Mesnard se cacherait encore au fond de l'appartement, près du fourneau de la cuisine, comme le jour où sa mère avait forcé sa retraite, et qu'il suffirait de la supplier longuement pour qu'elle consente à parler. Mais tout est remis en question. Un village à 50 kilomètres, dont elle ignore le nom. Comment l'atteindre? En passant par le fils. Et ce fils, il est assez facile de comprendre ce qu'il attend d'une jeune fille de vingt ans.

Rue des Hauts-Pavés. Au 27. Une longue maison, avec des vitres en verre dépoli, qui ressemble à un atelier. Noële pénètre dans un couloir étroit, frappe à une porte où est écrit le mot: secrétariat.

– Entrez.

Une dactylo est assise devant une machine à écrire.

– Vous désirez?

Noële explique qu'elle veut parler à M. Georges Mesnard. La jeune fille la regarde avec le même sourire que la concierge, et dans son œil un peu étonné, il est facile de lire la question: «Une nouvelle? Et d'où sort-elle, celle-là?»

– M. Mesnard est occupé. Il vaudrait mieux que vous reveniez plus tard.

– Non, dit Noële. J'ai le temps d'attendre.

Elle s'assied sur une chaise, près d'une porte fermée. La dactylo hausse le sourcil, hésite à répondre, finit par se dire qu'elle n'est pas là pour se mêler des affaires de son patron, allume une cigarette et revient vers sa machine. Le temps semble long à Noële. Elle a croisé les mains sur ses genoux. La fenêtre du bureau donne sur une petite cour où des carrosseries de voitures, couchées l'une contre l'autre, rouillent lentement. Un arbre pousse au milieu. A midi, la dactylo prend un peigne dans un tiroir, se penche vers un petit miroir posé contre le mur, se coiffe rapidement, se lève et ouvre la porte contre laquelle Noële est assise.

– Je m'en vais déjeuner, monsieur Mesnard!

– Bon.

La dactylo part en laissant la porte ouverte. Noële regarde. C'est bien l'homme que sa mère lui a décrit: rouge, avec des moustaches et un complet à carreaux criards, trop étroit pour lui. Elle se lève, entre dans le bureau. M. Mesnard dresse soudain la tête:

– Qu'est-ce que vous faites là, vous?

– Je vous attends, monsieur.

Tout de suite son œil se met à danser, comme s'il flairait un danger et en même temps il y a cette jeune fille devant lui, qu'il n'a jamais vue, et qui est bien jolie avec ce tailleur de jersey bleu.

– Qui êtes-vous?

– Noële Vaindrier.

M. Mesnard frappe du poing sur son bureau et se lève, brusquement furieux:

– On nous avait dit que c'était fini, il y a un mois. Qu'est-ce que ça veut dire, maintenant? Les Vaindrier, les enquetes et le reste? Terminé, vous m'entendez?

Noële s'attendait à ce qu'il crie. Depuis qu'elle est assise devant la porte et qu'elle l'entend répondre au téléphone, elle s'est habituée au jappement rapide de sa voix.

– Je veux voir votre mère.

– Ma mère?

Il frappe une seconde fois sur son bureau, avec moins de vigueur. Le calme de Noële le désarme. D'habitude, lorsqu'il crie ainsi, les petites demoiselles rougissent et fondent en larmes. Pourquoi celle-ci lui résiste-t-elle ?

– Que lui voulez-vous ?

– Lui parler.

M. Mesnard fait le tour de son bureau, vient se planter devant Noële.

– Ainsi la fillette du chalet, c'est vous ?

– Oui.

– Vingt et un ans ?

– Oui.

Il sort une montre de son gilet, vérifie l'heure, hausse les épaules.

– A cette heure-ci, ça roule assez bien. On arrivera pour le café.

Il regarde Noële une fois encore. Cette fois, il y a comme un sourire sur son visage, et ses petits yeux sont devenus fixes.

– Je vous conduis, d'accord. Mais au retour…

– Au retour ?

Noële sait qu'il n'osera pas finir sa phrase. Elle a compris qu'il suffisait de soutenir son regard pour qu'il cède.

– Dépêchons-nous, dit-il en la poussant hors du bureau.

Ils font la route sans un mot, dans une camionnette un peu essoufflée. Il y a d'épais brouillards au-dessus des champs, qui se défont et se reforment au hasard. Georges Mesnard conduit avec beaucoup d'agitation, à petits gestes rapides, remuant sans cesse et soufflant de temps en temps un reste de colère. De vieilles routes entre des haies, une ferme de loin en loin, un village avec son église et son café-tabac, des calvaires au coin des champs et de grandes gerbes d'eau grise lorsque la camionnette roule dans les ornières. La montre du tableau de bord marque une heure vingt, lorsqu'ils atteignent une maison basse, derrière la grille d'un jardin carré, avec des volets fermés et une antenne de télévision sur le toit. Georges Mesnard arrête la voiture.

– Attendez-moi là.

Il descend de la camionnette, ouvre la grille, traverse rapidement le jardin.

– Maman !

Il crie très fort, exprès, comme si sa mère était sourde. Il entre dans la maison, appelle de nouveau :

– Maman ! Tu es là ?

Mme Mesnard est assise dans l'ombre d'un salon sans autre meuble qu'un fauteuil faisant face à une table qui supporte un appareil de télévision. Les rideaux sont tirés. Sur l'écran, les images dansent, muettes. Mme Mesnard a coupé le son.

– Pourquoi cries-tu comme ça ? Bien sûr que je suis là.

Elle a ses cannes sur les genoux et le regard fixé sur les images.

– Pourquoi tu n'entres pas la camionnette dans le jardin ?

– Je ne reste pas longtemps.

– Qu'est-ce que tu viens faire, alor ?

Il hésite à répondre, mais elle sait déjà ce qu'il va dire.

– Il y a une fille avec toi ?

– Comment le sais-tu ?

– Tu sens l'eau de Cologne.

Elle regarde toujours la télévision. Il y a des chevaux qui galopent au bord d'une plage, la crinière déployée.

– Elle veut te voir, dit Georges.

– Tu ne vas quand même pas l'épouser ?

– Il ne s'agit pas de moi. C'est la fille Vaindrier.

Mme Mesnard ferme les yeux brusquement, se penche en avant comme si elle avait de la peine à respirer. Puis elle saisit sa canne, en donne un coup dans les jambes de son fils.

– Va-t'en.

– Reçois-la.

– Elle t'a payée ?

– Reçois-la, je te dis. Elle est du genre qui s'accroche.

De nouveau, elle ferme les yeux.

– Ton père... murmure-t-elle. Oh ! ton père...

Elle prend appui sur ses cannes, se lève.

– Attends, demande Georges. Je vais la chercher.

– Reste là.

Elle sort du salon en traînant les pieds, énorme soudain dans une robe de grosse laine noire. Elle avance lourdement. Devant le jardin, elle hésite. A la suite des pluies, le sol est détrempé. Elle s'y engage pourtant, traverse malgré les flaques d'eau. Arrivée à la grille, elle lâche ses cannes, s'accroche aux barreaux des deux mains, regarde à l'intérieur de la camionnette. Noële a baissé la vitre. Elles se dévisagent toutes les deux avec une intense curiosité. Puis Mme Mesnard sourit brusquement. Son visage s'anime. Il y a dans son regard comme une lueur de plaisir.

– Tu voulais me voir ? demande-t-elle doucement.

– Oui, madame.

– Eh bien, voilà. Tu m'as vue.

Elle tient toujours les barreaux à deux mains et serre de toutes ses forces pour ne pas tomber.

– Il faut aussi que je vous parle, dit Noële.

Le sourire disparaît.

– J'ai tout oublié. Les années passées, c'est mort avec M. Mesnard. Enterré avec lui. On ne remue pas les tombeaux.

Et elle crie vers la maison :

– Georges !

Le fils Mesnard est déjà sur le seuil. Sa mère lui fait signe d'approcher, et à Noële :

– Mon fils va te reconduire à Nantes. Je me suis enfermée dans cette maison pour être tranquille. Va-t'en.

Et à Georges qui l'a rejointe :

– Emmène-la.

Alors Noële ouvre la portière, s'accroche aux barreaux, face à Mme Mesnard. Leurs deux visages sont à la même hauteur.

– Vous ne savez pas tout, madame ! Il faut que vous compreniez. On a retrouvé ma véritable famille. Mon véritable père. Grâce aux papiers que vous avez donnés le mois dernier. J'ai besoin de connaître toute la vérité. Aidez-moi. J'ai vingt et un ans. Cette vie que je croyais avoir vécue, il faut que je recommence à la vivre. Je vous en supplie.

Elle a parlé sans savoir, parce qu'elle a vu sourire le visage de Mme Mesnard tout à l'heure. Elle se sent une étrange tendresse pour cette femme, qui s'est traînée jusqu'à elle, à travers le jardin détrempé et qui l'a regardée derrière les barreaux de sa solitude, avec une impatience d'affamée.

– Ces quelques jours, entre le 3 et le 17 janvier. Ces deux semaines, ce trou noir ! Si vous savez quelque chose, je vous en supplie, dites-le-moi.

D'un geste instinctif, elle a saisi une des mains de Mme Mesnard et la serre de toutes ses forces. Elle s'étonne de la trouver brûlante, comme si le sang s'y était réfugié. Pendant une longue minute, elles se tiennent ainsi en se regardant fixement. Puis Mme Mesnard dégage sa main, saisit ses cannes.

– Viens.

Elle repart vers la maison, en disant à son fils, au passage :

– Toi, tu restes dans la voiture.

Noële la rejoint et l'aide à marcher, en lui tenant le bras. La vieille femme se laisse faire, s'appuie sur Noële, avec un grognement de plaisir. En arrivant dans la maison, elle tourne le dos à la pièce où est installée la télévision, s'avance jusqu'au fond de l'entrée, ouvre une porte. C'est une chambre, encombrée de meubles, avec des plantes en pot sur les tables et l'appui de la fenêtre. Une véritable serre. Il y en a au pied du lit, accrochées le long des murs, à des clous, par de longues ficelles. L'odeur de terre humide surprend Noële. Elle pense au sommeil de

Mme Mesnard, à ces nuits qui ont déjà un goût de mort. La vieille femme s'est laissée tomber sur une chaise, devant une table ronde. Entre les plantes vertes, elle cherche un coffret de bois noir, qu'elle ouvre :

– Tiens !

Elle tend à Noële une photographie, qui représente une femme, sur un balcon, tenant un enfant dans les bras.

– Toi et moi, il y a vingt et un ans.

Elle s'appuie au dossier de sa chaise, regarde Noële avec avidité.

– Une fille. Je voulais une fille ! Et j'étais trop vieille. Je n'avais que Georges. Tu as vu comment il est. Je me disais : une fille ce sera mieux. Et je t'ai eue. Je t'ai gardée une semaine. On s'entendait bien, toutes les deux. Ça se voit sur la photographie.

Elle parle à mi-voix, dans l'ombre de sa chambre, et ses cheveux sont blancs, et ses mains sont blanches sur sa robe noire. Elle ressemble à une image effacée.

– Tu peux la garder, la photographie. A quoi bon, maintenant ? Mais tu vas me jurer quelque chose.

– Quoi ?

– Ne reviens plus jamais.

– Pourquoi ?

– Jure.

– Je le jure.

Mme Mesnard ferme les yeux. Une horloge dans la pièce voisine sonne deux heures. Par la fenêtre aux rideaux tirés, le jour qui pénètre à peine caresse des ombres de feuilles.

– Comme tu es belle, dit Mme Mesnard. Et vivante. Avec tes grands yeux. Les mêmes. Si beaux, si noirs.

Noële est venue s'asseoir aux pieds de la vieille femme. Elle dit avec gravité :

– Alors, il faut me dire tout. Puisqu'on ne se verra jamais plus.

– Tu sais jusqu'où, petite ?

– Jusqu'à Prato. Ma mère était dans un hôpital militaire. Elle est morte le 3 janvier.

– Prato, je ne sais pas non plus. Moi, c'est à Briançon que je t'ai connue. On s'était installé chez Georges. Il était déjà marié à cette époque. Il avait un grand appartement. M. Mesnard et moi, on bougeait sans arrêt. Ils ont dû te raconter ça, tes enquêteurs ! On allait, on venait. On n'était pas tranquilles à Venosc. Alors, de temps en temps, on venait chez Georges à Briançon. Mon mari a trouvé une place à Nantes juste au moment de Noël. On a donc passé les fêtes avec Georges et sa femme, et puis on a tout préparé pour le départ. Il restait quelques affaires dans le chalet de Venosc. On voulait les récupérer. On avait décidé d'y aller l'avant-veille du départ, le 15 janvier, dans la nuit. Tu vois, tout était bien réglé. C'est à ce moment-là que tu es arrivée.

Elle se penche vers Noële, lui pose doucement la main sur les cheveux.

– Jamais je n'aurais pensé qu'on se retrouverait l'une en face de l'autre et que je te raconterais cette histoire. C'est vrai, que tu es belle !

Elle se penche davantage, interroge d'une voix brusquement dure :

– Tu as été heureuse au moins ? Tes parents adoptifs, ils t'ont bien traitée ?

– Oui.

– J'ai vu ta mère, l'autre jour. Je ne pouvais pas lui parler à elle. Tu lui expliqueras.

– Bien sûr.

– Tu n'es pas mariée ?

– Fiancée, bientôt.

– Ah !

Mme Mesnard sourit, hésite.

– Que fait-il dans la vie ?

– Il cherche encore. Pilote d'essai sans doute.

– Ah !

De nouveau, elle sourit, redresse la tête, se tourne vers la fenêtre, comme si elle guettait quelqu'un.

– Si je t'avais gardée, dit-elle, je ne sais pas qui tu aurais épousé. Peut-être celui-là justement, qui serait venu à Nantes, puisque vous deviez vous rencontrer. Quand tu te marieras, ne m'envoies pas de faire-part, ni rien. C'est promis ?

– Oui.

– Alors, je reviens à Briançon.

Elle cherche une de ses cannes, allonge le bras, soulève le coin d'un rideau, rit doucement.

– C'est Georges, dit-elle. Il tourne autour de la maison. Il voudrait savoir ce que je te raconte. Méfie-toi de lui. Dès que vous serez de retour à Nantes, au premier feu rouge, saute de la camionnette et pars en courant. Sinon tu seras obligée de le gifler.

Elle laisse retomber le rideau.

– Tu es arrivée à Briançon avec des gens. Tout un groupe de gens. Je ne sais pas qui c'était. Ils avaient beaucoup marché. Ils avaient franchi la frontière italienne. Des hommes et des femmes. Je crois qu'on appelait ces gens-là des personnes déplacées. Ils étaient trop fatigués pour aller plus loin. Il a fallu les loger. On a réquisitionné des chambres chez l'habitant. Je t'ai dit que Georges avait un grand appartement. Il a tout fait pour qu'on ne mette personne chez lui. Mais il n'a pas réussi.

– Pourquoi étais-je avec ces gens ?

– Je ne sais pas. La femme qui te portait était polonaise. Je ne comprenais pas un mot de ce qu'elle disait. Elle est arrivée chez Georges épuisée. Le lendemain, il a fallu la transporter dans un hôpital. Je t'ai gardée avec moi. Je n'ai pas interrogé les autres. Je voulais qu'on t'oublie. Cette étiquette que tu portais autour du cou, c'est moi qui l'ai enlevée. Au bout de vingt-quatre heures plus personne ne savait que tu étais chez moi. J'étais heureuse. Et puis, M. Mesnard a dit non. C'était un homme sans courage, comme Georges. Il avait peur. Il pensait qu'on allait le poursuivre. Il s'est dit qu'un enfant avec nous, c'était encombrant. Oui, oui, je sais. J'aurais dû me battre. Mais c'était une drôle d'époque. Il y avait des fusils qui partaient tout seuls. Je t'ai défendue jusqu'au 15. Et puis j'ai cédé. Je ne pouvais pas te laisser dehors. Alors, je t'ai laissée dans le chalet. Je savais bien que tu crierais et qu'on finirait par t'entendre, puisqu'il y avait des gens tout autour. Voilà !

Mme Mesnard d'un geste sec ferme le coffret de bois noir, le cache au milieu des plantes. Elle respire lourdement. Ses mains tremblent. Il y a de grandes ombres sous ses yeux.

– Il faut t'en aller maintenant, Alexandra.

Elle ajoute, à mi-voix :

– Moi, j'aurais continué à t'appeler Alexandra.

Noële s'est relevée. Elle regarde la vieille femme qui paraît dormir, immobile sur sa chaise, dans cette odeur de terre humide. Jamais plus elle ne la reverra, puisqu'elle l'a juré. Elle recule lentement vers la porte. Mme Mesnard, soudain, ouvre les yeux.

– Ton vrai père, finalement, qui c'est ?

– Yannis Karrassos.

Elle a un sursaut.

– Le Grec ?

– Oui.

Elle se mit à rire brusquement, d'un rire inattendu, clair et haut, comme celui d'une petite fille, le même rire exactement qu'a eu Noële lorsqu'elle a regardé le journal que lui tendait Nicole Vaindrier. Et il s'arrête de la même façon, en quelques secondes. Puis Mme Mesnard hausse les épaules, ramasse ses cannes, se lève.

– Ne le dis pas à Georges surtout, il te demanderait de l'argent.

Elles sont debout l'une en face de l'autre, pour la dernière fois. Noële demande :

– Je peux vous embrasser ?

Mme Mesnard lève lentement l'une de ses cannes, et repousse doucement Noële vers la porte, le regard fixe, en secouant la tête, déjà gagnée par le silence.

VII

À SON retour de Nantes, Noële apprend que Mme Saulieu a eu une nouvelle attaque, chez elle, pendant le dîner. Le Dr Berthelin a réussi à l'enrayer. Mais il lui faut du repos, et de nouveau elle reste couchée la journée entière en se plaignant d'avoir froid. Jean-François, qui est venu chercher Noële à la gare, finit par lui avouer la vérité :

– C'est moi le responsable.

Il n'a pas pu attendre. Il a tout raconté à ses parents, sans précautions. Les révélations de Baxter, la découverte de Yannis Karrassos, et les longs détours d'un destin jusqu'au chalet de Venosc.

– J'aurais dû laisser tes parents faire une démarche.

M. Saulieu demande qu'on attende un peu pour rendre les fiançailles officielles. En raison de l'état de santé de sa femme, d'abord, mais aussi, et c'est là le plus grave, parce qu'il préfère réfléchir encore. Il comprend mal la hâte de Noële et de Jean-François. Le voyage à Lefkas pose un grave point d'interrogation. On ne sait pas comment il se déroulera, ni quelles seront, sinon les exigences, du moins les conditions de M. Karrassos. C'est avec son consentement désormais qu'il faut compter, autant qu'avec celui des Vaindrier.

– Tu connais mal papa, explique Jean-François. Pour lui, les fiançailles, c'est un contrat. Avant de signer un contrat, il a toujours pesé le pour et le contre. On voit d'ailleurs où ça l'a mené. Son usine est en faillite.

Aux Quatre Vents, l'attitude de M. Saulieu surprend les Vaindrier.

– Qu'est-ce que ça peut lui faire que Noële soit ou non notre fille ? s'écrie Nicole, incapable de dissimuler son impatience. Ces enfants s'aiment, on les marie ! Quoi de plus naturel ? Si on commence à se poser des questions, c'est qu'on est bien difficile. Des Noële, on n'en rencontre pas tous les jours. Je le dis d'autant plus facilement que je ne suis pas sa mère. S'ils n'en veulent pas, les Saulieu, on ne va quand même pas se mettre à genoux. Tant pis pour eux, et bonsoir.

Son mari tente de la raisonner. En vérité, sans jamais s'y opposer, elle a toujours considéré ce mariage avec un peu de méfiance. Toutes les qualités, Jean-François les a, c'est évident. Mais dans la vie de tous les jours, il paraît manquer de décision et de volonté. Cette valse-hésitation entre l'aviation et l'usine l'inquiète. Il est jeune encore, c'est vrai. Mais s'il veut épouser Noële, lui construire une vie stable et heureuse, il serait grand temps de savoir exactement ce qu'il a l'intention de faire. Nicole ne se permettrait pas de développer ces arguments devant Noële, mais devant son mari, elle va jusqu'au bout :

– Au moins, tu connais à présent ma façon de voir.

Gilles Vaindrier écoute sans répondre. Il est décidé à obtenir le consentement des Saulieu. Il a très bien compris ce que ces fiançailles représentaient pour Noële, et, tout au fond de lui, il pense la même chose : un mariage avec Jean-François fixera Noële dans le pays, quelle que soit la place que pourrait prendre dans les mois qui viennent la famille Karrassos. Ce n'est pas un calcul de sa part, car il sait que les deux jeunes gens s'aiment, et c'est ce qui compte avant tout. Mais il a bien le droit, sans l'avouer à personne, d'être un peu égoïste, de penser au vide que l'absence de Noële creuserait aux Quatre Vents. Gilles et Nicole Vaindrier conviennent d'attendre quarante-huit heures avant de tenter une démarche auprès des Saulieu. Et, ce délai observé, de prendre prétexte de la santé de Mme Saulieu pour sonder leurs intentions.

Résolutions brusquement balayées par l'arrivée de Jean-François, le même soir, vers cinq heures.

– Accordez-moi l'hospitalité pour cette nuit, monsieur Vaindrier.

Il paraît hors de lui. On sent qu'en faisant la route, il a parlé tout seul, à haute voix, qu'il a tenté de se délivrer de sa colère avant d'atteindre les Quatre Vents. Mais elle est encore en lui, plus forte d'avoir si longtemps attendu. C'est maintenant seulement qu'il comprend ce qui s'est passé. Maintenant qu'il faut le raconter à Noële et à ses parents.

– Je n'ai pas su me contrôler..., commence-t-il.

Il avoue qu'il regrette. Tout s'est passé si vite ! Il parlait tranquillement avec sa mère, encore couchée. Elle avait retrouvé sa lucidité. C'est elle-même qui en était venue à évoquer le problème des fiançailles, expliquant à Jean-François que son père n'avait pas tort de vouloir attendre un peu. Jean-François ne l'avait jamais vue si détendue. Il avait senti qu'il pouvait lui parler en confiance et s'en faire une alliée. Elle s'obstinait pourtant à lui conseiller :

– Avant de prendre une décision officielle, il serait préférable que cette petite aille voir son vrai père. Qu'elle fasse connaissance avec sa vraie famille. Qu'elle sache exactement ce qu'elle veut.

C'est là que Jean-François avait commencé à perdre patience. Ces mêmes phrases, il les entendait depuis deux jours. Il n'avait pas pu s'empêcher de hausser le ton, comme s'il se trouvait devant une femme sourde, en expliquant une fois encore que Noële savait parfaitement ce qu'elle voulait : elle voulait devenir sa femme et rien d'autre. Qu'elle s'appelle Vaindrier, Karrassos, ou n'importe quoi, qu'elle soit grecque, française ou chinoise, elle aimait Jean-François. Jean-François l'aimait. Ils se marieraient sans demander l'avis de personne. M. Saulieu, descendu acheter un journal, était revenu à ce moment-là. En ouvrant la porte, il avait entendu la voix de son fils.

– Il me semble qu'on parle bien haut dans cette maison.

Il était arrivé jusqu'à la chambre de sa femme.

– Tu oublies que ta mère est souffrante !

Mme Saulieu tentait encore de sourire.

– J'essayais de lui faire entendre raison, de lui dire qu'il fallait attendre avant de se fiancer officiellement. Mais il ne veut pas m'écouter.

– Il faudra bien qu'il attende ! Car je refuse mon consentement à ce mariage.

Jean-François explique :

– C'est ça que je n'ai pas pu supporter ! Cette façon de me traiter comme un enfant. J'ai répondu que j'étais majeur et que je n'avais aucun besoin de son consentement. Que s'il n'était pas d'accord, les parents de Noële l'étaient. Que puisque je ne pouvais plus parler de mon mariage sous son toit, j'en trouverai facilement un autre. Il a eu le malheur de me dire : « Sors d'ici ! » Je l'ai pris au mot. Et voilà.

Noële ne parvient pas à comprendre. Elle a encore dans l'oreille la voix rauque de Mme Mesnard, à laquelle, depuis deux jours, elle n'a pas cessé de penser. Elle revoit cette canne dressée dans l'ombre de la chambre, qui la repoussait vers la porte. Pourquoi M. Saulieu la repousse-t-il de la même façon ?

Elle se lève.

– Il faut te préparer une chambre.

Ils aiment cette nuit qui les attend. Ils oublient peu à peu le drame qui l'a rendue possible. Nicole et Gilles Vaindrier interrogent à peine. Pendant le dîner, ils évitent tout sujet de conversation qui, de près ou de loin, peut évoquer l'incident. Gilles raconte des histoires de maquis, fait rire Jean-François au récit d'une chasse au lièvre, parle de sa femme, de leur première rencontre. Il se lève, va chercher un album de photographies. Il est heureux que Jean-François soit là. Il le regarde, assis à côté de Noële. Il se dit : « Depuis ce soir, j'ai un fils. » Il est prêt à tout : à aller voir M. Saulieu, à lui expliquer qu'il perd son temps, que le mariage aura lieu sans lui, qu'on ne peut pas lutter contre les forces de l'amour. Noële sent son père heureux. Elle l'encourage à parler. Elle a posé sa main sur celle de Jean-François. C'est une soirée qui se prolonge tard, parce qu'ils n'ont pas envie de se séparer, les parents comme les enfants. Ils ont l'impression d'être en dehors du temps.

Au matin, tous les problèmes se posent de nouveau.

– Tu vas quand même à l'usine ? interroge Noële.

Ils prennent leur petit déjeuner, l'un en face de l'autre, dans la salle à manger. Jean-François a les cheveux en broussailles, l'œil mal ouvert.

– Bien sûr.

– Et si ton père y va aussi ?

– Il m'a mis à la porte de l'appartement, pas de l'usine.

Madame Marie s'affaire. Elle entre toutes les minutes, apporte du pain grillé, des confitures, du café qu'elle garde chaud.

– Vous n'avez pas faim, monsieur Jean-François ?

– Mais si, madame Marie.

– Vous ne mangez rien. Ce n'est peut-être pas aussi bon que chez madame votre mère ?

Noële la renvoie dans sa cuisine.

– Tu ne comprends pas qu'on a des secrets à se dire ?

Elle s'en va en grognant. Mais elle s'amuse. Elle aime Jean-François Saulieu, parce qu'il a une belle voix. Une voix grave, un peu lente, qui prononce si bien les mots qu'on les comprend tout de suite. Pour des personnes âgées, c'est reposant. Elle trouve qu'un homme, on ne le reconnaît vraiment qu'à la voix. Avec ce M. Saulieu, Noële n'a pas grande crainte à se faire. Elle sera défendue, protégée, et c'est le plus important.

Dans la salle à manger, Noële repose sa tasse de café.

– Je vais y aller, moi. Je vais leur expliquer. Ils ne peuvent pas être contre moi.

– Je te l'interdis. Tu m'entends ?

– Mais, mon chéri…

Elle s'interrompt, rougit sans le vouloir, maladroitement, et Jean-François sourit en la regardant.

– C'est la première fois, dit-il à mi-voix. Le 10 mars. Un jeudi matin. Je m'en souviendrai toute ma vie. Répète.

– Mon chéri…

Il se lève brusquement, s'approche d'elle.

– Ce sera comme ça, tu vois.

– Quand ?

– Quand on sera mariés.

– Regarde qui vient, dit-elle en se redressant.

Une 403 noire entre dans la cour des Quatre Vents. M. Saulieu en descend. A cette heure matinale, son feutre gris, son manteau noir paraissent insolites. Il est facile de voir, à son visage, que la nuit lui a semblé longue. Il va rapidement jusqu'à la porte de la maison et sonne. Gilles Vaindrier, qui a vu arriver la voiture, est déjà dans l'entrée, encore en robe de chambre. Ce matin-là, il a dormi plus tard que d'habitude, laissant à son contremaître Simon le soin de mettre la laiterie en route. Il passe la tête par la porte de la salle à manger, fait un grand signe qui signifie : « Disparaissez, les enfants, et en vitesse », puis va ouvrir.

– Pardonnez-moi de forcer votre porte de si bonne heure, dit M. Saulieu.

– Je vous en prie.

Gilles fait entrer son visiteur dans le salon. Il s'en veut d'être surpris au saut du lit, pas rasé, pas coiffé, et la tenue de M. Saulieu augmente encore sa mauvaise humeur. Il reste debout, au milieu du salon, les mains enfoncées dans les poches de sa robe de chambre, bien décidé à ne pas être aimable.

– Mon fils a passé la nuit chez vous, n'est-ce pas ? demande M. Saulieu son chapeau à la main.

– C'est exact.

– Je tiens tout de suite à vous présenter mes excuses. Il n'aurait jamais dû vous déranger pour une petite querelle de famille. Il n'a aucun sens de la mesure.

Gilles Vaindrier serre les poings.

– Cette petite querelle de famille, comme vous dites, nous concerne directement ma fille, ma femme et moi. Vos excuses sont inutiles.

M. Saulieu regarde autour de lui, pose son chapeau sur un guéridon, enlève ses gants.

– Je ne sais pas comment Jean-François vous a raconté les choses. Avec excès sans doute, car il n'a pas su garder son sang-froid. Il s'est certainement donné le beau rôle, en nous chargeant, sa mère et moi, de tous les péchés de la création. C'est tout à fait normal. Mais peu importe.

– Vous vous trompez. Jean-François...

– Peu importe, je le répète ! interrompt M. Saulieu. La question n'est pas là. Ce qui compte, c'est que ce scandale cesse au plus tôt, que mon fils revienne vivre chez moi, et que ma femme retrouve le calme que nécessite son état de santé. Il n'y a pour cela qu'un moyen. Je viens donc vous demander officiellement la main de votre fille pour mon fils Jean-François.

Il y a un silence. Gilles Vaindrier a baissé la tête. Pourquoi faut-il que cette démarche se déroule dans un climat aussi absurde, entre deux portes, alors que la maison dort encore et qu'il y a des bruits de bols de petit déjeuner dans la salle à manger ? Noële a-t-elle mérité ça ? La colère et le chagrin envahissent le cœur de Gilles Vaindrier. Il a envie de répondre non, brutalement, de mettre M. Saulieu à la porte et d'attendre quelques jours pour tenter de recommencer de façon plus heureuse.

– Vous ne répondez pas ? s'impatiente M. Saulieu.

Gilles secoue la tête. S'il parle, il risque de tout perdre. Et Noële lui en voudrait à jamais. C'est elle qui a désiré ces fiançailles. Pâques approche et le voyage en Grèce. Il ne reste que trois petites semaines.

– C'est pourtant ce que vous désirez ? continue M. Saulieu.

– Je ne le cache pas. Mais vous-même…

– Pardon de vous interrompre une fois encore, cher monsieur, mais je ne suis pas venu discuter. Je suis venu faire cette demande. Elle est faite. Je n'ai qu'un fils, une femme malade et j'ai horreur du scandale. Je ne veux pas que la ville entière commence à jaser. Je cède donc devant mon fils. Par raison. J'ai dit ce que j'avais à dire. Il ne reste que deux points à régler : la date des fiançailles d'une part. Et la date d'une visite que je vous prie de bien vouloir nous faire, votre femme et vous-même, dans les jours qui viennent.

Il a repris ses gants et les enfile soigneusement en regardant Gilles Vaindrier bien en face, marquant ainsi qu'il attend une réponse.

– Monsieur, dit enfin celui-ci, je ne cherche pas à comprendre vos raisons. Ce que je tiens à préciser tout de suite, c'est que j'accepte mal le climat dans lequel se déroulent les fiançailles de ma fille. Car je continue à la considérer comme ma fille. Ce climat, ni elle-même, ni ma femme, ni moi n'en sommes responsables.

– Si nous commençons à chercher les responsabilités…

– Que voulez-vous dire ?

– Pas ce matin. Mettons-nous d'accord calmement.

Il a terminé de mettre ses gants. Il prend son chapeau sur le guéridon.

– Alors ? Ces dates ?

– Pour la visite, mercredi prochain, si vous en êtes d'accord.

– Mercredi. Parfait. Et pour les fiançailles ?

– Nous en déciderons ce soir-là.

– Entendu.

M. Saulieu salue Gilles d'un signe de tête, et quitte rapidement les Quatre Vents. Dès qu'ils entendent la porte se fermer, Noële et Jean-François redescendent.

– Alors ? interroge Noële avec impatience.

– Sois heureuse. Tu es fiancée !

Mais Gilles Vaindrier ne comprend pas pourquoi il est si triste de le lui annoncer.

VIII

C'EST pendant une classe de géographie que Denis voit arriver Mme Vincenot, tout essoufflée. Elle pousse la porte, sans même frapper, et les élèves tournent la tête d'un seul coup. Mme Vincenot va droit à la chaire où se tient Denis :

– Pardon de vous déranger, monsieur Maréchal, dit-elle à mi-voix.

Mais elle ne sait pas parler doucement et tous les élèves entendent ce qu'elle est venue dire : que la patronne du café a reçu un appel téléphonique pour M. Maréchal. C'est de la part de Mlle Vaindrier. Il faut qu'il soit à la vieille maison cet après-midi même à partir de cinq heures.

– J'espère que vous comprenez ce que ça veut dire, monsieur Maréchal, parce que la patronne du café et moi…

– Merci, madame Vincenot, répond Denis. Et pardon de vous avoir obligée à monter jusqu'ici. J'espère qu'on finira par m'installer le téléphone à l'école même.

– Oh ! ce n'est pas un dérangement, dit Mme Vincenot qui repart aussi vite qu'elle est venue.

La classe se termine dans l'agitation la plus franche. Denis n'a pas envie de se fâcher. Il regarde la cour de l'école. Le platane qui en occupe le centre, depuis tant d'années, sent déjà le printemps. Un soleil timide caresse le préau. Tout à l'heure, les élèves vont sortir pour la récréation, et crier, et courir, et se battre, et il ne les écoutera pas. Il attendait, patiemment, cet appel de Noële. Depuis son anniversaire, il ne l'a pas revue. Il a reçu d'elle une lettre, très longue, lui racontant toutes ses découvertes.

– M'sieu !...

– Qu'y a-t-il, Liotard ?

– Pour la récréation, vous croyez pas que c'est l'heure ?

Denis regarde sa montre.

– C'est vrai. Vous pouvez sortir.

C'est la ruée. Il fait beau. Depuis de longs mois on attendait cette promesse de vie. Les cris des enfants, suraigus, ne sautent pas d'un mur à l'autre, comme en hiver, lorsque le froid est sec, mais tremblent et se mettent à tourner sur eux-mêmes. On dirait qu'une brume les recouvre peu à peu et les efface, et Denis, immobile sur sa chaise, ferme les yeux. Les années passeront et les cris seront les mêmes.

Il sait déjà ce que Noële va lui apprendre. Il vit avec sa solitude et l'apprivoise peu à peu. Il se dit qu'il n'a pas vingt-trois ans, que c'est bon pour lui d'en prendre si tôt l'habitude. Il voudrait ne pas se souvenir de ce jour d'automne, il y a quatre ans déjà, quatre ans et six mois. C'était au retour des vacances. Noële avait été en Bretagne avec ses parents, et Denis, pour ne pas être trop loin d'elle, avait accepté une place de moniteur de colonies de vacances à Saint-Malo. Mais ils n'avaient pas pu se rejoindre. Cet été-là, dans le silence des dortoirs, Denis n'avait pas réussi à dormir. Il descendait dans le jardin, proche de la plage et marchait jusqu'au petit jour, allumant une cigarette après l'autre. Il n'en pouvait plus d'attendre le mois de septembre. Il savait qu'il ne pourrait pas se taire davantage. Dès leur première rencontre, à la vieille maison, il avait tout avoué. Noële était bronzée, détendue, heureuse de ces deux mois passés à ne rien faire d'autre qu'à nager. Elle avait écouté Denis sans comprendre. Plusieurs fois elle avait tenté de l'interrompre, mais il avait élevé la voix et continué. Lorsqu'il s'était tu, enfin... Denis secoue la tête, chasse brutalement l'image qu'il ne parvient pas à oublier : ce visage inconnu, hostile... qui ne partageait plus rien. Il voudrait déjà être au lendemain.

Noële est arrivée la première. Le soleil est encore haut. Elle s'est assise sur un tronc d'arbre renversé, à quelques mètres de la vieille maison. Les bûcherons ne sont pas encore de retour. Tout est exactement comme ce jour d'hiver où elle est venue avec Jean-François. Le piton qui fixe le cadenas tient toujours aussi mal. Il suffit de tirer dessus pour qu'il cède.

– Pourquoi ici ? demande Denis en s'arrêtant devant elle.

– Parce que c'est fini, Denis. Il faut dire adieu à la vieille maison.

Elle se lève.

– Je suis fiancée, Denis. Officiellement fiancée. Depuis mercredi soir. Mes parents ont été dîner chez les Saulieu pour mettre au point les détails. Il y aura une réception le 23 mars. Quatre jours après, le 27, je prends un avion pour la Grèce et je vais faire la connaissance de ma vraie famille. Voilà ce que je voulais te dire. Ici. Parce que c'est la dernière fois que nous y venons ensemble.

Denis regarde Noële. Il pense : « Je ne savais plus comment elle était faite. » Des robes, des robes et des nattes, et des rubans dans les cheveux, et des livres, des livres, et le pain au chocolat du goûter.

– Le 23 mars, dit-il enfin.

Il fait quelques pas au hasard. Il ne sait plus très bien où il est. « Des livres, des livres », se répète-t-il machinalement.

– Tu sais...

Il ne fait pas d'effort pour parler. Et cette voix qui n'est pas la sienne, il la retrouve sans le vouloir du temps où il lisait tous ces livres, pendant de longs après-midi, pour Noële qui était allongée dans les fougères.

– Malgré les adieux, il reste des images. Elles sont toutes là, et j'y tiens. Tu ne peux pas me demander de les détruire. Un jour, peut-être...

Il n'achève pas. Il se dit qu'il faut reprendre sa motocyclette et rentrer à Ouches, fermer la porte de sa chambre, et commencer à écrire. Parce que c'est un livre qu'il veut faire. Un livre pour lui tout seul, avec ces images l'une après l'autre, des robes, des robes, des rubans, des nattes...

Noële s'est approchée de la vieille maison. Elle détache le piton, fait tomber le cadenas, pousse la porte.

– Entrons, propose-t-elle.

Elle ouvre une fenêtre, fait un courant d'air. La maison est à la fois humide et étouffante, froide et desséchée. Noële voudrait que Denis vienne la rejoindre et qu'ensemble ils effacent ce qui ne doit plus être entre eux comme une ombre, pour se retrouver enfin frère et sœur, comme autrefois. Elle revient sur le pas de la porte, le dit clairement à Denis.

– Entre un homme et une femme, il y a toujours de l'ombre, répond-il.

– Tu n'es pas guéri ?

– Je ne suis pas malade. Je t'aime. On ne guérit pas d'un amour. On en vit.

– Denis...

– Je n'entre pas avec toi dans la vieille maison, parce que je suis un homme justement et que tu es une femme. Et que je t'aime. Et que, si je te rejoins, je vais te prendre dans mes bras, et t'embrasser, et tu auras beau crier, il n'y a personne ici pour t'entendre.

– Denis…

– Denis, oui… Il faut que je te le dise une fois. Une seule fois. Je ne suis pas ton frère. Je t'aime. Tu étais ici, avec Jean-François, il y a quelques mois. Quand je suis arrivé, il t'embrassait. Je suis devenu fou de jalousie. Oui, de jalousie ! Je ne supporte pas qu'il t'embrasse, qu'il te prenne dans ses bras, que tu lui appartiennes. Je ne le supporte pas !

Il se tait brusquement, reste un long moment immobile.

– Jamais plus, dit-il tout bas, je te fais le serment que, jamais plus, je ne t'en parlerai.

Il lui tend la main pour l'aider à sortir de la vieille maison. Puis il ferme lui-même la fenêtre, tire la porte, remet le cadenas en place. Le soleil est presque couché maintenant. La fraîcheur vient avec le soir. Noële sait qu'il ne faut pas, mais elle ne peut pas retenir son geste. Elle prend le visage de Denis dans ses mains et, comme il cherche à se libérer, elle serre un peu et le regarde. Elle voudrait qu'il ait encore dix ans, et qu'il sorte un livre de sa poche. Elle voudrait que pour un instant le temps de leur enfance leur soit rendu, parce qu'ils ignoraient alors, l'un et l'autre, qu'on n'emprisonne pas la vie dans les livres, ni dans les arbres, ni dans les maisons des bûcherons.

– Pardon, murmure-t-elle.

Elle garde un moment encore le visage de Denis entre ses mains, puis se détourne brusquement et s'éloigne entre les arbres. La route est longue jusqu'aux Quatre Vents. Elle entend bientôt le bruit de la motocyclette. Elle presse le pas. Quelque chose en elle est rompu. Quelque chose dont elle ne connaît pas le nom. Le bruit s'efface vite. Le silence s'installe dans la forêt. Elle comprend peu à peu. En se séparant de Denis, c'est à ce pays qui n'est pas le sien qu'elle vient de renoncer. Elle pense à Gilles Vaindrier. Elle voudrait l'avoir connu en uniforme kaki, dans les forêts de Lorraine qu'il aidait à libérer. Il ne se battait pas pour des idées ou des sentiments, mais parce qu'il y avait sur sa terre des gens qui n'avaient rien à y faire. Cet amour de la terre, il l'avait enseigné à Noële, jour après jour, et si elle cherche les souvenirs qu'ils ont en commun, c'est toujours dans un cadre de prés, de champs et d'arbres. Avec les champignons qu'on cueillait le dimanche, ou les myrtilles, les vaches autour de la laiterie, et le bruit des seaux le matin.

Maintenant, elle s'en va vers la mer. En s'attachant à Jean-François, elle avait cru s'attacher plus encore à cette terre qui n'est pas la sienne. Elle découvre qu'elle s'est trompée. L'amour est aussi un voyage, un navire qui lève l'ancre. Avec Jean-François, elle s'embarque aussi vers des îles.

IX

Tout, brusquement, se met à aller vite. Si vite que Noële ne sait plus où elle en est. Les jours passent. Chaque matin, elle les barre sur un calendrier. Elle s'affole. Chacun s'affole. Nicole Vaindrier, Gilles Vaindrier, madame Marie, les parents de Jean-François.

– On n'y arrivera jamais !

Il y a d'abord les robes. Toutes les robes ! Pas seulement celle des fiançailles, mais aussi celles que Gilles Vaindrier veut offrir à sa fille pour son voyage à Lefkas. Il a sa fierté. Il ne veut pas que M. Karrassos s'imagine, en voyant Noële débarquer avec une petite valise, qu'elle a été élevée comme une pauvresse. Il entend qu'elle ait ce qu'il lui faut. Mlle Clémence pousse des cris, lève les bras au ciel, mais coupe, taille, bâtit, pique à la machine, se perd dans les patrons, commande des tissus qui n'arrivent pas. Et Noële fait sans cesse le voyage jusqu'à Villemontais pour essayer au fur et à mesure les chefs-d'œuvre de sa couturière.

Il y a aussi les faire-part, qui doivent être mis à la poste au plus tôt. Les amis ne sont pas tellement nombreux. Puisqu'on leur a forcé la main, M. et Mme Saulieu exigent que la réception soit brillante. Ils ne veulent pas avoir l'air de fiancer leur fils à la sauvette, sachant déjà ce qu'on en dirait en ville. On recevra aux Quatre Vents. Le printemps qui s'annonce rend le jardin agréable. Pour peu qu'il y ait du soleil, on pourra installer un buffet sur la pelouse. Madame Marie a refusé de se faire aider. Elle veut tout préparer elle-même, et ne dort que deux heures par nuit.

Comme Nicole Vaindrier lui explique qu'elle a tort :

– Madame croit peut-être que la cuisine, ça se fait au hasard? Qu'on met n'importe quoi dans une casserole, qu'on fait cuire et que c'est bon? Que Madame m'excuse mais il faut y penser d'abord. Sans la tête, on n'arrive à rien. Moi, la nuit, je combine. Et dans la journée, je n'ai plus qu'à mettre au feu!

Les Quatre Vents mijotent dans des odeurs de volaille, d'herbes rares, de sucre chaud. Les pâtés de lièvre s'entassent sur les galantines. Tout, jusqu'aux brioches, jusqu'aux petits pains doit être fait à la maison.

Il y a l'arrivée de Marie-Hélène, appelée en renfort, et qui a quitté Paris dans la nuit en voiture. Elle débarque au petit matin, boit deux grands bols de café, et se met aux ordres de sa tante. Nicole Vaindrier profite des circonstances pour faire ce que les maîtresses de maison appellent «un nettoyage de printemps». Tout y passe, jusqu'au grenier. Juché sur une échelle, Gilles fait des raccords de peinture. La laiterie est aux mains de Simon, qui joue les patrons. Le Père Victor, prêté par les Saulieu, tond la pelouse, taille les haies, plante des tulipes et des bégonias. On a même décidé de changer les rideaux du salon, qui avouent leur usure.

– Garde quelque chose à faire pour mon mariage, dit Noële. Sinon, ça n'aura plus de sens!

Elle voudrait être heureuse. Elle l'est. Chaque matin, elle se le dit en s'éveillant. Mais quelque chose la retient. Cette île au loin, ce mystère. Elle n'a pas répondu elle-même à M. Karrassos. M. Baxter s'en est chargé. Pendant deux jours, il est resté aux Quatre Vents, examinant les papiers, remplissant des formulaires, complétant des dossiers avec une précision électronique. Aucun détail n'a été laissé dans l'ombre. Nicole Vaindrier a tout vérifié avec lui. Il n'était pas question de résoudre en quelques heures les problèmes complexes que posent la double nationalité, l'adoption, et ce qui en découle. Mais M. Baxter entend laisser un dossier parfaitement en ordre. Il a quitté les Quatre Vents, un soir, sachant qu'il n'y reviendrait pas. Dès son retour à Genève, il a fait parvenir à Noële un billet d'avion pour Athènes, à la date du 27 mars. Elle l'a enfermé dans un tiroir de son secrétaire, et ne le sort jamais. Elle sait pourtant qu'il est là. Sans que personne en parle, les Quatre Vents, chaque nuit, font des rêves de voyage. Et les jours passent. On se réveille un matin, on regarde les traits de crayon sur le calendrier: c'est le 23 mars.

– Marie-Hélène!

Brusquement, on a besoin de Marie-Hélène. Madame Marie dans sa cuisine, et Nicole qui dresse le buffet dans le jardin, et Gilles qui ouvre sans arrêt la porte au fleuriste, aux livreurs, au télégraphiste, et Noële qui n'aime pas sa robe et qui ne sait pas comment se coiffer, et

Marie-Hélène elle-même qui voudrait avoir un peu de temps pour se préparer, parce qu'elle a apporté de Paris une sorte de chasuble en tricot qui devrait éblouir les provinces.

La cuisine est une fournaise. Depuis l'aube, tous les feux sont allumés. Madame Marie pousse de légers cris chaque fois qu'elle ouvre la porte du four. Elle y pense depuis vingt ans à cette journée, aux fiançailles de la petite fille qu'elle tenait par un pied en lui donnant son bain, pour qu'elle ne se noie pas. Elle voudrait chanter. Mais elle ne sait pas. Alors elle danse, dans sa cuisine, et elle crie de temps en temps, doucement, comme un oiseau.

– Marie-Hélène !

Nicole coupe la tige des roses avant de les mettre dans des vases. Tout est blanc. Elle ne veut pas regarder l'heure. Elle aime sa maison qui sent bon la vie et la pâtisserie. Elle est fière de ses cuivres qui brillent, de ses meubles, de ses rideaux neufs. C'est bien l'image qu'elle voulait que Noële emporte. Ce n'est pas à ses invités qu'elle pense. Peu lui importe comment ils jugeront les Quatre Vents. C'est à Noële. Peut-être ne reviendra-t-elle jamais. Peut-être choisira-t-elle de rester à Lefkas, dans ces palais au bord de la mer, que les journaux décrivent avec émerveillement. Et comment lui en vouloir de s'y laisser prendre ? Mais, lorsqu'elle cherchera dans sa mémoire une image des Quatre Vents, c'est celle-ci qui lui viendra, comme un regret sans doute : une maison blanche et bien propre, où le soleil fait jouer les reflets de bois bien ciré, avec un jardin autour, et des champs et des arbres, et les racines souterraines de tant d'années où elle se croyait chez elle.

– On sonne, Marie-Hélène !

Des télégrammes encore. Le télégraphiste est gentil, mais il a l'air de trouver que c'est bien loin, de venir jusqu'ici, surtout avec ce soleil.

– Ne vous dérangez plus, conseille Marie-Hélène. Téléphonez les prochains.

Elle lui offre un grand verre de vin. Il boit à la santé de la fiancée.

– Noële, le télégraphiste boit à ta santé.

– Dis-lui merci de ma part.

Elle est dans sa chambre. Elle s'habille. Elle n'en finit pas de s'habiller. Elle voudrait retenir le temps. Est-ce déjà fini, cette attente, et cette incertitude, et les jours où elle se regardait dans les glaces en se demandant si les garçons la trouvaient jolie ? Elle avait dix ans, douze ans, elle disait qu'elle se marierait avec son père, et son père riait et l'embrassait doucement derrière l'oreille. Elle le jugeait beau, elle le lui disait. Il riait toujours. Il allumait la radio, cherchait une musique de danse, l'invitait avec cérémonie. Comme à la vente de charité du lycée, lorsque tout le monde les regardait et applaudissait. Celui qui applaudissait le plus fort s'appelait Jean-François. Elle ne savait pas qui il était. Elle ne savait même pas qu'il était là. Et aujourd'hui...

– Tu peux m'aider pour mes boutons de manchettes ?

Son père est sur le pas de la porte et tend un poignet, comme s'il n'osait pas entrer dans sa chambre. Elle sourit, s'approche de lui.

– Tu es belle, dit-il.

– Tu trouves ?

Elle voudrait qu'il ne soit pas triste, et pourtant, s'il ne l'était pas...

– Tu me promets...

– Quoi ?

– Que tu seras heureuse ?

Elle finit de poser les boutons de manchette, rectifie légèrement le nœud de cravate.

– Je te promets.

Elle l'embrasse, comme si c'était la dernière fois qu'ils se voyaient, comme si elle était sur le quai d'une gare, ou dans un port, et que la sirène du navire appelle les derniers passagers.

– Il faut descendre.

Il descend avec elle. Sa robe est blanche, très simple, en lainage, à peine marquée à la taille. Elle sait déjà que les invités s'étonneront qu'elle n'ait pas choisi un tissu plus riche, plus « cérémonie ». Mais elle sait aussi que le regard de Jean-François sera sa récompense. Il aime ce qui ne brille pas.

– Maman, viens voir.

Nicole Vaindrier sort du salon, et madame Marie de sa cuisine, et Marie-Hélène accourt du jardin, où elle jetait un dernier coup d'œil au buffet.

– Oh ! mon Dieu, mon trésor ! soupire madame Marie.

Elles sont toutes les trois autour d'elle, à la regarder. Marie-Hélène voudrait dire quelque chose, mais sa voix se perd, elle se détourne, les larmes aux yeux.

– Marie-Hélène ! Qu'y a-t-il ?

– Rien, rien, répond-elle. C'est idiot. Je crois...

Elle examine encore une fois Noële, dans sa robe blanche. Elle avoue :

– Je crois que je suis triste.

Et elle repart en courant vers le jardin. La première voiture arrive. Ce sont les Saulieu, avec Jean-François. Tout de suite, il entraîne Noële à l'écart, lui donne un écrin de cuir rouge.

– Ouvre.

C'est une bague ancienne, une pierre grenat entourée de petits brillants.

– Ma mère te racontera exactement l'histoire de cette bague. Elle est dans la famille depuis très longtemps.

Noële la passe à son doigt.

– Maintenant, dit-elle, je fais partie de ta famille.

Alors, comme à un signal, tous les invités arrivent ensemble. La maison est pleine, et le jardin. On branche le pick-up. Les premiers couples dansent sur la pelouse. Le soleil s'attarde. Noële voit des visages autour d'elle. Elle serre des mains, sourit, dit : « Merci ! » Jean-François est à côté d'elle. Il sourit comme elle, dit « Merci » comme elle. Il y a les jumeaux Herbillon, et Richard, et d'autres, qui lui rappellent des images de pique-nique, de piscine, de lycée. Il y a Denis, qui vient bien après les autres, et danse avec Marie-Hélène. Il repart très vite, parce qu'il a des compositions à corriger, les dernières avant les vacances de Pâques, explique-t-il. Noële ne cherche pas à le retenir. La nuit vient doucement. On allume les lampes. Il y a des fleurs partout, et le téléphone sonne de temps en temps, parce que les télégrammes arrivent toujours. Trois du Brésil, en même temps. Lisette Andrieux, son mari, ses deux fils. Noële voudrait qu'elle soit là, pour que Jean-François la connaisse. Depuis qu'elle sait que Lisette était aussi en gare de Grenoble, que c'est elle qui, la première, l'avait prise dans ses bras, elle la regarde comme le visage de son destin, comme celle qui a interrompu ce voyage à la dérive, a fait que la petite fille perdue touche terre et cesse d'avoir peur.

– Je t'expliquerai, dit-elle à Jean-François.

Les premiers invités s'en vont. La maison, peu à peu, s'apaise et reprend souffle. Nicole Vaindrier monte dans sa chambre, ferme les yeux, passe lentement ses mains sur son visage. On a laissé les volets ouverts. Le jardin se repose de cette première chaleur. Madame Saulieu avoue sa fatigue, prie son mari de la reconduire. Elle n'a parlé qu'à peine. Assise dans un fauteuil, près de la cheminée, elle a regardé son fils, les yeux à demi fermés. Bientôt, il ne reste que les jeunes qui n'acceptent pas que la journée s'achève. Et Marie-Hélène, au milieu d'eux, dansant et riant, et montant au maximum le son du pick-up pour que la musique soit assourdissante. Noële a toujours sa main dans celle de Jean-François. Ils ne parlent pas. Ils sourient par moments, et par moments ferment les yeux. Ils sortent de la maison, font quelques pas dans le jardin, se retrouvent entre les arbres, et la maison s'efface dans la nuit, parce que Gilles Vaindrier a fermé les fenêtres et tiré les rideaux.

Noële lève son visage vers lui. Elle voudrait qu'il ne la quitte plus jusqu'à son départ. Qu'il reste aux Quatre Vents, cette nuit-là et les trois autres nuits.

– J'ai froid, chuchote-t-elle.

Jean-François la serre dans ses bras. La musique s'est arrêtée. Un bruit de moteur, qui s'éloigne : les derniers invités qui s'en vont, les jumeaux sans doute et Richard, qui sont venus dans la même voiture. Noële a peur du silence.

– Cette nuit, dit-elle, j'ai rêvé de ma mère. De ma vraie mère. Elle entrait aux Quatre Vents. C'était déjà le jour des fiançailles. Elle s'appuyait sur une canne. Elle boitait. Elle est venue vers moi. Elle m'a regardée. Longtemps. Tout le monde était immobile. Il n'y avait plus de bruit, plus de musique. Comme en ce moment. Elle a levé sa canne. Elle m'a touché l'épaule, légèrement, comme pour me faire comprendre qu'il fallait que je la suive. Et elle est repartie. J'ai voulu la suivre. Mais vous étiez tous autour de moi. Toi, surtout, qui me tenais la main. Et vous m'avez empêchée de partir.

Une tache de lumière dans la nuit : la porte des Quatre Vents vient de s'ouvrir. Quelqu'un est sur le seuil, immobile. Peut-être Gilles Vaindrier.

– Je t'aime, dit Noële.

Elle pense qu'il ne reste plus que trois jours, qu'il va falloir faire ses valises, partir pour Paris. Elle va se retrouver à l'aéroport, avec des avions qui s'en vont vers les quatre coins du monde. Un moment viendra où il lui faudra suivre un groupe d'inconnus, franchir une passerelle, attacher sa ceinture et fermer les yeux. Ils regagnent lentement la maison. La porte est toujours ouverte sur la nuit.

– Je reviendrai, dit-elle. Puisque désormais, ma maison, c'est toi.

X

La voix de l'hôtesse de l'air annonce, en grec tout d'abord, puis en anglais, en français enfin :

– Mesdames et messieurs, nous venons de nous poser à Athènes. Nous vous prions de ne pas détacher vos ceintures avant l'arrêt complet des réacteurs. Nous espérons que vous avez fait un bon voyage et souhaitons vous revoir bientôt sur nos lignes. Merci.

Noële regarde par le hublot. C'est un aéroport comme les autres, avec de l'herbe, de longues pistes en ciment, des bâtiments au loin. L'avion s'est immobilisé. Les passagers se lèvent tous ensemble. Noële attend. Elle voit deux hommes qui poussent une passerelle métallique, une Jeep qui tourne sur elle-même et s'arrête. Un homme en bleu marine saute sur la piste. En se penchant un peu, elle aperçoit, garée à quelques mètres de l'avion, une longue voiture noire.

– Mlle Vaindrier, s'il vous plaît ?

Elle entend qu'on l'appelle. Elle se lève. L'hôtesse, qui est devant la porte, lui fait signe de la rejoindre. Les passagers s'écartent pour la laisser passer.

– L'hôtesse d'accueil vous cherche.

Au pied de la passerelle, une femme très brune, en uniforme rouge, attend Noële.

– Vous êtes mademoiselle Vaindrier ?

– Oui.

– M. Karrassos a donné des ordres pour que vous quittiez l'aéroport sans accomplir les formalités. Pouvez-vous me confier votre bulletin de bagages ? Je les ferai porter jusqu'à la voiture qui vous attend.

Et elle désigne la voiture noire arrêtée à quelques mètres. L'hôtesse, qui a entendu, se met à rire avec une sorte de stupeur.

– M. Karrassos ! dit-elle tout haut.

Et les passagers, étonnés à leur tour, se penchent vers les hublots pour mieux voir. Noële a ouvert son sac. Elle tend son bulletin de bagages à l'hôtesse. Elle n'entend pas ce qui se passe derrière elle. Elle regarde la voiture noire. Il y a des stores baissés devant les vitres arrière. Un chauffeur en noir, la casquette à la main, attend près de la portière.

– Merci, dit l'hôtesse.

Elle s'éloigne rapidement vers les chariots de bagages. Les passagers commencent à descendre de l'avion, mais restent groupés sur la piste et regardent. Noële s'avance vers la voiture. Le chauffeur ouvre la portière, salue d'un mouvement de tête. Une voix demande :

– Vous êtes Noële Vaindrier ?

Elle ne distingue rien qu'une forme noire, très droite, assise dans l'ombre. La voix est grave, dure, et semble hésiter devant chaque mot, comme si elle avait du mal à parler français.

– Je suis votre tante. Delpina Karrassos.

Elle fait signe à Noële de s'asseoir près d'elle, puis dit quelques mots en grec au chauffeur. Déjà, la femme en uniforme rouge revient vers la voiture suivie d'un homme qui porte des valises.

– Yannis a préféré vous accueillir à Lefkas, explique Delpina Karrassos. Un bateau nous attend dans le port d'Athènes. Nous arriverons avant la nuit.

Elle parle sans regarder Noële, les mains serrées. Le chauffeur s'installe au volant. La voiture démarre très vite, longe les bâtiments de l'aéroport, klaxonne deux fois. Une barrière se lève, un homme salue avec un grand geste.

– Vous pouvez relever le store, dit Delpina Karrassos. Il n'y a plus personne pour nous regarder.

Noële obéit. Le paysage est gris et or, avec des oliviers, des collines fleuries de genêts et des maisons aux murs de chaux blanche. Le soleil est haut. Il est bientôt midi. La voiture roule vite. On sent que la mer n'est pas loin. Sur les façades des maisons, des filets bruns sèchent, tendus d'une fenêtre à l'autre. « C'est mon pays », se dit Noële. Et elle n'y croit pas. Ce n'est pas la terre qui peut le lui faire comprendre, ni le ciel, ni la courbe des collines, mais le visage de cette femme qu'elle n'ose pas affronter, et dont le regard se refuse à elle. Noële ne voit que ses deux mains, longues et blanches. Son manteau est noir, comme les bas et les chaussures.

– C'est le Carême, explique Delpina, comme si elle entendait les questions que Noële se pose. Pendant la semaine sainte, les femmes portent le deuil.

Au son de la voix, Noële comprend que sa tante s'est tournée vers elle. Elle lève alors la tête. Elle rencontre deux yeux de pierre noire, dans un visage blême, deux yeux fixés sur elle avec une avidité si aiguë qu'elle se détourne aussitôt.

– Vous ne ressemblez pas à votre mère, dit Delpina Karrassos d'une voix sourde.

Jusqu'à l'arrivée dans le port elle garde le silence.

Le bateau danse à la crête des vagues. Noële regarde la mer, si curieusement verte et que le soleil, presque posé sur l'horizon, commence à teinter de rouge. Il est bientôt cinq heures. Le voyage touche à sa fin. Delpina Karrassos a tendu la main vers un hublot.

– Voici Lefkas. Sur la gauche.

– Je ne vois pas...

– Pour être vraiment grec, il faut savoir déchiffrer la mer.

Elles sont restées dans l'entrepont, assises l'une en face de l'autre, sans se regarder. De temps en temps, Noële quittait la cabine, s'accoudait au bastingage, respirait librement. Elle n'éprouvait aucun sentiment, ni crainte, ni étonnement, ni impatience. Aucun élan ne la portait vers cette femme immobile, qui ne lui avait même pas tendu la main. Elle ne se demandait pas pourquoi. Elle se disait simplement que le voyage durait encore, qu'elle n'était pas arrivée chez elle.

Chaque fois qu'elle avait tenté d'imaginer son atterrissage à Athènes, l'homme aux lunettes noires était là. Parfois, il criait en levant les bras, parfois il riait, parfois il la regardait sans rien dire, mais il était toujours là. Son absence aujourd'hui déroute Noële. Pourquoi avait-il envoyé sa sœur? Etait-il retenu par ses affaires? L'arrivée de cette fille qu'il recherchait depuis tant d'années n'avait-elle pas assez d'importance pour qu'il annule ses rendez-vous? Elles avaient déjeuné rapidement de poisson cru, de calamars frits, de salades. Le soleil entrait par les hublots. Noële changeait de place, cherchait l'ombre.

– Vous avez peur du soleil?

– Un peu.

– Il y en a souvent ici.

– L'été sur les plages, j'ai toujours de grands chapeaux, je m'abrite sous les parasols. Mon père dit pourtant...

Elle s'était interrompue.

– Pardon, je veux dire M. Vaindrier.

– Cet homme est beaucoup plus votre père que Yannis. Ne changez rien à ce qui est.

Elles avaient gardé le silence un long moment. Puis Delpina avait demandé :

– Vous auriez préféré venir avec lui et avec Mme Vaindrier ?

– Par moments, j'ai rêvé que nous arrivions tous les trois. Mais cela n'aurait pas été raisonnable.

– Raisonnable ? Quel mot inattendu !

Noële avait eu envie de parler, et qu'importe si elle blessait sans savoir. Tout valait mieux que ce silence.

– C'est par raison que je suis venue. Tout m'attache aux Quatre Vents. Si j'avais obéi à mon instinct, je serais restée là-bas. Mais ce n'était pas raisonnable de refuser cette invitation. C'est la même chose pour vous.

– Qui vous le fait croire ?

– Votre attitude envers moi. Nous ne nous sommes même pas dit bonjour.

Delpina Karrassos avait levé la tête et regardé la mer. Un bref éclat d'impatience était passé dans sa voix.

– Vous attendiez quoi ? Des cris ? Des pleurs ? Vous vous trompez de pays. Nous ne sommes pas des Italiens.

Une demi-heure plus tard, le bateau longe une haute muraille de rochers où les vagues jaillissent en écume. Des oiseaux de mer tournent sur eux-mêmes. Parfois la muraille s'ouvre, laisse entrevoir une petite crique ronde où le sable est bleu, une grotte, où la mer pénètre avec un cri sourd. Le bateau hésite, les moteurs au ralenti. Les rochers masquent le soleil et l'ombre est froide. Une maison apparaît soudain, au milieu des rochers, non pas posée sur eux, mais prise, enfermée, rocher elle-même, montant et descendant de l'un à l'autre par des escaliers taillés dans la pierre. Noële pense à un nid, comme ceux des oiseaux de proie, lointain, inaccessible. Elle se tourne vers Delpina Karrassos qui vient de monter sur le pont.

– C'est ici ?

– Oui.

En regardant plus attentivement, Noële comprend qu'il n'y a pas une seule maison, mais plusieurs, reliées entre elles par un chemin de ronde. Tout est rouge et désert. Pas un arbre, pas une fleur. Le bateau double un promontoire à pic et stoppe ses moteurs. Une plage apparaît, qui s'évase avec douceur, si blanche tout à coup que Noële en reste un instant éblouie. C'est une plage de vacances, cerclée d'eucalyptus aux troncs roses, et les vagues s'y couchent avec des soupirs paisibles. Sur la droite, une longue jetée de pierres grises protège un petit port où sont amarrées des barques de pêche. Le bateau dépasse la jetée, tourne sur lui-même, s'immobilise. On sort une passerelle.

– Venez, dit Delpina Karrassos.

Noële franchit la passerelle, cherche des yeux son père. La jetée est déserte.

– Où est-il?

Delpina lui prend brusquement la main.

– Dans la chambre où vous êtes née, explique-t-elle à mi-voix.

Elles atteignent le bout de la jetée, prennent un sentier qui monte lentement à travers le sable. Un premier escalier le prolonge. Les marches très basses s'élèvent sans effort. Soudain, la maison les accueille. Noële ne la reconnaît pas. La perspective inverse tout. Ce qu'elle avait cru étroit et fermé, s'évase et s'aère. Au ras de l'eau, la tête levée, elle pensait à une forteresse. De plain-pied, c'est une longue suite de chambres ouvertes sur le ciel, ceinturées de larges terrasses, qui s'élèvent lentement entre des jardins d'hibiscus. Delpina s'arrête à la troisième terrasse, montre une porte fermée, à l'abri d'une voûte en ogive appuyée sur des colonnes.

– Je vous laisse.

Et elle disparaît.

Noële va jusqu'à la porte, l'ouvre sans hésiter. Pendant une seconde elle a le sentiment que cette chambre est la sienne, qu'elle y pénètre chaque soir. Les rideaux sont tirés, mais il y a suffisamment de jour encore pour qu'elle ne se trompe pas. L'homme qui est debout au milieu de la chambre est bien celui des photographies des journaux. Les cheveux plus blancs qu'elle ne le pensait. Si blancs que toute la lumière s'y accroche et qu'elle distingue mal le reste du visage. Il a les mains un peu écartées du corps, mais il n'ouvre pas les bras. C'est plutôt un geste de surprise, presque de défense. Il est très grand. Immense même. Il dit doucement:

– *Ef karisto.*

– Je ne comprends pas.

– Cela veut dire: merci.

– Merci d'être venue?

– Merci d'être vivante. Et si belle.

– Vous me voyez mal.

– J'entends votre voix.

Elle écoute à son tour. Il a la voix d'un homme aux aguets. Une voix qui ne ressemble pas à son visage. Trop sourde, comme s'il y avait quelqu'un qui dormait dans le grand lit, à côté d'eux.

– Pourquoi parlez-vous si bien le français?

– Je parle dix langues. C'est nécessaire pour mes affaires. Beaucoup de langues d'Europe, et aussi le japonais.

Il a l'air très heureux d'expliquer, comme s'il attendait que Noële dise: c'est bien, et qu'elle soit fière de lui.

– Ici, à Lefkas, j'ai changé le personnel pour votre arrivée. J'ai engagé des gens qui parlent tous français.

– Il ne fallait pas.

– Je voulais que vous ne soyez pas dépaysée.

Il hésite. Il a l'impression qu'elle n'est pas vraiment contente.

– Je n'ai pas bien fait ? Il faut me le dire. Vous voulez que je change tout de nouveau ?

Elle a envie de rire brusquement, et elle rit, parce qu'elle a l'impression d'un jeu.

– Encore, dit-il. Encore une fois ce rire. Je ne pensais pas l'entendre si vite.

– Et le vôtre ?

– Mon rire ?

– Je voudrais l'entendre, moi aussi.

C'est un défi qu'elle lui lance. Il l'accepte. Il se met à rire doucement d'abord, comme elle, puis plus fort et c'est comme si les rideaux s'écartaient brusquement, parce qu'elle est là, parce que c'est vrai, parce qu'il a gagné, parce que c'était trop long, parce qu'il n'en pouvait plus. Il dit : « Ma fille… ma fille… ma petite fille… »

Sa bouche se met à trembler et, pour qu'elle ne voie pas qu'il pleure, il quitte la chambre brusquement.

XI

ELLE s'est assise sur le lit. La nuit est venue lentement. Puis une femme de chambre est entrée sans bruit, avec les valises, et elle a demandé, en français, s'il fallait allumer les lampes. Noële a répondu : oui, et elle s'est levée. La femme de chambre était toute ronde, et rose, et souriait en baissant les yeux. Elle a fait glisser des panneaux de bois roux, le long du mur. Noële a compris que c'étaient de grandes armoires et elle a demandé à qui étaient ces robes.

– C'est pour Mademoiselle, a dit la femme de chambre en souriant davantage.

Elle a expliqué que M. Karrassos avait fait faire ces robes, d'après des mesures qu'il avait obtenues en grand secret chez une couturière française, celle qui a l'habitude d'habiller Mademoiselle sans doute. Il y en avait autant dans l'armoire de la salle de bains, avec des manteaux et des chaussures. En parlant, la femme de chambre sortait une robe après l'autre et les posait sur le lit.

– Enlevez-moi ça, a dit Noële. Je veux ranger celles qui sont dans mes valises.

Elle a fait elle-même le vide dans une armoire et elle y a mis ses affaires, furieuse contre Mlle Clémence qui avait donné ses mesures à M. Karrassos sans lui en parler. Elle rangeait encore, lorsqu'une cloche avait sonné sur la terrasse voisine et la femme de chambre lui avait dit que le dîner était servi, puis l'avait conduite jusqu'à la salle à manger. Delpina était seule à table. Elles avaient dîné toutes les deux, en parlant du temps. Delpina racontait l'hiver en Grèce, les orages, la neige lorsqu'elle tombait. Elle ne cherchait pas à excuser son frère, ni à expliquer où il était. Elle parlait pour elle seule, et, de temps en temps, faisait un signe de la main pour qu'on verse du vin à Noële.

– Vous devez être très fatiguée, avait-elle dit en se levant enfin. Ce voyage, l'avion, le bateau. Je vous souhaite une bonne nuit.

C'est la trop vive lumière qui la réveille. Noële se dresse en sursaut, regarde sa montre.

– Mon Dieu, j'ai dormi comme une marmotte.

Elle sort de sa chambre, traverse la terrasse. La mer est à ses pieds, entre les rochers rouges. Un bateau blanc saute de vague en vague. Sur la gauche, elle découvre, serré contre la maison, un petit bois de citronniers. Elle revient dans sa chambre, enfile rapidement un maillot de bain. Elle va courir jusqu'à la plage. Il fait trop beau et elle aime trop nager pour hésiter. Et puis, elle a bien dormi, elle est reposée, elle a envie de se moquer d'elle-même. Cette soirée était comme un rêve absurde. Il suffit de n'y plus penser. C'est aujourd'hui que tout commence, avec ce ciel déjà blanc.

Au moment où elle va quitter sa chambre, elle remarque, sur une table basse devant la fenêtre, une longue boîte de cuir fauve. Elle est certaine de ne pas l'avoir vue, la veille. Quelqu'un l'a déposée là pendant qu'elle dormait. Elle ouvre la boîte. C'est un coffret de bijoux. Des colliers, des bracelets, des bagues, des broches, des boucles d'oreilles, soigneusement rangées sur des planchettes de velours grenat. Noële referme le coffret d'un geste brusque, sonne la femme de chambre. Celle-ci arrive tout de suite, aussi rose, aussi ronde, aussi souriante que la veille.

– Mademoiselle veut que je lui apporte son petit déjeuner ?

– Tout à l'heure, répond Noële. Je veux savoir où est M. Karrassos.

– Il se baigne, comme chaque matin. On le voit d'ici.

Elle désigne un petit point noir, en pleine mer. Noële sort de sa chambre, prend le premier escalier, descend en courant vers la mer. Les dalles sont déjà chaudes. Elle s'arrête de temps en temps, se penche pour vérifier que M. Karrassos se baigne toujours. Peut-être l'a-t-il aperçue, car il revient vers l'île à brasses rapides. Noële trouve le sentier qui rejoint la plage. Lorsqu'elle y arrive, tout essoufflée, Yannis Karrassos, encore loin du rivage, l'appelle avec de grands gestes.

– L'eau est chaude. Venez.

– Non, crie Noële, qui s'avance jusqu'au bord de l'eau et met ses mains en porte-voix. J'ai à vous parler.

Il plonge, dans un brusque battement de jambes, et bientôt il atteint le bord, reprend pied. Il a de l'eau jusqu'à mi-corps.

– Vous savez que vous êtes très belle ?

Il lève la tête, se met à crier :

– Ecoutez, tous et toutes : ma fille est la plus belle du monde !

Il rit, fait jaillir l'eau autour de lui, comme un enfant.

– Ecoutez-moi, dit Noële.

– Je vous regarde d'abord. Et je suis fier, parce que la mer de Lefkas, et les rochers de Lefkas, et le soleil de Lefkas vous regardent en même temps que moi et vous admirent. Lorsqu'ils vous ont aperçue, autrefois, vous n'étiez qu'une petite graine d'arbre qu'on emportait précieusement. Et voici l'arbre dans toute sa beauté. Faites honneur à la mer de Lefkas, offrez-lui vos pieds, et vos jambes, et votre corps entier. Elle le demande, elle le réclame, elle n'en peut plus de l'espérer.

Il lui fait signe de le rejoindre. Noële obéit.

– J'étais très en colère contre vous. Maintenant, c'est fini.

Malgré ses cheveux blancs, elle ne peut pas croire que cet homme soit son père. Il est mince et droit comme un jeune homme.

– Pourquoi étiez-vous en colère ?

– A cause de toutes ces robes. Et de ces bijoux.

– Ils ne vous plaisent pas ? Alors il faut les jeter à la mer et, cet après-midi, nous irons en acheter d'autres. Tout ce que vous n'aimez pas ici, je le remplace par ce que vous aimez.

Brusquement, il ne rit plus. Quelque chose de grave passe sur son visage.

– Pour vous, je peux tout. Absolument tout ! Dites-moi que vous n'aimez pas la mer et cette nuit je la fais combler, et demain matin, à votre réveil, vous aurez un jardin jusqu'à l'horizon.

Il tend la main.

– Nageons ensemble.

– Non.

– Pourquoi ?

Elle regagne la plage, part en courant vers la maison.

– Alexandra !

Elle ne se retourne pas. Sur la seconde terrasse, elle croise Delpina, dans une longue robe noire, qui l'oblige à s'arrêter.

– J'ai entendu la voix de mon frère, et le rire de mon frère, et j'ai pensé qu'il était heureux avec vous. Mais je me suis trompée.

Noële regarde sa tante bien en face, et c'est vers elle autant que vers Yannis Karrassos, que va sa colère.

– S'il croit m'impressionner en me disant qu'il peut tout, il se trompe. Son argent ne m'éblouit pas. Les robes, vous pouvez les donner aux autres filles de l'île. Elles en ont plus besoin que moi. Moi, j'ai celles que mon père m'a offertes. M. Vaindrier, oui. Ça représente bien autre chose.

Et elle court s'enfermer dans sa chambre.

Une heure plus tard, on frappe à la porte.

– Entrez.

C'est Delpina.

– Je savais bien que vous n'étiez pas en train de refaire vos valises.

– Qui vous a dit ça ?

– Yannis.

Noële se sent un peu honteuse de sa réaction et voudrait le faire comprendre. Mais comment s'expliquer avec cette femme, qui n'a jamais un geste vers elle ? Elle aurait préféré voir entrer M. Karrassos. Parce qu'il est vivant. Parce qu'elle l'a vu nager et sortir de l'eau, et qu'il s'est ébroué comme un jeune chien, et qu'il s'est mis à rire en criant.

– Vous êtes difficile, dit lentement Delpina.

Elle paraît épuisée. En la regardant, Noële pense à quelqu'un qui ne dort pas depuis des années peut-être.

– Depuis vingt ans, Yannis a cru aux contes de fées. Et soudain, ils se réalisent. Vous êtes là. Comment voulez-vous qu'il cesse d'y croire ? Tout ce que vous désirez, il se sent capable de le faire surgir de terre. Ne lui enlevez pas son jeu. Sinon, il deviendra malheureux comme un enfant.

Elle fait un petit geste rapide, une main qui se lève, qui retombe, comme si elle voulait écarter quelque chose.

– Je ne sais pas très bien expliquer.

– Que faut-il faire ?

Delpina penche un peu la tête.

– Hier, dit-elle doucement, vous avez employé le mot « raisonnable ». Continuez à y penser. Soyez raisonnable avec Yannis. Ne lui demandez pas de comprendre si vite qui vous êtes. Et vous-même, prenez un peu de temps pour le juger.

Elle hésite, ajoute, comme à regret :

– Ce serait si simple, s'il suffisait de se jeter dans ses bras.

Avant de quitter la chambre :

– Yannis veut que vous visitiez les chantiers avec lui, cet après-midi. Du moins, c'est ce qu'il avait décidé. Mais maintenant, il ne sait plus si vous serez d'accord.

– Je le suis.

Ils y vont en hélicoptère. C'est M. Karrassos qui pilote lui-même. Noële est assise à côté de lui. Elle regarde ce pays qui s'offre, avec ses îles, ses mouvements de collines, ses côtes découpées, ses pierres jaunes, ses longs troupeaux d'oliviers, d'un gris bleuté comme la mer.

Yannis regarde lui aussi et, de temps en temps, désigne un village du doigt, prononce un nom, perd de son altitude, décrit un cercle au-dessus des maisons, puis repart.

Ils ont quitté Lefkas vers une heure. De l'autre côté de la maison, derrière un bois de pins, il y a une grande clairière, et le hangar de l'hélicoptère. Un mécanicien vérifiait les commandes.

– Vous êtes déjà montée en hélicoptère? avait demandé M. Karrassos.

– Non. C'est comme pour l'avion. Hier, c'était la première fois.

Avec ces parois transparentes, elle a vraiment l'impression d'être suspendue dans le vide, mais elle s'en amuse. Elle songe à Jean-François qui serait si heureux d'être à sa place. Et soudain, elle s'étonne, car c'est la première fois, depuis qu'elle a quitté les Quatre Vents, qu'elle pense à Jean-François. Elle regarde la bague qu'il lui a donnée. Moins belle peut-être que celles du coffret de cuir fauve, mais pour elle, il n'y en a pas de plus belle. «Il faut que je parle, se dit-elle. Il faut qu'on sache que je suis fiancée.» Elle se tourne vers Yannis. Il crie pour couvrir le bruit de l'hélice.

– Nous arrivons.

Il montre à l'horizon, appuyée à la mer, une forêt de poutres métalliques, surmontée d'une fumée noire.

Noële est ahurie de bruit et de chaleur. Yannis Karrassos fait un signe à l'homme qui tient les commandes du treuil. Un bref coup de sirène. Une voix qui hurle un ordre. La plate-forme s'élève lentement.

– Tenez-vous à ce montant, crie Yannis.

Il l'a prise par les épaules et la serre contre lui. Ils montent à travers les poutrelles, dans un bruit assourdissant de marteaux, de scies électriques, de grincements de poulies, de moteurs. L'air se défait autour des flammes bleues des lampes à souder. Le soleil heurte les tiges d'acier, rebondit d'une poutre à l'autre, aveugle Noële qui porte la main à ses yeux.

– Vous avez le vertige?

Elle fait non de la tête. La plate-forme prend de la hauteur, atteint le faîte des hautes murailles rougies de minium qui dessinent déjà le flanc des navires. La mer bientôt apparaît. Les bruits ne forment plus qu'un brouillard sonore que déchire le cri des premières mouettes.

– Où allons-nous? demande Noële.

– Au ciel.

– Pour quoi faire?

– Connaître le regard de Dieu.

Le filin d'acier s'enroule sur lui-même avec un cliquetis sourd. Yannis Karrassos regarde sa fille, bien droite contre lui, le visage levé vers le ciel. Il serre davantage. Elle s'abandonne, rassurée qu'il soit si fort et que sa main, refermée sur son épaule, laisse deviner derrière sa force une telle tendresse. La plate-forme s'immobilise enfin. Ils sont en plein ciel, suspendus dans le vide, et le chantier naval à leurs pieds est comme une ville, avec ses rues, ses places, ses jardins de métal.

– D'ici, vous pouvez comprendre, dit Yannis.

Il n'a plus besoin de crier. La rumeur de l'arsenal est lointaine. Il n'y a que le vent.

– Tout ceci, qui est à vos pieds, c'est à moi. Ce chantier avec ses cales, ses digues, ses jetées et tous ces navires en construction, en réparation, en sommeil. Et la mer tout autour.

– La mer aussi vous appartient ?

– Oui. La mer appartient à qui possède les navires. Et tous les navires qui vont et viennent sont à moi. Les mouettes aussi sont à moi. Et ces terres autour, ces maisons où vivent mes ouvriers. Jusqu'au soleil qui, chaque matin, redonne vie à mes arsenaux. C'est cela que j'appelle le regard de Dieu. Monter jusqu'au ciel, regarder en bas, et dire : c'est moi qui ait tout créé.

Il parle presque à voix basse.

– Il ne faut pas croire que tout m'a été donné. Cet empire, je l'ai reçu de mon père, c'est vrai. Mais il a fallu que je le gouverne. C'est une tâche de chaque jour, qui ne cesse jamais. Souvent, je suis monté sur cette plate-forme, comme aujourd'hui, et je me suis dit : à quoi bon ?

Il serre davantage l'épaule de Noële.

– A quoi bon ? répète-t-il. Tu n'étais pas là... Permets-moi de te tutoyer. Comme si tu étais ma fille depuis toujours. A quoi bon, oui ? A quoi bon ces chantiers, et ces ouvriers, et ces villes ? A quoi bon cet empire ? Je pourrais l'agrandir encore, acheter d'autres villes. A force d'argent, de volonté, de travail. Mais ce n'est pas la vie.

Il penche la tête, pose ses lèvres si près de l'oreille de sa fille qu'il n'a même plus besoin de parler pour qu'elle l'entende.

– Toi, tu es vivante, et vivante de moi. Je te croyais morte, et cet empire était mort. Il paraissait vivre le jour, dans le tumulte des chantiers. Mais chaque soir, avec la sirène qui marque la fin des travaux, il rejoignait sa propre mort. Avec toi, c'est le sang qui bat. Le même sang, en toi et en moi. Le même cœur.

Il reste un long moment sans parler. Puis il desserre son étreinte, se redresse lentement, fait un grand geste avec la main. Et la plate-forme commence à descendre.

Pendant le retour en hélicoptère, Noële garde les yeux fermés. Elle n'observe plus l'image que lui offre son pays, sous une lumière qui change avec les heures, et parsème d'ombres mauves les champs d'oliviers. Elle revoit le grouillement du chantier, l'éclat de la mer, le tremblement de l'air chaud.

Un vertige soudain la prend. Elle ne pourra pas. C'est au-dessus de ses forces. Tant et tant d'années à attendre, cet espoir fou, cet implacable refus de la mort, et maintenant cette exigence. Les robes, les bijoux, ce n'était rien. Un mouvement d'humeur sans conséquence. Mais cet homme qui la serrait contre lui, qui suppliait, qui lui avouait qu'il était mort et qui attendait d'elle que le sang recommence à battre... Elle comprend ce qui rend la maison de Lefkas étouffante, et pourquoi, dès qu'elle l'a aperçue, du bateau, elle a eu le sentiment d'une place forte. Et pourquoi le visage de Delpina Karrassos est celui d'une morte qu'on tire de son tombeau. Pourquoi ne lui a-t-on rien expliqué avant? M. Baxter est venu pourtant, il a passé plusieurs jours à Lefkas. Mais devant lui, ni M. Karrassos ni sa sœur n'ont dû laisser voir leur secret. C'est la présence de Noële qui a tout bouleversé. Sans rien dire, sans rien faire. En étant là, simplement. En respirant, en regardant, en marchant sur les terrasses. Le bruit de ses pas sur les dalles, c'était la vie qui reprenait.

Elle se répète qu'elle ne pourra pas, que c'est trop attendre d'elle. Elle a envie de crier: «Je ne suis rien. Vous vous trompez. Une jeune fille comme les autres.» Elle a envie de raconter les Quatre Vents, la vie de tous les jours, la laiterie, le Solex, le service social de la mairie. Elle a envie de leur demander pardon, de refaire ses valises et de rentrer chez elle, attendant que s'efface l'image de cet immense empire, découvert du haut du ciel, qui attend d'elle que la vie lui soit rendue.

Un peu plus tard, ils sont allongés, l'un près de l'autre, sur la plage. Il est près de cinq heures. Le soleil est déjà proche de l'horizon, mais la chaleur est encore vive. Yannis Karrassos n'a rien dit depuis qu'ils ont quitté le chantier naval. Il a conduit l'hélicoptère en silence, ne cherchant plus, comme à l'aller, à perdre de l'altitude pour survoler les villages. En se posant dans la clairière de Lefkas, derrière la maison, il a simplement annoncé:

– Il fait encore bon. Je vais me baigner.

Noële n'a pas eu l'air d'entendre, mais elle l'a rejoint sur la plage. La mer respire doucement. Sur la droite, derrière les pins, du côté du village, on entend les troupeaux de chèvres rentrer et les clochettes sonnent joyeusement. Le visage dans ses bras croisés, Noële essaie de reconnaître les parfums qui dansent autour d'elle: la sauge, la camomille. Si madame Marie était là, pense-t-elle... Elle sourit.

– Je peux vous demander ce qui vous fait sourire ? interroge Yannis Karrassos.

Elle comprend qu'à travers ses paupières baissées, il n'a pas cessé de la regarder, d'épier son visage, d'y chercher quel souvenir, quelle ressemblance ?

– Je pense à madame Marie, dit-elle.

Elle raconte la cuisine, les casseroles, les sauces. Elle raconte les soirs d'hiver, près du fourneau, les tartines de confiture, le retour de l'école. Elle raconte la maison, comment elle est construite. Elle en dessine le plan, avec un doigt, sur le sable. Elle ajoute la cour, la laiterie, les prés et les bois. Yannis regarde le dessin, interroge, se fait préciser un détail. Soudain, il saisit la main gauche de Noële au moment où, d'un grand geste, elle explique que la route qui longe les Quatre Vents se dirige vers les Ouches. Il regarde la pierre grenat cerclée de brillants.

– Qui ? demande-t-il.

– Jean-François.

Il garde un instant le silence, puis il dit en tenant toujours la main de Noële :

– Je vous observe depuis hier. Je vous trouve belle et je me dis : « Ce n'est pas possible que tous les garçons de France ne soient pas venus tourner autour d'elle. Ce n'est pas possible que, parmi tous ces garçons, elle n'en ait pas remarqué un. »

– Jean-François, répète Noële doucement. Jean-François Saulieu.

– Et puis ?

– Quand j'ai dit son nom j'ai tout dit.

– C'est si important ?

– C'est plus qu'important. C'est tout.

Yannis repose avec précaution la main de Noële sur le sable, se lève, et, sans rien ajouter, s'engage dans le sentier qui conduit à la maison. Noële ne bouge pas. Elle ne cherche pas à comprendre. Elle est seule sur la plage déserte. Elle regarde le plan des Quatre Vents, prend une pierre bien pointue, redessine chaque trait avec la pointe de la pierre, pour bien le graver dans le sable. Elle s'applique. Dans le carré qui représente sa chambre, au premier étage, elle dépose enfin la bague de Jean-François. Comme une tache de sang dans le soleil.

Brusquement elle lève la tête. Elle a entendu un bruit de moteur. L'hélicoptère s'élève en grondant au-dessus de la maison. Est-ce M. Karrassos qui tient les commandes ? Comment a-t-il eu le temps de monter dans sa chambre, de s'habiller, de courir jusqu'au hangar ?

Une voix appelle du sentier :

– Noële !

C'est Delpina qui fait un grand geste de la main. Elle la rejoint en courant.

– Yannis vous a-t-il dit où il allait ?

– Non.

– Il vient de partir brusquement, sans prévenir personne.

Elles regardent toutes les deux l'hélicoptère qui disparaît déjà derrière le bois de pins. Delpina se tourne vers Noële.

– Que s'est-il passé entre vous?

– Nous avons parlé des Quatre Vents, de mon enfance, de ma vieille cuisinière. Brusquement, il s'est levé, il est parti. Je n'en sais pas plus.

Delpina se détend.

– Ecoutez, dit-elle...

Elle serre les mains l'une contre l'autre, en un geste de prière.

– Je ne sais pas ce qu'on vous a dit contre nous, pourquoi on vous a mise en garde. Il y a les journaux, je sais, et tout ce bruit autour de nos moindres gestes. Mais ici, dans cette île, c'est le silence et la vérité.

Elle parle doucement, de la même voix suppliante que Yannis sur la plate-forme, dans le soleil, lorsqu'il avouait que son cœur était mort.

– Ne pensez pas que je me plaigne, ou que je cherche à vous attendrir. Mais depuis vingt ans, Yannis et moi, nous vous avons aimée. A notre manière. En ne perdant jamais l'espoir de vous retrouver. Alors, il faut nous prendre comme nous sommes. Maladroits, c'est vrai, exigeants, excessifs. Mais cet amour, nous l'avons retenu en nous comme les eaux d'un barrage. Brusquement, tout se déverse.

Delpina cache son visage dans ses mains, une brève seconde, puis reprend son impassibilité. Elles remontent ensemble vers la maison. En atteignant la première terrasse, Delpina regarde le ciel, dans la direction prise par l'hélicoptère.

– Je ne sais pas pourquoi Yannis est parti, dit-elle. Je ne sais pas où il est allé. Mais c'est sûrement une preuve de son amour qu'il est allé chercher.

Tournée vers Noële, elle fait le même geste de prière.

– Quelle que soit cette preuve, je vous demande de l'accepter.

XII

NOËLE se réveille en sursaut. On frappe à la porte de sa chambre.

– C'est moi ! dit une voix. Yannis.

Elle allume, regarde l'heure à sa montre. Quatre heures vingt. C'est la nuit encore, derrière les fenêtres. Il y a des rires étouffés de l'autre côté de la porte. On frappe de nouveau.

– Tu dors ? Noële, tu dors ?

Elle a l'impression qu'il y a d'autres voix, qu'on chuchote. Elle dit, d'une voix un peu trop haute :

– Qu'y a-t-il ? Un accident ?

– Non, non, une surprise. Ouvre !

Elle se lève, cherche une robe de chambre, ouvre la porte. Jean-François est là, qui éclate de rire, la prend dans ses bras. Yannis Karrassos, qui a encore un casque de pilote sur la tête et une combinaison de cuir, éclate de rire en même temps.

– Toi ici ? Toi ?

Elle croit qu'elle dort encore. Tout est sombre autour d'elle. Il n'y a que la lampe allumée dans sa chambre, de grandes ombres sur les murs et la mer violette entre les colonnes.

Yannis crie :

– Tu es heureuse ? Dis-moi que tu es heureuse ! Il va rester quelques jours avec nous.

Il prend les jeunes gens par les épaules, les serre contre lui de toute sa force.

– Tu m'as dit que Jean-François c'était tout pour toi. Alors j'ai compris que je n'avais ici que ton apparence. Que tu étais restée avec lui. Je suis allé le chercher. Maintenant qu'il est là, tu es là. J'ai ton cœur, enfin, dans la maison de Lefkas.

Il s'écarte, enlève son casque.

– La maison est à vous, Jean-François. Ouvrez tout. Entrez partout. Sortez sur les terrasses. Descendez jusqu'à la plage. Il va faire jour dans peu de temps.

Noële s'aperçoit que Jean-François a un casque, lui aussi, et une combinaison de cuir.

– Il a piloté l'hélicoptère, tu sais, dit Yannis. Il est très adroit. Je l'aime beaucoup. Nous allons faire de grandes choses ensemble.

Ils rient tous les deux. Ils sont comme deux collégiens, comme deux frères du même âge. Yannis enlève sa combinaison, la jette contre une colonne.

– Je vais prévenir Delpina.

– Il est extraordinaire ! dit Jean-François.

Et il recommence à rire, doucement.

– Tout à fait comme un rêve. Je dînais hier soir avec mes parents. On sonne. C'était lui. Il m'a dit : « Vous êtes Jean-François Saulieu ? Parfait, je vous emmène. » Je croyais que c'était un fou. Et pourtant, c'était lui, d'après les photographies. Je ne comprenais rien. Il a ajouté : « Noële veut vous voir. » Il y avait une voiture devant la maison. Une incroyable voiture de course. Mon père et ma mère faisaient une de ces têtes... A neuf heures et demie, on était à l'aéroport de Lyon. L'avion personnel de Yannis nous attendait. Un quart d'heure plus tard on volait. D'Athènes à Lefkas, une heure d'hélicoptère. Et voilà.

Il regarde autour de lui.

– Elle a l'air incroyable, cette maison.

– Incroyable, tu verras.

– Il y a des bateaux ?

– Oui.

– On en fera ?

– Tu te sens en vacances ?

– Des vacances comme ça...

Il enlève sa combinaison à son tour, la pose à côté de celle de Yannis. Noële le regarde. Elle pense qu'elle va se réveiller. Mais c'est un rêve qu'elle aime. Un rêve qu'elle voudrait prolonger le plus longtemps possible.

– On se baigne, Jean-François ?

Yannis est revenu, enveloppé dans un peignoir de bain rouge.

– C'est le moment où la mer est la meilleure. Très froide, mais d'une pureté parfaite. J'ai fait dire aux pêcheurs qu'ils nous apportent du poisson frais sur la plage. Après le bain, on le fera griller au feu de bois.

Il donne à Jean-François un maillot qu'il tient à la main.

– Change-toi dans ma chambre, dit Noële.

Yannis Karrassos attire Noële contre lui, lui relève le visage.

– Ce cadeau-là, tu l'acceptes enfin?

Noële lui sourit.

– Comment le trouvez-vous?

– C'est mon fils. Tu vas voir comme je vais m'occuper de votre bonheur.

Il parle à mi-voix, comme un homme qui ne sait pas encore si le jour est levé.

– J'étais maladroit jusqu'ici. Je ne savais pas t'appeler, je n'osais pas te tutoyer. Et brusquement, parce que Jean-François est là, tout est simple.

Puis tourné vers la chambre :

– Alors, Jean-François?

– Je suis prêt.

Il revient sur la terrasse.

– J'ai pris ton peignoir, dit-il à Noële.

Rouge, comme celui de Yannis. Et tous deux, de nouveau comme deux frères, descendent en riant vers la mer.

Le rêve se prolonge toute la journée. Il n'y a que la mer, le soleil, les bateaux, les roches rouges et le parfum des citronniers. Jean-François va et vient dans la maison avec une liberté absolue. Il l'apprivoise. La complicité qui, dès le premier instant, l'a lié à Yannis Karrassos efface les ombres, libère les visages, donne à chacun sa véritable respiration.

– Il faut dépendre les icônes, dit Delpina le soir, lorsqu'ils se retrouvent autour de la lampe. Cette nuit, c'est la nuit de Pâques.

Une petite pluie est tombée vers cinq heures. Dans la cour qui prolonge la maison, on a dressé de grandes broches pour rôtir les agneaux de lait. Et dans les cuisines, depuis le matin, des femmes font cuire des œufs et les peignent de couleurs vives.

– Ce soir, à minuit, l'île va sauter comme une poudrière, annonce Yannis en riant.

Il explique que les garçons ont fait provision de pétards, et qu'ils vont les apporter à l'église. Lorsque le pope, à minuit, sortira dans le cloître pour crier : « Christ est ressuscité », tous les pétards partiront en même temps. La nuit sera trouée de salves et de cris, jusqu'au jour. Et les habitants du village iront d'une maison à l'autre goûter la soupe de volailles, manger l'agneau rôti et briser la coquille d'un œuf avec ses voisins, comme on a l'habitude en France de boire à la santé de quelqu'un en heurtant son verre.

– Toutes les portes sont ouvertes, et personne ne dort. Ils viendront tous ici, pour toi. Ils savent que la fille des Karrassos est revenue. Mais, à part les marins du bateau, personne jusqu'ici ne t'a vue.

– Que faudra-t-il faire ?

– Etre ce que tu es.

A neuf heures du soir on allume les feux de braises et les agneaux commencent à rôtir lentement. Il y a un rite de la cuisson, et, pour qu'elle soit parfaite, il ne faut pas se laisser distraire.

– Ce seront les meilleurs de l'île ! affirme Yannis. Cette année, il le faut.

Delpina a disparu. Elle est aux cuisines, veillant à tout. Sur de longues tables, les pâtisseries s'entassent. C'est la fin du Carême et la rupture du jeûne. Les galettes de Pâques, les crèmes de fromage, les fruits plongés dans le sucre roux, les tonneaux de vin cuit dessinent l'image des temps d'abondance. Les servantes rient doucement, disposent des flambeaux devant chaque fenêtre, suspendent des draps blancs aux façades. Noële voudrait les aider, mais elle ne sait rien des traditions. Delpina consent à lui donner un sécateur, pour qu'elle coupe les branches de laurier et de myrte qui serviront à décorer les tables. Jean-François reste avec Yannis sur la terrasse. Ils parlent en regardant la mer. Yannis l'interroge sur le stage qu'il vient d'accomplir pour la Compagnie d'Aviation civile :

– Vous avez vraiment envie de suivre le second stage ?

– Comment faire autrement ?

– Il y a à Athènes une compagnie plus importante que la vôtre. Et je possède plus de la moitié des actions. Nous en rencontrerons le directeur mardi ou mercredi.

La nuit est claire. La lune va se lever. Sur la mer, il y a déjà un reflet diffus. Noële les rejoint. Elle a les bras chargés de branches coupées.

– Il y en avait trop, dit-elle.

Elle s'assied sur le rebord de la terrasse, regarde Jean-François et Yannis Karrassos, enfoncés dans leur fauteuil de toile, face à face, aussi à l'aise que s'ils se connaissaient depuis toujours.

– De quoi parliez-vous ?

– D'affaires, répond Yannis. Mais cette nuit est une nuit de fête. Nous en reparlerons plus longuement une autre fois.

Une cloche sonne, à coups très espacés. Delpina paraît à son tour, le visage caché par un long voile noir.

– La messe va commencer.

Ils descendent vers le village. La cloche bat comme en secret, et sa voix ressemble à la nuit que la lune, enfin apparue, rend transparente. La petite pluie de l'après-midi a fait pousser des fleurs sauvages, et aux abords des jardins, la terre mouillée sent le glaïeul et l'œillet. Pour la première fois, Noële a l'impression d'être chez elle. Simplement parce que la terre sent bon, parce que la cloche de l'église sonne, parce qu'ils s'en vont tous ensemble à la messe de minuit et que c'est une tradition de famille. Les servantes attendent l'annonce de la Résurrection pour allumer les flambeaux et embraser les fenêtres. Les agneaux rôtissent sur les braises. Delpina tient serrée contre son cœur une icône, où la Vierge au visage penché, cerclé de rouge et d'or, regarde un temps de pleurs qui vient vers elle.

Avant de franchir la porte de la maison et d'atteindre le village, Delpina s'arrête. Noële est à côté d'elle. Les deux hommes marchent devant.

– Ecoute, dit Delpina.

Pour la première fois, elle tutoie Noële.

– Ecoute la mer, que la nuit elle-même n'endort jamais. Ecoute la terre qui tourne à son rythme. Cette nuit de Pâques m'apprend que chaque jour revient à son heure.

Elle regarde l'icône que des générations de Karrassos ont contemplée, accrochée dans la chambre des parents, depuis plus de deux cents ans, et qu'on a décrochée, chaque samedi saint, pour la porter à l'église du village.

– Je me dis que si nous n'avions pas attendu le temps nécessaire, si nous n'avions pas marché pas à pas vers toi, tu ne nous aurais pas été rendue. Je me dis que la vie est comme un cœur, qui répète un mot, toujours le même, deux petites syllabes l'une après l'autre, et qu'il ne faut pas vouloir qu'il en prononce un autre. Parce que le seul mot qu'il sache dire c'est : amour.

XIII

PENDANT la nuit et la journée du lendemain, les habitants du village tournent dans la maison des Karrassos. Tout est prétexte à y revenir. Il y a tant d'agneaux rôtis, tant de galettes de Pâques, tant de tonneaux de vin, et la curiosité est si grande ! Noële sourit, brise des coquilles d'œufs colorées avec des petites filles qui n'osent pas lever les yeux vers elle. Les cloches ne s'arrêtent pas de sonner. Et les pétards éclatent jusque sous la soutane du pope Alexis qui est venu bénir les icônes. L'île sent la poudre et l'orange confite. Yannis Karrassos boit avec chacun. Au début de l'après-midi paraît le violoneux, et les danses s'organisent dans la cour, derrière la maison. Les garçons ont revêtu les braies bouffantes. Les jeunes filles, en blanc, tiennent à la main des roses de printemps. A l'archet du violoneux tintent des grelots d'argent.

– Il faudrait que tu danses toi aussi, dit Yannis à Noële.

– Je ne saurai jamais !

– Ce sont des pas très simples.

– Alors, montrez-moi.

Les garçons, au visage brûlé de soleil, au regard aigu, font une place pour Yannis. Il tend la main à Noële. Elle vient au milieu des jeunes filles. Une lyre soupire et sonne, et les vieilles femmes, restées debout contre la porte, se souviennent de leur temps d'autrefois. « Christ est ressuscité », pensent-elles en regardant le visage de Noële, qui s'efforce de suivre la danse.

– Tu vois, dit Yannis, c'est très facile.

– C'est vrai.

– Comme si tu avais appris toute petite.

– Comme si je savais sans avoir appris.

La danse continue, le rythme s'accélère, les joues des jeunes filles sont rouges. Les garçons sautent, jambes jointes, genoux pliés. Une vieille femme lance un mouchoir. D'un bond inattendu, le plus jeune l'attrape avec les pieds. On applaudit.

– Merci à tous ! crie Yannis.

Il entraîne Noële vers l'intérieur de la maison. Il a besoin de prendre le visage de sa fille dans ses mains, de le tourner vers la lumière et de le regarder.

– Ta mère, dit-il. Je viens de la revoir. Tu dansais comme elle, les yeux baissés.

Il rit doucement.

– Ils jouaient les musiques de Pâques. Parce que tu es celle qu'on croyait morte et qui est ressuscitée.

Ils reviennent vers les danseurs. Jean-François est au milieu d'eux, sautant plus haut que les autres, une rose entre les dents. Noële le regarde, stupéfaite. Il y a des cris, des rires, les garçons rivalisent de souplesse et d'élan. Au cou des jeunes filles les colliers de sequins étincellent. Le joueur de lyre bombe le torse. Au milieu des hurlements de joie, la danse s'arrête.

Jean-François rejoint Noële :

– Il fait encore beau. Allons nous baigner.

Ils descendent vers la plage. Ils sont seuls. Tout le monde est demeuré dans la cour avec le joueur de lyre. Ils vont, en nageant, vers le large, reviennent en se défiant à la course. Noële atteint la plage la première. Ils s'allongent essoufflés, sur le sable. C'est dimanche, et ils sont heureux.

– Si on restait ? dit Jean-François. On nagerait, on ferait du bateau, on mangerait des poissons grillés. Une île, pour ceux qui s'aiment, c'est ce qu'on a inventé de mieux. Personne. Toi et moi. Les rochers. La mer.

– Et tes avions ?

– De temps en temps. Il faut bien travailler un peu.

Noële sourit.

– Le soir de nos fiançailles, tu me faisais jurer de revenir. Et maintenant, c'est toi qui veux rester.

Jean-François se redresse.

– Sérieusement...

Il joue avec une poignée de sable. Son visage est devenu grave.

– Cette proposition de M. Karrassos, qu'en penses-tu ?

– Je ne suis pas au courant.

– Il trouve que c'est inutile de faire mon second stage. Il a des capitaux dans une compagnie d'aviation à Athènes. Il veut que je rencontre le directeur. Nous en avons parlé hier soir sur la terrasse. Je sais bien qu'aujourd'hui c'est Pâques et qu'on a autre chose en tête. Mais je t'avoue que depuis hier j'y pense beaucoup. Ils n'ont peut-être pas besoin de pilotes d'essai dans cette compagnie. Mais si je les intéresse, c'est du temps de gagné. Je ne serai pas obligé d'attendre encore des mois avant de savoir ce que je vais faire. Je pourrai dire à mon père que je laisse tomber l'usine. Et…

Il regarde Noële.

– Et on se marierait tout de suite.

Noële lève la tête.

– Comment as-tu changé si vite?

– Moi?

– Je te regardais danser, tout à l'heure. Je ne te reconnaissais pas. Tu es ici depuis deux jours et déjà tu es quelqu'un d'autre.

Elle parle avec une sorte de tristesse, que Jean-François voudrait comprendre.

– Tu me donnes tort?

– N'en parlons pas aujourd'hui. Tu l'as dit toi-même. C'est Pâques.

– J'ai l'impression que tu m'en veux. Explique-toi. Je suis perdu si je ne sais pas ce que j'ai fait.

Leurs deux visages sont l'un contre l'autre.

– Je suis une petite provinciale. J'ai une petite logique et une petite raison bien à moi. Quand tu dansais tout à l'heure, tu volais comme un oiseau. Moi, je fais quatre pas bien tranquilles sur le sol. Je pense que tu vas trop vite. Je pense que c'est dangereux. Je pense que tu ne sais pas encore si tu es vraiment fait pour ce métier de pilote. Je pense qu'on n'engage pas une vie entière sur un coup de tête. Même lorsqu'on y est poussé par M. Karrassos.

– Alors, il ne faut pas que j'aille voir ce directeur?

– Mais si, pourquoi? Va le voir, écoute ce qu'il a à te dire, prends des renseignements, réfléchis. Je te l'ai bien dit: je suis une petite raisonneuse.

Pendant une longue minute, ils restent ainsi, immobiles.

– Prends garde à cette île, murmure Noële. Depuis que je suis arrivée, je me défends contre elle. Dans quatre jours, nous repartons.

Il se renverse sur le sable. Il sent le soleil sur son corps et le vent qui se lève, annonçant le soir.

– Je sais que nous partons dans quatre jours, dit-il. Je sais que je retournerai à l'usine et que je ferai mon second stage à Paris. Mais pendant ces quatre jours qui nous restent, on a bien le droit de rêver que toute la vie sera comme une terrasse au soleil, avec seulement toi et moi.

La journée de lundi se passe dans les îles. Yannis Karrassos les entraîne avec lui dans une longue promenade de hasard, sur un petit bateau qu'il conduit. Ils flânent sans but, plongent du bord lorsqu'ils en ont envie, mangent des poissons crus qu'ils pêchent eux-mêmes. Yannis a sorti des équipements de plongée sous-marine. Jean-François, qui n'avait pas eu l'occasion d'en faire depuis son service militaire, s'y adonne avec un plaisir émerveillé. Penchée à l'avant du bateau, Noële les regarde se perdre entre deux eaux. Le soleil est haut. La mer violette. Le long des îles, les maisons blanches et les plages sont autant de promesses de repos. Mais ils refusent d'aborder, s'obstinent à ce voyage d'exilés, de fugitifs, naufragés en pleine mer et portés par les courants. Le soir, ils rentrent à Lefkas, épuisés.

Le lendemain, Noële entend gratter contre le bois de ses volets. Elle se lève, va ouvrir la fenêtre.

– Bonjour, dit Yannis.

Il est habillé de noir, avec une chemise très blanche et une cravate unie. Il tient sous son bras un porte-documents de cuir. Il ressemble aux images des journaux : un homme secret, tendu, qui connaît sa force et s'en montre fier. Où est le naufragé de la veille, le danseur du dimanche de Pâques ?

– Je vais à Athènes, dit-il. Je ne voulais pas partir sans te dire bonjour.

Derrière ses lunettes noires, Noële ne distingue plus son regard.

– J'emmène Jean-François avec moi. Il pilotera l'hélicoptère. Nous nous retrouvons tous, ce soir, à Athènes, dans une maison qui est aussi la tienne et que tu ne connais pas encore. Delpina t'expliquera. A ce soir.

Noële sort sur la terrasse. La journée promet d'être aussi belle que la veille. Il y a partout des fleurs sauvages. La mer, au bord des rochers rouges, est comme un lac d'eau claire. Elle a brusquement envie de parler à Nicole Vaindrier. Une envie violente. Chaque matin, depuis qu'elle est enfant, c'est sa mère, la première, qui lui dit bonjour. Elle se sent loin. Perdue. Elle se surprend à dire : « Qu'avons-nous fait ? » Ils ont joué, ils ont dansé, ils ont nagé, ils ont mangé des poissons crus. Quoi d'autre ? Elle va rentrer aux Quatre Vents dans deux jours, et qu'aura-t-elle appris d'elle-même, de sa mère, de sa famille ? Les traditions du dimanche de Pâques, l'agneau rôti et les pétards. Et puis ? Est-ce pour cela seulement qu'elle a fait tout ce voyage, qu'elle s'est arrachée à ses parents adoptifs ? A l'aéroport le jour du départ...

Elle revoit son père et sa mère – mais oui, elle ne sait pas les appeler autrement, elle ne veut pas – debout devant la porte par où les passagers, l'un après l'autre, disparaissent. Ils avaient voulu l'accompagner jusqu'au bout. Ils ne disaient rien. Ils semblaient perdus dans ce hall immense, regardant les avions sur les pistes, les tableaux de départ, les marchands de journaux, s'asseyant un moment au bar pour boire une bière parce qu'ils étaient en avance, et qu'il fallait passer le temps. Dans le haut-parleur, une voix avait appelé les passagers pour Athènes, et Nicole Vaindrier brusquement s'était mise à pleurer. Sans un mot. Et elle avait honte. Elle essayait de ne pas le montrer. Mais en vain. Noële revoit ce visage bouleversé, cette façon de mettre une main devant les yeux, comme s'il y avait trop de lumière.

Elle rentre dans la maison, va jusqu'au grand salon, décroche le téléphone. Elle ne sait pas parler grec, mais elle réussit à se faire comprendre de la standardiste. Elle demande le numéro des Quatre Vents.

– Trois quarts d'heure d'attente ? Bien, mademoiselle.

Elle remonte dans sa chambre. Le plateau du petit déjeuner est servi sur la terrasse, abrité d'un parasol bleu vif. A côté de la table, Delpina est assise sur un fauteuil de toile.

– J'ai demandé la communication avec les Quatre Vents, explique Noële.

Elle se sert une tasse de café.

– Yannis vous a expliqué pour ce soir ? demande Delpina.

– Il m'a dit que nous nous retrouvions tous à Athènes.

– Aimez-vous la musique ?

Noële mord dans une tartine de pain bis.

– Quelle musique ?

– La vraie.

– Je la connais mal.

Delpina penche un peu la tête pour s'abriter sous le parasol. Il est tôt encore, mais le soleil est déjà chaud.

– Ce soir, un de nos jeunes amis donne un concert. Peut-être connaissez-vous son nom ? Ugo Luckas.

– Non.

– C'est un pianiste. Un très jeune et très grand pianiste. Les journaux ont beaucoup parlé de lui, il y a deux ans, lorsqu'il a franchi le mur de Berlin pour chercher refuge à l'Ouest. Vous ne vous souvenez pas ?

– Non.

Delpina regarde Noële boire son café, s'en verser une autre tasse. Elle paraît étonnée de ses moindres gestes, comme si jamais personne, jusqu'ici, n'avait pris son petit déjeuner devant elle.

– Yannis aime beaucoup Ugo, reprend-elle. Il l'a recueilli ici, à Lefkas, pendant plusieurs mois, pour qu'il puisse travailler et reprendre sa carrière internationale. C'était un peu comme son fils. Et puis il a reçu des offres de contrat, il a commencé à voyager, et nous le voyons moins. Entre deux avions parfois, il nous rejoint, pour quelques heures.

Elle se lève, regarde sa montre, suspendue à son cou par une longue chaîne d'or.

– Nous quittons Lefkas dans deux heures. Nous prenons le bateau et serons à Athènes ce soir. Le concert est à neuf heures. J'aimerais que vous soyez avec moi.

– J'y serai, dit Noële.

Elle a terminé son petit déjeuner. Elle ne bouge pas. Tant qu'elle n'aura pas parlé à Nicole Vaindrier, elle ne pourra rien faire. Ni se lever, ni s'habiller. Elle reste sur la terrasse, au soleil. La femme de chambre enlève le plateau et la table. Sur les murs de pierre, il y a des lézards dorés, immobiles comme elle, et l'odeur des citronniers est plus forte que les autres matins. Le temps passe, qu'elle ne mesure pas. Puis une sonnerie se fait entendre. Noële se lève, descend dans le salon en courant.

– Allô ?

Elle reconnaît la voix de sa cousine Marie-Hélène.

– Tu es encore aux Quatre Vents ?

– Oui, je m'offre de petites vacances, en attendant ton retour. Oncle Gilles et tante Nicole ont beaucoup insisté pour que je reste. La maison leur semble moins vide.

– Ils sont là ?

– Non. C'est absurde. Ils sont partis tous les deux de très bonne heure ce matin, pour Lyon. Une course urgente. Ils vont être furieux !

Noële est terriblement déçue, mais elle ne veut pas le laisser voir. Elle parle longtemps à sa cousine, demande des nouvelles de tout le monde, raconte ses journées, la promenade en bateau, cherche à savoir ce qu'on a pensé là-bas du départ de Jean-François.

– On n'en est pas encore revenu. Si tu entendais M. et Mme Saulieu. Ils en parlent comme d'un acte de magie. Une minute avant, il mangeait sa soupe avec eux. Une minute après, il avait disparu.

Elles rient toutes les deux. C'est bon, ce rire qui arrive de si loin. Noële oublie sa déception. Elle écoute cette voix familière, et les Quatre Vents élèvent leurs murs autour d'elle, et la font soudain prisonnière. Marie-Hélène raconte qu'une vache s'est échappée la veille, que le vieux Simon, le contremaître, s'est fait une entorse, et que c'est Gilles Vaindrier qui depuis deux jours fait les livraisons lui-même.

– Je t'écouterais pendant des heures, Marie-Hélène. Mais il faut que je raccroche. Nous partons pour Athènes tout à l'heure. Je t'embrasse. Dis à mes parents que je suis désolée de ne pas les avoir trouvés. Mais je rentre dans deux jours. Jeudi soir, oui. Je t'embrasse encore.

Elle repose le téléphone, ferme les yeux, répète à mi-voix: deux jours. Elle s'en veut de se sentir soulagée.

Le palais des Karrassos, à Athènes, est un peu en dehors de la ville, au flanc d'une colline. Comme à Lefkas, c'est une maison qui s'étage sur plusieurs paliers et reprend souffle de loin en loin par de longues terrasses, fleuries comme des jardins suspendus. Delpina et Noële y arrivent à la tombée de la nuit. La femme de chambre conduit tout de suite Noële au second étage. Elle trouve une robe du soir préparée sur le lit. Elle pense que Yannis Karrassos va être content. Pour la première fois elle portera une des robes qu'il lui a fait faire en secret. Ce soir, elle se sent disponible, prise dans un mouvement qui lui est étranger.

Elle n'a pas envie de visiter le palais. C'est aussi sa maison, mais elle y reviendra plus tard, lorsqu'elle aura du temps. Depuis qu'elle a entendu la voix de Marie-Hélène au téléphone, elle a compris que ce voyage-ci touchait à sa fin, qu'elle était déjà rentrée aux Quatre Vents. La soirée à Athènes est comme une parenthèse, un jeu et elle a décidé de le jouer jusqu'au bout.

Elle s'habille lentement. La robe est de soie rouge vif, longue et droite, sans manches et sans autre ornement qu'une lourde broche d'or. Noële se regarde dans les glaces et ne se reconnaît pas. Elle sourit à son image. Que va penser Jean-François? Elle s'étonne qu'il ne soit pas encore là. Qu'ont-ils fait toute la journée avec M. Karrassos?

Lorsqu'elle est prête, elle descend retrouver sa tante au salon.

– Yannis vient de téléphoner. Il y a eu un incident sur le chantier. Il ne sera pas là avant dix heures. Nous les retrouverons, Jean-François et lui, en revenant du concert.

Elle regarde Noële, en plissant les paupières.

– Vous êtes très belle.

Elle porte une robe noire, faite d'une lourde étoffe sans pli, fermée au col et aux poignets. Pas un bijou, sinon, dans les cheveux qu'elle a tirés soigneusement en arrière, une petite chaîne d'or qui attache le chignon.

– La voiture nous attend, dit-elle.

A l'entracte, la salle de concert se vide. Noële et Delpina restent dans leur loge, près de la scène. L'orchestre vient de jouer une symphonie de Schumann. Le succès a été grand, mais on sent que le public reste un peu condescendant. Il est venu pour le soliste.

– Vous n'allez pas le voir ? demande Noële.

– Jamais avant la fin du concert. Ugo ne le supporterait pas. Il a besoin d'être tout à fait seul.

Delpina Karrassos parle vite avec une sorte de plaisir que Noële ne lui connaissait pas. Depuis qu'elle est entrée dans cette salle de concert, elle s'est mise à respirer plus largement. A sa démarche même, Noële a senti la transformation. Delpina se tient très droite, regarde le public, dévisage les musiciens de l'orchestre, comme si elle était chez elle et qu'elle recevait ses amis. Près de cette femme inconnue, Noële, qui se sent différente elle aussi, invente sans effort une complicité souriante qui les rend attentives l'une à l'autre.

– Que va-t-il jouer ? demande Noële.

– Le deuxième Concerto de Chopin. Vous connaissez ?

– Non.

Elle sourit.

– Je l'ai peut-être entendu, mais je n'en garde aucun souvenir. J'ai un ami qui est passionné de musique. Il serait heureux d'être ici. Un jeune instituteur. Nous avons été élevés ensemble.

– Vous ne parlez jamais de votre enfance. Vous allez nous quitter, et nous ne saurons rien de vous.

– Moi non plus, je ne saurai rien de vous. Nous avons vécu ces journées, les uns en face des autres. Et nous nous sommes regardés. La prochaine fois, nous parlerons.

– Vous reviendrez ?

Delpina a posé la question avec un peu trop de hâte, comme si cette phrase pouvait être une promesse.

– Bien sûr, répond Noële.

Elles gardent le silence un moment.

– Cet entracte n'en finit pas, dit Delpina. Pourvu qu'il ne lui soit rien arrivé.

– Pourquoi ?

– Chaque fois qu'il joue, c'est une épreuve très dure. Il ne parvient pas à oublier ce pays derrière lui. Il est de nationalité hongroise.

Une sonnerie se fait entendre. Le public revient dans la salle. Les musiciens de l'orchestre reprennent leur place. Les lumières s'éteignent. Delpina se penche sur le rebord de la loge et regarde fixement le point de la coulisse par où doit apparaître Ugo Luckas. Le piano est sur le devant de la scène, le couvercle ouvert, et la lumière des projecteurs se reflète sur le bois noir. Le chef d'orchestre entre enfin, accompagné d'un jeune homme très mince et très blond, serré dans un habit. Sans un regard vers la salle, qui applaudit, il va jusqu'au piano, s'assied et, le visage baissé, les bras le long du corps, attend que le silence se fasse.

– Il me fait peur, murmure Delpina.

– Pourquoi ?

– Il n'a jamais été aussi pâle.

Le chef d'orchestre lève sa baguette. Noële se demande pourquoi elle est brusquement si attentive, penchée sur le rebord de la loge, comme Delpina. C'est la première fois qu'elle assiste à un concert. Elle ne connaît la musique que par la radio et le disque. Elle a l'impression que quelque chose va naître, quelque chose qu'elle n'a jamais encore soupçonné, et qui la concerne. L'orchestre attaque. En une seconde, Noële perd conscience. Elle voit une porte qui s'ouvre. Elle la franchit. La lumière qui l'aveugle est si forte qu'elle est obligée de fermer les yeux. Et le long voyage commence.

Delpina revient bouleversée au palais Karrassos. Ugo a refusé de la recevoir après le concert. Il a interdit la porte de sa loge à tout le monde. Même à Delpina.

– Je ne sais pas ce qu'il a, expliquait une femme très mince, en tailleur de soie verte, que Delpina tenait par le bras. Vous le connaissez. Quand il dit : personne...

Noële était prise dans un tourbillon de gens surexcités qui avaient envahi les coulisses. Certains frappaient contre la porte de la loge. Les musiciens rangeaient leurs instruments, se serraient la main, quittaient un à un le théâtre. La femme en tailleur vert parlait bas à Delpina. Noële, appuyée contre un mur du couloir, flottait encore au-dessus de la musique, la tête renversée, comme lorsqu'elle faisait la planche, au soleil. Et les courants la poussaient lentement vers le large.

– Nous rentrons, avait dit Delpina.

Dans la voiture, elle était restée assise, très droite, les mains serrées, exactement comme le jour où elle était venue attendre Noële à l'aéroport d'Athènes. Elle avait seulement déclaré à un moment :

– Je n'ai pas pensé à vous présenter à cette femme en vert. C'est Héléna Bonnelli, l'imprésario de Ugo.

En arrivant au palais, elles ont trouvé Yannis Karrassos et Jean-François assis dans de grands fauteuils et buvant du whisky. Delpina a expliqué ce qui venait de se passer et elle a quitté le salon, très vite, en disant simplement :

– Bonsoir.

Noële s'est assise à son tour. Yannis lui offre un whisky. Elle refuse.

– Comme tu es belle, dit Jean-François. Tu as tort de ne pas t'habiller plus souvent en rouge.

Il s'assied sur le bras du fauteuil, commente sa journée. Il est heureux. Il a visité le chantier naval. Yannis lui a tout montré, tout expliqué. Il s'est passionné pour la construction des navires.

– Je me demande si ce n'est pas plus intéressant encore que les avions ! conclut-il.

Il précise qu'il a également eu une entrevue avec le directeur de l'I.A.C.

– I.A.C. ?

– *International Airways Company*, explique Yannis.

– Je te raconterai demain, dit Jean-François. Ce soir, tu es trop fatiguée. Ce directeur a été très aimable. Nous avons parlé un long moment. Noële ?

Elle ne répond pas.

– Tu dors ?

Elle sourit. Elle a envie de répondre : oui ! Elle a envie de s'endormir dans ce fauteuil et de ne pas se réveiller avant le matin du départ. Elle se dit, tout bas : encore un jour. Il y a en elle de petits mouvements de musique, à peine sensibles, comme des vagues au bord de la plage. Elle repense à une Noële qu'elle a connue et qui était elle-même, qui avait son visage, mais qui a pourtant disparu. Elle aimerait la rejoindre. Elle aimerait ne plus se sentir comme une ombre double, au bord de deux mondes. « C'est cette robe, pense-t-elle. Il faudrait que j'enlève cette robe. »

Mais elle a le sentiment que la marque est plus profonde, et qu'elle a été touchée au cœur.

Troisième Partie

La plage de Capetown

I

– POUR du travail, c'est du travail...

Josselin a déjà fait deux fois le tour de l'appartement. Il a pris des mesures, sondé les murs, vérifié les planchers. Il est perplexe.

– Attention, Josselin, précise M. Saulieu. Il ne s'agit pas de nous faire un appartement neuf. Il s'agit de rendre celui-ci habitable. De le retaper. Un point c'est tout.

– J'ai bien compris, monsieur, mais même pour le retaper, comme vous dites, il y a du travail. Et naturellement, c'est pressé ?

– Le plus tôt sera le mieux. Si c'était possible d'emménager avant l'été, ce serait idéal. Vous voyez, je vous laisse une bonne marge.

Josselin replie son mètre, regarde les papiers sur lesquels il a pris des notes, puis la Loire derrière les fenêtres. Il semble calculer : avant l'été, il reste à peine deux mois. Heureusement, le gros œuvre n'est pas important. Il y a une cloison à abattre, deux fenêtres à ouvrir et un carrelage à refaire. Le travail, c'est surtout le chauffage à installer entièrement. M. et Mme Saulieu ne sont plus jeunes. Il leur faut du confort. Josselin se le répète avant d'accepter le chantier qu'on lui propose.

– Ça vous ennuie, si je fais le tour une troisième fois, monsieur Saulieu ?

– Pas du tout. Il faut que je descende au bureau. Maintenant que vous connaissez les lieux, vous n'avez plus besoin de moi. Prenez votre temps. Je vous attends en bas.

M. Saulieu quitte l'appartement. Il est en colère. Une colère lourde, qu'il porte en lui, depuis des semaines, sans parvenir à s'en délivrer. Depuis le retour de Jean-François.

Que s'est-il passé en Grèce ? Un homme sonne un soir à votre porte pendant que vous dînez tranquillement en famille. Il dit :

– Je suis monsieur Karrassos, je viens chercher Jean-François.

Cinq minutes plus tard, ils ont disparu tous les deux. Vous ne recevez aucune nouvelle pendant huit jours. Puis Jean-François revient, et vous ne le reconnaissez pas. Vous lui demandez :

– Oui ou non, vas-tu faire ton second stage ?

– Je réfléchis, père.

Vous essayez de comprendre pourquoi, puisque tout était décidé à l'avance.

– Je préfère ne rien vous dire, père, vous vous inquiéteriez pour rien.

– Pour rien ?

Comment Jean-François ne comprend-il pas que leur avenir à tous dépend de ses projets ? C'est pourtant clair : l'usine, sa transformation ou sa ruine, la santé de Mme Saulieu, son désir de déménager, la situation de M. Saulieu lui-même, tout est conditionné par la décision de Jean-François. Et il répond, du bout des lèvres : « Vous vous inquiéteriez pour rien ! »

A force d'insistance, M. Saulieu a fini par savoir que M. Karrassos avait fait à Jean-François des propositions encore vagues, mais intéressantes. Que Jean-François ne les avait pas acceptées, mais qu'il n'avait plus très envie de faire son second stage.

– J'imagine que cette situation t'obligerait à vivre en Grèce ?

– A Athènes, oui, père.

– Donc tu ne restes pas ici ?

– De toute façon, père, que je traite avec la compagnie française ou avec la compagnie grecque, vous savez très bien que je ne resterai pas ici.

– Voilà enfin une réponse précise !

Depuis ce jour-là, M. Saulieu a agi comme si Jean-François était déjà parti. Il a longuement parlé de l'avenir avec sa femme. Il n'a pas eu grand mal à la convaincre de quitter l'appartement de Roanne. La Loire, le silence de la campagne, les bois tout autour, elle en rêvait avec une sorte d'impatience, comme s'il n'y avait pas d'autre remède à sa fatigue. Ils avaient alors décidé de faire remettre en état l'appartement de l'usine. Mais sans engager trop de frais. La situation financière restait précaire. Aussi, c'est un vieil entrepreneur qu'ils avaient appelé, Josselin, qui bricolait un peu dans la région.

– De toute façon, avait conclu M. Saulieu avec un sourire un peu las, si le barrage se réalise…

Il pénètre dans son bureau. Devant lui, le parapheur avec le courrier à signer. Cinq lettres aujourd'hui. Quelques vieux clients fidèles suffiront-ils à faire tourner l'usine ?

– Brigitte !

– Monsieur ?

La secrétaire pousse la porte du bureau.

– Partez sans m'attendre. L'entrepreneur est encore là-haut. Je ne sais pas pour combien de temps...

– Vous avez signé le courrier, monsieur ?

– Pas encore. Mais je le posterai moi-même. Bonsoir, Brigitte.

Il reste seul. Les machines sont arrêtées, les ouvriers rentrés chez eux. Certains se sont attardés au bord de la Loire, les plus jeunes. Il y a une sorte de plage où l'on peut se baigner. L'eau est encore froide, mais après une journée de travail...

– Un chantier naval, évidemment...

Il pense à Karrassos. La vraie raison de sa colère. Il en veut à cet homme ! Profondément. C'est trop facile d'éblouir un garçon ! M. Karrassos, pour Jean-François, n'est pas un être humain. C'est une sorte de dieu, qui a tous les pouvoirs, règne sur des empires, tient le monde dans sa main. Il suffit que ce dieu fasse un signe, et chacun obéit. Jean-François le premier. Depuis son retour, il paraît aveuglé, comme s'il avait trop longtemps regardé le soleil. En arrivant dans cette vieille usine, il n'a pas pu retenir un mouvement de recul. Redescendre dans cette médiocrité ? Et même ce stage, cette nécessité de travailler encore, d'acquérir peu à peu le droit d'espérer, à quoi bon s'y contraindre ? Puisque, d'un mot, le dieu Karrassos vous ouvre les portes du ciel ?

Jean-François le fait quand même, ce stage. Il est parti le 2 mai. Sans entrain, mais il est parti. Pour être tout à fait juste, c'est la petite Vaindrier qui l'a convaincu. Elle lui a dit très exactement ce que M. Saulieu avait envie de dire : que la proposition de M. Karrassos concernait, elle aussi, l'aviation. Que Jean-François, au cours de ce stage, approfondirait ses connaissances de pilote, qu'il en tirerait une plus-value professionnelle. Que, loin de perdre son temps, il en gagnerait, au contraire, plus qu'il ne le pensait. Au fond, elle est raisonnable cette petite Vaindrier.

Ce stage dure cinq semaines. Il est très dur, physiquement. Jean-François écrit peu, mais il se plaint. Il est mal à l'aise. Il a l'impression d'être prisonnier. Il l'est, en effet, et son père se rassure. Jusqu'au 15 juin, il n'arrivera rien.

Il sort de son bureau.

– Josselin !

Le vieil entrepreneur est dans l'escalier.

– Voilà, monsieur. J'ai vu ce que je voulais voir. Mais je vous le dis tout de suite : dans deux mois, c'est impossible.

– Ce sera quand même très avancé pour le 15 juin ?

– Avancé, pour ça, oui. Mais pas terminé.
– C'est le principal.

Noële compte les jours avec paresse. Depuis qu'elle est rentrée, elle se sent comme endormie. Elle parle peu. M. et Mme Vaindrier s'en étonnent.
– Tu viens de passer dix jours avec un père qui t'a cherchée pendant vingt et un ans, et tu n'as rien à raconter?
– J'ai nagé, j'ai dormi. Le jour de Pâques, il y avait de l'agneau grillé et des pétards. Nous avons été en bateau dans les îles. Et puis j'ai assisté à un concert.
– Et M. Karrassos?
– Il était avec nous. Il nageait, il faisait de la pêche sous-marine.
– A son âge?
Noële regarde Nicole Vaindrier. C'est vrai. Elle n'y avait jamais pensé. Quel âge a-t-il?
– Tu ne le lui as pas demandé?
– Non.
– Il ne t'a pas raconté l'histoire de sa famille? Ses parents, ceux de Mme Karrassos? C'est une famille très nombreuse, d'après les journaux. Tu ne sais pas si tu as des cousins, des cousines?
Noële ne sait pas. Elle a un peu honte.
– Je crois que j'ai raté mon voyage, dit-elle.
Depuis qu'elle est rentrée, elle a découvert combien elle aimait les Quatre Vents. Les premières nuits, elle n'a pas pu dormir. Elle écoutait les bruits de la maison, les reconnaissait l'un après l'autre. Lefkas, c'est beaucoup plus beau, et le palais d'Athènes avec ses terrasses, ses jardins suspendus. Mais les Quatre Vents, c'est un bien-être physique. Elle n'a pas envie de sortir. Elle sait qu'il y a du travail en retard à la mairie. Elle sait que ses amis la réclament. Elle sait que Denis l'attend tous les jours. Mais elle ne bouge pas. Elle va et vient dans la maison. Elle traverse la cour, entre dans la laiterie. Pour entendre les machines, retrouver l'odeur du lait frais. Elle s'arrête devant M. Vaindrier.
– Pourquoi me regardes-tu?
– Ça fait longtemps que je ne t'ai pas vu travailler.
– Ça t'a semblé si long?
Elle l'aide à changer les seaux. Gilles Vaindrier applaudit:
– Tu es parfaite. Je devrais t'embaucher.
– Si tu veux.
Elle le regarde.
– Tu as quel âge?
– Quarante-quatre ans dans un mois. Pourquoi? Tu compares?

Non, elle ne compare pas. Elle n'y pense même pas. Ils n'ont rien de commun.

Elle sait très bien qu'elle n'a pas rêvé. Elle sait très bien que tout est vrai, qu'elle a été à Lefkas, à Athènes, qu'elle s'est trouvée suspendue sur la petite plate-forme dominant les chantiers, qu'elle a marché sur les terrasses et qu'elle a brisé des œufs de toutes les couleurs avec les habitants de l'île, qui l'appelaient, entre eux, Alexandra Karrassos. Elle se souvient de tout. Mais, c'est comme le soir du concert : cette impression d'être double. Il y a maintenant ces deux maisons, ces deux hommes, et elle ne cherche pas à les comparer. Ils existent l'un et l'autre. Elle existe par rapport à l'un et à l'autre. Elle attend Jean-François. Parce que Jean-François est son seul témoin. Il l'a connue aux Quatre Vents, et il l'a connue à Lefkas. Sans lui, elle ne peut vivre qu'au ralenti.

Elle ne regrette pas de l'avoir obligé à faire son stage. Parce qu'elle a gardé sa lucidité. Mais elle sait qu'au 15 juin, lorsqu'il sera là, toutes les questions se poseront d'un coup.

Pour son premier dimanche, Jean-François fait la grasse matinée. Ses camarades lui proposent une virée en voiture du côté de Fontainebleau. Il dit non. Il se sent un peu bête, dans cette caserne qui n'en est pas une, avec l'impression d'être encore militaire et d'avoir touché une permission. Il tourne en rond, finit par téléphoner à Marie-Hélène au milieu de l'après-midi. Elle est chez elle, heureuse de l'entendre. Elle ne fait rien de son dimanche. Elle avait l'intention d'aller à la piscine, mais il fait tellement beau qu'on doit s'y écraser. Elle préfère écouter des disques en grignotant des radis.

– Vous voulez qu'on se retrouve quelque part ?

– Volontiers. Mais je dois être rentré à neuf heures. C'est la prison ici !

– Je connais une petite boîte très tranquille derrière l'Olympia, avec un pianiste noir tout à fait démodé. Ça vous va ?

– D'accord.

Ils s'y retrouvent à six heures. C'est désert et silencieux. Les tables sont basses et rondes, les lampes un peu roses, un peu mauves. On s'y assied sur des poufs. Marie-Hélène s'est déguisée en garçon, avec un pantalon de velours abricot, une redingote et une casquette à la Jackie Cogan.

– Vous n'avez pas l'air heureux, dit-elle.

Elle boit un thé glacé avec une longue paille. Jean-François a le visage fermé.

– Si j'avais su…

– Vous regrettez ?

– Il fallait bien faire plaisir à Noële.

Il est mal assis sur son pouf, et il n'aime pas le thé. Il aurait volontiers pris un scotch, mais l'alcool est interdit pendant la durée du stage.

– Je reconnais qu'elle a raison, ajoute-t-il. J'apprends des tas de choses. Et puis je vole.

– Ça, vous aimez ?

– Ah oui !

Tout d'un coup il s'anime. Il parle des exercices qu'on lui fait faire, des difficultés, des dangers, de son moniteur, de l'équipe qu'ils forment, des secrets qu'on lui enseigne. Marie-Hélène n'a pas besoin de poser des questions. Il parle sans reprendre haleine. Elle trouve que l'enthousiasme lui va bien. Ce visage qui s'éclaire, cette voix qui monte un peu, ces gestes... Dans le fond de la salle le pianiste chantonne en jouant un cake-walk. Elle se souvient des fiançailles, de ce sentiment de tristesse qui s'est emparé d'elle brusquement, sans qu'elle sache pourquoi. Jean-François parle toujours. Elle pense qu'elle aurait mieux fait de rester chez elle, et tout de suite s'en veut de l'avoir pensé.

Jean-François regarde sa montre :

– Pardon. Mais je dois vous quitter.

C'est vrai qu'il est cantonné à 50 kilomètres de Paris et qu'il doit prendre un train. Elle lui propose de l'accompagner à la gare. Elle a toujours sa petite voiture, qu'elle conduit comme une danseuse, en virevoltant. Elle se décide enfin à interroger Jean-François sur la Grèce. Beaucoup plus qu'un discours sur l'aviation, c'est ce qu'elle attendait : qu'il lui raconte ce qui s'était passé là-bas, entre Noële et sa nouvelle famille. Mais là encore il revient à son sujet, lui parle des propositions de Yannis Karrassos, de sa visite au directeur de la Compagnie d'aviation, des questions qu'il se pose.

– En dehors de ça, demande-t-elle avec un peu d'impatience, que s'est-il passé ?

– On s'est baigné, on a fait du bateau, de la pêche sous-marine.

– Rien d'autre ?

Il ne sait rien raconter d'autre, c'est vrai. Ah ! si, l'hélicoptère. Il a tenu les commandes. Yannis le lui a permis. C'était tout à fait passionnant. Ils sont arrivés à la gare. Marie-Hélène n'a pas l'intention de s'attarder.

– A bientôt, dit-elle.

– Je peux vous téléphoner, dimanche prochain ?

– Bien sûr, mais je ne sais pas encore si je serai là.

Elle repart très vite, un peu agacée, décidée à rentrer chez elle. Il fait encore chaud, le jour s'attarde. Elle cherche à qui téléphoner, chez qui sonner, un ami, n'importe lequel pour ne pas être seule. Elle ne sait pas. Elle conduit au hasard, finit par s'arrêter devant un cinéma et s'y enferme sans même regarder ce qu'on joue.

Quatre jours plus tard M. Saulieu rapporte à sa femme une grande enveloppe qui contient les devis de Josselin. Ils les déplient après le dîner, sur la table de la salle à manger.

Mme Saulieu soupire : tous ces chiffres, tous ces croquis, elle n'y comprend pas grand-chose. Son mari s'arme de patience, lui explique les moindres détails. Il a l'air heureux, pour la première fois, depuis très longtemps.

– C'est amusant au fond, un nouvel appartement. On a l'impression d'être un jeune marié, de commencer sa vie.

Il a envie de jouer avec les matériaux, parle déjà de peinture, de papiers, de couleur de rideaux.

– Si on attendait le retour de Jean-François ? propose Mme Saulieu.

– Il n'en est pas question. Ça nous ferait déménager en hiver.

– Il a peut-être aussi son avis à donner.

– Puisqu'il s'en va ! Nous prévoyons une chambre pour lui, bien sûr. Par pure convention.

Mme Saulieu se penche de nouveau sur les plans de Josselin. Elle voit peu à peu l'appartement se dessiner. Elle imagine les fenêtres ouvertes en été, avec le bruit des feuilles et les longues confidences du fleuve.

– Ce sera le dernier, dit-elle doucement.

Son mari hausse les épaules.

– Mais non ! voyons...

Elle secoue la tête :

– Ce n'est pas triste, la mort. C'est une chambre dans laquelle on se sent bien, et le sommeil vient vous y rejoindre. Il y aura le bruit de la Loire contre les berges. Et puis, à un moment, je cesserai de l'entendre. Voilà tout.

Nicole Vaindrier se plonge dans des devis, elle aussi. Chaque soir, elle s'installe devant son petit bureau et ouvre des dossiers. Le Conseil municipal l'a chargée d'étudier un projet en rapport avec l'éventuelle construction du barrage. Il s'agit d'édifier, au bord de la Loire, une Maison des Jeunes qui serait en même temps centre nautique et piscine. Le barrage, en effet, ferait apparaître à cet endroit un vaste plan d'eau que la configuration de la rive permettrait d'élargir encore. Un vieux bâtiment des douanes, plus ou moins en ruine, pourrait servir de point de départ à la Maison envisagée.

Nicole a accepté ce travail avec une sorte de soulagement. Elle n'est pas triste. Elle se refuse à l'être. Mais elle sait que, dans quelques mois, elle va se retrouver seule aux Quatre Vents. Noële sera mariée. Elle suivra Jean-François à Paris, ou à Athènes, peut-être ailleurs, puisque rien n'est encore décidé. De toute façon, elle s'en ira, comme toutes les filles s'en vont, parce que les enfants et les parents ne sont pas faits pour vivre ensemble.

Le jour où Noële sera partie, si Nicole Vaindrier n'a pas un travail absorbant qui l'oblige à penser à autre chose, elle sait ce qui se passera : elle se mettra à tourner sur elle-même, à s'attendrir, à se regarder dans les glaces. Ce qu'elle ne veut à aucun prix ! Alors, elle travaille. Elle souhaite que le projet soit adopté, et qu'on lui en confie l'exécution. Elle se dit qu'elle devrait peut-être penser à M. Saulieu, et souhaiter que le barrage ne se fasse pas, puisqu'il noiera l'usine. Mais si le barrage ne se fait pas, il n'y aura pas de Maison des Jeunes. Alors ? Elle a envie pour une fois d'être un peu égoïste.

Les jours passent dans cette incertitude, dans ces promesses de changement. Noële attend, Jean-François s'impatiente, Mme Saulieu rêve des bords de la Loire et Nicole Vaindrier aligne des chiffres. Il y a des nuits de plus en plus chaudes, des moments dans l'après-midi où tout s'immobilise. Derrière leurs volets à moitié fermés, les Quatre Vents s'inventent une fraîcheur de pénombre. Tout le monde est parti.

Seule, dans sa cuisine, madame Marie essaie une recette qu'elle a entendue la veille à la radio. Elle parle à mi-voix :

– Les oignons revenus à feu doux... Pas tout à fait assez roux encore... Une petite goutte d'eau froide, voilà.

Elle sursaute, se retourne. Il y a quelqu'un à la porte de la cuisine. Quelqu'un qu'elle distingue mal, parce qu'il fait sombre. Un homme, très grand, qui dit :

– Pardonnez-moi. J'ai trouvé la porte ouverte. J'ai frappé. Personne n'a répondu. Alors, je me suis permis d'entrer.

Madame Marie n'a pas le temps de chercher à savoir qui est cet homme. Elle va rater sa recette. Elle enlève la casserole du feu.

– Monsieur et madame ne sont pas là, dit-elle.

– Et Noële ?

– Noële non plus. Si vous voulez les voir, il faudra revenir plus tard. Remarquez que monsieur est à la laiterie. Mais il n'aime pas qu'on le dérange, sauf si c'est important.

Elle a sorti un sac de farine et commence à tourner doucement avec une cuiller en bois.

– Important, je ne sais pas, dit l'homme avec une sorte de sourire. Il faudrait simplement lui annoncer que c'est de la part de M. Karrassos.

– Quoi ?

Madame Marie laisse tomber sa cuiller de bois, s'essuie les mains à son tablier, vient vers l'homme qui est toujours sur le pas de la porte.

– C'est vous ?

Elle le regarde bien en face. Il ressemble à ses photographies. Les cheveux blancs, les lunettes noires, le menton large, et quelque chose d'un aventurier ou d'un voleur dans sa façon de pénétrer aux Quatre Vents sans bruit. Tout de suite madame Marie est sur la défensive :

– Vous arrivez sans prévenir ?

M. Karrassos sourit toujours.

– Excusez-moi, mais je suis en route pour Paris. En passant j'ai eu envie de faire un crochet.

– Pour nous prendre Noële ? Je vous préviens que je ne la laisserai pas s'en aller comme ça.

– Ah non ?

– Oh ! vous pouvez sourire. Si ça vous amuse, tant mieux. Moi, je vous dis ceci : être père ce n'est pas bien difficile. On ne sait même pas quand ça vous arrive… Mais élever une petite fille, la regarder grandir et s'éveiller, et lui apprendre à marcher, à parler, ça c'est difficile ! Vous voyez ces deux mains, monsieur ? Ce sont elles qui ont tenu Noële, qui l'ont aidée quand elle a fait ses premiers pas. Qui l'ont un peu giflée, aussi, pas souvent et pas très fort, quand elle n'était pas sage. Qui l'ont consolée quand elle avait du chagrin. Qu'est-ce que vous avez à me dire de vos deux mains, vous ?

M. Karrassos se penche, saisit une des mains de madame Marie, la porte lentement à ses lèvres.

– Non, monsieur, non, mais qu'est-ce que vous faites là.

Elle est devenue rouge, tout à coup. Elle essaie de reprendre sa main, mais M. Karrassos la retient dans les siennes. Quand il parle sa voix est si grave, si sourde, que madame Marie l'entend à peine :

– J'embrasse ces mains qui ont été le guide et la discipline de la fille que j'avais perdue. Je remercie ces mains d'avoir été si douces et si sévères, si tendres et si fermes.

Madame Marie parvient enfin à libérer sa main, la frotte de toutes ses forces contre son tablier, en murmurant :

– Aujourd'hui, justement aujourd'hui où je sens l'oignon !

Et elle part prévenir Gilles Vaindrier.

II

Il se réveille en sursaut à quatre heures du matin. Le silence l'effraie. Il se lève, va jusqu'à la fenêtre. Le petit jour est déjà là, d'un bleu très pâle et transparent, avec une dernière étoile qui lui tient tête, au-dessus du bois. Ce n'est pas comme en Grèce, où le petit jour n'existe pas, où c'est tout de suite l'aurore. Ici, tout s'attarde, tout prend son temps, la lumière se déplie lentement, caresse les arbres, glisse le long des champs, comme une source qui se déverse avec tendresse. M. Karrassos a envie d'aller voir de plus près. Il s'habille rapidement, ouvre sans bruit la porte de sa chambre, descend l'escalier, ses chaussures à la main. Il sourit. Il est heureux d'être aux Quatre Vents, d'avoir dormi dans cette maison qui a été longtemps celle de sa fille. Il sait qu'ils vont être plus proches l'un de l'autre, maintenant qu'il a surpris les secrets de la nuit et qu'il va surprendre ceux de l'aurore.

Il est arrivé devant la porte d'entrée. Elle est fermée à double tour. Il cherche sur le mur, sur les meubles. La clef ne s'y trouve pas. Il entre dans le salon, décidé à enjamber la fenêtre. Les meubles sont à la place où ils les ont laissés hier soir. Quelle longue soirée. Dans le jardin d'abord, jusqu'à ce que la nuit soit tout à fait venue, puis dans le salon. Si calme, si simple, comme si depuis toujours il faisait partie de cette famille, et qu'on ait l'habitude de l'y recevoir. Il a un peu honte brusquement de la façon dont il a accueilli Noële, à Lefkas. Mais c'était dans son cœur et il fallait s'y laisser prendre.

Il sort par la fenêtre, met ses chaussures, traverse le jardin. L'air vif le surprend. Il a froid, comme chaque fois qu'on entre dans l'eau. Il va jusqu'à la laiterie, essaie de l'ouvrir. Le portail est fermé, lui aussi. Il contourne les bâtiments. Derrière, il découvre une barrière blanche, des champs, une couronne d'arbres au bord de l'horizon. Il marche dans l'herbe avec étonnement. Ce n'est pas l'herbe de Grèce. Elle est plus souple, humide de rosée. Dans les arbres tous les oiseaux sont éveillés. Un vacarme assourdissant ! Il voudrait que Noële soit avec lui. Qu'elle lui nomme les choses l'une après l'autre. Il connaît les mots français. Mais à travers la voix de Noële il en comprendrait le sens véritable : matin, campagne, prairie, oiseaux...

– Vous cherchez quelque chose, monsieur Karrassos ?

Il se retourne. Gilles Vaindrier l'appelle de loin. Il est en robe de chambre, encore mal réveillé, les cheveux dans les yeux. Il reste au bord du champ, parce qu'il est en pantoufles.

– Bonjour, monsieur Vaindrier.

Yannis Karrassos revient vers lui.

– Ma femme vous a aperçu de sa fenêtre. Vous aviez l'air de chercher quelque chose. Je peux vous aider ?

– C'est pour ça que vous vous êtes levé, monsieur Vaindrier ? Je suis désolé. J'espérais que personne ne m'entendrait. Faites toutes mes excuses à Mme Vaindrier. Il y a simplement que j'ai voulu voir de près comment les pierres s'éveillaient chez vous, et les arbres, et les champs. Ah ! je m'en veux...

Gilles Vaindrier passe sa main dans ses cheveux.

– Ce n'est rien, j'ai l'habitude de me lever tôt.

– Recouchez-vous, monsieur Vaindrier. Rendormez-vous. Je vais jusqu'au petit bois, là-bas. Ne vous inquiétez pas pour moi.

– Vous n'avez vraiment besoin de rien ?

– Vraiment.

Ils se regardent tous les deux. Non pas comme deux adversaires : comme deux hommes qui savent qu'ils vont avoir à faire un long voyage ensemble. Pendant toute la soirée, Noële s'est montrée attentive envers Yannis Karrassos, s'occupant de lui sans cesse, ne le quittant pas des yeux. Mais c'était une volonté de sa part, un désir qu'elle avait de le rassurer. Tandis que dans ses moindres gestes vers Gilles Vaindrier, dans sa façon de l'embrasser en lui disant bonsoir, par exemple, il y avait sans qu'elle le sache elle-même la marque de vingt ans d'habitude.

– Alors, à tout à l'heure, monsieur Karrassos.

Gilles Vaindrier regagne la maison.

– Je ne vais pas être jaloux..., s'inquiète Yannis Karrassos.

Il repart vers le bois, mais son plaisir n'est plus le même. Il sait combien ces heures du petit matin sont dangereuses. C'est à ce moment-là, toujours, qu'il a cessé d'espérer. En regardant ces filles, l'une après l'autre séduites par un bijou, une fourrure, un voyage en mer, et qu'il choisissait très jeunes pour qu'elles aient l'âge d'Alexandra. Elles dormaient au milieu du lit, toutes gonflées d'un plaisir qu'il avait voulu leur donner, parce qu'il oubliait pendant une heure ou deux qu'elles étaient là pour de l'argent. Il les réveillait. Elles ne comprenaient pas. Il prétextait une affaire, un voyage. Le chauffeur les raccompagnait. Yannis tournait dans sa chambre. Il avait froid. Au petit matin, toujours. Et ce matin encore... Mais non, ce matin, il y a Noële. Ce matin il y a Alexandra. Elle va se lever. Elle va descendre. Elle va lui dire :

– Bonjour.

Et il n'aura plus froid.

Il s'enfonce sous les arbres, marche au hasard, arrive sur une route, la suit, traverse un ruisseau sur un pont de bois. Le soleil est levé. Il fait bon. Yannis Karrassos voudrait se perdre, ne plus savoir où il est, et que Noële à son tour s'inquiète et parte à sa recherche. Lorsqu'il regagne les Quatre Vents, le petit déjeuner est servi. Madame Marie fait griller du pain. Gilles Vaindrier traverse la cour, entre dans la laiterie. Il y a déjà le bruit des seaux de lait, le ronronnement des machines.

– Bonjour, monsieur Karrassos.

Nicole Vaindrier le salue de la fenêtre de la salle à manger.

– Vous devez avoir faim après cette promenade. Le café est chaud.

Il entre. Il ira visiter la laiterie tout à l'heure. Nicole le sert avec simplicité, comme s'il était de la maison.

– Vous repartez vraiment dans l'après-midi ?

– Oui.

– Quel dommage. Nous aurions voulu vous garder quelques jours. Pour Noële, c'est tellement important de vous avoir ici.

– Je suis obligé d'être à Paris dans la nuit. Héléna m'attend. Héléna Bonnelli. L'imprésario de ce jeune pianiste dont Noële a dû vous parler. Ugo Luckas.

– En effet.

– Il est malade, paraît-il. Il veut annuler tous ses concerts. Il faut que j'aille aider Héléna.

Il écoute les bruits de la maison. Il voudrait que Noële soit réveillée et vienne le rejoindre.

– Puisque nous sommes seuls..., dit Nicole Vaindrier.

Elle s'est assise en face de lui, joue avec une petite cuiller.

– J'ai une question importante à vous poser.

– Je vous en prie.

Elle hésite un peu, ne sait pas très bien par où commencer.

– C'est une responsabilité que nous avons prise, mon mari et moi...

– Quelle responsabilité ?

– En accordant la main de Noële à Jean-François Saulieu. Nous nous demandions si vous approuveriez cette décision.

Yannis Karrassos lève les bras au ciel.

– Mais je l'approuve à cent pour cent ! J'aime Jean-François. Nous avons ri ensemble comme deux enfants. Il me plaît. C'est déjà mon fils. Vous voilà rassurée ?

– Tout à fait.

Yannis Karrassos se lève, va vers la fenêtre. Il s'étonne que tout soit de plain-pied. La cour, le jardin, les arbres. Chez lui, tout est toujours en terrasses, en escaliers, avec la mer au fond.

– J'aime votre pays, madame, confie-t-il en se tournant vers Nicole Vaindrier.

– Merci, répond-elle.

Mais elle n'a pas été jusqu'au bout de ce qu'elle avait à dire. Il le sent à sa façon, un peu lointaine, de s'exprimer.

– Je reviens à Jean-François, dit-elle enfin. Vous n'êtes pas inquiet de voir qu'il n'a pas encore d'avenir assuré, qu'il ne se décide pas à choisir entre...

– Son avenir ? Il est assuré ! Complètement assuré.

De nouveau, il a levé les bras, et il a envie de rire, parce que Mme Vaindrier parle avec tant de sérieux de choses qui n'ont pas d'importance.

– Je prends Jean-François en charge. Il ne vous l'a pas dit ? Je suis même assez furieux qu'il ait été faire son stage à Paris. C'est du temps perdu. J'irai le voir, là-bas...

Il vient vers Nicole Vaindrier.

– J'arrive dans vos vies à tous avec un peu d'impatience. Pardonnez-m'en. J'ai tendance à vouloir tout bousculer. Mais j'ai vingt ans de retard, vous comprenez ?

Nicole sourit. Pendant un moment, ils ne disent rien, mais ils savent qu'ils se comprennent.

– Je vais à la laiterie maintenant.

Il sort, traverse la cour. Le vieux contremaître Simon l'aperçoit, et alerte à mi-voix les trois ouvriers. Ils savent déjà, depuis ce matin. Ils n'en parlent pas trop parce que M. Vaindrier est là, mais ils glissent un œil de temps en temps vers la maison pour essayer d'apercevoir cet homme dont les journaux et les écrans de télévision montrent si souvent le visage. Le voilà, brusquement, dans la laiterie, au milieu d'eux. Gilles Vaindrier vient vers lui.

– Vous arrivez dans un moment creux, dit-il.

Yannis regarde autour de lui, se penche sur un moteur, examine l'installation électrique.

– Depuis quand avez-vous monté cette petite laiterie, monsieur Vaindrier ?

– Il y a quinze ans. J'ai hérité d'un peu d'argent à la mort de mon père. Pas beaucoup car nous étions quatre frères. Mais ça m'a permis d'acheter ma première machine.

Yannis Karrassos fait quelques pas, lève les yeux vers les verrières.

– Vous n'avez jamais été en Hollande ?

– Non.

– Je vous y emmènerai. Il y a des fermes étonnantes là-bas ! Vingt fois grandes comme la vôtre. Et qui sont équipées de machines remarquables. En Suède aussi. Dans tous les pays du Nord. Nous allons faire une tournée tous les deux. En automne. Il faudra que j'organise ça.

Il a élevé la voix. Il prend Gilles Vaindrier par le bras, le conduit de force jusqu'à la porte.

– Ce matin, dit-il, en me promenant j'ai découvert un terrain, de l'autre côté de la route. Un vaste terrain où vous pourrez construire ce que je veux que vous construisiez. Je ne connais pas le nom. Mais il y a un petit ruisseau, un pont de bois, et c'est tout de suite à gauche. Renseignez-vous en attendant, et...

– J'ai peut-être mon avis à donner ! dit Gilles Vaindrier en l'interrompant.

Il a dégagé son bras, avec nervosité, et les ouvriers baissent la tête sur leurs machines.

– Je pense que vous êtes d'accord ?

– Vous pensez, vous pensez... Pardonnez-moi d'être brutal, mais ici, je suis chez moi ! C'est peut-être une petite laiterie, comme vous dites, vingt fois plus petite qu'en Hollande ou en Suède, mais c'est moi qui l'ai faite. Tout seul. Sans rien demander à personne. Et le matin, quand j'ouvre la porte, je ne suis pas plus prétentieux qu'un autre, mais je me dis : ce n'est pas si mal. Maintenant, excusez-moi, mais il faut que j'aille transporter les seaux de lait. Parce que, ça aussi, je le fais moi-même.

Yannis Karrassos ne comprend pas ce qu'il a pu dire, et pourquoi cet homme à qui il parlait avec tant d'amitié lui répond de cette façon.

– Je ne voulais pas vous blesser, monsieur Vaindrier.

– Je sais ! A tout à l'heure.

Gilles Vaindrier quitte la laiterie rapidement. Yannis le regarde partir. Il y a du soleil, mais il ne le voit pas. Il lui semble que tout est gris et froid. Il se souvient de Noële, pendant les premières journées de

Lefkas, de sa réaction lorsqu'elle a découvert les robes dans les armoires ou le coffret à bijoux. N'est-ce pas la même réaction que vient d'avoir Gilles Vaindrier ? Est-il possible qu'elle soit si exactement semblable à cet homme qui n'est pas son père ? Jamais alors, malgré tous ses efforts, toutes ses folies, et tout son désir, il ne parviendra à se rapprocher d'elle.

– Vous vous cachez ?

Noële sort de la maison en courant et vient vers lui. Elle a une robe de chambre bleue, les jambes nues, brunes encore du soleil de Grèce.

– Ah ! s'écrie M. Karrassos, tu n'en finissais pas de dormir.

Il la prend dans ses bras.

– Rends-moi mon soleil.

Il est malheureux et ne sait pas le cacher.

– Je voudrais que tu parles à M. Vaindrier, dit-il sourdement. Que tu lui parles de moi. Moi, depuis que je t'ai retrouvée, je passe mon temps à comprendre. Pourquoi pas lui, de temps en temps ?

– Que s'est-il passé ?

– Ce n'est rien. Mais explique-lui que, si on fait bien précisément le compte de tout, il est beaucoup plus riche que moi. Riche de ces vingt et un ans vécus avec toi. Ne lui dis rien d'autre ! Pour qu'il sache que l'argent, ce n'est pas un signe de puissance pour moi, d'amitié seulement.

Ils regagnent la maison, et Yannis Karrassos tient toujours sa fille par les épaules, pour que cette image se glisse au milieu des autres, et que les arbres, les murs, le ciel sachent enfin qu'elle lui doit la vie.

– Je m'habille et je vous emmène.

– Où ?

– A l'école d'Ouches. Je veux que Denis vous connaisse. Denis, c'est presque mon frère. Je vous expliquerai dans la voiture.

Elle remonte dans sa chambre. Yannis fait quelques pas au hasard. Il entend les bruits de la cuisine, l'eau qui coule dans l'évier. Il s'approche doucement, comme la veille, observe madame Marie qui se démène avec une énergie passionnée. Sans doute veut-elle que le déjeuner soit un chef-d'œuvre, puisqu'il s'agit de fêter M. Karrassos. Yannis sourit. Il devine. Noële dans ses jupes, petite encore, jouant avec ces objets que les enfants préfèrent à tout. Quels objets ? Il n'en sait rien. Il n'a jamais vraiment vu d'enfant.

– Mon Dieu ! s'écrie madame Marie.

Elle vient de découvrir M. Karrassos debout devant la porte.

– Décidément, monsieur aime bien me faire peur.

Elle essuie machinalement ses mains à son tablier.

– Monsieur a-t-il besoin de quelque chose ? Il faut me le dire. Je suis là pour ça.

– Ce dont j'ai besoin, madame Marie, vous ne pouvez pas me le donner.

– Que monsieur dise quand même.

– Vingt ans de moins.

Madame Marie le regarde un peu sévèrement, comme s'il venait de dire quelque chose de tout à fait déplacé.

– Mais monsieur n'a aucun besoin de rajeunir. Il ne fait pas du tout son âge. Il est même beaucoup mieux que sur les photographies du journal. C'est que ça n'arrange personne ces lampes qu'on vous met dans la figure.

Yannis Karrassos sourit.

– Je ne parlais pas des lampes, madame Marie.

– Maintenant, mes enfants, vous fermez vos cahiers, vous croisez les bras, et vous récitez tous ensemble la table de cinq... Attention Vous êtes prêts?... Qu'y a-t-il, Liotard?

Liotard qui est assis près de la fenêtre vient de se dresser d'un bond.

– Dans la cour, m'sieu...

– Liotard, pourquoi regardes-tu dans la cour? C'est moi qu'il faut regarder.

– Bien sûr, m'sieu, mais vous, on vous voit tous les jours. Tandis qu'une bagnole comme celle qui vient d'entrer dans la cour...

Tous les élèves sont debout en même temps, et se bousculent devant les fenêtres. Denis frappe du poing sur son bureau.

– Voulez-vous... Mais voulez-vous bien vous asseoir!

Les enfants n'entendent rien. Ils parlent plus fort que lui. Ils cherchent la marque de la voiture. C'est Liotard qui finit par avoir raison. Une Buick. Il a vu la même à la télévision, dans un film. M. Karrassos descend de voiture avec Noële et découvre tous ces visages collés aux vitres. Il a un grand sourire, lève la main pour dire bonjour. Soudain, c'est le silence. Les enfants n'en croient pas leurs yeux. Qui est cet homme qui leur sourit, vient vers eux, entre dans leur classe?

– Pardon de t'interrompre, dit Noële. Mais M. Karrassos est là pour quelques heures et il voulait te connaître.

Denis le regarde à son tour, avec la même expression de stupeur.

– Monsieur Karrassos...

Le nom est répété doucement par les enfants qui ne savent pas et qui s'interrogent. Yannis s'est avancé jusqu'à la chaire. Il serre la main de Denis.

– Je sais que, pour comprendre Noële, il faut vous avoir vu.

Denis se trouble un peu, tire sur sa blouse grise. Il aurait préféré savoir d'avance et se préparer.

– Nous allons t'attendre en haut, dit Noële. Finis ta classe tranquillement.

– Oh non !

Il se tourne vers Yannis Karrassos.

– Si vous le voulez bien, monsieur, transformons cette visite en leçon de géographie. C'est tellement rare qu'une occasion pareille se présente !

– Que faut-il faire ? demande Yannis.

– Vous montez sur l'estrade, vous prenez ma place. Les enfants reprennent la leur – vous entendez, les enfants, dépêchez-vous, chacun à son banc –, ils vous posent des questions, et vous répondez. D'accord ?

– D'accord.

Il regarde Noële avec un sourire complice. Dans la voiture, en venant, elle lui a longuement parlé de cette école où elle a fait ses classes, et il a l'impression de la retrouver toute petite, au milieu des autres, et de vivre un moment trop court de ce temps qui n'était pas le sien.

Les élèves ont regagné leurs bancs. Denis est debout au milieu de la classe.

– Mes enfants, nous réciterons la table de cinq une autre fois. Nous allons faire de la géographie. Notre visiteur est grec, et... Qu'y a-t-il, Liotard ?

– On le sait qu'il est grec, m'sieu, dit Liotard en haussant les épaules.

– Comment le sais-tu ?

– Je l'ai vu à la télé.

Il y a un grand mouvement dans la classe. Yannis Karrassos se penche vers Liotard.

– Je faisais quoi, quand vous m'avez vu ?

– C'était le lancement d'un navire, m'sieu. Vous cassiez la bouteille de champagne.

Tous les élèves envient Liotard d'oser parler à un homme qui apparaît sur les écrans de télévision.

– Vous aimez la mer, Liotard ? demande M. Karrassos.

– Je l'ai jamais vue, m'sieu. Enfin, seulement en image, jamais pour de vrai.

Yannis se tourne vers Denis.

– Comment ? Il y a encore aujourd'hui des enfants qui n'ont jamais vu la mer ?

– Bien sûr, répond Denis.

Alors Yannis Karrassos se lève, s'appuie des deux mains à la chaire, regarde ces visages levés vers lui, qui ne comprennent pas ce qui se passe. Il lit dans leurs yeux tous les rêves et tous les espoirs.

– Ecoutez, dit-il.

Sa voix est forte, comme s'il donnait un ordre.

– Je vais vous envoyer un avion. Un grand avion pour que vous puissiez y monter tous. Cet avion vous emmènera en Grèce. Je vous y attendrai. Je vous montrerai la mer, les navires, le pays tout entier. Ce sera une vraie leçon de géographie.

Ils bougent, ils s'agitent, ils ne sont pas sûrs d'avoir bien compris. Denis, tout de suite, intervient, avec un peu d'affolement.

– Il ne faut pas promettre ce genre de choses aux enfants, monsieur. Maintenant, ils vont y croire.

– Mais qu'ils y croient ! répond Yannis. Toutes mes promesses, je les tiens ! Demandez à ma fille. Demain, si vous le voulez, toute la classe, d'un seul coup, s'envolera pour la Grèce !

C'est la folie. Avec des cris, avec des rires, avec des pieds qui frappent contre les bancs, et deux ou trois gosses qui commencent à se battre et à se rouler par terre parce qu'ils sont trop contents. Yannis, enfin, est heureux. Depuis ce matin, il offre des rêves et on les lui refuse. A Mme Vaindrier d'abord, qui n'avait pas l'air de croire aux promesses faites à Jean-François. A M. Vaindrier ensuite, qui n'acceptait pas l'image d'une grande laiterie toute neuve. Et on lui en voulait ! On lui tournait le dos ! On avait l'air de mettre son amitié en doute. Les gosses enfin sont sa récompense.

En revenant aux Quatre Vents, une heure plus tard, il est encore émerveillé. Noële le regarde. Il a le même visage qu'au matin du samedi de Pâques, lorsqu'il a frappé à la porte de sa chambre, disant : « Ouvre. C'est une surprise pour toi. » Et derrière la porte, il y avait Jean-François. *Les contes de fées…* Elle entend encore la voix de Delpina : *Ne lui enlevez pas son jeu…*

– Tu sais, dit-il, c'est pour toi que je les invite. C'est pour t'obliger à revenir à Lefkas. Dis-moi que tu accompagneras les élèves de Denis.

– Je les accompagnerai.

Le piège était superflu. Elle avait déjà, dans son cœur, décidé d'y retourner.

III

Yannis Karrassos reste une semaine à Paris. Chaque soir, il téléphone à Noële. Il lui parle de Ugo Luckas, qui semble vraiment malade, quoique les médecins ne lui trouvent rien. Il prétend qu'il a le poignet insensible et qu'il ne peut plus jouer du piano. Mme Bonnelli, son imprésario, ne sait que faire. Il a des contrats signés pour une tournée de concerts en juin. Ugo déclare qu'il ne peut les assurer. Yannis Karrassos est perplexe.

Il raconte aussi à Noële qu'il a été voir Jean-François, que le stage ne se passe pas très bien, mais que c'est sans importance: «J'ai toujours pensé que c'était du temps perdu.» Il a l'intention de l'inviter à dîner un soir avec Ugo. Il croit que les deux jeunes gens auront beaucoup de choses à se dire, et que ça leur changera les idées à l'un et à l'autre. «Si tu étais là toi aussi, je serais tout à fait heureux.»

Un autre soir, il raconte qu'il a fait la connaissance de Marie-Hélène, dont Noële lui avait donné l'adresse. «Elle est tout à fait gentille. Je lui ai parlé de Ugo. Elle a accepté de s'occuper de lui. C'est une véritable infirmière. Elle va le voir tous les jours et lui apprend à jouer aux cartes. Pendant ce temps, il oublie son poignet.» Noële écoute, sourit, parle à peine. Elle voudrait que Jean-François revienne. Il reste encore vingt jours avant le 15 juin.

Un soir, M. Karrassos annonce à Noële qu'il regagne Lefkas avec Ugo et Héléna Bonnelli. La tournée de concerts est annulée. Il lui faut du repos, du silence. «Je l'ai fait dîner hier soir avec Jean-François. Dans un restaurant des environs de Paris. A Seine-Port. Je te raconterai. Ça s'est passé de façon tout à fait bizarre. Heureusement que

Marie-Hélène était là aussi. – Pourquoi bizarre? demande Noële – Ils n'ont pas sympathisé. Je me suis trompé. »

Avant de raccrocher, il lui rappelle la promesse faite à Denis et à ses élèves. Dès son retour à Lefkas, il va charger un homme d'affaires de tout mettre au point.

Cet homme d'affaires débarque à Roanne le 1er juin. Il est vêtu d'un costume de toile, coiffé d'un panama. Il s'appelle M. Messara. Il parle un français un peu difficile, auquel il mêle beaucoup de mots anglais. Il travaille pendant deux jours, clair, précis, méthodique, presque pointilleux. Il veut que tout soit décidé sur-le-champ. La date du voyage d'abord. Denis propose le 4 juillet. C'est un lundi. M. Messara dresse ensuite la liste exacte des élèves, vérifie soigneusement l'orthographe de chaque nom, de chaque prénom, demande l'âge, l'adresse. Lorsque la liste est terminée, chaque enfant a l'impression qu'il vient de monter dans l'avion, que le voyage a débuté.

Et c'est vrai. M. Messara reparti, les têtes commencent à tourner. Liotard a une idée folle : il veut apprendre le grec ! Il l'annonce fièrement à Denis. Il descend un jour à Roanne, achète un petit dictionnaire, et commence à épeler les mots les uns après les autres. Sa mère, qui tient une épicerie, l'entend chaque soir, dans l'arrière-boutique, prononcer à mi-voix des syllabes mystérieuses, et sa boutique s'envole à son tour.

Le pays entier est atteint. On ne parle plus que de l'avion, du voyage. Encore un mois. Les enfants qui ne savent pas nager supplient leur professeur de les emmener à la piscine. Denis les y conduit le jeudi. En sautant du plongeoir, Liotard crie : « *Imé Ghaloss !* », ce qui signifie : « Je suis Français », et les autres répètent en hurlant de joie.

Nicole Vaindrier, qui passe devant la piscine en voiture, les entend et sourit. Elle s'est mise à travailler avec acharnement sur le dossier de la Maison des Jeunes. Elle vient en ville chaque jour et visite le vieux bâtiment des Douanes avec des architectes et des entrepreneurs. Elle demande des devis. L'un après l'autre, ils se récusent. Ils ne sont pas tentés par ce qu'ils appellent un « bricolage ». Construire une Maison des Jeunes, c'est intéressant. Mais rafistoler ce vieux bâtiment, à quoi bon ? Nicole Vaindrier s'obstine.

Elle entend parler de Josselin par M. Saulieu qui a commencé les travaux de son appartement. Elle le traîne presque de force jusqu'à l'ancienne bâtisse, lui arrache la promesse d'un devis.

– Mais pas avant que j'en aie fini avec M. Saulieu.

– C'est-à-dire ?

– Fin juillet.

Nicole Vaindrier s'impatiente. Le Conseil municipal attend son rapport pour voter les crédits. Elle voit s'ouvrir devant elle deux mois d'inaction et s'en effraie. Sans qu'elle veuille se l'avouer, une image l'a frappée : celle de M. Karrassos toujours sur les routes, d'un pays à l'autre, s'occupant de tout, réalisant tout ce dont il a envie. Son rapport serait plus complet si elle étudiait sur place quelques clubs nautiques déjà existants. Elle commence à faire de petits voyages de deux ou trois jours qui la rassurent.

Son mari comprend et accepte. Il se retrouve seul le soir, en face de Noële, comme au moment du voyage à Nantes ou du séjour à Genève. Ils tirent les fauteuils dans le jardin, restent longtemps l'un près de l'autre, sans rien dire. Gilles Vaindrier sait que ce sont les derniers beaux jours, la dernière attente de l'été. L'an prochain, il sera tout à fait seul dans ce jardin. Il fume sa pipe, les yeux fermés, pour mieux entendre. Ce qu'il veut saisir pour ne plus jamais l'oublier, c'est la respiration de Noële à côté de lui. La nuit, parfois, il se réveille. Dans la chambre voisine, elle dort. Il a envie de lui dire, comme elle l'a fait, quelques mois plus tôt :

– La nuit, laisse ta porte ouverte...

Il est allé deux ou trois fois, par hasard, jusqu'au terrain dont lui a parlé Yannis Karrassos. Simplement parce qu'il passait à côté. Un bon terrain, en effet, pour construire une laiterie modèle. Il s'est renseigné sans en avoir l'air. Le terrain appartient aux domaines. Quand on a une femme au Conseil municipal, les choses peuvent être plus faciles. Mais il n'y pense pas vraiment. C'est une idée qui le traverse, de loin en loin. Il fait un petit geste avec la main, comme pour la chasser. Ce qui compte pour lui ce sont les longues soirées dans le jardin avec Noële.

Jean-François revient le 15 juin. Noële va l'attendre à la gare. Il descend du train sans la voir, traînant sa valise, franchit le portillon de sortie. Elle est obligée de courir après lui :

– Jean-François...

Il se retourne, surpris.

– Je ne pensais pas que tu viendrais. Je cherchais vaguement mon père...

Il l'embrasse comme un frère, sur les deux joues.

– Tu as une voiture ?

– Je suis venue en autocar. Mais prenons un taxi.

– J'ai envie de marcher avec toi. Je laisse ma valise à la consigne.

D'un commun accord, ils se perdent dans des ruelles qui les conduisent insensiblement hors de la ville, là où commencent les champs. Il fait beau. Ils choisissent un petit chemin sur la gauche, et déjà ils savent où ils vont. Ils arrivent au bord de la rivière où l'on pêche la truite. Il y a de l'ombre sous les arbres et le bruit de l'eau très claire sur les cailloux. Ils ne peuvent plus attendre, ils s'embrassent longuement.

– Ça n'en finissait pas, cette absence ! soupire Noële.

– C'est toi qui as voulu que je parte. Dix fois j'ai failli envoyer tout promener et revenir. Mais je me disais que tu étais contente puisque je le faisais pour toi.

Il la regarde de très près.

– Dis-moi pourquoi tu as changé ?

Elle soutient son regard. Elle se voit dans ses yeux. Une toute petite image.

– Ça a commencé en Grèce, le soir où nous nous sommes retrouvés à Athènes. J'ai cru que c'était la robe. Je l'ai enlevée ! Ça a continué. C'est en moi. Je ne sais pas ce que c'est. Je n'en connais pas l'importance. Mais c'est en moi.

– Tu sais que j'ai vu Yannis à Paris ? dit alors Jean-François. Il veut que j'aille à Athènes avec toi, au moment du voyage de Denis et de ses gosses. Pour tout mettre au point avec le directeur de la Compagnie.

– Tu n'attends pas les résultats de ton stage ?

– Je les aurai dans quinze jours. Ils seront mauvais, je le sais.

– Pourquoi ?

– N'en parlons pas. C'est préférable.

Noële sait qu'il n'a pas été heureux de rester si longtemps à Paris. Qu'il n'est pas heureux de retrouver Roanne, ses parents, les problèmes de l'usine. Qu'il est impatient de repartir. Aussi impatient qu'elle. C'est ce qui la rassure. De tout ce qu'il lui a dit, elle n'a retenu qu'une phrase : « Je vais à Athènes avec toi. » Ils reviennent vers la ville. Le soir est encore loin. C'est la Saint-Jean bientôt et la nuit la plus courte.

– Yannis t'a raconté que j'avais dîné avec Ugo ?

– Oui. Marie-Hélène et Ugo. A Seine-Port.

– C'est un malade ! J'avais peut-être un peu bu, lui aussi. Mais ça s'est plutôt mal terminé. Nous n'étions que tous les trois. Yannis et Mme Bonnelli nous ont rejoints beaucoup plus tard. Quand ils sont arrivés, j'étais seul. Ugo et Marie-Hélène avaient filé.

– Pourquoi ?

– Pour des bêtises.

Il a envie de prendre l'histoire à la légère, mais en même temps, il est irrité.

– En m'installant à table j'ai dit que j'avais faim, parce que j'avais fait beaucoup d'exercices pendant le stage. Ugo a répondu que ce n'était pas fatigant de piloter un avion, qu'on était assis, et qu'on appuyait simplement sur des boutons. Je lui ai demandé si c'était différent du piano, puisqu'il était assis lui aussi et qu'il appuyait sur des touches. Il n'a pas aimé.

Noële sent qu'il ne dit pas toute la vérité. Ce genre de plaisanterie, entre deux garçons de cet âge, ne provoque jamais de pareilles réactions.

– Il y a autre chose, Jean-François.

– C'est vrai ! Nous avions un peu bu, je le répète, et je n'ai pas très bon caractère. J'ai pris assez mal une réflexion qu'il a faite.

– Quelle réflexion ?

– Dans la conversation, Marie-Hélène, je ne sais plus pourquoi, a dit que si elle se mariait, elle aimerait bien avoir des enfants. Ugo a pris un petit air ironique pour répliquer qu'il ne comprenait pas ce genre de désir, que les enfants ça disparaissait toujours. Ce sont ses paroles exactes. « Ils font le mur, a-t-il déclaré, ou on les perd. Et lorsqu'on les retrouve, ça complique singulièrement la vie. » Sur le moment, je n'ai pas compris. Mais il a ajouté : « Voyez ce pauvre Yannis. » Alors, tout d'un coup j'ai vu rouge. Je me suis levé, j'ai répondu qu'il n'avait pas le droit de parler comme ça, qu'il devait me faire des excuses. J'avais envie de le gifler. Marie-Hélène s'est affolée. Elle a emmené Ugo.

– Tu sais que Ugo est à Lefkas. Quand nous irons, il faudra bien l'accepter, précise Noële.

– Puisque tu seras là, il n'osera plus rien dire.

Ils vont jusqu'au terminus des autocars. Le chauffeur leur fait signe de loin. Il va partir. Noële court pour ne pas le manquer.

– A quand ? demande Jean-François.

– Demain. Téléphone-moi !

Elle saute sur le marchepied. L'autocar démarre. Elle se penche par la portière.

– Là-bas, on ne se quittera plus.

IV

– C'EST injuste !

Jean-François hausse les épaules.

– A quoi bon le dire ?

Le train va partir. Noële a baissé la vitre du wagon. Le visage de Jean-François est levé vers elle.

– Rejoins-moi vite.

– Berthelin dit : pas avant trois semaines.

– Il y a des miracles. Ça arrive. Peut-être pourras-tu venir plus tôt. Avec Denis et les gosses.

Le train commence à rouler. Noële tend la main. Jean-François la saisit, court le long du quai quelques secondes, se sépare enfin.

– C'est injuste ! crie-t-elle de nouveau.

Elle remonte la vitre, rentre dans son compartiment. Elle est seule. Ce soir elle arrivera seule à Athènes. Ce voyage elle le connaît maintenant, et elle n'en éprouve aucune émotion. Le train jusqu'à Paris, un taxi jusqu'à l'aéroport, l'avion, le vol immobile. Elle a envie d'y renoncer. A quoi bon, puisque Jean-François n'est pas avec elle ? M. Saulieu a eu une petite défaillance à son volant. Il était heureusement arrêté à un feu rouge. Le Dr Berthelin a été très franc. Autant, lors de la maladie de sa mère avait-il jugé inutile d'inquiéter Jean-François, autant pour son père, il lui doit la vérité. Ce malaise est une conséquence directe des incidents de ces derniers mois.

Parmi ces « incidents » il faut compter, bien sûr, les soucis que cause l'indécision de Jean-François quant à sa situation. La mise en chantier du nouvel appartement. Le travail supplémentaire dû à l'absence de

Jean-François pendant ses deux stages, et la santé de Mme Saulieu qui n'est toujours pas bien brillante. Mais aussi, mais *surtout* la tension affective et nerveuse provoquée par l'annonce des fiançailles deux mois plus tôt. C'est là la cause première, profonde. M. Saulieu a été obligé de céder. Cette blessure n'est pas seulement d'orgueil ou d'amour-propre. Elle est comme l'annonce d'un déclin, d'une démission nécessaire. Il n'est plus chef de famille, responsable et seul maître. Il doit donner sa place. «Lorsqu'un homme de cet âge renonce à lutter, conclut Berthelin, aucun médecin n'a de pouvoir sur lui.»

Jean-François a écouté avec beaucoup d'attention les paroles du médecin. Il est très frappé de découvrir qu'à chacun de ses stages correspond chez ses parents une chute de vitalité. Comme si son absence suffisait à les rendre vulnérables. Il comprend qu'il faut renoncer au voyage. Pas uniquement pour ses parents, mais parce qu'on ne peut pas, du jour au lendemain, fermer l'usine et interrompre les travaux de l'appartement. Personne d'autre que lui n'est capable de prendre la relève. Il faut s'y résigner. Il sent quelque chose autour de lui, qui ressemble à une menace. Il ne sait pas la préciser. Mais il lui semble que les jours s'ajouteront l'un à l'autre, bien au-delà des trois semaines dont a parlé le Dr Berthelin, que ce sera comme un engrenage, comme un mouvement qu'on ne peut plus interrompre.

– Non, a dit Noële. Tu verras.

Elle a voulu le rassurer.

– Je t'attends à Lefkas. Dans trois semaines. Yannis t'attend et le directeur de la compagnie d'aviation.

Il répond: oui, sans vraiment y croire. Il souhaitait simplement qu'elle dise: je ne pars pas. Mais elle est tenue par des promesses: à Denis et aux gosses, à M. Messara, à Yannis Karrassos. A Yannis d'abord.

A l'aéroport d'Athènes, Noële est accueillie par Héléna Bonnelli. Grande, mince, une robe de toile orange, des lunettes de soleil.

– Je vous demanderai plus tard des nouvelles de votre voyage. Partons le plus vite possible.

Elle court presque vers la voiture, impatientée par le calme du porteur qui a pris les valises.

– Il y a un contretemps?

– Un accident de bateau, je vous raconterai.

Elle cherche ses clefs dans son sac, s'aperçoit qu'elles sont restées sur le tableau de bord.

– Je ne sais plus ce que je fais.

Elle démarre, prend la même route que la voiture de Delpina le premier jour.

– C'est Ugo, explique-t-elle en conduisant extrêmement vite. Il y a de mauvais rochers au sud de l'île. Je ne sais pas ce qui lui a pris. Il était en hors-bord. Il s'est mis à tourner comme un fou. Et il s'est retrouvé sur les rochers. Par miracle, il n'a rien. Une petite luxation de l'épaule. Mais le bateau est ouvert en deux. Et nous sommes seules, Delpina et moi. Yannis s'est absenté pour quelques jours.

Elle n'ouvre plus la bouche jusqu'au port. Un bateau les attend. Pas le même qu'avec Delpina : une petite vedette très rapide, qui saute à la crête des vagues. Noële ferme les yeux. Il lui semble qu'elle est emportée vers une île inconnue et déserte. Il fait nuit lorsque la vedette s'arrête enfin dans le petit port de Lefkas. Noële est épuisée de fatigue. Sans l'attendre, Héléna Bonnelli monte rapidement le sentier qui conduit à la maison. Noële prend son temps. Un marin la suit, qui porte ses valises.

Elle s'étonne qu'aucune lampe ne soit allumée, pas même les lanternes de couleur qui éclairent l'escalier de chaque terrasse. Dans sa chambre, elle retrouve la même servante aussi rose, aussi ronde, aussi souriante. Ce sourire la rassure.

– Mademoiselle a fait bon voyage ?

– Merci, oui. Où est Mlle Delpina ?

– Chez elle.

Sans prendre le temps de défaire ses valises, Noële va chez sa tante, frappe à la porte.

– Entrez.

La pièce est dans la pénombre. Delpina Karrassos est allongée sur son lit, la tête sur un oreiller. Elle tend une main impatiente.

– Héléna vous a raconté ?

– A peine.

– Je ne comprends pas ce qui s'est passé. Il sait que les rochers sont dangereux. Et jamais il ne fait du bateau. Pourquoi, aujourd'hui ?

Elle garde le silence un moment.

– Je vous oblige à parler et ça vous fatigue, dit Noële. Je vous laisse.

Delpina ferme les yeux.

– Il ne faut pas m'en vouloir, s'excuse-t-elle. J'ai eu si peur. A demain.

Noële dîne seule, dans la grande salle à manger. M. Messara la rejoint, au moment où elle se lève de table.

– Je savais vous être là, mademoiselle. Je cherchais vous *for my best wishes*.

– Bonsoir, monsieur Messara.

– *All is ready for* petits écoliers. *Tomorrow*, je montrerai les dossiers...

Il s'incline et s'en va. Noële sort sur la terrasse, s'accoude au petit mur. Les pierres sont chaudes malgré la nuit. La terre des jardins a soif. Il lui semble qu'elle l'entend craquer. Elle est desséchée, elle aussi, assoiffée. Elle monte rapidement dans sa chambre, met un maillot de bain, descend en courant vers la plage. Sans interrompre son élan, elle entre dans l'eau, plonge avec une sorte de plainte heureuse, se met à nager vers le large. Elle respire enfin, oublie sa fatigue. La mer est fidèle. Elle la reconnaît. Aussi accueillante qu'au temps de Yannis et de Jean-François. Elle nage longtemps. Il y a toutes les étoiles au ciel. L'île de Lefkas a disparu. Elle s'allonge sur le dos, se laisse bercer de vague en vague, comme endormie. Un bruit de moteur la réveille. Elle aperçoit une lumière qui se déplace le long des rochers, arrive contre la jetée, tourne et entre dans le port. Noële revient lentement vers la plage. Elle se sent détendue, allégée. Sans ce bain elle n'aurait pas pu s'endormir. Elle va jusqu'à la jetée. Le moteur qu'elle a entendu est celui d'un remorqueur qui traîne derrière lui, accroché à une chaîne, un hors-bord coupé en deux.

Le bateau de Ugo, pense-t-elle.

Elle s'approche, regarde mieux. Le remorqueur se balance doucement au bout de son filin.

– Pas beau, un bateau éventré ! lance une voix dans l'ombre.

Noële se retourne. Adossé à la jetée, quelqu'un la regarde. Malgré la nuit, elle le reconnaît. La silhouette est claire, vêtue de blanc.

– Pourquoi avez-vous jeté le bateau contre les rochers ? demande-t-elle.

Il rit.

– Méfiez-vous d'Héléna ! Elle a beaucoup d'imagination. Quand vous la connaîtrez mieux, vous serez étonnée.

– C'était vraiment un accident ?

– J'aimais ce bateau, dit-il. Que vont-ils en faire ? Le brûler ? L'achever à la hache ?

Il est grand, un peu penché vers elle, avec une sorte d'anxiété. Mais une voix, du côté de la maison, appelle soudain :

– Ugo !

Il tourne la tête.

– C'est Héléna. Excusez-moi.

Il s'éloigne sans bruit.

Le lendemain, la chaleur est si forte qu'à peine éveillée, et sans attendre le petit déjeuner, Noële descend se baigner. Elle y trouve un soulagement aussi vif que la nuit précédente, parce que la mer est sa complice. Elle nage paresseusement, bougeant à peine. Cette entente si profonde avec la mer, c'est en elle comme le premier signe des

Karrassos. Elle revient vers la plage, s'allonge, le visage dans ses bras repliés.

– La mer est trop chaude, ce matin.

Elle se redresse. Ugo est debout à quelques pas d'elle.

– Vous aimez faire peur, dit-elle.

– J'aime me cacher.

Il est habillé de blanc, comme la veille. Une chemise et un pantalon de toile. Des cheveux presque blancs, eux aussi.

– Vous vous baignez? demande Noële.

– C'est déjà fait.

– Alors c'est que votre épaule va mieux. Mme Bonnelli doit être contente. Elle était inquiète, hier soir.

– Si Héléna n'était pas inquiète, ce ne serait pas Héléna.

Il porte des lunettes noires, comme Yannis Karrassos, aussi larges, aussi opaques. Noële ne voit de son visage que la bouche et le menton. Il s'est assis sur le sable, à quelques mètres d'elle. Elle voudrait reprendre sa rêverie ensommeillée. Elle hésite, ne sait que dire et constate:

– La mer change de couleur sans arrêt.

– Ne vous croyez pas obligée de me faire la conversation, répond Ugo.

– Obligée?

– On peut très bien rester sur une plage sans parler.

– Je peux même aller plus loin, si je vous dérange.

– Il y a de la place, en effet.

Elle se redresse d'un bond, s'écarte de lui, s'allonge de nouveau au soleil.

– Vous avez presque aussi mauvais caractère que Jean-François, dit Ugo au bout d'un moment. Je comprends que vous soyez fiancés.

Elle fait comme si elle n'entendait pas. Il se lève, vient vers elle. Elle sent son ombre sur son dos.

– Il vous a raconté le dîner à Seine-Port?

Il a un petit rire.

– Vous savez que cette nuit-là j'ai embrassé Marie-Hélène? Dans la forêt de Fontainebleau, en rentrant sur Paris. Il y avait un clair de lune stupide. Doré, irisé, tendre à en avoir honte. Ça ruisselait sur les arbres, entre les feuilles. C'était tellement fait pour les amoureux qu'il a bien fallu que je l'embrasse! Elle était toute seule avec moi dans la voiture. On lui avait dit que j'étais un fou dangereux. Alors elle s'est laissé faire.

Noële s'est redressée sur un coude.

– Quel âge avez-vous?

– Je ne sais plus.
– Par moments, vous avez tout à fait l'air d'un enfant qui…
Il l'interrompt brusquement.
– Vous parlez comme Héléna !
Et, avec un petit geste timide :
– Vous permettez que je m'asseye à côté de vous ?
Il prend ses genoux dans ses bras, y appuie son menton, regarde la mer.
– L'enfance, c'était avant, de l'autre côté du mur. Parfois, je voudrais qu'il m'en reste un peu dans le cœur. Alors j'essaie. Mais je suis maladroit. Et comme je suis trop vieux, on croit que je fais des caprices.
Il tend le bras gauche devant lui.
– Mon poignet, par exemple. Ils ne veulent pas croire. Les médecins m'ont fait toutes sortes de radios et d'examens. Ils disent que je n'ai rien. Alors Héléna prétend que je fais un caprice. Mais non ! Il y a quelque chose de froid, tout autour, comme un bracelet. Et je ne peux pas jouer.
Il cache son visage contre ses genoux, demande sourdement :
– Vous l'aimez ?
– Qui ?
– Jean-François.
– Oui.
– Vous le trouvez beau ?
– Pas seulement beau.
– Quoi d'autre ?
– Tout.
Il garde le silence un moment, comme s'il écoutait une autre voix, en lui. Puis il redresse la tête, sourit avec un peu d'ironie.
– Aviateur, c'est un drôle de métier.
– Et pianiste ?
– Affreux.
– Alors, pourquoi ?
– Je ne sais rien faire d'autre.
– Mais quand on joue aussi bien que vous…
Il se redresse d'un bond.
– Comment pouvez-vous dire ça ?
– Je vous ai entendu, il y a quelques semaines, à Athènes.
– Ce jour-là…
Il a crié, comme s'il avait peur de ce qu'elle allait dire.
– Je n'ai pas joué ce jour-là. Vous n'y connaissez rien.
Il part en courant vers le sentier. Noële se lève lentement, va jusqu'à la jetée. Sur le pont du petit remorqueur, un marin détache la chaîne

qui retient le bateau éventré. Il sourit à Noële, prononce quelques mots en grec. Il devait être là, à Pâques, pendant qu'elle dansait avec son père. Elle remonte entre les rochers, regagne sa chambre. La femme de chambre a servi le petit déjeuner sur la terrasse.

– Merci, dit Noële.

Elle se verse une tasse de thé.

– Ça ne vous ennuie pas que je reste avec vous?

Héléna Bonnelli est devant elle. Quelle étrange habitude ont-ils ainsi, Ugo et elle, d'arriver sans bruit et de surprendre?

– Bonjour, madame.

– Appelez-moi Héléna, ce sera plus simple.

Elle a pris une chaise dans la chambre de Noële, s'installe à côté d'elle sous le parasol. Elle a un peignoir de bain en tissu éponge bleu ciel, taillé comme une robe sans manches.

– Il faut que je vous parle de Ugo, annonce-t-elle. Yannis ne l'a sûrement pas fait. Ce que j'ai à vous dire est un peu difficile. Mais je crois que vous comprendrez. Je n'ai pas besoin de vous rappeler tout ce qui s'est passé il y a deux ans: le mur de Berlin, l'arrivée en Occident, la rencontre avec Yannis. Vous êtes au courant?

– Oui.

Mme Bonnelli parle vite, sans regarder Noële. Elle est assise très droite sur sa chaise, et tourne de temps en temps la tête comme si elle craignait d'être surprise.

– Ugo aime Lefkas. Il y est chez lui! Cette maison, cette famille qu'il a quittées, grâce à Yannis il a eu l'impression de les retrouver ici. C'est quelque chose d'essentiel pour lui. S'il n'y avait pas eu Lefkas, il n'aurait jamais recouvré son équilibre. Il n'aurait pas pu faire l'extraordinaire carrière de virtuose, que vous connaissez mal peut-être, mais qui est sa raison de vivre. Vous me regardez, un peu étonnée. Vous ne voyez pas où je veux en venir? Ecoutez... Je vais être très brutale. Ugo n'est plus le même depuis que Yannis vous a retrouvée.

Noële ferme les yeux. Le sang lui monte à la tête comme si Mme Bonnelli venait de la gifler.

– Je vous demande pardon, j'ai été trop brutale. Je veux parler de tout ce qui s'est passé au moment où l'enquête a abouti. La découverte de la vérité l'a bouleversé. Nous étions en Amérique à ce moment-là. Yannis a tout fait pour que les journaux n'en parlent pas. Mais Delpina nous tenait au courant, par lettre ou par téléphone. Je ne veux pas dire que vos deux histoires se ressemblent. Mais elles ont plus d'un point commun. Mettez-vous à la place de Ugo qui a quitté sa famille, et son pays. Il s'est habitué peu à peu à cette séparation. Il a repris une existence normale, grâce à un homme qui a presque remplacé son père. Et soudain, cet homme retrouve une fille perdue, dans un pays étranger. Vous comprenez ?

– Oui, répond Noële à mi-voix.

Elle voudrait ne plus entendre parler de rien, s'asseoir devant sa table, prendre du papier à lettres et écrire à Jean-François. Peut-être simplement : « *Je t'aime, je t'aime, je t'aime...* » pendant des pages.

– Vous vous rappelez ce concert, à Pâques ? continue Héléna. Celui auquel vous avez assisté avec votre tante. Ce soir-là, Ugo n'a voulu voir personne. Pas même Delpina. Parce qu'il savait que vous étiez là.

– Moi ?

– Il a eu peur de vous. C'est depuis ce soir-là qu'il ne joue plus. Nous avions un contrat à Rome deux jours après. Il a commencé à dire qu'il avait mal au poignet gauche. J'ai été obligée de tout annuler.

Il y a un silence. Héléna se lève, va jusqu'au coin de la terrasse, regarde longuement les jardins et les rochers.

– Depuis l'histoire du bateau, j'ai toujours peur, dit-elle en revenant vers Noële.

Elle reste debout, les mains enfoncées dans les poches de sa robe en tissu éponge. Elle est très belle. Avec un visage lisse et bronzé, des cheveux très courts, et bien qu'il soit de très bonne heure encore, elle est parfaitement maquillée.

– Pardonnez-moi ce long discours, mais il était nécessaire. Depuis que nous sommes revenus à Lefkas, Ugo était heureux. Je l'ai retrouvé gai, détendu. Yannis, comme moi, n'en revenait pas.

– Jusqu'à ce qu'il apprenne mon arrivée ? C'est ça que vous voulez dire ?

Noële s'est levée, elle aussi, et regarde Héléna Bonnelli dans les yeux.

– Allez jusqu'au bout de votre pensée. Cet accident d'hier, vous m'en rendez responsable ?

Héléna recule légèrement.

– Je n'ai pas été jusque-là.

– Je ne sais pas ce que vous cherchez, mais je vous rassure tout de suite. Je ne suis rien venue vous prendre, ni à Ugo ni à vous. Continuez à vous sentir chez vous. Cette maison n'est rien pour moi.

Héléna cherche à l'interrompre :

– Vous vous méprenez.

– Ni le nom, ni l'argent, ni l'affection de Yannis et de Delpina. Dites-lui de ma part. Et qu'il apprenne aussi à conduire des hors-bord. S'il a besoin de leçons, Jean-François pourra lui en donner, et...

Tout d'un coup, elle s'arrête, tourne la tête. Héléna fait comme elle.

Immobiles toutes les deux, elles écoutent. Le piano. Quelqu'un qui s'applique, comme un enfant. Héléna quitte la terrasse en courant. Noële la suit.

Elles arrivent devant la porte du salon de musique. Delpina, debout dans l'ombre, leur fait un signe impérieux.

– N'entrez pas, dit-elle, à voix basse.

Toutes les trois écoutent, en silence.

V

NOËLE s'étire, se redresse. La chaleur est suffocante. Elle regarde sa montre : deux heures dix. Elle commence à avoir faim. Depuis ce matin, elle est allongée sur les rochers rouges, un peu au-dessus de la mer. Elle n'a pas voulu rester sur la plage. Ici, elle est seule. Personne ne peut la découvrir. Elle n'est obligée de parler à personne. Elle se dit seulement qu'elle aurait dû emporter quelque chose à manger ; quelque chose à lire, aussi. Ou du papier à lettres pour écrire à Jean-François.

Elle se lève, va jusqu'au bord du rocher. La mer est verte, avec des reflets roux. Elle plonge, fait quelques brasses, remonte sur le rocher. Elle pense que demain elle prendra un bateau pour aller vers le large. Demain ce sera son dernier jour de solitude : Yannis Karrassos est attendu dans la soirée. Elle fait le tour du rocher, cherche l'ombre. Elle va dormir un moment encore, puis rentrer lentement à la maison, peut-être en faisant un détour par le bois de pins.

– La voilà ! crie une voix.

Ugo prend appui sur le rocher et s'ébroue en riant.

– J'ai eu du mal à vous trouver.

Il respire avec peine.

– J'ai cru que j'allais être obligé de faire le tour de l'île à la nage !

Noële s'étonne de sa minceur. Il a un corps souple et nerveux, un peu grêle, comme celui d'un adolescent, mais les muscles jouent sous la peau.

– Pourquoi vous cachez-vous ?

– Si j'ai envie d'être seule, c'est mon droit ?

– Ne soyez pas en colère. Je vais m'asseoir très loin là-bas, sans dire un mot.

– Asseyez-vous où vous voulez. Je rentre.

– Pourquoi ?

– J'ai faim.

Elle ramasse son peignoir de bain, ses espadrilles.

– Attendez ! crie Ugo. Vous aimez les oursins ?

Il plonge brusquement, nage vers une petite crique. Dans la transparence de l'eau, on aperçoit de larges taches bleu marine.

– Non, Ugo. C'est idiot ! Vous allez vous abîmer les mains.

Il crie :

– J'en ai un !

– Revenez !

– Je vais en pêcher un pour moi. Celui-ci est pour vous.

– Je vous le donne. Revenez...

Il revient à la nage, l'oursin dans une main.

– Cette fois, c'est pour vous obéir, dit-il. Vous avez crié : revenez...

Elle sourit.

– Vous ne vous êtes pas enfoncé un piquant dans le doigt ?

– Et après ?

– Vous ne pourriez plus jouer du piano.

Ils se sont assis sur le rocher, l'oursin entre eux.

– Vous avez continué à travailler, depuis l'autre soir, ou c'était un simple caprice ?

– Non, non. Je travaille vraiment. Je peux même vous annoncer une nouvelle. Je vais redonner des concerts.

– Quand ?

– Cet été. Une tournée à travers le monde. Dix concerts seulement, mais dans les plus grandes villes. Le premier est à Beyrouth, le 26 juillet.

– A la fin du mois ?

– Oui.

Il regarde l'oursin, sourit.

– Nous ne pourrons pas le manger. Je n'ai rien pour l'ouvrir.

Noële ne répond pas et le dévisage. C'est la première fois qu'elle voit ses yeux. Ils ont une couleur changeante, avec de longs cils.

– Le regard profond des Hongrois, dit-il en souriant.

Il a très bien senti qu'elle l'observait.

– Si je me laissais pousser des moustaches, si je me mettais de grands anneaux d'or aux oreilles et des bottes brodées, j'aurais l'air d'un parfait tzigane. Je jouerais du violon et les femmes se renverseraient dans leurs fauteuils.

– Elles ne se renversent pas, au concert?

– Au concert, elles se prennent la tête dans les mains. Elles se recueillent, comme à la messe. Si j'étais tzigane…

Il se lève.

– Attendez-moi. Je cours jusqu'à la maison chercher des ciseaux.

– Pourquoi faire?

– Ouvrir cet oursin…

– Non. J'ai dit que je rentrais. Je rentre.

Ugo ramasse l'oursin.

– Vous êtes tout à fait comme lui. Sur la défensive. Depuis que je vous ai retrouvée, vous n'avez qu'une idée : vous enfuir. Je ne vous veux pas de mal, pourtant.

Il regarde l'oursin longuement, puis le rejette à la mer, plonge à son tour, et nage vers le large.

– Aujourd'hui, on vous a imposé un marin. Pour être sûr qu'il n'y ait pas d'accident.

Ugo hausse les épaules sans répondre. Ils sont allongés sur le pont du petit voilier. Noële avait décidé de passer cette journée en mer, la dernière avant le retour de Yannis Karrassos. Mais elle a été obligée de prévenir Delpina. Et Delpina lui a demandé d'accepter que Ugo l'accompagne. C'est le même voilier qui les a conduits dans les îles, le mardi de Pâques, Jean-François, Yannis et elle. Le marin fume sa pipe, près du gouvernail.

– Où va-t-on? demande Ugo.

– Au hasard.

Ils ont quitté Lefkas à dix heures du matin. Héléna Bonnelli a tout essayé pour convaincre Ugo de ne pas partir. Mais il n'écoutait pas.

– Promets-moi au moins d'être rentré vers cinq heures pour travailler. Tu sais que tu donnes un concert dans trois semaines et que tu n'as pas travaillé depuis plus de deux mois.

C'est Noële qui avait promis.

– On s'arrête pour se baigner?

– Allons jusqu'à cette île, là-bas. Vous connaissez?

– Non.

– Je demanderais bien au marin, mais il ne dit pas un mot de français. Et moi, le grec…

Ugo se lève, interroge le marin, revient avec un sourire amusé.

– C'est Ithaque.

Debout contre le mât, il observe l'île encore lointaine.

– Ça vous rappelle quelque chose: Ulysse, Pénélope et sa tapisserie, les prétendants?

– Bien sûr.

Elle regarde l'île à son tour.

– Il y a de petites criques un peu partout.

Le voilier décrit une courbe légère, met le cap sur une longue plage dorée. Un quart d'heure plus tard, le marin jette l'ancre dans une baie abritée. Il y a du sable, des arbres plus loin et une sorte de colline qui monte doucement. Pas une maison. Le silence, avec des cris d'oiseaux. Noële plonge du bateau, nage lentement vers la plage. Ugo la suit.

– Peut-être qu'en franchissant la colline, on découvrirait le palais d'Ulysse.

Ils restent assis au bord de l'eau, les jambes étendues et les vagues viennent doucement jusqu'à eux.

– Dix ans, je crois, dit Ugo. Il lui a fallu dix ans pour revenir chez lui. Dix ans d'aventures, de tempêtes, de naufrages. Et sa femme l'attendait. Elle savait qu'il reviendrait. Elle n'a jamais perdu espoir.

Il garde le silence un instant.

– Il avait un chien, vous savez. Après dix ans, il était tellement changé que personne, à Ithaque, ne l'a reconnu. Sauf le chien.

Il dit plus bas:

– Moi aussi, j'ai un chien. Il est resté là-bas. Au moment où je franchissais le mur, vous n'allez peut-être pas comprendre, je pensais à lui. A lui seul. J'ai failli revenir en arrière, parce que je revoyais son regard.

Noële se lève.

– J'ai envie d'aller derrière la colline. Il y a peut-être une auberge où nous pourrions déjeuner.

– Dans cette tenue?

– On se mettra des feuilles autour de la taille.

Elle monte à travers le sable. Ugo la suit, après avoir crié au marin de les attendre.

– Pourquoi avez-vous peur des bateaux? demande-t-elle.

– Je n'ai pas peur.

– Je vous observe depuis ce matin. Vous êtes replié sur vous-même.

Il a l'air un peu effrayé parce qu'elle sait les choses sans qu'on les lui dise.

– Il y a un lac, dans mon pays. Le lac Balaton. Mes parents y ont une maison pour l'été. C'est un lac terrible, avec des marées.

Ils montent vers le sommet de la colline, découvrent des champs avec un bouquet de figuiers au milieu et une petite maison très basse.

– Vous croyez qu'ils nous donneront quelque chose à manger?

– Je ne sais pas.

– J'ai laissé mon argent sur le bateau.

– En Grèce, on ne fait pas payer l'eau ni le pain.

Le vent qui vient de la mer fait danser des odeurs de fruits. Ils arrivent à la petite maison. Une vieille femme leur sourit. Elle a un grand chapeau de paille. Ugo lui dit quelques mots. Elle se lève, apporte sur une assiette du fromage, des olives et des figues. Ils remercient, s'asseyent à l'ombre du mur, mangent en silence. Ils ont très faim. La vieille femme est rentrée dans la maison, elle a fermé la porte. Il y a des bourdonnements d'insectes et des lézards. Lorsqu'ils ont fini de manger, Ugo frappe à la porte, pose l'assiette sur le seuil. Mais la vieille femme ne répond pas. Ils repartent vers la plage. Ugo demande brusquement :

– Est-ce que vous tutoyez Jean-François ?

– Oui.

– Alors, je continue à vous dire : vous.

Lorsqu'ils arrivent à Lefkas, Héléna fait les cent pas sur la jetée du petit port.

– Il n'est pas encore cinq heures, dit Ugo.

– Je sais. Mais quand tu es sur un bateau...

Elle a mis une robe de toile verte, avec des sandales assorties. Noële admire qu'elle ait tant de robes, si parfaitement coupées qu'on dirait qu'elles sont neuves. « Si je voulais, moi aussi ! » pense-t-elle. Il suffirait d'ouvrir les armoires de sa chambre, de prendre une des robes que Yannis Karrassos lui a offertes. Ce sont les mêmes toiles, les mêmes couleurs, et sûrement la même coupe.

– Il faut travailler, maintenant, Ugo.

– Je sais.

Il se tourne vers Noële.

– Et vous ? Qu'allez-vous faire ?

– Ecrire à Jean-François.

Ils remontent en silence vers la maison. Héléna a pris Ugo par le bras. Elle se penche un peu.

– Tu sens le sel.

Noële marche derrière eux. Comme Héléna est mince. De dos on lui donnerait le même âge qu'à Ugo. Arrivé à la terrasse du salon de musique, il se retourne vers Noële :

– Quand vous aurez fini votre lettre, venez me rejoindre.

– Non, Ugo, proteste Héléna. Tu sais très bien que tu travailles mal quand il y a quelqu'un à côté de toi.

Il continue, comme s'il n'avait pas entendu :

– C'est très ennuyeux ce que je vais faire, des gammes, des arpèges, des exercices. Mais si vous avez le courage...

Il rentre dans la maison, suivi d'Héléna. Noële regagne sa chambre.

Très vite elle entend le piano. Des notes l'une après l'autre, de plus en plus rapides. Ugo joue avec une précision de métronome. Au-delà de cette sécheresse, il y a comme une fureur retenue, une colère prête à éclater. Elle quitte sa chambre, descend sans bruit l'escalier de la terrasse. Ugo l'entend-il approcher? Il frappe son clavier avec une violence qui lui fait peur. Elle reste un long moment devant la porte du salon de musique, finit par entrer, vient s'asseoir près du piano sur une chaise qu'il a préparée à l'avance pour bien marquer qu'il l'attendait. Il ne la regarde pas, ne s'interrompt pas, continue ses exercices, mais soudain tout change. Il devient léger, tendre, presque drôle. Il effleure à peine les touches. Elle ne sait pas combien de temps elle reste ainsi. Le jour peu à peu s'assombrit. Par la fenêtre du salon de musique arrivent les premiers signes du soir. Soudain la porte s'ouvre.

– Ils sont là. Tous les deux.

Ugo se retourne. C'est Yannis Karrassos.

– Continue, Ugo. Continue.

Yannis est encore en tenue de voyage, avec un complet sombre, une chemise blanche, une cravate sévère. Il vient vers Noële, la prend dans ses bras.

– Si tu savais comme je suis heureux! Parce que je vous trouve ainsi, comme le frère et la sœur, dans cette maison qui était morte et que vous rendez à la vie.

VI

Depuis le matin la tête leur tourne. C'est trop de merveilles en même temps. L'autocar qui les attendait à sept heures du matin devant l'école d'Ouches avait déjà quelque chose de fabuleux. Ils n'en avaient jamais vu d'aussi beau, avec des chromes partout, et des coussins de cuir neuf, et un chauffeur avec une casquette à galons. On y avait entassé les valises avec des hurlements de plaisir.

Jusqu'à Lyon, la route avait paru interminable. Les arbres, les prés, les villages, on connaissait par cœur. On voulait tout de suite voir l'avion. Il était bien là, sur une piste un peu en retrait de l'aéroport. La voix mystérieuse avait annoncé dans le haut-parleur :

« Les passagers pour l'avion spécial d'Athènes... »

– C'est nous ! avait crié Liotard en sautant sur les banquettes du hall.

– Liotard ! Du calme !

Mais tous les gosses l'imitaient. Ils avaient pris leur vol avec une heure de retard sur l'horaire prévu, parce qu'un orage tournait sur l'Italie. Les gosses qu'on avait embarqués à l'heure devenaient fous. On leur avait enfin demandé d'attacher leurs ceintures et les réacteurs s'étaient allumés. Il y avait eu un grand silence, deux ou trois s'étaient mis à pleurer et d'autres pour masquer leur angoisse avaient fait les malins.

Denis commençait à s'amuser. Il avait transformé le voyage en une longue leçon de géographie, où les cartes devenaient vivantes. Les enfants en avaient la tête à l'envers. Mais ce n'était rien encore. Tout était devenu comme un conte de fées dans le port d'Athènes.

En apercevant le bateau qui les attendait, ils s'étaient mis à danser de joie. Il y avait un vrai capitaine avec de vrais marins, et une cloche, et une sirène, et une grande roue de bois qu'on tournait pour faire marcher le gouvernail. Chacun, à tour de rôle, avait le droit de monter jusqu'à la cabine du commandant et de tenir la roue. Les gosses restaient debout sur le pont, les yeux fixes, accrochés au bastingage. Ils voulaient apercevoir l'île de Lefkas. Elle était apparue au crépuscule. Il avait fallu plus d'une heure pour l'atteindre. En entrant dans le port, ils avaient poussé un long cri de stupeur : au moment où le bateau touchait la jetée, d'énormes projecteurs s'étaient allumés d'un seul coup et c'était comme s'il faisait plein jour.

Denis s'égosillait :

– Pécherand, Frappin, je vous interdis de sauter par-dessus le bastingage, vous entendez ? Vous descendrez du bateau sur mon ordre.

– Mais puisqu'on est arrivés, m'sieu !

– Taisez-vous ! Silence ! J'ai dit : silence ! M. Karrassos est là. Montrez-lui que vous savez obéir.

Yannis avait fait un signe et le capitaine avait donné un grand coup de sirène qui avait instantanément rétabli le silence.

– Mes enfants ! Vous êtes à Lefkas. Ce rêve que nous avons fait ensemble dans votre école, il y a quelques semaines, s'est réalisé. Vous êtes contents ?

– Oui ! crient les gosses d'une seule voix.

– Moi, je suis encore plus content que vous. Vous allez descendre du bateau l'un après l'autre. Comme les émotions creusent l'estomac, on va vous servir un dîner sur la plage. Il y a une longue table dressée pour vous. Et comme il fait très chaud, si votre professeur le permet, vous pouvez vous baigner.

Il y a un grand mouvement d'impatience sur le pont du bateau.

– J'ai presque fini, reprend M. Karrassos. Je ne peux pas vous recevoir dans ma maison, vous êtes trop nombreux. Mais vous allez être logés chez les habitants du village. M. Messara, que vous connaissez, a mis tout ça au point. C'est lui qui vous renseignera. Et maintenant : bienvenue à Lefkas !

Les gosses répondent avec des cris de joie. Liotard tire Denis par la manche.

– M'sieu, on pourrait montrer à M. Karrassos qu'on a appris le grec.

– Bien sûr, Liotard.

Alors Liotard se dresse sur la pointe des pieds.

– Attention, les gars. On va dire bonjour. Vous vous souvenez ?

– Oui...

– Je compte : un, deux, trois...
Et tous en chœur
– *Kalimerassas !*

Ils sont sur la terrasse la plus haute. La mer est lisse et dorée par la lune. Denis ne dit rien. Il ne reconnaît pas Noële. Il l'a trouvée un peu trop souriante, un peu trop gentille, lui posant trop vite des questions dont elle écoutait à peine la réponse, sur les Quatre Vents, les Vaindrier, les amis de la petite bande.

– Et Jean-François ? s'inquiète Yannis Karrassos.

Il est assis sur le mur de la terrasse, dos à la mer.

– Son père ne va pas mieux ?

Denis répond en hésitant. Il n'a pas eu le temps de demander des nouvelles.

– C'est que nous l'attendons, continue Yannis Karrassos. Vous connaissez mes projets pour cet été, Denis ? Je prends des vacances. Deux grands mois de vacances. Cela ne m'était jamais arrivé. J'ai annulé tous mes voyages d'affaires et je me consacre à ma fille. Deux mois, nuit et jour, avec ma fille. Sur un navire : l'*Alexandra III*, mon nouveau yacht. Nous faisons le tour du monde. Nous partons d'ici le 16 juillet. Il faut que Jean-François soit là. Je lui ai envoyé une longue lettre, hier, avec tous les détails du voyage.

Il s'est levé, s'est approché de Noële.

– Tout un été avec toi. Le premier.

Il se tourne vers Denis.

– Venez avec nous, Denis. Il y a de la place. Les écoles ferment pendant l'été, en France comme ailleurs. Vous êtes libre. Nous allons suivre la tournée de concerts que donne un de mes jeunes amis. Je sais que vous aimez la musique. Nous irons d'un pays à l'autre et, de temps en temps, Ugo jouera.

Denis secoue la tête :

– Je vous remercie, mais je donne des cours à des étudiants étrangers, dans une Université de vacances.

Un marin arrive en courant sur la terrasse.

– Qu'y a-t-il ? s'inquiète aussitôt Denis. Un gosse malade ?

– Non, dit Yannis Karrassos. Il veut savoir si on peut tirer le feu d'artifice.

Ils redescendent vers la plage. Denis s'attarde à côté de Noële.

– Pardon de t'en parler tout de suite, dit-il, mais j'ai vu Jean-François avant de partir.

Noële s'est arrêtée sur le sentier.

– Je savais que tu me parlerais de lui.

Soudain la nuit se referme. Les projecteurs se sont éteints tous en même temps.

– Il a raté son stage.

Un petit insecte roux monte en sifflant vers le ciel, éclate en gerbes vertes. Les enfants réagissent avec des voix assourdies. Cette journée a été trop riche en émotions. Ils ne savent plus garder les yeux ouverts. Certains dorment déjà, allongés sur le sable.

– Il ne viendra pas ? demande Noële.

– Non.

– A cause de ce stage raté ?

– Je ne sais pas. Il m'a simplement dit qu'il avait besoin de te voir. Qu'il t'attendait.

– Mais c'est moi qui l'attend. Pourquoi tout changer brusquement ? Et pourquoi est-ce toi qu'il charge d'un message ? Les lettres, le téléphone, ça existe !

Elle voudrait que Yannis Karrassos interrompe ce feu d'artifice inutile. Les enfants n'y prennent aucun plaisir.

– Il veut te parler, et te voir en te parlant. Ni les lettres ni le téléphone...

Il hésite, il est malheureux.

– Il dit que toutes les questions se posent à lui, et qu'il ne peut pas y répondre seul. Il dit que c'est ton avenir qui est en cause, autant que le sien, et que tu dois décider avec lui. Il dit que la situation que lui offre Yannis Karrassos n'est pas acceptable. Il dit que ce n'est pas seulement la maladie de son père qui l'angoisse, mais quelque chose de beaucoup plus profond, qui vous concerne tous les deux.

Le ciel est rouge, embrasé par une couronne de feux de bengale.

– Depuis que je suis ici, dit Noële d'une voix sourde, il y a le bruit de la mer qui couvre tout. Mais je viens d'entendre ta petite voix raisonnable.

Elle étend les bras avec lenteur, comme si elle s'étirait à son réveil.

– Je te laisse seul ici, Denis. Tu as bien fait de me parler. Je vais rejoindre Jean-François.

– Entre, dit Delpina.

Ugo ouvre la porte, se glisse silencieusement dans la chambre. Delpina est assise près de la fenêtre. Elle regarde les fusées qui se reflètent sur son visage. Ugo vient s'asseoir à ses pieds.

– C'est beau, remarque-t-il.

Delpina secoue la tête.

– Je n'aime pas les feux d'artifice. Un feu doit brûler vraiment, dévorer vraiment le bois. Ça, c'est un jeu, un peu de poudre, une seconde de lumière, on fait : ah ! mais la nuit s'est déjà fermée.

Elle se tourne vers Ugo.

– Tu es triste ?

Ugo sourit doucement.

– Elle a un beau visage.

Il parle à voix basse.

– Même au soleil, elle ne grimace pas comme les autres filles. Elle sourit en fermant les yeux. Elle ne porte pas de lunettes noires. Elle ne se cache pas.

Il regarde une fusée rouge qui vient éclater si près de la fenêtre que la cendre lumineuse semble s'éparpiller dans la chambre.

– Pourquoi lui ai-je parlé du lac Balaton, des tempêtes, de ce que je n'avais jamais confié à personne ?

– De ce que tu cachais dans ta musique ? demande Delpina.

Elle a une longue robe blanche, très légère, avec des manches larges.

– Bientôt, dit-elle, tu n'auras plus besoin de jouer pour te délivrer du passé. Je l'entends dans chaque note.

– Vous l'entendez ?

– Ne t'effraie pas, petit Ugo. C'est un feu véritable. Il te dévorera tout entier. Mais tu seras vivant.

VII

– TOI ?

Jean-François s'est dressé d'un bond. Il a entendu frapper, à la porte de son bureau. Il a dit : « Entrez ! » sans savoir. Et Noële est sur le seuil.

– Moi, oui. Tu m'as demandé de revenir.

Il n'a pas l'air de comprendre. Il y a des papiers en désordre devant lui, des catalogues, des plans.

– Pourquoi ne m'as-tu pas prévenu ? J'aurais été te chercher à l'aéroport, ou à la gare. Comment es-tu arrivée ?

– Par avion. Athènes-Paris et Paris-Lyon. J'ai été le plus vite possible, tu vois.

Il est toujours debout derrière son bureau.

– Ma mère est venue m'attendre. Nous avons fait la route ensemble. Elle m'a déposée devant l'usine, avant même d'aller aux Quatre Vents.

Elle répète, avec une sorte de fatigue :

– J'ai été le plus vite possible.

– Ne restons pas là, dit Jean-François.

Il l'entraîne rapidement vers la petite porte qui ouvre sur le potager.

– On me dérange tout le temps. Les ouvriers sont dans l'appartement. Toutes les cinq minutes, ils ont besoin de moi.

– Les travaux avancent ?

– Ce sera prêt pour la fin du mois.

– Ta mère est contente ?

– Elle commence à l'être.

Ils marchent, en regardant le sol. Le soleil est aussi chaud qu'en Grèce, avec de grandes zones d'ombre sous les marronniers. Dans le potager, le Père Victor travaille autour des rames de haricots.

– Je t'ai attendue hier, dit Jean-François, toute la journée. Et puis j'ai perdu espoir. Cette nuit, j'ai pensé que Denis n'avait pas su te convaincre.

– Cette nuit, je n'ai pensé qu'à toi. J'étais à Athènes, pour prendre le premier avion du matin. Je n'ai pas beaucoup dormi.

– Moi non plus.

Il l'entraîne un peu à l'écart, vers les bords de la Loire.

– Denis t'a dit pour le stage ?

– Oui.

– Tu as été déçue ?

– Je savais que tu étais parti à contrecœur, mais je pensais que tu réussirais quand même.

– Et Yannis ?

– Il paraît qu'il savait d'avance que tu perdrais ton temps, et que ta place était déjà prête à l'I.A.C. Il te fait dire que si ton père est toujours malade, il t'enverra dans les quarante-huit heures quelqu'un qui fera marcher l'usine à ta place. Il veut que tu reviennes avec moi. Il ne m'a laissée partir qu'à cette condition.

Ils se sont arrêtés sous un arbre. La Loire est toute proche, très basse et le soleil s'y reflète.

– Tu voudrais que je reparte avec toi ?

– Si tu as voulu que je revienne, ce n'est pas pour me demander ce que je veux. C'est que tu as quelque chose à me dire.

Il a envie de lui caresser le visage. Mais il sait que plus rien ne sera possible après, qu'il ne saura plus lui expliquer ce qu'il ressasse depuis tant de jours.

– Ce n'est pas à cause de mon père. Il va mieux. Il ne sort pas encore. Mais je lui apporte les papiers chaque soir, il les lit, les signe, me donne des conseils. Même si je décidais de partir avec toi, il arriverait très bien à faire tourner l'usine. Nous avons un nouveau contremaître depuis deux mois, qui a beaucoup de qualités.

Il répète, comme pour s'en persuader lui-même :

– Ce n'est pas à cause de mon père.

Noële voudrait qu'il ait déjà tout dit, et qu'il fasse un geste vers elle. Depuis qu'elle a ouvert la porte du bureau, depuis qu'elle l'a vu avec tous ces papiers autour de lui, elle sait qu'il n'est plus le même. Sa voix elle-même est différente. Il parle avec une sorte d'obstination et de certitude en même temps.

– C'est à cause de toi.

Puis il sourit. Pour la première fois.

– Tu te souviens de la plage de Lefkas, le lundi de Pâques ? Après la danse, nous nous sommes baignés, et tu m'as dit : « Comment as-tu changé si vite ? » Tu m'en voulais. Je ne comprenais pas pourquoi, mais je sentais que tu m'en voulais. Parce que je m'étais laissé prendre par Lefkas. Nous avons parlé de la proposition de Yannis. Tu n'étais pas d'accord. Et tu as fini par conclure : « Tout à l'heure, quand tu dansais, tu volais comme un oiseau ! Moi, je fais quatre pas bien tranquilles sur le sol. » Cette phrase-là, c'est la plus grave de toutes. C'est elle que j'entends, jour après jour. C'est à cause d'elle que je reste ici.

Une voix, très loin appelle : « Monsieur Jean-François ! » Il a un geste d'impatience.

– Viens.

Il l'entraîne plus loin.

– Je reste ici. Je prends l'usine en main. Elle a bien besoin d'être remise à neuf ! Ce sera long. Il faudra du temps, du travail, de l'argent. Du courage aussi. J'en aurai. Je me donne deux ans... Dans deux ans, si je réussis, ce sera la première papeterie de France. La plus moderne. J'étudie des dossiers qui m'ont été envoyés de Suède. Il est vraisemblable que j'irai à Stockholm deux ou trois fois cet été.

La voix appelle toujours. Ils sont arrivés au bord de la Loire. Ils s'arrêtent. La petite île des pêcheurs est tout entière hors de l'eau.

– Je fais quatre pas bien tranquilles, sur le sol, répète Jean-François. Je n'avais pas compris. Depuis des années, je me suis envolé. Je passais d'une idée à l'autre, d'une envie à l'autre. Maintenant, je sais : mon idée c'est toi, mon envie c'est toi. Alors, je reste sur la terre. Je fais quatre pas bien tranquilles à mon tour.

Noële ferme les yeux. Comment lui dire qu'elle pense à Denis ? Il y a quelques mois, dans la forêt, ils avaient visité pour la dernière fois la vieille maison. Elle avait senti ce jour-là que quelque chose s'était rompu en elle. Elle avait eu l'impression d'un navire qui prenait la mer. Elle se souvient très exactement de tout. Du bruit de la motocyclette qui s'éloignait entre les arbres. De la couleur de la forêt. Du soir qui venait. Du long chemin qu'elle avait fait à pied pour rentrer aux Quatre Vents. Les îles...

– Il faut retourner à l'usine, dit-elle. On te cherche.

La secrétaire vient vers eux en courant.

– Ils veulent vous montrer les échantillons de peinture, monsieur Jean-François. Il faut absolument que vous choisissiez maintenant.

– Tu viens avec moi ? demande-t-il à Noële.

Ils montent l'escalier qui conduit à l'appartement. Il y a du plâtre sur les marches et de la sciure de bois.

– Tu ne vas rien reconnaître, tu sais. Tout est neuf.

Il pousse la porte. Le peintre est à genoux et prépare ses mélanges dans d'énormes pots.

– Pardon de vous avoir dérangé, monsieur Jean-François. Mais j'ai besoin de savoir.

Ils entrent dans la vaste pièce donnant sur la Loire. Il y a trois gris différents sur chacune des fenêtres.

– Qu'en penses-tu, Noële?

Elle regarde autour d'elle.

– Comme c'est grand!

– On a abattu une cloison. Ça fait une très belle pièce. Comme ma mère y vivra toute la journée, j'ai voulu que ce soit large et clair.

Il revient vers les échantillons de peinture.

– Je les ai trop vus. Choisis, toi qui as un œil neuf.

Noële décide au hasard. Parce qu'il insiste trop et que le peintre la regarde avec un peu d'ironie.

– A côté, dit Jean-François, il y a la chambre de mes parents, et en face, de l'autre côté du couloir, la mienne.

Il n'y a pas encore de porte et les murs sont à peine secs. L'odeur du plâtre, un peu douceâtre, étonne Noële.

– Celle-ci n'est pas grande. Et je n'ai pas la Loire devant mes fenêtres. Ça donne sur les champs, derrière l'usine. Dans quelques jours, j'y ferai venir une table, un lit, une armoire. Quand tu penseras à moi sur ton bateau, tu sauras où je suis.

Noële se tourne vers lui:

– Je reste avec toi, dit-elle. Tu m'emmèneras en Suède. Je t'aiderai à faire tes plans, à choisir tes machines neuves. Je n'y connais rien mais tu m'apprendras. Comme pour l'échantillon de peinture, tu m'obligeras à décider.

Ils savent qu'il n'y a pas de porte et que le peintre les regarde.

– Je reste, répète-t-elle. Sans toi, ce sera interminable. Je passerai des jours et des jours à te chercher sur ce bateau. Et puis, ils me font comprendre que je suis de trop, que je les dérange. Elle, surtout. Comment veux-tu que je supporte d'être seule avec eux? Ce qu'elle m'a dit, l'autre matin. Si tu avais été là...

Elle cache son visage contre la poitrine de Jean-François. Il lui caresse les cheveux.

– De qui parles-tu?

– D'Héléna. C'est l'imprésario de Ugo. Seule sur le bateau, avec Ugo et elle, comment veux-tu?

– Et Yannis? Tu oublies Yannis. J'ai reçu sa lettre. Une lettre de passion et de folie. Ecrite dans tous les sens. Cette croisière avec toi, c'est sa vie ! Tu le tues, si tu la refuses. Il te cherche depuis vingt et un ans. On dirait que tu n'y penses jamais. Que tu ne sais pas encore que c'est ton père.

Elle relève la tête, elle regarde une fois encore les champs et le soleil.

– Mon père, oui.

– Tu lui diras que je le remercie, mais que je renonce au voyage. Et à l'I.A.C. Qu'il cherche un autre candidat. C'est fini, cette folie-là ! Comme les autres. C'était bon pour le temps où je m'envolais. Je ne lui écris pas. Je ne sais pas écrire. Tu lui expliqueras.

Il regarde les champs lui aussi.

– J'en ai rêvé de ce tour du monde. Quand j'ai reçu sa lettre, je me suis vu avec toi sur ce bateau, la mer tout autour, et les jours qui passent. Mais je ne suis plus un enfant qui prend de grandes vacances.

Il embrasse Noële doucement.

– Fais-le pour moi aussi. Je te le demande. Pour que tu me racontes après.

– Comme tout est difficile, murmure Noële.

– Rien n'est difficile, puisque je t'attends.

VIII

La mer. Depuis deux jours. Avec le ciel, le soleil et rien d'autre. Un oiseau parfois, lorsque la côte n'est pas trop lointaine. Il passe avec un cri. Tout est rouge. Le bateau est comme une fournaise. Tout neuf avec des bois d'acajou.

– Qu'il fait beau ! dit Noële.

– Qu'il fait beau ! répète Yannis Karrassos.

Ils ne se quittent pas. Sans cesse à se regarder, à se sourire, à se parler. L'un et l'autre. En même temps. Ils sont sur le pont au soleil, presque nus, le père et la fille, comme sur une île déserte.

– Où sommes-nous ?

– Sur la mer.

Ils racontent en désordre. Tout ce dont ils se souviennent et tout ce qu'ils avaient cru perdu. Vingt et un ans. Sans savoir où ils vont, au hasard des mots. Le temps est immobile. On ne sait pas quand vient le soir. Ils ne songent pas à se séparer, dorment sur le pont.

– C'est toujours ainsi, les bateaux ? demande Noële.

– C'est-à-dire ?

– Dans la main du vent.

– Si tu parles si bien des bateaux, je finirai par t'appeler Alexandra.

Ils vont parfois jusqu'à la cabine du capitaine, étudient les parcours. Noële apprend les mots grecs qui servent au langage des marins. Elle les répète avec amusement. Yannis la reprend. Il ne veut pas qu'elle ait d'accent.

Parfois ils s'approchent de la terre, font relâche dans un port, pour les provisions d'eau potable. Les marins reviennent à bord avec des lettres. Noële n'en attend pas. Elle sait qu'il faut plus de temps. Le ciel de juillet est immuable, avec des nuages qui deviennent pourpres le soir.

– Je ne savais pas que c'était possible, dit Noële.

– Quoi ?

– D'être séparée de tout, entre ciel et mer, et rien à l'horizon. C'est comme si j'apprenais à marcher sur l'eau.

Yannis se met à rire. Il espère que l'été leur donnera le temps d'aller au bout de leurs ressemblances. Ils sont seuls. Ugo et Héléna ne quittent pas leur cabine. Même pour les repas. C'est à cause du travail de Ugo, qui a trop de retard à rattraper avant son premier concert à Beyrouth. Il travaille de longues heures sur un clavier muet. Ses doigts n'ont pas encore retrouvé leur souplesse. Parfois, vers le soir, il vient respirer sur le pont. Il ne parle pas à Noële. Il regarde la mer.

Le troisième jour, Ugo vient vers Yannis Karrassos.

– Héléna veut te voir.

– Qu'y a-t-il ?

– Elle est souffrante.

– C'est grave ?

– Je ne l'ai jamais vue ainsi.

Yannis la trouve allongée sur sa couchette.

– Je voudrais toucher terre le plus vite possible.

– Tu as besoin d'un médecin ?

– Non. Je veux descendre du bateau.

– Pourtant...

– Il va trop lentement. Il faut que tu me débarques n'importe où. Je me débrouillerai en prenant l'avion. Et je préparerai tout en vous attendant. C'est trop important ce concert. J'ai du travail. Ici, je perds mon temps.

Elle a le visage tiré, les yeux fixes.

– Après le Liban, je ferai la même chose. Je vous précéderai en Israël. Je ne peux pas me permettre d'être en vacances.

– Bien, dit Yannis.

Il observe Héléna. Elle était si belle, il y a quinze ans, très jeune encore avec une façon naïve de se regarder dans les glaces. Depuis qu'elle connaît Ugo, il n'y a plus de répit pour elle.

– Que faut-il dire aux autres ?

– Ils ne te poseront aucune question. Pas plus Ugo que Noële. Ils ne s'apercevront même pas que je ne suis plus à bord.

Yannis se penche vers elle.

– C'est devenu si grave, Héléna ?

– Laisse-moi.

Le soir même, Héléna débarque en Crète. Et la mer se referme. Elle a des couleurs bleu sombre. Il y a des temps d'immobilité, le ciel qui regarde.

– Il ne se passe jamais rien sur les bateaux, dit Noële.

– Tu t'en plains ?

C'est le même jour qui recommence sans cesse. Le soleil qui va d'un bord de l'horizon à l'autre. Et la mer qui s'ouvre et se ferme.

Ugo les rejoint. Il reste près d'eux longtemps. Il parle peu. Il dit parfois qu'il n'a pas envie de donner des concerts, que c'est Héléna qui l'a obligé à signer les contrats. Il a des cheveux presque blancs. Noële tient la main de Yannis Karrassos.

Et c'est Beyrouth, un soir. Cette fois, il faut descendre à terre, avec des robes longues et des smokings parce que l'ambassadeur de France ouvre ses jardins en l'honneur de Noële et de son père. Les photographes sont là, plus de trente. Et les journalistes. C'est la première fois que Yannis Karrassos accepte de se faire photographier avec sa fille retrouvée. Noële a peur des flashes qui éclatent, des questions qu'on lui pose et qu'elle ne comprend pas, parce qu'on lui parle en anglais. Mais son père est à côté d'elle, et la rassure. Dans les jardins de l'ambassade, il y a des jeunes filles qui tournent autour de Ugo. Il y a des femmes avec des éventails, et Héléna qui surveille tout, sans un mot.

Noële voudrait retourner sur le navire, s'enfermer dans sa cabine. Elle ne comprend pas pourquoi on la regarde. Un jeune homme s'approche d'elle :

– Moi aussi, je connais Roanne, dit-il. J'y passais des vacances, autrefois.

Elle n'écoute pas. Il y a trop de bruit, trop de monde.

– Vous êtes très belle, dit Héléna.

– C'est la robe.

– Non, c'est autre chose, derrière le visage.

Des voitures s'éloignent, l'une après l'autre, emportant des garçons et des filles qui vont danser dans une villa des environs.

– Accompagne-les, propose Yannis à Noële. Ugo y va, lui aussi.

– Je suis trop fatiguée.

Elle s'adosse à un arbre, dont elle ne sait pas le nom. Le tronc est rose. Le jeune homme qui lui a parlé de Roanne la rejoint.

– Vous connaissez Balbek ?

– Non.

– Il y a de belles terrasses dont tout le monde parle. En partant maintenant, on pourra voir se lever le soleil.

Elle ne sait même pas si elle a répondu oui. Elle se retrouve sur une route, dans une voiture qui roule très vite, avec une couverture écossaise sur les genoux. Dans la lumière des phares, il y a des arbres et de longs morceaux de désert. Elle dort un peu, se réveille par sursauts. Son compagnon s'appelle Georges. Il est attaché culturel à l'ambassade. Il fume de petits cigares. Il a allumé la radio, et chantonne avec la musique. Ils arrivent à Balbek un peu avant l'aurore. Noële s'enroule dans la couverture. Georges parle et rit. Elle ne sait pas ce qu'il dit. Elle s'est assise sur des dalles de pierre. Il a froid dans son smoking blanc. Il dit qu'ils seraient mieux dans un hôtel, qu'il en connaît un tout près. Elle répond qu'elle est venue voir le lever du soleil. Elle a envie de lui expliquer qu'il perd son temps à vouloir être comme les autres, puisqu'elle ne connaît pas les règles de son jeu.

– Je suis une petite provinciale, dit-elle à mi-voix.

– Pardon ?

C'est à Jean-François qu'elle pense soudain. Il n'accepterait pas de savoir qu'elle est assise sur des terrasses avec un inconnu. Il est trop sérieux pour comprendre. Elle sourit.

– C'est moi qui vous amuse ?

Le matin vient. Georges avait raison. L'aurore est admirable, avec de la lumière rose qui commence à couler lentement au bord de l'horizon, et monte peu à peu. L'air est si pur qu'on l'entend chanter. Les pierres deviennent roses et il fait toujours aussi froid. Noële voudrait rentrer. Elle se lève. Georges la prend par le bras. Elle revient vers la voiture. Il y a un moment où elle a l'impression qu'il essaie de l'embrasser, mais elle ne se débat pas. Elle dort. Elle se réveille en sursaut, parce que la voiture est arrêtée. Ils sont en plein désert, sur une route à peine tracée. Il fait très chaud. Sur le tableau de bord la montre marque dix heures.

– La panne, annonce Georges.

Elle a envie de rire. C'est un prétexte tellement banal ! Mais Georges est sérieux. La voiture est vraiment en panne. Il ne sait que faire. Sur cette route les voitures sont rares. Et la première ferme est très éloignée. Partir à pied ? Avec cette chaleur ? En robe du soir ?

Ils finissent par éclater de rire l'un et l'autre, parce que c'est trop bête.

– Il faut absolument que je sois à Beyrouth ce soir, pour le concert. Ugo est capable de ne pas jouer.

C'est le désert. L'appareil de téléphone le plus proche doit être à vingt kilomètres. Georges a relevé les manches de sa chemise et tripote le moteur. Il a les mains noires.

– Je n'y connais rien, avoue-t-il en souriant.

Ils ont faim. Ils décident de partir à pied, droit devant eux. Mais la chaleur est suffocante. Ils se jettent à l'ombre du premier arbre. Ce sont des heures où personne ne bouge. Ils attendent, dormant à moitié. Un âne les réveille. Il est cinq heures passées.

– Le concert ! pense Noële.

L'âne marche sur la route, suivi d'un homme assez jeune. Georges fait des signes, appelle, discute un moment avec l'homme, sort de l'argent de sa poche.

– Il accepte de vous emmener, dit-il à Noële. Il y a un village à une heure d'ici. Vous trouverez bien une charrette ou quelque chose. Moi, j'attends. Dès que vous pourrez prévenir pour qu'on vienne me dépanner, faites-le !

Sur l'*Alexandra III*, Yannis Karrassos refuse de s'inquiéter.

– C'est ta fille, dit Héléna. Elle se fait enlever par un inconnu, le scandale va être public, tous les journaux en parleront et tu ne fais rien ?

– En quoi cela te regarde-t-il ?

– Viens voir Ugo et tu comprendras.

Dans sa cabine, Ugo est allongé sur sa couchette. Il a refusé d'aller à la répétition d'orchestre. Il dit qu'il ne jouera pas. Il suffira d'expliquer aux gens que son poignet le fait souffrir de nouveau, et rembourser les places. Il vient de comprendre qu'il ne jouait que pour Noële. Si elle n'est pas là, le concert n'a pas de sens. Il l'explique à Héléna, à Yannis. C'est pour elle qu'il a accepté de faire cette tournée d'été. Pour elle seule. Il ne le lui a pas dit. Elle n'a pas besoin de le savoir. Mais c'est vrai.

– Il y a aussi que tu as un peu trop bu, cette nuit, Ugo.

– C'est mon droit.

– Tu as dansé jusqu'au matin.

– Et alors ? Noële a bien été voir les terrasses de Balbek. Si elle ne rentre pas ce soir, Yannis, que lui diras-tu ?

– Rien.

– Donc tu n'as rien à me dire si je ne joue pas.

Héléna tremble de fatigue.

– Tu as signé un contrat.

– C'est toi qui l'as signé.

– En ton nom.

– Je ne pouvais pas signer, j'avais mal au poignet. C'est pour ça que je ne joue pas. C'est revenu. Exactement au même endroit.

– Pas avec moi, Ugo.

– Tout le monde le sait. Tous les journaux en ont parlé. Si ça recommence aujourd'hui, personne ne s'étonnera.

Il s'est levé. Il tourne en rond dans sa cabine. C'est une douleur sourde, violente, tout à la fois. Il se souvient de la plage d'Ithaque, du déjeuner à l'ombre du mur. Il s'était dit: la solitude s'achève. Et de nouveau, le monde est refermé.

– Va-t'en, dit-il à Héléna.

Il ferme la porte à clef derrière elle.

– Je veux qu'elle soit là.

Il parle tout haut.

– Je veux qu'elle écoute. Et qu'elle entende! Et qu'elle comprenne!

Il voudrait dire: «Je l'aime.» Il ne sait pas. Il dit seulement: «Qu'elle soit là...», et il se met à pleurer. Parce qu'il a dansé toute la nuit, c'est vrai! Et qu'il a bu toute la nuit, c'est vrai! Et qu'il attendait que Noële vienne le rejoindre et qu'on lui avait dit qu'elle était partie avec un inconnu.

Un cri d'Héléna derrière la porte.

– La voilà!

Il regarde par le hublot. Noële descend d'une voiture. Il ouvre la porte de sa cabine, sort comme un fou, court au-devant d'elle, la prend dans ses bras:

– Je t'ai crue morte.

La mer, de nouveau. Noële et Ugo se regardent, sans dire un mot. Le navire a repris sa route entre le ciel et l'eau. Il se dirige lentement vers Tel-Aviv.

– J'ai joué pour vous, commence Ugo. J'ai joué, et vous n'avez pas entendu. Tout ce que j'avais dans le cœur. Ce pays derrière moi, mon enfance, le souvenir de ma mère.

Une lumière très faible brille au ras de l'horizon, comme un signe que la terre n'est pas loin.

– Je vous ai tout raconté. Avec tendresse, et colère, et bonheur. Et vous n'avez pas entendu.

– Pourquoi dites-vous cela?

– Si vous aviez entendu, vous m'auriez parlé depuis Beyrouth. Vous n'auriez pas pu garder ce silence.

Noële se détourne.

– A Tel-Aviv, ce sera la même chose. Je vais recommencer à parler pour vous. Vous recommencerez à ne pas entendre.

Il ajoute avec une sorte d'irritation :

– C'est à cause de Jean-François?

Noële quitte le pont, descend dans sa cabine. Elle ne remontera plus. Elle attendra que Yannis Karrassos vienne la chercher. Elle dit: «Jean-François...» Il y aura peut-être une lettre à Tel-Aviv. Elle ne supporte plus ce bruit de l'eau contre le navire. Elle voudrait descendre à terre, comme Héléna.

A Tel-Aviv, il y a des lettres. Beaucoup de lettres, de tout le monde. Même de madame Marie. Il y a une grande feuille de papier à dessin où tous les élèves de Denis ont signé pour remercier M. Karrassos du voyage merveilleux. Il y a un mot de Denis qui dit: «*Ils sont tous devenus fous depuis qu'ils sont rentrés. Moi aussi.*» Il y a Gilles Vaindrier, et Nicole Vaindrier, et Marie-Hélène qui est venue passer le mois d'août aux Quatre Vents, pour que son oncle et sa tante se sentent moins seuls. Il y a Jean-François. Plusieurs lettres. Courtes. Il n'aime pas écrire. Noële regarde longtemps cette écriture régulière, solide. Il raconte, très vite, qu'il a été en Suède une première fois, qu'il croit que l'affaire va pouvoir se conclure. Dans une autre lettre, il explique qu'il étudie un prêt avec une banque de Roanne. Un prêt important. Qu'il a demandé conseil à Gilles Vaindrier, parce que son père est encore trop fatigué pour prendre des décisions. Il signale aussi qu'il va souvent aux Quatre Vents, que la maison est triste, parce que c'est la première année que les Vaindrier y sont seuls. Dans une troisième lettre il lui apprend que l'appartement est presque terminé, que la date du déménagement est déjà fixée: le 20 août.

Noële lit et relit ces lettres. Nulle part, les mots: «Je t'aime». Il écrit: «*Je t'embrasse.*» Il écrit: «*Je voudrais être avec toi.*» Il écrit: «*Cet été n'en finit pas.*» Elle se souvient de l'appartement, la première fois, avec le soleil orange, et la main de Jean-François contre son visage.

Pour Yannis, aussi, il y a des lettres à Tel-Aviv. Des lettres qui ne lui plaisent pas. Il téléphone longuement à Athènes.

A Tel-Aviv enfin, on retrouve Héléna. Elle a sous le bras un grand cahier avec les articles concernant le concert de Beyrouth. Malgré le drame qui l'avait précédé, le concert a été un triomphe.

– Jamais Ugo n'a eu une presse pareille.

Elle regarde Noële.

– Vous pouvez me remercier. J'ai fait ce qu'il fallait pour qu'on ne parle pas de votre équipée à Balbek.

Noële feuillette les articles. Elle voit des photographies, très dures, très noires. Sur certaines, il y a une jeune fille qu'elle ne connaît pas.

– C'est vous, dit Héléna.

Elle espère qu'aucun de ces journaux n'atteindra les Quatre Vents. Ses parents seraient effrayés de la voir ainsi.

Yannis revient avant le concert. Il est grave.

– Je croyais être libre, soupire-t-il. Mais ils ont besoin de moi.

– Non, proteste Noële. Vous m'aviez dit: «Ces vacances sont pour toi. Pour toi toute seule. Tout l'été.»

– Je sais, ma petite fille. Mais ce sera très court. Quelques jours à peine. On m'attend à Rome, puis à Francfort. Je ne peux pas faire autrement.

– Si vous quittez ce bateau, je le quitte aussi.

– Tu viens avec moi ?
– Je rentre aux Quatre Vents.

Ugo joue à Tel-Aviv, et Noële voudrait ne pas entendre. Dans la salle où les visages sont immobiles, elle ne peut pas se défendre. Il faudrait qu'elle pousse la porte de la loge, qu'elle s'échappe. Il est avec son piano, sur le devant de la scène, dans la lumière. L'orchestre, derrière lui, n'est qu'une masse sombre. Il bouge à peine, le corps penché sur le clavier, le visage comme s'il prêtait l'oreille à cette musique sous ses doigts. Mince, fragile. Ce n'est plus la mer, mais un autre voyage, à travers les forêts, se cachant d'arbre en arbre, avec le cœur qui manque, et tout ce qui tire en arrière et qui vous dit de revenir. Ils sont seuls. Elle et lui. Ugo dit : « Voilà le chemin que j'ai fait jusqu'à toi. Voilà le chemin qu'il faut que tu fasses. » Dans les coulisses, Héléna écoute. Ce n'est pas Ugo qui joue. Pas le Ugo qu'elle connaît. Pas le Ugo qui dormait sur le balcon de l'île Saint-Louis et qui venait au petit jour se glisser contre elle, en disant : « J'ai froid. » Pas ce Ugo avide de repos après sa trop longue route, exigeant et craintif.

Le soir, après le concert, Yannis Karrassos la supplie de revenir sur le bateau.

– Non.

– Il faut que j'aille à Rome et à Francfort. Quelques jours seulement. Je te le promets.

– Non.

Elle lui en veut de ne penser qu'à lui, de ne rien comprendre qu'en fonction de lui. Il a toujours été ainsi, même il y a quinze ans, lorsqu'elle était assez jeune pour lui plaire.

– Continuons comme je l'ai décidé. Le prochain concert est à Aden. Je vous y attendrai.

Le bateau repart, franchit le canal de Suez, entre en mer Rouge. Noële et Ugo sont ensemble. Du matin au soir. Yannis Karrassos passe ses journées à envoyer des messages par radio et à attendre des réponses. Il n'est déjà plus avec eux. Ils parlent à mi-voix. Ils disent des mots qui n'ont pas de sens.

– Pourquoi Rouge, cette mer ? Elles ont toutes la même couleur.

Ils se regardent toujours, mais bien en face comme s'ils avaient hâte de tout savoir l'un de l'autre. Ils ne sourient pas. Ils sont graves. Ils mesurent leurs défenses. Ils se réveillent avant le jour, se retrouvent sur le pont sans s'être concertés.

– Il y a des lumières au loin. Là-bas, est-ce Aden ? demande Noële un matin.

– Pas encore !

– Vous êtes déjà venu ici ?

– Plusieurs fois.

Elle secoue la tête.

– J'aurais voulu qu'il y ait une ville, au cours de ce voyage, où vous soyez sans souvenirs.

A midi, Yannis Karrassos les rejoint. Il montre le ciel :

– Vous voyez ce petit nuage ?

– Ce point blanc ?

– Il a l'air inoffensif, mais préparez-vous. Une tempête vient sur nous.

– Grave ?

– Peut-être.

– Qu'allons-nous faire ?

– Mettre le cap sur la terre la plus proche et tenter de l'atteindre.

Il se dirige vers la cabine du capitaine. Avant même qu'il ait donné des ordres, les marins ont aperçu le nuage. Le bateau tremble sur lui-même, le régime des moteurs augmente. Il y a du vent tout à coup. Un vent très chaud. Le petit nuage ne grossit pas, ne se déplace pas. Il est toujours comme un point blanc. Mais la mer devient grise.

– Ne restons pas là, dit Noële.

En quelques secondes tout est noir, comme si le petit nuage crachait de l'encre.

– Quand je suis arrivé à Lefkas, il y a deux ans...

Ugo saisit Noële par les épaules, l'oblige à le regarder.

– J'étais mort. Tout en moi, jusqu'à ma mémoire.

Brusquement, de très hautes vagues se déchaînent. Le bateau se dresse et retombe. Ugo s'adosse au mât, serre Noële contre lui, parle de plus en plus vite :

– Héléna, c'était la première main qui se tendait vers moi. Le premier visage qui me regardait. C'était la vie qui revenait. Elle m'a réappris à parler, à marcher, à être vivant. Il faut que vous compreniez.

Un coup de tonnerre, juste au-dessus d'eux, et la pluie se met à tomber.

– Ce n'était pas l'amour ! Il faut me croire. C'était une maison, un lit, un regard au réveil, la tendresse.

Le tonnerre éclate encore, et la mer reste immobile quelques secondes, puis s'ouvre en deux, avec un grondement furieux.

– L'amour, c'est toi ! crie Ugo, pour couvrir le bruit de la mer. Est-ce que tu m'entends ? Est-ce que tu me crois ? Je n'ai jamais aimé Héléna. Toi, je t'aime. Toi, je te protège. Avec toi, je suis sans pitié, sans tendresse. Avec toi, je suis en colère. Parce que tu es toujours fermée, toujours hérissée, toujours en défense. Je veux que tu sois libre. Comme je suis libre. Que tu vives, comme je vis !

– Ugo !

Le tonnerre, dans le ciel entier, comme un long hurlement, et Yannis surgit de l'entrepont, se précipite vers eux, les arrache au mât.

– Vous êtes fous ! Mais vous êtes fous ! Une vague allait vous emporter ! Vous êtes fous !

Ils se retrouvent à l'abri, le visage perdu, comme des noyés.

– C'est vrai, dit Noële à voix basse. Nous sommes fous…

IX

A Aden, Yannis Karrassos a quitté l'*Alexandra III*. Il est allé retrouver Messara à Rome. Il a promis de régler ses affaires le plus rapidement possible et de venir les rejoindre. Le bateau continue sa route, d'étape en étape. Rien n'est changé. La mer est la même. Il y a des lumières, la nuit, le long des côtes. L'Afrique est allongée dans l'ombre.

– N'aie pas peur de moi, a dit Ugo à Noële.

A Aden, Héléna était accompagnée d'un petit homme à cheveux blancs avec un foulard de soie rouge autour du cou et un chapeau de gondolier vénitien.

– Signor Peretti ! a crié Ugo en l'embrassant.

Héléna a expliqué qu'elle ne pouvait pas continuer le voyage, qu'elle rentrait à Paris. Le signor Peretti avait accepté de la remplacer, parce qu'il a de l'admiration pour Ugo et qu'il s'est occupé de lui, tout à fait au début, pour ses deux premiers concerts, à un moment où Héléna ne le connaissait pas encore. Le signor Peretti déteste la mer et les bateaux. Il n'est heureux qu'à Venise, dans son palazzo, avec le reflet des canaux sur ses plafonds peints. Il reste enfermé dans sa cabine. Il pousse de longs soupirs. Il ne descend qu'aux escales : Djibouti, Mombasa, Tananarive.

Ugo joue. Les salles sont pleines. Il joue comme il n'a jamais joué. Le signor Peretti est perplexe. Il regarde Noële avec étonnement.

– N'aie pas peur de moi, lui répète parfois Ugo. Nous sommes seuls sur ce bateau. Mais je suis près de toi comme mon chien autrefois. Je lui tendais la main, il avançait. Je lui faisais signe d'aller se coucher, il obéissait. Je serai ainsi, à ton signe. N'aie pas peur de moi. Je t'aime.

Il y a des nuits avec des étoiles roses sur un ciel qui ressemble au jour. Il y a des marchés dans de petits ports, où Ugo achète pour Noële des bracelets de métal qu'elle ne porte pas. Il y a des salles de concert, des loges devant lesquelles des femmes en robes longues supplient pour avoir un autographe. Il y a le signor Peretti qui n'en finit pas de soupirer :

– La mer, ah ! la mer... C'est toujours pareil. Le train, voilà. Ça, j'adore. On est devant la vitre et le paysage bouge sans arrêt.

Il regarde Noële sans comprendre, parce qu'il a lu son histoire dans les journaux. Il s'attendait à découvrir une fille fantasque, avec des toilettes bizarres et parlant toutes les langues. Il trouve qu'elle ressemble aux petites Françaises des films d'avant-guerre.

– C'est un autre Ugo, dit-il. Dès le concert d'Aden, j'ai compris. La première note, la première attaque. Comme si on lui avait donné d'autres doigts. Jamais dans ma carrière, je n'ai entendu ça.

Noële ferme les yeux. Elle a oublié l'heure et le lieu. Elle ne sait plus qui elle est, ni pourquoi elle est montée sur ce bateau. Elle n'ouvre les yeux que lorsque Ugo s'approche d'elle :

– Vous ne travaillez pas ?

– Tout à l'heure.

– Le signor Peretti prétend que votre prochain concert est très difficile.

– C'est vrai.

– Alors, il faut travailler !

Il lui semble que c'est toujours la même conversation qui continue, comme si le temps s'arrêtait lorsqu'il n'est pas avec elle.

– Je travaillerais mieux si tu étais avec moi.

Il la tutoie depuis le jour de l'orage.

– Tu n'es pas là, alors je pense à toi, je te cherche dans les petites notes de la partition, et je n'arrive plus à la lire. Tu te souviens, à Lefkas ?

Elle sourit.

– Tu étais assise près du piano. Yannis est entré. Il a poussé un cri de joie parce qu'il nous surprenait ensemble. Le frère et la sœur.

Le bateau avance, jour après jour. Le bruit des moteurs est si régulier qu'on finit par ne plus l'entendre. Noële reçoit des lettres de Jean-François. Il est retourné en Suède. Il s'est décidé à passer commande pour des machines neuves. Il espère qu'elles seront installées pour l'automne lorsque Noële reviendra. Les travaux sont presque achevés dans l'appartement. Madame Saulieu termine ses caisses. Marie-Hélène l'a aidée. Noële regarde l'enveloppe. C'est bien son nom. C'est bien pour elle.

– Parle-moi de Jean-François, dit Ugo.

– Non.

– Je t'ai bien parlé d'Héléna.

– Que voulez-vous savoir ?

– Qui il est ?

– Mon fiancé.

– Ton amant ?

– Non.

– Pourquoi ?

Elle ne sait pas répondre.

– Tu ne l'embrassais pas ?

– J'aimais qu'il m'embrasse.

– Alors ?

Il est très calme, comme elle. Ils parlent de Jean-François comme d'un étranger, quelqu'un qui serait resté sur une terre lointaine, au-delà de ces côtes dont ils n'aperçoivent que des reflets d'ombre.

– Que fait-il en ce moment ? demande Ugo.

Noële cherche. Elle voudrait savoir le jour et l'heure. Elle s'aperçoit qu'elle vit en marge.

– Il faudrait connaître la différence d'heure entre la France et nous. J'imagine que nous ne sommes pas sur le même fuseau horaire.

Ugo éclate de rire.

– Tu parles comme un professeur !

Il va jusqu'à la porte de l'entrepont.

– Signor Peretti, vous qui savez tout, quelle heure est-il en France en ce moment ?

– Attendez, signor Ugo. Je fais un petit calcul.

Il marmonne un instant, finit par annoncer :

– Six heures du soir.

– *Grazie*...

Il revient vers Noële. Elle s'est redressée.

– Pourquoi me parlez-vous toujours de Jean-François ?

– Parce que tu penses à lui quand tu es avec moi.

Elle regagne sa cabine, s'y enferme pendant deux jours. Ugo frappe à la porte. Elle ne répond pas. La nuit il vient s'allonger dans la cabine voisine, colle sa bouche contre la paroi, lui parle à travers le bois. Il dit :

– Tu as toujours peur de moi !

A Durban, le bateau fait escale. Noële descend sur le quai. Ugo a voulu la suivre. Elle le lui a interdit. Elle va jusqu'au poste de douane, demande si elle peut télégraphier en France. Le douanier l'accompagne jusqu'à la poste. C'est le 15 août. Elle s'est souvenue de madame Marie. Chaque année, depuis qu'elle était toute petite, elle l'a embrassée, ce matin-là, en lui souhaitant sa fête.

Dans le bureau de poste de Durban, elle rédige lentement son télégramme : « Ta petite belle t'embrasse fort. » Elle regarde les mots, l'un après l'autre, comme un langage qu'elle avait cru perdu et qui remonte peu à peu vers sa mémoire. Elle ferme les yeux, et revoit tout, brusquement : les routes avec les reposoirs, les petites filles en blanc, leurs corbeilles attachées au cou, remplies de pétales de roses. Elle avait six ans. Elle se trouvait très jolie. Son père l'avait photographiée. Il faisait chaud. On marchait d'un reposoir à l'autre, en plein soleil. Le soir, au fond de l'allée de tilleuls, on retrouvait les Quatre Vents.

Elle reprend sa plume : « Partage avec Marie-Hélène. » Elle cherche encore, ajoute : « Je vais rentrer bientôt. »

Quand elle regagne le navire, elle trouve Ugo roulé en boule sur le pont.

– Ugo ? Pourquoi ?

– C'est un jour que je n'aime pas.

Elle s'assied près de lui.

– La fête des Marie, pourtant.

– Justement. De l'autre côté du mur…

Il pleure doucement. Elle ne l'a jamais vu pleurer. Elle n'ose pas bouger.

– Elle avait treize ans, quand je suis partie. Une petite fille, assise près de mon piano quand je travaillais, comme toi à Lefkas. Maria. . Maria Luckas…

A Capetown, après le concert, c'est l'émeute. Les coulisses sont envahies. Le signor Peretti est pris de panique. Il veut qu'on aille chercher la police. Dans la salle les spectateurs sont encore debout à applaudir. Ils réclament Ugo. Ils trépignent. Cela fait plus de dix minutes. Ugo refuse de revenir saluer.

– Ouvrez, Ugo ! supplie le signor Peretti.

Mais Ugo ne répond pas. Il vérifie seulement que le verrou de la porte est solide. Il rit en regardant Noële.

– Si les journalistes sont furieux contre vous, dit-elle, ils écriront que vous avez mal joué.

– Pour qui ai-je joué ? Pour eux ou pour toi ?

Il est entré dans le petit cabinet de toilette attenant à la loge.

– Tu es capable de faire de la gymnastique ? demande-t-il.

Il examine la fenêtre. Il n'y a pas d'autre solution pour s'enfuir. Il monte sur une chaise, regarde dehors. Une cour déserte, fermée par un mur bas, avec des arbres de l'autre côté, comme un jardin.

– On ne pourra pas nous voir. Passe la première.

Noële obéit, en souriant. Il y avait déjà un voyage à âne en robe du soir. Maintenant, avec la même robe, une évasion par la fenêtre.

– Personne ne t'a vue ?

– Non.

Ugo saute à son tour. Ils partent en courant, franchissent le petit mur. C'est bien un jardin, celui d'un grand hôtel. Il est désert à cette heure. Tous les clients sont encore dans la salle de concert à attendre. Sur la droite, un immense parking avec des voitures.

– On va en voler une, dit Ugo.

– Voler ?

– Comment faire autrement ?

Ils avancent, courbés en deux. Devant l'entrée de l'hôtel, il y a un portier, que la chaleur fait somnoler. Ils se glissent à l'intérieur d'une longue Cadillac.

– Les clefs sont restées sur le tableau de bord, murmure Ugo.

– Vous savez conduire ?

– Bien sûr.

Il met le moteur en marche, sort du parking lentement. Le portier ne remarque rien.

– Il n'y a pas de voiture plus silencieuse, affirme Ugo.

Dès qu'il est sur la route, il accélère. La voiture est découverte. Il y a du vent, et la nuit tout autour.

– Je pense à la tête du signor Peretti quand il trouvera ma loge vide !

La ville est déjà loin. Il y a la mer et la plage le long de la route, une ligne toute droite, pendant des heures. Ce n'est même pas la peine de regarder. On peut fermer les yeux et se laisser entraîner sans savoir. Ugo tend la main, Noële vient vers lui, appuie son visage contre cette main tendue. Une force en elle se défend encore, et il faut qu'elle lutte. Ugo entend qu'elle pousse une sorte de plainte.

– Cette nuit, dit-il, nous nous sommes évadés ensemble.

Ils roulent longtemps. La mer les accompagne. Depuis qu'ils se connaissent, la mer est toujours avec eux. Et même avant. Depuis les tout premiers jours. Noële se souvient. On le lui a raconté, mais cette nuit c'est comme si la mémoire lui était rendue. Sa mère qui prend un bateau, une nuit, en secret, et qui traverse de Grèce en Italie, après avoir attaché au cou de sa petite fille une étiquette, avec son nom et sa date de naissance. La mer déjà. Et Yannis Karrassos, du haut de la plate-forme suspendue dans le vide, disant : « La mer aussi m'appartient. » Et cette voix lointaine, si lointaine qu'elle a de la peine à l'entendre, la voix de Gilles Vaindrier, un soir, qui remarque : « C'est l'été, sur les plages, que tu redeviens toi-même. »

Ugo arrête la voiture. Ils sont seuls au monde, avec le ciel et toutes les étoiles. Ils descendent de la Cadillac, entrent dans la mer. Ils se baignent, ils se noient, ils ne respirent plus. Ils sont rejetés sur le sable, comme des épaves. Ils se réveillent dans les bras l'un de l'autre. C'est la nuit encore.

– Tu dormais ? demande Noële.

– Je te regardais dormir ! Le premier qui t'ait regardée dormir, c'est moi.

– Je rêvais.

Il l'embrasse. Son corps a le goût du sel.

– Parfois, tu secouais la tête, comme si quelque chose te gênait. Tes cheveux peut-être... Je n'osais pas les écarter. J'avais peur de te réveiller.

Elle a faim.

– Tu te souviens de l'oursin ?

C'est l'aube déjà. La voiture est au bord de la route.

– Comment n'est-on pas à notre recherche ?

– C'est qu'il n'y a plus personne. La terre s'est dépeuplée cette nuit. Nous allons entrer dans des villes désertes. Nous appellerons et personne ne répondra. Nous finirons par ne plus connaître que deux noms : le tien et le mien.

– J'aime ce jour. J'aime ce sable. J'aime que tu me regardes.

– Nous allons vivre ici. Ce sera notre pays.

– Et notre maison ?

Ugo croise ses deux mains, les tient au-dessus du visage de Noële.

– Voici le toit.

Il lui semble qu'elle dormait. Il lui semble que Ugo a parlé, mais elle rêvait. Il y avait une clairière, et des animaux assis en rond autour d'elle, immobiles.

– Il faut revenir, dit-elle.

Ils se lèvent, se tiennent à quelques pas l'un de l'autre, se regardent. Puis ils ramassent leurs vêtements, reprennent leurs visages d'avant le Paradis, rejoignent la voiture.

– Je voudrais qu'il n'y ait plus d'essence, dit Ugo. Que l'auto soit en panne, que le temps devienne immobile.

– Tu racontes mon rêve. Tous les animaux regardaient dans la même direction. Quelqu'un arrivait sans bruit. Quelqu'un qui m'appelait par mon nom.

– Pourquoi t'es-tu réveillée ?

– Parce que tu étais déjà là.

LA PLAGE DE CAPETOWN

La police les attend sur le port de Capetown. Il faut s'expliquer, mais très vite les choses s'arrangent. Le propriétaire de la Cadillac, qui n'a pas dormi, perd toute colère en reconnaissant Ugo.

– Je vous l'aurais prêtée, assure-t-il en souriant.

Il suffit d'un moment pour apaiser les policiers, retirer la plainte, signer une décharge. Noële laisse Ugo régler ces détails. Elle monte à bord de l'*Alexandra III*. Le signor Peretti l'attend, le visage bouleversé.

– Je ne saurai pas le faire, dit-il. Il faut prévenir Ugo, mais moi, je ne saurai pas.

Il tient un télégramme à la main.

– M. Karrassos ? s'inquiète Noële.

– Non. Héléna.

– Un accident ?

Peretti ne répond pas. Il tend le papier à Noële. Un accident de voiture, près de Paris. Mortel.

— Je l'ai reçu avant le concert, avoue le signor Peretti. Je n'ai pas voulu le dire à Ugo. Il n'aurait pas pu jouer.

X

– NOËLE, mon chéri !

Lisette Andrieux, sa marraine, la serre à l'étouffer.

– C'est bien simple, je suis folle. Quand j'ai reçu ton télégramme, ce matin, tu demanderas à mes fils : j'ai sauté. Vraiment sauté. J'ai fait un bond. Tu en avais assez de ce bateau, c'est ça ?

– Oui.

Lisette est habillée en homme, avec des pantalons de velours brun, une veste rouge vif et des bottes. Elle a les cheveux coupés court, un gros anneau d'or à l'oreille. Elle entraîne Noële vers la sortie de l'aéroport de Rio de Janeiro.

– Attention ! Ne t'imagine pas que c'est très gai chez moi. Il y a des kilomètres de cactus et de pierrailles, avec des moutons et des chevaux. Et puis mon mari et mes fils sont des ours. Ils ne disent jamais un mot. En voilà un, là-bas, près de la grande voiture blanche. Le maigre, qui fume le cigare. Carlo, mon fils aîné.

Elle s'arrête, regarde Noële, éclate de rire.

– Tu es belle, tu es bronzée, ça t'a fait un bien incroyable cette croisière. Et, je parle, je parle ! Depuis des années je n'ai pas parlé ! Depuis mon dernier voyage en France, il y a dix-huit mois. Tu étais déjà très belle. Mais maintenant, tu vas tourner la tête de mes fils !

Elles sont arrivées à la voiture.

– Carlo, je te présente ma filleule : Noële.

Et tournée vers Noële :

– A propos, tu t'appelles Vaindrier ou Karrassos ?

– Pour toi, je serai toujours Vaindrier.

– Exact. Carlo, voici donc Noële Vaindrier.

Le jeune homme fait un signe de tête accompagné d'un petit grognement. Lisette affirme :

– Tu n'en tireras jamais rien d'autre. Il a pourtant une voix ravissante. La nuit, il s'accompagne à la guitare, et il chante, mais pour lui seul. Les bagages sont embarqués ? On peut partir.

Noële s'assied dans le fond de la voiture, laisse aller sa tête contre le dossier de la banquette. Elle est recrue de fatigue.

– C'est à plus de soixante kilomètres de Rio, ma chérie, dit Lisette en s'installant à côté d'elle. J'espère que tu auras de la patience.

– Oui.

Elle voudrait ne plus entendre pleurer Ugo. A l'aéroport. Devant tout le monde. Il pleurait. Il disait : « Ne pars pas, ne pars pas... Tu ne pourras pas. On va appeler les passagers, tu te lèveras, mais tu n'auras pas la force d'aller jusqu'à l'avion. » Elle répondait : « Va-t'en. Je t'en supplie, va-t'en. Je ne voulais pas que tu viennes à l'aéroport. Je savais que tu n'aurais pas la force... »

– Tu es fatiguée, ma pauvre chérie ?

– Oui, Lisette.

– C'est ce voyage en avion ! De Capetown à Rio, c'est long. Tu n'as pas l'habitude. Surtout après tant de jours de mer. Et puis, c'est moi qui parle trop. N'écoute pas. Ne fais pas attention. Comme tu es belle ! Carlo, dépêche-toi. Noële est fatiguée.

Carlo conduit vite. La route monte à travers les maisons. Bientôt la mer apparaît.

– On reviendra voir la fameuse baie un autre jour. Car tu restes avec nous quelques jours, j'espère ?

– Oui, Lisette.

– Et ce bateau Karrassos, il est aussi beau que les journaux le racontent ? Tu sais que j'ai lu sur toi des articles insensés. J'en riais, tellement c'était absurde. Même dans les journaux brésiliens on a parlé de toi. Heureusement que tu avais des lunettes de soleil, aujourd'hui, à l'aéroport. Si quelqu'un t'avait reconnue, ça pouvait faire une émeute. Carlo, un petit cigare, s'il te plaît.

Carlo cherche dans sa poche, tend un cigare à sa mère par-dessus son épaule.

– Ça ne te dérange pas ? s'inquiète Lisette. Tu comprends, au Brésil, si tu ne fumes pas le cigare et si tu ne bois pas de café, tu te demandes ce que tu fais là. Et moi, si je commence à me demander ce que je fais là, je deviens neurasthénique. Je pense à la France et je pleure pendant deux jours. Tes parents savent que tu es ici ?

– Non, dit Noële. Je leur écrirai demain.

Elle ne sait pas comment demander à Lisette Andrieux de ne plus parler. Et pourtant, cette voix lui fait du bien, couvre celle de Ugo, à l'aéroport de Capetown, qui disait : « Ce n'est pas nous. C'est un accident. Rien d'autre qu'un accident ! J'ai téléphoné à Yannis. Il m'a tout expliqué... Tu l'as entendu toi aussi. Tu avais l'écouteur. Noële, je t'en supplie, ne pars pas. Tu n'es pas responsable. »

Elle ne savait pas le faire taire, elle secouait la tête, elle fermait les yeux, elle disait : « Tais-toi. Tais-toi et va-t'en. Tu m'avais promis de ne rien dire. » Il fallait qu'elle se sépare de lui, qu'elle mette une longue distance entre eux, et qu'ils soient comme s'ils ne s'étaient jamais rencontrés. Elle avait tout de suite pensé : « Lisette... » L'*Alexandra III* devait gagner l'Amérique du Sud. C'était sur l'itinéraire prévu. Elle avait dit à Ugo : « Je prends un avion. Je serai à Rio ce soir. Toi, fais le voyage en bateau. Je t'attendrai là-bas. Il le faut, Ugo. Il le faut. »

Lisette lui prend doucement la main :

– Tu sais, mon chéri, je ne suis pas tout à fait idiote. Je vois bien qu'il y a quelque chose qui ne va pas. Rassure-toi. Je ne te poserai aucune question. Je voulais seulement te dire que je t'aime. Presque autant que ta mère. Tu es ici avec quelqu'un qui t'aime.

C'est une longue maison de pierres rouges, sans étage, avec de grandes portes-fenêtres ouvrant sur des vérandas. Il y a des moustiquaires, et des ventilateurs accrochés aux plafonds, qui tournent avec un bruit sourd. Tout est blanc avec des meubles de bois foncé, des bancs le long des murs et des fauteuils de toile. Derrière la maison, au milieu des arbustes, se trouvent les écuries. L'odeur des chevaux monte avec le soir. On les entend donner des coups de sabot. Le ciel est vert au couchant. Les garçons d'écurie passent dans l'ombre. Ils sont minces, avec des visages bruns, et des bottes.

Lisette a conduit Noële jusqu'à sa chambre : une pièce carrée, tout à fait au bout de la maison. Avec une sorte de naïveté attendrissante, Lisette a cherché à recréer la France : il y a des rideaux de soie grise aux fenêtres, un guéridon en marqueterie, une commode Louis XVI avec des poignées rondes ; des gravures accrochées au mur représentant des roses, et sur le divan bas, des coussins brodés au petit point.

– C'est ici que je me console, sais-tu ?

Noële s'est allongée sur le divan.

– J'ai essayé de faire pousser de la vigne vierge sur la véranda, pour qu'elle grimpe le long des piliers. Mais rien ne pousse. Même en arrosant deux fois par jour. La glycine, n'en parlons pas. Je n'ai rien de la France, sauf ces quatre meubles et des disques. Je les reçois tous. A chaque courrier, j'en ai trois ou quatre. Quand tu t'assieds, le soir, et que tu écoutes chanter : « Sur les jardins alanguis, sur les roses de la nuit, il pleut... » tu ne peux pas savoir l'effet que ça fait ! Ici, il ne pleut jamais. Ou alors, des trombes.

Elle s'oblige à parler, pour ne pas rester silencieuse à côté de Noële.

– Je crois que mes ours se mettent en frais pour toi. Pour la première fois de leur vie, ils vont dîner en cravate. Tu vas voir mon second fils : Miguel. Il est très beau. Il est vraiment à moi, celui-là. Avec des yeux bleus, une peau claire. L'Ile-de-France, la Touraine. Ce prénom, c'est idiot : Miguel. C'est tellement plus joli : Michel. Et Charles au lieu de Carlo. Mais c'est comme la vigne vierge : des prénoms qui ne s'acclimatent pas.

Elle tend la main à Noële.

– Tu as la force de venir à table ?

– Oui.

– Je te donnerai quelque chose pour dormir cette nuit. Rien de dangereux. Juste un petit cachet. Demain, tu verras, si tu as dormi tu iras mieux.

Le dîner est silencieux. Le mari de Lisette et ses deux fils sont habillés de toile blanche, avec des chemises brodées et des nœuds papillons très étroits, en soie noire. Ils mangent sans regarder Noële. Mais sous leurs paupières baissées on devine leur étonnement. Les deux fils ont vingt ans à peine. Diego, le mari, est maigre, voûté, avec des cheveux hirsutes et très blancs, de longues mains, une nonchalance naturelle qui contraste avec la vivacité de Lisette.

– J'ai essayé de te faire de la cuisine française, dit-elle. Une tarte aux pommes. Mais je crois qu'elle est immangeable.

Miguel et Carlo en goûtent une bouchée, s'étranglent, demandent à leur mère s'ils peuvent se lever. Lisette éclate de rire.

– Ils se sont précipités à la cuisine pour manger du fromage. Et boire du maté. Cette tarte les a étouffés. Mais c'est la première fois qu'ils me demandent la permission de se lever de table. Tu les transformes en hommes civilisés, ma chérie !

Diego a allumé un cigare.

– Ils n'ont jamais vécu auprès d'une jeune fille, explique-t-il. Leur mère vit comme eux. Elle fume, chasse, monte à cheval. Ils ne se souviennent plus que c'est une femme. Vous, mademoiselle, ils vous regardent avec stupeur.

Il parle un français très clair, sans accent. Noële se souvient qu'il est de père français, qu'il s'appelle Andrieux, qu'il a fait ses études en France. Il y a si longtemps qu'il a dû l'oublier lui-même.

– J'aurais voulu une fille, dit-il rêveusement. Les garçons, je connais déjà, tout ce qu'ils découvrent. Mais une fille…

Lisette s'est levée.

– Il faut laisser Noële dormir maintenant.

Il se lève à son tour, s'incline devant Noële.

– J'espère que nous ne vous réveillerons pas demain matin, mes fils et moi. Nous partons toujours avant le soleil. Peut-être entendrez-vous les chevaux. Pardon à l'avance.

Noële s'accroche au bras de Lisette. Elle craint de ne pas avoir la force d'aller jusqu'à sa chambre. La porte refermée, elle va se trouver seule et elle ne sait pas si elle le supportera.

– Prends ça, dit Lisette en lui tendant un verre d'eau et un cachet.

Noële obéit.

– Si tu as besoin de moi, n'hésite pas. Ma chambre est juste à côté de la tienne. Je peux te laisser ?

– Oui.

Lisette sort, ferme la porte. Noële est debout au milieu de la chambre. Elle dit doucement : « Ugo… » Elle regarde autour d'elle, répète : « Ugo… » Elle va jusqu'à la fenêtre, soulève le rideau. Il n'y a personne sous la véranda. La nuit. Des bruits qu'elle ne connaît pas. Quelque chose comme des animaux. Elle se dit qu'il faut attendre un peu, que le cachet va faire son effet. Elle laisse retomber le rideau, s'allonge sur le lit, met ses mains contre ses oreilles. Elle a peur d'entendre. Et elle entend.

Il pleurait comme un enfant. Il disait : « Ne pars pas. » Les gens les regardaient. Ils étaient obligés de se cacher. Elle répondait : « Je vais t'attendre, penser à toi. Tout le temps, Ugo, tout le temps. Je te jure que pas une minute… » Il ajoutait : « Je veux t'embrasser. Il le faut. Retournons à la voiture. » Elle a un mouvement presque convulsif, remonte ses genoux jusqu'à son menton. Il y a ses mains, et Ugo qui l'embrasse, et elle crie : « Va-t'en, va-t'en, va-t'en. » Et elle pleure à son tour.

Le bruit des chevaux la réveille. Ils passent devant sa fenêtre, avec le tintement des fers sur les cailloux. Elle a dormi comme une morte, repliée sur elle-même, les genoux au menton, les mains sur les oreilles. Elle a froid. Elle prend une couverture, s'en enveloppe. Il fait encore nuit. Diego l'a dit. Ils partent avant le soleil. La maison est vide, maintenant.

Noële sort de la chambre, frappe à la porte de Lisette.

– C'est moi, Noële !

– Entre.

Lisette s'est dressée dans son lit en sursaut. Elle allume, regarde sa montre.

– Trois heures dix, ma pauvre chérie. Ce sont mes hommes qui t'ont réveillée.

– Je peux rester avec toi ?

– Bien sûr.

– Je peux m'asseoir dans ce fauteuil, près de la fenêtre ?

– Tu vas avoir froid.

– J'ai une couverture. Eteins. Rendors-toi. Fais comme si je n'étais pas là.

Noële s'est assise dans le fauteuil, les genoux repliés, la couverture jusqu'au menton.

– Lisette…

– Mon chéri ?

– J'ai trahi Jean-François. Je me suis débattue longtemps, j'ai refusé ! J'ai dit non ! Et puis j'ai cédé. Il aurait fallu que je parte. C'était la seule façon. Mais je n'ai pas eu la force de partir.

Elle ne regarde pas Lisette, mais la fenêtre près de laquelle elle est assise, le rideau blanc, le bois foncé.

– Ecoute, Lisette, il y avait une femme, Héléna…

Elle hésite sur le nom d'Héléna. Mais elle se dit qu'il faut aller jusqu'au bout. Elle raconte tout, depuis le premier concert à Athènes. Elle raconte Jean-François autant que Ugo. Jean-François jusqu'à ses lettres, jusqu'à son voyage en Suède, jusqu'à ses projets. Elle raconte aussi Yannis, et Delpina. Elle va jusqu'à Capetown, jusqu'à la mort d'Héléna, jusqu'au long coup de téléphone avec Yannis qui était à Francfort au moment de l'accident, qui s'était tout de suite rendu à Paris. Jusqu'à la séparation à l'aéroport de Capetown. Lorsqu'elle a tout raconté, le jour est derrière les rideaux.

Lisette a écouté sans poser de questions. Lorsque Noële gardait le silence un peu trop longtemps, elle ne l'obligeait pas à en sortir. Elle cherchait seulement un petit cigare sur sa table de nuit, l'allumait, fumait sans bruit. Maintenant, elle attend.

– Tu comprends pourquoi je ne pouvais pas retourner aux Quatre Vents, Lisette ? Je ne pouvais pas tout avouer à ma mère.

– Elle comprendrait.

Noële ferme les yeux. Elle a l'impression qu'elle va s'endormir de nouveau. Lisette se lève.

– Ne reste pas là. Prends mon lit.

– Non.

– Obéis-moi.

Noële se laisse conduire jusqu'au lit, s'y allonge, s'endort tout de suite. Lisette attend un moment, quitte la chambre sur la pointe des pieds. Noële dort jusqu'au soir. Diego et ses fils rentrent. Lisette de loin leur fait signe de ne pas faire de bruit. Ils marchent tous les trois sur la pointe des pieds. Ils sont déçus. Ils avaient envie de remettre leurs chemises brodées et leurs cravates.

Noële remue doucement, étend les bras, ouvre les yeux. La nuit vient. Dans l'ombre de la véranda, une guitare joue en sourdine.

Noële appelle :

– Lisette !

– Mon chéri ?

– J'ai dormi ?

– Oui. Tu te sens mieux ?

– Oui.

Elles se sourient.

– J'ai faim, dit Noële.

Maintenant qu'elle a vu le sourire de Lisette, elle sait que sa mère lui sourirait de la même façon, et lui ouvrirait les bras de la même façon.

XI

PENDANT trois jours, elles vivent comme si elles étaient en vacances. Elles visitent Rio de Janeiro, Brasilia, font des courses, achètent n'importe quoi pour le plaisir de marchander, car Lisette Andrieux adore faire des cadeaux. Elles ont l'air insouciantes. Elles rient. Noële autant que Lisette. Elles ne parlent de rien. Lisette monologue. Noële écoute, répond d'un mot. Elle se sent protégée par cette complicité. Tout de suite, elle a su qu'il n'y avait rien à craindre, que grâce à Lisette, elle aurait la patience d'attendre l'arrivée de l'*Alexandra III*. Elle ne compte pas les jours. Un matin, elle se réveillera et elle saura que Ugo vient de toucher terre. Le soir, elles s'attardent sous la véranda. Elles écoutent des disques. Puis Carlo s'assied contre un pilier, un peu à l'écart, avec sa guitare. Il joue. Il chante un peu. Miguel sort de l'écurie. Il a fini de panser son cheval. Il s'assied contre un autre pilier. Ces soirs-là, Noële se sent bien.

– Garde-moi ici, Lisette ! propose-t-elle le soir du quatrième jour. Je deviendrai la sœur de Carlo et de Miguel, la fille de Diego qui rêve d'en avoir une. Je ferai du cheval, j'irai à la chasse. Je m'habillerai comme toi. On essaie ?

Lisette a un mouvement d'impatience.

– Ça devient une vraie manie chez toi de vouloir changer de famille !

Noële rougit brusquement.

– Tu as raison. Moque-toi de moi. C'est ce que je mérite.

Elle regagne sa chambre. Lisette n'est pas décidée à la laisser se plaindre. Elle a alerté un de ses amis qui travaille pour une compagnie maritime. Par lui, elle suit jour après jour la route de l'*Alexandra III*. Elle sait le temps qu'il faut encore à Ugo pour être là. Elle rejoint Noële dans sa chambre.

– J'ai écrit une grande lettre à ta mère. Je lui raconte tout. Je voudrais que tu la lises et que tu me donnes la permission de l'envoyer.

– Pourquoi ce soir, Lisette ?

– Tu n'es pas venue ici pour te cacher dans le sable, comme les autruches, mais pour y voir clair. Depuis trois jours, tu joues à ne penser à rien. Mais il est temps d'arrêter.

Lisette parle avec la même impatience que tout à l'heure, parce qu'elle a de l'estime pour sa filleule et qu'elle lui veut du caractère.

– Ugo sera là bientôt. Que vas-tu faire ?

Noële la regarde sans comprendre. Il y avait cette parfaite complicité entre elles depuis trois jours. Soudain tout est rompu.

– Je ne veux pas que Ugo arrive ici sans que tu aies choisi ! continue Lisette. Ou bien tu repars avec lui. Ou bien tu retournes aux Quatre Vents. Il n'y a pas d'autres solutions. Rêver, comme tu le faisais tout à l'heure, que tu vas rester avec nous et devenir la fille de Diego, c'est de la lâcheté !

Noële cache son visage dans ses mains.

– Cela ne sert à rien, poursuit Lisette. Autrefois, quand madame Marie te prenait en faute, tu cachais ton visage. Et elle s'attendrissait. Ce temps-là est fini ! Tu n'es plus en faute. Tu agis, et tu acceptes ta façon d'agir.

Lisette sort de la chambre, revient un moment après avec deux manteaux et des bottes.

– La nuit est froide, dit-elle. Nous allons marcher.

Elles sortent de la maison, descendent vers une route étroite qui tourne en lacet. Très vite, elles sont dans la pierraille. La lune est levée, mais elle éclaire mal. Il y a des ombres partout, et de brefs mouvements de fuite devant elles. Noële a relevé le col du manteau, enfoncé les mains dans ses poches. Lisette lui prend le bras.

– Il y a Jean-François, et il y a Ugo, dit-elle. Il y a les Quatre Vents, et il y a Lefkas. Et encore, il y a Yannis Karrassos et Gilles Vaindrier. Tu ne peux pas sans cesse osciller de l'un vers l'autre, avec des larmes, des fuites et des remords. Tu ne peux pas te dire, pour te rassurer, comme tu le fais en ce moment : c'est un rêve, j'ai le temps de dormir ! Tu ne peux pas avaler des cachets qui te font un sommeil de morte, et croire qu'à ton réveil tout sera rentré dans l'ordre.

Elles vont vers un horizon qui est une ligne droite au bas du ciel. La terre s'effrite sous leurs pas. Il n'a pas plu depuis trois mois.

– Parfois, dit Noële doucement, je regarde le ciel. Je me dis qu'un avion va descendre, ou un hélicoptère, et ce sera Jean-François. Il me ramènera chez lui.

Elle se met à parler haut et vite.

– Je voudrais qu'il n'y ait jamais eu Ugo. Et jamais Lefkas. Et jamais cet homme qui est venu me donner un nom que je ne voulais pas! Simplement les Quatre Vents, et mon père et ma mère, et Jean-François, et la vie qui coule, comme la Loire devant ses fenêtres.

– Tu ne dis pas la vérité.

– Si!

– Tu es en colère. Quand tu dis: je voudrais qu'il n'y ait jamais eu Ugo, c'est de la colère.

– C'est vrai.

– Pas contre Ugo.

– Contre qui?

– Contre Jean-François, parce qu'il n'a pas su empêcher Ugo. Et tu regardes le ciel, tu l'attends, et c'est toujours de la colère contre lui. Parce que tu voudrais qu'il vienne te délivrer de Ugo. Tu voudrais qu'il t'empêche de penser à Ugo. Tu voudrais qu'il efface d'un geste tout ce qui s'est passé entre Ugo et toi. Ce n'est pas aimer Jean-François, ça, c'est aimer Ugo.

Le vent se lève, brutalement, fait danser la poussière devant leurs yeux.

– J'aime Ugo? dit Noële.

Elle a parlé d'une voix étonnée comme si elle ne savait pas le sens de ces mots. C'est la première fois qu'elle les prononce.

– J'aime Ugo, répète-t-elle.

Lisette fait quelques pas, s'arrête de nouveau. Noële est immobile au milieu du chemin.

– Je ne l'ai jamais dit à personne. Pas même à Ugo.

Elle rejoint Lisette, la prend par la taille. Mais celle-ci l'écarte avec fermeté.

– Pas encore, mon chéri. Si nous commençons à verser des larmes de joie, nous n'en sortirons pas. Tu as l'attendrissement facile, en ce moment. Peut-être est-ce une faiblesse Karrassos.

Elles repartent du même pas.

– Que tu aimes Ugo, je le sais depuis le premier jour. Je m'étonne que tu aies l'air de le découvrir. Ce qui compte maintenant, c'est de savoir comment tu l'aimes.

– A tout quitter pour lui, à ne plus voir personne, à faire n'importe quoi pour le rejoindre.

Lisette a un petit rire impatienté.

– Ce sont des mots. Rien que des mots! Ce que je veux savoir, c'est si tu aimes Ugo avec remords, ou avec fierté. Je veux dire: si tu l'aimes en sachant que tu n'auras pas le courage d'aller jusqu'au bout. Alors, il faut télégraphier à Jean-François dès demain. Il viendra te chercher, comme tu le souhaitais tout à l'heure, et il te ramènera chez toi. Ou alors, tu aimes Ugo avec fierté. Tu n'as pas peur d'affronter ce que cet amour te réserve d'épreuves. Tu l'aimes malgré Jean-François. Et tu le dis bien haut. Pas seulement pour toi toute seule, comme tu viens de le faire, au milieu de la nuit. En plein jour. A Jean-François d'abord, à tes parents, à ses parents. A tous ceux qui doivent le savoir.

Noële a baissé la tête. Elle se souvient très exactement de cette nuit à Athènes, après le premier concert de Ugo. «Comme une ombre double», avait-elle pensé, au bord de deux mondes. Par jeu, elle s'était dit: «C'est la robe, il suffit que je l'enlève.» Mais non. C'était déjà ce que la sévérité de Lisette vient de rendre si clair. Déjà un choix nécessaire. Il n'y a pas d'ombre double, sauf pour qui ferme les yeux et refuse la vérité.

Quelque part un cheval hennit, puis un autre. Il y a des roulements de sabots, très clairs et comme à quelques mètres d'elles. Elles font demi-tour, reviennent lentement vers la maison.

– Je ne peux pas t'aider au-delà, ajoute Lisette. Il reste cette longue lettre à tes parents. Je ne l'enverrai que si tu le veux.

– Il faut que Ugo soit d'accord. Tu l'enverras quand il sera là, conclut Noële.

– Et maintenant, on va sauter sur un cheval toutes les deux, et rejoindre mes hommes à la chasse.

– Je ne suis jamais montée à cheval.

– J'ai une jument parfaitement docile, qui m'obéit à la voix. Je te tiendrai les rênes et ça ira tout seul.

– C'est loin, cette chasse?

– Je ne sais pas. On ne les rejoindra peut-être même pas. Ce qui compte c'est que tu bouges. Je vais te prêter un pantalon. Ces bottes ne te font pas mal?

– Non.

– Alors, tu les gardes.

Elles arrivent à la maison. Une petite lumière dans la cuisine et l'odeur du café chaud les réconfortent. Elles en boivent un grand bol, en se regardant. Et cette fois, c'est Lisette qui prend Noële par le cou et l'embrasse longuement.

– Tu veux un fusil?

– Sûrement pas. Le cheval, passe encore, mais le fusil...

Elles partent un quart d'heure plus tard. Tout est blanc, comme pris par le givre. Elles laissent leurs chevaux aller au pas. Elles retrouvent leur complicité des jours précédents, mais cette fois sans équivoque et sans arrière-pensée. Noële respire à l'aise. Elle sait qu'il y aura des jours difficiles, qu'elle manquera souvent de courage, et qu'il faudra lutter contre elle-même, mais son bonheur est à ce prix.

– Lisette ?

– Oui ?

– Pour Diego, tu as su tout de suite ?

– Non.

Elles marchent côte à côte, leurs bottes se touchent, leurs chevaux vont du même pas.

– Quand as-tu su ?

– Je n'ai jamais su, mon chéri. Pourquoi me poses-tu cette question ? Il y avait quelqu'un, quelqu'un que j'aimais, que je rêvais d'épouser. Et puis…

– Et puis ?

– Ce sont des choses banales. Ce quelqu'un en a épousé une autre. Alors, Diego m'a dit qu'il vivait au Brésil, et j'ai eu envie de quitter la France.

Elles sont arrivées près d'un bouquet d'arbres. Le soleil déjà haut les pousse vers l'ombre. Elles s'arrêtent, descendent de cheval. Il y a un abreuvoir. Elles y trempent leurs mains. Les bêtes boivent.

– Ne crois surtout pas que je regrette, dit Lisette. J'ai été malheureuse, à ne pas pouvoir vivre ! Mais maintenant, vingt ans ont passé. Et je suis bien avec Diego. J'aime mes fils. Je parle toujours de la France, comme si je mourais d'envie d'y aller. Mais lorsque j'y suis, je pense à mes trois ours, et je reprends l'avion.

Elle sourit à Noële.

– Pour Jean-François ce sera la même chose : malheureux à ne pas pouvoir vivre. Mais il vivra. Et plus tard, beaucoup plus tard, il te remerciera.

– Pourquoi ?

– Parce que tout est préférable au mensonge. Si tu avais peur de le faire souffrir maintenant, si tu te décidais à l'épouser quand même, alors que tu aimes Ugo, il le découvrirait vite et ne le supporterait pas. L'homme que j'aimais, j'ai cru le haïr. Mais non ! C'est la souffrance que je haïssais, parce que tout le monde est lâche devant elle. L'homme que j'aimais, je parle de lui aujourd'hui avec tendresse. Parce qu'il ne m'a pas menti.

Un coup de feu sur la gauche.

– Nous ne sommes pas loin de mes ours.

Avant de remonter en selle, elle dit encore :

– Bien sûr, les femmes qui ne connaissent qu'un seul amour, qui ne se trompent pas et ne sont pas trompées sont peut-être les plus heureuses. Mais je n'en suis pas sûre, et elles sont rarissimes.

Un second coup de feu, plus proche, et le galop d'un cheval. Lisette insiste :

– Oui. Je me demande si ce sont vraiment les plus heureuses.

La journée passe, et tout est simple. Miguel et Carlo sont encore surpris par cette sœur au milieu d'eux, qui les accompagne à la chasse. C'est Carlo qui vient près de Noële et tient les rênes de la jument. Si la bête fait un écart, d'un geste souple et rapide il l'aide à reprendre son équilibre. Diego galope et Lisette avec lui. Ils tirent l'un et l'autre avec précision. Le tableau de chasse est impressionnant. De loin en loin, au hasard de leurs courses, ils découvrent des bergeries, et les bergers les saluent en silence.

– Nous sommes toujours sur votre domaine ? demande Noële.

– Oui.

– C'est grand.

– Beaucoup trop. A quoi ça sert tous ces kilomètres de pierres et de sable ? On se brûle, on a soif, on est toujours à cheval. Ce n'est pas à la mesure d'un homme.

– Alors, pourquoi ?

– Il n'y a pas de pourquoi, répond Diego. Mon père m'a répliqué : c'est ton domaine. J'ai répondu : bien. A mon tour je l'ai transmis à mes fils, et ils ont déclaré : bien.

La nuit vient. Ils se sont trop éloignés de la maison pour y revenir. Ils passent la nuit dans une bergerie. Miguel allume un feu, fait griller le gibier abattu. Noële s'endort comme une enfant.

Ils reviennent le lendemain, en flânant.

– C'est bon, dit Noële à Lisette, de se laisser conduire ainsi. D'être sur un cheval qui obéit à une autre main. De n'avoir qu'à dire : oui ou non.

– Profites-en ! conseille Lisette. Dès que Ugo sera là, tu ne pourras plus te laisser conduire.

C'est la même journée, avec des troupeaux rencontrés, des feux allumés pour griller la viande, du lait chaud, des siestes sous les arbres. Le soir, assises sous la véranda, Lisette et Noële parlent à mi-voix.

– Cette femme qui a trouvé la mort en voiture, tu penses à elle sans effroi ? demande Lisette. Tu as compris que M. Karrassos t'avait dit la vérité ? Que c'est un accident, rien qu'un accident, comme Carlo peut en avoir un demain, parce qu'il conduit trop vite ?

Noële aurait voulu qu'elle ne parle pas d'Héléna. Mais pareil souhait serait le dernier signe de cette lâcheté que Lisette lui a reprochée.

– J'ai cru, au début, que c'était vraiment à cause d'elle que tu avais quitté Ugo. Que c'était la raison profonde de ta décision, et j'ai pensé que j'aurais à lutter longtemps pour t'en délivrer. Mais je sais maintenant que tu as quitté Ugo pour lui seul. Pour être loin de lui et y voir clair.

La nuit est douce, avec un vent léger qui tourne sous la véranda. Lisette se lève.

– Je vais me coucher. Tu devrais dormir, toi aussi.

Mais Noële s'attarde encore un moment. Une ombre se glisse près d'elle. Elle reconnaît Carlo. Il n'a pas sa guitare. Il s'assied sur le sol dallé de la véranda, et la regarde.

– Carlo, explique Noële doucement, je ne vais pas rester longtemps avec vous. Quelqu'un va venir me chercher, et je le suivrai. Mais pendant longtemps, je penserai à vous, à votre silence, à votre amitié. Je ne sais pas si vous avez entendu, si vous avez compris, mais il fallait que je vous le dise.

De bonne heure, le lendemain matin, elle est réveillée par la sonnerie du téléphone :

– Noële ! crie Lisette. L'*Alexandra III* est arrivé à Rio, cette nuit.

XII

MADAME Marie est au pied de l'escalier.

– Le courrier, madame.

– Une lettre de Noële ? demande Nicole Vaindrier.

– Non, madame. Ça vient de l'étranger, mais c'est une autre écriture. Et c'est lourd. Une enveloppe avec beaucoup de feuilles.

Nicole Vaindrier descend l'escalier, regarde l'enveloppe.

– Tiens, Lisette !

C'est lourd, en effet. Lisette pourtant n'écrit jamais. Une petite carte de loin en loin, pour annoncer qu'elle vient en France ou pour souhaiter la fête de sa filleule. Lisette est une femme qui parle sans arrêt, lorsqu'elle est en France, parce qu'elle passe sa vie entre trois ours silencieux. Mais pour lui donner l'envie d'écrire...

Nicole a ouvert l'enveloppe.

– C'est un vrai roman !

– Des mauvaises nouvelles ? demande madame Marie.

– Laissez-moi le temps de lire.

Elle entre dans le salon, s'installe sur le divan, près de la cheminée, commence sa lecture. Son visage attentif ne marque aucune surprise, aucune émotion. Elle tourne les pages l'une après l'autre, revient parfois en arrière, si elle a besoin de comprendre mieux. Lorsqu'elle a terminé, elle replie lentement les feuillets, les remet dans l'enveloppe, puis reste un long moment sans bouger.

Elle se lève enfin, sort de la maison, traverse la cour, entre dans la laiterie.

– Gilles...

Il est en manches de chemise, allongé sous un moteur qui ne semble pas tourner rond.

– Que veux-tu?

Elle lui tend la lettre de Lisette.

– Tu vois bien que je suis occupé.

– Lis-la maintenant, Gilles.

Elle parle d'une voix sourde, presque impersonnelle. Elle pose la lettre près de son mari, sort de la laiterie. C'est la fin août. Un été qui ne cesse pas d'être beau, sans nuages, et les paysans disent que le vin sera riche en sucre. Nicole porte la main à ses yeux, une seconde, et rentre dans la maison.

– Une lettre de Noële? demande Marie-Hélène, qui prolonge ses vacances aux Quatre Vents.

– C'est Lisette Andrieux. Elle a vu Noële à Rio.

– Tout va bien?

– Très bien.

– Je passe à l'usine tout à l'heure. Mme Saulieu n'a pas encore défait toutes ses caisses. Si je vois Jean-François, je lui dis quoi?

Nicole Vaindrier hésite une seconde.

– Dis-lui que le voyage continue sans histoire. Le bateau a quitté Los Angeles et fait route vers le Japon. Le prochain concert de Ugo est à Tokyo.

– Ça sent le retour!

– Oui.

– Jean-François va être content. Il commence à trouver le temps long.

Nicole a un bref mouvement d'impatience.

– Il n'avait qu'à faire le voyage! Karrassos l'avait invité. S'il trouve le temps long, qu'il ne se plaigne pas!

Elle s'interrompt devant le visage étonné de Marie-Hélène, rentre dans le salon, s'assied de nouveau sur le divan. Gilles Vaindrier vient la rejoindre un moment plus tard, la lettre à la main. Il a l'air de se demander ce qu'il fait là, à cette heure, et pourquoi Nicole le regarde. Il lui rend machinalement la lettre. Puis:

– C'est ce Karrassos! dit-il, brusquement. Il aurait dû rester sur le bateau. Un vrai père aurait compris ça. Mais on ne devient pas un vrai père en quelques semaines. Qu'a-t-il été faire à Francfort, à Rome, je ne sais où? De l'argent, encore de l'argent. Comme s'il n'en avait pas assez. Et Noële, pendant ce temps…

Ce n'est pas pour Ugo, ce n'est pas pour Jean-François, c'est pour lui qu'il souffre. C'est lui qui est trahi.

– J'attends un moment, pour être plus calme, dit-il enfin, et j'irai trouver Jean-François.

– Gilles, tu ne vas pas...

– Bien sûr que si ! Et s'il n'accepte pas de partir tout de suite pour rejoindre Noële, j'irai à sa place !

Ils sont dans le potager. L'usine a l'air toute neuve. On a gratté les façades, repeint les portes. L'appartement du premier étage est habité. Il y a des rideaux aux fenêtres, des pots de fleurs sur le balcon. Les machines nouvelles, arrivées de Suède, sont en cours de montage. L'usine ne tourne pas encore. Les ouvriers profitent de ces vacances pour aborder à l'île des pêcheurs.

– Il faut d'abord que je vous dise quelque chose, Jean-François. Quelque chose d'un peu difficile : je vous aime bien, commence Gilles.

– Monsieur Vaindrier...

– Voilà. C'est dit. Et c'est vrai ! Des enfants, je n'en ai pas à moi. Ma fille, je l'ai adoptée. Vous, c'est pareil. Je vous considère comme un fils. Maintenant, écoutez-moi... Noële, vous l'aimez ?

– Bien sûr.

– Je veux dire : votre avenir, c'est elle ? Votre vie, c'est elle ? Rien n'a changé ?

– Non.

– Alors, partez la rejoindre.

Gilles Vaindrier se met à marcher de long en large.

– Partez ce soir. C'est indispensable ! Pour elle et pour vous. Elle est en route pour Tokyo. Elle doit y arriver vendredi. Les avions, ça existe. Si vous n'avez pas d'argent, on s'arrangera. Voilà. Je vous ai tout dit.

Il passe la main sur son visage. Il a honte encore une fois. Parce qu'il a toujours aussi mal, et qu'au lieu de se défendre lui-même, il est venu chercher un allié. Jean-François secoue lentement la tête.

– Vous ne m'avez pas tout dit, monsieur Vaindrier.

– Si.

– Pourquoi voulez-vous que je la rejoigne aussi vite ?

– Noële vous réclame.

– Comment le savez-vous ?

Gilles ignore comment poursuivre. Ce serait si simple que Jean-François comprenne, et soit déjà parti !

– Voilà... C'est sa marraine, Lisette Andrieux. Nous avons reçu une lettre ce matin. Noële a débarqué chez elle, brusquement, il y a dix jours, dans un état de fatigue, d'inquiétude, de tristesse tout à fait anormal. Elle avait quitté le bateau. Elle avait pris un avion. Elle avait besoin de se reposer. Lisette, à force d'interroger, a fini par comprendre que c'est votre absence qui rendait Noële malheureuse. Si elle a eu envie de voir Lisette Andrieux, de rester quelques jours avec elle, c'est pour parler de vous, Jean-François, des Quatre Vents, de nous tous.

Il a tout dit, maintenant, et il a menti. Il espère que Jean-François cessera de poser des questions.

– Noële a repris son voyage?

– Je vous l'ai expliqué. Elle est en route pour le Japon.

– Donc elle va mieux. Sinon, elle serait revenue. Soyez logique avec vous-même, monsieur Vaindrier. Les avions, ça existe. Vous l'avez dit vous-même.

Gilles perd patience.

– Vous étiez invité sur le bateau, oui ou non? Vos machines ne sont pas encore montées. Votre usine est arrêtée pour quelques jours. Alors?

Jean-François sent comme une menace. Non pas dans ce que dit M. Vaindrier, qui est facile à admettre, mais dans sa façon de l'exprimer. Il n'est plus lui-même. Il ne regarde plus en face comme d'habitude.

– Pourquoi à vous plutôt qu'à moi cette lettre? demande-t-il. Pourquoi Lisette Andrieux et pas Noële?

– Ecoutez, Jean-François...

Gilles est très calme, soudain. Il parle en détachant les mots:

– Si vous, vous ne partez pas, c'est moi qui pars.

Mme Saulieu est assise sur la banquette de la salle d'attente. Elle a voulu accompagner Jean-François à la gare. Elle s'est couverte de chandails, bien que ce soit l'été. Mais elle a froid quand même.

C'est Marie-Hélène qui est venue les chercher à l'usine. Il était quatre heures du matin. Il fallait bien une voiture pour aller et revenir. La salle d'attente est déserte.

– Quelle idée ont-ils de faire partir les trains si tôt! soupire Mme Saulieu.

– Nous pouvions nous dire au revoir à la maison, mère. Comme les autres fois.

– Justement, les autres fois, je te dis au revoir bêtement, et je suis triste. Aujourd'hui je resterai jusqu'au départ du train. Et puis les autres fois, tu ne partais pas pour le Japon.

Marie-Hélène ne sait pas très bien pourquoi elle est là. Depuis hier, tout est changé. Aux Quatre Vents, et à l'usine. Une sorte d'ouragan, avec des silences, des éclats de voix, des départs qu'on décide en quelques minutes, des lettres qu'on cache. Elle aidait Mme Saulieu à ranger les placards de la cuisine. Elle était grimpée sur une échelle et empilait l'une sur l'autre des casseroles inutiles. Jean-François était arrivé dans l'appartement. Il avait dit qu'il allait rejoindre Noële au

Japon. Il l'annonçait sans y croire lui-même. Il compulsait les horaires, téléphonait à Air-France. Soudain, il s'était tourné vers Marie-Hélène :

– Vous pouvez m'accompagner à la gare? A cette heure-là, je ne trouverai pas de taxi.

Dès qu'ils sont sur le quai, Jean-François interroge anxieusement.

– Vous savez quelque chose?

– Moi?

– Quelque chose que M. Vaindrier n'a pas voulu me dire ? Quelque chose qu'il me cache ? C'est pour ça que je pars. Je veux savoir ce qu'on me cache. Si vous le savez, soyez franche.

– Je ne sais rien.

La buvette est fermée, la gare encore déserte, comme si le train ne devait jamais arriver.

– Un tel voyage en ce moment, c'est de la folie! reprend Jean-François. Surtout avec les dettes que j'ai, mon usine en pleine transformation. Mais je le fais. Parce que je deviens fou à essayer de comprendre.

Ils reviennent vers la salle d'attente.

Mme Saulieu somnole sur la banquette. Son fils s'assied près d'elle. Depuis le déménagement, c'est une autre femme. Elle a cessé de combattre. Elle avoue qu'il lui suffit d'un fauteuil devant une fenêtre donnant sur la Loire pour que sa journée ait un sens. Elle n'impose plus sa volonté à Jean-François. Elle a choisi de tout attendre de lui. Le soir, lorsqu'il revient à l'appartement et qu'il se laisse aller à fermer les yeux, elle étudie sur ce visage les signes du bonheur.

Une sonnerie se déclenche soudain. La gare s'anime.

– C'est ton train? demande Mme Saulieu.

– Certainement.

Il a pris sa valise.

– Ne venez pas sur le quai. Il fait trop froid. Quittons-nous ici.

– Je n'aime pas que tu partes, dit Mme Saulieu. Promets-moi qu'après ce voyage tu seras heureux.

Jean-François l'embrasse une fois encore.

– C'est pour ça que je pars...

XIII

NOËLE a l'impression que la porte de la loge s'est ouverte, que quelqu'un vient d'entrer. Mais elle ne tourne pas la tête. Elle écoute Ugo. La musique est comme la mer autour du navire, et elle se laisse dériver, dans l'émerveillement de ses découvertes. C'est, à chaque concert, le même sentiment d'absolue solitude. Dans l'ombre de la salle, le public ne forme plus qu'une masse confuse. Ugo et Noële sont face à face. Il la regarde, elle le regarde. Il joue pour elle seule. Elle est seule à l'entendre.

– Noële...

Elle lève la main très vite, pour faire taire cette voix derrière elle.

– C'est moi, Noële...

Il lui faut du temps pour s'arracher au voyage et tourner la tête. Elle aperçoit quelqu'un debout contre la porte de la loge.

– J'arrive à l'instant.

Aussi bas qu'il parle, sa voix trouble le silence. On s'agite autour de la loge. On donne des signes d'impatience. Jean-François se penche :

– Il faut que je te parle.

– Attends...

– Non, maintenant.

Il l'oblige à se lever, à sortir de la loge. Ils se retrouvent dans le couloir du théâtre, tout blanc, avec de petites appliques aux murs.

– Tu n'as pas l'air d'y croire ! dit Jean-François.

Noële secoue la tête. Elle ne sait plus où elle est.

– Moi non plus, je n'y crois pas, continue Jean-François. Je me suis décidé brusquement, hier. C'était trop long ! Dix mille kilomètres en avion pour te voir. La folie. Et j'arrive, et tu dors. Tu te dis : je rêve. Tu ne m'embrasses même pas.

Il la prend dans ses bras. Elle est comme morte et se laisse embrasser.

– Retournons dans la loge, dit-elle.

Il proteste :

– Je n'ai pas fait tout ce voyage pour écouter de la musique. Mais pour te voir. Tu le connais par cœur ce que joue Ugo.

Il l'entraîne vers la sortie du théâtre. Il a laissé sa valise au contrôle.

– Je la reprendrai tout à l'heure.

Ils sortent. Noële est en robe longue. La robe rouge du premier concert à Athènes.

– Tu sais encore mon nom ? demande Jean-François.

– Oui.

– Tu ne l'as pas encore prononcé.

– Jean-François.

La nuit est violente, avec des enseignes au néon qui éclatent sur les façades des gratte-ciel, des juke-boxes qui hurlent. C'est une ville qui ne dort pas. La foule est dense, pressée, rapide. Les grosses voitures klaxonnent sans arrêt.

– Hier, Marie-Hélène et ma mère, dans la gare de Roanne. Ce soir, toi et moi, dans les rues de Tokyo. Ça n'a pas l'air d'une réalité.

Il lui tient la main.

– Marie-Hélène ? murmure Noële.

– Elle a été parfaite. Elle a aidé ma mère à déménager. Tu ne peux pas savoir le travail qu'elle a fait.

– Vous avez déménagé ?

– Le 20, oui, comme prévu.

– Tu vis dans l'appartement, au bord de la Loire ?

– Oui.

Peu à peu elle revient à elle, retrouve les images qu'elle croyait perdues. Il y a la voix de Jean-François si exactement pareille à ce qu'elle était, et sa main qui tient la sienne.

– C'est très neuf, explique-t-il. Trop neuf. Ça ne ressemble plus à toi et à moi. Mais mes parents sont heureux. Et l'usine, tu vas voir à ton retour ! Les machines qu'on m'a livrées de Suède sont en cours de montage. Elles vont commencer à tourner dans une dizaine de jours. Je suis couvert de dettes. Mais ce sera bien. Ce sera comme je te l'avais promis.

Noële s'arrête.

– Je voudrais m'asseoir, dit-elle.

– Il y a un bar, là.

Ils entrent, découvrent un jardin très petit qui s'ouvre entre deux hautes maisons. Il y a des cloisons de bambous. Ils demandent du thé.

Noële est assise en face de Jean-François. Elle le regarde. Elle se dit qu'il n'y a plus de recours. Les paroles de Lisette sont en elle, comme un ordre, et elle doit obéir. Après tant de promesses, et tant d'amour partagé, elle n'avait pas le droit de le blesser de loin. Il fallait lui parler face à face. Il l'avait compris, et il était venu.

– Jean-François..., commence-t-elle.

Elle ferme les yeux, une brève seconde.

– Tu viens de dire : tu vas voir, à ton retour... Mais non, Jean-François, je ne reviendrai pas.

Elle le regarde bien en face, puis lève la main gauche, contemple la bague qu'il lui a donnée, la pierre rouge avec les brillants. Après l'avoir longtemps admirée, elle l'enlève, la pose devant Jean-François. Il ne bouge pas. Il est attentif à quelque chose qui se déplace en lui, depuis que Gilles Vaindrier est venu le voir à l'usine, et qui n'a pas cessé de se déplacer pendant le voyage. Parfois dans le bras, parfois dans l'épaule, parfois du côté du cœur.

Noële commence à parler. Elle avoue tout, lentement. Comme elle a tout avoué à Lisette Andrieux, le premier matin. Elle parle sans quitter Jean-François des yeux. Lorsqu'elle a tout dit, elle perd connaissance quelques secondes, en attendant que Jean-François réagisse. Mais il est toujours immobile, comme s'il lui fallait très longtemps pour entendre.

Puis brusquement, il se lève, saisit Noële par la main, la tire hors du jardin. Ils commencent à marcher au hasard. Et il parle. Avec une violence aussi terrible que celle de la ville, des Klaxon, des néons. Ils ne savent plus où ils sont. Le matin est là. Ils s'arrêtent parfois, entrent dans des cours, s'asseyent contre un mur, repartent. Jean-François parle toujours, la prend par les épaules, lui dit que rien n'est vrai, qu'elle dort, qu'elle va se réveiller. Elle s'abandonne entre ses mains, espérant qu'il va l'emporter malgré elle, et quand Jean-François pleure, elle pleure avec lui. Elle a cette robe rouge, et dans les rues, on la regarde. Elle ne pense pas à Ugo. Elle ne se dit pas qu'il doit la chercher. Elle sait que Ugo c'est après, quand Jean-François aura tout essayé, tout compris, quand il la laissera seule.

Ils ne savent pas comment ils sont revenus dans le petit jardin. Ils ne savent pas comment ils se retrouvent à la même table, assis l'un en face de l'autre, avec la bague entre eux.

– Que vas-tu faire ? demande-t-elle.

– Je repars.

– Ce soir ?

– Oui. Et toi ?

– Singapour demain.

Jean-François laisse aller son visage contre la table.

– Je pense à la Loire, dit-il d'une voix sourde. Il y a des moments où on n'a plus envie d'autre chose : s'asseoir, regarder l'eau, s'endormir.

– Que vas-tu leur dire ?

– A qui ?

– A tes parents ?

– Rien. Parce que ce n'est pas vrai ! Ugo et toi, ce n'est pas vrai. C'est un moment de toi. Quelque chose comme une fièvre. Mais ça ne dure jamais longtemps.

Noële se redresse.

– Tu n'as rien entendu ?

– Je rentre, et je vais t'attendre. Tu ne sais pas à quel point je suis capable d'attendre. Quand tu reviendras, tu me trouveras comme avant. Exactement comme avant.

– Jean-François...

Elle lui saisit le bras.

– J'aime Ugo.

– Oui.

– Demain je serai à Singapour avec lui. Et tout le reste du voyage, et à notre retour en Grèce, c'est lui que j'épouserai. Tu entends ?

– J'entends.

Ils gardent le silence un long moment. Puis Jean-François touche la bague devant lui et propose :

– Tu devrais la conserver, n'importe où, dans le fond d'un tiroir. Comme un souvenir.

Il joue avec la bague un moment, la met dans sa poche.

– Pas de souvenirs, tu as raison. Je vais faire comme pour l'usine. Tout arracher, tout effacer.

– Jamais, Jean-François, jamais, quoi qu'il arrive, je ne cesserai de penser à toi. Tous mes souvenirs avec toi, je les garde. Je n'ai pas menti. Tu n'as pas menti. Nous avons cru à quelque chose. Et puis, de mon côté, j'ai cessé d'y croire.

– Tu étais sincère ?

– Oui.

– Tu m'as aimé ?

– Oui.

– J'ai beau dire que j'effacerai tout, je ne pourrai pas. Il faudrait construire un barrage. Et tout serait noyé.

Il ferme les yeux.

– Plus tard, dit-elle, beaucoup plus tard, je voudrais que tu penses à moi calmement. Comme à une amie, comme à quelqu'un qui ne t'a pas seulement fait souffrir.

Il a toujours les yeux fermés.

– C'est mieux pour toi, ajoute-t-elle, qu'on ait tout refait dans l'appartement.

– On a peut-être tout refait, mais c'est le même. C'est celui où je t'ai embrassée pour la première fois.

Il regarde sa montre, se lève.

– Je vais prendre un taxi pour me faire conduire à l'aéroport. Et toi?

– Je retourne au bateau.

– Alors, c'est ici que je te dis au revoir.

– Oui.

– Je t'attends. Aussi longtemps qu'il le faudra. Tu sais où je suis.

Il lui caresse les cheveux, maladroitement.

– Mon amour…

Il reste immobile quelques secondes, laisse retomber sa main, sort du jardin.

Longtemps après, Noële se lève à son tour. Elle arrête un taxi, va jusqu'au port, retrouve l'*Alexandra III.* Ugo est sur le pont. Dès qu'il l'aperçoit, il se met à courir. Elle ne peut guère parler. Il comprend qu'il faut simplement l'aider à monter sur le pont, l'accompagner dans sa cabine et l'allonger sur sa couchette. Il la prend dans ses bras. Elle cache son visage contre lui, s'endort, se réveille très vite.

– Dis-moi ce qui va arriver maintenant? demande-t-elle.

Il dit qu'il a encore trois concerts à donner, que ce sera l'automne, qu'ils reviendront à Lefkas, et qu'ils se marieront dans la petite église du village. Il dit que Yannis Karrassos les attend à Singapour et qu'il terminera le voyage avec eux. Il dit qu'il l'aime, qu'il a eu peur en ne la retrouvant pas dans la salle de concert, mais qu'il l'a aperçue dans une rue, avec quelqu'un. Il a aussitôt reconnu Jean-François, et il a attendu.

– Tu savais que je reviendrais?

Ugo ferme les yeux sans répondre. Elle explique:

– Quelque chose en moi, très loin, me dit que j'aurais dû suivre Jean-François. Quelque chose qui se débat. Quelque chose qui ressemble à la maison des Quatre Vents, et à l'école de Denis. Mais si j'essaie de m'éloigner de toi, je suis en prison.

Elle se souvient de Yannis au centre du ciel, de Lefkas, des vagues, jour et nuit, contre les rochers, de cette langue mystérieuse qu'il lui faut apprendre à parler. De cet autre monde qui est le sien. Elle se découvre toute petite dans le regard de Ugo, prisonnière d'une mer plus profonde encore où sa vie va peut-être se perdre.

Quatrième Partie

Le retour à Ithaque

I

ELLE se réveille en sursaut, appelle à mi-voix :

– Ugo !...

Le bateau doit être arrêté. Elle n'entend plus le bruit des machines. Elle rejette ses draps, se lève. En posant le pied sur le carrelage, elle se met à rire. C'est Venise. Le bateau est quelque part en Méditerranée, et Yannis Karrassos, qui tient lui-même les commandes, force l'allure pour arriver le plus tôt possible à l'île de Lefkas. Mais depuis hier soir, Noële et Ugo sont à Venise. Dans le palazzo du signor Peretti.

Elle s'approche de la fenêtre, écarte les volets de bois. C'est presque le matin. Elle se glisse sur la petite terrasse. La ville est verte, avec, au ras des quais, comme une promesse de lumière orange. C'est l'automne. Mais les rosiers dans leurs pots de terre ont encore des reflets de chaleur. Quelque part, il y a des odeurs d'agrumes. Sa chambre est située au second étage du palazzo. De l'autre côté du canal, Noële aperçoit un petit cloître entourant un jardin et les hautes fenêtres d'un couvent. Une religieuse, en habit noir, traverse rapidement le jardin, disparaît sur la gauche. Noële entend des bruits de basse-cour, des poules qui s'effraient, une voix très haute qui semble rire ou chanter. Puis la religieuse traverse de nouveau le jardin, lentement cette fois. Dans les plis de sa robe qu'elle tient relevée, Noële aperçoit des œufs.

« C'est aujourd'hui », pense-t-elle.

Elle revient vers son lit, mais elle sait qu'elle ne pourra pas se rendormir. Il y a eu cette image des Quatre Vents, dans les plis de la robe noire de la sœur jardinière, et tout s'est mis à vivre. Non seulement l'odeur de la paille, les murs blancs de la laiterie, le bruit des seaux, le ronflement des moteurs, les prairies tout autour jusqu'aux arbres à l'horizon, mais le salon avec la cheminée, les chambres du premier étage, la cuisine sous l'escalier avec la chaise de madame Marie, le parfum de sucre des armoires. Et son père et sa mère adoptifs. Leur visage. Leur regard. Derrière eux, tournant le dos, l'ombre de Jean-François. « C'est Ugo que j'aime, c'est Ugo, c'est Ugo... » Elle se demandait pourquoi, et pourquoi et pourquoi. Jean-François lui caressait les cheveux maladroitement, en disant tout bas : « Mon amour... »

Noële sort de sa chambre, descend l'escalier. La chambre de Ugo est au premier étage. Elle ouvre la porte sans bruit, s'approche du lit. Il dort, comme un enfant, la tête renversée. Elle s'étonne qu'il dorme aussi profondément. Ses sommeils sont comme des voyages. Il s'enfonce dans des pays où rien ne peut l'atteindre. Lorsqu'il en revient, c'est toujours les mains vides.

– C'est Ugo que j'aime, dit-elle à voix basse. C'est Ugo...

Elle s'assied contre le mur, préfère le regarder de loin. « Je ne sais même pas qui il est... », pense-t-elle. Dans quelques heures, ses parents adoptifs seront là. Elle leur présentera Ugo. Elle leur dira : « Ma vie, c'est lui. Là où il ira j'irai. » S'ils demandent : « Que sais-tu de lui ? » elle répondra : « Son nom. – Et puis ? – Rien d'autre. » Si, pourtant. Mais comment le leur faire comprendre ? Qu'il a été avec elle sur la plage d'Ithaque, et qu'il lui a parlé du chien qui avait reconnu Ulysse. Que, sur les rochers rouges de Lefkas, il était comme un jeune fauve. Que, sur l'*Alexandra III* le jour de l'orage, il y avait dans sa voix un grondement plus fort que le tonnerre. Et enfin – mais c'est plus difficile encore à expliquer – que, lorsqu'il jouait pour elle dans les salles de concert, il y avait des forêts, un voyage épuisant jusqu'au mur à franchir, et qu'elle croyait l'entendre murmurer : « Voilà le chemin que j'ai fait jusqu'à toi. Voilà le chemin qu'il faut que tu fasses. »

Ugo se retourne avec un soupir. Elle se redresse, comme prise en faute. Elle n'a pas le droit d'être là. Ce qu'elle a compris depuis qu'elle connaît Ugo, c'est qu'elle ne doit poser aucune question. Ce qu'il garde en lui, s'il faut qu'elle le sache, il le dira le moment venu.

Elle aperçoit un programme du dernier concert, prend un crayon, écrit rapidement sur la couverture : « Ne me cherche pas. Je vais à la découverte de la place Saint-Marc. »

La lumière orange court déjà sur la pierre des palais. Des péniches passent, chargées de raisins. Noële marche au hasard. Le signor Peretti leur a dit que la place était tout près de chez lui, et, avec de grands gestes, il leur a indiqué le chemin. Mais elle s'en souvient mal. Elle traverse un petit pont. Il n'y a pas d'autre bruit que celui de l'eau contre les maisons. Si elle fermait les yeux, elle pourrait se croire en mer.

– *Signorina...*

Elle tourne la tête. Un garçon la regarde. Il est grand, avec un chandail à col roulé bleu marine. Un chandail de marin. Comme en porte l'équipage de l'*Alexandra III.* Il sourit, mais n'approche pas. Elle répond à son sourire.

– *Piazza San Marco?* dit-elle.

– *Si!*

Il baisse plusieurs fois la tête, pour qu'elle sache qu'il a compris, et se dirige vers une ruelle, en lui faisant signe de le suivre. Elle obéit. Il tourne à gauche, brusquement, s'engage sous une voûte. De l'autre côté, il y a une grande trouée de lumière avec des reflets d'eau. Il montre un portique, entre deux façades.

– *San Marco.*

– Merci, dit Noële.

Elle voudrait qu'il l'accompagne.

– Café? propose-t-elle.

Il secoue la tête.

– *Grazie.*

On entend, assez loin derrière eux, un appel de sirène.

– *Arsenale*, dit-il.

Et il part en courant. Noële longe le portique, atteint une seconde voûte et comprend qu'elle est arrivée. C'est comme un gouffre blanc. La place s'ouvre devant elle. Il y a peut-être des reflets de cuivre, avec des chevaux, des arcades, la flèche de quelque chose qui doit être une tour, mais elle ne distingue rien encore.

– Ugo, murmure-t-elle.

Les pigeons s'étirent autour d'elle, les plumes relevées. Une femme passe, vêtue de noir, puis une autre. Elles tiennent de gros missels. Noële les suit jusqu'à la basilique.

Elle distingue la façade, maintenant, les trois portes de bronze, le reflet d'or des mosaïques. Elle franchit l'une des portes, se glisse dans la pénombre. Il y a des traces vertes le long des colonnes, comme si la mer venait à peine de se retirer. A l'autre bout de la nef, dans une obscurité à peine éclairée par une petite flamme rouge, un prêtre dit la messe. Noële ferme les yeux. Elle bouge les lèvres.

– Merci, prononce-t-elle, très lentement.

Comme un secret longtemps gardé. Elle sait que l'office se déroule. Elle sait que quelqu'un est en train de prier pour elle. Elle sait qu'elle est prise en charge.

Lorsqu'elle sort de la basilique, elle aperçoit Ugo, qui se précipite vers elle en courant.

– Où étais-tu ?

Il est en rouge, avec sa chemise de gondolier. Il la prend dans ses bras, la serre à l'étouffer.

– Tu es folle ou quoi ?

– Folle ?

– Tu t'enfuis pendant que je dors ! Et dans Venise, encore ! Tu ne connais pas les dangers auxquels tu viens d'échapper.

– Raconte.

– Les corsaires, les pirates, les ponts qui s'effondrent, les marées, les pierres qui glissent, les labyrinthes, les prisons...

Ils rient. Ils s'embrassent. Ils sont seuls, sur la place immense. Les garçons, qui commencent à installer les tables du café Florian, les regardent en plissant les yeux. Ils s'asseyent à l'une des tables, les jambes allongées, le visage levé vers le ciel.

– *Due espressi*, demande Ugo.

– *Si, signor.*

– J'ai vu un jeune homme, dit Noële. Un marin. C'est lui qui m'a conduite jusqu'ici.

– Il t'a embrassée ?

– Il n'a pas eu le temps. La sirène de l'arsenal l'appelait.

– Tu regrettes ?

– Il était très beau.

Ugo se lève d'un bond.

– Attends-moi là. Je vais te le chercher. Je vais dire au directeur de l'arsenal que tu es la fille Karrassos. Il n'osera pas refuser.

Noële lui fait signe de se rasseoir. Elle n'a plus envie de rire.

– Tu penses à mes parents ? demande-t-elle à mi-voix.

– Oui.

– Tu es inquiet ?

– Très.

– C'est pour ça que tu dis n'importe quoi ?

Ils se serrent l'un contre l'autre.

– Ils sont très gentils, tu verras. Ils t'aimeront tout de suite.

– Que feras-tu, s'ils disent non ?

Le garçon revient avec les cafés.

– *Grazie*, dit Ugo.

– *Prego.*

Ils boivent lentement.

– Je voudrais que ce soit déjà fait, déclare Noële. Qu'ils soient déjà là et que tout soit réglé.

– Tu veux qu'on les attende ici ?

– C'est beaucoup trop tôt. Leur avion arrive à midi. Le temps de trouver un *vaporetto*, ils ne seront pas là avant une heure.

– Pourquoi leur as-tu donné rendez-vous au Florian ? Ç'aurait été plus simple au palazzo du signor Peretti.

– C'est papa qui a refusé.

Ugo se lève.

– Viens, dit-il doucement.

Il la conduit jusqu'à l'angle droit de la basilique.

– Il faut dire bonjour aux petits rois.

C'est une statue prise dans le mur. Elle représente deux hommes en armes, face à face, et l'un a posé sa main sur l'épaule de l'autre.

– Si tu veux revenir à Venise, salue-les respectueusement. Ce sont eux qui donnent le passage.

Noële touche la statue. Elle voudrait se pencher vers les petits rois, leur parler de son bonheur à l'oreille. Ugo entend ce qu'elle ne dit pas.

– Ils t'attendent depuis des siècles.

– Tu es sûre que c'est ici ? demande Gilles Vaindrier.

– Au Florian, oui. Il n'y a qu'un café de ce nom.

Nicole Vaindrier regarde l'heure à sa montre.

– Nous sommes en avance.

Elle voudrait se sentir impatiente comme Gilles. Mais elle n'y parvient pas. Elle est assise à la terrasse du Florian, sur la place Saint-Marc à Venise. Il y a un vide en elle, quelque chose qui s'est dénoué depuis qu'elle a découvert le reflet des premières façades sur le Grand Canal, depuis que le *vaporetto* s'est mis à danser d'une rive à l'autre, en s'arrêtant, comme les autobus, à des stations qui avaient des airs de débarcadères.

– Voilà, dit-elle doucement. On est à Venise.

Gilles ne répond pas. A quoi bon lui rappeler ce rêve de toujours, cette promesse qu'ils s'étaient faite, le soir de leur mariage, pendant l'occupation, au moment le plus sombre ? Venise. Ils en avaient parlé comme d'une espérance, d'une image de ce que serait la paix. Et le rêve se réalise enfin. Mais ce n'est plus le même. Ils sont à Venise pour retrouver celle qui était leur fille, et connaître celui qu'elle a décidé d'épouser.

Il y a quatre mois, lorsqu'elle les avait quittés pour ce long voyage d'été avec Yannis Karrassos, qui était Ugo Luckas ? Un jeune pianiste qui avait eu un étrange malaise, et n'avait plus donné de concerts pendant plusieurs semaines. Marie-Hélène avait été lui apprendre à jouer aux cartes pour le distraire, puis elle avait dîné avec Jean-François et lui à Seine-Port, et le dîner s'était très mal terminé, parce que les deux garçons ne pouvaient pas s'entendre. Depuis, dans la famille, on en parlait avec un peu d'ironie, comme d'un personnage qui faisait des caprices. Et c'était lui qu'épousait Noële. Dans quelques jours, à Lefkas. Il avait fallu, en toute hâte, quitter les Quatre Vents, se retrouver à Venise. Sinon, ils n'auraient fait sa connaissance que le jour du mariage.

– Tu as pensé à ce qu'il y a dessous ? demande Nicole.

Gilles sursaute.

– Dessous ?

– L'eau en dessous. C'est extraordinaire cette place posée sur l'eau.

– Tout Venise est comme ça.

– Sur pilotis, je sais. Qu'on plante des pilotis pour construire des maisons, c'est déjà surprenant. Mais pour construire une place, un espace vide, qui ne sert à rien…

Elle parle pour obliger Gilles à penser à autre chose, mais il n'écoute pas. Il n'écoute plus. Depuis que Jean-François est revenu de Tokyo, il est devenu silencieux. Comme devant un mort car il y avait dans le regard de Jean-François quelque chose qui faisait penser à un mort. Il s'était mis à boire du café, toute la journée et toute la nuit. Mme Saulieu tremblait pour son cœur. Il ne dormait plus. Il marchait la nuit entière. Maintenant qu'ils habitaient au bord de la Loire, il pouvait descendre de l'appartement, faire des kilomètres au bord du fleuve. Parfois, il prenait sa voiture. Il disparaissait. On ne savait pas où il allait. Chaque matin, en ouvrant la porte de sa chambre, Mme Saulieu se demandait s'il n'avait pas disparu tout à fait. Gilles Vaindrier avait été le voir, le lendemain de son retour. Que s'étaient-ils dit ? Nicole n'avait pas réussi à le savoir. Mais depuis, il était lui aussi comme un mort.

– La voilà !

Nicole s'est levée.

– Cette jeune fille en orange, là-bas. Près du campanile.

Gilles s'est levé à son tour.

– Tu es sûre ?

– Enfin, Gilles, tu ne la reconnais déjà plus ?

– Alors ce garçon en chemise rouge, qui est avec elle ?

– C'est Ugo.

Nicole Vaindrier quitte sa table, fait quelques pas, la main levée.

– Noële !

Noële l'aperçoit, vient vers elle en courant. Elles s'embrassent en riant, reviennent vers Gilles qui attend debout près de sa table. Noële se serre contre lui, avec une si profonde tendresse qu'il ne résiste pas plus longtemps.

LE RETOUR À ITHAQUE

– Enfin, dit-elle, enfin…

Elle les tient tous les deux par le bras, elle les regarde, elle n'a plus d'inquiétude parce qu'ils ont retrouvé leurs gestes et leurs sourires d'autrefois.

– Vous allez enfin connaître Ugo.

Elle se retourne.

– Ugo ? Mais…

La chemise rouge disparaît entre les arcades.

II

Ils ont refusé l'invitation du signor Peretti. Nicole Vaindrier était prête à se laisser convaincre, Gilles a dit non. Une petite pension, n'importe laquelle, même sans confort. Il refuse de devoir quoi-que ce soit à cet inconnu.

– Tu as eu tort.

– Peut-être. Mais c'est ainsi.

Ils ont une chambre étroite, un peu étouffante, qui donne sur un coin de canal. Un petit lavabo fixé au mur, un paravent, et sur le lit un grand rideau de coton blanc au crochet, qui sent la lessive.

– De toute façon, c'est pour deux jours.

– Comment pour deux jours ?

– Tu le sais très bien. Je ne suis pas en vacances. Toi, tu accompagnes Noële à Lefkas. Moi je rentre. Je ne peux pas laisser à Simon la responsabilité de la laiterie plus de quarante-huit heures.

Il est obligé d'allumer la lampe au-dessus du lavabo pour se raser. Il a du mal à faire mousser son savon à barbe. Il retient un mouvement d'impatience. Et il s'en veut. Parce qu'il sait que Nicole sourit dans son dos. Il la voit dans le miroir. Elle est encore couchée. Elle le regarde, et elle sourit. Ridicule ? Un peu. Mais malheureux, terriblement malheureux. Depuis qu'il est enfant, il n'a jamais su faire autrement. Quand il est malheureux, il saisit le premier prétexte pour se mettre en colère. Ce matin, c'est le blaireau. Pour un peu, il l'enverrait dans le canal.

– Gilles, mon chéri...

Il aiguise sa lame de rasoir. Il a gardé l'habitude de se servir d'un coupe-chou, comme les coiffeurs.

– Gilles, tu l'as bien regardé, le visage de notre fille ? Le bonheur est écrit dessus. Alors ? Le reste ne doit pas compter.

– Le reste ?

Il s'est retourné. Il faut que ça éclate, à un moment ou à un autre.

– C'est Ugo que tu appelles le reste ? Tu auras beau m'expliquer n'importe quoi, tu ne m'empêcheras pas de penser que ce garçon est le premier venu.

– Gilles, voyons...

– Qu'est-ce que c'est que cette façon de filer sans même nous dire bonjour ? Noële elle-même en avait les larmes aux yeux. Comme si nous n'étions pas dignes de lui. On le retrouve le soir, au palazzo du signor Peretti. Il reste immobile sans desserrer les dents. Pendant tout le dîner, c'est une sorte d'automate qui mange dans son coin. Et tu voudrais que je trouve ça parfait ?

– Il m'a parlé, à moi.

– A toi, peut-être. A moi, pas un mot. Comme si je n'existais pas. Je sais bien que je ne suis pas le vrai père de Noële, mais je ne vois pas pourquoi ce *pianiste*, ce *génie*, cette *super-vedette* refuse d'être poli avec moi. Je ne dis pas : aimable. Je dis poli, rien de plus.

Il finit de se raser, plonge la tête dans le lavabo, s'essuie longuement avec une serviette.

– Tu crois que c'est de la colère, dit-il enfin. Mais c'est plus grave que ça. Beaucoup plus grave.

– Je sais, soupire-t-elle doucement.

Il y a des cloches qui se répondent. Puis, tout près, un coup violent. Tous les pigeons s'envolent.

– Regarde, s'écrie Noële.

Sur la tour de l'horloge, les deux géants de bronze lèvent leur marteau. Nicole Vaindrier met une main devant ses yeux.

– C'est beau.

Une ville de bonheur, des instants l'un après l'autre qui pourraient n'être que du soleil, des sourires sur les visages, des promenades au hasard des palais.

– Il faut rentrer, dit-elle.

– On ne déjeune pas avant une heure.

– Si ton père arrive au palazzo Peretti avant nous, il sera furieux.

Noële regarde toujours les géants de bronze de nouveau immobiles.

– Si c'était vraiment mon père, il s'opposerait à mon mariage, n'est-ce pas ?

Elle a parlé d'une voix très calme, presque indifférente. Nicole Vaindrier se retourne, comme en sursaut.

– Que dis-tu ?

– Je sais que je suis majeure et que je pourrais me passer de son consentement. Mais il s'y opposerait de toutes ses forces.

Elle se retourne à son tour.

– Que reproche-t-il à Ugo ?

– Il ne s'agit pas de reproches, mon chéri. Ni à Ugo ni à toi. Ce n'est pas, non plus, de la colère. Ou une certaine déception vis-à-vis de Jean-François qu'il aime beaucoup, tu le sais. Non. C'est une certitude en lui.

– Laquelle ?

– La certitude que tu te trompes.

Noële se redresse.

– Ma certitude à moi est aussi forte que la sienne. Le bonheur, c'est Ugo. Mon bonheur. Ma vie. Il faut me croire.

Elle a saisi le bras de Nicole Vaindrier.

– Toi, tu me crois ou tu penses comme papa ? Dis-moi ce que tu as sur le cœur.

– Je n'ai rien dans le cœur, mon chéri. C'est trop récent. Trop inattendu. Je ne sais qu'une chose : ton visage. J'interroge tes yeux, ton sourire, tout ce soleil caché en toi, qui éclate. Si tu savais comme tu étais belle, hier, sur cette place Saint-Marc. Alors, je me dis : un bonheur aussi éclatant ne peut être qu'un vrai bonheur.

Noële ferme les yeux quelques secondes.

– Oblige-le à venir.

– Où ?

– A notre mariage. J'espérais qu'il allait rester avec nous, que nous irions tous les quatre à Lefkas. Mais puisqu'il part demain…

Elle a toujours les yeux fermés.

– S'il ne vient pas… s'il ne veut plus que je sois sa fille…

– Noële !

Nicole s'est levée brusquement.

– C'est fini, tu m'entends ? Fini. On s'arrête. Des mots, des mots. On ne sait plus ce qu'on dit. C'est absurde. Viens.

Elle appelle le garçon, paie. Il faut que quelque chose ait lieu. Gilles ne peut pas quitter Venise ainsi. Elles s'en vont, serrées l'une contre l'autre.

– J'aurais voulu qu'on se fasse prendre en photo tous les quatre, au milieu des pigeons, dit Noële. C'est conventionnel, je sais, mais ça m'aurait fait plaisir.

– On le fera. Je te promets.

Gilles Vaindrier ne comprend pas qu'on puisse pénétrer ainsi dans le palazzo Peretti, sans que personne vous accueille. La porte est grande ouverte. Il n'y a ni sonnette ni marteau de cuivre. Dans la pénombre de l'entrée, il reconnaît les larges dalles de marbre, l'escalier qui conduit au premier étage. Il y a une chaise au pied de l'escalier. Peut-être faut-il s'y asseoir et attendre. Il entend bien le piano, derrière la porte fermée sur la droite. Mais il ne veut pas pousser cette porte. Il ne veut pas déranger le travail de Ugo. Il regarde sa montre. Midi dix. Le signor Peretti a peut-être oublié qu'il les avait invités à déjeuner. Ce serait tout à fait son genre. Beau parleur, la voix perchée, les mains en mouvement, l'œil cherchant toujours l'attention des femmes, mais pour les heures et les dates... Gilles, agacé, finit par se décider. D'un mouvement brusque, il ouvre la porte du salon de musique. Ugo tourne la tête, s'arrête de jouer, se lève.

– Pardonnez-moi, dit Gilles. Ma femme et Noële ne sont pas là ?

– Pas encore, monsieur.

– Nous devions nous retrouver ici. J'ai été faire réserver ma place d'avion pour demain. Je suis en avance.

Ugo ferme sans bruit le couvercle du piano. Il a la même chemise que la veille, rouge, avec les manches relevées jusqu'au coude.

– Avez-vous soif, monsieur ? Voulez-vous que je sonne pour qu'on vous apporte quelque chose ?

– Merci, non. Quand ces dames seront là.

Il s'en veut aussitôt d'avoir dit : ces dames. Comme en France, dans les provinces. Un garçon comme Ugo doit sûrement sourire de cette expression. Dans les salles de concert, on parle un autre langage. Et puis, qu'il sourie s'il en a envie. Peu importe. Il n'empêchera pas que depuis vingt et un ans, c'est ce langage-là qu'a appris Noële. Conventionnel peut-être, mais clair et facile à comprendre. Ces dames. Parfaitement. Et cette situation, n'est-ce pas la convention même ? Tous les deux seuls, dans le palazzo, l'un en face de l'autre. Autant en prendre conscience et aller jusqu'au bout.

– Luckas, c'est quoi ? interroge Gilles Vaindrier.

– Hongrois, monsieur.

– De père et de mère ?

– Depuis trois générations.

– Vous avez quel âge ?

– Vingt-deux ans.

– Et ça fait deux ans que vous avez quitté votre pays ?

– Deux ans, oui, monsieur.

Il y a un silence, puis Gilles Vaindrier hausse les épaules.

– Vous trouvez mes questions idiotes. Vous avez raison. Elles sont idiotes. Mais je préfère ça. Parce que si je vous disais vraiment ce que j'ai à vous dire...

– Dites.

– Pas ici.

– Pourquoi, monsieur ?

– Parce que je ne suis pas chez moi. Mais venez aux Quatre Vents, et là, vous m'entendrez.

– Je suis à votre disposition, monsieur.

Ugo déroule rapidement les manches de sa chemise, boutonne soigneusement les poignets. On dirait qu'il se prépare à suivre Gilles Vaindrier jusqu'aux Quatre Vents, pour que tout soit dit sans attendre.

– On est très bien élevé en Hongrie, dit Gilles avec une sorte de grognement. « Oui, monsieur. Non, monsieur. A votre disposition, monsieur... »

– Si ma mère vous entendait, elle serait très fière de vos compliments, monsieur.

– Et votre attitude sur la place Saint-Marc, hier, croyez-vous qu'elle l'approuverait ?

Il ne voulait pas en parler, mais c'est venu sans qu'il puisse s'en défendre. Et maintenant, il ne voit pas comment il pourrait s'arrêter.

– Que vous nous jugiez indignes de vous, c'est votre droit. Nous ne sommes pas des Karrassos. Nous ne vivons pas sur des yachts, sur des îles ou dans des palais. Mme Vaindrier et moi, nous sommes descendus dans une petite pension pas chère. Ça vous gêne ?

– Mais, monsieur...

– Laissez-moi aller jusqu'au bout.

Pour la première fois, Gilles Vaindrier a le sentiment qu'ils sont moins étrangers qu'il ne le croyait, que quelque chose comme un pont fragile peut leur permettre de se rejoindre.

– Vous avez le droit de nous juger inférieurs, je le répète, mais vous pourriez au moins vous souvenir de l'éducation qu'on vous a donnée. Voilà ce que je pense. Et je reste volontairement sur le terrain de la politesse, sinon je serais obligé de me dire que vous avez fui parce que vous vous sentiez coupable, parce que vous avez mal agi envers Noële, parce que vous n'êtes pas très fier de vous. Et ça nous entraînerait beaucoup trop loin.

– Vous me connaissez mal, monsieur.

– Je ne vous connais pas du tout. J'ai entendu parler de vous, ça oui. Et de toutes les façons.

– Par Marie-Hélène ?

– Et par Jean-François.

Il tourne le dos, va jusqu'à la fenêtre.

– Noële vous l'a peut-être expliqué. Je m'entends très bien avec Jean-François. Je l'aime beaucoup. Cette affection...

Il s'oblige à continuer.

– ... je la lui garderai, quoi qu'il arrive.

Ugo regarde cet homme qui lui faisait si peur. Tout n'est pas encore clair, mais le silence est enfin rompu. Le vrai père, ce n'est pas Yannis. Yannis, il le connaît trop, il le tutoie, il ne parvient pas à le prendre au sérieux. Yannis dit toujours oui. Devant Noële, il est comme un enfant qui croit aux miracles. Tandis que cet homme-là...

– Attendez-vous ma réponse maintenant, monsieur, ou préférez-vous que je vous laisse seul ?

Gilles Vaindrier se retourne.

– Je voudrais surtout rentrer chez moi. Je ne suis pas bien ici. Et Noële ? Que fait Noële ?

Il traverse rapidement le salon, ouvre la porte :

– Noële !... Nicole !...

Il attend un moment. Personne ne répond.

– Monsieur...

– Plus tard.

– Pour hier, monsieur...

– J'ai dit : plus tard.

Mais Ugo continue. Il ne sait pas s'il retrouvera jamais cette impression aussi forte de parler à son père, revenu parmi les vivants.

– J'ai quitté mon pays et ma famille, il y a deux ans. Je voudrais que vous compreniez. Ce n'est pas tout à fait la même chose que Noële. Mais...

Il s'oblige à parler lentement.

– Si je marchais avec Noële dans une rue, et si j'apercevais en face de moi ma mère, que je n'ai pas vue depuis deux ans, je crois, monsieur, je suis même sûr, qu'elle préférerait que j'aille d'abord la rejoindre seul.

Gilles Vaindrier écoute attentivement.

– C'est en pensant à ça, que j'ai « fui », comme vous dites.

Il s'éloigne sans bruit, sort du salon de musique. Gilles Vaindrier l'entend monter l'escalier. Il reste debout au milieu de la pièce, devant le piano fermé.

Noële est entre Gilles et Ugo. Nicole donne à manger à un pigeon. Ugo en a un sur l'épaule.

– Souriez, dit le photographe.

Tout le monde obéit. Même Gilles. Les pigeons ont l'habitude. Ils regardent l'objectif avec sérieux. Ils attendent que la photographie soit prise, puis s'envolent lourdement et se laissent tomber sur le sol. Le soir n'est pas loin. Il y a des nuages pourpres au-dessus du campanile. Toutes les tables du Florian sont occupées.

– Le dernier verre, propose Gilles.

Ils finissent par découvrir une table, dans l'ombre, sous les arcades.

– Il commence à faire frais, dit Nicole.

– Tu aurais dû mettre un chandail.

Gilles fait des signes. Mais personne ne vient les servir. Ugo se lève.

– Que voulez-vous boire ?

– Du café glacé pour tout le monde.

Ugo s'éloigne à la recherche du garçon.

– Papa, tu devrais t'acheter une chemise rouge. Ça t'irait très bien. Et maman serait fière de toi. Tu aurais l'air d'un jeune amoureux.

– Ne plaisante pas sur mon âge.

Noële lui prend la main.

– Je ne plaisante pas. Au contraire. Si tu savais comme je t'aime.

Elle sourit. Dans un instant, le photographe lui apportera l'image de leurs quatre visages au milieu des pigeons.

III

– Et voilà toutes les terrasses...

Nicole Vaindrier se penche, éblouie. La mer est un miroir. Des jardins étagés monte une odeur d'herbes. C'est pourtant l'automne, et les prairies des Quatre Vents sont déjà rousses. Mais ici l'été se réveille chaque matin au commandement de Yannis Karrassos.

– J'ai dit aux orages: dormez jusqu'au mariage de ma fille! Après, vous aurez tout le temps de noyer les jardins.

Nicole est prête à le croire. Depuis qu'elle est à Lefkas, elle vit dans l'émerveillement. Ce que lui avait raconté Noële n'est qu'un aspect de la vérité. Elle sait que rien ne se raconte. Elle-même de retour chez elle, s'il fallait s'expliquer, elle n'y parviendrait pas. C'est une légèreté de l'air, une façon de marcher sur les dalles, des escaliers qui jouent entre les maisons, pour que les équilibres soient réinventés.

– Regardez, dit Yannis en lui prenant le bras.

Il montre un point noir, très loin, au large.

– Une autre île?

– Mon cadeau de mariage. Une île déserte. Je l'ai achetée il y a quelques jours. C'est un morceau de caillou, avec un petit bâtiment, vaguement militaire, tout en ruine. Je n'ai pas eu le temps de le faire remettre en état. Ils y camperont, les premiers jours. Je leur donne aussi un bateau, pour qu'ils puissent revenir lorsque la solitude sera trop difficile à supporter.

Il regarde Nicole Vaindrier.

– Vous n'avez pas l'air de trouver que c'est une bonne idée.

– Je pense à mon mariage. Bien sûr, ce n'était pas la même chose.

C'était l'occupation. Mais nous avons fait le contraire, mon mari et moi. Au lieu de nous isoler, nous sommes redescendus à Grenoble. Comme par défi. Pour vivre notre bonheur au milieu des Allemands. Pour prouver que nous étions plus forts qu'eux.

Elle met la main devant ses yeux, regarde l'île lointaine.

– L'île déserte, à cette époque-là, c'était plutôt une lâcheté.

Dans la maison, il y a des cris, des portes qui battent, une voix qui appelle :

– Yannis ! Où es-tu, Yannis ?

C'est Delpina Karrassos.

– Pardonnez-moi, dit-il à Nicole Vaindrier.

Il rejoint sa sœur. Dans la chambre, il y a deux grands cartons, posés sur le lit.

– Les couronnes, annonce Delpina.

– Faut-il que je les regarde aujourd'hui ?

– Oui.

Elle a déjà commencé à défaire les rubans. La petite servante est restée sur le pas de la porte.

– Non, commande Delpina. Monsieur et moi seulement.

La domestique s'éloigne avec un soupir. Depuis une semaine, la maison a perdu la tête. Toutes les portes sont ouvertes, et des inconnus vont et viennent avec des caisses, des paquets, des papiers à signer. Chaque fois qu'on soulève un couvercle, on n'ose pas en croire ses yeux.

Delpina a ouvert le premier carton, écarté les étoffes de soie qui protègent la couronne.

– La reconnais-tu ? demande-t-elle à mi-voix.

Yannis Karrassos s'agenouille brusquement sur le bord du lit, approche son visage de la couronne comme si l'éclat de l'or le rendait aveugle.

– Ariana...

Il ne sait pas lutter contre cette force qui le fait basculer vers le passé.

– J'étais allé des jours et des jours chez l'orfèvre, dit-il. Il y avait toutes les plantes de Lefkas. Celles qui donnent la santé, celles qui endorment, celles qui cicatrisent, celles qui apportent le bonheur. Même celle qui rend aveugle, car l'amour a le devoir de l'être. Les voici toutes ensemble, de nouveau, comme au jour de mon mariage.

Il regarde sa sœur avec étonnement.

– Comment as-tu fait pour t'en souvenir ?

– Je l'avais gardée. Sans que tu le saches.

La chambre est dans la pénombre. Mais ils connaissent bien leur visage, et les signes qu'y a tracés le temps. Autour des yeux, autour des lèvres, pendant vingt années d'attente silencieuse.

– La robe aussi sera la même, dit Delpina.

– La robe ?

– Je n'ai pas eu besoin de la faire reprendre. Alexandra a le corps de sa mère.

Elle ajoute avec une sorte de surprise :

– Le temps remonte.

Il y a un bruit de pas, derrière la porte, une voix qui appelle :

– Mademoiselle !

C'est la petite servante. On apporte les bougies. Le marchand en a de toutes sortes, avec des couleurs différentes.

– Il faut les prendre toutes.

– C'est qu'il y en a beaucoup, mademoiselle.

– J'ai dit toutes. Je veux que la maison soit comme un incendie.

Elle quitte la chambre, suivie de la servante.

Yannis Karrassos rejoint Nicole Vaindrier sur la terrasse.

Elle est toujours debout, face à la mer, le regard fixé sur cette île au loin. Elle voudrait ne pas penser, ne pas se souvenir. Il y a ce mariage dans trois jours, et il faut qu'elle en soit heureuse. Parce que le bonheur est écrit dans les yeux de sa fille. Peu importe que les fêtes aient lieu dans un pays dont elle ignore tout, sinon qu'il y fait encore beau en octobre. Ce seront de belles fêtes, avec tout ce qu'il faut d'éclat, de musique et de cérémonial. Le plus beau mariage, sans doute, auquel elle assistera. Sans aucun visage connu, sans un ami pour marquer son plaisir. Mais encore une fois, peu importe ! Elle regarde cette ombre à peine visible à la surface de la mer, et déjà elle ne sait plus où est la vérité. Regarde-t-elle où il faut ? Avec ce soleil... Il suffit de se dire : c'est l'île, et d'y croire. Peut-être suffit-il aussi de se dire : c'est Noële et d'y croire. Même si quelque chose dans la voix lui donne l'air d'être perdue.

– Je suis honteuse, dit-elle, en se retournant vers Yannis. Je suis venue à Lefkas en avance pour aider votre sœur à préparer le mariage. Et je ne fais rien.

Yannis l'entraîne vers le bois de pins derrière la maison.

– Ma sœur ne veut pas qu'on l'aide. Ce mariage est son affaire. Elle y pense depuis vingt ans. Comment vous expliquer sans vous faire de la peine ?

– De la peine ?

Ils marchent lentement. Il y a des lézards sur les pierres chaudes, des glaïeuls sauvages le long des murs.

– Pendant vingt ans cette île a été en deuil. Nous y vivions, ma sœur et moi, sans jamais voir le jour. Il y avait un homme qui allait et venait dans le monde, qui faisait des affaires, qui gagnait de l'argent. Cet homme avait l'air d'être moi. Mais j'étais ici, dans le noir, derrière ces portes fermées.

Ils sont arrivés à la lisière du bois.

– Et puis Noële est revenue. C'était Pâques. Pour la première fois, il y a eu des musiciens dans la maison, qui jouaient les airs de la Résurrection. Noële a dansé. J'ai dansé avec elle. Les portes se sont ouvertes.

Il reste un long moment immobile entre les arbres. Très loin, un oiseau chante, à petites notes paresseuses.

– Rien, dans tout cela, ne peut me faire de la peine, dit enfin Nicole.

Yannis Karrassos fait quelques pas. Un chemin s'est amorcé, qui semble conduire au cœur du petit bois.

– Ceci, peut-être. Les fêtes, pendant vingt ans, c'est à vous qu'elles appartenaient. Tout ce que Noële a vu de lumières, de bougies, de cadeaux, depuis qu'elle est enfant... Alors, son mariage, la fête de son mariage, elle nous revient de droit.

Ils suivent en silence le chemin qui s'enfonce entre les arbres. Partout, au tremblement de la lumière, on devine que la mer est proche. Yannis s'arrête enfin. Quelque chose se dresse entre les pins. Nicole d'abord ne comprend pas ce que c'est. On dirait une maison, mais bâillonnée par les arbres, cernée de toutes parts. Les branches ont crevé les fenêtres et le toit, enfoncé les murs.

– Pendant que sa mère la portait, dit doucement Yannis Karrassos, je lui faisais construire une maison.

Il s'est approché, en écartant les branches.

– Il y avait tout : un vrai lit pour dormir, des fauteuils, des étagères, un vrai fourneau pour la cuisine. Je voulais être le maître de sa vie. De toute sa vie. Avant même qu'elle soit née. J'avais tout décidé. Cette maison, le bois tout autour que j'avais acheté, un bateau, une voiture, un chien, des chevaux, des fusils.

Il revient vers Nicole.

– J'étais fou ? C'est ce que vous pensez ? Bien plus fou encore que vous ne l'imaginez. Je voulais lui acheter des amis d'enfance, des enfants de son âge, qui seraient venus vivre dans l'île avec elle, et des professeurs, les meilleurs de Grèce, et même...

Il hésite.

– Oui... Même un fiancé. Comme les rois d'autrefois qui se promettaient leurs enfants avant leur naissance. Je voulais qu'elle ait tout de moi. Même l'homme qui lui aurait appris le bonheur. Voilà jusqu'où m'emportait ma folie. Et voilà mon châtiment : cette maison éventrée.

L'oiseau s'est tu. Le petit bois est silencieux. Seul le vent fait parfois bouger les arbres.

– Comment avez-vous tenu ? demande Nicole Vaindrier. Vingt ans ! Je ne sais pas si j'aurais eu cette patience.

– Je ne savais pas que je pouvais l'avoir.

Il voudrait tout raconter, mais ce n'est pas le moment. Et puis, tout s'oublie depuis que les bateaux entrent dans le port de Lefkas, depuis que les marchands de bougies frappent à sa porte, que tous les agneaux de l'île sont déjà égorgés pour la fête.

– Et vous ? demande-t-il. Aviez-vous cessé de craindre qu'on vous l'enlève ?

– Jamais complètement. Mais il m'arrivait, les derniers temps, de ne plus y penser pendant plusieurs semaines.

– Quand vous avez appris que la vérité était découverte, à cette seconde précise, qu'avez-vous ressenti ?

– Rien, dit-elle. Rien dans ma pensée. Mais quelque chose en moi. Un mouvement. Comme si, pendant une brève seconde, je ne voyais plus, je ne respirais plus, je n'entendais plus. Une brève seconde. Et puis j'ai recommencé à vivre. Mais c'était une autre vie.

Ils descendent lentement vers le port. Il y a des bateaux qui entrent et qui sortent, avec des voiles de toutes les couleurs, des marins qui transportent des caisses mystérieuses, et sur le quai les chariots vont et viennent. Il y a même un petit âne, au bout de la jetée, qui se regarde dans l'eau avec étonnement. Nicole s'est assise sur une marche d'escalier. Elle a toujours vécu enfermée dans ses terres. Avec des arbres, des champs, des routes. A Venise déjà, elle avait découvert le mouvement des navires. Et à Nantes, pendant cette heure qu'elle avait voulu vivre seule, avant d'apprendre dans l'appartement des Mesnard que Noële s'appelait Alexandra. Pourquoi, à chaque détour de leur vie commune, retrouvent-elles le mouvement de la mer ?

Quelqu'un appelle, du haut des terrasses, et Yannis remonte vers la maison. Nicole Vaindrier le regarde partir. De dos, c'est un jeune homme, mince, souple, rapide. Elle se souvient de ce vent de chimère qui les a saisis après son court passage aux Quatre Vents. Tous les élèves de Denis qui se sont mis à rêver et à apprendre le grec, Gilles qui a tourné sans le dire autour d'un champ où construire une laiterie nouvelle, elle-même qui s'est soudain passionnée pour le dossier d'une Maison des Jeunes. Tout de suite après le mariage, elle se replongera dans ce dossier. Il le faut. Elle ira jusqu'au bout, jusqu'à ce que naisse une vraie maison, avec de vrais murs et les voix de toutes celles et de tous ceux qui auraient pu être les amis de Noële.

– Demain, dit-elle à mi-voix.

Demain, ils seront à Athènes, à l'aéroport. Demain Gilles descendra de l'avion de Paris, demain, elle n'aura plus le temps de chercher à la surface de la mer l'ombre à peine visible d'une île déserte.

IV

– NON, Ugo !

Il est devant la porte, habillé de blanc, le visage et les mains brûlés de soleil. Il frappe contre la porte et demande à entrer. La voix de Delpina, de l'autre côté, répète :

– Non, Ugo.

Depuis le matin, c'est le silence dans la maison. Chacun est prêt. Chacun attend. Dans les cuisines, dans les jardins, sur les terrasses, dans le port. Les voiles des bateaux sont repliées, les quais déserts. Les maisons du village ont leurs volets fermés. Il n'y a que la mer et sa respiration fidèle. Mais Ugo frappe de plus en plus fort contre la porte de Noële.

– Je veux lui parler.

– Non, Ugo !

– Juste un mot. A travers la porte.

Quelqu'un lui saisit le bras. C'est Yannis Karrassos. Il est habillé de blanc, lui aussi.

– Tu t'en vas, Ugo !

Il l'entraîne de force.

– Tu te rends à l'église, et tu attends. Obéis à la loi de ce pays. Entre les époux, le matin du mariage, ce doit être le silence absolu.

– Je ne suis pas de ce pays. Noële non plus. Nous n'avons rien à faire de vos lois.

Yannis a un geste vers l'horizon.

– Ils sont tous là, Ugo. Tous ceux d'avant moi. Tous mes parents, et les parents de mes parents. Ceux qui dorment dans la terre de

Grèce, et ceux qui se sont endormis au cours de leurs voyages. Respecte-les, Ugo.

– Ma seule famille, c'est Noële. Aujourd'hui et toujours.

– Alors, obéis à Noële. Elle accepte la tradition Karrassos.

Il le pousse doucement vers le village.

– Va.

Ugo s'éloigne. Yannis revient vers la chambre de Noële. La porte s'écarte sans bruit.

– Entre, dit Delpina.

Il découvre une flamme blanche, au centre de la pièce, dans un éclatement de soie, de perles et de fils d'argent.

– Alexandra, murmure-t-il. Je devrais dire : Ariana… Comme tu lui ressembles !

– C'est la robe.

– Pas seulement la robe. Ton visage, ton regard, ton sourire. Ta mère aujourd'hui vivante, en toi et par toi.

Au loin, très lentement, une cloche s'éveille. Elle bat comme le cœur étouffé de Yannis.

– Attendez, dit-il.

Il traverse la maison, frappe à la porte des Vaindrier.

– Monsieur Vaindrier…

La porte s'ouvre. Gilles est sur le seuil. En noir, avec un col qui le serre un peu.

– C'est vous qui allez conduire Noële à l'église.

– Moi ?

Depuis le matin, il attend dans cette chambre sans savoir ce qu'il faut faire. Personne ne lui a rien dit. Il est arrivé la veille, en avion. Il a retrouvé Noële et Nicole à l'aéroport. Il a posé quelques questions. Mais ni l'une ni l'autre n'avaient l'air de savoir. « C'est l'affaire de Delpina », ont-elles répondu. Et brusquement, on vient lui dire que c'est lui qui doit occuper la place du père. Yannis l'entraîne.

– Cette jeune fille, dit-il, je l'ai déjà vue. Elle est déjà entrée dans l'église, avec cette même robe. Il y a bien longtemps. Aujourd'hui, c'est votre tour.

Il le fait entrer de force dans la chambre de Noële, puis s'éloigne et rejoint Delpina.

– Aide-moi, dit Noële.

Elle tend vers lui ses deux mains.

– Tu n'as pas la force ?

– Avec toi, je l'aurai.

Il lui prend les mains, l'attire doucement à lui. Noële a l'impression de s'arracher à elle-même. Elle pousse une sorte de soupir, tire de tout son corps pour entraîner le poids de la robe, de la longue traîne, de l'immense voile. C'est lourd, dit-elle. Le passé surtout. Tous ces souvenirs.

Elle s'accroche au bras de Gilles Vaindrier. Il l'entraîne en la soutenant. Ils avancent lentement. Autour de chaque porte, il y a des guirlandes de feuillages tressées, piquées de bougies de toutes les couleurs. Ils atteignent enfin la terrasse. Toutes les cloches se mettent à sonner. Elles rebondissent du ciel à la mer, comme si le soleil était un plateau de bronze.

– Il y a tout ce chemin à faire, dit Gilles en montrant l'église.

– Je le ferai.

Sans bruit, quatre jeunes filles l'entourent. Elles ont des robes brodées, des bas blancs avec des souliers noirs, et, sur leurs cheveux sombres, un carré de soie blanche. Elles saisissent la traîne et la portent à hauteur de la hanche, pour que l'étoffe précieuse ne touche pas la terre du chemin.

– Il n'y a personne sur le port, constate Gilles Vaindrier. Les rues sont désertes.

– Ils sont tous dans l'église. Personne ne doit voir la mariée.

Ils arrivent sur la place, devant l'église. Alors Yannis Karrassos, qui marche derrière eux avec Delpina, crie soudain :

– Ecoutez !

Noële s'arrête. Derrière les volets fermés, on dirait que des visages apparaissent. La voix de Yannis est si forte qu'elle domine le vacarme des cloches.

– Ecoutez tous. C'est ma fille. Elle est revenue. Alexandra. Elle est le soleil de midi.

Delpina lui pose une main sur le bras. Mais il se dégage.

– Je ne dirai plus jamais rien. Laissez-moi encore un instant. Que toute l'île entende et comprenne. C'est ma fille Alexandra, et elle est vivante. Je veux que son nom bondisse d'une maison à l'autre, et que les cloches de l'église le répètent avec moi !

Il crie une fois encore :

– Alexandra !

Il écoute l'écho de sa voix entre les maisons, qui va se perdre sur la mer. Puis, il se tourne vers sa fille, immobile devant le porche de l'église.

– Maintenant, tu peux entrer, Alexandra.

Elle incline la tête, en une sorte de révérence.

– Merci, père.

Soutenue par Gilles Vaindrier, elle pénètre dans l'église.

L'encens, la fumée des cierges, toutes les lampes dans des verres de couleur. L'or des icônes, l'or des chasubles, l'or des candélabres. La voix du pope Alexis, et ses cheveux tressés en natte sur la nuque. L'odeur du basilic, l'herbe qui a poussé sur le tombeau du Christ, et qui sert à bénir les fidèles. Ugo, près d'elle, Ugo qui la regarde, qui ne tourne jamais la tête vers l'autel. Il semble ne rien entendre, ne rien voir, comme s'il ne comprenait pas. Les hommes du village sont aux premiers rangs, les femmes derrière, leurs mains croisées sur des robes trop lourdes d'avoir été empesées. Delpina et Nicole ensemble pour la première fois, qui se parlent à voix basse.

– Jamais je ne pensais à vous, dit Nicole. Je pensais à sa mère. Seulement à sa mère.

– Moi, je pensais à vous. A vos mains.

– Je l'ai tenue, c'est vrai. Je l'ai portée, serrée contre moi. Et puis elle a marché.

– Vous lui donniez la main.

Elles parlent sans se regarder.

– Vous l'aimez plus que moi, dit Nicole.

– Plus sauvagement, oui. J'ai faim d'elle, soif d'elle. Une soif, une faim qui me brûlent. Alors, je la tiens à distance. Je me défends.

Le pope Alexis se tourne vers les mariés. Le silence se fait.

– Ugo, serviteur de Dieu, acceptes-tu pour épouse Noële, la servante de Dieu ?

Ugo fait un mouvement de tout son corps, comme quelqu'un qu'on éveille en sursaut.

– J'accepte. Oui.

Le pope Alexis hoche la tête.

– Noële, servante de Dieu, acceptes-tu pour époux Ugo, le serviteur de Dieu ?

– J'accepte. Oui.

Le pope Alexis lève les mains.

– Pour Noële et pour Ugo, mariés l'un à l'autre, pour leur amour et pour leur salut, nous implorons le Seigneur.

Toutes les voix répondent : *Kyrie eleison*... Noële découvre cette lumière au-dessus d'eux : les couronnes de feuillages ciselées par l'orfèvre, que deux jeunes filles tiennent suspendues.

– Seulement la mort, dit-elle.

Le poids de la robe s'allège soudain. Ce qu'elle emportait dans les plis de l'étoffe, et qui la rendait si lourde, les images, les souvenirs, les regrets, les remords, tout s'efface. Il n'y a plus que l'amour de Ugo.

NOËLE AUX QUATRE VENTS

Dans le salon des Quatre Vents, aux volets fermés, madame Marie a froid. Elle est assise dans un fauteuil, face à la cheminée. Dans le fauteuil voisin, il y a Denis. Il est venu frapper à la porte, tout à l'heure. Madame Marie lui a ouvert. Il a dit qu'il n'avait pas la force de rester seul, ce jour-là, dans l'école d'Ouches. Elle l'a fait entrer.

Ils attendent que la nuit vienne.

V

C'ÉTAIT un couvent, une caserne, une cabane pour les moutons. Elle ne sait pas. C'est en ciment, avec des plaques grises. Une gare Quelque chose comme une salle d'attente. Ou un phare au ras de l'eau. Une balise. Elle ne veut pas savoir. C'est son amour. La mer, les rochers, l'herbe rase, le vent comme un compagnon fidèle. Et son amour.

– Ugo !

Elle ouvre les yeux. Il est là, ses lèvres contre ses lèvres. Il dit, à mi-voix :

– Tu as faim ?

Elle se renverse sur le dos.

– C'est Capetown.

Il est allongé contre elle, une couverture roulée autour de ses jambes. Elle ne sait pas si c'est le jour ou la nuit. Il n'y a pas d'heure, pas de soleil, simplement le sommeil qui les prend lorsqu'ils en ont envie, et les conduit vers des journées toujours les mêmes.

– Tu te souviens de Capetown ?

– Non.

– Non ?

– Je n'ai jamais été à Capetown.

– Jamais ?

– Non.

– Alors c'était un autre.

Elle se serre contre lui.

– Il était beau, si tu savais. Un garçon qui me faisait la cour. Si beau que, tout de suite, j'ai eu envie qu'il m'embrasse.

– Il t'a embrassée ?
– Oui.
– Et puis ?
– Nous avons volé une voiture. Dans un parking.
– Et puis ?
– Nous avons roulé la nuit, au bord de la mer.
– Et ce garçon si beau, dans la voiture, il t'embrassait encore ?
– Oui.
– J'aurais voulu être à sa place.
– Moi aussi, Ugo, j'aurais bien préféré que ce soit toi.
– Et puis ?
– On s'est arrêté. La terre aussi s'est arrêtée. J'ai su qu'il faisait nuit pour la dernière fois. Et tu as posé ta main sur moi, et le premier matin s'est levé sur le monde.

Le vent se lève. Un volet bat. Ils savent qu'il fait jour.

– J'ai faim, dit Ugo en se dressant d'un bond.

Il enfile un gros chandail, ouvre la porte.

– Le bateau !

Il se retourne vers Noële.

– Il y a eu du vent cette nuit. Le bateau a rompu son amarre. Je l'avais bien attaché, pourtant.
– Comment va-t-on faire ?

Elle enfile un chandail.

– On ne peut plus s'en aller ?
– Tu veux t'en aller ?
– Pour aller chercher de l'eau. Et de quoi manger.

Il la prend dans ses bras.

– On se mangera lentement, petit morceau par petit morceau. On gardera le cœur pour la fin.

Elle se dégage, sort de la cabane.

– Tu as menti.
– Eh oui !
– Le bateau est là.
– Eh oui !
– Pourquoi ?
– Pour connaître ta réaction.
– Et alors ?
– Tu as tout de suite pensé à boire et à manger.
– C'est le rôle d'une femme dans un ménage.

Il pousse un grand cri, comme un chien qui aboie.

– Qu'est-ce que tu as dit ? Un ménage ?

Elle rit déjà. Elle ne sait pas ce qu'il va dire, mais elle rit.

– Nous sommes un ménage ?
– Officiel. Légal. Béni par le pope Alexis.
– Je croyais qu'on avait inventé quelque chose. Quelque chose qui n'avait jamais existé avant nous. C'est affreux. Je préfère me noyer.
Il court jusqu'à la mer, plonge tout habillé, disparaît dans les vagues.
– Ugo ! Ne fais pas le fou, Ugo !
Elle se souvient du premier jour, sur les rochers rouges, lorsqu'il avait plongé pour pêcher un oursin.
– Ugo !
Il réapparaît, accroché à la coque du bateau.
– Tu es fou, Ugo.
– Je suis fou.
– Viens te sécher.
Ils reviennent vers la cabane. Noële allume un feu. Il fume un peu parce que la cheminée n'a pas servi depuis longtemps.
– On va jouer aux naufragés, déclare Ugo. On va suspendre nos vêtements à une corde, et on dira que la tempête nous a jetés sur une île déserte.
Ils étendent une couverture devant la cheminée, s'y allongent. Ils s'endorment. Ils ne savent pas au bout de combien de temps ils se réveillent. Ils se regardent comme des étrangers. Ils ne connaissent rien de leur corps. Chaque fois, c'est une découverte. Ugo avance une main, la pose sur l'épaule de Noële. Elle ferme les yeux. Il voudrait que ce soit toujours ainsi, une vie en désordre et qui n'obéit qu'à eux-mêmes.
– Il faudra y retourner, dit-il doucement.
– Où ?
Elle ouvre les yeux. Cette fois, elle sait qu'il est sérieux.
– A Lefkas. Il n'y a plus d'eau potable. Nous n'avons pris que trois tonneaux.
– Aujourd'hui ?
– On peut tenir jusqu'à demain.
Il se lève, détache son chandail de la corde, se rhabille.
– Tu penses aux Quatre Vents parfois ?
Il lui parle sans la regarder, en cherchant ses chaussures.
– Souvent.
– Et tu es triste ?
– J'y pense avec plaisir. Comme toi, lorsque tu penses à ton pays.
Il revient vers elle, étonné.
– Comment le sais-tu ?
– Je le sais. Je t'ai vu dormir. Un jour, tu me parleras de ta sœur Maria, de tes frères, de ta mère.

Il s'agenouille, le visage tourné vers le feu. Il ajoute une branche, regarde la flamme qui s'élève.

– Elle était là cette nuit, dit-il doucement.

– Qui ?

– Ma mère. Contre la porte de la cabane. Elle avait beaucoup marché. Elle tenait quelque chose à la main, quelque chose qu'elle cachait sous une grande écharpe. Elle m'a dit : « C'est ton cadeau de mariage. Mais j'arrive trop tard. J'ai couru pourtant. » Alors, elle m'a montré ce qu'elle cachait sous son écharpe. C'était une boîte. Je l'ai ouverte.

Il garde le silence un moment, puis se penche et du même mouvement se trouve assis contre Noële.

– Dans cette boîte, il y avait des gants. Des gants de laine rouge, qu'elle m'avait faits elle-même. Mon professeur avait dit qu'il fallait que je protège mes mains, que je n'aie jamais froid, sinon je ne pourrais jamais devenir pianiste. Ces gants, je les ai portés longtemps. Mais lorsque j'ai franchi le mur...

Il lève les mains, les regarde...

– ... j'avais les mains nues.

Ils sont allés à Lefkas. Ils ont fait remplir les tonneaux d'eau douce. Ils ont frappé à la porte de Delpina qui ne sort plus de sa chambre, maintenant que les fêtes du mariage sont passées. Ils sont revenus avec le soir. Ils savent qu'il ne sert à rien de parler d'autre chose, d'essayer de penser à autre chose. Tôt ou tard il faudra répondre au signor Peretti.

– J'ai dit non.

– Tu as jusqu'à demain.

Ils ont allumé un grand feu entre les rochers.

– Demain, comme aujourd'hui, ce sera non.

Ils regardent les hautes flammes. Ils revoient Yannis Karrassos, debout près du bateau, au moment où ils allaient repartir. Il avait attendu le dernier instant pour parler. Il savait que Ugo dirait non. Mais il ne pouvait pas attendre davantage. Le signor Peretti exigeait une réponse le lendemain au plus tard. Il s'agissait d'un concert exceptionnel à New York, pour les Nations unies, avec la création mondiale d'un concerto inconnu de Mozart, retrouvé dans les archives d'un palais viennois. « Il y a dix pianistes meilleurs que moi », avait répondu Ugo. Mais les organisateurs insistaient pour que ce soit lui. Le signor Peretti affirmait que c'était une chance qu'il n'avait pas le droit de laisser échapper.

– C'est à cause de moi que tu refuses.

Le feu gronde. De longues gerbes d'étincelles se perdent entre les rochers.

– Non.

Il est debout, les mains dans ses poches. Il a un gros chandail de laine rouge.

– Je refuse parce que je n'ai pas le temps d'apprendre ce concerto. La soirée des Nations unies est fixée au 25 novembre. Même en commençant à travailler demain matin, et en ne faisant rien d'autre, je n'y arriverai pas. Il me faut plus d'un mois. Sinon je jouerai mal. Il vaut mieux refuser plutôt que de jouer mal.

Il s'efforce d'être calme, détendu, de parler un langage de professionnel. Mais, dans sa voix, Noële devine quelque chose qui ressemble à de l'impatience.

– Tu as jusqu'à demain, répète-t-elle.

Il se tourne vers elle avec brusquerie.

– Tu n'y penses pas. Tu n'en parles pas. C'est fini. Tu entends ? Ça n'a jamais existé.

Au loin, à la surface de la mer, il y a une faible lumière. Les fenêtres éclairées de Lefkas. Yannis doit se tenir sur la plus haute terrasse. Peut-être de son côté aperçoit-il le reflet de leur feu de bois. Ces signaux échangés dans la nuit affirment qu'ils se sont de nouveau rejoints.

– Jamais plus nous n'irons là-bas, dit Ugo.

Il a honte d'avoir parlé aussi sèchement. Il est venu s'asseoir près d'elle.

– Chaque fois qu'on y va, les autres nous sautent dessus. Il faut rester ici sans bouger.

– Et l'eau potable ?

– Nous boirons la mer.

– Nous ne sommes pas des poissons.

– Pas encore. Mais avec un peu de patience... Nous inventerons une race nouvelle, moitié poisson, et moitié homme. Nos enfants seront à la fois de terre et de mer...

Ils ne savent plus ce qu'ils disent. Ils voudraient n'être qu'un feu.

Elle se réveille en sursaut. Elle est seule.

– Ugo !

Elle se lève d'un bond, sort de la cabane. Le bateau n'est pas là. Elle cherche à la surface de la mer. Le jour est encore gris. Elle s'adosse à un rocher, cache son visage dans ses mains. Elle n'entend pas le bruit du moteur. Elle découvre soudain qu'il est devant elle.

– Où étais-tu ?

Il lui montre en riant les paniers de langoustes.

– A la pêche.

Il lâche les paniers, la prend dans ses bras, la porte jusqu'à la maison. Elle s'accroche à son cou. Il l'allonge sur les couvertures, lui met deux oreillers derrière la tête, caresse doucement son visage.

– Rendors-toi.

Elle ferme les yeux. Elle aime ses mains. Elle aime qu'il dessine ses lèvres, qu'il les invente, qu'il y ait cette bouche inventée pour lui seul, et qu'il joue à l'effacer puis à la faire revivre.

– J'étais jaloux. Tu dormais. Tu rêvais, et j'étais jaloux. Je ne savais rien de ton rêve. Il bougeait sur ton visage. C'était un rêve heureux.

Il se penche, dit à voix basse :

– J'étais parti pour Lefkas. Toute la nuit j'y ai pensé. J'ai attendu le petit jour, et je suis parti sans bruit. Quand j'ai été en mer, quand j'ai vu notre île s'éloigner, je me suis dit que je n'avais pas le droit de partir sans t'en parler. Alors, j'ai été relever les paniers de langoustes et je suis revenu.

Noële se redresse d'un bond.

– Tu as envie de dire oui à Peretti ? C'est ça ?

– J'ai eu tout de suite envie. J'ai dit non, brutalement, pour m'empêcher de dire oui.

– Alors, viens.

– Laisse-moi réfléchir encore.

– Tu perds du temps, Ugo. Tu me l'as expliqué hier soir. C'est un gros travail pour toi. Si tu attends encore deux ou trois jours tu n'y arriveras pas.

Il la regarde, et il est grave.

– Si j'accepte...

Il sait qu'elle a déjà compris.

– ... c'est la fin de notre île. Il faudra retourner là-bas. Pendant un mois, ce seront des heures et des heures de travail, la porte fermée à clef, sans voir personne. Pas même toi.

– Si tu renonces à la musique, tu ne seras plus toi-même. Et comment t'aimer, si tu n'es plus toi-même ?

Aussitôt arrivé à Lefkas, Ugo téléphone au signor Peretti. Il lui demande de sauter dans le premier avion, et de lui apporter la partition. Impossible de donner une réponse définitive avant d'avoir déchiffré cette musique inconnue. Le signor Peretti prétend qu'il est malade, qu'il ne peut pas quitter Venise, que c'est à Ugo à faire le voyage, mais il finit par se laisser convaincre.

Il débarque à Athènes le lendemain, au petit jour, se plaignant des reins, du foie, de la tête, enveloppé dans une pelisse, comme s'il se rendait à Moscou, serrant contre lui une mallette, fermée à clef, contenant la précieuse partition. Dans la voiture qui les conduit au palais

Karrassos, Ugo tourne avidement les pages, lisant très vite, comme il aime le faire la première fois. Aussitôt arrivé, il s'enferme dans le salon de musique, se met au piano. Il en sort à midi, très calme. Il rejoint le signor Peretti, allongé sur un divan, le visage couvert d'une serviette humide, pose la partition sur ses genoux, dit simplement :

– Non.

Le signor Peretti sursaute, rejette la serviette.

– *Perche ?...*

– C'est trop difficile. Obtenez des organisateurs que le concert soit retardé de quinze jours. Alors je dis oui. Autrement ce n'est pas possible.

– *Ma...*

Le signor Peretti tente de protester, mais Ugo téléphone déjà à Noële, restée à Lefkas. Il lui annonce qu'ils vont se retrouver très vite dans leur île déserte, et qu'il faut qu'elle achète beaucoup de chandails car ils y passeront l'hiver. Il y a un après-midi interminable, pendant lequel le signor Peretti s'égosille dans les appareils, jette deux ou trois fois le téléphone par terre, claque les portes, fait fondre des cachets d'aspirine dans de grands verres de whisky, injurie en italien les télégraphistes qui, d'heure en heure, lui apportent des messages, se laisse enfin tomber dans un fauteuil, à 8 heures du soir, les yeux fermés, en murmurant :

– Le 12 décembre. Et si c'est encore non, j'ouvre mon ventre avec le poignard, comme un Japonais.

Ugo hoche la tête.

– Je dis oui.

Ils sont sur la terrasse. Il y a du vent. C'est la nuit, avec toutes les étoiles.

– Notre île, c'est cette ombre là-bas, plus noire que l'ombre, dit Noële.

Depuis que Ugo est revenu d'Athènes, elle sait qu'il a quelque chose à lui dire. Elle a passé la journée, sur une chaise, devant la porte du salon de musique. Elle a écouté Ugo déchiffrer patiemment la partition inconnue. Elle a su tout de suite que le voyage allait reprendre. C'était comme un secret entre eux, comme dans les salles de concert du monde entier pendant la tournée des longues vacances. Maintenant, ils sont sur la terrasse, ils regardent la mer.

– Il ne faut plus penser à l'île, dit Ugo.

Elle ne s'était pas trompée. Il parle enfin.

– Tu vas rentrer à Athènes, avec Yannis et Delpina.

Elle écoute encore, mais il ne dit plus rien. Il la tient par les épaules. Elle sent le poids de son bras. Brusquement, il l'entraîne vers les escaliers qui conduisent au petit port.

– Viens, dit-il. Pour la dernière nuit.

Ils descendent jusqu'au bateau. Ils ne pensent pas à prévenir. Le bruit du moteur fera comprendre à Yannis Karrassos qu'ils sont partis. Ils débarquent, avec toute la mer sur eux, les cheveux, le visage, les vêtements trempés. Ils s'ébrouent, comme des chiens. Ils se retrouvent devant la cheminée, allongés sur la couverture, leurs vêtements suspendus à une corde. La fumée tourne dans la pièce. Leurs mains se cherchent. Ugo dit tout. Qu'il part. Qu'il va s'enfermer à Venise. Pour travailler avec Peretti. Qu'elle ne peut pas l'accompagner. Qu'il ne faut pas chercher à comprendre pourquoi. Que ce sera tout un mois, un long mois. Mais qu'il ira à New York, une semaine avant le concert, pour les répétitions d'orchestre, et qu'elle pourra le rejoindre. De temps en temps, il s'arrête, pour reprendre souffle, pour s'obliger à aller plus loin. Et dans le silence, il entend Noële qui dit doucement :

– Emmène-moi...

Chaque fois. A chaque silence.

– Emmène-moi...

Il pose une main sur ses lèvres. Mais chaque fois qu'il s'arrête de parler, elle dit :

– Emmène-moi.

VI

NICOLE Vaindrier se regarde dans la glace, secoue la tête, et dit :

– Non.

A voix haute. Pour qu'il n'y ait pas d'équivoque. Le danger qui la guette, elle le connaît depuis longtemps. Elle y a longuement pensé. Maintenant qu'il est là, il faut l'affronter. La chambre de Noële est vide. Les meubles, les objets y sont encore, mais la chambre est vide. Nicole Vaindrier ne veut pas s'attendrir. Noële n'est pas morte. Elle s'est mariée. Un jour, elle demandera peut-être qu'on mette toutes ses affaires dans des caisses, et qu'on les lui envoie en Grèce. Toutes les filles qui se marient font la même chose. Les mères rêvent, bien sûr. Elles ont un petit mouvement de nostalgie en passant devant la porte fermée. Elles ont envie de tirer les rideaux, pour que tout soit noir entre les quatre murs, et que les images du passé s'y gardent mieux.

– Non, répète Nicole Vaindrier.

Elle ouvrira les rideaux, les fenêtres. Elle laissera l'air circuler. Ce n'est pas une chapelle. C'est une chambre, et voilà tout. D'autres y dormiront : Marie-Hélène, si elle vient, Denis, s'il a trop froid cet hiver à Ouches, qui voudra. Depuis qu'elle est revenue de Lefkas, Nicole se surveille. Ce serait si facile de se laisser aller et de se plaindre, au long de journées qui n'en finissent pas.

– Non.

Elle secoue madame Marie qui a décidé de rester assise sur sa chaise, à côté du fourneau, sans bouger, sous prétexte d'un rhumatisme à l'épaule. Ce qui empêche madame Marie de tourner ses sauces, ce n'est pas le rhumatisme. C'est l'automne. Les pluies, les cheminées qui tirent mal, les murs humides. C'est l'envie de rester dans son lit, de laisser la maison se débrouiller toute seule avec son silence. Dans les automnes d'autrefois, on mettait les draps aux fenêtres, même s'il pleuvait, on retournait les matelas, on secouait les descentes de lit. On faisait de vrais marchés, on inventait de vrais menus. Nicole Vaindrier n'a pas faim. Depuis que Gilles est à Paris, elle n'a pas envie de se mettre à table. Elle emporte un plateau, dans le salon. Un œuf dur, du jambon, une pomme. C'est bien suffisant pour elle seule.

– Monsieur va revenir bientôt? demande madame Marie.

– Je ne sais pas, madame Marie.

Un matin, une machine est tombée en panne, Gilles a pris le premier train pour Paris. D'habitude, il fait venir un réparateur de Lyon, et tout s'arrange dans la journée. Mais cette panne-là devait être assez sérieuse, puisqu'il a fallu un ingénieur de Paris. Un homme très gentil, qui est arrivé deux jours plus tard, qui a réparé la machine en quelques heures, et qui est reparti. Gilles a expliqué par téléphone qu'il profitait de son séjour à Paris pour assister à un congrès laitier. Il en avait vaguement entendu parler, sans en retenir la date. C'était justement l'ouverture des séances. Marie-Hélène, chez qui il s'était installé, se déclarait enchantée d'héberger son oncle.

– Il est tellement facile à vivre, avait-elle dit à sa tante. Je t'envie. Un mari comme lui, on n'en fait pas deux.

Nicole Vaindrier a très bien compris que le congrès laitier c'était comme le rhumatisme de madame Marie: un prétexte pour se défendre contre le vide des Quatre Vents. Elle est contente que Gilles ait choisi cette forme de défense. Il aurait pu, lui aussi, céder à la tentation de s'asseoir sur une chaise et de se plaindre. Nicole n'y aurait sûrement pas résisté.

Seule, en face d'elle-même, elle peut se regarder dans la glace, secouer la tête, et dire: non. C'est encore trop tôt pour reprendre le projet de Maison des Jeunes. Elle se lance dans des travaux moins ambitieux. Elle pense que c'est, l'automne, que les élèves de Denis ont sûrement besoin de chandails et d'écharpes. Elle ouvre ses armoires, sort ses cartons de laine et de vieux vêtements. Elle en fait des tas, un peu partout. Elle commence des ouvrages, plusieurs à la fois. Elle va de l'un à l'autre. C'est une illusion. Elle n'en est pas dupe. Mais ce désordre laisse croire que la maison est habitée.

– Alors, mon petit oncle, intéressant ton congrès laitier?

– Très intéressant.

Marie-Hélène sourit en regardant Gilles Vaindrier. Il boit son café, les cheveux en broussaille, l'œil à peine ouvert. Comme il a oublié d'emporter sa robe de chambre, elle lui a prêté un peignoir de bain rouge vif, dans lequel il se sent un peu mal à l'aise. Elle est contente qu'il soit là. Cet homme dans sa maison, c'est comme si elle était en vacances. Elle le promène, lui fait visiter Paris, le hisse au premier étage de la tour Eiffel, l'emmène dans de petits restaurants où le beaujolais est extra, le présente à ses amies. Leur regard étonné l'amuse. Elles ont l'air de se demander si c'est vraiment le bon oncle de province dont elle leur a parlé. Il n'est pas si mal que ça, au fond, en chevalier servant. Un peu gris sur la tempe, un peu fort du côté de l'estomac, aux antipodes de tous les *minets* à la mode, mais reposant, rassurant, avec cette image de bonne terre qui l'accompagne, et fait rêver les femmes lorsqu'elles commencent à se dire que le temps de prendre racine n'est plus très éloigné. Odile, notamment.

– Amusante, mon amie Odile, non?

– Très.

Gilles Vaindrier va chercher une cigarette dans sa chambre, revient en bâillant.

– A quelle heure ta séance, ce matin ?

– Je crois que je ne vais pas y assister.

– Ah?

– Ce matin, on parle de problèmes sans intérêt pour moi. Le Marché commun, les tarifs douaniers. Dans mon petit secteur, ça ne joue pas. Moi, je suis un bricoleur.

Il fume lentement.

– C'est ce que j'expliquais à Odile.

– Elle s'intéresse au Marché commun?

– Disons qu'elle s'intéresse à ce que je fais.

Marie-Hélène a envie de l'embrasser. Il est attendrissant comme un jeune homme qui fait sa cour pour la première fois. Elle débarrasse rapidement la table.

– Elle fait vraiment des chapeaux, ton amie Odile? demande Gilles.

– Pas vraiment des chapeaux. Disons: des coiffures. Des perruques, des masques. Pour le théâtre, l'opéra, les ballets. Tu as bien vu son atelier. Il y a des plumes, des perles, des paillettes un peu partout.

Le téléphone.

– Réponds, mon oncle. C'est sûrement tante Nicole.

Chaque matin vers 9 heures, elle appelle des Quatre Vents.

Marie-Hélène finit sa vaisselle, s'essuie les mains.

– Tu sais ce que m'apprend ta tante?

Gilles Vaindrier vient la rejoindre.

– Noële et Ugo sont séparés.

– Qu'est-ce que tu dis ?

– Depuis plus d'une semaine.

Marie-Hélène est bouleversée. Gilles a un mouvement d'impatience.

– Je ne t'ai pas dit qu'ils divorçaient. Qu'est-ce que tu vas croire ? Ils sont séparés. Pour un mois. Ugo est à Venise, chez son imprésario. Il prépare un concert, quelque chose de très important, je ne sais pas quoi. Noële est restée à Athènes. Avec les Karrassos.

Il est debout, au milieu de la cuisine, les mains enfoncées dans les poches du peignoir de bain rouge. Il a brusquement l'air vieux, et triste. Quelque chose passe dans son regard, qui est peut-être l'étonnement d'avoir eu raison, si vite. C'était il y a quelques jours à peine. Il y avait tout ce soleil, les cloches à toute volée, la robe si lourde. Il y avait le village entier, les paysannes venues de la montagne, assises en amazone sur des chevaux dont elles avaient tressé de rubans la crinière. Il y avait les musiques, les danses jusqu'à la nuit, les petits verres d'anisette sur les plateaux de cuivre. Il y avait le visage de Noële qui ne savait pas cacher son bonheur. Et quelques jours après...

Il a presque envie de rire en pensant à leurs trois solitudes : Noële à Athènes comptant les jours, Nicole aux Quatre Vents rangeant ses armoires, et lui à Paris, faisant la cour à une dame qui lui pose des coiffures sur la tête pour les essayer. Il a beau faire des efforts, tous les efforts possibles, il ne comprendra jamais.

– Je vais rentrer, dit-il enfin.

– Aujourd'hui ?

– Demain, peut-être. Je ne sais pas. Mais je vais rentrer.

Pendant vingt ans, il a vraiment été le chef de la famille, avec une vraie raison de vivre. Une raison *d'être* : sa femme, sa fille. Chaque jour, à chaque heure du jour. Parce que la vie, pour lui, ce n'était pas de grands voyages, de grandes aventures. C'était une respiration régulière, un instant suivi d'un instant, avec le calendrier des saisons. Brusquement, il n'y a plus rien.

– Mon petit oncle...

Marie-Hélène voudrait l'aider.

– Je sais bien que tu ne veux pas qu'on en parle. Mais tu es vraiment malheureux ?

– Ce n'est pas ça. Non. Pas même ça.

– Alors ?

Comment dire ? Il montre le peignoir de bain rouge.

– Comme si j'avais perdu tous les vêtements faits pour moi.

– Ne bougez pas tout le temps comme ça.

– C'est que j'étouffe là-dessous.

– Un peu de patience. Je couds la seconde oreille !

Il grogne. Il sait que c'est le dernier soir. Il espérait que Marie-Hélène l'accompagnerait. Mais elle avait quelque chose d'urgent à faire, pour sa maison de disques. Il s'en veut d'être là, seul avec Odile, qui lui a posé sur la tête une sorte de bonnet d'âne en laine grise et qui tourne autour de lui une aiguille à la main.

– J'ai rarement vu quelqu'un d'aussi agité que vous.

Elle est habillée d'une chasuble en velours qui lui dégage les bras, et d'un pantalon de pêcheur.

– Comment me trouvez-vous ? demande-t-elle.

– Jolie.

– Ce n'est pas ce que je vous demande.

Elle a un rire lointain, à peine esquissé.

– Le physique, ça ne compte pas. Comme caractère de fille, je veux dire. Les gens me trouvent bizarre. Et vous ?

– Bizarre ?

– Oui. Compliquée, intellectuelle. Ils disent que je lis les philosophes d'Extrême-Orient. C'est faux. Je laisse croire. Pour mon personnage. Mais c'est faux. Je porte toujours de grosses lunettes, exprès. Et des tas de livres sous le bras. Mais dans le fond…

Elle s'arrête, pousse une sorte de soupir.

– Ça y est. Vous êtes un ange. Je vous enlève mon bonnet d'âne, et on boit un whisky. D'accord ?

Elle a posé le bonnet d'âne sur une étagère, cherche des verres dans une sorte de coffre en bois peint qui ressemble à celui dans lequel Noële mettait ses jouets lorsqu'elle était enfant.

– Vous avez peut-être envie de voir des gens, d'entendre de la musique ?

– Moi ? Je ne suis pas mondaine pour deux sous. C'est ce que j'allais vous expliquer.

Elle remplit les verres de whisky, disparaît derrière un rideau, revient avec un petit bac à glace et de l'eau dans une carafe. Gilles est resté debout. Il y a un divan, recouvert d'un châle espagnol, un tabouret sur lequel il était assis, et des malles, comme dans une cabine de navire. La grande verrière s'ouvre sur le ciel.

– Il fait froid, dit Odile. J'aurais dû allumer le poêle. C'est un courant d'air, là. Une vitre qui joint mal.

Elle le pousse vers le divan.

– Vous êtes juste dessous. Vous allez attraper la mort.

Elle l'oblige à s'asseoir, s'installe près de lui, les genoux repliés.

– Je ne sais pas pourquoi je reste ici, dit-elle.

Il a envie de dire la même chose. Il boit une gorgée de whisky. Il pense : demain.

– Le loyer est exorbitant. Et c'est une glacière. La nuit, pour dormir, je suis obligée de mettre un passe-montagne.

Elle le regarde par-dessus son verre, les yeux à moitié fermés. Elle a toujours son petit rire étouffé.

– Moi, ce que j'aime, c'est le beurre, la crème, tout à fait comme vous. Faire la cuisine, éplucher des oignons, pleurer. C'est pour ça que je suis contente de vous avoir ici. Je respire. C'est la campagne.

Il boit encore. Il regarde la verrière, se dit qu'avec un journal ce serait facile de coincer la vitre qui joint mal, de supprimer le courant d'air.

– Elle est vraiment au milieu des champs votre maison ?

– Oui.

– Et il y a vraiment des vaches ?

– Oui.

Il vide son verre d'un trait, cherche lui-même la bouteille, le remplit de nouveau. Il se dit simplement : demain. Il sait déjà qu'en repensant à cette soirée, il se trouvera un peu ridicule.

Depuis qu'il est rentré, il grogne. Il s'en prend à tout, et à tout le monde. A l'automne, aux pluies, aux réserves de bois qu'il n'a pas eu le temps de rentrer, à madame Marie, qui exagère avec son épaule.

– Si vous êtes vraiment malade, soignez-vous un bon coup et qu'on n'en parle plus.

Il la bouscule, il veut la traîner de force chez Berthelin. Elle résiste. Elle le connaît bien. Quand il gronde ainsi, quand il en veut à la terre entière, c'est qu'il est malheureux. Tout petit, déjà, il faisait la même chose. Elle reste assise contre son fourneau. Elle le regarde en secouant la tête. Des tempêtes. Pourquoi pas ? Chacun sa façon. Mais le chagrin est le même. Il se retourne vers Simon, le contremaître. Cette fois, c'est une vraie colère. Parce que Simon lui annonce un jour qu'il est malade, qu'il arrive à l'âge de la retraite, qu'il a envie d'acheter un petit cabanon du côté de Draguignan, au soleil, et de s'y retirer avec son épouse.

– Je ne vous retiens pas, Simon. Partez quand vous voudrez.

– Au printemps, sans doute.

Nicole Vaindrier essaie de le calmer.

– C'est peut-être une façon de te demander de l'augmentation. Tu t'es toujours bien entendu avec lui. Ne te braque pas.

Gilles hausse les épaules.

– Qu'il s'en aille, je m'en passerai facilement. Pour qui faut-il que je travaille maintenant ? Pour toi et moi. Alors ?

Il a un rire agacé.

– M. Karrassos se moquait de ma «petite laiterie». Il avait bien raison.

Il semble retrouver son calme pendant quelques jours, mais sous un prétexte, n'importe lequel, sa colère revient. Pas une vraie colère. Un aboiement. Madame Marie a raison. Il n'a rien raconté de son séjour à Paris, du congrès laitier, de Marie-Hélène. Plus tard peut-être. Pendant les repas, il parle, parce qu'il faut bien parler. Et pendant qu'il parle, son regard est ailleurs. Il dort mal. La nuit, il s'éveille, il a l'air d'écouter. Nicole écoute, elle aussi. De l'autre côté de la cloison, dans la chambre de Noële, c'est le silence.

Un matin, pendant qu'elle fait son lit, elle se dit qu'il faut que quelqu'un vienne leur tenir compagnie. Autant pour elle que pour Gilles. Elle télégraphie à Lisette Andrieux.

VII

LISETTE a compris sans rien demander. Elle est arrivée aux Quatre Vents, avec un chapeau de panthère et des bottes de cuir rouge. Elle s'est installée dans la chambre de Noële. Elle a tout ouvert : les fenêtres, les volets, les armoires. Elle a fait beaucoup de bruit, exprès. Pendant le dîner, elle a obligé Nicole Vaindrier à lui raconter le mariage en détail. Elle a parlé de Ugo, des quelques heures qu'il avait passées au Brésil, pendant l'été. Elle a dit toute l'estime qu'elle avait pour lui. Elle est revenue sur la longue lettre écrite à Nicole. Elle a demandé des nouvelles de Jean-François. Gilles Vaindrier s'est senti un peu gêné de ne pas pouvoir en donner.

– Nous ne l'avons pas revu.

– Pourquoi ?

Il hausse les épaules. Comme s'il y avait une raison à tout. Pourtant, il s'en veut. Il dit bien haut qu'il a gardé une grande affection pour Jean-François, malgré ce qui est arrivé, mais lorsqu'il faut en donner une preuve...

– Je vais aller voir son usine. Il paraît qu'elle marche très bien. Il m'a demandé beaucoup de conseils avant de tout mettre en route. Il ne doit pas comprendre pourquoi je ne viens pas connaître le résultat.

La présence de Lisette va l'obliger à plus de retenue. Chaque fois qu'il se sentira des envies d'aboyer, il fera un effort. Il est content qu'elle soit là. Content aussi pour Nicole. Parce qu'il était devenu un étrange compagnon, incapable d'un mouvement vers elle. Il va pouvoir la confier pour un temps à Lisette.

Dès le premier soir, parce qu'elle l'a toujours considérée comme sa sœur, Nicole a un instant de faiblesse. Elles sont assises dans le salon, Gilles a dit qu'il allait vérifier la fermeture des compteurs de la laiterie. Il est parti, parce qu'il avait envie de les laisser seules. Lisette a sorti une boîte de petits cigares.

– Je peux fumer ces horreurs?

Nicole Vaindrier regarde autour d'elle.

– Tu sens comme la maison est vide?

Lisette allume son cigare sans répondre.

– Le jour c'est encore possible. Mais la nuit... C'est la nuit surtout, lorsque tout est immobile, que je comprends qu'elle est partie.

Lisette hausse les épaules.

– Tu ferais mieux de dormir.

Nicole se lève, avec colère. Une vraie colère. Parce qu'une amie n'a pas le droit d'être aussi indifférente.

– Comment pourrais-tu comprendre? Tu n'as pas marié tes fils. Et même si c'était fait, tu ne t'en apercevrais pas. Des muets, des ours, voilà comment tu en parles. Toujours à la chasse, toujours sur leurs chevaux. Tu ne sais même pas qu'ils existent. Noële...

Quelque chose se casse dans sa voix.

– Noële c'était...

Elle se laisse tomber dans son fauteuil.

– C'était tout.

Elle pleure. Les lèvres serrées, parce qu'il y a trop longtemps qu'elle s'en empêche. Puis elle se calme, se redresse.

– Pardon, dit-elle doucement.

Lisette n'a pas bougé. Le cigare à la main, elle a regardé Nicole avec une sorte d'étonnement.

– Tu te souviens?

– Quoi?

– Le pensionnat. La petite Nicole qui faisait marcher tout le monde. Chef de bande, chef de classe.

– Moi?

– *Esther*, en quatrième. Tu avais décidé de faire jouer la pièce pour la distribution des prix. Tu as réussi à convaincre le professeur. Tu as choisi les acteurs, dessiné les costumes, établi l'horaire des répétitions, obligé toutes les filles de la classe à apprendre leur texte. Je me souviens. J'étais dans les chœurs: «Faibles agneaux livrés à des loups furieux, nos soupirs sont nos seules armes.»

Nicole Vaindrier se demande si cette petite fille d'autrefois a vraiment existé.

– Tu avais douze ans, ajoute Lisette. C'est terrible, les souvenirs.

– Pourquoi?

– Parce qu'on ne connaît pas ceux des autres. Nous avons vécu des années ensemble, toi et moi, et les images que tu gardes sont différentes des miennes. En t'écoutant, je me demande brusquement où est la vérité.

Lisette fume toujours son petit cigare.

– Elle est dans une Nicole qui ne pleure pas, qui ne s'attendrit pas sur elle-même et qui fait face.

Nicole Vaindrier se lève.

– Puisque tu es là, je crois que je vais reprendre le projet de Maison des Jeunes. Je vais te chercher le dossier. Il n'est pas très épais. Tu auras le temps de l'étudier ce soir. Nous en parlerons demain toutes les deux. Tu as un œil neuf. Tu y verras plus clair que moi.

Le lendemain après-midi, elles vont visiter le bâtiment des douanes, au bord de la Loire. Il pleut. Lisette a trouvé le dossier intéressant. Elle comprend mal pourquoi le Conseil municipal refuse de voter les crédits.

– D'abord, j'ai des ennemis, explique Nicole en conduisant. C'est normal. Quand je défends un dossier, il y a automatiquement quelques personnes qui sont contre. Mais ce n'est pas ça qui a joué. C'est qu'aucun entrepreneur n'a accepté de se charger des travaux. J'en ai vu sept. Ils m'ont tous dit que c'était du «bricolage», que ça ne les intéressait pas.

– Pourquoi, à ton avis?

– Tu comprendras en voyant le bâtiment.

– Il est en ruine?

– Il est triste. Et quand on pense à une Maison des Jeunes, on l'imagine mal dans un cadre pareil.

Elles arrivent au bord de la Loire.

– C'est ça, dit Nicole en montrant une grande caserne de pierre grise.

– Pas très gai, en effet.

Nicole gare la voiture le long du quai.

– Attends-moi là, je vais demander la clef au gardien.

Elle s'éloigne sous la pluie. Lisette sort de la voiture à son tour, fait quelques pas le long du fleuve. Si les pluies durent encore, il y aura un sérieux risque de crue. Elle se penche sur le parapet. Des branches cassées, des morceaux de bois, des débris de caisse, comme après un orage. L'image de ce que pouvaient devenir les Quatre Vents, si personne n'aidait à discipliner les courants... Elle s'immobilise. Quelqu'un est là, qui la regarde. Elle le sent. Dans son dos. Elle se retourne.

Une voiture est arrêtée de l'autre côté du quai. Un homme est au volant. Il se penche par la portière, lui fait signe. Elle hésite. Il fait signe de nouveau. Elle s'approche, distingue un visage. Brusquement, il se rejette en arrière, met son moteur en route, s'en va très vite. Nicole revient avec la clef.

– Tu connais cette voiture ? demande Lisette.

Elle est déjà loin.

– On dirait celle des Saulieu. Mais il y en a beaucoup qui se ressemblent.

Lisette savait que ce visage ne lui était pas inconnu. Noële, pendant son séjour au Brésil, lui avait montré des photographies de Jean-François.

– Que c'est noir ! dit Nicole qui a ouvert la porte du bâtiment. C'était la douane fluviale. Les bateaux venaient jusqu'ici. Il y a une petite jetée, tu vois. On devait entreposer les marchandises en bas. premier étage, il y a des bureaux, un dortoir pour les gardiens. Le toit est plat. C'est ce qui m'a plu. On peut facilement l'aménager en terrasse.

Elles montent au premier étage. Il y a de la poussière partout, des odeurs de paille humide. Lisette allume un cigare.

– J'aime mieux sentir la fumée du tabac.

Elles font le tour des bureaux. Les murs sont peints en noir jusqu'à mi-hauteur. La plupart des carreaux sont cassés. Lisette voudrait s'intéresser à ce vieux bâtiment, mais il y a le visage de Jean-François qu'elle ne parvient pas à chasser.

– Sortons, dit-elle un peu brusquement. Il fait froid.

– C'est vrai. Il y a aussi un problème de chauffage.

Elles reprennent la voiture.

– Ça t'ennuie de conduire ? demande Nicole.

– Non. Pourquoi ? Tu es fatiguée ?

– Peut-être, oui.

Lisette prend le volant. Elle n'aime pas cette journée. Cette pluie, ces routes, l'odeur de paille du bâtiment, le regard de Jean-François, la voix de Nicole qui recommence à vouloir se plaindre.

– C'est Gilles, annonce Nicole doucement.

Elle ne pleure pas, comme la veille. C'est plus grave. Elle avoue enfin tout ce qu'elle n'osait pas se dire à elle-même.

– Il est devenu un inconnu pour moi. On s'y tromperait : les mêmes gestes, la même voix, les mêmes habitudes. Mais ce n'est pas lui. Depuis Venise. Nous étions sur la place Saint-Marc. J'ai aperçu Noële qui venait vers nous. J'ai dit : « La voilà ! » Il a répondu : « Tu es sûre ? » Parce qu'elle était avec Ugo. Au moment où il disait cette phrase j'ai su que c'était quelqu'un d'autre.

Lisette conduit très lentement pour que rien n'empêche Nicole d'aller jusqu'au bout de ce qu'elle a à dire.

– Il est parti l'autre jour. Il est allé à Paris. Sous un prétexte. Il n'avait rien à y faire. Mais il a éprouvé le besoin de s'éloigner. Sans me prévenir. Je suis rentrée un soir, madame Marie m'a annoncé qu'il avait pris le train. Pas un mot. Rien. Et je me suis aperçue…

Elle hésite.

– Je te le dis à toi, à toi seule. Parce que toi et moi, c'est la même chose. Je me suis aperçue qu'il ne me manquait pas. Ce n'est pas à cause de lui que la maison était vide. Son absence à lui, je la remarquais à peine.

Elles sont presque arrivées aux Quatre Vents.

– Attends, demande Nicole.

Lisette arrête la voiture, coupe le contact.

– Marier une fille, ça arrive à tous les parents, un jour ou l'autre. Ce qui est difficile pour Gilles et moi, c'est que nous ne sommes pas d'accord sur ce mariage. Pour la première fois, depuis plus de vingt ans, nous nous opposons sur un point capital. Ce mariage de Noële, c'est notre divorce.

Lisette finit par dire :

– Il s'y ajoute encore ceci : Noële n'est pas votre fille.

– Beaucoup plus notre fille que celle des Karrassos. Sinon, ce ne serait pas si grave entre Gilles et moi.

En une semaine, Lisette Andrieux remet tout en mouvement. Elle a décidé d'acheter elle-même le vieux bâtiment des douanes et de l'offrir à la municipalité lorsque les travaux seront achevés. Son mari ne sait que faire de son argent. A quoi bon le laisser dormir dans les banques brésiliennes ? Lisette est française. Ses deux fils ne savent rien d'un pays qui est le leur. C'est à leur intention, autant qu'à celle de Nicole, qu'elle a pris cette décision. Sans doute, Miguel et Carlo n'y viendront jamais, mais, le soir, sous la véranda, ils pourront de temps en temps rêver de cette maison au bord du fleuve où viennent nager des garçons de leur âge.

En ville la nouvelle fait son chemin. Lisette ne passe pas inaperçue, avec son chapeau de panthère et ses bottes rouges. Lorsque Gilles Vaindrier va voir ses clients, on lui pose des questions. Ce qui finit par l'irriter.

– Expliquez-moi pourquoi ? lui demande Lisette un soir.

– Parce que c'est trop ambitieux. Nicole n'y arrivera jamais toute seule. Le Conseil municipal ne l'aidera pas. Il faudra qu'elle se débrouille avec les architectes, les entrepreneurs. Elle perdra pied. C'est moi qui aurai tous les ennuis.

– Tout se passera en dehors de vous.

– Facile à dire. Vous allez repartir. Reprendre votre vie bien tranquille, à des milliers de kilomètres d'ici, entre vos cactus. Moi, je reste.

– Nous avons fondé une société secrète, Nicole et moi. S'il y a le moindre ennui, vous n'en saurez rien. Elle me tiendra au courant, directement. Si elle a absolument besoin de moi, je viendrai, entre deux avions.

Gilles Vaindrier prend sa pipe sur le bureau, la bourre, très lentement.

– On devrait bazarder tout ça, une fois pour toutes. La laiterie, la maison. On vieillit. On s'enfonce. A quoi ça servira ? A qui ?

Lisette le regarde. C'est vrai qu'il s'est tassé, qu'il n'a plus le dos aussi droit. Dans sa veste de laine usée qui n'a plus de forme, il ressemble à son père, le vieux M. Vaindrier qui, sur la fin de sa vie, ne s'intéressait plus qu'à sa bibliothèque. Il va vers le bureau, prend une lettre déjà ouverte.

– Ecoutez ce que nous écrit Noële. «*Je marche beaucoup dans Athènes, avec Delpina. Elle me fait découvrir une ville que les touristes ne connaissent pas, la ville de son enfance à elle. Elle me parle de sa famille, de son père surtout. Je découvre que c'est mon grand-père.*»

Gilles tourne la page, hésite avant de poursuivre.

«*Il y a des rues entières qui lui appartenaient et qui gardent son souvenir. J'aurais tant voulu le connaître…*»

Il replie la lettre. Lisette n'a pas bougé. Elle dit simplement : «Diego…», plusieurs fois, en elle-même, parce qu'elle ne savait pas qu'il lui faudrait se défendre encore contre le passé.

L'acte de vente est signé. Le bâtiment des douanes appartenait aux Domaines. Contrairement à ce que pensait Lisette, l'accord s'en est trouvé plus facilement conclu. En sortant de chez le notaire, elle prend Nicole par le bras.

– On y retourne, puisqu'il est à nous maintenant.

C'est le début de l'après-midi. Il fait sombre. Mais un vent plus froid s'est levé. Lisette ouvre les portes, les fenêtres, établit un courant d'air.

– Cette odeur ! dit-elle. Avant de faire venir qui que ce soit pour les travaux, il faut aérer.

Elle a aperçu la voiture. Plusieurs fois déjà, les jours précédents, elle a reconnu Jean-François, immobile à son volant, qui la regardait. N'étant jamais seule, elle n'avait pas pu le rejoindre. Elle sait qu'il ne faut plus attendre. Elle quitte Roanne dans deux jours.

– Nicole…

– Oui ?

– Pardonne-moi, mais je vais te laisser remonter seule aux Quatre Vents. Je reste ici encore un moment.

– Tu ne veux pas que je t'attende ?

– C'est inutile. Ne t'inquiète pas pour moi. Je me débrouillerai.

Nicole Vaindrier ne pose aucune question. Peut-être a-t-elle aperçu la voiture, elle aussi. Elle sort, referme la porte. Lisette attend. Jean-François ne bouge pas, ne tourne même pas la tête. Elle se décide enfin à aller vers lui.

– C'est à moi que vous voulez parler ?

Jean-François lève les yeux. Il a les paupières très ouvertes, mais son regard est presque blanc.

– Vous savez qui je suis ? demande-t-elle.

– Oui.

– Comment le savez-vous ?

Il se penche vers l'autre portière, l'ouvre. Lisette fait le tour de la voiture, monte à côté de lui. Elle pense qu'il va mettre le moteur en route, mais il ne bouge pas.

– Comment savez-vous qui je suis ? répète-t-elle.

– Je sais tout ce qui se passe aux Quatre Vents. Depuis le jour de votre arrivée, je sais que vous êtes là.

Il a fermé les vitres. Elles s'embuent peu à peu. Le quai s'efface, et la Loire, et le bâtiment des douanes.

– Vous y étiez ? demande Jean-François.

– Où ?

– Au mariage.

– Non.

Lisette le regarde. Sur les photographies, c'était un jeune homme. Vingt-quatre ans. Devant ce visage tiré, elle ne sait plus. Tout s'y inscrit : les insomnies, les idées fixes, les litres de café. Elle sait déjà tout ce qu'il va dire.

– J'ai acheté tous les journaux, explique Jean-François. Pas une photographie. Je ne demandais pas grand-chose. Seulement une image de sa robe.

Il se renverse brusquement en arrière.

– Parlez-moi d'elle.

– Ça ne sert à rien.

Lisette enlève son gant, frotte nerveusement le pare-brise pour effacer la buée. La nuit approche. Les lampadaires sont déjà allumés.

– C'est pour me parler d'elle que je veux vous voir. Pour rien d'autre.

Il y a tant de violence dans sa voix que Lisette obéit.

– Les Vaindrier ont reçu une lettre hier. Noële est à Athènes. Elle visite la ville avec sa tante. Ugo est à Venise. Il travaille. Il doit donner un concert à New York bientôt. C'est ce que vous vouliez savoir ?

– Oui.

Il attend encore. Puis il dit doucement :

– Vous aviez raison. Ça ne sert à rien.

Lisette remet son gant.

– Ecoutez, Jean-François…

Il secoue la tête.

– Non…

Mais Lisette n'est pas décidée à obéir.

– Ce n'est pas moi qui ai voulu monter dans cette voiture. Je ne savais même pas qui vous étiez. Vous me faites des signes depuis une semaine. Maintenant, vous allez m'écouter. Quand on a mal comme vous avez mal, on s'imagine qu'on est le premier, qu'on est le seul. Ce n'est pas vrai. Ce que vous vivez, je l'ai vécu, il y a vingt ans. Pour les mêmes raisons que vous.

Jean-François porte les mains à ses oreilles.

– Vous pouvez vous boucher les oreilles, vous m'entendrez quand même. Je ne me suis pas assise sur le bord du trottoir, en tenant mon chagrin dans mes bras. J'ai continué à marcher. Toute seule. Et puis, quelqu'un a croisé ma route. Je l'ai accepté. Ce que je ne croyais pas possible a eu lieu. C'est insupportable à entendre, et pourtant c'est vrai : le chagrin ne dure pas.

– Je n'ai pas besoin qu'on me console comme un enfant.

– Je vous parle comme à un homme. C'est à l'âge d'homme qu'on accepte cette vérité. Aujourd'hui, c'est encore trop tôt. Vous vous cabrez. Vous vous cabrerez longtemps. Un jour, vous découvrirez que j'ai raison. Quelle que soit la force de votre chagrin, vous en guérirez.

Elle ferme les yeux à son tour. De nouveau la buée a recouvert le pare-brise.

– J'aime les chansons, dit-elle avec une sorte de sourire. J'en écoute beaucoup au Brésil. Il y en a une, de Brassens, à propos d'une femme qui l'a rendu malheureux, et dont il s'est consolé. Il dit ceci, qui est beau et vrai :

« Que c'est triste de n'être plus triste sans vous… »

Elle ouvre la portière.

– Je voudrais vous voir demain, dit Jean-François.

– Impossible.

– Pourquoi ?

– Parce que je pars.

– Attendez encore un jour. Je n'ai que vous. Depuis des semaines, je n'avais parlé à personne.

– Non, Jean-François. Vous me demandez des rendez-vous clandestins. Nous nous enfermons dans une voiture, et vous voulez que je vous parle de Noële. L'amour que vous avez pour elle, que vous aurez pour elle encore longtemps, vaut mieux que ça. Faites-lui face au grand jour. Devant tout le monde. Si vous vous cachez, c'est que quelque chose le ronge déjà.

Jean-François la regarde. Il n'a plus cet œil blanc de tout à l'heure. Une petite flamme s'y allume, comme un défi.

– Vous parlez trop. Avec de trop grandes phrases. Vous avez raison. Il vaut mieux que je ne vous voie plus.

Il met son moteur en marche, claque la portière. La voiture disparaît.

VIII

NOËLE ne compte pas les jours. C'est un jeu, entre Ugo et elle. Comme on brouille les cartes. Lorsqu'ils se téléphonent, ce n'est jamais à la même heure. Pour qu'il n'y ait pas d'habitude. Parfois les circuits sont si mauvais qu'ils sont comme aux deux bouts du monde. Parfois, c'est tellement clair qu'ils pourraient se toucher en avançant la main.

– Ce sera beau ?

– Ce sera beau.

– Ton geôlier est content de toi ?

– S'il était content, je n'aurais plus à travailler.

Elle se souvient de la chambre. Dans le palazzo Peretti, au second étage. Le couvent de l'autre côté du canal.

– As-tu aperçu la sœur jardinière ?

– Il y a des saisons, même à Venise, où les poules ne pondent pas.

– En février, pas en novembre.

Il ne sait pas qu'ils sont en novembre. Il a tourné les calendriers, contre le mur. Il est enfermé dans sa musique.

– Cette nuit, j'ai lu les lettres de Mozart à sa femme. Ecoute.

Elle s'allonge sur son lit.

– « *Penses-tu aussi souvent à moi que je pense à toi ? A tous moments je considère ton portrait, et je pleure, moitié de joie, moitié de peine. Porte-toi bien, mon amour. N'aie pas de soucis sur mon compte, car, dans ce voyage toute incommodité m'est épargnée, tout désagrément, sinon ton absence. Mais, pour ceci, comme il ne peut pas en être autrement, on n'y peut rien. Je t'écris ces mots les yeux pleins de larmes...* »

Elle écoute toujours, mais il ne parle plus. Il attend, comme elle. C'est une règle de leur jeu. Qu'ils ne sachent pas celui qui raccroche, et parfois, sans qu'ils l'aient voulu, les deux déclics ont lieu en même temps.

Elle marche dans Athènes. Elle ne savait pas qu'il pouvait y faire froid. Delpina l'accompagne. Elle porte un manchon de fourrure. Elles vont à pied, un peu au hasard. Une voiture parfois les rejoint, lorsqu'elles ont été si loin que les forces leur manquent, ou lorsque approche l'heure de téléphoner à Venise. D'autres jours, elle sort avec Yannis Karrassos. Il l'emmène sur les chantiers. Elle regarde les flammes des lampes à souder. Elle voudrait se perdre dans ces forêts de poutrelles, que quelqu'un l'appelle par son nom, et que ce soit Ugo. En revenant à Athènes, le soir, elle se plaint :

– C'est trop long, père. Partons tous les deux pour Venise. Nous n'irons pas sonner chez le signor Peretti. Ugo ne saura pas que je suis là. Je le verrai de loin. Je me glisserai sous ses fenêtres pour l'entendre travailler.

Yannis Karrassos se penche, donne un ordre bref au chauffeur.

– Nous y serons dans une heure, dit-il.

– A Venise ?

– Le chauffeur prend la route de l'aéroport. Mon avion personnel est toujours prêt à décoller.

Elle rit, sans savoir si c'est un jeu.

– Je marcherai dans Venise avec toi. Nous serons comme deux amoureux. Les gens se retourneront sur nous. Ils penseront que le vieux Karrassos a bien de la chance d'avoir une petite amie aussi belle.

Elle se serre contre lui. Elle l'aime. Il la rassure. Il suffit de lui raconter ses rêves d'un mot il les rend possibles. Elle reconnaît la route. C'est bien celle de l'aéroport. Elle dit :

– Non, père. Il faut obéir à Ugo.

Yannis Karrassos comprend. Ils font demi-tour.

Un soir, pendant qu'il est à son bureau, elle entre dans une librairie française. Il y a longtemps qu'elle n'a pas acheté de livres. C'est un magasin très neuf, avec des étagères de bois verni, un tapis épais qui assourdit les pas. Une jeune fille s'approche :

– Puis-je vous aider, madame ?

– Je cherche un livre. Je ne sais pas encore lequel.

– Les derniers romans reçus sont sur la table, là-bas.

Elle a envie de s'attarder. Elle aime cette odeur de papier, ce silence, et le bruit des pages tournées.

– Madame Luckas ?

Noële lève les yeux. Un homme sourit, en face d'elle, par-dessus le livre qu'il tient à hauteur du visage. Un homme jeune, avec des moustaches noires, et des lunettes.

– Vous êtes la femme de Ugo, n'est-ce pas? D'après les photographies...

Il y a quelque chose dans sa voix, Noële ne sait pas quoi. Quelque chose de retenu. Comme un accent qu'il chercherait à cacher.

– Non, dit Noële.

L'homme la regarde toujours par-dessus son livre.

– Vous parlez très bien le français, pourtant. Les journaux ont dit qu'il avait épousé une Française.

Noële remet en place l'ouvrage qu'elle feuilletait.

– Je suis grecque. De père et de mère. Vous faites erreur.

Elle sort de la librairie, cherche un taxi. Elle se demande s'il ne faut pas rejoindre Yannis Karrassos à son bureau.

– Je suis content que vous ayez quitté ce magasin.

L'homme l'a suivie. Il est debout sur le trottoir, à côté d'elle.

– J'ai quelque chose à vous dire. Au sujet de Ugo. C'est important.

Il lui tend un papier plié.

– Voici mon nom, mon téléphone. Appelez-moi, très vite. Et surtout n'en parlez à personne. Pour vous, pour moi, pour Ugo. Surtout pour Ugo.

Il salue rapidement.

– J'étais à Budapest le mois dernier.

Il traverse la rue, s'éloigne. Noële déplie le papier. *26.22.16. Vodrazka.*

– C'est ici, dit Yannis Karrassos.

La voiture s'est arrêtée dans une rue étroite, en dehors de la ville. Il fait sombre. Une lampe éclaire mal quelques façades aux volets fermés.

– Tu verras. Tu seras contente.

Il a un petit sourire dans le regard, comme quelqu'un qui s'amuse à l'avance du plaisir préparé. Noële lui a demandé d'organiser une vraie fête, pour oublier qu'elle est seule. Il a tout de suite su où la conduire.

– C'est une surprise.

Ils sont devant une porte de bois plein. Yannis Karrassos lève la main, frappe trois coups espacés.

– Il y a même un signal secret? demande Noële.

Elle s'est amusée à être belle. Elle a mis une robe du soir, s'est fait un visage de star, avec du rouge et du bleu, a passé plus d'une heure à se coiffer, pensant que son père l'emmènerait dans un grand restaurant d'Athènes, ou dans un club à la mode, et qu'elle aurait tous les regards posés sur elle, car c'était la première fois depuis son mariage qu'elle se montrait en public avec lui. Elle s'étonne de ce faubourg désert, de cette porte fermée, d'une musique lointaine, qui semble venir d'une autre maison. La porte s'est ouverte. Une vieille femme lève les yeux, reconnaît Yannis, fait un signe de tête. Elle a un grand châle noir qui lui entoure le visage et retombe autour d'elle comme un manteau. Yannis prend la main de Noële.

– Viens.

La musique est plus présente. Des violons, et quelque chose comme une guitare ou une harpe. Mais ils jouent en sourdine. La vieille femme les précède dans un long couloir, les fait entrer dans une salle au plafond très bas. Il y a des bancs et des tables, des bougies plantées dans des couronnes de feuillage, une cheminée où des galettes cuisent sur la braise.

– Voici votre table, dit la vieille femme.

Noële regarde autour d'elle. Dans la pénombre, elle distingue mal les autres convives. Ils sont peu nombreux, tous en noir, les femmes comme les hommes, et parlent à peine. Les musiciens sont debout près de la cheminée. Trois hommes à cheveux blancs. Les deux premiers jouent du violon, le troisième du cymbalum. Une femme, assise sur un tabouret, semble attendre, les yeux fermés.

– Où sommes-nous ? demande Noële à mi-voix.

– En Hongrie. C'est ici que les Hongrois d'Athènes se réunissent, pour écouter les dernières voix tziganes, les derniers violons, pour revivre leur enfance, et l'image de leur pays. Ce n'est pas une boîte de nuit pour touristes. Tu vois, les musiciens n'ont pas de vestes brodées ni de pantalons bouffants. Ce n'est pas un restaurant non plus. C'est une maison amie où chaque exilé retrouve sa propre maison.

– Ugo est venu ici ?

– Une seule fois. Il n'a pas pu le supporter. J'ai voulu t'y emmener ce soir, pour que tu aies l'impression d'être reçue chez lui, par ses parents.

On leur apporte sur un plateau des assiettes et des verres. Il n'y a pas de cartes, pas de menu. Tout le monde mange et boit la même chose.

– Ugo enfant, dit Noële doucement. Les chevaux, le lac Balaton, le chien, sa sœur Maria. Tout ce qu'il m'a raconté. Ou qui lui a échappé par mégarde. Quelques images, quelques mots. Ce soir, ici, je retrouve tout.

– Il t'en parle ?

– Rarement. Je n'interroge pas. Un matin, sur notre île, il m'a parlé de sa mère.

– Le jour où il t'aura tout avoué, il sera libre enfin. Et sauvé.

– Sauvé ?

– Un homme a peur de regarder son enfance en face, quand il est en danger.

Un des violonistes pose la main sur l'épaule de la femme qui est assise. Elle se lève. Elle est très petite et toute ronde, avec de grandes boucles d'oreilles qui brillent dans l'ombre. Elle écoute un moment la musique. Puis elle commence à chanter. Dans la salle, personne ne se retourne, personne ne la regarde. Mais c'est comme si personne ne respirait plus. Noële écoute elle aussi. Elle ne comprend pas ce que chante la femme. Elle sait seulement que cela vient d'au-delà du cœur, d'un pays qui ne s'approche qu'à voix basse. La femme chante des forêts, des chemins, des genêts.

– Tu es belle, dit Yannis.

Noële a honte soudain. Elle voudrait effacer de son visage les couleurs, les traits de crayon, ce masque que Ugo n'accepterait pas. La femme chante encore. Cette fois, c'est une route, quelqu'un qui marche, quelqu'un qui attend, et la nuit qui s'efface. C'est comme le matin, comme une pierre qu'on ramasse, et que la jeune fille cache dans son tablier.

– Quelqu'un pense comme moi, dit Yannis. Pense que tu es très belle.

– Qui ?

– Quelqu'un au fond de la salle, qui ne te quitte pas des yeux.

– Un homme ?

– Avec des lunettes et des moustaches noires.

La femme s'est arrêtée de chanter. Elle s'assied sur le tabouret, les mains croisées, le buste droit. Les musiciens brusquement se réveillent. Le premier violon, à travers de longs arpèges, fait peu à peu naître un rythme de danse rapide, sur lequel le second, comme mis au défi, se met à improviser des figures et des volte-face.

– Il vient vers nous, dit Yannis.

– Qui ?

– Cet homme qui te trouve très belle. J'avais oublié de te dire que, parfois, quelqu'un se met à danser.

Noële sait déjà.

– Madame…

Il s'incline devant elle. Il y a dans son regard le même sourire qu'à la librairie française. De familiarité, de connivence, et en même temps d'étonnement que son ordre n'ait pas été suivi.

– Non, dit Noële.

D'un mouvement rapide, elle repousse sa chaise.

– Pardonnez-moi, père. J'étouffe.

Elle quitte la salle. Yannis la suit. L'homme, immobile, sourit toujours.

Dans la voiture, elle cache sa tête dans ses mains.

– J'aurais dû te prévenir, dit Yannis Karrassos. Ce sont des gens d'une même famille. Si l'envie leur prend de danser, ils se lèvent, ils invitent une femme. Même s'ils ne la connaissent pas. Dans cette maison, tous les hommes sont les frères de Ugo.

Noële a envie de tout raconter à son père. Mais elle se souvient d'une phrase de l'homme sur le trottoir : « N'en parlez à personne. Surtout pour Ugo... »

– J'ai eu l'impression que cet homme... oui, qu'il avait quelque chose à me dire. Qu'il me connaissait, ou Ugo...

Elle regarde dans la rue. La porte de la maison est fermée. L'homme n'a pas cherché à la rejoindre.

– Depuis qu'il a franchi le mur, il y a trois ans, Ugo n'a jamais été inquiété ? Il n'a subi aucune pression pour le faire revenir ?

– Je ne crois pas. Mais c'est difficile de l'affirmer. Héléna était seule à savoir. C'est elle qui montait la garde autour de lui.

– Peut-être faudrait-il que je fasse la même chose.

– Il ne craint plus rien maintenant. Tu es avec lui.

La voiture reprend la route d'Athènes.

– Pour que tu sois tout à fait rassurée, demain j'appellerai le ministère de l'Intérieur, et je saurai très vite qui est cet homme.

– Non, dit Noële.

Elle a ouvert la vitre. L'air vif de la nuit lui fait du bien.

– Demain, je n'y penserai plus.

Josselin s'est fait longtemps prier avant de revenir visiter le bâtiment des Douanes. Il avait promis un devis. Finalement il renonce à l'établir, pour des raisons que Nicole Vaindrier a déjà trop entendues : on ne fait pas du neuf avec du vieux, les jeunes méritent qu'on leur construise une maison moderne, le bricolage n'est intéressant à aucun point de vue.

– Et l'appartement Saulieu ?

C'est autre chose. Josselin avait accepté de s'en occuper parce qu'il avait eu le sentiment d'aider M. et Mme Saulieu à revenir chez eux. Ils étaient malheureux à Roanne, dans un appartement qui leur était étranger. A l'usine, ils retrouvaient le souvenir de leurs grands-parents. Ils renouaient avec une tradition. Et pour Jean-François, qui avait un travail énorme depuis que les nouvelles machines fonctionnaient, c'était indispensable d'habiter sur place. Il n'y a qu'à Mme Saulieu que ce déménagement n'a pas été très salutaire.

– Pourquoi? interroge Nicole.

Josselin ne sait pas exactement ce qui se passe, et de toute façon ça ne le regarde pas, mais il a entendu dire que Mme Saulieu était de nouveau malade. Depuis plusieurs semaines. En fait, depuis... Josselin ne termine pas sa phrase, mais il regarde Nicole de telle façon qu'elle comprend. Depuis le mariage de Noële.

– Voilà, madame Vaindrier. Il ne faut pas m'en vouloir, mais...

Il répète ce qu'il a déjà dit, que le bâtiment est trop vieux, que le bricolage... Avant de partir, il prononce le nom d'un architecte, qui s'est installé à Roanne depuis peu, et qui accepterait peut-être le travail proposé. François Gallart. Mme Vaindrier n'en a pas entendu parler?

– Non, dit Nicole.

Elle note le nom sur un carnet. Elle dit au revoir à Josselin. En remontant aux Quatre Vents, elle pense à Mme Saulieu. Déjà, lorsque Lisette avait demandé des nouvelles de Jean-François, elle s'était sentie coupable de ne pas pouvoir lui en donner. Ce qui s'était passé entre les deux familles ne devait pas empêcher de rendre service. Au contraire. Si vraiment Mme Saulieu est malade, loin d'un médecin, loin d'une clinique, loin de tout, et si Jean-François est débordé de travail, il a besoin d'être aidé. De lui-même, il ne demandera rien. Il faut aller au-devant de lui.

En arrivant à l'usine Saulieu, le lendemain, elle croise Jean-François, qui monte en voiture. En l'apercevant, il a un mouvement de recul.

– Bonjour, Jean-François. Votre mère est chez elle?

– Oui, madame.

– Il y a longtemps que je voulais venir la voir. Je peux monter?

– Non, madame.

Il fait face à Nicole comme pour lui barrer le passage.

– Est-il vrai que votre mère soit malade?

– Personne n'est malade. Personne.

Il ne dit pas: allez-vous-en. Il dit: jusqu'ici, tout était supportable, pourquoi êtes-vous venue?

– Ne m'empêchez pas de monter, Jean-François. Votre mère a peut-être besoin de moi.

Il saisit brusquement le poignet de Nicole Vaindrier, l'entraîne vers la voiture.

– Accompagnez-moi à Roanne. Je vous raconterai en route.

Il claque la portière, sort de l'usine.

– J'ai pris l'habitude de conduire vite. J'espère que vous n'aurez pas peur.

Tout de suite, en effet, il accélère. Et il se met à parler très haut, pour couvrir le bruit du moteur.

– Depuis un mois, un vrai miracle. Je n'en reviens pas moi-même. La qualité du papier s'est imposée. Dès la première semaine, le téléphone a commencé à sonner. Le courrier a doublé, triplé. Les représentants viennent me voir. Je le répète : un vrai miracle. Si ça continue, il faudra que j'engage du personnel. Que j'agrandisse mon réseau de vente. Que je m'implante dans la France entière. Je devancerai peut-être les échéances. Je rembourserai les prêts bancaires avant terme. Vous pouvez le dire à M. Vaindrier. Il m'a beaucoup aidé au début. Dites-lui que nous avons réussi. Tous les deux. Il ne vient plus jamais me voir. Je comprends ça. Mais je suis sûr qu'il sera content de savoir...

Il freine brusquement, s'arrête sur le bord de la route.

– J'ai cru que je pourrais tenir. Mais ça fait trop longtemps...

Il a rejeté la tête en arrière. Nicole Vaindrier pose une main sur son bras.

– Dites-moi la vérité sur votre mère.

– Je ne sais pas ce qu'elle a. Berthelin est évasif. Il refuse toute explication. Elle est... Tout à fait comme une enfant. Assise devant la fenêtre. A regarder la Loire. Des heures. Immobile. Je ne pouvais pas vous laisser monter tout à l'heure. Je ne pouvais vous laisser découvrir la vérité toute seule.

Il a une voix sourde, étonnée, presque enfantine.

– Le soir, je la prends dans mes bras. Je la porte jusqu'à sa chambre. Et je dîne en face de mon père qui fait des mots croisés. Avec des dictionnaires, des crayons, des gommes. Comme s'il s'agissait de travaux importants.

Ils sont arrêtés devant un petit bois. Deux hommes passent avec des fusils. Un chien les suit.

– Vous allez être en retard à votre rendez-vous, Jean-François.

Il remet le moteur en route.

– Essayez de conduire moins vite.

– Vous voilà enfin ! crie Noële en descendant l'escalier en courant.

Elle se jette dans les bras de Yannis Karrassos, l'embrasse en riant.

– Plus que six jours, père. Plus que six jours. Ugo m'a téléphoné. Il m'attend à Venise jeudi prochain. Il a travaillé plus vite que prévu.

Depuis combien de temps Yannis ne l'a-t-il pas vue ainsi ? C'est l'été d'un coup qui revient.

– Nous allons rester tout un jour à Venise. Un jour pour nous seuls. Le samedi nous partirons pour New York. Nous y serons le dimanche. Les répétitions avec l'orchestre commencent le lundi.

– C'est la première fois que cela m'arrive, dit Yannis. Je rentre le soir, comme tous les pères de famille, après avoir travaillé. Et je trouve ma petite fille qui me guette par la fenêtre. C'est la première fois.

Une femme de chambre s'approche.

– On demande Madame au téléphone.

– C'est peut-être Ugo qui me prie d'arriver un jour plus tôt.

Elle court vers l'appareil.

– Allô ?

Elle reconnaît la voix tout de suite, ne lui laisse pas le temps de poursuivre.

– J'ai déchiré le papier. J'ai oublié votre nom. Votre téléphone. Vous perdez votre temps. Laissez-moi.

Ce que révèle le docteur Berthelin est absolument surprenant. Mme Saulieu n'a rien. Aucun organe atteint, aucun trouble d'aucune sorte. Cette prostration est voulue, cette immobilité simulée. Elle a parfaitement compris que le docteur n'était pas dupe, mais elle s'obstine dans sa comédie. Comme si elle voulait pousser Jean-François à bout.

Nicole répète mot pour mot à Jean-François ce que Berthelin lui a dit, puis elle monte à l'appartement. En entrant, elle est saisie par un courant d'air très vif.

– Ce n'est pas chauffé, ici ?

Elle découvre Mme Saulieu assise devant ses fenêtres ouvertes.

– Mais vous allez attraper mal. Avec le temps qu'il fait. Vous n'êtes même pas couverte. Il vous faudrait au moins quelque chose sur les jambes.

Elle ferme la première fenêtre.

– Assise sans bouger, devant des fenêtres ouvertes, ce n'est pas raisonnable.

Elle ferme la seconde, la troisième.

– Voilà. Et je vais dire à Jean-François d'activer la chaudière.

– Ah ! dit Mme Saulieu.

Un petit cri plaintif, comme un enfant.

– Je n'entends plus la Loire.

Si le docteur ne l'avait pas prévenue, Nicole Vaindrier se laisserait prendre à ce regard fixe, à ces cheveux dressés comme une crinière. Une vieille robe, des bas noirs, des chaussons. Pendant quelques secondes, elle se dit que Berthelin se trompe. Les mains, posées sur les genoux, sont devenues si maigres qu'elle porte son alliance au pouce pour ne pas la perdre.

Nicole se penche.

– Puisque vous aimez tant la Loire, venez avec moi. Nous allons faire quelques pas le long de la berge. Cela vous fera du bien. Mettez un manteau, et venez. Je vous aiderai à descendre l'escalier.

– Non.

– Vous ne pouvez pas rester dans ce fauteuil toute la journée. Nous irons jusqu'au châtaignier là-bas. Demain, je reviendrai, et nous irons jusqu'à la barrière blanche. Chaque jour un peu plus loin. La semaine prochaine, je vous emmènerai aux Quatre Vents.

Mme Saulieu lève les yeux. Pendant un long moment, elles se regardent. Brusquement Nicole sent que le jeu a cessé.

– Qui vous envoie ? demande Mme Saulieu.

– Personne.

– Vous croyez que je ne sais pas ?

Elle fixe Nicole encore un moment, puis elle a un petit rire. Ses yeux se ferment.

– Vous faites trop de bruit. Je n'entends pas. Je ne vois pas. Je dors.

– Vous ne dormez pas. Et vous m'entendez parfaitement. Vous n'avez pas le droit de jouer ce jeu. Jean-François ne le supportera pas. Il étouffe ici. A cause de vous. Il s'en ira. C'est ça que vous voulez ? Répondez-moi. C'est ça ? Qu'il s'en aille ?

Mme Saulieu ne bouge pas. Immobile. Comme morte. Nicole ne sait que faire. Elle finit par hausser les épaules, découragée. Au moment où elle atteint la porte, elle entend la voix de Mme Saulieu.

– Où est Marie-Hélène ?

Elle s'arrête, étonnée.

– A Asnières. Pourquoi ?

Mme Saulieu ne répond pas.

Noële fait ses valises. Il lui reste deux jours. Mais elle n'a plus la patience d'attendre. Depuis que ses armoires sont ouvertes, elle a l'impression d'être en route. Ugo vient de lui téléphoner. Il dit que Venise est un jardin. Que le soleil est rose. Que le signor Peretti est aux anges, parce qu'il est sûr que ce concert sera le plus beau qu'on ait donné. Elle se demande s'il faut emporter des chandails. Fait-il froid à New York en automne ? Elle les pose sur son lit, regarde par la fenêtre.

L'homme est toujours là. Depuis deux heures. Immobile, le visage levé vers le premier étage. Comme s'il savait qu'elle était en train de faire ses valises. Elle se dit qu'il faut appeler Yannis Karrassos. Il y a une ligne directe entre le palais et son bureau. Dans cinq minutes, il sera là. Et l'homme disparaîtra. Elle revient à la fenêtre. Il n'a pas bougé. Adossé à un arbre, les mains dans les poches de son manteau. Jusqu'à la nuit, jusqu'à demain, jusqu'au départ.

Elle sort rapidement de sa chambre.

– Zina, il y a un homme dans la rue, qui attend. Adossé à un arbre. Descendez lui dire que je veux lui parler.

– Bien madame.

Noële retourne à la fenêtre, regarde. Zina traverse la rue, dit quelques mots à l'homme. Il la suit sans répondre. Très vite, il est à la porte de la chambre.

– Entrez, dit Noële.

Elle est debout, à contre-jour.

– Vous avez gagné. Parlez.

L'homme montre les valises ouvertes.

– Vous allez rejoindre Ugo à Venise ?

– Oui.

– Vous l'accompagnez à New York ?

– Oui.

– Faut-il absolument qu'il donne ce concert ?

Il semble nerveux. Cette longue attente sur le trottoir, ces jours passés près du téléphone, le refus de Noële de lui répondre lui ont fait perdre patience.

– Ne peut-il pas, comme il y a quelques mois, avoir mal au poignet, ou à l'épaule, tomber malade, imaginer je ne sais quoi ?

Noële ne comprend pas. Elle sait seulement que c'est une menace.

– On parle trop de Ugo, poursuit l'homme. Tout ce bruit autour de son mariage. Tout ce bruit maintenant autour de son concert. Les bruits passent les frontières. J'étais à Budapest le mois dernier, je vous l'ai dit. Il y a là-bas toute une famille nommée Luckas. C'est difficile pour elle de porter un nom qui fait tant de bruit.

Il pose une main sur la poignée de la porte.

– Réfléchissez à tout ceci. Et quand vous aurez rejoint votre mari, faites-lui comprendre ce qui se passe.

– Pourquoi moi ? demande Noële. Pourquoi n'avez-vous pas parlé à M. Karrassos ? A Ugo lui-même ? M. Karrassos ne vous aurait pas écouté deux minutes. Ugo non plus. Je ne sais pas le but que vous poursuivez, mais je ne céderai pas.

L'homme fait un geste de la main, très bref, comme pour dire : « Vous êtes libre… »

– Je ne dirai rien à Ugo. Il donnera son concert le 12 décembre, comme prévu. Adieu, monsieur.

IX

Ugo a tenu sa promesse. Il a fermé son piano à clef, et, pour un jour entier, il se perd dans Venise avec Noële. Ils traversent des ponts, entrent dans des églises, s'arrêtent devant des palais. Ils ont l'impression de tourner sur eux-mêmes, car tout se ressemble.

– Comme tu étais loin, dit Ugo.

– Je voulais venir te rejoindre. Tu m'as interdit.

– Tu me manquais tellement qu'avant de m'endormir, je cachais mon visage dans l'oreiller et je te parlais à voix basse.

– Moi, je pensais à notre île. Je ne dormais pas.

Ils sont habillés de la même façon : un pantalon bleu marine, un chandail. On dirait deux frères. Ils s'arrêtent sur un ponton du *vaporetto*. Le Grand Canal est gris, avec de courtes vagues. Depuis le matin, il y a du vent. Noële regarde Ugo. Elle voudrait lui parler de l'homme d'Athènes. Elle ne sait pas comment.

– Tu as maigri.

– Mais non.

– Tu as trop travaillé. Il t'aurait fallu plus de temps.

Le *vaporetto* accoste. Ils montent et vont s'asseoir à l'avant. Ugo montre un palais.

– Le palais Vendramin. C'est là qu'est mort Wagner. Tous les musiciens le saluent en passant avec respect. Aujourd'hui c'est l'immeuble de la radio.

Elle cherche toujours comment lui raconter.

– A New York tu vas travailler toute une semaine ?

– Oui. Avec l'orchestre. Un travail passionnant, mais très dur.

– Tu n'y arriveras pas, Ugo. Tu es au bout de tes forces.

– Mais non.

Elle ferme les yeux, quelques secondes. Elle revoit l'homme, devant le palais Karrassos, adossé à un arbre.

– Il faut t'arrêter, Ugo. Il faut renoncer au concert.

Il la prend par les épaules.

– Y renoncer ? Tu es complètement folle.

Il se lève. Le *vaporetto* approche d'un débarcadère.

– On descend.

– Continuons, Ugo. Rentrons au palazzo.

– On a dit qu'on allait voir les Tintoret.

– Une autre fois.

Il a un mouvement d'impatience.

– Rentre si tu veux. Moi, j'y vais. Depuis ce matin, je pense aux Tintoret. Je ne vois pas pourquoi j'y renoncerais. A tout à l'heure.

Il saute du *vaporetto*. Noële le rejoint, appuie son visage contre lui quelques secondes.

– Où est-ce ?

– Viens.

Ils longent la *calle dei Saoneri*, qui est comme un couloir entre deux hauts murs.

– J'ai peur quand tu es en colère contre moi, dit-elle. Tu te fermes.

– Je t'aime, répond Ugo.

Il ne se souvenait pas qu'elle était si petite. Pour l'embrasser il faut qu'il se penche. Elle est mince, une taille qui tient dans la main. Il la contemple comme s'il ne l'avait jamais vue. Elle est sortie des pierres de Venise, avec ses longs cheveux, son visage levé vers lui, ses lèvres à peine ouvertes. Il se demande à quelle voix mystérieuse il obéissait, en traversant les profondes forêts de Hongrie, qui le tenait par la main. Déjà, dans ses rêves d'enfant, lorsqu'il regardait le soir, par la fenêtre de l'appartement ouverte sur le Danube, il lui semblait apercevoir à la surface du fleuve un visage qui tournait lentement sur lui-même. Il savait qu'il n'avait pas encore la force de descendre vers lui. Il attendait la nuit. Peu à peu le fleuve devenait comme un mur. Le visage était prisonnier des pierres.

– Je t'aime, répète-t-il.

Il l'entraîne vers la *scuola di San Rocco*. Le gardien les accueille avec un grand sourire, comme s'il les attendait. Ils sont les seuls visiteurs.

– Je ne sais pas regarder les tableaux, dit Noële.

– Il suffit de se mettre devant et d'ouvrir les yeux.

Ils parlent à voix basse, comme dans une église.

– Il y a sûrement une façon de regarder. Il faut que tu m'apprennes. Je ne m'y connais pas plus en peinture qu'en musique.

– Pourtant tu aimes la musique.

– J'écoute. J'attends que quelque chose en moi réponde.

– Pour la peinture, c'est pareil. Tu regardes et tu attends. Avec tout ce qu'il y a en toi de sympathie.

– De sympathie ?

– Oui. Comme pour un être humain. Je dirais même d'amitié. Quelqu'un que tu vois pour la première fois, tu lui souris en lui tendant la main. Pour un tableau, c'est la même chose. Regarde-le avec amitié. Tu verras que très vite il te tendra la main.

Ils s'approchent des premiers tableaux. Ils ne disent rien. Ils admirent. Ugo précède Noële, d'un tableau à l'autre, puis s'écarte de quelques pas, et la laisse libre de ses réactions. Il sent qu'elle regarde mal, que quelque chose l'empêche d'être elle-même.

– Toi, Ugo, tu trouves ça beau ?

– Oui. Ici, tous les tableaux sont du même peintre. Ce n'est pas la peinture que je viens retrouver. C'est un ami.

Il attend un moment.

– Grimpons au premier étage. Les plus surprenants sont là-haut.

Ils montent lentement.

– Tu avais des amis, en Hongrie ? demande Noële.

– Oui.

– Que sont-ils devenus ?

– Je ne sais pas.

– Aucun n'a cherché à te joindre ?

– Aucun.

Il a le même regard que sur le *vaporetto*. Etonné, un peu impatient.

– Pourquoi me parles-tu de la Hongrie ?

– Mon père m'a emmenée à la maison hongroise, dans le faubourg d'Athènes.

– Toi ?

– Un soir, où je n'en pouvais plus de t'attendre. Tu me manquais trop. Il m'a emmenée là-bas pour que je te retrouve. Au début j'étais très émue. Je regardais la salle, les gens immobiles, les bougies. Je me disais : je suis chez Ugo. J'écoutais la musique. Il y avait des galettes qui cuisaient sur la braise avec une odeur d'anis. Et puis…

Elle s'arrête. Elle sait qu'il faut aller jusqu'au bout.

– Et puis quelqu'un est venu vers moi. Un homme. Il m'a invitée à danser. Alors j'ai eu peur et je suis partie.

Ugo attend. Il lui semble qu'elle n'a pas tout dit.

– Qui était cet homme ?

– Je ne sais pas.

– Yannis le connaissait ?

– Non.

– Alors pourquoi as-tu eu peur ?

Noële se détourne. Sur les murs, il y a de très grandes toiles, représentant la vie du Christ. Elle s'arrête devant la première, toute dorée de paille. Elle cherche un moment. Son regard fait le tour du tableau, découvre enfin, cachés par une poutre, dans un recoin surélevé de la grange, la Vierge et l'enfant. Elle comprend que quelque chose vient de se nouer entre elle et ce tableau. Elle a été obligée de faire un mouvement, de suivre une ligne invisible, d'obéir malgré elle à la volonté du peintre.

– Celui que je préfère est dans la petite pièce à gauche, dit Ugo.

C'est une chapelle carrée. En franchissant la porte, Noële lève les yeux. Le mur entier est une fenêtre ouverte sur le Calvaire. Ugo prend Noële par l'épaule.

– Il s'est passé quelque chose à Athènes ? Quelque chose que tu ne veux pas me dire ? Ou qu'on t'a demandé de ne pas me dire ?

– Non.

– A quoi penses-tu ?

– A notre île. J'ai hâte d'être seule avec toi. D'oublier le monde autour de nous.

– Il n'y a personne.

– Pour un moment. Mais dès que nous serons sortis…

– Ne sortons pas.

Il a parlé doucement.

– Entrons ensemble dans ce tableau. C'est très facile. Il suffit de regarder attentivement, sans bouger, un long moment. Peu à peu, tu sentiras que tu montes vers le mur, que tu pénètres dans la toile, que tu deviens cette femme en jaune, à droite, et moi cet homme en rouge.

– Non, Ugo…

– Pourquoi ?

– Cette femme en jaune tourne le dos à l'homme en rouge. Je veux bien entrer dans le tableau mais avec toi. Je veux que tu ne me lâches pas la main, que nous entrions ensemble.

Il se redresse, s'écarte d'elle.

– Dans les peintures, on est toujours seul. Sortons.

Ils se retrouvent dans Venise. Le vent s'est apaisé. Le ciel est clair, avec de longs nuages blancs. Ils se perdent dans les ruelles. Il y a des places avec des enfants. Il y a des chats. Il y a de petites *trattoria* où le vin est frais. Ugo a faim. Ils se font servir des *scampi fritti.* Ils ont l'impression qu'ils les ont pêchés eux-mêmes, du pont d'un navire, que cette odeur de mer et de sel est dans leurs cheveux depuis toujours, depuis le matin, sur la plage de Lefkas, où il la regardait se sécher au soleil.

– A quoi pensais-tu, tout à l'heure, en me demandant de renoncer au concert ?

– A New York.

– Tu n'aimes pas New York ?

– Je n'y ai jamais été.

– Alors ?

Comment répondre et ne rien dire ?

– C'est que je suis égoïste. Je voudrais que tu ne me lâches plus jamais la main.

Ils décident de ne rentrer au palazzo qu'avec le soir. Ils marchent dans une maison qui leur appartient tout entière. Personne ne les connaît. Ils sont seuls. Avec des bruits de vagues contre les murs. Avec des gondoles chargées de fruits. Avec les mâts des navires, dressés comme des arbres, et ils se disent que la mer s'est retirée pour faire place aux forêts. Ils rêvent d'ombre. Ils se tiennent la main. Le soir vient. Ils font un long détour par le port. Ils s'arrêtent sur les jetées de bois de la *Giudecca*. Il y a des navires, qui tirent déjà sur leurs amarres, la proue tournée vers l'Orient. De loin en loin un fanal orange brûle sourdement.

Un petit grincement de guitare tourne autour d'eux. Noële est un peu triste. Elle sait déjà que parfois, sans se l'avouer, elle regrettera de n'être pas entrée dans le tableau du Tintoret, de n'être pas devenue cette femme en jaune, prisonnière d'un temps où les heures ne comptent pas.

Elle aurait cessé de craindre que celui dont l'amour est son existence s'échappe en lui lâchant la main.

X

Elle ne veut pas rester seule dans sa chambre d'hôtel.

– Tu vas t'ennuyer à la répétition, dit Ugo. On s'arrête tout le temps. On recommence dix fois la même mesure. Tu ferais mieux de te promener dans New York.

– Je me mettrai dans un coin. Je ne bougerai pas.

– Alors dépêche-toi. Je pars dans deux minutes.

Un taxi les attend devant l'hôtel et les conduit à l'immeuble des Nations unies. C'est une grande maison de verre. Le soleil de décembre se lève avec des reflets orange. Sa flamme se propage d'une vitre à l'autre. Un huissier les conduit jusqu'à la salle de concert.

– Elle me rappelle Varsovie, dit Ugo.

Il regarde les murs, les fauteuils, l'estrade où le piano l'attend.

– Mon premier concert public. J'avais quatorze ans. Je ne l'ai pas donné en Hongrie mais en Pologne. C'était une salle comme celle-ci. Toute neuve. En ciment, avec des angles vifs et du métal.

Il avance entre les fauteuils.

– Tu m'entends bien quand je parle ?

– Oui, répond Noële restée près de la porte.

– Va jusqu'au fond.

Elle obéit. Elle est heureuse qu'il ait besoin d'elle.

– Tu m'entends toujours ?

– Oui.

– Ma voix n'est pas assourdie par l'avancée du balcon ?

– Un peu.

Il saute sur l'estrade, s'installe au piano. Il a gardé son manteau, son écharpe. Il commence à jouer.

– Tu m'entends toujours ?

– Oui.

– Même dans les passages pianissimo ?

Elle se souvient de toutes les salles, de tous les concerts. Elle était toujours de l'autre côté des barrières, au milieu du public. Il ne jouait que pour elle, et l'un comme l'autre avaient le sentiment que les fauteuils étaient vides. Mais jamais encore, ils ne s'étaient rejoints aussi complètement. Pour la première fois, il accepte qu'elle connaisse son travail, il lui demande d'y participer.

– En ajoutant un peu de pédale, comme ça, ce n'est pas mieux ?

– Si.

Ugo redescend de l'estrade, traverse la salle, vient s'asseoir près de Noële.

– J'aime que tu sois là. Que tu m'aides. J'aime que nous ne vivions plus deux vies séparées.

Il travaille toute la journée. Noële reste assise dans l'ombre. De temps en temps, le signor Peretti vient lui demander si elle n'a pas envie d'un café. Elle dit non. Elle ne veut pas quitter la salle. Lorsque les musiciens de l'orchestre font une pause, Ugo descend de l'estrade et la rejoint. Le signor Peretti discute devant Ugo certains détails techniques. Il fait venir le chef d'orchestre. Pendant toute la discussion, qui est très animée, Ugo tient la main de Noële. Il sait qu'elle est là. Le chef d'orchestre et le signor Peretti aussi. De temps en temps, ils la regardent. Non pas pour attendre d'elle un avis, mais parce qu'elle écoute et qu'ils ne l'ignorent pas. La répétition reprend. C'est long, c'est difficile. Le soir vient. Ils s'aperçoivent qu'ils ont faim. Ils entrent dans un drugstore, dévorent en hâte un hamburger, se retrouvent à l'hôtel. Leurs yeux se ferment. Ils s'endorment.

Le lendemain, c'est une journée semblable. Il y a de nouveau l'orchestre, la pause, le signor Peretti, les discussions avec le chef, la petite loge où Ugo se repose.

– C'est comme une maison, dit-il. Elle s'élève peu à peu et je commence à m'y promener. J'avais lu la partition d'orchestre. Je savais qu'elle était belle, mais je ne l'avais pas entendue. C'est comme un architecte qui te dessine un plan sur le papier, dans tous les détails. Et puis il te construit la maison. Quand il y a les murs, les portes et le toit, tu la reconnais, bien sûr, parce qu'elle ressemble au plan dessiné, mais c'est une vraie maison.

Noële pense à l'île déserte. Elle se dit qu'il n'y aura peut-être jamais d'autres maisons, pour Ugo et pour elle, que ces architectures de musique, dressées d'un pays à l'autre.

– Hier, continue Ugo, pour le premier jour, j'ai regardé la maison s'élever, pierre par pierre, pendant que l'orchestre déchiffrait la partition. Aujourd'hui, j'y suis entré. J'ai commencé à m'y promener, à y chercher mes points d'appui, mes habitudes. Encore trois jours. Le soir du concert, il faut que je m'y sente chez moi.

Il est allongé sur un divan, dans le fond de la loge. Il a enlevé ses chaussures. Noële repense à Capetown. Il y avait un divan aussi, une porte fermée à clef, des gens qui tapaient contre la porte en criant. Ils s'étaient enfuis par la fenêtre. Ils avaient volé une voiture. Ils avaient roulé vers la mer, vers le sable, vers leur première maison qui avait la forme de leurs mains croisées.

– Quelle heure est-il ? demande Ugo.

– Vingt-cinq.

– Encore cinq minutes.

Il tend la main.

– Tu as les mains froides.

– Toujours quand j'ai beaucoup joué. Elles connaissent bien leur métier. Elles savent que nous allons reprendre le travail, alors le sang se retire et elles se reposent.

– Tu en parles comme d'êtres vivants.

– Ce sont des êtres vivants. Différents de moi. Qui m'accompagnent toujours, mais qui gardent leur vie propre. Tu souris ?

– Je pense aux gants rouges.

Ugo ferme les yeux. Pendant quelques secondes, il a l'air de dormir.

– C'est vraiment une maison, reprend-il doucement. Il y a la pièce du bas qui est le premier thème. Rien qu'avec les cordes. Et puis un court passage qui ressemble à un petit escalier qui tourne sur lui-même, et tu arrives au second thème avec les bois. C'est une chambre. Moi, je me mets à tourner dans la chambre, en disant que je t'aime, que tu es douce, que tu vas venir, et que je t'embrasserai.

Quelqu'un frappe à la porte.

– Signor Ugo...

– Oui, signor Peretti ?

– Les musiciens sont en place.

Ugo se lève.

– Viens, dit-il à Noële.

Elle prend sa main. Le sang est revenu.

Ugo dort mal. Il se réveille au petit jour. Noële le sent inquiet. Il veut avoir l'air gai, dit n'importe quoi, exprès, pour plaisanter, mais le signor

Peretti lui-même voit que quelque chose le tourmente. Sans doute la télévision. Les Nations unies avaient précisé, dès le premier jour, que le concert serait relayé par satellite et retransmis dans le monde entier. Ugo ne pouvait pas l'ignorer. L'heure du concert avait même été fixée à quatre heures de l'après-midi pour que les stations européennes puissent le diffuser en direct. Pourtant, lorsqu'on lui avait présenté la veille le réalisateur de l'émission, il avait regardé Peretti avec une sorte de désarroi.

– Essayez de comprendre ce qu'il a, avait dit Peretti en s'asseyant près de Noële.

Mais elle savait qu'il ne fallait pas poser de question.

A la pause de midi, au lieu de rester dans sa loge, Ugo décide d'aller déjeuner dans un petit restaurant que lui a indiqué le premier violon.

– Parle-moi de toi, dit Ugo.

Elle se débat avec une sorte de blanquette, dont on a voulu corser la sauce avec des raisins secs.

– Il n'y a rien à dire de moi.

– Mais si. Par exemple : comment trouves-tu cette blanquette ?

– Difficile.

– Jette-la et commande autre chose. Ça se fait beaucoup en Amérique. Tout ce qu'on n'aime pas, on le jette.

– Tu as envie de me jeter ?

Ugo ferme à demi les yeux.

– J'ai envie que tu ne sois pas encore là. J'ai envie d'être au moment où je vais te rencontrer. Parce que quelqu'un qui est mort et qui sent l'air revenir dans ses poumons, c'est tellement terrible et beau qu'il voudrait toujours revenir à cet instant.

Elle n'aime pas son regard lointain, cette façon de ne pas être là, de parler pour lui-même.

– C'est la télévision qui te rend soucieux ?

– Pourquoi ?

– Tu n'es plus le même depuis hier.

– Tu crois ?

Elle sent qu'il faut insister davantage.

– C'est à cause de la Hongrie ?

Ugo fixe quelque chose dans son assiette. Un dessin de fleur bleue, qui ressemble à un œillet.

– Parce que tu sais que l'émission sera retransmise jusque là-bas ? Tu as peur que ta famille la regarde ?

Il fixe Noële. Il y a tellement de tendresse dans ses yeux qu'elle se met à trembler.

– Je n'ai pas de famille. Pas de mère. Pas de frère. Personne. Il n'y a que toi.

– Moi ?
– C'est vrai. Tu es ma mère. J'ai l'air de dire n'importe quoi. Mais depuis que tu m'as rendu la vie, tu es ma mère.

La veille du concert, la télévision s'installe. La salle est envahie par une équipe de techniciens, de réalisateurs et d'assistants. Ugo essaie de les ignorer, mais c'est impossible. Ils tournent autour de lui, cherchent le meilleur angle, discutent de la place des caméras. Le chef d'orchestre se plie à leurs exigences. Les musiciens recommencent tout ce qu'on leur demande, avec la plus extrême amabilité. Quelques journalistes en profitent pour pénétrer dans la salle. Ugo voit les flashes éclater. Il fait signe à Noële de venir le rejoindre sur la scène.
– Deux jours, dit-il à voix basse.
– Deux jours, et notre île.
– C'est l'hiver. Il fera froid.
– On allumera du feu.
Ils parlent penchés l'un vers l'autre. Les photographes les entourent.
– La mer sautera contre les rochers. La nuit on ne pourra pas dormir.
– On parlera plus fort qu'elle.
– On se dira : je t'aime, et on ne l'entendra plus.
Le signor Peretti ne comprend pas pourquoi Ugo est devenu si docile. Il y a une heure encore, il refusait de recevoir qui que ce soit. Brusquement, il accepte tout. Les journalistes sont contents. Ils cesseront d'aboyer au visage d'un pauvre imprésario qui n'est responsable de rien. La répétition reprend. A sept heures du soir, les techniciens de télévision se déclarent satisfaits. Les musiciens s'en vont très vite. Ugo se retrouve avec Noële.
– Rentre. Je vais travailler tard.
– Je ne veux pas rentrer seule à l'hôtel.
– Tu vas avoir sommeil. Je me sentirai coupable, et je travaillerai mal.
– Je boirai un litre de café.
Elle obtient la permission de rester jusqu'à minuit. Elle s'installe au fond de la salle, les genoux repliés, son manteau sur les jambes. Elle retrouve les quais, les salles d'attente. *Tu es ma mère*, lui a-t-il dit la veille. Les mères sont-elles toujours sur les routes ? S'il est venu vers elle, s'il lui a donné son nom, c'est qu'il attendait un coin d'ombre où dormir. Seul, au milieu de cette scène vide, dans la lumière d'un projecteur, il fait le tour de cette chambre dont il lui a parlé, cette chambre qu'il a découverte à travers la musique, et où il a choisi de l'attendre : *en disant que je t'aime, et que tu es douce, et que tu vas venir, et que je t'embrasserai...* Mais, le concert terminé, se retrouveront-ils ?

Noële quitte la salle sans bruit, cherche le standard téléphonique, demande la communication avec les Quatre Vents.

– Un quart d'heure d'attente environ, madame.

Elle s'assied sur une chaise. Elle a besoin d'entendre la voix de sa mère. Un besoin violent, qui lui serre brusquement la gorge. Elle ne se dit pas qu'avec la différence d'heure, elle va la réveiller en sursaut, que c'est, là-bas, le milieu de la nuit. Elle est comme dans ces après-midi d'hiver où une angine l'obligeait à garder la chambre. Elle avait envie que sa mère soit là, mais elle n'osait pas l'appeler trop souvent. Alors, elle comptait, tout bas, jusqu'à cent, le plus lentement possible, et c'était comme si sa mère montait déjà l'escalier.

La standardiste lui fait signe :

– A cette heure-ci, c'est plus rapide.

Et, dans l'appareil :

– Ne quittez pas, monsieur. On vous parle des Nations unies.

Noële s'enferme dans une cabine.

– Papa !

Il répond avec sa voix de la nuit, une voix tout alourdie de sommeil.

– Pardon, je te réveille. Non, non, il n'y a rien. Le concert a lieu demain. Je suis avec Ugo, il travaille. Et tout d'un coup, j'ai eu envie de vous entendre.

Elle ne sait pas expliquer mieux. Elle sent que Gilles Vaindrier a du mal à comprendre. Il répète :

– Tout va bien ? Tu es sûre que tout va bien ?

Nicole Vaindrier prend l'appareil.

– Allô, mon chéri…

Toutes les distances abolies. Le salon des Quatre Vents, l'appareil sur le petit bureau, devant la fenêtre. Et les volets fermés.

– Maman…

– Tu m'entends bien, mon chéri ?

Elle entend. Si parfaitement bien, que c'est inutile de répondre. Elles sont ensemble comme les nuits d'autrefois, puisque leurs lits se touchaient des deux côtés de la même cloison.

– Comment va Ugo ?

– Il travaille.

– Nous avons appris que le concert était retransmis par la télévision. Je me suis débrouillée pour me faire inviter chez les Pion. Si, si, ils ont un appareil excellent, paraît-il. Madame Marie vient avec moi. Elle n'a jamais vu Ugo. Elle veut absolument savoir s'il est aussi beau que je le dis. Ton père ? Je pense, oui. Tu sais, la musique, pour lui…

Noële interroge :

– Tu penses à moi? Par moments, le soir, tu penses encore un peu à moi?

– Oh! mon chéri...

Tout d'un coup la voix devient lointaine, perdue, toutes les distances rétablies. Il n'y a plus qu'une sorte de soupir brouillé, quelqu'un qui essaie de parler, qui se défend contre ses larmes.

Noële a crié, brusquement :

– Je t'aime. Je t'embrasse. Je vous embrasse.

Elle raccroche très vite, sort de la cabine, rejoint en courant la salle de concert. Ugo ne s'est même pas aperçu de son absence. Elle s'enfonce de nouveau dans un fauteuil, replie les genoux, met son manteau sur ses jambes. A minuit, elle se lève, va jusqu'à l'estrade.

– Tu travailles encore?

– Oui.

– Alors, je rentre.

Il sourit sans la voir. Sous ses doigts, quelque chose semble résister. Il se bat, le visage tendu, penché sur le clavier, reprenant la même mesure, inlassablement. Noële quitte la salle, demande au portier de lui appeler un taxi, rentre à l'hôtel.

Sur le trottoir quelqu'un attend.

– Madame Luckas?

Elle n'a pas besoin de voir son visage.

– Que voulez-vous?

– Vous faire savoir que j'étais à New York.

Il s'éloigne rapidement.

– Non, non et non...

Le signor Peretti en perd ses lunettes. Le smoking déboutonné, la cravate de travers, il lutte pied à pied contre les photographes.

– Il dort, je dis. Il est encore à son hôtel.

Ce sont des cris, des refus de croire. Le service d'ordre est insuffisant.

– Une photo. Juste une photo et on s'en va.

– Impossible!

Depuis deux heures, le combat est engagé. Acharné, féroce, tous les coups permis.

– *Peccato! Madonna!*

Ils sont trente, cinquante. Jamais encore on n'avait vu ça. Des coups sur les murs, des coups sur les portes. Le signor Peretti a peur, pour la première fois depuis qu'il fait ce métier. Des triomphes, il en a connus. De toutes sortes. Mais jamais cette passion, cette violence, comme si plus rien au monde ne comptait que cette rencontre de Mozart et de

Ugo. Mais, en même temps, il est heureux. Il ne peut pas s'empêcher de se dire que tout vient de lui. Piétiné par les journalistes, soit, mais il l'a bien cherché.

Ugo dort. Dans les sous-sols des Nations unies. On a ouvert pour lui la cellule d'un des gardiens de nuit. Noële est à l'aéroport. Elle attend Yannis Karrassos. Elle a décidé de tout lui dire. Elle n'a pas voulu avertir Ugo. Quelques heures avant le concert, c'était impossible. Le signor Peretti se serait affolé. Elle attend son père.

L'avion se pose une heure avant le concert. Dans la voiture qui les conduit à l'hôtel elle raconte tout à Yannis : la librairie française, la maison hongroise, le téléphone, le bref entretien au palais Karrassos, la rencontre devant l'hôtel, la veille au soir.

– Ma petite fille, mais pourquoi ne m'as-tu pas parlé plus tôt ?

Elle avoue que l'homme lui a demandé de garder le silence. *Pour Ugo, surtout pour Ugo*. Comme une menace. Yannis la serre contre lui.

– Ce n'est rien, ma petite enfant, ce n'est rien.

– Il est là, père. Il va assister au concert.

– Je crois comprendre ce que c'est. Ne t'inquiète pas.

– Vous connaissez cet homme ?

– Peut-être. Ou quelqu'un qui lui ressemble. Pourquoi ne m'as-tu rien dit lorsqu'il est venu t'inviter à danser, et qu'il t'a fait si peur ? Ce soir-là, je t'ai proposé d'avertir le ministère de l'Intérieur. C'était tellement simple.

La voiture les dépose devant l'hôtel. Yannis Karrassos monte dans sa chambre, se change rapidement. Vingt minutes plus tard, il arrive aux Nations unies, demande à parler à l'organisateur du concert.

– Sans vouloir vous alarmer, je crains qu'il n'y ait, dans la salle, quelques admirateurs fanatiques de mon gendre qui cherchent à se faire remarquer.

– J'ai tout prévu, monsieur Karrassos. Soyez tout à fait rassuré.

– Pas d'uniformes, je pense ?

– Non. Mais des hommes solides et efficaces. Vous pouvez avoir toute confiance.

Yannis Karrassos rejoint Noële devant la cellule du gardien de nuit.

– Ugo dort toujours ?

– Je voulais être sûre avant.

– Tu peux le réveiller.

– Etes-vous bien assise, chère madame ?

– Très bien, merci, répond Nicole Vaindrier.

Les Pion n'ont jamais été à pareille fête. Recevoir chez eux la belle-mère d'une vedette de télévision, c'est une chose qui n'est encore arrivée à personne dans le pays. Ils n'ont pas fini de faire des jaloux. Depuis deux jours, chez les commerçants, c'est le principal sujet de conversation. Il y a même eu des intrigues de dernière minute pour essayer de leur enlever leurs invités. Mais Mme Vaindrier est une femme de parole. Lorsqu'elle a promis, elle tient.

– Et vous, madame Marie, vous y voyez bien ?

– Pour y voir, j'y vois. Mais je me demande si je ne suis pas devenue sourde. Je n'entends rien du tout.

– C'est que j'ai coupé le son pour l'instant, dit Mme Pion.

Sur l'écran, il y a l'image d'une horloge, qui marque neuf heures moins deux. Isabelle Pion, la fille de la maison, va chercher dans la cuisine un plateau avec des verres à liqueur, une bouteille de crème de cassis, des biscuits.

– Un petit rafraîchissement, en attendant ?

– Tout à l'heure, Isabelle, répond Nicole Vaindrier. Pour l'instant, je suis trop émue.

Elle est un peu triste. Elle a espéré, jusqu'au dernier moment, que Gilles l'accompagnerait. Mais il a inventé un prétexte, toujours le même : une panne de moteur à la laiterie.

– Je vous rejoindrai si j'ai fini de réparer à temps.

Nicole sait qu'il ne viendra pas. Dès qu'il s'agit de Ugo quelque chose en lui se ferme. Ce n'est pas vraiment de l'hostilité. Une sorte de méfiance plutôt, et de malaise en même temps, comme lorsqu'on se trouve pour la première fois en pays étranger.

– Neuf heures, dit Mme Pion.

Elle tourne un bouton. La musique éclate. Et tout de suite sur l'écran, apparaît le grand immeuble de verre des Nations unies.

– Que c'est beau ! s'exclame Mme Pion, prête à tout admirer.

Elle aurait préféré que le gendre des Vaindrier soit un jeune chanteur, ou un danseur, et que le spectacle ressemble à ce qu'elle connaît. Un orchestre, un pianiste, Mozart, elle n'est pas très sûre d'y prendre plaisir. Sa fille et son mari non plus.

– La voilà ! dit madame Marie.

– Qui ?

– Mais Noële, madame.

– Où ?

Madame Marie se lève, pose un doigt sur l'écran.

– Mais non, crie Isabelle Pion, brusquement surexcitée, c'est Jackye Kennedy.

Les caméras de télévision parcourent lentement la salle.

– Mon Dieu, mais c'est comble. Au moins trois mille personnes.

Le commentateur met un nom sur chaque visage. Il semble que le monde entier soit là, tous ceux dont les journaux parlent sans cesse. Toutes les femmes en robe du soir. Du satin, de la soie, des perles, des diadèmes. Isabelle Pion écarquille les yeux. Des généraux, des ambassadeurs, des ministres. Des Japonaises aux lourds chignons, des Hindoues drapées de saris, des Noires avec de hautes coiffures. Dans le lointain l'orchestre qui s'accorde.

– Voilà Ugo, dit Nicole Vaindrier.

La caméra vient d'atteindre l'estrade. Une silhouette noire sort de l'ombre, marche vers le piano.

– C'est ça, monsieur Ugo ?

– Oui, madame Marie.

La salle applaudit. Avec tant de force, que madame Marie est obligée de se pencher vers Nicole Vaindrier.

– Ça ne lui ressemble pas du tout.

– Vous ne l'avez jamais vu, madame Marie.

– J'en ai rêvé souvent. Généralement mes rêves, ça me dit la vérité.

Les applaudissements cessent, la lumière s'éteint dans la salle. Le silence se fait. Ugo s'est assis devant son piano. Le chef d'orchestre lève sa baguette. La caméra s'approche de Ugo, le cadre en gros plan. On ne voit plus que son visage. Il a fermé les yeux. Il semble se replier sur lui-même.

Soudain, il tressaille. Dans le silence, une voix s'élève. Distinctement. Une voix haute, qui appelle :

– Ugo, Ugo, souviens-toi de Maria...

Ugo ouvre les yeux, regarde vers la salle. Il y a un bruit confus, plusieurs voix qui parlent en même temps. La caméra bascule, se fixe sur le public, cherche. Les lumières se rallument.

– Que se passe-t-il ? dit Nicole Vaindrier qui se lève.

Elle s'approche de l'écran. Elle voit un homme debout, des gens tout autour qui le tiennent, qui le poussent, d'autres hommes qui étaient adossés contre les portes, et qui se mettent à courir. Le bruit est de plus en plus fort. Le commentateur prend brusquement la parole. Il a l'air stupéfait. Il parle de perturbateur, de police.

– Qu'est-ce qu'on a crié ? demande M. Pion.

Il a rejoint Nicole devant l'écran. Il touche tous les boutons, comme si quelque chose s'était détraqué dans l'appareil. Le commentateur est devenu volubile comme un reporter sportif. Visiblement, il se passionne. Il explique qu'il est obligé de grimper sur sa chaise, mais qu'il ne voit rien. On l'entend parler en anglais à quelqu'un, puis il explique :

– D'après ce que me dit un collègue de la B.B.C., le perturbateur vient de quitter la salle, entraîné par quelques gorilles à la poigne solide. Le calme va certainement revenir très vite, et dans quelques instants nous serons en mesure de vous faire entendre…

Il semble déçu que l'incident ne dure pas davantage. Sur l'écran, on voit les gens reprendre leur place, dans une grande agitation.

– Madame ! crie madame Marie.

– Oui ?

– Noële, là.

C'est comme un éclair. Le visage soudain, qui apparaît. Très blanc. Avec des yeux immenses, qui prennent toute l'image. Puis une main qui se lève, qui se place devant la caméra, pour l'aveugler. Lorsque la main s'écarte, il n'y a plus qu'un dos qui s'éloigne, une porte qui se ferme. Nicole Vaindrier se détourne. Ce visage effrayé, ce regard… Madame Marie s'est trompée. Ce n'est pas sa fille.

XI

– Où est-on ?

– Au-dessus de l'Atlantique.

– Quelle heure ?

– Trois heures dix.

Depuis qu'ils ont quitté New York, Ugo est immobile. Avec des sursauts, de temps en temps, comme quelqu'un qui a peur de s'endormir.

– On arrive à Paris à six heures ?

– Six heures cinq, si l'avion n'a pas de retard.

– On attend combien de temps à Paris ?

– Deux heures. L'avion d'Athènes est à huit heures trente.

– Ça fait plus de deux heures.

– Avec les formalités de débarquement et de transit, ça ne fera même pas deux heures.

Ils n'ont pas pris le temps de se changer. Ils ont leur tenue de soirée sous leur manteau. Sans aucun bagage. Tout est resté à l'hôtel. Yannis Karrassos a dit qu'il s'en occuperait.

– Et notre île, on y va comment ?

– En bateau. Ne t'inquiète pas.

– Je ne m'inquiète pas.

Des phrases à la suite. Sans tourner la tête vers elle. Il n'a pas bougé depuis le départ. Il n'a même pas détaché sa ceinture. Il donne la main à Noële. Ou plutôt, il s'accroche à elle.

– A midi dans notre île ?

– Peut-être un peu plus tard.

– Il n'y a pas d'horaire fixe?

– Avec les bateaux, c'est impossible.

Il a un petit rire, comme pour dire: c'est vrai. De nouveau, le silence. Noële n'a plus de corps. Seulement une main. Elle s'oblige à ne pas trembler, à ne pas faiblir. Il faut qu'elle soit calme, et tranquille, et rassurante.

– Tu as les journaux?

– Pourquoi?

– Pour voir le temps qu'il fait en Grèce. S'il y a une tempête, le bateau ne pourra pas partir. Où sont les journaux?

– Je demanderai tout à l'heure à l'hôtesse.

– Tu as peur que je les lise?

Elle sent qu'il s'anime, pour la première fois.

– Oui.

– « *Le plus grand concert de l'année.* » « *Un événement mondial...* »

– Ugo...

– Devant combien de téléspectateurs déjà? Peretti a dit le chiffre. Cent cinquante millions, non?

– Ugo...

Il y a un mouvement dans l'appareil. Un léger balancement. Comme s'il tournait. Noële regarde par le hublot. C'est noir encore. En décembre, le jour est long à se lever.

– On va retrouver la maison de l'île, dit-elle doucement. Avec les affaires en désordre. La maison, tu te souviens. Bergerie, caserne, couvent. Le bateau dans la petite crique. Les langoustes.

Elle parle sans le regarder.

– On se baignera. La mer sera froide. On allumera un feu. On s'allongera sur la couverture. On y arrivera vers midi. Il faut déjà que je pense à la cuisine que je vais te faire.

– On y arrivera plus tard. Beaucoup plus tard. Il faudra s'arrêter à Lefkas.

– Lefkas?

– L'eau potable.

Brusquement, il s'endort. Noële sent la main qui s'ouvre. Elle appuie sur l'accoudoir, et le fauteuil se renverse. Un signe à l'hôtesse pour qu'elle apporte une couverture. Il respire difficilement. Il faudrait détacher le col trop rigide, dénouer la cravate d'habit. Elle n'ose pas. Il ne faut pas l'éveiller.

– C'est Paris?

– Oui.

Il a ouvert les yeux. L'avion perd de sa hauteur. Le ciel est encore sombre, avec une lueur fauve au ras des nuages. Ugo redresse son fauteuil, regarde sa montre.

– Nous sommes en retard.

– Six heures deux.

– Le temps d'atterrir...

Les lumières s'allument.

– Heureusement qu'il n'y avait que deux places libres dans cet avion, dit Ugo. Je n'aurais pas pu supporter Yannis et le signor Peretti.

L'hôtesse passe entre les fauteuils, vérifie les ceintures.

– Tu sais qu'il pleurait, Peretti.

Il le dit avec une sorte d'étonnement, comme s'il n'y croyait pas. C'était vrai, pourtant. Il pleurait. Il n'avait pas pu quitter la salle de concert. Yannis Karrassos avait été obligé de le prendre sous le bras, de le porter jusqu'à la voiture. L'avion se pose. On appelle les passagers en transit. On les dirige vers un bar. On leur sert du café. Ugo en boit deux grandes tasses.

– A quoi penses-tu ? demande-t-il à Noële.

– A notre île.

– Ce n'est pas vrai. Tu penses à cet homme. Pourquoi ne m'en as-tu pas parlé ?

– Je ne pouvais pas. Pas avant le concert.

– A Venise, quand tu m'as dit qu'il fallait que je renonce à jouer, c'était à cause de lui ?

– Oui.

– Si tu me parlais de la Hongrie, ce jour-là, c'était aussi à cause de lui ?

Elle baisse la tête.

– Tu vois, dit-il.

Son visage est gris, avec une barbe qui a poussé trop vite, et le plastron de sa chemise s'est froissé pendant son sommeil. C'est comme s'il revenait d'une nuit absurde, au petit jour, et qu'il ait trop bu.

– Tu m'aimes. Tu es le seul être au monde en qui j'ai confiance, et tu te caches de moi.

Elle ne veut pas relever la tête.

– Pas ici, Ugo, pas ici...

– Je comprends, tu sais, je comprends. Ou plutôt, je crois que je comprends. Et puis...

Ils ne disent plus rien jusqu'à ce qu'on appelle les passagers pour Athènes. Ils sortent du bar, se dirigent vers la salle de départ. Noële se rend compte qu'on la regarde. Cette robe longue, ces chaussures. Elle aurait dû chercher une boutique, acheter de quoi s'habiller. Mais qu'importe ? Dans quelques heures, ils seront seuls. Ugo tourne autour des marchands de journaux. Noële l'entraîne.

– Non, dit-elle.

Pour la première fois, il la regarde. Il a envie de prendre ce visage dans ses mains, de le caresser doucement jusqu'à ce que tout s'efface. Cette fatigue, cette angoisse, cette interrogation.

– Tu as raison.

Qu'importe ce qu'on a écrit sur le concert ! Noële est là, devant lui. « Noële, la servante de Dieu... » Toutes les cloches d'un coup. Il titube. Il entend sa voix, très forte, qui dit : « J'accepte, oui... » A Lefkas, ils seront délivrés.

Ils ne descendent pas du bateau. Ils demandent à un marin d'aller chercher les tonneaux d'eau douce.

– Il pourrait monter jusqu'à la maison, dit Noële.

– Pour quoi faire ?

– Il y a peut-être du courrier.

– Tu as envie de le lire ?

Elle regarde les rochers rouges, le nid d'aigle, ce qui, le premier jour, lui avait semblé une place forte. Une servante descend le chemin en courant. Elle vient expliquer que Mlle Delpina est arrivée d'Athènes depuis une heure, qu'on attend M. Karrassos dans la soirée.

– Non, déclare Ugo.

– Elle ne dira rien, tu sais. Elle t'embrassera. C'est tout.

– Plus tard. Je reviendrai plus tard. Pour le moment je n'accepte que toi.

La servante attend, debout contre la jetée. Elle regarde embarquer les tonneaux. Le bateau manœuvre, s'éloigne du quai. Noële contemple la maison. Sur une terrasse, très loin, elle croit reconnaître Delpina qui se penche. Ils atteignent l'île très vite. Le bateau à peine amarré, ils courent vers la cabane, s'allongent n'importe où sur le sol, s'endorment, harassés. Ils ont des rêves traversés de sursauts. Le froid les réveille. Ils cherchent les couvertures à tâtons, s'en enveloppent, retombent dans leur sommeil, comme on se noie. Le jour. Le soir. Des ombres. Et la mer qui n'en finit pas d'interroger.

La nuit est venue, lorsque Noële se réveille. Elle va jusqu'à la porte. Il n'y a pas de lune. Un oiseau crie, tout près. Sans doute avait-il pris l'habitude de se réfugier ici, depuis qu'ils ont quitté l'île. Elle revient vers Ugo. Il est à la renverse, comme une épave, le visage gris de fatigue. Qui est-il ? Elle ne sait pas. Elle ne sait rien. Maria. Pourquoi Maria ? Il pensait à elle, le 15 août, à Durban. Il pleurait, lorsqu'elle était revenue du bureau de poste. Il lui avait dit : « Treize ans, quand je suis parti. Maria Luckas. »

Noële se frotte le visage à deux mains, comme si elle était ivre. C'est la colère. Elle sent son collier sous ses doigts, l'arrache, le jette par terre, défait sa robe, ses chaussures, cherche impatiemment le chandail et le blue-jean qu'elle a laissés dans une valise. Elle s'habille, va jusqu'au bateau, débarque les tonneaux d'eau douce, un à un, les roule vers la cabane. Ils sont lourds. Elle pousse de petits grognements d'impatience. Elle ouvre une boîte de conserves, sans même savoir ce que c'est, s'assied contre le mur, commence à manger. La porte est restée entrouverte. L'oiseau s'approche et la regarde. Il a l'œil noir. Noële a fini de manger. C'était du thon. Elle jette la boîte vide, qui rebondit dans les rochers. Ugo dort toujours. Elle s'enroule de nouveau dans sa couverture. Brusquement, elle se souvient de tout. Elle se souvient de l'homme qui a crié, des gens debout, du service d'ordre, des caméras de télévision, de Ugo. Lorsqu'elle avait réussi à quitter la salle pour le rejoindre, il était adossé contre le mur des coulisses. Ses mains tremblaient. Il l'avait vue venir, et il avait fait un signe de tête, comme pour dire: «Pas toi...» On était venu le chercher, le signor Peretti, le chef d'orchestre. Il avait fermé les yeux quelques secondes, puis il était retourné vers l'estrade. Le chef d'orchestre le tenait par le bras. Il s'était assis devant le piano. Il avait fait signe qu'il allait jouer.

Dans le premier mouvement, il s'était trompé trois fois. Il s'était arrêté. Il avait fallu chercher la partition pour qu'il reprenne et aille jusqu'au bout. Les caméras ne quittaient pas ses mains. Dans le couloir, le signor Peretti pleurait. Ils s'étaient enfuis après le concert, dans la voiture de Yannis. A l'aéroport, ils avaient pris le premier avion pour Paris. Ugo s'accrochait à la main de Noële. Il était lourd. Il fallait qu'elle le tire vers cette île silencieuse, où il aurait enfin le droit de se jeter sur le sol, et de dormir à la renverse.

Elle s'endort de nouveau. Elle dort longtemps. Elle est réveillée par de petits cris. C'est l'oiseau, devant la porte. Il fait jour.

Ugo est parti.

XII

ELLE est assise sur les rochers, depuis le matin, face à la mer, et elle attend, sans savoir que les heures passent. Vers le soir, elle entend un bruit de moteur. C'est le hors-bord de son père. En atteignant les rochers, Yannis Karrassos coupe son moteur, se laisse glisser vers une petite crique.

– Pardon de troubler votre solitude, dit-il en sautant à terre, mais les Vaindrier sont inquiets. Ils ont vu le concert à la télévision. Ils m'ont téléphoné plusieurs fois.

– Père...

Noële s'efforce de paraître calme.

– Ugo est-il à Lefkas?

– Non. Pourquoi?

– Quand je me suis réveillée, ce matin, il n'était plus là. Notre bateau non plus. Je pensais qu'il était peut-être allé vous voir.

– Depuis ce matin?

– Sans me laisser un mot.

Yannis reste un long moment immobile, tourné vers la mer, comme si la voix de Noële lui revenait en écho. Puis, d'un mouvement brusque, il se dirige vers la cabane.

– C'est ici que vous vivez?

Il entre. Le feu est éteint. Il y a encore les couvertures sur le sol, les valises ouvertes.

– Dans ce gris? Dans ce froid ?

– Mais, père...

– C'est moi, je sais. Un cadeau que je vous ai fait. J'ai été fou!

Il se révolte, contre Ugo, contre lui-même.

– Complètement fou !

– Pour Ugo et moi, c'est le bonheur.

– Le bonheur ?

Il ne comprend pas comment il a pu les laisser seuls. Il ne fallait pas les quitter, pas une seconde. Lui surtout, lui : Ugo. Qu'il n'ait pas la possibilité de s'enfuir.

– Des rochers, de l'herbe brûlée, le vent, la mer, un bâtiment en ruine, un campement de bohémiens ! Et tu es ma fille ! Je n'accepte pas, tu m'entends ? Je n'accepte pas qu'Alexandra Karrassos vive comme une mendiante, couverte de vieux chandails, cassant du bois pour faire du feu. C'est drôle, un moment, en été, parce qu'il fait beau. Mais c'est fini. Tu rentres à Lefkas, immédiatement.

– Non.

– Tu y reviendras au printemps, dans ton île. D'ici là, j'aurai fait venir des ouvriers. Dépêche-toi. Nous partons.

– Je ne partirai pas sans Ugo.

Dressée contre lui, hostile, le visage fermé. Grise, si grise, une vieille femme. Sa fille, sa lumière.

– Je vais le faire chercher, ton Ugo. Je vais mettre toute la police maritime sur les dents. Qu'est-ce qu'il s'imagine ? Qu'il peut m'échapper ? Je le connais comme personne. C'est un être de fuite. Il passe son temps à s'évader. Mais je lui ai donné ma fille. Et il restera là, maintenant. Je te jure qu'il restera là !

Il prend Noële dans ses bras, malgré sa résistance, la porte jusqu'au hors-bord.

– Vous êtes deux enfants. Toi comme Ugo. Vous ne savez rien.

Il l'allonge sur la banquette, met le moteur en marche.

– Ugo ! crie Noële, et sa voix tourne sur la mer.

– Ne crie pas ! Ne te débats pas. Je vais m'en mêler, de votre bonheur. Sans moi, vous n'êtes capables de rien.

Une heure plus tard, toutes les vedettes de la police maritime sont en mer. Les projecteurs, fixés à l'avant de chaque embarcation, sont allumés. Leurs faisceaux balaient la surface de l'eau. Yannis Karrassos participe aux recherches, à bord de la vedette du capitaine. De loin en loin, une sirène jette un cri aigu.

Noële est enfermée dans la chambre de Delpina, dos à la fenêtre. Elle ne veut plus rien voir. Rien que cette ombre blanche, penchée vers elle, qui lui tient la main.

– Dites-moi qu'il va revenir.

– Il va revenir.

– Dites-moi qu'on va le retrouver.

– On va le retrouver.

Tout est sombre. Il n'y a qu'une veilleuse allumée devant l'icône. Une petite flamme rose, qui bouge à peine.

– Vous le croyez vraiment, ou vous le dites pour me rassurer ?

– Je le crois vraiment.

Delpina est assise sur un divan très bas. Noële à ses pieds, sur le tapis. Elle a gardé son blue-jean et son chandail à col roulé.

– Mon père dit que c'est un être de fuite.

Delpina découvre sur Noële l'odeur sauvage de cette île qu'elle ne connaît pas, et qu'elle regarde de loin, les jours de grande lumière. Elle n'a jamais compris ce que Yannis avait cherché en la leur offrant. Tant d'années de solitude, et ces enfants qu'on retrouve enfin, qui ont le visage du bonheur, pourquoi les exiler sur des rochers déserts, alors que la maison trop vaste leur offre toutes ses terrasses ?

– C'est un peu de fièvre, dit-elle tout bas. La dernière. Il va revenir. En ce moment, je sais ce qu'il mesure. Il mesure la force qui l'attache à toi. Il tire. Il tente de la rompre. Il n'y parvient pas.

Noële se redresse. Quelqu'un marche dans la maison.

– Père !

Elle sort de la chambre en courant.

– Vous l'avez retrouvé ?

Yannis Karrassos est las. D'heure en heure, son espoir l'abandonne. Ils ont tourné autour de l'île, décrivant des cercles de plus en plus larges. Les hommes de la police eux-mêmes finissaient par penser qu'ils perdaient leur temps.

Il secoue la tête, comme pour en arracher ce poids de désolation.

– Des enfants. Vous êtes des enfants. Ne sachant que crier ou jouer à vous perdre.

Il enlève son ciré, ses bottes.

– Les recherches reprendront au petit jour. Je vais dormir.

Il s'éloigne. Noële regagne la chambre de Delpina Karrassos, tombe à genoux, cache son visage dans ses mains.

Elle est comme un animal aux pieds de Delpina.

– Qu'on me rende Ugo. Sans lui je ne pourrai pas.

– Oh ! ma petite fille, dit Delpina.

Elle pose sa main sur les cheveux de Noële, les caresse doucement.

– Pendant vingt ans, j'ai crié : qu'on me rende Alexandra. Sans elle je ne pourrai pas. Et tu es là, tu vois, tu es là.

Il fait encore nuit. Yannis Karrassos a dormi quelques heures. Les vedettes de la police attendent dans le port. Noële l'entend sortir de la maison et le rejoint.

– Emmenez-moi.

Il a pitié d'elle, si profondément pitié d'elle.

– Prends un ciré, mets des bottes. Les vedettes de la police ne sont pas couvertes.

Ils partent. Le capitaine a dressé un nouveau plan de recherches. Il montre les cartes à Yannis. Il explique ce qu'il a décidé. Yannis approuve. Le jour est encore loin. Il y a du vent et, dès qu'ils sont au large, les vagues sont autour d'eux. La vedette saute et retombe. Yannis tient Noële contre lui. Ils regardent. Ils pensent la même chose, sans le dire. Que c'est trop grand, trop sombre. Qu'il n'y a qu'un miracle possible. Les yeux fixés sur la mer, jusqu'à ne plus rien voir.

Le jour est venu, mais si lentement que c'est déjà comme si le soir était là. Noële entend la voix de Delpina. « Pendant vingt ans j'ai crié : qu'on me rende Alexandra. » Dans le bruit du moteur, comme une litanie. Qui se répète sans fin. « Et tu es là, tu vois, tu es là, avec moi. »

– Nous rentrons à Lefkas, dit Yannis.

– Pourquoi ?

– Les hommes ont besoin de repos.

Noële a l'impression que la vedette change de direction. Mais elle ne sait plus où elle est. La mer est devant elle, trop vaste.

– Peut-être sera-t-il à Lefkas, dit Yannis. Retrouvé par une des autres vedettes. Il y en a huit, aujourd'hui, qui participent aux recherches.

Elle aperçoit, au loin, les rochers de l'île. Elle se souvient du premier jour. Lorsque Héléna était venue la chercher à l'aéroport. « Il s'est jeté sur les rochers. » Elle parlait vite en cherchant les clefs de sa voiture. « Il était en hors-bord, je ne sais pas ce qui lui a pris. » Elle revoit Héléna, sa robe orange, ses lunettes noires. « Le bateau éventré. » Il y a un grésillement dans la radio de bord. Yannis rejoint le capitaine. Le moteur de la vedette ralentit brusquement. C'est un moment suspendu, une sorte de silence, avec seulement cette petite voix nasillarde dans le haut-parleur de la radio.

– On a retrouvé le bateau, crie Yannis Karrassos en venant vers elle.

Le moteur repart, avec un sifflement suraigu. La vedette vire de bord, s'éloigne de Lefkas.

– A Ithaque. Sur une plage. Le bateau est échoué. Mais il n'est pas accidenté. En parfait état de marche. Le capitaine vient de faire demi-tour. Nous y serons le plus vite possible.

– J'aurais dû le savoir tout de suite, dit Noële.

Elle a envie de rire, tellement c'était simple à comprendre.

– Le chien. Le chien d'Ulysse.

Yannis Karrassos se penche.

– Qu'est-ce que tu racontes ?

Elle ne peut pas expliquer. Il ne comprendrait pas. Elle-même comprend-elle ? Il y a seulement cette plage d'Ithaque, et Ugo qui attend. Qui doit se demander pourquoi elle n'est pas encore là. Ugo, debout, face à la mer, attendant celle qui a mis fin à son exil.

Cinquième Partie

La rencontre de Londres

I

Ugo a posé sur le lit les feuilles de papier rouge, et les découpe avec de grands ciseaux. Assise à une table, près de la fenêtre, Noële fait des étiquettes. Lorsque Ugo a fini un paquet, elle attache l'étiquette avec une ficelle, et le pose contre le mur de la chambre. Il y en a beaucoup. Elle a une liste de noms. Elle les barre un à un.

– Denis… Richard… Les jumeaux Herbillon…

Ce n'est pas elle qui a eu l'idée d'envoyer des cadeaux. Elle avait oublié que c'était bientôt Noël et la fin de l'année. Depuis qu'ils se sont rejoints sur la plage d'Ithaque, les jours passent sans ordre, sans date, avec seulement des instants de repos, très brefs, où sa patience l'abandonne. Et puis, deux jours plus tôt, la patronne de l'auberge et sa servante ont relevé les manches de leurs blouses, ont mis un foulard sur leurs cheveux, et sont tombées à genoux, l'une à côté de l'autre, pour cirer les escaliers. La petite fille de la patronne a cessé d'aller à l'école et s'est mise à découper des étoiles dans du papier doré. Le patron a été regarder son cochon.

– On t'égorge demain, lui a-t-il déclaré avec un grand rire.

Ugo a levé les yeux vers Noële.

– Il y a un petit bazar, au village, a-t-il dit. Avec des objets, pas très précieux, mais faits par les gens d'ici. Tes amis, ta famille, ce serait bien que tu leur adresses un petit geste de loin.

Ils ont acheté tout ce qu'ils ont trouvé : des poteries, des corbeilles, des couverts en bois. Ils ont demandé qu'on leur prête une brouette. Ils ont tout rapporté à l'auberge. Et depuis deux jours ils font des paquets.

– Lisette… son mari… ses deux fils : Miguel et Carlo…

Ugo coupe le papier rouge. De temps en temps, il pose ses ciseaux, vient jusqu'à la fenêtre. Le temps est doux. Le soleil colore la mer. Sur les longues plages, le sable est jaune vif. Noële pense : « Maintenant, peut-être… » Il va se retourner, il va poser sa main sur son épaule, il va lui dire : « Ecoute… » Elle attend. Sans interroger. Depuis une semaine.

– Tout est blanc, remarque Ugo. Tu as vu ? Les hommes ont repeint leurs maisons à la chaux.

Il revient vers le lit, reprend ses ciseaux.

– M. Baxter, sa femme, ses enfants… Mme Mesnard. Je ne veux pas l'oublier.

Elle a envie de dire : « Et ta famille à toi, Ugo ? Ta mère, tes frères, Maria… » Elle a envie d'ajouter Maria, à la fin de sa liste, en grosses lettres. Et d'attendre. Une semaine… Elle a débarqué sur la plage, avec la vedette de la police, il y a une semaine. Elle a perdu l'ordre des jours, mais ce compte-là, elle sait le faire, parce qu'il y a le matin, et c'est le plus difficile. Chaque matin nouveau à ajouter aux autres. Une semaine à ne pas interroger.

Noële sait qu'on ne dissipe pas les ombres de la forêt en donnant de grands coups sur le tronc des arbres. Elle attend. L'auberge est paisible, l'hôtesse toute ronde, avec des joues qui remontent jusqu'aux yeux lorsqu'elle sourit. La chambre est longue, avec un plafond bas, et des craquements de bois la nuit, comme dans les maisons anciennes. Ugo revient peu à peu à la vie. Son corps réapprend à parler. L'amour est en eux comme une fièvre, à couper le souffle parfois, à ne plus pouvoir respirer. Ils se regardent, se découvrent, se caressent. Les meubles de la chambre ne leur parlent de rien, ni de famille, ni d'ancêtres. Leur exil s'achève chaque fois que leurs mains se joignent. Des mots, ils en prononcent. Ceux de l'amour, ceux de la vie quotidienne. Mais les autres sont en réserve. Ugo, de loin en loin, regarde Noële, semble chercher en lui des forces qu'il espère, mais renonce et détourne la tête.

– Pour Peretti, cette cruche ou ce saladier en bois ?

Contre le mur de la chambre, tous les amis, tous les parents, l'un à côté de l'autre.

– Et toi ? dit Ugo.

Il est debout contre le lit, les ciseaux à la main.

– Moi ?

– Quel cadeau vais-je te faire ?

Elle sait. Il sait. Maria.

Dans la cuisine de l'auberge, les femmes qui ont rangé les chiffons et les brosses nettoient à l'eau bouillante de grandes jarres de grès pour y mettre le lard et le petit-salé. La petite fille joue avec les citrons et les oranges amères qui parfumeront les saucisses et le fromage de tête.

– Profites-en, crie le patron au cochon qui rôde dans la cour. Tu n'en as plus pour longtemps.

Il prépare les feux de bois et les chaudrons.

– On tue le cochon chez toi, pour Noël? demande Ugo.

Il a ouvert la fenêtre de la chambre, et se penche. Elle reste assise à sa table. Elle écrit la dernière étiquette.

– Et chez toi?

Pour la première fois. Elle l'a interrogé. Calmement, comme si c'était une question sans importance. Il y a une semaine, lorsqu'elle est arrivée sur la plage, elle a prié Yannis Karrassos et les hommes de la police de ne pas l'accompagner. Elle a traversé la plage, en direction du bois de pins. C'était la même plage que l'été dernier. Avec les mêmes oiseaux, le même silence. Il faisait seulement plus froid. Elle savait où était Ugo. En sortant du bois, elle a retrouvé la maison basse, avec le bouquet de figuiers. Assis contre le mur, comme endormi, elle l'a aperçu. Il s'est levé en la voyant. Mais il n'est pas venu vers elle. Il a attendu. Elle s'est approchée lentement. Elle lui a tendu la main. Il l'a prise. Ils sont revenus vers la plage. Il n'avait pas dormi depuis deux jours et deux nuits. Sa main était aussi froide que dans l'avion de New York. Elle a demandé à Yannis Karrassos de l'aider à trouver une auberge, puis de rentrer à Lefkas, sans poser de questions à Ugo. Elle savait qu'il ne répondrait pas. Pas encore. Elle savait aussi que s'il était venu l'attendre à Ithaque, sur cette terre où les exils s'achèvent, avec le souvenir de tout ce qu'ils s'étaient dit, l'été dernier, lorsqu'ils ignoraient encore que l'amour était en eux, s'il avait choisi cette plage, c'est que le temps de tout dire approchait.

Il est toujours penché à la fenêtre.

– Chez moi, il doit y avoir de la neige.

Noële ne voit pas son visage. Mais elle devine dans sa voix une sorte de sourire.

– Tu n'imagines pas comme il fait froid l'hiver, là-bas. En te parlant, je sens le grattement d'une fourrure contre ma joue. C'est le col de mon manteau, quand je rentrais de l'école.

La nuit est venue. Le patron de l'auberge allume ses feux. Les femmes accourent, et tout le monde se met à parler en même temps.

– La neige, pour toi, c'est un jeu, continue Ugo. Là-bas, c'est lourd. Dans les forêts, les arbres ne respirent plus. Certains ne supportent pas le poids. Ils s'écroulent.

Il y a un hurlement soudain. C'est le cochon égorgé. Les femmes rient, la petite fille effrayée va se cacher sous la table de la cuisine. Ugo ferme la fenêtre. Contre le mur de la chambre, les paquets rouges attendent. Il se penche, prend doucement Noële par les épaules, l'oblige à se relever. Ils sont face à face.

– Si les mots se mettaient à vivre quand on les prononce…

Il pense toujours aux forêts couvertes de neige.

– Je dirais : « Bonjour, mère. Voici Noële qui est ma femme. » Alors nous serions brusquement transportés sur les rives du lac Balaton. Ma mère te regarderait en souriant, sur le seuil de notre maison. Elle sourit… Je ne peux pas te dire comment elle sourit…

Sa voix est si basse que Noële se penche.

– Le cadeau que je voudrais te faire, mon amour, le seul cadeau que je voudrais te faire, c'est le visage de ma mère penché vers toi pour t'embrasser.

Ils dorment encore. On frappe à la porte de la chambre.

– Ce doit être le petit déjeuner, dit Noële qui se réveille en sursaut.

Elle va ouvrir. C'est la servante avec un papier à la main. Elle dit que le facteur est venu l'apporter lui-même à bicyclette parce que c'est urgent.

– Ne lis pas, dit Ugo.

– Pourquoi ?

– On était bien.

Elle va jusqu'à la fenêtre, écarte le volet, ouvre le papier.

– C'est mon père.

Elle lit, reste un temps immobile, sourit avec un peu d'hésitation.

– Il a quitté Athènes hier soir, avec Delpina. Il a voulu nous avertir.

– Où sont-ils allés ?

– Aux Quatre Vents.

Elle replie le télégramme, le pose sur la table, regarde à travers la vitre, les champs, la plage, la ligne grise de la mer.

– Je pense qu'elle dormira dans ma chambre, dit-elle.

Elle essaie d'imaginer Delpina Karrassos entrant dans sa chambre, regardant ces murs qui, pendant vingt ans, ont abrité la petite fille perdue.

– Tu sais…, dit Ugo.

Il est encore couché. Il voudrait qu'elle ne soit pas triste.

– J'ai abandonné le bateau sur la plage. Il n'est pas en ordre de marche. Mais il y en a d'autres.

Noële écoute.

– C'est très facile d'être à Athènes ce soir, de prendre un avion, d'être là-bas demain.

Elle imagine la fumée que fait le bois en brûlant, parce que Gilles Vaindrier, comme chaque année, a trop attendu pour le rentrer. La nappe bleue à broderies blanches, que Nicole Vaindrier a sortie pour faire honneur aux Karrassos. Le service en porcelaine de Limoges qu'elle a reçu de ses parents, longtemps après son mariage, lorsque la fabrication a repris.

– Non, dit-elle.

Ils sont éloignés de toute la longueur de la chambre, séparés mais proches, si proches.

– A cause de moi? dit-il. A cause de mes parents à moi?

Noële ne répond pas. Entre elle et lui, dans la pénombre de la chambre, quelqu'un se tient debout, qui a la taille d'une petite fille, et Noële sait qu'il suffirait de dire: Maria, pour qu'elle tourne le visage.

– J'ai envie de marcher un peu, dit Yannis Karrassos. Vous savez que j'aime bien votre pays, monsieur Vaindrier.

– Il a neigé toute la nuit, répond Gilles.

– Vous avez sûrement une paire de bottes à me prêter.

C'est après le déjeuner. Ils sont debout dans le salon. Madame Marie vient d'apporter le plateau du café. Nicole Vaindrier et Delpina sont restées dans la salle à manger. Elles parlent à mi-voix, comme dans l'église de Lefkas, le jour du mariage. Il semble qu'elles continuent la même conversation.

– Vous m'accompagnez?

– Volontiers.

Ils boivent leur café rapidement. Gilles, depuis la veille, cherche derrière le visage de Yannis Karrassos à découvrir celui de Noële. Non qu'ils se ressemblent. Mais dans ce monde qui est le leur, avec toutes ces mers, tous ces navires, il arrive parfois qu'on vienne à quai, qu'on jette l'échelle, qu'on descende à terre. Cette petite fille, qui était devenue la sienne plus profondément que si leurs vies avaient glissé de l'un à l'autre, maintenant qu'elle a commencé ses voyages, qui peut lui en apporter des nouvelles, sinon son vrai père? La dernière image qu'il a d'elle, parce que les journaux l'ont reproduite, c'est une femme aux joues tirées, au regard fixe, s'échappant d'une loge, aux Nations unies. Gilles Vaindrier a longtemps regardé cette image. Il ne comprend pas. Toutes les questions qu'il se pose, comment pourrait-il en trouver la réponse? Depuis que Yannis Karrassos est là, il attend. Il se dit qu'il aimerait savoir ce qu'il sait.

– Elles vous vont, ces bottes?

– Très bien.

Ils partent. La neige est molle, déjà fondue par endroits. Le froid hésite. Par moments, la nuit, on croit qu'il s'installe. Mais le vent se lève, une brusque bouffée de chaleur revient avec le matin.

– L'an dernier, il y avait les oiseaux, dit Yannis Karrassos.

Il sent tout ce que Gilles n'ose pas dire. Il voudrait pouvoir l'apaiser. C'est à lui surtout qu'il a pensé, en décidant de venir passer ces jours de fêtes aux Quatre Vents. A cet homme qui était un père, et qui a cessé de l'être, en une seconde, parce qu'un dossier a fait apparaître la vérité. Pour Nicole Vaindrier la révélation a été moins forte. Elle est restée la mère de Noële, puisque Ariana Karrassos n'a pas eu la force d'achever son voyage. Mais pour Gilles…

Ils marchent du même pas, en pataugeant dans les trous du dégel.

– Je ne comprends pas bien ce qui se passe dans le monde, dit Gilles. Ce sont des problèmes trop compliqués pour moi. Mais je lis quand même les journaux. Il y a dix ans, j'ai suivi comme tout le monde les événements de Hongrie. Je sais que beaucoup de réfugiés ont franchi la frontière. J'imagine que certains sont arrivés jusque chez vous, en Grèce.

– En effet.

Leurs voix sont un peu sourdes, prises dans une sorte de brouillard qui se lève des champs.

– Je ne sais pas grand-chose de Ugo, reprend Gilles. Je l'ai vu deux jours à Venise, chez le signor Peretti, et à Lefkas, le jour de son mariage. Mais vous, monsieur Karrassos, vous le connaissez. Vous l'avez recueilli, lorsqu'il a quitté son pays. Vous l'avez traité comme un fils.

Il hésite un moment.

– Tout ce qui s'est passé, que vous savez sans doute, peut-être aurait-il fallu le dire à Noële, avant son mariage.

Ils sont devant un petit bois qui ferme les prairies. Une barrière coupe un chemin de terre. Sous les arbres, le froid s'est attardé. La neige est plus dure.

– Monsieur Vaindrier, si je vous affirme que Ugo n'est pas un réfugié politique, me croirez-vous ? Ce qui s'est passé à New York n'a rien à voir avec les événements de Hongrie dont vous parliez. Les journaux l'ont laissé croire. Envoyer un démenti serait inutile.

– Alors, pourquoi a-t-il quitté son pays ?

Yannis Karrassos secoue la tête lentement.

– Je n'ai pas le droit de vous le dire, monsieur Vaindrier. Ugo seul…

– Et Noële ?…

– Vous voulez dire : Noële est-elle au courant ? Je le souhaite, monsieur Vaindrier. Je le souhaite de tout mon cœur.

Ils sont l'un en face de l'autre, et malgré tant de différences, malgré tout ce qui les sépare, lorsqu'ils parlent de Noële, ils découvrent qu'ils sont égaux.

– Pourquoi lui a-t-on crié : souviens-toi de Maria ?

– Pour le blesser au cœur. La famille de Ugo ne supporte pas qu'il soit parti. Sa mère surtout. Elle veut revoir son fils. Alors, des amis s'emploient à faire pression sur lui, à le pousser jusqu'aux frontières de son pays. Cette pression s'exerce depuis que Ugo est chez moi. Pendant des mois, il ne se passe rien. Il semble qu'elle se relâche. Brusquement, quelqu'un surgit. Quelqu'un qui prononce simplement le nom de Maria. Sa jeune sœur. Ce n'est jamais le même homme. Mais ils se ressemblent tous. Celui de New York, sans l'avoir jamais vu, m'était familier. C'est un réseau bien organisé.

Le vent se lève. Une sorte de soupir traverse le bois, s'éloigne. La neige glisse des arbres avec un bruit étouffé.

– C'est un chantage, dit Gilles Vaindrier.

– Un chantage au sentiment, oui.

Il reste une question à poser. La plus difficile.

– De vous à moi, monsieur Karrassos...

Il a un sourire un peu triste.

– ... disons : de père à père, Ugo finira-t-il par céder à ce chantage ?

Il n'a pas besoin d'ajouter que c'est à Noële qu'il pense. Yannis Karrassos le sait. Le visage de leur fille est entre eux, comme un soleil, avec tout ce bonheur qui illuminait Lefkas le jour de son mariage.

– S'il n'y avait pas Noële, je pense que Ugo aurait fini par y céder. Mais il y a Noële. Elle est devenue la force de Ugo. Elle devrait gagner.

– Vous ne dites pas : elle gagnera.

Yannis Karrassos écarte les bras. Il a les mains ouvertes, les mains vides. Sa puissance, brusquement, paraît dérisoire.

– Je ne suis pas le maître du destin, monsieur Vaindrier.

II

Le ciel a l'éclat d'un miroir. Les étoiles suspendues font penser à la cohorte des anges qui vont réveiller les bergers. L'odeur des citronniers cerne les maisons du village. D'une grève à l'autre, la mer raconte une histoire sans fin. Assis dans la pénombre de la chambre basse, ils attendent l'heure de la messe de minuit. Ils n'ont pas allumé les lampes, tant la nuit est claire. Ils regardent par la fenêtre les lumières qui commencent à danser sur les routes de la nuit. Les lanternes de ceux qui se sont mis en marche, du haut des collines, pour se rendre à l'église. Noële se souvient de toutes les fêtes de son enfance, avec les sapins, les bougies, les guirlandes, et la neige dans le jardin. Tous ses souvenirs sont là, comme les images d'un temps de bonheur. Elle les regarde avec un sourire émerveillé, le sourire d'une enfant qu'elle a été. Mais elle ne les regrette pas. Ce soir, il y a Ugo, la chaleur de Ugo, le silence de Ugo. Ce soir, il y a, de l'autre côté de la fenêtre, une nuit toute neuve et qu'ils ont inventée.

Quelques heures plus tôt, ils ont mis tous les paquets dans la brouette et les ont portés à la poste. Il a fallu très longtemps pour les expédier. L'employée n'en revenait pas. Des objets sans valeur, dont ils avaient fait le symbole de leur affection. Maintenant ils n'ont plus de remords d'être restés à Ithaque.

Dans la salle à manger de l'auberge, la patronne et sa servante préparent le repas qui marquera la fin du jeûne. Elles accrochent partout des guirlandes de papier rouge, des lanternes de couleur. Il y a des bougies, dans des verres, le long des fenêtres. Sur la broche, l'agneau rôtit lentement, parfumé de cannelle et de gingembre. La petite fille qui n'a pas sommeil mélange avec une grande cuiller en bois les herbes sauvages et le fromage blanc.

– Viens, dit Noële qui se lève.

Une cloche a sonné. Une autre lui répond, très loin derrière les collines. Ils s'enveloppent dans des pèlerines de bergers. C'est tout ce qu'ils ont trouvé au bazar. Arrivés l'un et l'autre les mains vides, il leur a bien fallu acheter de quoi s'habiller. Les pèlerines sont chaudes, en laine brune, avec des broderies sur le col qu'ils ont relevé. Ils descendent l'escalier.

– C'est bientôt minuit, crie la servante en les voyant passer.

Elle leur offre des gâteaux aux amandes pour leur donner le courage de faire la route.

– Merci, dit Noële, qui embrasse la jeune fille.

La nuit est froide, le gel s'est installé au bord des chemins.

– Ecoute…, dit Ugo.

Ils se sont arrêtés à quelques pas de l'auberge. Sur la route des ombres les dépassent. Il y a autour de chaque visage un petit ruban de buée.

– N'allons pas encore à l'église.

Noële sait. Depuis la veille, elle sait. Ils s'éloignent lentement vers la mer.

– Ecoute, dit-il, je t'ai menti.

Ils marchent sans se regarder. Ils tremblent malgré leurs pèlerines.

– Ecoute, je voudrais que tu sois pareille à ce matin, sur la plage de Capetown, tu te souviens ? Tu dormais dans mes bras. Tu avais confiance. Ecoute. N'aie pas peur de moi. Je t'ai menti, mais n'aie pas peur de moi.

La mer est tout près, derrière les rochers. Elle parle à peine. Elle dit seulement que le temps est égal et que le cœur bat.

– Il faut que tu ne dises rien. Pas un mot. Rien que ceci quand je te le demanderai, chaque fois : tu m'aimes encore ? Alors seulement, oui ou non. Ecoute…

Il cherche ses mots. Il dit des phrases avec peine, et sans savoir s'il aura la force d'aller jusqu'au bout. Sa voix est comme ces petits rubans de buée que le froid fait naître. Mais derrière ce brouillard, toutes les images sont à l'affût. Toutes les images que Noële ne connaît pas encore. Avec les forêts, les bords du lac, le fleuve.

– Maria…, dit-il.

Comme un appel. Comme si elle était devant lui, et qu'il voulait voir son visage.

– Ma sœur Maria, qui était assise contre le piano, lorsque je jouais, comme toi à Lefkas… Je t'ai dit qu'elle avait treize ans. Je t'ai menti… Maria…

Il est au bord de la plage. Il s'arrête, regarde Noële :

– Tu m'aimes encore ?

– Oui.

La mer et le sable. Très blancs sous la lune.

– Le premier jour, lorsque tu es arrivée à Lefkas, j'avais pris un bateau. Je tournais autour de l'île. A toute vitesse, comme un fou, et je me suis jeté sur les rochers.

– Exprès ?

Ugo lève une main.

– Tu ne dis rien. Tu ne poses aucune question. Tu réponds seulement si je te demande : tu m'aimes encore ?

Il s'éloigne d'elle, regarde la mer, qui semble prise par le gel.

– Exprès, oui. Et chaque fois. Tous les bateaux que nous avons pris, toi et moi. Cet été autour du monde. Le bateau qui nous a conduits vers notre île, qui m'a entraîné vers Ithaque. Tous les bateaux. Chaque fois, je crois qu'ils vont se retourner. Chaque fois. Ecoute...

Noële serre sa pèlerine contre elle, parce que le froid est de plus en plus vif.

– Il y avait un bateau sur le lac Balaton.

C'est à la mer qu'il parle, à mi-voix, penché vers elle, comme s'il cherchait à lire à la clarté de la nuit les mots qu'il doit prononcer.

– Un petit voilier, très beau, avec une voile rouge et l'autre blanche. C'était en été. Le 12 août. Il y a trois ans. L'orage menaçait. On nous avait dit de ne pas prendre le bateau. Parce que le Balaton, c'est comme la mer. Brusquement, les lames se creusent, il y a des gouffres de douze mètres et les bateaux chavirent.

Il lève les yeux. Le ciel est comme un miroir. Les étoiles sont là, si claires. On dirait que les cloches ne viennent pas du village, mais du ciel.

– Souviens-toi de Maria, dit Ugo. Cet homme a crié, et j'ai eu la mort dans les doigts.

Il lève les mains, les regarde. Elles sont blanches.

– On nous avait dit de ne pas prendre le bateau. Nous l'avons pris quand même. L'orage est arrivé. Le bateau est devenu fou. Il a chaviré. J'ai tout essayé. Mais la mer était la plus forte. Il a fallu nager, nager longtemps. Maria était petite. Pas treize ans. Dix ans. Aujourd'hui elle aurait treize ans. Je l'ai tirée, je l'ai tirée jusqu'à la plage, mais...

Il a un cri bref, tout de suite étouffé, tombe à genoux.

– Je l'ai tirée par les cheveux. Jusqu'à la plage. Elle était si lourde. En arrivant...

Il baisse la tête. Son front touche presque le sable.

– Je n'ai pas eu la force. J'ai perdu connaissance. Près d'une heure. C'est ainsi que je l'ai tuée. Si j'avais donné l'alarme tout de suite, on l'aurait sauvée. Mais une heure ! Une heure sans connaissance ! Une heure de ma vie. Et toutes les heures de la sienne...

Il cache son visage dans le sable. Noële l'entend pleurer. Ce n'est pas comme un enfant. S'il pleurait comme un enfant, elle irait le consoler. Mais il pleure comme un homme, sans se plaindre. Il pleure sur un enfant mort, cherchant à comprendre pourquoi il est encore vivant puisque l'enfant est mort.

– Ma mère a tenu le corps de Maria serré contre elle, pendant deux jours pour essayer de le réchauffer. Elle lui soufflait doucement dans la bouche. Et puis, il a fallu le lui arracher. Alors elle a poussé un cri. Un seul. Et je me suis enfui. C'est contre moi qu'elle a crié. Parce qu'elle n'acceptait pas. Pourquoi Maria était-elle morte, puisque j'étais là?... J'ai compris qu'il fallait que je meure à mon tour. Je suis allé à Berlin pour donner un concert. J'ai franchi le mur. Et je suis mort. Pour ma mère. A jamais. Je t'ai menti. Ici, à Ithaque. Tu te souviens? Je t'ai dit qu'il y avait un chien, et qu'en franchissant le mur, je revoyais son regard et je voulais revenir en arrière. Il n'y avait pas de chien. Ce regard, c'était celui de ma mère.

Noële se laisse glisser près de lui. Pose ses lèvres sur son visage, souffle doucement, comme la mère de Maria.

– Pourquoi as-tu attendu si longtemps pour me parler?

– Je t'aimais. J'avais peur. Je ne voulais pas te perdre. J'avais peur que tu pousses le même cri que ma mère. J'étais mort. Quand tu m'as connu, j'étais mort. Quand je dis: tu es ma mère, tu comprends que c'est vrai? Tu as été plus forte que ma mère. Elle n'a pas pu réchauffer la petite fille. Et toi...

Il prend appui sur une main, cherche à se relever. Elle l'aide. Ils ont enfin pénétré dans la même maison. Ils reprennent le chemin de l'église. Les cloches se sont tues. Le pope chante l'office en agitant l'encensoir à grelots. Sa voix franchit les murs de la chapelle. Noële marche vite. Elle voudrait être déjà au milieu des femmes et prier avec elles, et célébrer avec elles la naissance des jours nouveaux. Elle s'arrête pourtant.

– Qui est Vodrazka?

– J'ai deux frères en Hongrie. Tomas l'aîné et Josef. Ils sont restés avec ma mère. Ma mère veut que je revienne. Elle n'accepte plus d'avoir perdu deux enfants au lac Balaton. Alors mes frères, de loin en loin, m'envoient un messager. Quelqu'un qui surgit brusquement devant moi et qui dit: «Souviens-toi de Maria.»

Ils pénètrent dans l'église. C'est une forêt de cierges. Tout le village est là, chantant avec le pope. L'iconostase flambe de tous ses ors. C'est la nuit la plus noire. Et dans le premier cri de l'enfant c'est la promesse de la lumière. Maria... Noële a l'impression d'étouffer brusquement. Elle sort de l'église en courant.

– Noële…

Ugo la rejoint.

– Tu vas les suivre, Ugo. C'est ta mère qui t'appelle.

– Non, non. Tu es là. Tu me tiens.

– Tu vas les suivre, et je t'attendrai…

Elle arrive à l'auberge, monte l'escalier, entre dans la chambre, se laisse tomber sur le lit. Ugo sait, comme elle savait tout à l'heure. Il sait qu'il ne faut pas bouger. Il reste debout contre la porte. Noële pleure longtemps. Brusquement, elle s'endort. Elle a gardé sa pèlerine. Très vite, elle se réveille.

– J'ai dormi ?

– Pas longtemps.

– Et toi ?

– J'ai veillé sur toi.

Elle se retourne. La chambre est presque blanche, tant la clarté de la nuit est intense.

– Je crois que je l'ai vue.

Il ne bouge pas.

– C'était dans mon rêve. Elle était devant la porte, comme toi en ce moment. Et puis j'ai vu des hommes qui entraient. Ils venaient chercher Maria.

Elle s'est assise sur le lit.

– C'est à cause de Maria que j'ai pleuré, Ugo. Pas à cause de toi. Tu m'avais dit que tu avais une sœur. Et je l'aimais. Je me disais : c'est une sœur aussi pour moi. Je pensais à elle, souvent. Quand j'ai compris que je ne la connaîtrais jamais…

De nouveau les cloches, toutes ensemble. Joyeuses. Presque frénétiques. Sautant par-dessus les collines, cherchant au-delà de la mer à rejoindre celles qui, d'un pays à l'autre, annoncent la même nouvelle.

– Tu ne l'as pas tuée, Ugo.

Il écoute. Il entend déjà ce qu'elle va lui dire.

– Il ne faut pas que tu aies peur d'elle. Maria vient de me le dire. Elle n'a pas peur de toi.

De l'autre côté de la fenêtre, c'est comme si le monde s'ouvrait. Toutes les cloches. Tous les villageois, sortis de l'église et courant sur les chemins gelés, vers leurs maisons, vers leurs tables dressées, vers leurs bougies de couleur. Devant la porte de l'auberge, un groupe s'arrête. Il y a des rires, des cris, une voix qui appelle. Puis un pas dans l'escalier. Des coups contre la porte. Ugo ouvre. C'est la patronne de l'auberge.

– Christ est né ! crie-t-elle. A votre bonheur !

Et elle rit de tout son visage.

III

C'EST un grand album, relié en cuir vert. Nicole Vaindrier y a collé des photographies de Noële, depuis qu'elle est toute petite jusqu'à ses vingt et un ans. Toute une vie en quelques images. Elle l'a offert à Delpina Karrassos. En défaisant le paquet, posé sur son assiette, le soir du 24 décembre, Delpina a eu un geste pour le refermer brusquement, à peine ouvert, comme si quelque chose lui brûlait le regard. Depuis, elle passe ses journées à la cuisine, avec madame Marie. Elles s'asseyent côte à côte. Delpina ouvre l'album, montre du doigt une photographie, et madame Marie raconte.

– Oh ! cette image-là, je ne l'aime pas du tout. Je ne sais pas pourquoi Madame l'a collée dans l'album.

– Pourquoi ?

– Parce que c'est juste avant l'accident. La bouteille qui s'est cassée, et moi j'ai cru qu'elle s'était coupé la main, tellement ça saignait. Ah ! mademoiselle, si vous aviez vu… Elle pleurait à peine, notre petite fille. Elle ne savait pas encore qu'elle avait mal. Monsieur l'a prise dans ses bras, l'a portée en courant jusqu'à la voiture, et il est parti comme un fou chez le docteur. Il était sept heures du soir. Quand elle est revenue la pauvre, elle avait toute sa main dans le plâtre.

– Elle s'était vraiment coupé la main ?

– Le pouce, mademoiselle. Vous n'avez jamais vu la cicatrice ? On la remarque encore très bien. Moi, j'étais toute à l'envers. Parce que c'était de ma faute. Elle voulait m'aider à mettre le couvert. Alors, je lui donne la bouteille de vin, comme une sotte que j'étais, en lui disant: «Tiens, ma chérie, porte-la sur la table.» Elle se prend le pied dans le tapis, elle tombe, la bouteille se casse, et...

Madame Marie est tellement émue que Delpina tourne la page.

– Et celle-ci, madame Marie?

– Ah! celle-ci, c'est l'année suivante, dans le jardin de Mme Maréchal, la tante de Denis. L'année où Madame la coiffait avec des nattes.

Lorsqu'elle ne regarde pas les photographies, Delpina visite les environs avec Nicole Vaindrier. Elle aime ce pays sous la neige, si différent de Lefkas et de Pisticci, la petite ville italienne où elle avait autrefois une maison. Elle s'est fait conduire jusqu'à Ouches, pour connaître l'école où Noële a fait ses classes. Elle a envie de parler à Denis. Elle l'a à peine vu, l'été dernier, au moment du voyage des enfants. Depuis qu'elle tourne les pages de l'album de photographies, elle le rencontre sans cesse.

– C'est comme si vous étiez son frère.

– Son frère, oui, on le disait.

– Et puis?

Denis hésite une seconde.

– Les frères grandissent, les sœurs deviennent des jeunes filles.

Delpina va d'une classe à l'autre, regarde sur les murs des cartes de géographie, découvre sur un pupitre les deux initiales gravées: N. V.

– Il n'y a pas d'ambition en vous, Denis? Avez-vous décidé de rester ici toute votre vie?

– Je pourrais aller à Paris. Mais c'est une ville sans visage. Ici je connais chaque arbre, chaque ruisseau, comme sur le visage de quelqu'un qu'on aime, on connaît chaque ligne et chaque contour.

– Il y a tant d'amour en vous, Denis?

– Oui, mademoiselle.

En revenant, le soir, elle se dit que les refuges sont sûrs, qu'à la fin de ses voyages il y aura toujours, pour Noële, un toit et une lampe allumée. Depuis qu'elle est aux Quatre Vents, elle découvre son âge. Il lui semblait que ces vingt ans d'attente avaient été comme une seule journée immobile. Mais d'image en image, elle mesure le temps passé. Sur la porte de la cuisine, madame Marie lui a montré les traits de crayon qui, d'un anniversaire à l'autre, permettaient de voir si Noële avait grandi. Devant chaque trait, il y a une date. Delpina ne se souvient pas de toutes ces années. Pour elle, c'était aussi comme une porte, mais qui ne s'ouvrait jamais.

La maison, ce soir-là, est pleine de paquets rouges. Le facteur les a apportés dans l'après-midi. Il lui a fallu une petite remorque, attachée à sa bicyclette. Madame Marie les a posés l'un à côté de l'autre devant la cheminée, comme si c'était encore la veille de Noël.

– Il y en a même un pour moi !

Elle le regarde, de loin, et elle est contente.

– Vous ne l'avez pas ouvert, madame Marie ?

– J'attendais que tout le monde soit là.

Dehors, c'est l'hiver. Un froid brusque a durci la neige. Les phares d'une voiture tournent dans l'allée des tilleuls.

– Une visite ?

Gilles Vaindrier va voir. La 403 noire roule difficilement sur le verglas, s'arrête devant la grille.

– Bonsoir, Jean-François.

– Pardonnez-moi, monsieur Vaindrier. Je voulais venir vous voir, tous ces temps-ci. Mais j'ai été très occupé. Je voulais que vous sachiez pour l'usine...

Jean-François est descendu de voiture. Il se tient debout contre la portière.

– Tout marche très, très bien. C'est beaucoup grâce à vous.

– Je n'ai rien fait.

– Vous m'avez donné des conseils. Sans vous, je crois que je n'y serais jamais arrivé. Je me suis dit que...

Il a hésité longtemps avant de venir.

– Elle est tout à fait en ordre, et vous ne l'avez pas encore vue. J'aimerais vous la faire visiter. Demain, peut-être.

– Demain ?

Gilles Vaindrier est embarrassé.

– Je suis très touché, Jean-François. J'aurais bien voulu, mais...

Il a un peu de mal à trouver une raison. Il n'a jamais su mentir.

– Mais en ce moment, nous avons des invités aux Quatre Vents.

Jean-François lève les yeux. Il aperçoit de loin les fenêtres éclairées de la maison.

– Les Karrassos, précise Gilles Vaindrier.

Jean-François regarde toujours cette ombre derrière les rideaux.

– Je comprends, dit-il. Je reviendrai.

La neige est aussi sur Paris. Pour quelques jours. Très vite, elle se perd dans les ruisseaux. Marie-Hélène patauge avec agacement. Cette semaine de fête est interminable. Il y a des sapins partout, des lumières accrochées aux arbres du boulevard Haussmann, des vitrines animées dans les grands magasins. Elle se heurte sans cesse à des gens qui portent des cadeaux. Elle en a reçu un. Dans un beau papier rouge. Un saladier en bois d'olivier venant d'Ithaque. Elle a été contente de penser que, pendant un moment, le temps de choisir le saladier, de faire le paquet, d'écrire l'adresse, elle a été présente, là-bas, entre Noële et

Ugo. Qu'ils ont prononcé son nom, qu'ils ont peut-être parlé d'elle. Lorsqu'on se sent tellement seule, tellement inutile, on finit par se dire qu'on n'existe pas. Les journées sont longues. Le soir, il faut bouger. Sinon, c'est l'insomnie.

Elle a reçu une invitation pour un spectacle. Elle téléphone à Odile.

– Tu te sens le courage de m'accompagner?

Elles se retrouvent une heure plus tard.

– On a le temps de croquer un œuf dur.

Elles se sont réfugiées dans un café. Le patron, en bras de chemise, écrit sur les glaces, avec de la peinture blanche, le menu du réveillon de fin d'année. *Avec des cotillons*. Il souligne, dessine un masque et un serpentin. Il se recule un peu pour juger de l'effet.

– Si on s'en allait? dit Marie-Hélène.

– Où?

– En montagne. Toutes les deux. On étouffe à Paris.

Elle regarde Odile, qui s'est coiffée d'une toque de fourrure style «Docteur Jivago».

– L'an dernier, à cette époque, on était toute une bande à faire du ski. Au Freney-d'Oisans. Dans un chalet qui appartenait à des amis de Noële.

Elle rêve un peu. Elle a un sourire qui s'attarde sur les images lointaines.

– C'est là que tu veux retourner? demande Odile.

– Sûrement pas. Mais en janvier on trouvera facilement de la place dans les hôtels. Je m'en occupe.

– J'avais affaire à la Tuilerie, cet après-midi. En rentrant, je me suis dit: il y a longtemps que je n'ai pas vu Denis. Je suis passé à tout hasard. Je te dérange?

– Pas du tout.

Denis a sa blouse grise et un gros chandail. Il regarde Jean-François avec étonnement. Il était sans nouvelles de lui depuis longtemps. Depuis le voyage en Grèce. Jean-François l'avait chargé d'un message et Noële y avait obéi. Elle était revenue pour quelques jours. Denis, pendant ce temps, allait d'une île à l'autre avec ses élèves. Il n'avait jamais très bien su ce qui s'était passé. Noële elle-même s'était contentée d'une lettre très courte pour lui annoncer qu'elle épousait Ugo. Denis n'avait revu personne. Sauf madame Marie, le jour du mariage.

– Allons là-haut. C'est plus confortable que la salle de classe.

Il fait entrer Jean-François dans son bureau.

– Je ne dois pas avoir grand-chose à boire. Un fond de whisky, peut-être.

Il cherche dans un placard. Jean-François s'approche de la table. Il y a des papiers en désordre, un stylo encore ouvert.

– Tu corriges des devoirs, même en vacances?

– Ce sont des papiers que je mets à jour.

– Un livre?

– Une sorte de journal. Mais je ne sais pas si j'arriverai au bout.

Il sort une bouteille et deux verres. Jean-François tourne dans la pièce, va vers la fenêtre, regarde la neige. Il a fait toute cette route, les mains crispées sur son volant, dérapant parfois d'un bord à l'autre de la route, s'obligeant à continuer. Maintenant qu'il est là, il ne sait plus... Denis a rempli les deux verres, les a posés sur la table. Il enlève ses lunettes, ferme son stylo, met un peu d'ordre dans ses papiers. Il voudrait comprendre. Cet homme voûté, est-ce vraiment Jean-François? Celui qui, un jour d'hiver semblable à celui-ci, était sorti de la vieille maison, dans la forêt, avec Noële?

– Denis...

Sa voix aussi a changé. C'est une voix sourde, qui paraît ne plus être sûre d'elle-même, ni des mots qu'elle prononce.

– Il faudrait que je parte. N'importe où, mais que je parte. Et si je pars seul...

Denis cherche en lui cette amitié si souvent mise à l'épreuve. Qu'est-elle devenue? Il aurait fallu ne pas penser à la vieille maison. Il aurait fallu ne pas connaître, lui aussi, les heures trop longues, les heures où l'insomnie elle-même est un refuge. Jean-François demande assistance. Denis entend. Rien, en lui, ne répond.

– Tu viens avec moi?

– Et mon école? La rentrée des classes est dans cinq jours.

Jean-François prend un verre sur la table. «Deux fois, déjà, se dit-il. L'autre soir, avec les Vaindrier. Aujourd'hui avec Denis. On se croit le plus fort. On est fier de soi, et...»

Il vide son verre d'un trait.

– N'en parlons plus.

Yannis Karrassos surveille lui-même la révision du bateau. Le mari de la servante est un bon mécanicien, il l'a compris tout de suite, mais il préfère que tout soit parfait. Noële et Ugo ont décidé de quitter Ithaque le matin du 2 janvier, et de rentrer à Lefkas. Peut-être, de là, iront-ils à Athènes. Rien n'est encore décidé. Yannis sait seulement que le bateau doit être en état de marche. Et il vérifie chaque pièce du moteur.

Ugo regarde. Il n'a jamais rien compris à la mécanique. Il se contente de tenir les tournevis, de ranger les pièces démontées sur une grande toile. Le mari de la servante est un homme jeune, petit et noir, qui rit sans cesse. Il a estimé inutile de remorquer le bateau jusqu'au port. Le travail n'est pas tellement important. Ils sont restés sur la plage où Ugo s'est échoué. Ils travaillent depuis le matin.

Le ciel est clair. Il fait beau. Ils savent qu'il faut aller vite, car c'est un jour de fête, et déjà, à l'auberge, tout est prêt pour le réveillon. Le village entier sent la viande rôtie, la menthe et le thym.

Noële est restée dans sa chambre. De sa fenêtre, elle aperçoit la plage, les trois hommes au travail. Elle est contente que son père soit là. Dès qu'elle a su qu'il avait quitté les Quatre Vents pour rentrer à Lefkas, elle lui a télégraphié de venir les rejoindre à Ithaque. Pour qu'il sache que tout était clair, désormais. Yannis était arrivé la veille. En l'accueillant, sur le port, elle souriait avec tant de confiance, qu'il lui avait dit doucement :

– *Ef karisto*...

Il avait visité l'auberge, en compagnie de l'aubergiste et de sa femme, émerveillés d'abriter pour deux soirs cet homme qui portait avec lui sa légende. On lui avait donné la plus grande chambre, avec un balcon sur la mer.

– J'aime cette auberge, avait-il dit. Le plâtre des murs, le bois du plancher.

Il s'était tourné vers Noële.

– Au fond, les palais, ça finit par être lassant.

– Vous pensez aux Quatre Vents ?

– Oui.

Pendant le dîner, il avait répondu à toutes les questions de Noële. Il avait raconté l'album de cuir vert, les photographies, la longue suite de souvenirs évoqués par madame Marie.

– On prétend que les oreilles sifflent lorsque quelqu'un parle de vous. Comment as-tu pu le supporter ?

– J'étais entourée par vous tous.

– Et le matin de Noël, m'as-tu entendu ?

Il la regarde intensément.

– Je suis sorti des Quatre Vents. J'ai été jusqu'à la grille. Je me suis tourné vers le sud, en direction de la Grèce, et de toute ma voix j'ai crié : « Christ est né. A votre bonheur !... »

– Je vous ai entendu.

La journée passe. Le bateau est réparé. La nuit venue, les enfants du village arrivent à l'auberge. Ils ont des chapeaux de papier, des tambourins. Ils tirent derrière eux un grand navire de carton. Ils chantent, avec des voix suraiguës. Quand ils ont fini de chanter, ils font la quête. Pendant qu'on jette des pièces sur le pont du navire, le plus jeune frappe sur son tambourin, en riant aux éclats.

– C'est la barque de saint Basile, explique Yannis. Il avait quitté la ville de Césarée. Les courants l'avaient conduit jusqu'en Crète. En arrivant sur le rivage, il a planté son bâton dans le sable, et le bâton s'est couvert de feuillage.

Toutes les bougies sont allumées. Les voix des enfants dansent d'un mur à l'autre. Ils comptent l'argent. Ils s'émerveillent d'en avoir tant. Ils crient, pour rien, pour le plaisir de crier.

– Que disait leur chanson ? demande Noële.

C'est Ugo, qui traduit, penché vers elle.

– *Que tes greniers regorgent de blé, d'huile et de vin. Que ta femme lève les bras, et soit comme la poutre qui soutient le toit. Que ta fille se marie, et qu'elle mette au monde neuf garçons.*

IV

MADAME Marie l'a dit à Delpina Karrassos, le jour de son départ.

– Maintenant que je vous ai donné mes souvenirs l'un après l'autre, je vais m'enfoncer dans la terre, comme les marmottes, et m'engourdir. Cet hiver sera long. Quand Mademoiselle sera en Grèce et qu'elle pensera à moi, ce sera comme à quelqu'un qui se cache pour ne pas avoir froid.

Elle a ajouté, d'une voix un peu dure, comme si elle se donnait l'ordre à elle-même d'aller jusqu'au bout :

– Ça fait mal à dire, mais maintenant je le dis : Noële est une Karrassos.

Depuis, elle ne bouge plus. Elle reparle de son épaule pour expliquer cette immobilité. Sur sa chaise, contre le fourneau, les mains ouvertes. Attendant le soir. Elle s'anime un moment, lorsqu'il faut préparer les repas. Mais elle le fait très vite sans y penser. Elle n'a plus envie de cuisiner. Elle va même jusqu'à ouvrir des boîtes de conserve. Nicole Vaindrier ne dit rien. A quoi bon ? C'est elle qui fait le ménage le matin, et le marché. Pour que ce soit plus simple. Elle préfère garder toutes ses forces pour convaincre M. Gallart. Ce qui n'a pas l'air facile ! Elle s'est trouvée, le premier jour, devant un homme pressé, tout juste aimable, qui l'a reçue entre deux portes, s'excusant à peine d'un téléphone qui n'arrêtait pas de sonner. Il a pris quelques notes, pendant que Nicole lui exposait l'affaire, l'air distrait, feuilletant le dossier qu'elle lui apportait.

– Donnez-moi quelques jours, madame. Le temps d'étudier ces papiers…

Déjà il la reconduisait vers la porte, et Nicole avait tout de suite compris qu'il avait décidé de refuser. Elle n'a donc pas été étonnée, une semaine plus tard, de lui entendre dire :

– Je ne fais jamais du neuf avec du vieux, madame. Si vous voulez une Maison des Jeunes, je peux vous en faire une. Mais je démolis d'abord votre bâtiment des Douanes.

Les mêmes arguments que les autres. Comme s'ils s'étaient donné le mot. Nicole n'a pas pu cacher un certain agacement.

– Vous dites ça sans même l'avoir visité.

Elle s'est levée, a repris le dossier sur le bureau. L'a-t-il seulement ouvert ? Elle finira par faire le travail elle-même. Elle se sent parfaitement capable d'engager des ouvriers, de les diriger. Au point où elle en est, elle n'accepte plus de renoncer. François Gallart est étonné par cette brusque impatience. Il regarde sa montre.

– Avez-vous une heure devant vous ?

– Pourquoi ?

– J'ai un chantier dans les environs, à Montagny. Une centrale frigorifique pour produits laitiers. Accompagnez-moi. Vous verrez ce que j'aime faire et comment je travaille.

Elle accepte. Il prévient sa secrétaire, enfile un blouson de cuir, fait monter Nicole dans sa voiture. C'est un cabriolet de sport rouge vif, qui démarre avec un bruit de fanfare. Mais les routes sont tellement verglacées qu'il est obligé de rouler au pas. Il a tout de suite allumé la radio. Pour bien marquer qu'il n'a pas l'intention de faire la conversation. Il dit seulement, au bout d'un moment :

– J'ai heureusement une paire de bottes dans mon coffre. Visiter un chantier, avec vos chaussures à talons, c'est impossible.

Le ciel est gris, chargé de neige. Nicole garde les mains crispées sur son dossier. Lorsqu'ils arrivent, François Gallart ouvre son coffre, tend une paire de bottes.

– Elles sont beaucoup trop grandes.

Elle les chausse quand même, et le suit, en marchant lourdement.

– C'est loin d'être terminé, mais on voit déjà le dessin.

Une sorte de hangar long et bas, avec de loin en loin l'amorce d'une tourelle.

– On voit surtout l'emploi des matériaux. C'est ce qui m'intéresse le plus. Il y en a trois : le ciment, le métal et le verre. J'en ajouterai un à titre décoratif : l'ardoise, pour le revêtement de certaines parois intérieures.

Toutes les ouvertures sont fermées par de grandes bâches, pour que les ouvriers puissent travailler malgré le froid. Il faut beaucoup d'imagination pour voir ce que décrit François Gallart. Mais il parle avec tant de passion que Nicole Vaindrier finit par comprendre.

– Ce sera sévère, dit-elle.

– Pas du tout. Quand tout sera terminé, la lumière jouera sur le métal et sur les hautes verrières. Ce sera chaud et lumineux au contraire.

– Vous m'avez pourtant dit que c'était un entrepôt frigorifique.

– Justement. J'ai voulu un contraste. A l'extérieur un miroir pour le soleil. A l'intérieur, le froid.

Il est obligé de parler fort pour couvrir les bruits du chantier. Nicole ne le reconnaît pas. Il n'a plus rien de l'homme indifférent et un peu méprisant du premier jour. Sorti de son bureau trop bien rangé, de ses classeurs, de ses téléphones, il parle avec de grands gestes.

– J'ai quelques ordres à donner. Vous m'accompagnez?

– Je préfère vous attendre.

Elle revient vers la voiture à longues enjambées maladroites. Elle enlève les bottes, les remet dans le coffre, s'assied sur le siège avant, referme la portière. Lorsque François Gallart revient, elle dit, un peu rapidement :

– Vous avez bien fait de me montrer ce chantier. Je me trompais.

– Vous n'aimez pas cette architecture?

– C'est beaucoup trop ambitieux. Mon projet est tout simple. Quelques aménagements dans un vieux bâtiment. Ce n'est absolument pas pour vous.

Il la regarde et sourit.

– Rendez-moi le dossier.

– Pourquoi?

– Je vais être franc. Je ne l'avais pas étudié. Maintenant j'ai envie de me faire une idée.

Il téléphone aux Quatre Vents, deux jours plus tard.

– J'ai étudié votre dossier. Je voudrais visiter le bâtiment. Est-ce possible dans l'après-midi?

Ils s'y retrouvent à trois heures. François Gallart fait très vite le tour, la tête levée, comme quelqu'un qui cherche. Il finit par écarter les bras.

– J'aurais bien voulu avoir le coup de foudre, mais...

Il regarde encore, le front plissé.

– J'agis toujours par impulsion. Brusquement une chose me plaît. Je dis oui. Mais là...

– N'en parlons plus, répond Nicole.

Elle cherche à ne pas laisser voir sa déception.

– Je vais chercher quelqu'un d'autre.

– Ça n'intéressera personne. Ou alors, un petit entrepreneur qui a besoin d'argent.

Il secoue la tête.

– Vous valez mieux que ça, madame Vaindrier.

– Moi ?

Il sourit, avec une sorte de complicité amusée. Sa voix est précise, très claire, et pourtant grave. Nicole Vaindrier se dit qu'il y a deux hommes en lui. Le premier, un peu trop agressif, trop méprisant, trop homme d'affaires, n'a pas réussi à étouffer celui qui, de loin en loin, se glisse entre deux sourires.

– Je me suis renseigné sur vous, je l'avoue. Je sais le travail que vous faites au sein du Conseil municipal. Les hésitations de vos collègues qui vous trouvent d'avant-garde. J'admire qu'une femme ait le courage de chercher à les secouer. C'est pour ça que j'ai envie de vous aider. Pas pour votre projet. Franchement, il n'a aucun intérêt pour moi. Si vous m'aviez demandé mon avis avant d'acheter ce bâtiment, je vous l'aurais déconseillé. Mais vous êtes là. Je sens que vous avez envie de bouger, d'élargir votre horizon. Alors...

Il écarte les bras de nouveau.

– Alors je ne me décide pas à dire non.

Il va jusqu'à la fenêtre, regarde la Loire presque immobile, où se reflète le ciel d'hiver.

– Il faut que je revienne. Sans vous. Que j'y repense. Que je cherche une solution.

– Je vais prévenir le gardien. Il vous donnera la clef.

Pendant quatre jours, Nicole attend qu'il téléphone. Elle ne sort plus. Elle sait qu'il faudrait rendre visite à Mme Saulieu, mais elle hésite à s'absenter. Elle s'aperçoit qu'elle n'a répondu à aucune carte de vœux, occupe ses journées à écrire. Ce sont des traditions nécessaires. Elle fait une longue lettre pour Lisette, lui expliquant en détail ce qui se passe, et l'espoir qu'elle a d'une réponse enfin favorable. Elle lit et relit une lettre de Noële qu'elle comprend mal, qui semble ne pas vouloir raconter tout ce qui s'est passé, mais qui laisse entendre, après tant de jours d'inquiétude, une respiration plus calme. Elle apprend qu'ils sont revenus à Athènes, que Ugo a recommencé à travailler, qu'il ne parle plus du concert de New York mais que pour en effacer définitivement le souvenir il a demandé au signor Peretti de lui en organiser un autre. Yannis Karrassos se prépare à partir pour le Japon où des affaires importantes l'attendent. C'est un voyage dont il avait parlé pendant son séjour aux Quatre Vents. Il hésitait à le faire par crainte d'abandonner Noële et Ugo. S'il s'y décide, c'est qu'il estime lui aussi que tout est apaisé. Nicole peut donc penser à la Grèce sans angoisse.

Au bout de quatre jours, comme François Gallart ne téléphone pas, elle décide d'aller prendre des nouvelles de Mme Saulieu. Elle la trouve devant ses fenêtres. Exactement comme il y a un mois.

– Je suis venue vous présenter mes vœux. C'est un peu tard, mais Jean-François vous l'a peut-être dit, nous avions des invités.

Mme Saulieu fixe le fleuve au loin. La petite île où, le dimanche, abordent les pêcheurs.

– Vos vœux ? répète-t-elle.

Elle a un geste de la main.

– Personne n'est venu. Nous trois. Seulement nous trois.

– Vous n'avez plus aucun parent, aucun ami ? A Roanne pourtant vous receviez.

– C'est trop loin, ici.

Mme Saulieu se penche comme si elle cherchait quelque chose sur le sol.

– Trop grand.

Nicole est debout près du fauteuil.

– J'espérais vous trouver guérie, dit-elle. Je vois que vous vous obstinez. Vous venez de me dire que vous étiez restés seuls, tous les trois, le jour du 1er janvier. Vous ne pouviez pas faire un effort ? Pour Jean-François ?

Elle pose une main sur le bras de Mme Saulieu.

– Qu'attendez-vous ?

Mme Saulieu renverse la tête, l'appuie au dossier du fauteuil.

– Cette petite… Comment l'appelez-vous ?

– Qui ?

– Celle qui est à Asnières.

– Marie-Hélène ?

Mme Saulieu lève la main, la repose très vite.

– Que voulez-vous à Marie-Hélène ?

Mme Saulieu ne repond pas. En quittant l'appartement, Nicole Vaindrier rejoint Jean-François dans son bureau.

– Elle s'obstine.

– Même avec vous ?

– Oui.

Jean-François parle du Dr Berthelin. Il finit par mettre en doute son diagnostic, pense qu'il va faire venir un autre médecin. Il lui paraît impossible que cette comédie dure depuis si longtemps. Peut-être n'y avait-il au départ qu'un embryon de maladie qui s'est peu à peu développé.

Un jeune homme entre dans le bureau.

– Oh, pardon !

Il a une chemise de couleur vive, des chaussettes orange, des cheveux assez longs sur le front.

– Je vous présente Alain Burion, un ingénieur que je viens d'engager.

Le jeune homme demande un renseignement, repart aussi vite qu'il est venu.

– Votre mère m'a encore parlé de Marie-Hélène, confie Nicole Vaindrier après un instant de silence.

– Elle m'en parle aussi, de temps en temps.

– Que vous dit-elle ?

– Elle me demande simplement où elle est.

Nicole Vaindrier s'approche de la fenêtre. La cour a changé. Le potager a disparu. Il y a maintenant des hangars en ciment, fermés par de grandes portes en tôle ondulée.

– Avant de faire venir un nouveau médecin, je pense qu'il serait bon d'inviter Marie-Hélène aux Quatre Vents.

En rentrant, Nicole téléphone à Paris. Marie-Hélène semble assez confuse de l'entendre.

– Oh ! ma tante...

Elle explique maladroitement qu'elle s'en veut de son silence, qu'elle a un travail énorme, qu'elle ne trouve pas le temps d'écrire, même une carte postale, que son médecin lui a fortement conseillé d'aller passer quelques jours en montagne, et qu'au moment où le téléphone sonnait, elle était en train de faire ses valises.

– Quand pars-tu ?

– Demain matin. Avec mon amie Odile.

– Où allez-vous ?

– En Suisse. Non, non, ma tante, pas à Gstaad, je ne suis pas snob à ce point. A Verbiers. Nous avons très facilement trouvé une chambre pour quinze jours.

– En revenant, pourquoi ne t'arrêterais-tu pas quelques jours ici ? Il y a longtemps que tu n'es pas venue.

Marie-Hélène répond plus maladroitement encore qu'elle ne demanderait pas mieux, mais que c'est impossible, qu'elle a eu beaucoup de mal à obtenir ces quinze jours de vacances, que son patron est furieux, que si elle ne rentre pas à la date prévue, elle risque d'être mise à la porte.

– Aux vacances de Pâques, ma tante, j'essaierai. Mais maintenant...

– Quelqu'un parle de toi.

Il y a un silence à l'autre bout du fil, puis Marie-Hélène demande :

– Qui ?

– Mme Saulieu.

Un nouveau silence.

– Je ne peux pas tout te raconter par téléphone, mais elle est assez malade. J'ai été la voir tout à l'heure. Elle m'a demandé de tes nouvelles.

Et ce n'est pas la première fois. Si tu trouves le temps d'écrire une carte postale, pense à elle.

– J'y penserai, ma tante, je te promets.

En raccrochant, Nicole Vaindrier aperçoit un petit papier près du téléphone. Elle le déplie. C'est l'écriture de Gilles. *Rappeler monsieur Gallart.*

Nicole va jusqu'à la cuisine.

– Il y a eu une communication pour moi, madame Marie ?

– Oui, madame. Comme je n'entendais rien, j'ai été chercher Monsieur à la laiterie.

– Quelle heure était-il ?

– Trois heures passées.

Nicole compose rapidement le numéro de l'architecte.

– Ah ! madame Vaindrier, je suis retourné au bâtiment des Douanes trois jours de suite.

– Alors ?

– J'ai fait plusieurs projets de maquettes. Je voudrais vous les soumettre. Pouvez-vous venir demain au bureau ?

V

– TU as vu le grand blond ?

– Où ?

– Au bar. Il me regarde. Il doit les trafiquer, ses cheveux. A ce point-là, c'est pas naturel.

Odile a mis son pantalon rouge vif, celui qu'elle réserve aux élégances du soir. Elle trouve qu'il la grossit un peu, vers les hanches. Mais comme elle l'a taillé elle-même, il n'est pas question de se plaindre. Elle a d'ailleurs décidé d'être de bonne humeur, quoi qu'il arrive. Depuis quatre jours, c'est le désastre. Un temps bouché, un ciel bas, de la neige qui n'arrête pas de tomber. Impossible de s'aventurer sur les pistes. Quatre jours, dans le hall de l'hôtel, à jouer à la bataille anglaise et à boire des cafés irlandais pour se remonter le moral. Marie-Hélène, le deuxième soir, a annoncé qu'elle n'en pouvait plus et qu'elle partait. Odile l'a suppliée. Elle est descendue au syndicat d'initiative consulter le bulletin météorologique. Elle est revenue triomphante : le beau temps arrivait à vive allure.

Il avait mis deux jours à traîner dans les vallées lointaines, avant de se décider à briller sur Verbiers. Depuis midi, le soleil était là. Odile s'était jetée sur les remonte-pentes. Elle avait parcouru les pistes avec une allégresse de monitrice d'éducation physique. Les courbatures se dessinaient avec le soir, mais elle refusait de les admettre.

– Il se retourne.

– Qui ?

– Le blond au bar.

Marie-Hélène lève un œil, aperçoit dans une glace un grand monsieur, manifestement suédois, le torse moulé dans un chandail blanc, qui sourit en direction d'Odile.

– Je l'ai croisé deux fois sur les pistes aujourd'hui. La seconde fois il m'a fait un salut avec ses bâtons.

– Tu veux que je te laisse seule ?

– Pourquoi ?

– Tu seras plus à l'aise.

– Que vas-tu imaginer ? Je le regarde, un point c'est tout, parce qu'il a des cheveux comme personne.

– Et que tu travailles dans les coiffures.

Marie-Hélène cherche à plaisanter, mais le cœur n'y est pas. Elle se demande ce qu'elle fait là. Depuis son arrivée, elle se traîne. La fatigue lui est tombée dessus d'un seul coup. Et une sorte de mélancolie dont elle ne sait pas se débarrasser. Même le café irlandais n'y réussit pas. Elle en boit pourtant. Elle en boit beaucoup.

– Skoll, dit-elle en levant son verre.

– Pardon ?

– C'est le seul mot de suédois que je connaisse.

Elles se dirigent vers la salle à manger. Quatre jours. Marie-Hélène en a le vertige. Faut-il attendre plus d'une semaine encore avant de rentrer ?

– Tu viens avec moi demain, dit Odile en dépliant sa serviette.

– Où ?

– Sur les pistes.

– Je skie comme un ourson.

– Il y a des pistes faciles. Je te montrerai. Si tu ne viens pas, je me demande vraiment pourquoi tu m'as entraînée à Verbiers.

C'est vrai. C'est une idée à elle. Un soir, comme ça, parce qu'on a envie de bouger, de voir un peu de ciel neuf, des visages inconnus. On dit : si on s'en allait. On s'en va. Et puis ?

– Peut-être. On verra.

Elle s'oblige à dîner. Elle n'a pas d'appétit. C'est comme une punition parce qu'elle a menti à sa tante Nicole. Elle lui a parlé d'une fatigue grave, d'un médecin qui lui avait ordonné ce séjour en montagne. C'est devenu vrai. Elle ne retrouve sa lucidité qu'à l'heure du courrier. Pendant quelques minutes, elle se sent revivre. Elle guette le facteur par la fenêtre. Elle descend en courant jusqu'à la réception de l'hôtel. Il n'y a jamais rien.

Le premier jour, elle a envoyé des cartes postales. A son oncle et à sa tante. A madame Marie. A Noële, en Grèce. A Mme Saulieu aussi, puisque sa tante Nicole le lui a conseillé. Quelques mots. Pour dire simplement qu'elle lui souhaitait une meilleure santé. La Suisse, c'est tout près. Le courrier ne doit pas mettre bien longtemps. Les cartes postales sont sûrement arrivées au bout de quatre jours.

– A quoi penses-tu ?

– A mon lit. J'ai sommeil.

Le lendemain, il fait très beau. Un soleil vif, clair. Au flanc de la montagne, les chalets brillent de tous leurs bois vernis. On fait la queue devant les remonte-pentes. Odile s'y précipite dès le matin. Marie-Hélène n'a pas le courage de se lever.

– Je t'attendrai vers une heure, sur la terrasse du café qui fait location de skis.

Elle s'attarde dans son lit. Elle a acheté plusieurs romans policiers. Elle lit sans y penser. De temps en temps, elle regarde le téléphone. Elle se lève vers onze heures, s'installe devant la fenêtre pour guetter le facteur.

– Rien pour vous, mademoiselle.

Elle met longtemps à faire sa toilette, à s'habiller. Lorsqu'elle arrive à la terrasse du café, Odile est déjà là.

– Je me fais bronzer.

En fait, elle ne veut pas l'avouer, mais elle a les reins un peu hésitants. Elles se font servir une assiette de viande froide.

– Il était là.

– Ton Suédois ?

– Il m'a parlé.

– Et alors ?

– Pas plus Suédois que toi et moi. Un Français. Et devine ce qu'il fait ?

– Des coiffures ?

– Presque. Comédien. Il y a dix ans, il paraît que je lui ai fait un masque de Chinois pour une pièce de Brecht. Je croyais qu'il m'avait saluée parce qu'il me trouvait attirante. Pas du tout. C'est qu'il me connaît.

Elles sont sur des chaises longues, face au soleil, et se laissent cuire à petit feu. « Si je reviens avec un joli bronzage, pense Marie-Hélène, je n'aurai pas tout à fait perdu mon temps. » Elle a honte soudain, se dit qu'il faut qu'elle bouge, qu'elle attrape des courbatures, elle aussi.

– Je me risque, dit-elle en se levant. Je loue une paire de skis. On verra bien.

Odile sursaute. Elle dormait à moitié.

– Maintenant ?

Elle n'avait pas du tout l'intention d'y retourner.

– Je me débrouillerai toute seule. Reste ici. Repose-toi.

– Je ne vais pas t'abandonner. Surtout pour la première fois.

Elles font quelques descentes. Marie-Hélène s'amuse. Elle a décidé que c'était nécessaire. La nuit vient vite en janvier. Elles rentrent à l'hôtel, en flânant. Elles s'arrêtent devant une affiche de cinéma.

– On y va ce soir? Ça nous occupera.

A la réception, il y a un message pour Marie-Hélène. Elle lit, regarde Odile, lit une seconde fois.

– Je suis folle ou quoi?

Elle monte en courant dans sa chambre, s'assied au bord du lit, serre ses mains l'une contre l'autre. Sans poser de questions, Odile lit le message.

– Ce M. Saulieu, c'est ton Jean-François?

– Je te dis que je n'irai pas.

– Il t'a invitée.

– Tu lui raconteras n'importe quoi, que j'ai une entorse, que je saigne du nez, que je déteste la raclette, mais je n'irai pas.

– Alors, moi non plus.

Marie-Hélène est debout au milieu de la chambre. Depuis la veille au soir, elle est comme une somnambule. L'arrivée de Jean-François à Verbiers, c'est tellement impensable qu'elle ne peut pas y croire. Elle est en train de rêver. Un rêve qui va s'arrêter. Elle le sait. Elle va se retrouver seule avec Odile.

– Tu sais que tu commences à m'agacer?

– Moi?

– Jean-François est là depuis hier soir et vous n'êtes pas restés une minute en tête à tête. Tu t'accroches à moi, tu ne me quittes pas d'une semelle, tu m'obliges à être entre vous. On dirait deux sœurs siamoises. C'est ridicule. Quand je pense que tu n'es même pas venue skier aujourd'hui, et que c'est avec moi finalement qu'il a passé la journée!

C'est vrai. Dès la première minute, Marie-Hélène a su qu'elle n'aurait pas la force de se trouver seule avec lui. Elle a obligé Odile à l'accompagner. Jean-François a pris une chambre dans un hôtel voisin. Après avoir hésité longtemps, elle lui avait téléphoné la veille, pour lui dire qu'elle avait bien reçu son message. Il lui avait demandé de dîner avec lui. Elle avait refusé.

– Nous sommes déjà invitées, mon amie et moi.

– Demain soir alors?

Elle n'avait su répondre ni oui ni non.

– Je ne connais pas votre amie, mais je l'invite aussi, bien entendu.

Elle avait remercié, disant qu'elle ne pouvait pas encore donner de réponse. En l'écoutant, Odile faisait de grands gestes.

– Qu'est-ce qui te prend ? Fais comme si je n'étais pas là.

– Au contraire. Je t'interdis de m'abandonner.

Odile ne comprend pas. Jamais elle n'a vu Marie-Hélène aussi paniquée. Il est huit heures passées. Jean-François leur a donné rendez-vous dans un restaurant où la raclette est, paraît-il, remarquable. Il doit les attendre.

– Tu gardes ce pantalon ?

– Bien sûr.

– Le vert te va mieux.

– Et toi, lequel mets-tu ?

– Je te dis que je n'y vais pas. C'est clair. Vous mangerez votre raclette tous les deux.

Odile est assise sur son lit. Elle est déjà toute bronzée.

– Tu sais qu'il est très beau garçon ? Tu m'avais fait croire que c'était un gros ours bourru. Pas du tout. Souple, élégant, rapide, très bon skieur. Et quand il sourit...

Marie-Hélène est toujours debout au milieu de la chambre, un peigne à la main. Elle regarde Odile.

– Puisque tu le trouves à ton goût, viens avec moi.

Le téléphone.

– C'est lui, dit Odile. Il commence à trouver le temps long.

Marie-Hélène décroche.

– Oui, oui, pardon... Je suis en retard... J'arrive.

Brusquement elle s'anime, ouvre l'armoire, prend son pantalon vert, se change très vite, se coiffe.

– Tu es très belle, approuve Odile en souriant.

– C'est vrai ?

Elle a tout oublié. Ces jours, ces mois, tout ! Elle est comme une jeune fille, au soir d'une première rencontre.

C'est un restaurant grand comme une brasserie, avec des nappes à carreaux rouges et blancs et des chaises de paille. Aux murs, il y a des têtes de chamois et un cerf avec tous ses bois au-dessus de la cheminée. Les serveurs sont en rouge et noir et, dans une pièce voisine, on entend un accordéon. La salle est pleine. L'odeur du fromage tourne autour des lampions de papier accrochés au plafond.

– Vous aimez ? demande Jean-François.

– C'est la première fois que j'en mange.

Elle trouve que c'est bien épais, ce fromage chaud sur des pommes de terre. Mais elle se force. Elle se dit qu'elle est idiote. Rien d'autre.

Elle ne sait pas si elle est contente d'être avec lui. Elle sait seulement qu'elle est idiote. Jean-François n'a pas eu l'air de regretter l'absence d'Odile. Il a fait enlever le troisième couvert, sans insister. Il ne dit pas grand-chose. Il boit du vin blanc, à petites gorgées rapides, comme si les pommes de terre étaient trop chaudes.

– Pourquoi n'êtes-vous pas venue sur les pistes aujourd'hui ?

– Je ne sais pas skier.

– L'an dernier pourtant, au Freney-d'Oisans...

Elle le regarde.

– Vous vous en souvenez ?

Il ne répond pas. Dans la pièce voisine, l'accordéon s'est tu. Des hommes chantent en chœur, et quelqu'un rit, très longtemps.

– Vous aimez Verbiers ? demande Jean-François après avoir bu un peu de vin blanc.

– Je ne sais pas.

– Pourquoi ?

– Il a fait très mauvais temps pendant quatre jours. J'avais envie de partir. Maintenant, je commence à m'habituer.

– Vous pensez rester jusqu'à quand ?

– La fin de la semaine prochaine.

– Moi, je pars demain.

Il a parlé d'une voix presque agressive. Pendant un long moment, il écrase une pomme de terre avec sa fourchette.

– Si vous aviez une entorse, dit-il soudain, ce serait grave ?

– Une entorse ?

– Ou quelque chose comme ça. Pour votre patron, ce serait grave ?

– Je ne comprends pas.

Il s'irrite un peu de ne pas savoir dire les choses. Il avait préparé des phrases. Aucune ne lui vient.

– Ma mère parle souvent de vous, dit-il enfin.

A contrecœur, sans regarder Marie-Hélène, il ajoute :

– Elle est malade. Venez la voir, je crois qu'elle ira mieux. Racontez à votre patron n'importe quoi. Si vous avez besoin d'un certificat médical, Berthelin vous le fera.

Il lève la tête, comme s'il cherchait quelqu'un dans la salle.

– Puisque vous n'êtes pas sûre d'aimer Verbiers, partez demain avec moi. J'ai une place dans ma voiture.

Il appelle le garçon, commande un autre cruchon de vin blanc. Marie-Hélène attend. Elle voudrait que le temps reparte en arrière, et qu'il lui demande encore une fois de l'accompagner. Le garçon apporte le vin. Jean-François remplit son verre, boit.

– Il est très frais, dit-il.

Elle en boit une gorgée à son tour.

– Odile ne va pas être contente, si je la laisse ici toute seule.

Le garçon vient desservir, propose un dessert. Ils choisissent une glace.

– Café ?

– Pas pour moi, merci.

Il réclame un café très fort.

– Votre usine marche bien ? interroge Marie-Hélène.

– Très bien.

Il raconte en quelques phrases qu'il a engagé un nouvel ingénieur, que les commandes ont triplé en un mois, que l'étranger s'intéresse à lui, qu'en Suède on lui demande de s'associer à une affaire importante, qu'il doit y retourner un jour prochain.

– Vous ne regrettez jamais l'aviation ?

– L'aviation ?

– Vous étiez passionné pourtant. Je me souviens, à Paris, pendant votre stage.

– Je n'ai pas été à Paris.

– Ah ?

– Je n'ai jamais fait de stage dans l'aviation.

– Pourtant...

– Jamais.

Une sorte de colère, brusquement. La voix dure.

– Vous parlez de quelqu'un qui n'existe pas. Si je suis venu à Verbiers, c'est pour me prouver qu'il n'existe pas.

Marie-Hélène le regarde bien en face.

– Alors, ce n'est pas moi qu'il fallait venir voir.

Le garçon apporte les glaces. Mais elle repousse la table, quitte la salle sans un mot. Elle se retrouve dans la neige. Le restaurant est en dehors du village. Il n'y a plus de lumière. Elle marche droit devant elle, sans rien voir. Elle tourne le dos à l'hôtel. Elle ne veut pas rentrer. A cause d'Odile. Elle n'est ni triste ni en colère. Simplement agacée contre elle-même d'avoir été si sotte, d'avoir attendu sans se l'avouer, espéré sans y croire, et que ce soit déjà fini. Elle a froid, revient sur ses pas. Peu importe Odile. Elle n'a rien de mieux à faire qu'à se coucher.

Le lendemain, sur le plateau du petit déjeuner, elle trouve un message. Il y a simplement le mot : « *Pardon.* »

– Comment va ton faux Suédois ? demande-t-elle à Odile.

– Assez bien, merci. Nous avons pris un verre ensemble hier soir. Pourquoi ?

– Pour être sûre que je ne te laisse pas seule.

– Tu t'en vas ?

Marie-Hélène s'approche de la fenêtre. Jean-François est là, devant l'hôtel. Il fait les cent pas. De temps en temps, il lève les yeux, interroge la façade, cherche à quelle fenêtre elle va lui faire signe.

– Je crois, oui.

Elle s'habille en vitesse.

– Si tu étais gentille, tu me préparerais ma valise.

– Tu blagues ou quoi ?

– Regarde toi-même.

Odile aperçoit Jean-François à son tour.

– Tu n'as pas perdu de temps.

Elles s'embrassent, sans rien dire.

En la voyant sortir de l'hôtel avec sa valise, Jean-François traverse la rue.

– Où est votre voiture ? demande-t-elle.

Il lui montre une petite Fiat noire arrêtée un peu plus loin.

– C'est à vous ?

– Non. A Burion, mon nouvel ingénieur. Il me l'a prêtée parce que c'est mieux pour la montagne.

Il va jusqu'à la voiture, ouvre le coffre.

– J'ai été très bête hier, dit-il.

Il a parlé en rangeant la valise, plié en deux, comme s'il se cachait.

– Moi aussi, répond Marie-Hélène.

Elle attend qu'il ait refermé le coffre.

– C'est difficile, avoue-t-il.

– Je sais.

– Plus difficile que je ne pensais.

– Beaucoup plus.

Ils sont debout près de la voiture. Il est très tôt. Les skieurs impatients sont déjà sur les pistes.

– Ce qu'il faudrait, propose-t-il, c'est faire comme si nous n'avions aucun souvenir commun. Comme si je vous avais rencontrée avant-hier, ici, par hasard.

– Non, Jean-François. Le vrai courage, c'est de savoir que tout a vraiment eu lieu.

Il la regarde.

– J'aurais dû partir, dit-il doucement. N'importe où. En Afrique. Au Canada. Mais c'était trop tard. J'étais pris au piège. J'avais commencé avant. Avant de savoir que c'était perdu.

Brusquement, il détourne les yeux.

– Vous lui ressemblez trop, confie-t-il.

– Vous en parlez enfin.

Elle sait que le voyage est devenu possible, qu'ils arriveront ensemble.

– Vous n'avez pas encore prononcé son nom, mais vous avez parlé d'elle. J'attends ça depuis que vous êtes ici. Hier soir, j'ai fait exprès d'évoquer Paris et votre stage. Vous avez refusé. Vous avez tort. Il faut, Jean-François. Sinon, c'est un mensonge qui n'est pas digne de vous.

Il attend un moment, le visage baissé, écoutant ce qu'elle vient de dire. Puis il cherche ses gants.

– On part ?

Avant de monter en voiture Marie-Hélène regarde la façade de l'hôtel. Derrière le rideau de sa chambre, elle aperçoit Odile qui fait signe.

VI

– NON, Ugo. Je préfère être seule.
– Pourquoi ?
– Je préfère.

La voiture est arrêtée devant l'immeuble du médecin.

– Alors je ne bouge pas d'ici. Je laisse la voiture le long du trottoir et j'attends.

– Tu n'as pas de courses à faire ?

– Des courses ? Qu'est-ce que ça veut dire ? Tu m'as déjà vu faire des courses ?

– A Ithaque, oui. Tous les jours on allait au petit bazar-épicerie-buvette.

Elle regarde l'heure à sa montre.

– Il faut que j'y aille.

– Comment te sens-tu ?

– Tu n'as aucune raison d'être inquiet.

Elle descend de voiture. C'est une large rue d'Athènes, avec beaucoup de monde sur les trottoirs. Des gens qui marchent vite. Noële se dit que dans une heure, lorsqu'elle sortira de chez son médecin, elle sera quelqu'un d'autre, et que personne ne la reconnaîtra. Ugo lui-même. Elle sonne. La porte s'ouvre. Elle pénètre dans l'immeuble. Ugo la regarde disparaître. Il sait que ce sera très long, qu'il n'aura peut-être pas la patience, qu'il aura envie de sonner à son tour et de la rejoindre. Depuis que Noële a pris rendez-vous avec ce médecin, il ne veut pas penser. Il ne veut pas imaginer. Il attend. Il se souvient de cette nuit sur la plage d'Ithaque, de toutes les étoiles au-dessus d'eux, et il se dit qu'il n'aura plus peur des ombres et des voix de la nuit. Il sort de la voiture, marche de long en large devant l'immeuble. C'est la fin de la matinée. Le soleil est haut, un soleil d'hiver qui rend le ciel presque blanc. Ugo essaie de faire le vide en lui, qu'il n'y ait plus aucun mot, aucun souvenir. Que ce soit l'oubli et le silence. Avec la seule image de Noële franchissant la porte du médecin, de dos, disparaissant sous la voûte, et la porte qui se referme.

Il traverse la rue, entre dans un café, commande un *ouzo*. Il boit très lentement, en s'obligeant à ne penser qu'au goût du liquide dans sa bouche. *Ouzo*. Il prononce le mot à mi-voix. Il demande un autre verre, le lève en direction du soleil, regarde jouer la couleur. Comme à cet instant, juste avant le matin, où tout est possible. Il sort du café, se retrouve devant la porte du médecin. Elle s'ouvre. Noële apparaît. A son visage il sait déjà.

– Alors ? questionne-t-il.

Elle n'a pas besoin de répondre. Elle dit oui de tout son corps émerveillé. Il tombe à genoux, devant elle.

– Ugo !... Mais que fais-tu ?

Il cache son visage contre le trottoir.

– Tout le monde nous regarde, Ugo. Tu es fou. Relève-toi.

Il reste à genoux.

– Qu'ils regardent. Qu'ils sachent. Qu'ils tombent à genoux comme moi.

– C'est ce qu'il y a de plus naturel au monde, Ugo. Toutes les femmes, presque toutes les femmes, attendent un jour un enfant.

– La seule au monde, dit-il.

Autour d'eux, il y a déjà un attroupement. Des gens qui observent, qui s'interrogent, qui plaisantent. Ugo n'entend rien. Il regarde la porte. Le soleil sur la porte. Et le visage de Noële. Il se souvient du lac Balaton. Il était sur la berge, à genoux, le visage caché dans le sable. Il n'osait pas dévisager Maria. Mais, depuis que Noële est apparue dans le soleil, il sent que Maria bouge, qu'elle se redresse lentement, qu'elle remue la tête, parce que ses cheveux lui couvrent le visage, et qu'elle le regarde.

Ils reviennent au palais Karrassos. Ils frappent à la porte de la chambre de Delpina.

– Oui ?

Noële entre, s'approche de sa tante. Elle est assise dans un fauteuil, près de la fenêtre. Sur une petite table, à côté d'elle, il y a l'album de cuir vert avec les photographies. Noële se penche, lui dit tout bas ce qu'elle vient d'apprendre. Delpina lui saisit les deux mains, comme si elle allait tomber. Quelque chose peu à peu éclaire son visage. Une sorte de fierté. Elle ne sourit pas encore. Mais la lumière qui monte vers son front et ses cheveux gris a comme un tremblement de gaieté. Pendant un moment elle fixe un point devant elle, elle parcourt toutes les années effacées. Puis elle se lève, va vers Ugo qui est resté sur le pas de la porte.

– Va travailler, Ugo. Nous avons à parler, Alexandra et moi.

Elle referme la porte, se dirige vers sa table de chevet. Elle marche gravement, comme obéissant à un cérémonial. Il y a un coffret de bois sur la table. Elle soulève le couvercle, prend un grand trousseau de clefs, revient vers Noële.

– La maison t'appartient désormais. C'est toi qui commandes et gouvernes et protèges et reçois.

Elle tend les clefs à Noële.

– C'est la tradition Karrassos. La femme qui porte la vie reçoit les clefs de la maison. Depuis vingt et un ans, je les gardais à ta place. Mon temps est achevé.

– Je ne saurai pas, dit Noële.

– Tu sais déjà. Tu es la maîtresse partout où les Karrassos ont élevé une maison. Je deviens ton invitée. Accepte-moi ici encore quelque temps. Tu ne m'entendras pas. Tu ne sauras pas que je suis là. Je vais faire remettre en état ma maison de Pisticci. J'irai m'y installer dès que possible.

– Restez, ma tante. Je vous aime.

– Ne t'attendris pas, Alexandra. Tu es une Karrassos. Grâce à toi, les Karrassos ont pris vie une nouvelle fois. Tu es celle qui les réunit tous.

Elle a attaché le trousseau à la ceinture de Noële. Elle le tient encore dans sa main ouverte.

– Il y a deux trousseaux. Celui-ci : la maison d'Athènes. Celui-là la maison de Lefkas. Je t'expliquerai les clefs l'une après l'autre.

Noële prend les clefs à son tour, referme la main.

– Merci, dit-elle.

Sur le visage de Delpina la lumière est tout à fait venue. Elle sourit enfin, avec une tendresse si profonde, que Noële en est bouleversée.

– C'est moi qui te dis merci, Alexandra. Parce que je vais me reposer sur toi maintenant. Je vais me laisser conduire.

Elle lui prend la taille.

– Protège-la bien, cette vie en toi. Pense à Yannis et pense à moi qui l'avons attendue si longtemps.

– Où est-elle ? Que je l'embrasse.

Yannis Karrassos monte l'escalier en courant.

– Elle dort encore ?

Il est devant la porte de la chambre.

– Noële, tu dors ?

Il ouvre la porte. Il ne peut plus attendre. Il a besoin de la prendre dans ses bras. Il ne sait pas comment il est arrivé à Athènes, quel voyage il a fait. Il sait seulement qu'elle est là, qu'elle s'est réveillée en sursaut, qu'elle ne comprend pas ce qui se passe. Il avance dans le noir, jusqu'à son lit, la soulève.

– C'est vrai ? C'est bien vrai ?

– Oui, père.

Il pousse une sorte de cri profond, se frotte le visage à deux mains.

– J'ai cru que je devenais fou, vraiment fou, quand j'ai téléphoné hier, et que Ugo m'a appris ce qui arrivait. Je ne sais pas comment je me suis retrouvé à l'aéroport de Tokyo. J'ai abandonné Messara. J'ai pris le premier avion. Je me suis assis à la place du pilote. C'est moi qui tenais les commandes pour arriver plus vite.

Noële a allumé la lampe de chevet. Il la regarde. Il y a comme du respect et de la stupeur dans son regard.

– Une déesse...

Noële secoue la tête.

– Non, père. Une femme parmi d'autres. Une femme mariée qui attend son premier enfant. Nous sommes des millions de femmes en ce moment dans ce cas-là.

Sur le visage de Yannis Karrassos, il y a soudain toute la fatigue du voyage, et ce que les années trop longues y ont laissé de traces.

– Pour moi, tu es la seule.

Il lui parle doucement, comme à une enfant à qui il faut tout faire comprendre.

– Etait-ce dans l'ordre des choses que ta mère soit morte, et dans l'ordre des choses que je t'aie perdue, et dans l'ordre des choses que je t'aie retrouvée ? Alexandra. Alexandra Karrassos. Je te révère comme la déesse de la vie.

Elle a levé vers lui son visage.

– Je suis Alexandra. C'est vrai.

– Le nom que ta mère et moi t'avons choisi.

– Désormais, je le porterai.

Ils restent ainsi un long moment, silencieux, essayant d'entendre, sans se le dire, le battement étouffé de ce cœur vivant. Puis Yannis Karrassos se redresse.

– Où est Ugo ?

– Il est fou lui aussi depuis hier. Il ne peut plus dormir. Il s'est levé en pleine nuit. Il doit marcher dans Athènes.

– Appelle-moi dès qu'il sera là. Il faut que nous interrogions le vin.

Il quitte la chambre de Noële, sort sur les terrasses, dans les jardins. Il veut le dire. Il veut qu'on le sache. Il franchit la grille, se retrouve dans la rue. Il est encore tôt. Les trottoirs sont déserts. Un chien vient vers lui. Il l'attrape par le col. Le chien gronde, mais Yannis le tient bien serré. Il éclate de rire.

— Un chiot, toi, sais-tu seulement ce que c'est?

Il desserre son étreinte. Le chien s'enfuit en aboyant. Une ombre au coin de la rue.

– Ugo!

Il fait de grands signes.

– Qu'est-ce que tu fais ainsi à courir dans la nuit?

Il l'embrasse, comme son fils, et le pousse vers la maison.

– Ta femme est réveillée. Elle se demande où tu es.

Ugo entre dans la chambre de Noële.

– J'ai trouvé ceci pour toi, déclare-t-il.

C'est un bouquet de perce-neige, qu'il pose sur le lit.

– Les fleurs de l'hiver, dit Noële.

Elle les prend, les approche de son visage.

– Plus fortes que le froid. Qui fleurissent comme un défi.

Yannis Karrassos revient avec une bouteille et deux verres.

– Tiens, Ugo.

Il lui donne un verre, le remplit de vin.

– Deux seulement? demande Noële.

– C'est réservé aux hommes. Les femmes portent les enfants, les hommes les protègent.

Il remplit le second verre.

– Le vin est le sang de la terre, dit-il. Nous buvons le sang de la terre.

Ils boivent tous deux, avec gravité. Le visage de Yannis est celui d'un grand prêtre, fermé sur le monde, écoutant le mouvement d'une création où la terre n'est qu'une étoile parmi d'autres.

– Maintenant, nous répandons le sang de la terre sur le seuil de la chambre où l'enfant doit naître, pour que la terre l'accepte et le connaisse.

D'un geste brusque, il jette la bouteille sur le sol. Elle se casse, le vin se répand. Yannis tombe à genoux, se penche sur l'étrange figure qui se dessine au milieu des éclats de verre.

– Le vin a coulé sans écume, crie-t-il en se redressant. Ce sera un garçon.

VII

C'EST toujours la neige. Nicole Vaindrier a chaussé des bottes. Elle marche au hasard, à travers champs, sans savoir où elle va. Elle a relevé le col de son manteau, enfoncé les mains dans ses poches. Elle quitté les Quatre Vents tout de suite après le déjeuner, sans prévenir personne. Pas même madame Marie. Elle se dit que la nuit va venir et qu'elle n'a pas envie de faire demi-tour. Elle avait besoin de marcher. D'être seule et de marcher. De *s'éloigner.* C'est la première fois de sa vie qu'elle éprouve un tel besoin.

Elle pense à Noële. Il y a plus d'un an, découvrant qu'elle n'était pas la fille des Vaindrier, Noële avait pris le premier train, pour mettre la plus grande distance possible entre elle et cette terrible vérité. Pour Nicole, aujourd'hui, c'est la même chose. Avec la même envie de descendre jusqu'à la gare, de prendre un train, n'importe lequel. Parce que c'est la même révélation. Elle croyait encore qu'elle était la mère de Noële. Elle vient d'apprendre que non.

Jusque-là, il y avait bien eu des papiers officiels, des actes d'adoption, des enquêtes, mais ce n'était qu'une série de conventions abstraites, qui ne signifiaient rien. En devenant Karrassos, Noële n'avait retrouvé qu'un père. Le destin l'avait voulu ainsi. Pour Nicole, tout s'était passé sans déchirement. Au moment où M. Baxter procédait, en Grèce, aux dernières vérifications, Noële un soir lui avait dit : « Si ce dossier est vraiment le mien, tu resteras ma mère. » Elle l'était restée. Jusqu'à ce coup de téléphone, quatre jours plus tôt…

Ce qui s'est passé à cet instant, Nicole Vaindrier ne parvient pas à le comprendre. Elle entendait la voix de Noële, à l'autre bout du fil, joyeuse, émerveillée, n'ayant pas l'air de croire à ce qu'elle annonçait, mais elle était incapable de répondre. Elle avait cru que c'était l'émotion, l'avait laissé croire. Ce n'était pas l'émotion. C'était...

Elle tourne autour de ce mot, depuis quatre jours, sans oser le prononcer. C'est pour ça qu'elle a quitté les Quatre Vents, qu'elle marche depuis des heures. Pour puiser le courage d'affronter le mot jalousie. De la jalousie, oui. *Pas moi!* A la seconde même. Ce cri, dont elle a honte. *Pas moi.* Moi, ma fille n'est pas ma fille. Moi, ma fille, je l'ai trouvée. Elle était perdue dans une gare. Je l'ai prise parce qu'elle était perdue. Moi, ma fille, c'est dans un autre corps qu'elle a pris naissance. Il ne s'est rien passé en moi. Je n'ai jamais senti ce poids, ce mouvement, cette vie. Je ne lui ai jamais rien donné. Je n'ai jamais dormi de son même sommeil. Moi, ma fille...

Elle s'arrête. La nuit approche. Elle écoute ce bruit en elle. Son cœur. Son cœur pour rien. Elle aurait voulu être heureuse. Comme Gilles. Gilles est heureux. Dès qu'il a appris la nouvelle, il a changé de visage. C'était un tel sourire, une telle fierté! Elle aurait voulu partager ce bonheur. Mais non. Elle est desséchée. Noële, au téléphone, disait:

– Je voudrais que tu sois là. Je voudrais tellement que tu sois là.

Nicole avait réussi à répondre: «Peut-être, mon chéri, nous allons voir...» En elle-même, c'était non. Elle savait qu'elle n'irait pas.

Elle parle tout haut. Pour essayer de se délivrer de sa honte. Après, elle pourra revenir aux Quatre Vents. Depuis des jours, elle donne le change. Elle s'oblige à vivre comme avant. Elle descend à Roanne, pour étudier les plans que lui propose François Gallart. Elle accompagne Marie-Hélène à l'usine Saulieu. Elle se réjouit, parce que Mme Saulieu a enfin quitté son fauteuil. Parce que Marie-Hélène a réussi à lui faire faire quelques pas dans la cour de l'usine. Elle a même traîné de force madame Marie chez le Dr Berthelin et, tous les soirs, elle lui frictionne l'épaule. Elle écoute Gilles qui veut remplacer son contremaître Simon le plus vite possible. Elle lui conseille d'en parler à Jean-François. Le jeune ingénieur qu'il vient d'engager a peut-être un ami qui ferait l'affaire. C'est une bonne façon de renouer des relations d'amitié avec Jean-François. Marie-Hélène en est heureuse. Tout cela, c'est la vie de tous les jours. Nicole parvient à faire comme si... Mais, au bout de quatre jours, elle étouffe. C'est un trop grand poids. Il faut qu'elle s'en libère. Elle a envie de rester là. Elle se dit que la nuit sera longue, qu'au petit matin elle se sera peut-être réconciliée avec elle-même. Qu'elle pourra regarder ce pays autour d'elle, et l'accepter de nouveau. Pour le moment, c'est le refus.

Elle comprend Gilles qui, tout de suite après le mariage, est parti pour Paris, sous un prétexte, qui a mis longtemps à en revenir. Elle ne savait pas ce que cela voulait dire. Lorsqu'elle en avait parlé à Lisette, elle était comme une femme méfiante, qui se demande ce que son mari fait loin d'elle. Aujourd'hui, elle comprend. Il s'était senti dépossédé de sa fille. Depuis quatre jours, elle traverse la même épreuve. D'une façon inattendue, insupportable. Peut-être Gilles pourra-t-il lui venir en aide ? C'est en pensant à lui qu'elle rentre aux Quatre Vents.

Il est sur le seuil à l'attendre.

– Où étais-tu ?

– Je marchais. Je me suis perdue.

– Je commençais à me demander…

Elle monte dans sa chambre. Il est près de neuf heures.

– Vous n'avez pas dîné ?

– Je t'attendais.

– Marie-Hélène ?

– Elle est chez les Saulieu.

Nicole a enlevé son manteau, ses bottes. Elle se laisse tomber sur le lit, repliée sur elle-même. Elle a froid.

– Qu'y a-t-il ? demande Gilles doucement, presque tendrement. Depuis quatre jours, tu n'es plus la même.

Ce visage près du sien, comme celui de sa conscience.

– Je crois que je lui en veux, dit-elle.

Il la regarde en silence.

– Tu me juges mal ? demande-t-elle.

– Non.

– Tu ne dis rien.

– Il n'y a rien à dire.

Il s'éloigne d'elle.

– Nous avons eu notre vie, commente-t-il. Noële maintenant a la sienne. Si différente de la nôtre que nous n'y voyons plus très clair.

– Tu ne regrettes plus ?

– Longtemps j'en ai souffert, tu le sais. Longtemps, j'ai espéré qu'à côté de Noële, il y aurait un enfant à nous. Et puis, elle a pris toute la place. Je ne regrette plus.

Elle ne parvient pas à se détendre. Malgré Gilles, qui lui parle comme avant, avec la même confiance paisible.

– Aide-moi, dit-elle à mi-voix.

– Parle.

– Je ne sais pas ce qui m'arrive. Je suis jalouse. Je ne peux rien dire de plus.

– Parle encore.

– Il n'y a pas d'autre mot. C'est en moi. J'y pense toutes les nuits, sans dormir. Je répète seulement : pas moi. Quand elle s'est mariée, je n'ai pas eu le sentiment de la perdre. Je savais qu'en épousant Ugo, elle quitterait la France, que je ne la verrais plus. Mais même à l'autre bout du monde, je me disais qu'elle resterait ma fille.

Elle se penche.

– Maintenant, elle a rejoint sa vraie mère. Qui l'a portée, qui l'a faite, qui l'a mise au monde. Comme elle qui porte, qui fait, qui va mettre au monde un enfant. Toutes les deux réunies. Enfin mère et fille. Et moi...

Elle baisse la tête.

– Moi, rien.

Pendant des jours, Nicole essaie de ne penser qu'à la Maison des Jeunes. François Gallart a dessiné plusieurs plans, aussi intéressants les uns que les autres. Elle ne sait pas choisir. Elle demande un délai de réflexion. Elle voudrait envoyer les papiers au Brésil, pour que Lisette Andrieux donne son avis.

– Je ne comprends pas, dit François Gallart. Vous paraissiez tellement pressée.

Elle ne peut pas expliquer. C'est quelque chose en elle qui s'alourdit. Une sorte de lassitude. Elle cherche des prétextes. En fait, au moment de prendre une décision sa volonté ne joue plus. Elle pense : pourquoi ? Elle remet tout en question. Elle explique à François Gallart qu'elle a besoin d'un devis pour y voir clair. Les capitaux ne lui appartiennent pas.

– C'est impossible de chiffrer d'avance, répond Gallart.

– Pourquoi ?

– Il faudrait faire des études préalables. Sonder les murs, le lit du fleuve, vérifier l'état des fondations. Actuellement, je ne pourrais établir qu'un devis très approximatif.

– Faites-les faire, ces études.

Elle gagne encore un peu de temps. Elle ne se l'avoue pas, mais elle a peur de tout régler trop vite et d'affronter de longues journées désertes. Mais c'est François Gallart, maintenant, qui est impatient. Il s'entend le jour même avec une équipe de techniciens. Les travaux commenceront le lundi matin. Ils doivent durer toute la semaine. Nicole a décidé de suivre les opérations de sondage. Elle revient aux Quatre Vents le soir, la tête pleine de bruits et de chiffres, fatiguée, presque satisfaite. La Loire, le bâtiment, la fatigue. Rien d'autre. Avec le temps, et beaucoup de journées semblables, elle finira peut-être par moins sentir sa blessure.

Elle se lève de très bonne heure, arrive sur le chantier la première. Les hommes la regardent, un peu étonnés. Elle est assise au premier étage du bâtiment. Elle écoute. Elle absorbe les bruits. Les oreilles, la tête, le corps tout entier. Lorsque la nuit vient, et que les ouvriers arrêtent leur travail, elle a l'impression d'être ivre. Au volant de sa voiture, parfois, elle est obligée de faire un écart pour éviter le fossé.

– Il y a une lettre de Noële.

C'est le vendredi soir. Gilles Vaindrier est assis devant le feu. Il lit le journal, en attendant l'heure de dîner.

– Bonnes nouvelles ? demande-t-elle.

– Un concert pour Ugo, à Venise.

Il sait qu'il ne faut pas en dire davantage. Depuis cette soirée où ils se sont retrouvés si proches l'un de l'autre, ils n'ont plus parlé de Noële. Lorsqu'une lettre arrive, ils la lisent, sans faire de commentaires. Lorsqu'elle téléphone, ils se transmettent les nouvelles.

– Marie-Hélène dîne encore chez les Saulieu ?

– Oui. Elle va passer le week-end à Lyon. Avec Jean-François et Burion. Ils partent dans la voiture de sport du petit ingénieur et ne reviennent que le lundi matin pour la réouverture de l'usine.

Nicole regarde la lettre sur le bureau. Elle la lira plus tard. Ils passent à table. Elle se met à parler des travaux. Elle dit que François Gallart a bon espoir. Le rapport des experts sera sûrement favorable.

– Il l'aura quand ?

– Dans quelques jours.

– Il pourra enfin établir un devis ?

Plusieurs fois déjà Gilles insiste sur ce point.

– On les connaît, ces architectes. Ils te présentent des maquettes sensationnelles. Tu te laisses éblouir. Quand vient le moment de payer, tu t'aperçois que c'est hors de prix.

– Pas Gallart. On voit que tu ne le connais pas.

– Je ne demande qu'à le connaître.

– Je l'inviterai à dîner un soir.

Ils reviennent dans le salon. Il faut la lire, cette lettre ! Comme si elle se forçait. Tous les bruits du chantier pour couvrir cette petite voix... Elle lit. Un concert, en effet. Le 18 mars, dans un peu plus d'un mois. Au théâtre de la Fenice à Venise. Pour une société privée, une sorte de club international. Le signor Peretti a accepté parce que cela évitait tout risque de perturbation. Seuls, les membres du club auront le droit d'entrer. « *Mais si Ugo le demande, on fera une exception pour vous deux. Venez nous rejoindre. On est si bien à Venise. Souvenez-vous de la photographie au milieu des pigeons.* »

Nicole Vaindrier ne dit pas non tout de suite. Il faut en parler calmement avec Gilles, savoir ce qu'il en pense. Il a sûrement envie d'accepter. Il a sûrement envie d'embrasser Noële. Si c'était demain, elle dirait non. Mais dans un mois... Elle continue sa lecture, brusquement s'interrompt :

– Tu as vu la signature ? demande-t-elle à mi-voix.

– Oui, répond Gilles.

A mi-voix, lui aussi. Sans se retourner, sans lâcher son journal qu'il a repris. Mais à mi-voix. *Alexandra Karrassos.* Pour la première fois. Elle explique que son père a décidé de lui rendre son véritable prénom. A Athènes, tout le monde suit son exemple. Delpina. Ugo lui-même, de temps en temps. Elle dit qu'elle ne s'y habitue pas, qu'elle hésite à répondre lorsqu'on l'appelle ainsi. Mais qu'il faut bien y arriver. Et, par jeu – oui, par jeu, elle le dit, et c'est vrai, Nicole le comprend, c'est un jeu –, elle s'est inventé une nouvelle signature. Elle en donne un exemple, au bas de la page.

Nicole replie la lettre, la remet dans l'enveloppe, appuie sa tête au dossier du fauteuil. Elle finit par tendre la main. Il la prend, la cache dans les siennes. Elle ne veut pas le lui dire, parce qu'il aurait peur. Mais elle a senti la maison bouger. Depuis quelques jours, il y a des pluies, qui annoncent la fin de l'hiver. Le jardin est noyé. Il a fait place à un grand fleuve, dont la poussée contre les murs est si forte que Nicole sent la maison se détacher de la rive. Les courants l'emportent. Elle est assise sur le toit. Le pays est désert. Des arbres seulement, à moitié enfouis dans les eaux, comme sur les images des inondations. La dérive...

Le lundi matin, Gilles Vaindrier grogne un peu, Marie-Hélène est restée à Lyon avec Jean-François, à cause d'une panne de voiture. Seul, le jeune Burion est rentré par le train.

– Pourquoi lui, puisque c'est sa voiture ? C'était à Jean-François de rentrer, à Burion de faire réparer.

Il a beaucoup d'affection pour Jean-François. Ce qui s'est passé n'y a rien changé. Mais cette façon de se raccrocher à Marie-Hélène lui paraît trop rapide. Un homme qui se noie saisit la première bouée qu'on lui lance. D'instinct. Comment le lui reprocher ? Il faudrait qu'il comprenne pourtant que Marie-Hélène risque d'en souffrir. Gilles essaie d'en parler à Nicole. Elle ne répond pas. Elle est debout près de la fenêtre. Elle regarde le jardin, la pluie sur le jardin. Elle a l'impression que la lettre de Noële a été emportée par un coup de vent sur la pelouse. La pluie brouille l'encre, efface les mots. Ce n'est plus qu'un papier trempé de petits ruisseaux bleuâtres. Mais la signature est encore lisible : *Alexandra...*

Marie-Hélène revient le mardi matin. Elle annonce qu'elle est obligée de rentrer. A cause de son patron. Elle ne peut pas le faire attendre plus longtemps, sinon elle risque de perdre sa place.

– Du reste Mme Saulieu va tout à fait bien maintenant. C'est pour elle que j'étais venue. Elle n'a plus besoin de moi.

Elle ne dit pas la vérité. Gilles Vaindrier le sent. Il y a quelque chose de changé en elle, une certaine façon de plaisanter.

– Reste au moins jusqu'à la fin de la semaine.

– Ce soir, mon petit oncle. Je pars ce soir.

Elle fait sa valise. Dans l'après-midi, Jean-François arrive aux Quatre Vents. C'est Gilles qui le reçoit. En reconnaissant la voiture, Marie-Hélène s'est enfermée dans sa chambre.

– Elle s'en va vraiment ?

– J'ai tout fait pour qu'elle reste.

– C'est vraiment à cause de son patron ?

– Elle le dit.

Marie-Hélène est assise sur son lit, sa valise prête. Elle regarde sa montre. Il faudrait que Jean-François ne s'attarde pas, sinon elle va rater son train.

Un coup discret à la porte.

– Marie-Hélène…

C'est Gilles. Il dit que Jean-François refuse de partir avant de lui avoir parlé. Elle descend.

– Je suis venu vous chercher pour vous conduire à la gare, dit Jean-François.

Ils sont seuls. Comme à Lyon, dans la chambre d'hôtel.

– J'ai beaucoup réfléchi, commence Jean-François.

Il a les mains dans les poches de son manteau. Il parle sans regarder Marie-Hélène, la tête baissée.

– Vous attendiez peut-être que je parle d'une autre façon. Avec un peu plus de chaleur. Que je dise des choses du genre : je n'en peux plus d'attendre. En ce moment, c'est impossible. Je dis : j'ai beaucoup réfléchi.

Il lève brusquement la tête, la regarde.

– Vous savez qui je suis. Vous savez ce que je peux vous offrir. Un grand besoin de ne plus être seul. C'est peu. Mais tout ce que je pouvais avoir d'autre, on me l'a pris.

Elle ne bouge pas.

– Pour le reste, soyons lucides. Je ne quitterai pas l'usine. Vous m'avez parlé, à Verbiers, de mes rêves d'aviation. Ils sont tout à fait morts. J'ai remis cette maison en état. J'y resterai. Ce qui veut dire qu'il faudra vivre ici, avec tous les souvenirs d'autrefois. Vous êtes peut-être courageuse. Pas moi.

Il attend un moment, le regard toujours posé sur Marie-Hélène. Elle ne répond pas.

– Si vous ne voulez pas habiter l'usine il y a un terrain boisé pas loin.

Nous pourrons faire construire. De toute façon, mes parents sont là. Ce ne serait pas très agréable pour vous de partager l'appartement avec eux.

Brusquement, Marie-Hélène se redresse. Elle est rouge de colère.

– Pourquoi ? dit-elle. Parce que j'ai passé une nuit avec vous ? Vous avez le droit de penser ce que vous voulez. Tous les droits. Mais pourquoi venir vous moquer de moi ? Pour vous, qu'est-ce que c'était ? Une fille parmi d'autres. Mais, moi... Vous n'avez pas compris ?...

Jean-François s'approche d'elle, étonné devant cette colère.

– Vous non plus vous n'avez pas compris ?

Marie-Hélène lève les yeux, interroge sans un mot. Sans un mot, il répond. Ils restent ainsi longtemps, se demandant s'ils finiront un jour par se comprendre. Puis, Marie-Hélène regarde sa montre.

– Mon train, dit-elle.

Elle va chercher sa valise, embrasse son oncle et sa tante, monte dans la voiture de Jean-François. Ils n'échangent pas un mot pendant le trajet. En arrivant à la gare, avant de sortir la valise du coffre, Jean-François dit simplement :

– Prenez le temps qu'il faut. Réfléchissez.

Elle sait que c'est pour lui qu'il demande encore ce délai.

Une autre lettre de Noële. Ils sont à Venise. Ugo est venu travailler avec le signor Peretti. Cette fois, il a permis à sa femme de l'accompagner. Il a décidé de jouer une œuvre française, en hommage aux Quatre Vents et à ceux qui ont recueilli la petite fille perdue. Il a choisi le *Concerto en sol* de Maurice Ravel. « *C'est pour vous qu'il jouera. Pour vous deux. J'aimerais tant que vous soyez là.* »

– Qu'en penses-tu ? demande Gilles Vaindrier.

Elle regarde un calendrier. Le concert a lieu dans trois semaines. Elle a perdu pied. Les jours tournent sur eux-mêmes, comme un remous, au milieu d'un fleuve de plus en plus large. Elle se sent toujours assise sur le toit de sa maison.

Le télephone sonne. C'est François Gallart. Il a reçu le rapport des experts. Il voudrait le lui montrer. Elle fait répondre qu'elle est souffrante. Des jours encore. Madame Marie est muette. Prise, elle aussi, par la dérive. On ne lui a pas dit que Noële attendait un enfant. C'est trop tôt. Puisque la naissance aura lieu en Grèce, à quoi bon en parler déjà ?

Une lettre encore. Celle-ci d'Amérique. C'est le président du club pour lequel Ugo donne son concert. Il s'est obligé à écrire en français. Il dit, en de longues phrases cérémonieuses, combien il serait heureux d'accueillir à Venise M. et Mme Vaindrier comme hôtes exceptionnels, et de leur réserver deux places à la Fenice pour le concert du 18 mars.

– A Venise, en mars, il doit faire beau, remarque Gilles.

Elle ne dit pas non. Elle dit : peut-être. Elle ne sait plus. Elle sait seulement qu'il faut faire quelque chose, n'importe quoi, que c'est trop de journées perdues. François Gallart téléphone de nouveau. Cette fois, elle répond elle-même. Il annonce qu'il a établi un premier devis, qu'il voudrait le lui soumettre.

– Venez dîner aux Quatre Vents, jeudi soir. Mon mari aimerait vous connaître.

C'est un dîner qui s'achève rapidement. Elle entend la porte qui se referme, le pas de François Gallart dans le jardin, le bruit d'une voiture qui s'éloigne. Gilles Vaindrier revient.

– Depuis quand le savais-tu ? demande-t-elle.

– Un mois environ.

– Pourquoi ne m'en as-tu pas parlé ?

Il craignait qu'elle renonce à ce projet de Maison des Jeunes. Il estime que ce n'est pas une affaire grave, qu'il fallait simplement que la vérité soit dite.

– Maintenant que je l'ai vu, que je lui ai parlé, je suis tout à fait rassuré. Cet homme est parfaitement honnête. Je n'ai pas étudié l'affaire en détail mais je suis sûr qu'il ne ment pas lorsqu'il rejette toute la responsabilité sur son cousin. S'il était vraiment coupable, après un pareil scandale, il ne serait pas resté en France. Ou il aurait changé de nom. Sa décision de faire face, de venir s'installer à Roanne, et de tout recommencer de zéro est une décision d'homme courageux et honnête. Tu n'as pas pu l'oublier, toi non plus, cette affaire du Vésinet, il y a quatre ans. Tous les journaux en ont parlé. La justice est intervenue. Il y a eu d'autres scandales immobiliers depuis, des architectes compromis, des enquêtes, des procès. Mais celui du Vésinet a fait plus de bruit que les autres ! Gallart, c'est un nom qui me disait quelque chose. Je ne savais pas exactement quoi. Le jour où tu m'as annoncé : j'ai rendez-vous avec un architecte qui s'appelle Gallart, j'ai tout de suite pensé : je connais. C'est pour ça que j'ai fait ma petite enquête. Dès qu'il s'agit de dire du mal de quelqu'un, les amateurs sont nombreux. Tu n'imagines pas ce qu'on a pu me raconter ! Mais je suis sûr qu'il nous a dit la vérité, je le répète.

Nicole Vaindrier n'entend pas, ne veut plus entendre. La vérité, oui. François Gallart, oui. Mais plus tard. Ce qu'elle veut maintenant, c'est Noële. Signer sa paix avec Noële.

Gilles insiste :

– J'espère que tu ne vas pas renoncer à tes projets. Ce serait injurieux pour lui. Tout le monde, dans le pays, sait que vous travaillez ensemble. Si on apprend que tu l'abandonnes, ce sera comme si le procès reprenait. Comme si on le déclarait coupable une seconde fois.

Elle secoue la tête. Les devis, plus tard, les projets, les maquettes, plus tard.

– Gilles...

Elle est contente que François Gallart ait avoué la vérité, qu'il lui ait donné l'exemple.

– Gilles, il faut répondre oui au président. Il faut rejoindre Noële à Venise.

VIII

PASSEPORTS !

C'est le printemps dans quelques jours, un ciel qui s'en étonne, des femmes avec les bras nus. Les douaniers ont le sourire. Derrière les barrières, un homme agite les bras.

– Le signor Peretti...

Il crie quelque chose. Mais ils sont trop loin pour entendre.

– Va le rejoindre, dit Gilles. Je m'occupe des bagages.

– Ah ! *signora* Vaindrier...

Il porte déjà un chapeau de paille, une rose à la boutonnière, une cravate de la même couleur.

– Noële n'est pas souffrante, au moins ?

Il sourit, secoue la tête.

– La beauté, la santé, le bonheur. Mais venir à l'aéroport, trop fatigant, *signora*, pour quelqu'un qui attend le *bambino*...

Il baise la main de Nicole, dit son plaisir, sa joie, son ravissement de la revoir, la remercie d'avoir accepté son hospitalité.

– Un honneur pour moi, un si grand honneur...

Il s'excuse déjà. Son palazzo est si modeste, si inconfortable, mais il espère que monsieur et madame Vaindrier accepteront de s'en contenter et ne regretteront pas la petite *pensione* de leur précédent séjour. Nicole répond à peine. Elle voudrait être avec Noële. Depuis qu'elle a pris la décision de venir, elle se sent en paix avec elle-même. Elle a vécu ces deux semaines dans une sorte de silence heureux, bougeant à peine, écoutant la vie secrète des Quatre Vents reprendre peu à peu, comme ces ruisseaux sous la glace, qu'on entend courir et qui annoncent que l'hiver est fini. Elle n'a pas téléphoné à Noële. Elle n'a pas voulu entendre sa voix trop lointaine. Elle lui a écrit pour lui annoncer qu'ils arriveraient la veille du concert, le 17 mars. Elle a demandé à Gilles d'aller trouver François Gallart, de tout lui expliquer pour qu'il ne se blesse pas de cet ajournement et elle s'est installée dans l'immobilité. Après l'inondation, et lorsque les eaux se retirent, la terre a besoin d'être lentement asséchée, mais, maintenant que l'avion s'est posé, Nicole ne supporte plus d'attendre.

Gilles arrive enfin avec les valises. Le signor Peretti recommence pour lui ses protestations d'amitié, les entraîne vers une voiture qui attend. Pendant le trajet, il donne des nouvelles de Ugo, qui répète avec l'orchestre.

– Il joue la musique française, vous savez? *Bella, bellissima*... Ravel, le *Concerto en sol*.

C'est un chef d'orchestre français qui dirige le concert: Forestier, très célèbre, très âgé, arrivé à Venise la semaine dernière, très sévère toujours lorsqu'il s'agit de Ravel. Méfiant au début devant Ugo qui ne l'avait jamais interprété, puis très vite séduit et content, il est si heureux de parler de la France avec la *signora* Luckas. Nicole met quelques secondes à comprendre qu'il s'agit de Noële. Elle écoute à peine ce que raconte le signor Peretti. Il est assis à côté du chauffeur et parle en tournant la tête. De temps en temps, Gilles répond, par politesse. Lui aussi voudrait déjà être arrivé. Il faut atteindre Venise, descendre de voiture, prendre un canot à moteur. Le palazzo n'est pas loin de la place Saint-Marc.

Ils y parviennent enfin.

– Où est Noële? demande Nicole Vaindrier.

– Dans la chambre, là-haut, *signora*. Vous connaissez.

Nicole monte l'escalier. La porte de la chambre est ouverte.

– C'est toi, maman?

Nicole s'est arrêtée. Elle ne regarde pas le visage de Noële, mais son corps, cherchant à découvrir un signe de ce qui la rend si belle.

– J'ai essayé, confie-t-elle tout bas. Mais Alexandra, je ne sais pas le dire.

Sur le seuil de la chambre, n'osant pas entrer, elle explique:

– Je voudrais bien. Je ne sais pas. Quand je pense à toi, je dis Noële, sans y penser. Depuis toujours. Alors...

Noële fait un pas vers elle.

– Embrasse-moi.

Nicole approche à son tour. Elles sont au milieu de la chambre, se regardent enfin. Leurs yeux sont changeants comme si, derrière leur visage, il y avait tous les canaux de Venise. Alors gravement, Nicole Vaindrier prend dans ses mains la taille de Noële.

– Que fais-tu, maman ?

– Je dis bonjour à l'enfant d'abord, explique-t-elle à voix basse. Parce qu'il est à toi. Parce qu'il portera le nom que tu lui donneras.

– Maman... Noële, oui. Je m'appelle Noële ! D'un bout à l'autre de la terre, même si le monde entier nous sépare, tu diras Noële et je tournerai la tête vers toi.

Longtemps immobiles, mère et fille enfin retrouvées. Puis, de nouveau, Nicole pose ses deux mains sur la taille déjà alourdie.

– Il bouge ?

– Pas encore.

– Comment es-tu ?

– Aveugle, sourde, dans un autre monde. Il n'y a plus rien que ce mystère, cette vie qui me prend peu à peu.

– J'avais oublié ta voix. Gilles ne pouvait rien pour moi. Même lui. Je te cherchais. Parle encore.

Le soleil à travers les vitres, l'odeur du printemps, et, sous les murs du palazzo, l'appel d'un gondolier.

– Tu vas rester avec moi. Ugo travaille toute la journée. Nous serons seules. Tu me raconteras. Depuis le 21 octobre. Tu as compté ?

– Près de cinq mois. J'ai compté. Pendant que cet enfant naissait en toi, en moi c'était le contraire. Tu te détachais.

– Maman...

Un long moment encore. Toutes les cloches de Venise dans le ciel, avec des pigeons au-dessus des toits. Puis Gilles Vaindrier entre. Il les trouve au milieu de la chambre, et il sait qu'il faut plaisanter, pour que tout s'apaise.

– Alors, il n'y en a que pour ta mère ? Ça t'est bien égal que je sois là, moi aussi, et que j'attende, et que j'aie l'air de m'occuper des valises.

– Que c'est bon ! crie Noële. Que c'est bon de vous entendre enfin.

Elle se jette dans les bras de Gilles Vaindrier, l'embrasse sur les deux joues, avec un grand rire qui ne s'arrête pas.

– Bonjour, papa.

– Et Ugo ? demande Gilles Vaindrier.

– Il travaille avec l'orchestre, à la Fenice.

Gilles regarde sa montre.

– Il en a pour longtemps ?

– La journée, papa. Peut-être reviendra-t-il, très vite, à l'heure du déjeuner parce que vous êtes là. Mais ce n'est pas sûr. N'oublie pas qu'il joue demain.

Gilles a envie de les laisser seules, d'aller faire un tour du côté de son gendre, de sa musique, de cet univers dont il ne sait rien. Elles ont tant à se dire, que son absence passera inaperçue. Il descend l'escalier, se fait expliquer le chemin par le signor Peretti. Seul, dans Venise, comme en vacances.

Déjà, Nicole et Noële parcourent en désordre le long chemin qui les sépare, impatientes de tout se dire, allant d'une chambre à l'autre, ouvrant les valises, s'arrêtant au bord d'un lit, d'une fenêtre, un objet à la main, s'interrogeant, écoutant, au hasard, se regardant surtout.

– Il faut que tu m'aides à y voir clair, dit enfin Nicole.

– Moi ?

– De temps en temps il faut changer les rôles, et que ce soit les enfants qui donnent des conseils aux parents.

– C'est grave ?

Nicole hésite. Aux Quatre Vents tout semblait grave. Depuis qu'elle a retrouvé sa fille, elle ne sait plus.

– Pendant quatre mois, j'ai eu l'impression que tu te détachais de moi, je te l'ai dit. Je me suis trouvée seule. Complètement seule. Pour m'en sortir, je me suis accrochée à cette histoire de Maison des Jeunes. C'est devenu une idée fixe, une obsession. Par moments, je redevenais lucide, je me disais : tu as perdu la tête. Je regardais autour de moi. Tu n'étais pas là, alors je me replongeais dans mon obsession.

En le racontant, dans cette chambre de palazzo vénitien, avec le visage de Noële si profondément attentif, elle a l'impression que c'est une histoire lointaine, qui ne la concerne plus.

– J'ai cru un jour apercevoir une lumière. J'ai rencontré quelqu'un qui s'intéressait enfin à mon projet. J'en avais interrogé plusieurs qui, tous, m'avaient répondu : non. Et celui-là, François Gallart, un architecte de Roanne, a fini par dire oui. Il s'est mis à travailler sur les plans, à se passionner. Il m'a donné du courage. Je me suis dit : voilà enfin quelqu'un qui m'oblige à sortir de moi-même. J'étais presque sauvée. Je ne dis pas que je ne pensais plus à toi, mais c'était moins difficile. Et puis, il y a un peu plus de quinze jours...

Elle s'approche de la fenêtre. Il y a un petit balcon, avec des rosiers en pot, encore couverts de paillons.

– Un soir, aux Quatre Vents, ton père a obligé François Gallart à s'expliquer sur un scandale immobilier dans lequel il s'est trouvé compromis, il y a quatre ans. François Gallart n'est pas coupable. Il a été obligé d'assumer des responsabilités qui n'étaient pas les siennes. Il nous l'a prouvé. J'ai une totale confiance en lui. Pourtant, ce soir-là, j'ai tout arrêté. Parce que...

Elle revient vers Noële et achève :

– Cet homme me ressemble. S'il s'est accroché à cette Maison des Jeunes, c'est pour s'en sortir, lui aussi ! Parce qu'après ce scandale, il a été obligé de tout recommencer. En lui apportant cette affaire, pratiquement officielle, puisque le Conseil municipal y est mêlé, c'est comme si je lui donnais une caution de garantie, comme si je le réhabilitais. Je croyais avoir trouvé quelqu'un qui m'aidait. J'ai découvert quelqu'un d'aussi faible que moi, qui attendait que je l'aide. Alors, je me suis dit : il faut que j'aille voir Noële. Il n'y a que toi, mon chéri, il n'y a que toi qui puisses m'aider.

Elles se regardent un long moment. Puis Noële secoue la tête. Elle est mécontente, presque irritée.

– Tu es orgueilleuse, dit-elle. Si tu m'avais appelée je serais venue, n'importe où, n'importe quand. Mais tu ne voulais pas que je sache. Ni personne. Pas même papa. Tu ne lui en as jamais parlé. Tu voulais qu'on continue à croire que tu étais Nicole Vaindrier, la solide, la raisonnable, la parfaite Nicole Vaindrier.

– Tu me parles durement.

– Durement, oui, parce que personne ne l'a fait. Mais tristement parce que je suis coupable aussi. Et tendrement, parce que je t'aime.

Elle lève doucement la main, l'approche du visage de sa mère, efface de son front ces plis que tant de semaines y ont tracés, s'attarde un moment sur la joue, comme un pardon.

– Maintenant, dit Nicole, je vais tout à fait bien.

– Qui est là ?

Ugo s'arrête de jouer, se penche vers la salle. Il a entendu s'ouvrir une porte de loge.

– C'est moi, Ugo. Je vous dérange. Pardonnez-moi. Je pensais ne pas faire de bruit.

Ugo se lève.

– Monsieur Vaindrier…

Il descend de scène, se glisse entre les fauteuils.

– Vous venez d'arriver ?

– Il y a une heure. Noële est avec sa mère. J'ai eu envie de vous entendre répéter. Le signor Peretti m'a dit que c'était possible.

Gilles Vaindrier parle à mi-voix, comme s'il craignait de troubler le silence.

– C'est dommage, dit Ugo, vous arrivez au moment de la pause. Les musiciens ne seront pas là avant une demi-heure.

– J'ai eu un peu de mal à trouver le théâtre. Les gens m'indiquaient des rues à droite, à gauche, mais je tombais toujours sur un canal.

Il regarde autour de lui, distingue un drap blanc qui recouvre les fauteuils et transforme le théâtre en une sorte de lit désert.

– Ne restez pas là, dit Ugo. Venez vous asseoir.

Il repousse le drap, dégage quelques fauteuils. Gilles Vaindrier sort de la loge, tâtonne dans l'obscurité du couloir, réussit à trouver la porte qui conduit dans la salle.

– Par ici, dit Ugo.

Gilles regarde la scène, les pupitres.

– Combien avez-vous de musiciens ?

– Quatre-vingts.

– C'est beaucoup.

– A peu près le même nombre toujours.

– Vous les connaissez tous ?

– Quelques-uns seulement. Il y a beaucoup d'orchestres dans le monde.

– Je n'aimerais pas travailler avec des gens que je ne connais pas.

– Ce n'est pas avec eux que je travaille, mais avec le chef qui les dirige. Il n'y a pas quatre-vingts musiciens sur cette scène. Il y a un orchestre.

Gilles Vaindrier écarte les mains un peu maladroitement.

– Mes questions doivent vous sembler bien naïves.

– Au contraire. Personne ne les pose.

Gilles Vaindrier s'approche de la scène, regarde le piano noir, ses longs bois vernis, où jouent les reflets d'un projecteur. Il ne sait pas très exactement les mots à employer. Mais il sait que le moment est venu.

– Ça ne va pas vous faire plaisir que j'en parle, mais, depuis le concert de New York, j'ai beaucoup d'estime pour vous.

Ugo est à quelques pas de lui. Quelque chose se met à vivre. Une image. Toujours la même. Un homme, devant la fenêtre, dans la villa du lac Balaton. Qui parlait de la même façon, en tournant le dos, lorsqu'il avait une chose importante à dire.

– Je n'ai pas regardé la télévision, continue Gilles Vaindrier. Mais ma femme m'a raconté, et j'ai lu les journaux. Je vous ai trouvé très courageux de vouloir jouer quand même, d'être allé jusqu'au bout. Nous n'avons pas eu, jusqu'ici, des contacts faciles. Alors, je tenais à vous le dire.

Il fouille les poches de sa veste, comme s'il cherchait sa pipe machinalement. Ugo est immobile.

– C'est la première fois, dit-il enfin.

– Pardon ?

– Je dis : c'est la première fois que quelqu'un me parle ainsi.

Il voudrait sourire. Il ne peut pas. Il y a l'image trop présente de son père. Il avait dix ans. Il ne comprenait pas toujours. C'est maintenant qu'il comprend.

– Je vous laisse, dit Gilles.

Les musiciens de l'orchestre reviennent en scène, un à un. La répétition va reprendre.

– Je vais retrouver Noële et ma femme.

Ugo ne s'étonne pas. Il n'était pas venu pour assister à la répétition, mais pour lui parler. Pour que les mots soient prononcés, qu'ils soient en paix l'un avec l'autre.

– Je ne pourrai pas m'échapper avant ce soir, dit-il. Mais si on se retrouvait tous les quatre au Florian, vers six heures ?

Ils ont décidé de rester sur la place Saint-Marc, seuls, à une table qu'on a installée pour eux. Tous les consommateurs sont à l'intérieur, parce que la nuit tombe et qu'il fait encore froid. Mais c'est comme un jeu. Ils ont mis des manteaux, des chandails. Ils ont demandé du vin chaud. Ils ne parlent pas. Toute la journée ensemble à tout se dire, à tout s'avouer, à tout partager. Même le secret de Maria, et de la tempête. Noële a voulu qu'ils sachent. Ugo le lui avait permis. C'était, dans le palazzo Peretti, après le déjeuner. Nicole et Gilles Vaindrier ont écouté en silence. Ce que Yannis Karrassos n'avait pas pu révéler la veille de Noël, dans sa longue conversation avec Gilles, ce qu'il avait seulement laissé pressentir, s'éclairait enfin. Beaucoup plus tard, seulement, alors qu'ils marchaient dans Venise, au hasard, en attendant d'aller retrouver Ugo au café Florian, Nicole Vaindrier a dit, à mi-voix, en serrant le bras de Noële :

– Je comprends maintenant ce que représente l'enfant pour lui.

Ils sont passés devant la statue des petits rois. Noële leur a expliqué la tradition qui s'y attachait. L'un après l'autre, ils ont posé la main sur la pierre. Puis Gilles a demandé à l'un des garçons du Florian qu'on leur installe une table dehors. Et ils attendent. Un homme passe, habillé de gris clair, le chapeau sur l'œil, rapide, la démarche presque dansante.

– C'est M. Forestier le chef d'orchestre, dit Noële.

Il les aperçoit, assis tous les trois au milieu de la place. Il lève les bras, vient vers eux.

– Vous ne connaissez pas mes parents adoptifs, maître.

Il se penche, salue avec un grand sourire. De près son visage laisse deviner un âge qu'on ne lui soupçonnait pas. Il a de la bonté dans les yeux, de la vivacité dans les gestes, et la voix un peu voilée de la sagesse.

– Ugo me suit, dit-il. Nous reprenons la répétition tout à l'heure. Je me suis échappé un instant, pour respirer Venise, enjamber quelques canaux, comme on fait un pas de danse.

– Vous êtes français, monsieur ? demande Nicole.

– De naissance, mais vénitien de cœur. Et chaque fois que j'arrive ici, que je découvre le Grand Canal, je suis pris d'un désir de danser. Malgré mon âge. A Venise le cœur retrouve ses vingt ans.

Dans le soir qui vient lentement, il est comme celui qui apporte une lanterne, et tient les ombres en respect.

– Noële m'a appris que vous viviez au bord de la Loire.

– En effet, dit Gilles. Mais pas la Loire des châteaux et des rois. Celle des monts de la Madeleine, du côté de Roanne.

– Je la connais, répond maître Forestier.

Il plisse un peu les yeux.

– Elle n'a pas encore trouvé sa démarche. Elle se dégage à peine des montagnes. Elle est jeune, vigoureuse, et pourtant déjà indolente. J'ai pensé à elle aujourd'hui en écoutant Ugo travailler le concerto de Ravel.

– Comment est-il ? demande Noële.

– Impressionnant de tendresse. J'ai souvent dirigé ce concerto. D'autres le jouent plus gravement, plus brillamment, plus profondément. Aucun ne le jouera jamais plus tendrement. Cet après-midi, les musiciens de l'orchestre étaient bouleversés. Vous allez penser que j'exagère. Mais non ! Vous l'entendrez demain. Il n'a plus la mort dans les doigts, comme à New York, mais le cœur.

Une ombre passe entre eux. Celle d'une petite fille, avec des cheveux sur le visage, mouillés par les eaux de la tempête.

Puis, maître Forestier lève la main.

– Venise s'impatiente. Mais j'ai encore une minute pour vous faire entendre ce que Taine a écrit du café Florian. « *On s'assoit au café Florian dans de petits cabinets lambrissés de glaces et de riantes figures allégoriques. Les yeux mi-clos, on suit intérieurement les images de la journée. On laisse fondre dans sa bouche des sorbets parfumés, puis on les réchauffe d'un café exquis. On fume du tabac d'Orient, et on voit arriver des bouquetières en robe de soie, gracieuses, parées, qui, sans rien dire, posent sur la table des narcisses ou des violettes.* »

Il sourit de tout son visage animé du plaisir de l'amour, fait un grand salut, et repart, dansant d'un pied sur l'autre.

Nicole Vaindrier l'a regardé partir. Elle aime cette façon de parler de la Loire. Brusquement, en l'écoutant, elle a eu le sentiment d'être revenue aux Quatre Vents, elle a compris qu'elle y vivrait désormais en paix avec elle-même, que cette longue journée commencée sur cette place Saint-Marc, cinq mois plus tôt, et toute hérissée d'erreurs, de malentendus, d'arrière-pensées, s'achevait enfin.

– Le voilà ! s'écrie Gilles.

Ugo arrive en courant.

– J'avais peur que vous ne m'ayez pas attendu.

Il sourit à Nicole Vaindrier. Elle se lève, l'embrasse.

– Toute la journée, j'ai pensé à vous, dit Ugo. Je croyais que je ne saurais pas jouer cette musique française.

– Maître Forestier, qui vient de passer, nous a appris que l'orchestre entier, cet après-midi…

– Les musiciens avaient l'air content, c'est vrai. Mais ils écoutaient en professionnels. Demain, vous serez là, tous les trois.

Il a les cheveux ébouriffés parce qu'il a couru, et si clairs dans la nuit qui descend, qu'ils semblent comme le dernier reflet de la lumière.

– Demain, j'entrerai peut-être vraiment dans votre famille.

Gilles Vaindrier lève une main.

– Mais, Ugo…

– Non, monsieur. Jusqu'ici je n'étais rien pour vous. Rien que le mari de Noële. Un étranger. Demain soir, après le concert, vous me direz si j'ai réussi à franchir une autre frontière.

Il se penche, caresse doucement le visage de Noële.

– Il faut que je parte.

Il se met à rire.

– Vous croyez que je suis un peu fou. Parce que j'arrive en courant et que je repars en courant, et que je dis des choses qui semblent ne pas avoir de sens. Mais je vous jure qu'elles en ont un.

Ils savent, tous les quatre. Ils ont vu passer l'ombre de la petite fille. Ugo est comme maître Forestier tout à l'heure. Il danse d'un pied sur l'autre. La musique est en lui. Il disparaît entre les arcades.

– Il commence à faire froid, dit Gilles Vaindrier.

Il appelle le garçon, règle les consommations. Nicole Vaindrier tend la main à Noële. Mais elle s'inquiète aussitôt.

– Qu'y a-t-il ?

Elle a le visage plissé, comme si elle souffrait.

– Noële, mon chéri, dis-moi…

Noële pose ses mains sur son ventre.

– Je ne sais pas comment t'expliquer.

Une autre voix, un autre visage, des gestes si lents, et une sorte de lumière au fond de ses yeux.

– Tu vas croire que j'ai eu mal. Mais non. Cela ne fait pas mal. C'est comme un coup, oui. Mais c'est aussi comme un mouvement de tendresse, comme un geste vers moi. Mon fils a bougé.

IX

TOUTE la nuit à perdre la tête. A oublier les ovations, les musiciens de l'orchestre frappant leur pupitre en cadence pour exprimer leur admiration. Toute la nuit à interroger le regard de Nicole et de Gilles Vaindrier, pour être sûr qu'il n'y avait plus de frontière. Toute la nuit à écouter les projets du signor Peretti, à dire oui, sans réfléchir, parce qu'il avait envie que le monde entier maintenant sache que la mort s'était arrêtée en chemin. Un signor Peretti ivre de bonheur, ivre de fierté, ivre de *valpolicelle*. Il avait ouvert son palazzo aux membres du club pour qui Ugo avait joué. Il descendait lui-même à la cave, remontait les bras chargés de bouteilles, découpait les jambons fumés, la mortadelle, le *chorizo*.

– Paris, disait maître Forestier. Je vous y attends. Il faut faire un enregistrement de ce concerto de Ravel. Je repars demain. Dès mon arrivée j'en parle à ma maison de disques.

– Demain ?

Le signor Peretti levait les bras.

– Restez encore un peu, *maestro*. Venise, vous l'aimez comme une femme. On quitte une femme, seulement si on est obligé.

– Il y a dans le monde quelques villes qui sont devenues mes maîtresses. De temps en temps, je viens leur faire la cour. Mais mon épouse légitime est Paris. C'est chez elle que je reviens toujours, que j'ai ma table, mon lit, et la sérénité du cœur.

La lumière des lustres de verre se reflète dans les miroirs. Des gens inconnus vont et viennent, parlant toutes les langues. Le président du club s'incline, dit une fois encore à Nicole, dans un français hésitant, combien il s'est senti honoré qu'elle ait accepté son invitation.

– Londres ? crie le signor Peretti.

– Oui, dit Ugo.

– Stockholm ?

– Pourquoi pas ?

– Melbourne ?

– Non, signor Peretti, l'Europe ! Seulement l'Europe. N'oubliez pas que l'enfant doit naître au mois d'août.

Noële se penche vers Nicole Vaindrier.

– Les autres villes, tant qu'ils voudront. Les Quatre Vents d'abord.

Le palazzo prend feu avec l'aurore. De l'autre côté du canal, un coq chante dans la cour du couvent. Les invités se regardent et s'en vont tous ensemble. C'est un brusque silence, le sommeil qui tombe d'un coup, les portes des chambres qui se ferment. Ils dorment longtemps. Gilles se réveille le premier, regarde l'heure, se souvient qu'ils ont leurs places retenues dans l'avion du soir.

– Tu veux rester ? demande-t-il à Nicole. Moi, je suis obligé de rentrer. Mais toi...

– Non, dit-elle.

Elle se lève. Elle a un peu honte d'avoir tant dormi.

– Moi aussi, j'ai beaucoup à faire.

Quelques heures plus tard, en embrassant Noële à l'aéroport, elle lui déclare d'une voix apaisée :

– Je vous attends aux Quatre Vents.

– Tous les deux ?

– Oui, madame Marie.

– Mon Dieu, mais quand ?

– Je ne sais pas encore. Mais bientôt.

Madame Marie ouvre ses placards, fait ses comptes de bocaux. Les confitures, les fruits cuits, les cornichons, les oignons marinés, les piments doux. Elle grimpe sur un escabeau, inspecte ses plats à tarte. Elle a oublié son épaule. Elle décide de faire « le grand nettoyage ». Les murs, les plinthes, jusqu'aux plafonds. Elle sort de la cave une longue échelle. Toutes les fenêtres sont ouvertes et l'air circule dans la maison. Le début du printemps s'accompagne de brusques coups de chaleur. Nicole Vaindrier met de l'ordre dans ses dossiers. Elle veut qu'en arrivant Noële trouve tout en état. « Tu es orgueilleuse. » C'était une phrase sévère, mais juste. Cette Nicole Vaindrier solide, parfaite, raisonnable, il faut qu'elle existe de nouveau.

Dès le lendemain de son retour, elle a téléphoné à François Gallart pour lui demander un rendez-vous. Il a répondu que son heure serait la sienne.

– Cet après-midi ?

– D'accord.

Tout de suite, elle avoue ses remords.

– Je n'ai pas bien agi envers vous. Je vous ai blessé. Vous avez cru que je me méfiais de vous, que je mettais en doute votre honnêteté. Tout, dans mon attitude, le laissait croire. Mais c'est faux.

François Gallart est assis derrière son bureau, les mains posées devant lui. Il regarde ses mains. Nicole reprend :

– J'aurais dû venir plus tôt. C'est vrai. Mais je n'aurais pas pu vous parler comme aujourd'hui. Je n'y voyais pas clair. Je ne veux pas tout vous raconter, mais j'ai une fille adoptive. Je ne l'avais pas vue depuis plusieurs mois. J'avais besoin d'elle pour retrouver mon équilibre. Nous venons de passer deux jours ensemble à Venise. Maintenant tout est bien.

François Gallart regarde toujours ses mains.

– Vous ne savez pas comme je vous ai attendue, dit-il. Je ne voulais pas croire, au début, que votre silence était un signe de méfiance. Mais les jours passaient. Votre mari est venu m'expliquer les choses, c'est vrai. Pour moi, ce n'était pas pareil.

Il croise les mains, lève les yeux.

– Merci, dit-il.

Il prend deux dossiers sur son bureau.

– J'ai ressorti les dossiers après votre coup de téléphone.

– Il faut rattraper le temps perdu, monsieur Gallart. Perdu par ma faute, je le sais.

– Nous le rattraperons.

Ils travaillent. Jusqu'au soir. Les plans, les devis. Nicole a retrouvé sa lucidité. Elle discute avec animation. Elle est impatiente d'aboutir à un accord. Elle explique à François Gallart que sa fille et son gendre doivent venir aux Quatre Vents, qu'elle voudrait commencer les travaux avant leur arrivée. Elle emporte les plans et les devis, pour les montrer à son mari, promet une réponse définitive dans quarante-huit heures.

– Votre amie, Mme Andrieux ?

– Elle me fait confiance.

Quelqu'un frappe à la porte du bureau.

– Oui ?

Une jeune femme passe la tête. Très blonde, un visage rond, des joues roses, des yeux avec beaucoup de bleu.

– Pardon, François. Je te dérange ?

Une voix haute, assez drôle, avec un léger accent anglais qui n'a pas l'air authentique.

– Un moment.

La porte se referme. Nicole Vaindrier range les papiers, les enferme dans une grande enveloppe. François Gallart s'attarde près de la fenêtre. Sur le bureau, une seule lampe allumée, très basse, concentre la lumière vers le sol.

– Je ne connais pas Venise, dit-il doucement, mais je crois que je n'aimerais pas.

– Pourquoi?

– C'est une ville d'un tel défi.

– J'ai pensé la même chose sur la place Saint-Marc. Ces milliers de pilotis plantés pour ne soutenir qu'une place où s'asseoir au soleil, quelle insolence. Mais pour comprendre cette insolence-là, peut-être faut-il avoir quelqu'un à sauver.

Il est loin d'elle, contre la fenêtre.

– A sauver?

– Je veux dire: aimer un être si profondément qu'on se sente capable, s'il est en danger, de faire surgir une île au milieu des eaux.

Elle se lève.

– Il faut que je rentre.

Elle ouvre la porte. La jeune femme est assise dans l'entrée, vêtue d'un scaphandre de cosmonaute, gris et beige, avec des anneaux de cuivre un peu partout.

– Dorothée, dit simplement François Gallart.

Nicole fait un signe de tête et quitte le bureau.

Deux jours après, elle apporte sa réponse. Elle a choisi le projet le plus audacieux, qui transformera le vieux bâtiment des Douanes en une sorte de maison de soleil, creusée d'alvéoles de couleurs, où les baigneurs pourront se nicher en sortant de l'eau, et bronzer en dormant, suspendus dans le vide. Des mâts, des drapeaux, des escaliers accrochés aux façades, des salles carrelées, un snack-bar, un restaurant, un vaste ensemble de cinéma-théâtre-musique.

Gilles Vaindrier craint que ce soit un peu trop futuriste pour la région, mais Nicole s'est souvenue de la jeune Dorothée vêtue comme en l'an 2000. L'avenir, c'est elle, de toute façon.

– Votre décision est définitive, madame Vaindrier?

– Définitive.

– Je peux mettre le projet en chantier?

– Dès demain.

Il ne cache pas qu'il est heureux.

– Il faut que ce soit très réussi, dit Nicole. Pour que nous puissions réaliser d'autres choses ensemble.

– Vous avez des projets ?

– Peut-être.

Elle ne peut rien dire encore. Gilles lui en voudrait. La décision, c'est à lui de la prendre. Depuis qu'il sait qu'il sera bientôt grand-père, il a recommencé à rêver autour de sa laiterie. Il a été revoir le terrain dont lui avait parlé Yannis Karrassos. Après le pont et le petit ruisseau. Il s'est discrètement renseigné. C'est toujours à vendre. En étudiant les projets de François Gallart, il a fini par en parler à Nicole.

– Ce n'est pas pour tout de suite, bien sûr. Finis d'abord ta Maison des Jeunes. Mais, je dois reconnaître qu'il a du talent.

Le problème urgent, c'est Simon. Il a pris sa retraite le 21 mars comme prévu. Depuis Gilles est seul pour tout faire. Il s'aperçoit que c'est trop. Il a failli embaucher le premier venu, un garçon capable de conduire un camion et de faire les livraisons. Mais ce n'est pas une solution raisonnable. S'il veut vraiment transformer sa laiterie, lui donner du sang neuf, mieux vaut s'attacher dès maintenant un jeune ingénieur qui l'aidera à mettre ses idées au point. Le développement du marché commun pose des problèmes. Il se décide à en parler à Jean-François.

– Si votre Burion connaissait quelqu'un...

– C'est très facile, monsieur Vaindrier. Je vais m'en occuper personnellement. Il faut que j'aille à Paris. Je demanderai à Burion quelques adresses de candidats possibles. Je vous en ramène un de gré ou de force.

– On a sonné.

– Comment ? crie Marie-Hélène.

– Je te dis qu'on a sonné.

Marie-Hélène débranche l'aspirateur. Tous les meubles sont en tas, au milieu du salon. Elles ont décidé, avec Odile, de faire un grand nettoyage, pour que l'appartement soit impeccable le jour où Odile s'y installera. Le propriétaire est d'accord. Le changement de bail a eu lieu. Bien sûr, l'appartement de Marie-Hélène n'a rien d'un atelier d'artiste. C'est banal, plutôt vieux jeu. Mais Odile ne s'occupe plus de coiffures. Elle connaît depuis peu un étudiant chinois qui voudrait ouvrir un restaurant de spécialités cantonaises. Il affirme qu'avec des baguettes, les gens avalent n'importe quoi.

– Tu ouvres la porte ou quoi ?

– Dans cette tenue ?

Pour faire son ménage, Marie-Hélène a enfilé un vieux blue-jean qui ne ferme plus à la taille et une chemise d'homme. Elle s'est coiffée d'un chiffon à poussière jaune vif.

– Qui est là ? demande-t-elle à travers la porte.

– Jean-François.

C'est la panique. Une envie de fou rire et d'effroi en même temps.

– Je ne peux pas ouvrir.

– Pourquoi ?

– On s'est lancé dans un nettoyage à fond, avec Odile. Tout est sens dessus dessous. On est habillées comme des *hippies.*

– Je reviendrai plus tard. Mais ouvrez au moins une seconde.

Elle défait le nœud de sa chemise, arrache le chiffon à poussière, ouvre la porte. Il a un gros manteau, une écharpe, des gants.

– Cette nuit j'ai eu besoin de vous parler. J'ai sauté dans la voiture de Burion.

– Vous avez roulé toute la nuit ?

– Oui. Il me faut du café.

– Je vais demander à Odile.

– Non. Il y a sûrement un petit bistrot pas loin, où on sera tranquilles.

Marie-Hélène s'enferme dans sa chambre, se change en hâte. Jean-François est toujours sur le palier. Odile, qui lave les carreaux de la cuisine, lui crie bonjour de loin, prétend qu'elle n'est pas présentable. Marie-Hélène revient. Elle a une vraie robe, des bas, des chaussures à talons, comme si elle avait voulu s'habiller déjà en épouse. Ils descendent, traversent la rue, entrent dans un café.

– J'ai faim, dit Jean-François.

Ils s'installent au fond, sur la banquette. Le garçon s'approche.

– Un crème, commande Jean-François, dans une grande tasse, avec du pain et du beurre.

Le garçon est en bras de chemise, un chiffon à la main.

– Et pour la petite dame ?

– La même chose, répond Marie-Hélène.

Elle regarde devant elle. De l'autre côté de la rue, il y a un marchand de légumes, avec des salades très vertes. Une cliente se penche, saisit une laitue, la fouille jusqu'au cœur, comme si elle espérait y trouver quelque chose.

– Je suis venu pour connaître votre réponse, dit Jean-François.

En parlant, il observe la cliente qui fouille toujours la laitue, renonce à l'acheter, la repose dans le panier et s'en va.

– Vous la connaissez, ma réponse. C'est la vôtre qu'il faut donner.

– Du moment que je suis venu…

Elle hésite à comprendre.

– Et voilà les deux crèmes dans des grandes tasses.

Le garçon se demande pourquoi ces deux-là ont l'air de dormir, l'un à côté de l'autre, sur la banquette. Les amoureux, d'habitude, et Dieu sait s'il en vient dans ce café ! à cette place-là justement, dans le fond de la salle, pour être tranquilles... Il pose les tasses sur la table, le pain, le beurre, les couteaux, en faisant du bruit exprès, en sifflotant, en se disant que s'ils ne se regardent pas, s'ils ne se tiennent même pas la main, c'est qu'ils se séparent, qu'ils se voient pour la dernière fois, que la petite dame va sûrement pleurer beaucoup.

– Bon appétit, m'sieu-dames.

Il s'en va, reprend son chiffon, astique les cuivres.

– Vous aviez raison, dit Marie-Hélène. Là-haut, ça n'aurait pas été possible. Ici, c'est mieux.

– Beaucoup mieux.

– Mais il n'y aura pas toujours les autres. Il y aura un moment où nous nous retrouverons seuls, dans une chambre à nous.

– Ça nous est déjà arrivé.

Marie-Hélène revoit brusquement la chambre de Lyon, l'hôtel.

– Quand je pense à vous, depuis tous ces jours, continue Jean-François, ce n'est pas Verbiers que je revois, c'est Lyon.

Il la regarde.

– Avec plaisir, ajoute-t-il doucement.

Le garçon, qui les observe en frottant ses cuivres, se dit qu'il avait raison, que la petite dame commence à pleurer trop vite, et que ce grand crème ne servira à rien.

– Ne pleure pas, la prie tout bas Jean-François. Le garçon nous regarde. Il va croire que je te raconte des choses horribles.

Il se penche vers elle. Il trouve qu'elle était beaucoup mieux, tout à l'heure, avec son blue-jean, qu'il ne faudrait pas qu'elle se croie obligée de se conformer à une fausse image des épouses Saulieu.

– Bonnes, répond Marie-Hélène. Si bonnes, si tu savais...

– Tu m'as tutoyé. C'est la première fois.

– La première ?

– Même à Lyon, tu ne m'as pas tutoyé.

– Tu ne l'aurais pas supporté.

Il prend sa tasse de café, boit longuement, mord dans un morceau de pain, commence à parler. Il explique qu'il y a toutes sortes de formalités à remplir, une liste impressionnante, qu'il faudra tout écrire sur un papier et barrer à mesure : la date du mariage, la mairie, l'église, les invités, la publication des bans, les papiers, les visites, les démarches. Et leur vie, ensuite. L'appartement, le terrain à acheter, les travaux. Marie-Hélène écoute à peine. Elle se dit qu'il ne l'aime pas, qu'il ne l'aimera jamais, qu'il l'épouse parce qu'il n'en peut plus d'être seul et de penser à Noële. Elle se dit qu'elle ne doit rien attendre de lui, rien d'autre que de l'amitié, une certaine tendresse, peut-être de l'estime. Il parle toujours. Il évoque leur vie. Leur vie commune. C'est un mot qui la fait sourire, elle le trouve bête. Et tellement surprenant, en même temps ! La vie commune… En commun. Tout en commun.

– Et Noële ? dit-elle à mi-voix.

Jean-François s'interrompt brusquement.

– Comment allons-nous lui annoncer notre mariage ?

Il lève un bras, appelle le garçon.

– Je vous dois combien ?

Il jette un œil sur sa montre, explique qu'il est venu pour Gilles Vaindrier, pour lui trouver un jeune ingénieur, que Burion lui a donné des noms, qu'il veut commencer ses démarches tout de suite.

– Jean-François…

Ils ont la même attitude qu'à leur arrivée, immobiles l'un à côté de l'autre, regardant devant eux.

– Il faut que tu l'entendes, Jean-François, que tu le saches, une fois pour toutes. Je suis heureuse que Noële ait épousé Ugo. Je suis heureuse qu'elle soit heureuse. N'attends pas que je prenne une voix désolée quand je parlerai d'elle. Son mariage a rendu le mien possible. Et je veux être heureuse, moi aussi. Je ne le dirai jamais plus. Mais il fallait que je le dise.

X

C'EST un garçon timide et gentil. Il s'appelle Brémont. Il visite la laiterie sans un mot, regarde attentivement les moteurs, les machines, se frotte le nez. Gilles Vaindrier sent qu'il hésite.

– Faisons un essai de trois mois, propose-t-il.

Brémont accepte. Il s'installe aux Quatre Vents. Ce sera plus simple pour tout le monde. S'il décide de rester définitivement, on s'occupera de lui trouver une chambre en ville. Madame Marie l'observe pendant une semaine, sans rien dire. Comme il arrivait de Paris, elle se méfiait. Mais celui-là n'a pas les cheveux trop longs, ses vêtements sont brossés, et il se lave.

– Il a reçu la bonne éducation, dit-elle enfin.

Ce qui signifie qu'elle l'a adopté. Gilles est satisfait. Cette présence dans la maison, c'est comme un signe de renouveau. Brémont a vingt-trois ans et l'avenir devant lui. S'il envisage de rester aux Quatre Vents, c'est avec l'espoir qu'un jour ou l'autre on modernisera les installations. Il sait, par son camarade Burion, comment Jean-François a transformé son usine. Peu à peu, il poussera Gilles à en faire autant. Il est trop bien élevé pour en parler. Mais le petit sourire qu'il a, chaque matin, en mettant en route les vieilles machines, parle pour lui. Jean-François n'a pas eu grand mal à le trouver. Burion l'avait inscrit en premier sur sa liste. Il a accepté de quitter Paris sur-le-champ. Il a profité de la voiture pour faire le voyage. Ils sont arrivés ensemble aux Quatre Vents. Jean-François, tout de suite, a mis les Vaindrier au courant de son mariage. En quelques mots très brefs, et il les a quittés avant qu'ils réagissent. C'était trop difficile. Pour eux, comme pour lui. Un long coup de téléphone de Marie-Hélène, le soir même, une lettre, plus longue encore, arrivée deux jours plus tard, leur ont permis d'y voir clair. Nicole s'inquiète d'une trop grande hâte.

– Ils vont vraiment se marier tout de suite?

– Pourquoi attendraient-ils? Les problèmes matériels ne se posent plus. Et ils savent exactement où ils en sont.

– Mais, Gilles...

Elle ne parvient pas à y croire.

– Il y a un an, ici même, un peu avant Pâques...

Les fiançailles de Noële et de Jean-François. Juste un an. Il lui semble que la brusque arrivée de M. Baxter dans leur vie a tout bouleversé: le temps, les distances, l'espace. Avant, c'était le rythme des saisons, égal et familier. Elle regarde le jardin. Il y avait des fleurs partout, des pelouses très vertes, un grand buffet, du soleil, et les invités avaient dansé jusqu'au soir tant il faisait beau. Il y avait les roses, le télégraphiste qui commençait à trouver que le chemin était long, et Marie-Hélène, regardant Noële dans sa robe neuve, se détournant soudain, les larmes aux yeux, disant: «C'est idiot. Je crois que je suis triste.»

– De toute façon, note-t-elle, s'ils veulent se marier ici, ce sera difficile.

Ils voudraient ne pas y penser. Il le faut pourtant. Ugo et Noële seront là bientôt.

– Légalement, Marie-Hélène est domiciliée à Asnières, relève Gilles.

– Bien sûr. Mais les Saulieu n'ont qu'un fils.

Une nouvelle lettre de Marie-Hélène les rassure. Elle leur annonce que la date du mariage est fixée au 8 avril, qu'il aura lieu à Asnières, qu'elle partira le soir même avec Jean-François pour la Suède, où ils passeront quelques jours dans une petite villa, au bord d'une plage, prêtée par l'un des ingénieurs avec qui Jean-François a mis au point ses machines neuves. C'est une lettre un peu rapide, un peu retenue, comme si Marie-Hélène se méfiait d'elle-même.

– Elle n'ose pas nous demander d'y assister, dit Gilles après l'avoir lue, mais c'est pour ça qu'elle écrit.

– Tu crois?

– C'est évident. Et je ne connais pas tes intentions, mais moi j'irai, quoi qu'il arrive. Marie-Hélène est ma nièce. Son père ne s'est jamais occupé d'elle. Elle a grandi avec Noële. Je tiens à être là le jour de son mariage.

– Pensons pourtant aux Saulieu. J'y reviens toujours. Si notre présence les gêne en quoi que ce soit...

– J'irai leur en parler demain.

Il trouve M. Saulieu désemparé.

– Vous êtes au courant, n'est-ce pas, cher monsieur? J'avoue que nous sommes très contrariés, ma femme et moi. C'est un trop long voyage! Berthelin est formel. Ma femme n'est pas en état de le supporter. D'un autre côté, Jean-François ne veut pas se marier ici. Je le comprends. Alors?

Il a pris Gilles Vaindrier par le bras, l'entraîne vers le fond d'un couloir.

– Ne pouvez-vous pas agir auprès de votre nièce? Lui faire comprendre que c'est un déchirement de cœur pour ma femme de ne pas assister au mariage de son fils? C'est une jeune fille sensible…

Gilles Vaindrier baisse la tête. Est-ce à lui de parler de Noële, des souvenirs que Jean-François retrouve sans cesse, du courage qu'il lui faudrait pour les affronter – et comment lui reprocher de ne pas l'avoir?

– Nous attendons Noële d'un jour à l'autre, dit-il enfin.

– Aux Quatre Vents?

– Oui.

M. Saulieu sent qu'il n'a plus le droit d'insister. Il revient lentement vers son bureau. Il marche en hésitant, un peu perdu dans cette usine où tout est neuf, à la recherche d'habitudes trop anciennes.

– On aurait tant aimé que ce soit une vraie fête.

Il s'est arrêté.

– Il finira par être heureux, n'est-ce pas? Il le mérite, vous savez.

D'une voix un peu irritée, en secouant le bras de Gilles, comme s'il était responsable.

– Je sais qu'il le mérite. Marie-Hélène aussi, conclut Gilles.

Revenu aux Quatre Vents, Gilles téléphone à Marie-Hélène.

– Tu viens tout de suite.

– Où?

– Aux Quatre Vents. Pour Mme Saulieu.

Elle comprend, embrasse Odile, prend le premier train. Elle trouve les Quatre Vents en effervescence. Madame Marie est gonflée de rire. Elle le retient autant qu'elle peut, mais c'est plus fort qu'elle, et de temps en temps il s'échappe, sans qu'elle s'y attende. Alors, elle se met à sautiller sur place. Nicole et Gilles Vaindrier lui ont appris que Noële attendait un enfant. Il fallait qu'elle le sache, puisque Noële allait venir. Sur le moment elle n'a rien dit. Elle a regardé par terre. Elle a cru apercevoir sur le tapis un morceau de ficelle, ou de papier, quelque chose. Elle s'est baissée, elle l'a ramassé, elle est retournée dans sa cuisine. Au bout d'un long moment, comme elle ne faisait aucun bruit, Nicole s'est inquiétée.

– Tu devrais aller voir, Gilles. A son âge, une émotion trop forte...

Gilles Vaindrier l'a trouvée, penchée sur son fourneau, le visage ouvert en deux par une gaieté d'enfant.

– Il ne faut pas que Madame m'en veuille, si je suis partie comme ça, mais je ne pouvais plus me retenir.

– Cela vous amuse à ce point, madame Marie?

– C'est qu'elle ne saura pas, monsieur!

Elle essuie ses yeux, du revers de la main, parce que tout ce rire lui a fait venir des larmes.

– Pour le moment, c'est tout simple, parce qu'elle le porte sans y penser. Elle marche avec, elle dort avec. Mais quand il sera vivant pour lui tout seul, à tenir sa place, comment voulez-vous qu'elle fasse? Alors, elle appellera à l'aide sa vieille madame Marie. Et je le lui prendrai, son enfant, je l'amènerai aux Quatre Vents, et je ferai pour lui ce que j'ai fait pour elle.

– Mais non, madame Marie. Ce n'est pas un petit Vaindrier, c'est un petit Luckas, un petit Karrassos. Comment voulez-vous? Ce n'est pas aux Quatre Vents qu'il vivra. C'est en Grèce, à Lefkas.

Madame Marie s'est arrêtée de rire. Elle regarde Gilles Vaindrier droit dans les yeux.

– Ce que dit Monsieur, c'est la vérité des bureaux de mairie. Ma vérité à moi, c'est que les enfants ça pousse dans les maisons. Voulez-vous me dire où elle est, la maison de Noële? Toujours à faire ses valises et à voyager, une fois c'est son île, une fois Athènes, une fois Venise, une fois New York...

Elle lève une main, la pose à plat sur le mur de sa cuisine.

– Sa maison, monsieur, c'est ici.

Marie-Hélène le sait, elle aussi. Elle cherche les pièges. Il faut les apprivoiser, faire que rien ne blesse. Deux sœurs, on l'a toujours dit, depuis qu'elles sont petites, à s'aimer tendrement. Il faut que cela reste vrai. Pour elle-même. Mais surtout pour Jean-François. Elle n'a que peu de temps. Noële et Ugo arrivent le 5 avril. Ils doivent passer une dizaine de jours aux Quatre Vents, puis se rendre à Paris où Ugo commence ses enregistrements avec maître Forestier. Marie-Hélène décide d'être là pour accueillir Noële. Parce qu'elle ne veut pas que ce soit comme si elle cédait la place.

Elle va chaque jour à l'usine. Pour obéir au Dr Berthelin, elle ouvre en grand la fenêtre de Mme Saulieu. Il lui faut de l'air. Elle n'est pas malade, mais Berthelin cette fois est affirmatif, elle ne simule plus. En voyant Marie-Hélène entrer dans sa chambre, elle lève la main, ne dit rien. Il faudrait trop de mots. L'usine vibre sans bruit. Parfois, dans la cour, on ouvre la porte d'un hangar, et les ballots de papier roulent vers les camions. Ici aussi Noële est présente. Malgré les machines neuves, les cloisons abattues, son nom passe d'un arbre à l'autre, et le fleuve le répète. Jean-François l'entend. Plus approche la date du mariage et plus il l'entend. Il parle à peine à Marie-Hélène. Il semble qu'entre eux, tout soit dit de cet accord qu'ils ont conclu. Ils ont un langage précis, examinent la liste des choses qui restent à faire, prennent les dernières décisions.

– Nos billets d'avion pour Stockholm.

Il les lui tend, un soir. Sa secrétaire vient d'aller les chercher à l'agence.

– Nous embarquons à Orly à 21 h 50, le soir du mariage.

Elle prend les billets, les ouvre. Sur l'un d'eux, elle voit écrit : *madame Saulieu.*

– Bien sûr, dit Jean-François.

Elle n'avait pas compris tout de suite.

– Bien sûr, dit-elle à son tour.

Elle pense qu'il faudra s'inventer une nouvelle signature. Elle s'exerce, le soir, aux Quatre Vents, sur le petit bureau de sa tante Nicole. Elle couvre des pages et des pages, pour que tout le monde voie : Marie-Hélène Saulieu.

– Noële arrive toujours le 5 ?

– Oui, mon chéri, à moins d'un changement de dernière minute. Avec Ugo c'est toujours possible. Il paraît que le signor Peretti est débordé. On lui propose des contrats de partout. Et comme Ugo refuse, il n'arrête pas de gémir. Tu ne le connais pas, c'est vrai.

Gilles Vaindrier se lève, les genoux pliés, la tête sur le côté. Il fait de petits pas dansants sur le tapis.

– L'Italien, tu sais, mais tout menu, avec des mains partout, et une voix suraiguë qui crie : *ma, ma, ma...*

– Comment va-t-on leur annoncer ? demande Marie-Hélène.

– Quoi, ma petite fille ?

– A Noële et Ugo. Que je me marie.

Gilles semble soudain désemparé.

– Ne t'inquiète pas, dit Nicole.

Elle va jusqu'au bureau, ouvre un tiroir, y prend une lettre.

– Il y a longtemps que j'y pense, et que je me pose la question. Tu vas peut-être me dire que j'aurais dû t'en parler avant. Mais...

Elle déplie la lettre.

– J'ai pris sur moi de le lui écrire, il y a quelques jours. J'ai reçu sa réponse tout à l'heure.

Elle tend la lettre à Marie-Hélène.

– J'étais la seule à pouvoir le lui annoncer.

Marie-Hélène a du mal à lire, parce qu'elle sait tout de suite, et qu'elle n'espérait pas que ce serait si simple: «Contente, contente, heureuse... Dis-le-lui... Tous mes torts envers lui, je les connais, je ne les oublie pas... Il faut me croire. J'ai une profonde, profonde estime pour Jean-François...» Et un peu plus loin souligné de deux traits: «Marie-Hélène est ma sœur. Dis-le-lui bien.»

Les jours passent très vite. Avril est là. Nicole est sans arrêt sur les routes. Les travaux de la Maison des Jeunes ont enfin commencé. Marie-Hélène téléphone à Odile. Tout est prêt, les papiers, les chambres d'hôtel. Les Vaindrier assisteront au mariage, malgré la présence de Noële et de Ugo. Ils les abandonneront pour deux jours. Ils prendront dans leur voiture M. Saulieu et Denis qui a accepté d'être le témoin de Jean-François.

– Qui sera ton témoin? demande Gilles Vaindrier.

Marie-Hélène sourit.

– Odile.

Elle s'amuse, parce qu'il a l'air de ne plus savoir qui c'est.

Il y a encore une nuit, la dernière, puis une matinée à attendre. Madame Marie ne tient plus en place. Nicole surveille la route. Toutes les cinq minutes, Gilles passe la tête par la porte de la laiterie. Seule, Marie-Hélène est calme. Elle s'est assise dans le salon, devant la cheminée. Elle a sorti un jeu de cartes. Elle fait des réussites, comme l'an dernier, pour que Noële comprenne que rien n'est changé. Soudain, une voiture pénètre dans la cour. Gilles et Nicole se précipitent. Madame Marie, arrivée la première, crie:

– Voyageuse... Oh, voyageuse...

Ugo et Noële descendent de voiture. Tout le monde parle en même temps. On s'embrasse, on interroge, on regarde, on tend les mains vers la maison, les champs, les arbres. Marie-Hélène n'a pas bougé. Elle continue d'aligner ses cartes.

Gilles a pris Noële par les épaules. Il lui dit quelques mots à voix basse. Noële se détache doucement, entre dans la maison.

– Marie-Hélène...

Elles se regardent.

– Je suis contente que tu m'aies attendue.

– Il fallait qu'on s'embrasse.

– Je suis heureuse pour toi, profondément heureuse.

Elles s'embrassent longuement. Les autres les rejoignent. Ugo semble étourdi par tout ce qui tourne autour de lui d'images, de voix, de souvenirs. Une voiture de sport entre dans la cour, s'arrête à côté de celle de Noële et Ugo. C'est Jean-François qui vient chercher Marie-Hélène. Il a emprunté la voiture de Burion. Marie-Hélène va au-devant de lui.

– Je suis prête, dit-elle.

Ils reviennent ensemble vers la maison. Jean-François sait, comme elle, ce qui va se passer. Ugo est debout à côté de Noële.

– Bonjour, Jean-François, dit Noële avec toute la tendresse qu'elle lui garde.

Il regarde fixement devant lui, sans rien voir. Il sait seulement que Marie-Hélène est à côté de lui.

– Bonjour, Noële.

Il fait, en direction de Ugo, une sorte de salut rapide.

– Bonjour, Ugo.

– Bonjour, Jean-François.

Tout est clair maintenant. Ils quittent ensemble les Quatre Vents.

XI

GILLES et Nicole Vaindrier, eux, quittent les Quatre Vents le lendemain, après le déjeuner. Noële les regarde partir et s'assied devant la cheminée. Elle aurait voulu être à Asnières, attendre sur le banc de la mairie, embrasser Marie-Hélène à la sortie de l'église. Elle pense à Jean-François. Au petit café de Tokyo, avec ses bambous, à cette promesse, la dernière: «Je t'attends.» Elle ne voulait pas de cette promesse, parce que c'était une menace, le signe d'une mort espérée. Il n'a pas attendu. Il a eu la force de recommencer à marcher. Elle voudrait remercier Jean-François, lui dire son estime, sa tendresse. Mais elle est séparée. Une autre. D'une autre famille. Le jour du mariage, c'est un engourdissement. Elle a besoin d'embrasser quelqu'un. Après le déjeuner, elle va jusqu'à l'usine, au bord de la Loire. Elle entre dans la cour. Tout est désert. En l'honneur du mariage de leur patron, les ouvriers ont deux jours de congé. Noële monte jusqu'à l'appartement, frappe à la porte.

– Qui est là?

Elle entre. Mme Saulieu est dans son lit. Elle n'a pas l'air étonnée.

– Je pensais à vous.

Noële reste debout contre la porte.

– Je me demandais si Jean-François aurait été heureux avec vous. Si ce n'était pas comme l'image de la jeunesse, qui ne veut pas finir.

Le silence. Les machines qui ne tournent pas. La fenêtre fermée.

– Marie-Hélène est forte. Elle est courageuse. J'aime beaucoup Marie-Hélène.

Mme Saulieu parle sans colère. Elle dit ce qu'elle pense, et Noële est heureuse d'être ainsi avec elle.

– Je ne dis pas cela comme un reproche, ma petite fille. Je ne dis pas cela contre vous. Vous…

Elle fait un signe bref, en soulevant la main. Noële s'approche.

– Vous, c'est comme une lumière…

Noële se penche, l'embrasse, les larmes aux yeux. C'est le pardon, c'est enfin la paix revenue. Mais Mme Saulieu se dégage.

– Il faut me laisser, maintenant.

Elle a parlé d'une voix basse, effrayée, parce qu'elle ne sait pas si elle a assez de courage. Noële sort de l'appartement, retourne aux Quatre Vents. Elle peut désormais offrir son pays à Ugo.

Ils vont partout. Noële veut qu'il sache tout de son enfance, ces couleurs, des bruits familiers, des odeurs. C'est l'album de photographies que Nicole Vaindrier a offert à Delpina, mais les images bougent, vivent, ils entrent dedans, ils refont les chemins d'autrefois qui sont restés les mêmes. Ugo regarde. Ugo respire. Ce qu'il savait de Noële, c'est un rocher rouge sur lequel elle s'était réfugiée, le pont d'un navire entre ciel et mer, son visage du petit jour sur la place de Capetown, et tous les instants de leur vie partagés. Ici, il apprend ses racines. Il met un genou en terre, ramasse les pierres, les caresse un moment, les rejette, et le bruit de l'herbe qui se referme est comme une parole. Le concerto de Ravel qu'il va enregistrer dans quelques jours, c'est en touchant le tronc des arbres, en aidant Brémont, un matin, à changer les seaux à la laiterie, en soulevant les couvercles des casseroles de madame Marie, qu'il le travaille. Le matin surtout, lorsqu'il se lève, et que dans sa fenêtre le ciel est gris-bleu. Les champs fument légèrement, une bicyclette passe sur la route, dans le lointain il y a la corne de l'autocar qui ramasse les enfants du pays au bord des routes, pour les conduire à l'école.

– La tendresse, dit-il.

Il se souvient de maître Forestier. Il prend le visage de Noële dans ses mains.

– Qui es-tu ?

C'est ici qu'elle devient elle-même. Il l'avait découverte un matin, en croyant qu'elle était née de la veille, qu'elle était sortie de la mer, qu'il n'y avait rien avant lui. Il s'était senti exilé avec elle, de la même vie errante, de la race de ceux qui partent et rompent les amarres. Il comprend maintenant. C'est une autre femme, et pourtant c'est elle. C'est toutes les femmes avant elle, jour et nuit, et certains gestes les plus quotidiens, dont il croyait qu'elle les inventait, fermer une porte, se coiffer en penchant un peu la tête, il découvre leur origine dans la place des miroirs aux Quatre Vents, dans la hauteur des serrures. Et certaines intonations, certaine musique de sa voix, soudain il se retourne, parce qu'elles ont traversé la voix de Gilles, ou de Nicole, ou de Madame Marie.

– Apprends-moi tout, dit-il.

Ils vont à la vieille maison. La forêt est encore douce, avec des feuilles qui se déplient. Ils marchent lentement. Ugo se baisse, arrache des herbes, les mâche, pour manger cette terre, pour en avoir le goût dans les dents. « Plus tard, pense-t-il, quand je serai mort, peut-être mon fils viendra-t-il m'enterrer ici. Alors, j'aurai cette herbe dans la bouche, qui poussera. » Le temps est celui des nuages très blancs et très ronds, avec du soleil.

– Les arbres, j'ai vu déjà…

Quand on les coupe. Il a vu déjà, sur les troncs abattus, ces cercles l'un après l'autre qui permettent de lire les âges. Il sait que Noële est ainsi, son corps et son cœur, avec de petits cercles qui sont les années d'avant lui.

La vieille maison est fermée, avec son cadenas de l'an dernier. Le même.

– Pour entrer, il suffit d'arracher l'un des pitons.

Ugo tourne autour.

– C'était toi ?

– J'avais dix ans, onze ans. Le jeudi.

Sur la porte, Ugo découvre deux initiales, gravées au couteau.

– N. V.

Il passe un doigt sur les lettres, lentement.

– C'est Denis qui les a gravées.

– Il venait ici avec toi ?

– Oui.

– Il t'aimait ?

Elle regarde les lettres à son tour.

– Nous étions enfants.

Ugo l'entraîne.

– Allons voir ton école, à Ouches.

En entrant dans la cour, il s'arrête. Il a l'impression d'être déjà venu.

– Toutes les écoles se ressemblent, dit-il.

Il pense à la sienne. Exactement la même. Sauf l'arbre, au milieu de la cour. A Budapest, il n'y avait que du ciment. Il pousse la porte de la classe, s'assied sur un banc. Sa main frotte le bois. Toutes les écoles ont la même odeur : le papier, et l'eau de Javel pour laver les parquets. Le poêle. Le charbon et la grille. L'hiver, quand il fait de la neige.

Sa main s'immobilise. Il y a deux initiales sur le bois du pupitre :

– Comme à la vieille maison, remarque-t-il.

N. V. Le même couteau maladroit. Il ne comprend pas ce qui est en lui brusquement. Il est jaloux. De tous ces temps.

– Mon enfance à moi...

Pourquoi n'a-t-il pas le droit d'y penser, à son tour. Pourquoi elle seule ?

– J'étais heureux, moi aussi. J'étais un petit garçon heureux.

Il se souvient de la chambre d'Ithaque. *Le seul cadeau que je voudrais te faire...* Prendre avec Noële le chemin de la Hongrie, passer la frontière, et lui offrir tout. Tout ce qu'elle lui offre depuis qu'il est aux Quatre Vents. Les odeurs, et les couleurs, et les images, et que ses racines apparaissent. Qu'elle se penche à son tour, qu'elle ramasse une pierre, qu'elle arrache une herbe et la morde.

Il sort de la classe, appelle :

– Denis !

Pourquoi n'est-il pas là ? N'a-t-il pas entendu arriver la voiture ?

– Oui ?

Denis se penche par la fenêtre du premier étage. Il travaillait. Il n'avait pas entendu, c'est vrai. Il descend. Avec Denis, ils vont parler musique, disque, enregistrement. Il le sait. Il préfère. De temps en temps, pendant qu'il parle, il regarde Noële. Elle ne dit rien. Depuis qu'elle est arrivée à Ouches, elle écoute Ugo. Quelque chose s'est mis en route de nouveau. Quelque chose qui n'est encore qu'un peu de lumière dans son regard, un éclat vite étouffé dans sa voix. Elle s'est assise. Elle ne veut rien savoir. Seulement cette caresse furtive, dont elle ne sait pas encore prendre l'habitude, lorsque son enfant se met à bouger.

Le dernier soir, parce qu'il fait très beau, Noële s'installe dans le jardin, sur une chaise longue, souriant au soleil déjà rouge.

– Tu es bien ? demande Ugo.

Il lui prend la main.

– Merci.

– Pourquoi ?

– Pour toi.

Il tire une autre chaise longue, s'installe à côté d'elle. Ils restent longtemps sans parler. Dans la laiterie, au fond de la cour, on entend le bruit des seaux, des moteurs, la voix de Gilles Vaindrier parfois, celle de Brémont qui répond. Contre le mur du jardin, un lilas est en fleur.

– Il fleurit toujours le premier, dit Noële.

Toujours. Cela veut dire vingt années, l'une après l'autre. Elle regardait fleurir le lilas. Elle ne se demandait pas où était Ugo. Elle ne s'étonnait pas qu'il soit si loin d'elle.

– Tu rentres de bonne heure, aujourd'hui !

Nicole Vaindrier vient vers Noële. D'habitude elle reste sur le chantier jusqu'au soir.

– C'est le dernier jour. Je voulais être un peu plus longtemps avec vous.

Mais elle n'ose pas approcher tant ils sont silencieux.

– Je vous dérange...

Ugo s'est levé.

– Prenez ma place, madame.

– Non, Ugo. J'ai mes habitudes. Un vieux fauteuil. Demandez à Noële.

– C'est vrai. Lorsque maman s'assied dans le jardin, elle s'installe dans une sorte de fauteuil en osier, complètement effondré, mais elle s'y invente un équilibre qui la repose.

– Je vais vous le chercher, dit Ugo.

– Dans la remise, au fond.

Il revient avec le fauteuil. Nicole Vaindrier s'assied près de Noële. Elle parle un peu. Quelques mots sur les travaux, sur François Gallart, sur sa journée. Mais très vite, elle se tait. Comme Noële, comme Ugo. Elle se tait parce que peu à peu elle a découvert le lilas.

– Il résiste à tout, raconte-t-elle. Aux gelées, aux orages. Il doit avoir plus de cent ans.

Ils ne savent pas que le soir approche. Gilles Vaindrier sort de la laiterie avec Brémont. C'est l'heure des livraisons. Il les aperçoit, tous les trois. Il pense à Venise, à la place Saint-Marc. Il vient lentement vers eux. Brémont s'écarte, disparaît dans le hangar où le camion est rangé.

– Méfiez-vous, prévient Gilles Vaindrier. Il commence à faire frais. Nous ne sommes qu'en avril.

– Je vais monter chercher un chandail.

Noële regarde son père.

– Je peux dire ce que je pense ? demande Gilles.

Il est devant eux, un peu maladroit. C'est à Noële qu'il parle, mais il sait que sa femme écoute, et Ugo.

– Je ne vais pas vous faire un petit couplet lyrique, rassurez-vous. Mais il faudra nous souvenir toujours de cet instant, de ce jardin, de ce silence. Toujours. Vous, les enfants, et nous les parents. Parce que...

Il regarde vers le hangar, vers le camion. Il peut aller jusqu'au bout de sa phrase. Après, il tournera le dos et, s'il est ému, personne ne le verra.

– ... parce que c'est enfin comme une famille.

A Paris, maître Forestier les héberge dans son petit appartement, sur les boulevards extérieurs. Il habite en haut d'une sorte de tour, avec une terrasse et des rosiers. De ses fenêtres, on voit Paris, les banlieues, une large route qui semble partir de sa porte et conduire vers les aéroports. Le studio d'enregistrement est à côté de chez lui. Ils y vont ensemble et en reviennent. Noële assiste à chaque séance. Elle s'installe dans la cabine des techniciens. Ugo travaille avec une minutie, une exigence qui surprennent tout le monde. Maître Forestier le premier.

– On peut penser que vous ne serez jamais satisfait, Ugo ! Que, ce disque terminé, vous allez refermer votre piano.

– C'est vrai, dit Ugo.

Il est assis sur le bras du fauteuil de Noële.

– Un concert, ça ne reste pas ! On peut toujours se dire : je ferai mieux demain. Un disque, c'est une fois pour toutes.

Noële demande, sans lever les yeux :

– Pour qui fais-tu ce disque ?

– Pour mon fils.

L'enregistrement dure une semaine. Ugo n'est pas complètement satisfait, mais il sait qu'il ne pourra pas aller au-delà. Maître Forestier s'engage à suivre lui-même les opérations de montage, de gravure, de pressage. Il tient lui aussi à ce que ce disque soit le plus près possible de la perfection. Ugo doit donner un concert à Londres, dans trois semaines. Il est convenu qu'au retour, il s'arrêtera à Paris, pour écouter la première épreuve.

– Si vous n'êtes pas content, nous recommencerons.

Ils peuvent rentrer à Athènes. Mais il leur reste quelque chose à faire à Paris. C'est Noële qui en a parlé la première.

– Cet appartement dans l'île Saint-Louis, où tu as vécu, peut-être faudrait-il y mettre de l'ordre.

Depuis l'accident d'Héléna, personne n'y est entré. Yannis Karrassos a tiré les rideaux, verrouillé les portes. Et c'est une ombre encore qui attend que quelqu'un lui ferme les yeux.

– Tu auras la force ?

– Oui.

Ils y vont. C'est un jour entre deux saisons. La Seine hésite d'une berge à l'autre. Ils montent trois étages. La porte est un peu difficile à ouvrir. Il n'y a pas d'électricité. On a coupé les compteurs. Ugo va jusqu'à la fenêtre, écarte les volets. C'est à la pointe de l'île, avec Notre-Dame dans les fenêtres. Tous les objets sont à leur place. Noële a l'impression qu'Héléna va revenir, qu'elle est en voyage pour quelques jours. Elle aperçoit de grands dossiers sur les rayonnages de la bibliothèque.

– Il y a ton prénom partout. Ugo… Ugo…

– C'est tout ce qui concerne mon métier.

Il sort les dossiers, les ouvre. Des photographies, des articles de journaux, des contrats, des lettres.

– Héléna gardait le moindre entrefilet, la plus mauvaise photographie.

– Je voudrais emporter ces dossiers.

– Où ?

– A Athènes, à Lefkas, je ne sais pas. Je voudrais pouvoir les regarder.

Elle s'arrête sur une photographie, très noire sur la page d'un programme.

– A qui ressembles-tu ?

– A mon grand-père paternel. J'ai tout de lui, le visage, la démarche.

– A ta mère, non ?

– Ma mère, c'était Maria.

Il referme les dossiers, les remet en place.

– J'en parlerai à la concierge. Quelqu'un viendra, mettra les dossiers dans des caisses, et les enverra à Athènes.

Il s'approche de la fenêtre ouverte, monte sur le balcon. Noële le rejoint.

– Parfois, la nuit, quand il faisait chaud, je dormais sur ce balcon. Au petit jour, la Seine, c'est très blanc.

Il s'accoude, se penche un peu. Les gens passent dans la rue. Sur les quais, plus loin, des pêcheurs immobiles.

– C'est ça, que j'aimais. Le fleuve. Comme à Budapest. Chez moi, à Budapest, il y a aussi un fleuve devant les fenêtres. Depuis que je suis enfant, je m'accoude au balcon et je regarde l'eau. Pendant la guerre, tous les ponts, sur le Danube, avaient été détruits. Je les ai vus, l'un après l'autre, se reconstruire. Il y a un moment où les deux arches se rejoignent. On ne respire plus, on attend, et d'un coup, ça y est ! La vie peut circuler d'une rive à l'autre. Chaque fois que…

Il s'interrompt brusquement, se penche davantage. Quelque chose dans la rue, quelqu'un. Noële essaie de voir. Des gens, pressés, parce que le soir est proche, qui rentrent chez eux. Ugo se redresse.

– Cet homme, là-bas…

Il désigne quelqu'un de dos, qui s'éloigne, un homme grand, mince, avec un manteau sombre. Un homme qui marche moins vite que les autres, qui ressemble à un promeneur.

– Quand il a levé la tête vers le balcon… C'est absurde, je sais, absurde. Mais…

Il se penche de nouveau. L'homme est arrivé au coin du quai. Il disparaît derrière la maison d'angle.

– J'ai cru que c'était Tomas, mon frère aîné.

XII

Je ne vous l'interdis pas formellement, madame. Comprenez-moi. Je dis simplement que ce serait plus raisonnable d'attendre votre mari ici. Vous n'êtes pas malade. Vous êtes simplement fatiguée. Tous ces voyages depuis des mois…

Noële ne veut pas croire le docteur. Londres. Le concert de Londres. Elle n'avait jamais pensé qu'il jouerait sans elle. Elle en veut brusquement, à cet enfant qui l'oblige à se séparer de son père.

– Si ce voyage est absolument nécessaire, faites-le, poursuit-il. Mais je sais d'avance ce qui va se passer. Les allées et venues, les chambres d'hôtel, les avions. Vous êtes dans votre cinquième mois. C'est celui qui exige le plus de prudence.

Il se tourne vers Ugo.

– J'ai dit tout ce que j'avais à dire, monsieur.

Ugo le raccompagne jusqu'à la porte. Delpina Karrassos entre dans la chambre.

– Nous allons quitter Athènes ensemble, déclare-t-elle. Nous allons nous installer à Lefkas. Nous serons bien.

Noële ferme les yeux. Elle se laissera faire. Pendant ces jours où Ugo sera loin d'elle, elle n'aura plus le sens de rien.

– Quatre jours, annonce Ugo en revenant. Seulement quatre jours.

Elle comprend qu'il ne veut pas qu'elle l'accompagne.

– Ce sera long, dit-elle.

– Je te téléphonerai chaque jour.

– Tu me diras tout ?

– Tout.

Il sait qu'elle se souvient de New York, et qu'elle a peur pour lui. C'est un concert public, le premier depuis celui des Nations unies.

– Maintenant que tu partages tout avec moi, si quelqu'un se lève dans la salle, je penserai à l'enfant, et je jouerai !

Ugo répète le soir de son arrivée, et toute la journée du lendemain. L'orchestre lui est familier. Il a déjà joué à Londres plusieurs fois. Il a tenu à inscrire à son programme le concerto inconnu de Mozart qu'il n'a pas su jouer aux Nations unies. Pour tout effacer. Sous ses doigts, c'est la même musique. Il est avec Noële. Il retrouve cette chambre, dont il lui a parlé, où il l'attend en disant qu'il l'aime, et qu'elle est douce, et qu'elle va venir. Il lui téléphone avant chaque répétition. Elle est à Lefkas. Elle attend Yannis Karrassos, qui annonce son retour, après tant de semaines passées au Japon. Il devine à sa voix qu'elle est perdue sans lui.

– Plus que trois jours !

Ugo répète. Il est seul, pendant une pause de l'orchestre. Il travaille un passage du second mouvement. Il a l'impression que quelqu'un est là, que quelqu'un écoute. Il s'arrête, se penche vers la salle.

– Ne t'interromps pas pour moi, Ugo.

Pendant un moment très long, il reste immobile. Il a froid. Ses mains d'abord, tout le sang qui s'en va, et ses bras. Il pense : la neige. Toutes les forêts d'un coup. Puis la nuit.

– Je ne sais pas si je pourrai assister au concert, demain soir. Alors, je suis venu à la répétition. J'avais envie de t'entendre jouer, Ugo...

Ce n'est pas une voix. C'est tout en même temps, le vent, un escalier, le lac, le cordage des bateaux, et dans la chambre des garçons, la nuit, les trois sommeils. Ugo se lève. Dans la salle, avec son manteau sombre, le même manteau qu'à Paris, il reconnaît Tomas.

– Je ne reviendrai pas, Tomas.

Il s'étonne que Tomas n'ait pas changé. Exactement comme il y a trois ans. Un beau visage, très clair, très paisible, et cette façon de se tenir debout, bien solidement, parce qu'il est le frère aîné.

– Tu lui diras que je suis marié, Tomas. Que je vais avoir un enfant. Que je reste avec ma femme et mon enfant.

Tomas ne répond pas. Ugo s'approche du bord de la scène.

– Quand nous étions petits, quand j'avais trop joué... Tu étais l'aîné Tomas, le plus fort. Tu me prenais sur tes épaules, tu me portais jusqu'à la maison. Mais nous ne sommes plus des enfants, Tomas. Il n'y a plus de frère aîné. Il y a des frères devenus des hommes.

Tomas fait un pas, sort de la pénombre.

– Travaille, Ugo. Laisse-moi t'écouter. Je veux pouvoir lui dire, en rentrant, que je t'ai entendu.

Ugo saute de la scène, court vers Tomas, le prend dans ses bras, et serre, le visage baissé, comme autrefois, parce que Tomas est plus grand. Tomas le serre à son tour, puis l'écarte avec violence, le repousse, parce que ça fait trois ans, et plus de trois ans.

– Comment est-elle ? demande enfin Ugo à voix basse.

– Des cheveux gris.

– Tout à fait gris ?

– Oui, Ugo.

– Et sa taille ?

– Toujours aussi droite. Toujours debout. Elle marche dans la maison, même la nuit. Elle dort à peine. Elle ne veut pas que tu la surprennes endormie. Elle t'attend.

Derrière eux, il y a des voix. Les musiciens reviennent.

– Il faut que je travaille, Tomas. Ce soir, reviens dans ma loge. Passe par les coulisses. Je préviendrai. C'est possible ?

– Puisque tu le demandes.

Ils marchent sous la pluie, le long des quais. Il est tard. La répétition ne s'est terminée qu'à minuit. Tomas raconte. La maison du lac Balaton est vendue, et l'appartement au bord du Danube. Ils ont maintenant trois pièces sombres, dans une banlieue. Josef est marié. Il vit dans le sud du pays. Il a une petite fille.

– Et toi, Tomas ?

Il n'ose pas demander ce qu'est devenue Elizabeth.

– Comment as-tu fait pour venir ?

– Il y a des passages.

Dans la rue, Ugo frôle une affiche. Il y a son nom écrit en grandes lettres rouges.

– Va-t'en, Tomas ! Demain soir, je donne un concert. Après-demain je suis à Paris, j'écoute l'épreuve de mon disque, et je rentre à Lefkas. Je ne partirai pas avec toi.

– Il y a des passages, redit Tomas. Ils sont faciles. Il suffit que tu reviennes un soir, seulement un soir, pour qu'elle s'apaise et s'endorme. Le lendemain, tu pourras repartir. Par les mêmes passages.

Il parle lentement. C'est le frère aîné. Il suffisait qu'il parle autrefois, parce qu'il n'y avait plus de père dans la maison, et qu'une voix d'homme était nécessaire.

– C'est fini, Tomas. Pendant toute notre enfance, c'est toi qui commandais. Josef et moi, nous t'obéissions. C'est fini.

Tomas hausse les épaules :

– Pourquoi te débats-tu, Ugo, puisque tu sais que tu viendras ?

Toute la journée, il répète. Le soir il joue. Il joue comme si c'était la première fois, et la dernière aussi. Il ne sait pas si le public applaudit. Il n'entend rien. Après le concert, il y a une réception organisée en son honneur. Il téléphone à Noële. Il dit :

– Demain matin, Paris. Et toi, le soir.

Il dit que c'est un grand succès, qu'il a bien joué, qu'il le sait. Il dit qu'il l'aime. Il reste le plus longtemps possible à la réception. Puis, il rentre à son hôtel. Il ne se couche pas. Il reste assis dans un fauteuil, à attendre l'heure d'aller à l'aéroport, de prendre l'avion pour Paris. Dans l'avion, il y a Tomas, à quelques places devant lui.

A Orly, il trouve maître Forestier. Tout de suite, ils gagnent le studio d'enregistrement.

– La tendresse, maître ? Y a-t-il assez de tendresse ?

– Vous avez le cœur dans les doigts, Ugo. Le cœur d'un enfant et le cœur d'un homme. Personne jusqu'ici n'avait mis dans cette musique autant de gravité et d'émerveillement.

Ugo écoute l'enregistrement jusqu'au bout. Il se dit que son fils, un jour, saura combien il l'aimait.

– Je vous confie ce disque, maître. Jusqu'au bout. Qu'il soit parfait jusqu'au bout.

– Oui, Ugo.

Maître Forestier le sent bouleversé.

– Il faut que je vous quitte.

– Je vous accompagne.

– Non, maître. Je pars seul.

Il demande à écouter encore une fois les premières mesures du second mouvement.

– Oui, Ugo.

Le piano seul, comme une voix dans le silence du matin. Comme aux Quatre Vents, lorsque la fenêtre est ouverte, et que Noële dort encore, et qu'il se lève sans bruit pour la regarder dormir de loin.

– Vous lui direz, maître.

A mi-voix, penché sur les appareils :

– Cette tendresse, vous lui direz…

Il quitte le studio. Tomas est dans le couloir, adossé au mur.

– Viens, dit Ugo.

– J'écoute.

La musique est un peu plus lointaine, comme si le voyage déjà commençait, comme si dans les vitres de la voiture les paysages se détournaient.

– Viens, Tomas, sinon je ne pourrai pas.

Ils sortent.

– Tes valises ? s'étonne Tomas.

– A la consigne d'Orly. Je serai revenu demain, je les reprendrai.

– Il y a une station de taxi au coin de la rue.

– Il faut d'abord que je téléphone en Grèce.

Il cherche un bureau de poste. Il entre, demande la communication pour Lefkas. Tomas attend avec lui.

– Un jour Tomas, seulement un jour. Demain soir, je serai avec ma femme et mon enfant.

La standardiste lui fait signe. Il entre dans la cabine. La voix de Noële est difficile à entendre, brouillée. Il parle lentement, il détache les mots.

– Ecoute, il ne faut pas que tu sois triste. Je reste à Paris, oui… Je t'entends mal… Non, pas ce soir, demain, je reviendrai demain, à cause de l'épreuve du disque. Il y a quelque chose à refaire. Je vais travailler cette nuit avec maître Forestier, et demain…

Il écoute. Il tremble un peu, parce que Noële dit qu'elle n'a plus la force de l'attendre.

– Ecoute, tu m'entends bien ? Le disque sera beau. Il parlera de toi et de moi et de l'enfant… Comme tu es loin !… Samedi, oui, je serai là samedi. Un seul jour de retard.

Il raccroche. Tomas ouvre la porte de la cabine.

– Viens.

Sixième Partie

Le cordonnier de Sesana

I

C'EST une maison longue et basse. De hauts murs, couverts de feuillages, des tuiles rousses et, derrière des cyprès, la voix monotone d'un jet d'eau. La route qui y conduit est étroite, sinueuse, avec des fondrières. Lisette Andrieux sonne, attend qu'on ouvre. Autour d'elle, il y a des collines avec des profondeurs de bois touffus, et très loin, dans le soleil, la tache ocre d'un court de tennis. Le silence est si complet qu'elle entend le bruit des balles.

– Madame ?

Une jeune femme entrouvre la porte.

– Je voudrais voir Mme Luckas.

La jeune femme regarde Lisette attentivement. Elle est brune, avec un long visage, des cheveux courts.

– Elle dort, madame. Ne pouvez-vous pas revenir plus tard ?

– Je suis sa marraine, mademoiselle. J'arrive de très loin, du Brésil. Je dois repartir ce soir même. Je suis allée au palais Karrassos. Sa tante, Mlle Delpina, m'a dit que je pouvais voir ma filleule sans attendre. N'est-il pas possible de la réveiller ?

La jeune femme regarde Lisette quelques secondes encore, ouvre la porte.

– Suivez-moi, madame.

Elles longent une sorte de cloître qui ouvre sur des pelouses. C'est la fin de la matinée. Le soleil est écrasant. La jeune femme pénètre sous un patio ombragé.

– Je vais prévenir Mme Luckas.

– Je vous accompagne.

La jeune femme a un geste bref, s'engage dans un couloir. Lisette la suit. Elles arrivent devant une porte. La jeune femme l'ouvre doucement. La chambre est dans l'obscurité. Lisette distingue un lit, une forme allongée.

– Qui est là ?

La voix de Noële, embrouillée, lointaine.

– Une visite pour vous, madame.

Noële se redresse brusquement.

– Une visite ?

Elle a presque crié, cherchant à reconnaître cette ombre devant la porte entrouverte.

– Une visite à laquelle tu ne t'attends sûrement pas, mon chéri.

Lisette s'approche rapidement du lit, se penche. Noële la regarde longtemps.

– Toi ?

A mi-voix, pas tout à fait certaine, comme si dans cette pénombre elle pouvait encore se tromper.

– Moi, Lisette, oui, mon chéri. Il fait si noir dans cette chambre, tu ne peux pas me reconnaître. Mais ma voix... Tu reconnais bien ma voix? C'est exprès qu'on laisse tes volets fermés ? Tu n'as pas envie d'un peu de lumière ?

– Mme Luckas n'ouvre jamais sa fenêtre.

La jeune femme parle d'une voix sèche, debout près du lit.

– Vous pouvez nous laisser, mademoiselle. Si j'ai besoin de vous, je sonnerai.

La jeune femme ne bouge pas.

– Vous pouvez nous laisser, dit Noële à son tour.

Quelques secondes encore, et la jeune femme sort sans bruit, referme la porte. Lisette va rapidement jusqu'à la fenêtre.

– Non, Lisette...

Noële a tiré les draps jusqu'à son menton. Elle est comme accroupie dans son lit, repliée sur elle-même.

– Laisse entrer un peu d'air au moins, on étouffe dans cette pièce.

Elle pousse un volet. Le soleil déchire la pénombre, saute au visage de Noële qui porte la main à ses yeux. Lisette se retourne. Elle a un bref sursaut, qu'elle s'oblige à réprimer. Il ne faut pas. Comme si tout était normal. Elle revient vers le lit.

– J'étais à Nice, chez mes parents. Je pensais que je ne t'avais pas vue depuis le Brésil. Près d'un an. Et que tu étais à peine à une heure et demie d'avion. Je me suis finalement dit que c'était trop bête. Ce matin, j'ai pris un billet. Tu me connais ! Un coup de tête.

Sourire. Rire même. Parler haut et vite, comme toujours. Ne pas se demander qui est dans ce lit. Pas Noële. Ce visage tiré et bouffi en même temps, ce teint gris, ces cheveux en désordre et, sous les draps, ce ventre déjà rond.

– Comment as-tu su que j'étais ici ?

– Par ta tante Delpina, mon chéri. En débarquant à Athènes, je suis allée tout de suite au palais Karrassos. Je savais que tu étais en maison de repos. Mais je ne connaissais pas l'adresse. Et je me disais que tu en étais peut-être sortie. J'avoue même que je le souhaitais. Il me semble que c'est bien long…

Elle va comprendre, peu à peu. Il faut simplement de la patience. Elle va savoir pourquoi. Noële a toujours les mains sur son visage.

– Ce sont eux qui t'envoient.

– Qui, mon chéri ?

– Mes parents.

– Tu devines qu'en arrivant en France, je me suis arrêtée aux Quatre Vents, comme toujours. J'y ai passé une semaine. J'étais là, d'ailleurs, l'autre dimanche, lorsque tu as téléphoné pour la fête des mères. Nicole avait tellement de choses à te dire qu'elle ne t'a pas parlé de moi. Mais j'étais là. Et je ne comprends pas pourquoi tu t'imagines qu'ils m'envoient. Qu'y a-t-il à savoir ? Tu leur as appris dès le premier jour que ton médecin te demandait de rester trois semaines dans une maison de repos. Je ne dis pas qu'ils sont très contents de te savoir là. Mais ils pensent que tu es bien soignée. Et ils pensent surtout que tu ne leur as rien caché…

– Tu me jures, Lisette ? Tu me jures ?

Noële écarte les mains. « Un chien, pense Lisette. Un pauvre petit chien. » Elle s'assied sur le lit, avance une main.

– Je te jure, mon chéri.

Noële se jette sur cette main, le visage contre le drap, soudain abandonnée, toutes ses défenses rompues.

– Ugo…

Elle parle, la bouche contre la main de Lisette, à voix si basse, si effrayée, que Lisette est obligée de se pencher pour entendre.

– Disparu ! Depuis un mois. Je l'attends. Mon père est allé le chercher. Oui, mon père. En Hongrie. Et j'attends, les jours passent. Je deviens folle, Lisette, je deviens folle…

Elle garde le silence un long moment, se redresse, lâche la main de Lisette.

– Referme les volets.

Sans un mot, Lisette obéit. Noële s'assied, les jambes allongées, la tête appuyée au dossier du lit. Elle raconte. Plus calmement. Ugo a disparu. Depuis qu'il lui a téléphoné de Paris, pour lui dire qu'il ne rentrerait que le lendemain. Elle a attendu. Un jour. Deux jours. Et puis, elle a appelé M. Forestier. Il n'a pas compris. Ugo avait dit qu'il restait pour travailler avec lui. Ce n'était pas vrai. M. Forestier l'avait vu, avait écouté avec lui les épreuves du disque, mais l'avait quitté au studio d'enregistrement. Alors Yannis Karrassos a pris un avion. Il est allé à Paris, à Londres. Il a refait le voyage de Ugo. Il a interrogé tous ceux qui l'avaient vu : le chef d'orchestre, les musiciens, le gardien du théâtre, le portier de l'hôtel. Il a fini par savoir que quelqu'un avait rejoint Ugo à Londres, la veille du concert, l'avait attendu dans sa loge, qu'ils étaient partis ensemble. Un homme grand, très blond.

– C'est Tomas, Lisette. Son frère aîné Tomas. Je l'ai vu à Paris. Du balcon de l'île Saint-Louis. Ugo me l'a montré. Il n'a pas voulu me dire que c'était son frère. Il m'a répondu que c'était quelqu'un qui lui ressemblait. Mais il l'avait reconnu. J'en suis certaine. Il l'avait reconnu...

Lisette la regarde. Malgré la pénombre, elle déchiffre ce nouveau visage. Un mois d'attente, et le sang, la couleur de la peau, la forme des lèvres, tout est différent.

Noële reprend son récit. Yannis Karrassos a découvert les bagages de Ugo à la consigne d'Orly. Il s'est fait communiquer la liste des passagers ayant pris un avion ce jour-là. Mais Ugo et Tomas avaient dû voyager sous des noms d'emprunt. Les hôtesses, les stewards n'avaient pas su répondre. Deux hommes blonds. C'était trop vague. Yannis Karrassos a décidé, alors, d'aller en Hongrie. Ugo ne pouvait être que là. Ceux qui avaient essayé n'avaient pas réussi. Tomas s'était décidé à venir lui-même. Ugo avait obéi à son frère aîné.

– Mon père s'est fait donner une mission officielle. Il est à Budapest depuis deux semaines, comme président d'une commission de Finances, chargée de discuter des accords commerciaux. Il a un ami, Yorgos, avec lequel il est en contact, qui me donne des nouvelles. Il doit rentrer bientôt. Voilà, Lisette. Tu sais tout.

Elles sont immobiles.

– Je peux te poser deux questions, mon chéri ?

– Oui.

– Pourquoi es-tu ici ?

– Parce que j'ai besoin de me reposer. Je ne suis pas malade, tu peux interroger le médecin. C'est simplement une maison de repos, mais je n'avais pas la force d'attendre à Athènes. Je suis venue ici pour dormir, pour ne plus savoir que j'attends. Ici, c'est le noir. Toute ma lumière est là-bas, avec eux.

Elle tourne la tête.

– La porte..., dit-elle doucement.

Elle la regarde fixement.

– Un jour, la porte s'ouvrira et Ugo...

Elle respire un peu vite. Sa main a une crispation sur le drap.

– L'autre question, Lisette?

– Tes parents, mon chéri. Pourquoi n'as-tu rien dit?

Noële se redresse brusquement.

– Parce qu'aux Quatre Vents, il faut qu'ils soient heureux en pensant à moi, qu'ils me voient heureuse, une image de moi heureuse. C'est ma défense. Comme s'ils veillaient sur nous. L'autre dimanche, quand j'ai téléphoné, tu ne sais pas l'effort que j'ai fait. Je voulais que maman soit rassurée. Il y a eu brusquement cette date: la fête des mères. J'ai voulu qu'elle entende ma voix, ma vraie voix, celle d'avant.

Elle est penchée, tendue.

– Tu ne diras rien, tu me jures que tu ne diras rien?

– Je ne dirai rien.

Lisette se lève, va jusqu'à la fenêtre, écarte de nouveau les volets.

– Maintenant, tu te lèves.

Elle tend une main.

– Je ne peux pas.

– Tu peux.

– Tous les jours, j'essaie. Quand on vient faire mon lit. J'essaie de faire quelques pas. Je tombe.

– Je te tiendrai.

– Que veux-tu m'obliger à faire?

– A te lever, à sortir dans le jardin. Il y a un banc, à l'ombre tout près d'ici.

Elle a toujours la main tendue.

– Tu ne sais pas où est Ugo, tu l'attends, tu attends ton père qui est parti le chercher. Mais Ugo est ici.

Sans s'attendrir, jusqu'au bout des phrases, pour qu'elles soient dites, et que Noële les entende.

– Ton enfant, c'est Ugo. Tu oublies qu'il est là, qu'il grandit, que bientôt il aura envie de voir comment tu es faite. Il faut qu'il t'entende vivre, parler, rire aussi. Qu'il sache que tu es une mère comme les autres.

– Si son père n'est pas là pour l'accueillir, je ne veux pas le mettre au monde.

– Il naîtra quand même, mon chéri. Il naîtra au moment venu. Tu ne peux plus rien contre cette vie qui est en toi.

Noële attend encore un moment, puis elle écarte les draps, pose un pied sur le sol.

– Je dois avoir une robe de chambre, quelque part.

Lisette ouvre une armoire, trouve la robe de chambre, la tend à Noële. Elle va dans le cabinet de toilette, prend une brosse, un peigne, un miroir. Noële se regarde.

– Cette femme, dans la glace…

– C'est toi, oui.

– Si Ugo revenait, s'il entrait maintenant dans la chambre, il ne me reconnaîtrait pas.

Elle saisit le peigne, la brosse, se coiffe à gestes nerveux. Elle se lève, seule, refusant la main de Lisette. Debout au milieu de la chambre, regardant autour d'elle. « Elle était morte, pense Lisette. Vraiment morte… » Elles sortent de la chambre. Noële s'appuie au mur d'une main, longe le couloir, atteint le patio. Sur la gauche surgit comme une forêt de fleurs, serrées les unes contre les autres, toutes les couleurs à la fois, encadrant une pièce d'eau où s'ouvrent des nénuphars. Elles s'installent au bord de l'eau, sur la pierre, dans les fleurs. Il y a de petites grenouilles, gris argent, qui les regardent. Noële respire longtemps.

– Quel jour sommes-nous ?

– Le 6 juin.

– L'été, bientôt.

L'eau est verte, avec des algues fines.

– Ugo a quitté Paris le 4 mai. Un mois et deux jours.

Elle enlève une sandale, enfonce son pied dans l'eau.

– Tu avais raison, dit-elle. J'ai la tête qui tourne un peu, mais c'est bien.

– Tu veux que j'appelle l'infirmière ?

– Non, c'est l'air, toutes ces fleurs, la chaleur aussi. Mais je ne suis pas malade, au contraire. C'est la vie qui reprend.

II

NOËLE quitte la maison de repos deux jours plus tard. Lisette a gagné sa première bataille. La seconde est plus difficile. Elle veut que Noële rentre aux Quatre Vents, jusqu'à la naissance de l'enfant. D'elle-même, elle l'aurait mise dans un avion sans hésiter. Mais la décision ne lui appartient pas. Il faut attendre le retour de Yannis Karrassos. Il faut aussi que Noële consente à mettre les Vaindrier au courant. Elle refuse toujours.

– Ta mère s'étonne.

– Pourquoi ?

– Parce que je devais rester à Athènes une seule journée. Je viens de lui téléphoner. Elle commence à comprendre qu'il se passe quelque chose.

– Lisette, tu ne lui as rien dit ?

– Puisque je l'ai juré.

Elles sont dans la chambre de Noële. Sur les terrasses du palais l'ombre sort des murs. Le soir approche. Très loin, un jardinier, coiffé d'un chapeau de paille, se penche sur des rosiers.

– Elle s'impatiente aussi parce quelle a besoin de moi ! Je n'ai pas encore tout réglé avec la banque pour le financement des travaux de la Maison des Jeunes. Les premiers fonds doivent arriver du Brésil ces jours-ci. Il manque une ou deux signatures. Et l'architecte, qui a financé jusqu'ici, voudrait bien que je commence à le rembourser.

– Tu as vu les travaux ?

– Oui. Ce sera très bien. Ta mère a vraiment découvert un architecte remarquable. Plein d'idées, d'enthousiasme. En principe tout doit être terminé pour le 14 juillet. La municipalité prévoit une grande fête pour l'inauguration. Je rêve de faire venir Diego et mes fils pour y assister.

– Miguel et Carlo ?

Les chevaux, le soleil sur les pierres et, la nuit, dans l'ombre de la véranda, la guitare de Miguel. Noële ferme les yeux. C'était aussi des jours à attendre, à dire : « Ugo... » tout bas.

Un coup léger contre la porte.

– Entrez.

Une femme de chambre vient dire que Mlle Delpina voudrait parler à Mme Andrieux. Lisette suit la femme de chambre. Delpina est debout devant sa porte, en manteau de voyage. Toute noire, le col relevé. Son visage est très petit, perdu sous des cheveux qui perdent leur couleur, peut-être gris, peut-être blancs. Autour d'elle, ses bagages.

– Je pars, dit-elle.

A voix basse. Elle ne parle plus qu'à voix basse, depuis la disparition de Ugo.

– Cette maison..., ajoute-t-elle.

Mais pourquoi expliquer ? Noële a les trousseaux de clefs. Et Mme Andrieux est là. Elle fuit. Elle va en Italie, à Pisticci dans sa maison, parce qu'il y a beaucoup à faire là-bas, à reconstruire, depuis le bombardement qui l'a démolie. Elle tire sur ses gants. Pendant vingt ans, pas un jour elle n'est sortie, pas un jour elle n'a quitté ce palais d'Athènes, parce que la porte pouvait s'ouvrir, parce qu'Alexandra pouvait apparaître sur le seuil. Mais Ugo... Attendre Ugo maintenant, elle n'en a plus la force.

– Alexandra...

– Je l'embrasserai pour vous, promet Lisette.

Delpina lève les yeux. Son regard tourne d'une porte à l'autre, vers les couloirs, les chambres fermées, le silence des maisons trop grandes.

– Chez moi, à Pisticci...

Elle ne sait pas pourquoi, mais les mots n'obéissent plus. Une phrase commence, reste en suspens. Elle tire une fois encore sur ses gants, regarde la première marche de l'escalier. Le chauffeur est en bas, dans le hall. Il attend un signe pour prendre les bagages. Delpina relève la tête. La première marche. Après, les autres, c'est simplement une habitude.

– Il faut que j'y retourne. Il faut que je m'acharne. Jusqu'à ce que tout soit clair. Comment voulez-vous, autrement ?

Yannis Karrassos est revenu chez lui. Il a débarqué de Hongrie un matin, les mains vides. Pendant quinze jours, il a fait son enquête. Difficilement. Sa mission officielle l'empêchait d'aller et venir librement.

– J'ai eu tort. C'est Yorgos qui m'a mal conseillé. Il fallait y aller à titre privé, ne rien faire d'autre que chercher, comme un chien de police.

Il a pourtant découvert quelqu'un. Une femme, Elizabeth, la fiancée de Tomas. C'est elle qui est venue vers lui. Les journaux avaient annoncé son arrivée, et elle savait tout de Ugo et de son mariage. Pendant deux jours, elle lui avait menti, s'était fait passer pour une hôtesse d'accueil, avait dit s'appeler Wanda, parce qu'elle n'était pas sûre des intentions de M. Karrassos. Mais très vite, elle avait avoué. Déchirée, Elizabeth ! Sans nouvelles de Tomas. Dévorée d'attente et de questions sans réponse. Tellement semblable à Noële.

Elle lui avait présenté un ami, Erwin, un de ceux qui connaissaient les passages. Par lui, Yannis avait appris les premières étapes du voyage. A Orly, les deux frères avaient pris un avion pour Nice. Ils avaient franchi la frontière italienne, en bateau, dans la nuit du 4 au 5. Ils avaient débarqué dans un petit port : San Lorenzo al mare. La piste se perdait là. Erwin avait refusé d'indiquer les relais suivants.

– J'ai insisté tant que j'ai pu. J'ai dit que je pouvais aller sur place. Mais il a refusé. Parce que j'étais en mission officielle. Il avait peur que je n'alerte les autorités. C'est pour ça que je veux y retourner. Quand il verra que je suis revenu, presque secrètement, que je suis comme eux, il aura confiance.

C'est le soir, dans le salon de musique. Il marche d'une porte à l'autre.

– Vous repartez sûrement ? demande Lisette.

– Sûrement.

Dans sa chambre, au premier étage, Noële est couchée, les yeux ouverts dans le noir. Il fait une nuit d'été très lourde.

– Nous sommes le 12 juin, continue Lisette. L'enfant va naître bientôt. Pas même deux mois. C'est à cette naissance qu'il faut penser. Dites-vous bien ceci : Noële ne trouvera la force de vivre que par cet enfant. Si Ugo ne revient pas, c'est l'enfant qui empêchera Noële d'aller le rejoindre. Personne d'autre que l'enfant.

– Ugo reviendra.

Yannis Karrassos ouvre le col de sa chemise. Il étouffe. Ce salon fermé. Ces fenêtres. Jusqu'ici, devant cette femme, il voulait rester digne. Mais c'est trop de chaleur.

– Vous voulez repartir, c'est ça ?

Il est devant elle, penché de toute sa taille.

– Avec ma fille ? Vous voulez repartir avec ma fille ?

– Il faudra vous y résigner, monsieur Karrassos. Cette maison est vide. Votre sœur est en Italie. Vous allez retourner en Hongrie. Moi-même, il faudra bien que je rentre chez moi.

Yannis Karrassos la regarde, désemparé. Tout ce qu'il avait cru. Tout ce qui était possible.

– Mon petit-fils, mon garçon...

A mi-voix, pour lui-même.

– Mon garçon Karrassos ne naîtra donc pas chez les Karrassos...

– Tu es là, tante Nicole ?

Marie-Hélène arrive aux Quatre Vents, un matin, tout essoufflée, un journal à la main.

– Je suis venue dès que j'ai su. Pour avoir des nouvelles.

Nicole Vaindrier n'est pas encore prête. Elle a rendez-vous avec François Gallart pour choisir des peintures. Depuis la veille, les travaux de la façade ont commencé.

– Quelles nouvelles ?

– Tu n'es pas au courant ?

Marie-Hélène montre le journal.

– C'est sûrement grave puisqu'ils en parlent.

– Ils parlent de quoi, ma petite fille ?

– De Ugo, ma tante. Il a annulé tous ses concerts.

Nicole prend le journal. Un article très court. Le concert prévu pour la semaine suivante à Stockholm est annulé. Ainsi que tous les contrats signés pour l'été. L'article semble dire que les raisons de santé avancées par le signor Peretti, imprésario de Ugo Luckas, ne sont peut-être pas suffisantes pour expliquer ces annulations.

– Tu as bien fait de me prévenir.

Nicole va jusqu'au téléphone, demande la communication avec Athènes.

– Sois gentille, ma petite fille, va chercher ton oncle à la laiterie.

Gilles Vaindrier arrive très vite. Il lit l'article à son tour. Nicole est toujours près du téléphone.

– Tu y vas, dit-il.

– J'appelle avant, pour savoir.

– Non, Nicole. Tu y vas. Tu fais tes valises, tu prends le premier avion. Et je contacte d'abord Air-France.

Nicole monte dans sa chambre, prépare une valise, ou plutôt laisse Marie-Hélène la lui préparer. Elle est au milieu de la chambre. Elle pense à Lisette.

– Tu emportes ces deux blouses, ma tante ?

– Si tu veux, oui. Je ne sais pas.

Gilles vient la rejoindre.

– Tu vas faire un voyage un peu compliqué. Il y a un avion à deux heures, à Lyon, qui te conduit à Paris. De là, tu repars pour Athènes. Tu y seras ce soir. Dépêche-toi.

– Tu n'appelles pas Athènes, pour dire que j'arrive ?

– A mon retour de Lyon.

– Pourquoi ?

Gilles Vaindrier ferme lui-même la valise.

– Parce qu'il sera trop tard pour t'empêcher de rejoindre Noële.

III

LISETTE l'attend à l'aéroport. Dans la voiture qui les conduit au palais Karrassos, elle raconte tout. Nicole Vaindrier écoute, tête baissée.

– Voilà, Nicole. Nous allons arriver. Tu vas voir Noële. Surtout, ne lui reproche pas de ne rien avoir dit. Elle ne pouvait pas faire autrement.

– Pourquoi ?

Le premier mot qu'elle prononce depuis qu'elle a quitté Gilles à l'aéroport de Lyon. Pendant tout le voyage, elle est restée assise, le regard fixe, ne parlant à personne. Même pas aux hôtesses, à Orly. Des heures sur une banquette, dans le hall, à regarder les avions, à attendre qu'on appelle le sien.

– Elle a peur depuis qu'elle sait que tu arrives, continue Lisette. Elle allait mieux depuis quelques jours. Ce qui la rassurait justement, c'est qu'aux Quatre Vents, vous n'étiez au courant de rien.

– Comment peux-tu dire une chose pareille ?

– C'est pourtant vrai. Les Quatre Vents, c'est le repos pour elle, le seul endroit préservé. Lorsqu'elle pense à vous, elle se dit que Ugo n'a pas disparu. Pour Gilles, pour toi, pour madame Marie, Ugo est encore là.

– Toi, Lisette, comment as-tu pu me mentir si longtemps ?

– Je ne mentais pas.

– Je te demandais : Ugo va bien ? Tu me répondais oui.

– Comment sais-tu que c'est un mensonge ? Si tu aimes Noële, tu dois souhaiter que Ugo aille bien.

Nicole Vaindrier regarde par la vitre de la voiture. Il y a des rues, une place assez grande, une large avenue qui monte entre des villas. La voiture s'arrête.

– C'est ici.

Une fenêtre est allumée au premier étage.

– Noële te guettait de sa fenêtre. C'est elle qui vient t'ouvrir.

Elles franchissent une grille, traversent un jardin aux pelouses régulières, atteignent le perron, au moment où la porte s'ouvre. Noële est debout, en robe de chambre, comme autrefois lorsque ses parents étaient sortis le soir, qu'elle ne pouvait pas s'endormir et qu'elle sautait de son lit, pour leur ouvrir la porte dès qu'elle entendait la voiture. Nicole Vaindrier la prend dans ses bras, la soulève jusqu'à elle, du même geste retrouvé, et sans comprendre pourquoi elle a envie de la porter dans sa chambre.

– Serre fort, maman, dit Noële à voix basse. Je n'en peux plus.

– Je te dis de revenir ici, aux Quatre Vents, avec elle, le plus vite possible. Tu m'entends? On a perdu assez de temps comme ça... Mais, Nicole, pourquoi discutes-tu? Je te dis...

Gilles Vaindrier a l'impression qu'elle n'entend pas. Il a la main sur l'appareil, et il crie, comme si elle était loin, perdue, à faire des signes de détresse.

– Demain, oui. Je rappellerai demain.

Il raccroche, regarde sa montre. Trois heures du matin. Il reste un long moment debout. Il a attendu des heures. Il a tourné des heures autour du téléphone. Maintenant, il a soif. Il va dans la cuisine, ouvre le robinet de l'évier.

« Qu'est-ce que ça veut dire : disparu ? »

Il remplit un verre, boit longuement.

« On s'en va, on quitte sa femme, on part avec une autre. Mais on ne disparaît pas. Pas aujourd'hui... »

Il se redresse brusquement, va à la porte.

« Il est fou ou quoi ? »

Il grimpe l'escalier en courant, ouvre la porte du grenier.

– Brémont, vous savez l'heure qu'il est ?

– Qu'est-ce que c'est ?

Brémont s'est dressé dans son lit, en sursaut. Il cherche le commutateur à tâtons.

– Trois heures du matin, mon vieux, et vous faites de la musique à cette heure-ci ?

Brémont le regarde, sans comprendre, les cheveux ébouriffés.

– De la musique ?

– Vous n'allez pas dire que ce n'est pas vrai. D'en bas, j'ai entendu. Vous avez éteint votre poste de radio pendant que je montais l'escalier.

– Je vous assure, monsieur…

– Tout, Brémont, j'accepte tout. Sauf le mensonge. Je veux bien être bon, amical, compréhensif, mais en échange, j'exige la vérité. Sinon, ça dure, ça s'installe et on ne sait plus où on en est. C'est plus fort que moi. Je ne comprends pas qu'on vous cache des choses, que pendant des semaines on vous dise que tout va bien, et brusquement…

Il s'arrête, secoue la tête. Il a l'impression de se réveiller. Il regarde le grenier, Brémont, en pyjama, dressé dans son lit. Il va vers une chaise, s'y laisse tomber.

– Pardon…, dit-il doucement.

Il reste assis un long moment.

– Avez-vous besoin de quelque chose, monsieur?

– Merci, Brémont.

Il se lève, va lentement vers la porte.

– Je crois que je commence à avoir un peu mal.

Il redescend l'escalier, marche après marche. Au rez-de-chaussée, assise contre la rampe de l'escalier, il aperçoit madame Marie. Il vient s'asseoir à côté d'elle.

– Ce qui est difficile, madame Marie, c'est de savoir qu'elle souffre. Qu'elle a souffert toute seule, sans rien dire, pendant des jours et des nuits. Ça, je ne peux pas l'accepter. Les enfants viennent au monde, et quoi? Ils ont le droit d'être heureux.

Madame Marie a croisé les mains sur ses genoux. Elle a peur, parce qu'elle n'a jamais entendu Gilles Vaindrier lui parler ainsi. Même autrefois, quand il était encore garçon, et qu'il sautait sur sa bicyclette pour aller rejoindre la petite Olga, qui se moquait de lui.

– Pendant des jours et des nuits, madame Marie. Vous qui la connaissez, cherchez bien. Cherchez ce qu'elle a pu faire de mal depuis qu'elle est toute petite. Elle était sage, gentille, une enfant modèle. Alors, pourquoi a-t-elle mérité ça?

Madame Marie demande doucement:

– Que se passe-t-il, monsieur?

Il se lève.

– Demain. Je vous dirai demain.

Il sait qu'il va prendre sa voiture et aller réveiller Marie-Hélène. Elle vient juste de s'installer sur les bords de la Loire, dans un vieux moulin que Jean-François a fait remettre en état. Il conduit vite. Les routes sont désertes. Les routes que Noële a si souvent parcourues en Solex. Il atteint la Loire, découvre le moulin dans un coude de la rive, freine brutalement.

– Marie-Hélène!

Il donne de grands coups contre la porte. Tout est neuf. Il y a des plâtras, des planches, des pots de peinture vides.

– Marie-Hélène, tu m'entends?

Il fait le tour. Leur chambre doit donner sur le fleuve. Il appelle encore. Une fenêtre s'ouvre.

– Qui est là?

Jean-François passe la tête.

– C'est moi, Jean-François. Pardon de vous réveiller. Il faut que je parle à Marie-Hélène.

– Je descends.

Il est vite à la porte. Il ouvre. Il a un peu le visage de Brémont, les cheveux dans les yeux.

– Entrez!

La pièce est ronde, blanche, avec le plâtre encore humide, et la fenêtre ouverte pour que ça sèche plus rapidement. Marie-Hélène descend à son tour, effrayée, comme si elle savait déjà.

– Ugo…, dit-il.

– Un accident?

– On ne sait pas.

– Comment: on ne sait pas?

– Ils prétendent qu'il a disparu. A son retour de Londres. Depuis le 5 mai. Ta tante est partie pour Athènes. Elle vient de me téléphoner.

Marie-Hélène secoue la tête.

– Disparu?

La même réaction que lui, le même réflexe. On ne disparaît pas. Ils sont Vaindrier, tous les deux. Ils ne croient pas n'importe quoi.

– J'étais seul, dit Gilles. Seul avec Brémont et madame Marie. Je ne pouvais rien leur dire. Toi, oui. C'est pour ça que je suis venu.

Il frotte son visage avec vigueur, pour essayer de repousser cette envie de se plaindre, qui ne lui ressemble pas.

– Attends, dit Marie-Hélène. Je vais te faire un café bien fort.

– Non, reste. J'ai si mal, quand je pense à elle.

Il avoue brusquement ce qui est en lui, qu'il n'avouera jamais devant Nicole, ni devant Noële.

– Il ne fallait pas aller à Nantes. Je l'ai dit. Voilà. Il ne fallait pas lire ce papier. Il ne fallait pas savoir. M. Baxter, M. Mesnard, Mme Mesnard, Georges, et ta tante, oui, même ta tante, ils se sont tous ligués contre elle. Et qu'est-ce que je peux faire, moi, maintenant? Qu'est-ce que je peux faire, tout seul, pour qu'elle ne souffre plus?

Yannis Karrassos ne se débat plus. Avec Lisette Andrieux il pouvait espérer un compromis. Depuis que Nicole Vaindrier est là, il sait. Dès qu'elle a pris Noële dans ses bras, il sait qu'elle la portera jusqu'aux Quatre Vents. Il ne cherche pas à lutter. Il voudrait seulement obtenir un délai. Son second voyage en Hongrie se prépare, mais les demandes de visa sont lentes à accorder. Le départ de Noële, il le supportera mieux s'il est certain de partir à son tour. Son ami Yorgos met tout en œuvre pour aboutir.

– Un jour, madame Vaindrier. Donnez-moi encore un jour.

Il attend la journée du lendemain dans le bureau de Yorgos. A sept heures du soir, ils apprennent par l'ambassade que le visa est accordé.

– Maintenant, vous pouvez partir.

Il monte dans la chambre de Noële. Elle est allongée sur son lit, les fenêtres ouvertes. Il a fait si chaud que les pierres de la façade brûlent encore.

– Tu crois que tu seras bien aux Quatre Vents ?

– Il ne faut pas me demander, père.

Noële parle lentement, en regardant la fenêtre, un arbre en face, une maison très loin, dont les volets sont fermés.

– C'est ma mère qui sait. Je lui fais confiance. Si elle me dit qu'il faut partir, je pars.

Yannis contemple la maison. Pour lui aussi, c'est l'été, le moment des brusques départs.

– Tu penseras à moi ?

– Je penserai à votre voix qui, de nouveau, va crier : Ugo. Il faut qu'elle soit très forte, et que Ugo l'entende, parce que la mienne, c'est fini, père, elle ne peut plus appeler. C'est une voix trop sourde. Pour l'entendre maintenant, il n'y a que mon enfant.

Yannis Karrassos sort son portefeuille de sa poche.

– Je voudrais que tu emportes ceci.

Il cherche une petite photographie, la tend à Noële. Elle regarde et, tout de suite, elle reconnaît. La première image de sa mère qu'elle voit. Jamais encore Yannis Karrassos ne lui en avait montré. Mais c'est comme si elle en avait déjà vu beaucoup d'autres. Un visage familier.

– Où l'avez-vous connue ?

– Sur un bateau. Un bateau français : le *Normandie*. Au Havre. Je revenais d'Amérique. Je ne sais pas pourquoi j'avais pris ce bateau.

Il s'étonne, parce qu'il n'a jamais révélé cette histoire, à personne. Même à sa fille, lorsqu'elle est revenue. Mais ce soir, il y a quelqu'un avec eux. Une ombre. Il la distingue nettement, de l'autre côté du lit, la main posée sur le bois.

– Racontez-moi l'histoire du bateau.

L'ombre fait signe. Puisque c'est le dernier soir, il faut raconter.

– Tout a commencé en débarquant au Havre. Pendant la traversée, ta mère était restée dans sa cabine. Elle n'aimait pas la mer. Dès qu'elle posait le pied sur un bateau, elle était mal à l'aise. A la salle à manger, j'étais à la même table que sa dame de compagnie, et…

Noële s'étonne :

– Une dame de compagnie ? On dirait une histoire du siècle dernier.

– Mais oui. Ta mère était une personne du siècle dernier. Elle n'aimait rien de notre époque. Elle avait peur des autos, trop rapides, des avions. Je n'ai pas encore compris pourquoi sa famille l'avait envoyée faire ses études en Amérique. Après deux ans, elle revenait en Europe. La dame de compagnie, à table, parlait sans cesse des malaises d'Ariana, qui refusait toute nourriture, buvait de l'eau, scrutait l'horizon par le hublot. A l'arrivée, elle était si faible qu'elle ne pouvait pas faire un pas. La dame de compagnie m'a appelé à l'aide. Je suis entré dans la cabine. J'ai soulevé Ariana dans mes bras, je l'ai portée jusqu'à terre. Je ne l'ai plus quittée. Nous avons pris le train ensemble. Nous sommes arrivés ensemble à Athènes. Je l'ai raccompagnée chez elle dans ma voiture. C'était en juin. A l'automne nous étions mariés.

Noële ouvre la main. Pendant un instant, elle se sent délivrée. Parce qu'ils sont tous les trois ensemble, dans cette chambre ouverte sur le ciel de juin.

– Père…, dit-elle à voix basse.

Yannis se penche. De l'autre côté du lit, l'ombre se penche d'un même mouvement.

– Vous retrouverez Ugo ? Vous me le rendrez ?

– Je t'en fais le serment. Devant ce fils, qui est en toi, et qui nous écoute. C'est la Grèce, ici. Souviens-toi d'Orphée. J'irai chercher Ugo aux Enfers s'il le faut, mais je te le rendrai.

IV

NOËLE est obligée de rester allongée le plus longtemps possible dans la journée, sur ordre de Berthelin, mais elle ne veut pas être enfermée. Elle a sa porte ouverte sur la maison. Elle entend tout, veut qu'on lui dise tout. Les gens qui viennent, les incidents, les pannes de moteur à la laiterie, tout ce qui se passe. Elle a une avidité d'être là, vivante, et la certitude qu'il le faut, pour elle, pour l'enfant, parce qu'il reste encore plus d'un mois avant la naissance. Elle s'accroche surtout à Gilles Vaindrier. Chaque matin, lorsqu'elle s'éveille, elle l'appelle, pour être sûre que la nuit le lui a gardé. Le plus difficile, c'est madame Marie. Elles préfèrent ne pas se parler. Elles ne sont pas assez sûres de ce qu'elles diront. Madame Marie monte les plateaux dans la chambre, les redescend, sert Noële lorsqu'elle a la force de venir à table. C'est tout. Elles se regardent, se comprennent: «Plus tard, lorsque je pourrai te dire, lorsque tu pourras me dire...» Pour le moment, elles observent une trêve.

Au bout de quelques jours, Marie-Hélène vient demander la permission d'embrasser sa cousine. Elle a hésité longtemps, mais elle ne peut plus attendre.

– Bien sûr, dit Noële. Qu'elle monte.

Elle se souvient du bref instant où ils se sont trouvés tous les quatre, au mois de mai, dans le salon, ne sachant rien dire d'autre que: bonjour, presque cérémonieusement. Ce jour-là, l'une des deux cousines était profondément heureuse, l'autre essayait de l'être. Et aujourd'hui...?

Marie-Hélène s'arrête sur le pas de la porte. Noële la regarde, étonnée. C'est une autre femme. Elle vient lentement jusqu'au bord du lit, s'assied. Elles s'embrassent, sachant que le silence est leur seul recours, qu'elles ont d'abord besoin d'être ensemble. Un long moment. Puis Noële se décide à interroger. Marie-Hélène raconte son voyage en Suède, la villa au bord de la plage, le retour, l'installation chez les Saulieu d'abord, dans l'appartement de l'usine, l'idée du moulin qui leur était venue.

– Tu le connais. Il est au bord de la Loire, à deux cents mètres de l'usine. Un vieux moulin qui ne sert plus à rien depuis cinquante ans. Il y avait beaucoup de travaux, mais Josselin a accepté.

– Alors, tu es chez toi ?

– C'est loin d'être fini. Il y a chaque jour les peintres, les plombiers, les électriciens. Mais on a voulu s'y installer tout de suite, même dans les plâtres, parce que c'est l'été et que ça n'a pas d'importance. Tu viendras ?

– Bien sûr.

Un moment de silence encore.

– Et Jean-François ? demande Noële.

– Il travaille.

Marie-Hélène voudrait lui dire merci d'en avoir parlé la première.

– Il est bouleversé d'apprendre ce qui arrive. Je ne devrais peut-être pas te l'avouer. Nous parlons peu de toi. Mais il y pense beaucoup.

– Peut-être, un jour, aura-t-il la force de venir me voir. Pas tout de suite, un jour. Parce que je vous aime tous les deux.

Un long silence, et la maison se tait.

– Parle-moi de Ugo, dit Noële doucement. Raconte, l'an dernier. Les jours d'avant moi, où il était malade.

– Tu veux que je te parle de Versailles ? De l'hôtel où il était à Versailles ? J'allais le voir l'après-midi. M. Karrassos m'avait demandé de lui apprendre à jouer aux cartes. Un jeu très facile. La crapette. Ugo trouvait ce nom stupide. Il se moquait de moi. Il y avait un jardin derrière l'hôtel, et, dans des écuries, un vieux cheval qui toussait. Le soir, Ugo lui donnait à manger des cigarettes. Il les posait sur sa main ouverte, le cheval avançait une langue grise. Ugo disait : « Il peut manger la main avec, puisque je ne jouerai plus de piano. »

Noële semble endormie, le visage immobile.

– Continue, dit-elle après un temps.

– Je ne sais plus…

– Mais si.

Marie-Hélène hésite.

– Tu ne veux pas me dire, parce qu'il y a Héléna dans tes autres souvenirs. C'est ça ?

– Oui.

– Je comprends.

Elle ouvre les yeux, regarde Marie-Hélène avec une surprise profonde. Elle croyait que ce serait insupportable. Mais non. Ugo est là, dans la chambre. C'est une présence apaisante, une façon de s'asseoir près d'elle, de lui entourer les épaules.

Maintenant, Noële sait qu'il faut aller plus loin. Elle attend Miguel et Carlo, ses frères lointains. Lisette avait dit qu'elle les ferait venir en France pour l'inauguration de la Maison des Jeunes.

– Tu n'y as plus pensé ?

– Si, mon chéri, mais comment veux-tu ? Ta mère a une maison assez difficile à tenir en ce moment. Je ne vais pas lui imposer la présence de trois hommes. Tu les connais ! Ils ne disent rien, mais ils tiennent beaucoup de place.

Noële insiste. Nicole Vaindrier est d'accord. On les logera dans le grenier. Brémont, pour quelques jours, cédera la place. Il a d'ailleurs beaucoup de travail à la Maison des Jeunes. François Gallart lui a demandé des idées de gadgets électroniques. Il accepte avec soulagement.

– Formidable, monsieur Vaindrier ! Je vais m'installer dans la maison même. En cette saison on peut dormir en plein air. Et, comme l'inauguration a lieu dans douze jours, j'aurai le temps de tout finir.

– Tu vois, Lisette. Il y a la place pour tes fils. Télégraphie-leur.

La réponse arrive trois jours plus tard. Miguel et Carlo débarqueront à Orly le 13 juillet accompagnés de leur père. Noële est contente.

– Tu crois que je les reconnaîtrai ?

– Ils ne vieillissent pas. Leurs chevaux, leurs fusils, leurs troupeaux, la chasse. Et le désert autour.

– Ils finiront bien par se marier.

– Ils ne sortent pas du domaine.

– Tu verras, quand ils seront ici ! Ils sont tellement beaux que toutes les jeunes filles de Roanne et des environs tomberont à leurs pieds.

Elles se regardent.

– J'ai l'air de parler vite, dit Noële, de dire n'importe quoi pour arriver au bout de la journée. Mais non. Tes fils, j'y pense vraiment. Je les attends. Il y aura sûrement un moment, plus tard, où j'aurai la force de rester seule, avec mon enfant, et les souvenirs de Ugo, et mon amour, et mon attente. Mais…

Lisette lui prend la main.

– … mais, je suis encore un peu lâche. Tant que l'enfant n'est pas là, je veux dire. Alors, je m'entoure. Tous ceux qui m'aiment. J'ai besoin de les avoir autour de moi. Miguel, Carlo, ton mari en font partie.

Lisette part le 12 au soir, pour aller chercher son mari et ses fils à Orly. Brémont a quitté les Quatre Vents depuis plus d'une semaine. Il est fébrile. Il veut que ses gadgets fonctionnent. Tout le monde en ville partage cette fébrilité : les ouvriers, les maçons, les peintres, les membres du Conseil municipal, le directeur de la Maison des Jeunes, qu'on vient de nommer, et sa femme. Les jeunes eux-mêmes, qui tournent autour du chantier, viennent jeter un œil, réservent leur opinion.

Nicole Vaindrier ne s'est plus occupée de la marche du chantier depuis le retour de Noële. Elle veut être près d'elle sans cesse, se rassurant jour après jour, obligeant Berthelin à des visites régulières. Elle a demandé à Lisette de la décharger complètement des soucis du chantier. Elle a même décidé de ne pas assister à l'inauguration. Le dernier jour pourtant, elle s'échappe. C'est la fin de l'après-midi. La chaleur a été très forte. Les ouvriers travaillent torse nu. A les voir de loin, on croirait les premiers nageurs, qui se bronzent au soleil. Nicole ne reconnaît plus rien. Elle s'arrête, en descendant de voiture, la tête levée, incrédule. En trois semaines, tout a changé. C'est un bâtiment neuf, avec des couleurs, des enjambements de terrasses, des escaliers qui s'enroulent contre les façades, de grandes vitres, où la Loire se reflète, et, sous certains angles, c'est comme si le fleuve était prisonnier.

François Gallart vient au-devant d'elle.

– Je n'espérais plus vous voir.

– Mme Andrieux vous a expliqué ?

– Oui.

– Est-ce vrai que vous n'assisterez pas à l'inauguration ?

– C'est vrai.

– Pourquoi ?

– Cette maison, nous l'avons voulue, vous et moi. Je préfère que nous la visitions ensemble, avant tout le monde.

Ils montent d'abord au solarium. Il y a des matelas de couleurs vives, des marches couvertes d'ardoise, de petits trous dans le sol. François Gallart explique que c'est l'une des inventions de Brémont, un moyen de capter les émissions de radio grâce à des lunettes de soleil équipées de petits haut-parleurs, et d'une fiche qu'on enfonce dans l'un des trous. Chacun écoute pour soi, sans déranger personne. Ils continuent leur visite. Nicole Vaindrier pose parfois une question, demande une précision. Le snack-bar, la salle de lecture, la bibliothèque, le cinéma, le théâtre. Ils s'attardent devant les fenêtres ouvertes sur le fleuve, en bordure de la piscine.

– Voilà ! conclut François Gallart.

Il regarde la Loire.

– Vous vous souvenez ?

– Quoi ?

– Le chantier de Montagny, avec ces bottes trop grandes qui vous donnaient une démarche si drôle. C'est à cause de ces bottes, au fond. Je ne vous l'ai pas dit, mais grâce à vous j'ai retrouvé l'estime de chacun dans le pays. Tous les jours on me fait des offres. Les dossiers s'empilent sur mon bureau. Vous m'avez fait confiance la première. Les autres ont suivi.

Il la regarde.

– Vous ne dites rien…

Nicole Vaindrier pose ses deux mains sur la vitre.

– Je reprends courage, avant de remonter aux Quatre Vents.

Elle a envie d'appuyer sa joue contre la vitre, comme autrefois, lorsqu'elle était enfant, et qu'il y avait du soleil à la fenêtre de sa chambre.

– Monsieur Gallart !

C'est la voix de Brémont.

– Oui ?

Quelque chose qui ne fonctionne pas dans la salle de douches. Brémont est inquiet. Cette salle de douches, c'est son chef-d'œuvre. L'eau qui coule alternativement chaude ou froide, selon le cri qu'on pousse, en entrant dans la cabine.

– J'arrive !

– Moi, je rentre, dit Nicole.

– Nous nous reverrons ?

– Il y aura sûrement, dans les semaines à venir, des factures, des papiers, des problèmes de banque.

Il est un peu en retrait dans l'ombre d'un pilier.

– Je voulais vous dire autre chose.

Il ne la regarde plus, mais quelqu'un au-delà d'elle.

– Cette estime que j'ai retrouvée, je l'espérais, bien sûr, mais il y avait aussi l'estime de quelqu'un d'autre. Hier, au courrier, il y avait une lettre. La première depuis quatre ans. Une lettre d'Espagne. Je ne vous ai jamais dit que ma femme était partie pour l'Espagne, au moment du procès, avec notre fils. Elle n'a pas pu accepter. Elle a repris son nom. Quatre ans de silence. De temps en temps, par ses parents, j'avais des nouvelles. Et hier, cette lettre…

Il regarde toujours très loin.

– C'est un garçon de dix ans, maintenant.

Nicole Vaindrier l'observe. Un homme qui attend son fils, qui a des maisons à construire, des villes entières. Chaque fois qu'une maison s'achève et que les ouvriers s'en vont, il se dit qu'il faut en commencer une autre, plus grande encore puisque ce fils continue de grandir.

Elle s'éloigne sans bruit.

Les Brésiliens arrivent. Avec des odeurs de cuir, des petits cigares, les dents prêtes à mordre, et du rêve dans les yeux. Miguel se penche par la portière de la voiture. Il ne comprend pas les arbres ! Tous ces feuillages. Il y a des ombres et des chiens endormis, des petites filles avec des bâtons qui rentrent les vaches. Carlo conduit comme un fou.

– Méfie-toi des motards, lui crie Lisette. En France, ils sont impitoyables.

Il s'en moque. Il rit. Miguel rit avec lui. Ils sont comme deux hommes qui débarquent sur la lune. Leur arrivée est comme une fanfare. Le pays se réveille. Les jeunes filles courent à leur fenêtre. La voiture passe en trombe. La poussière reste en suspens, au-dessus des routes, comme un drapeau. Noële les entend venir de loin. Ils entrent dans la cour des Quatre Vents, sautent de voiture, montent en courant l'escalier, avec leurs bottes, des sonorités d'éperons, mais s'immobilisent au seuil de la chambre, soudain bouleversés par le visage de cette sœur dont ils rêvaient, depuis un an, dans leurs déserts.

– Carlo, Miguel...

Ils baissent les yeux, font une sorte de révérence, qui ressemble à celle d'un cavalier au moment de sauter en selle, et s'éloignent à reculons.

L'inauguration est, pour eux, une manière de triomphe. Ils sont habillés de blanc, avec des chemises brodées, des cravates noires, très minces, des bottes courtes, des chapeaux à grands bords. On les surnomme : *les cow-boys*. Il y a du champagne. Miguel brise une bouteille contre la porte d'entrée. On applaudit. Les jeunes filles s'accrochent aux balustres du quai pour mieux voir. Quelqu'un prononce un discours. Ils n'écoutent pas. Ils regardent le fleuve à travers les vitres. Ils se demandent pourquoi on les retient par tant de phrases. Le discours fini, on fait circuler des plateaux avec des olives dans de petites assiettes, et des tranches de saucisson. Ils ne résistent plus, courent vers les cabines en arrachant leurs chemises, en ressortent avec des maillots empruntés au hasard, montent ensemble sur le plongeoir, s'immobilisent, bruns, secs, nerveux, l'œil à la tempe, et sautent dans le fleuve avec un cri furieux, qui est un hennissement. Cette fois, c'est la débandade. La cérémonie prévue s'interrompt. Tout ce qui est là de garçons et de filles oublie le vin blanc et les olives, suit l'exemple de ceux qu'on surnomme maintenant : *les hippocampes*. La Maison des Jeunes éclate de partout. Vitres, portes, tout s'ouvre. On échange des mots brésiliens. C'est le plaisir jusqu'au soir, qui n'en finit pas de venir. Miguel, au lever de la lune, prend sa guitare, s'assied sur le bord du plongeoir, cherche des accords. Tout le monde s'installe autour de la piscine, aux fenêtres de la maison, dans les alvéoles suspendus. La maison glisse lentement vers les Amériques, guidée par la voix de celui qu'on commence à surnommer : *la Touraine*, parce qu'on vient d'apprendre qu'il tenait de sa mère ce regard bleu-vert, un peu tendre, comme un reflet des collines où elle était née.

De sa chambre aux fenêtres ouvertes, Noële ne l'entend pas chanter. Mais un écho lointain lui en arrive, avec les images de cette nuit, entre les pierres sèches, où, pour la première fois, elle avait dit à haute voix : « J'aime Ugo... »

Pendant trois jours, ils ne quittent pas la Maison des Jeunes, dans l'eau du matin au soir, comme des dauphins. Ils transportent les filles en grappe sur leur dos. Ils découvrent qu'ils savent parler. Ce qui, au Brésil, leur était impossible devient aisé, évident. Ils rient sans cesse. Ils jouent. Ce sont des enfants. Ils ne se lassent pas des douches électroniques inventées par Brémont, modulent des cris inattendus, pour voir si les relais obéissent quand même, et font surgir, derrière les carrelages brillants, tous les oiseaux de leurs nuits brésiliennes.

Mais ces rires, ces cris, ces plongeons, c'est pour fermer les yeux, c'est pour ne plus se souvenir du visage de Noële, aperçu à travers la porte de la chambre le soir de leur arrivée. Lorsqu'ils reviennent aux Quatre Vents, tard dans la nuit, ils s'arrêtent dans le jardin, sous la fenêtre. Silencieux, la tête levée, ils écoutent. Dort-elle enfin ?

– Si elle était restée avec nous...

C'était si simple. Cette jeune fille dans leur maison de pierre, qui dînait le soir avec des gestes doux.

C'est Diego, le troisième soir, qui vient s'asseoir près du lit de Noële. Il reste longtemps sans parler. Il a les mains à plat sur les genoux, très calme, les paupières baissées. Il la regarde un peu en dessous, parce qu'il craint que son regard parle pour lui.

– Nous avons gardé vos étriers, dit-il enfin. Les étriers que vous aviez lorsque vous êtes montée à cheval pour la première fois. Nous les avons cloués au-dessus de la porte de l'écurie. Comme un porte-bonheur. Chaque matin, avant de partir, nous les regardons.

Noële sourit. C'est si loin ! Une journée à parcourir les domaines, à observer les troupeaux dans les bergeries, à attendre Ugo qui traversait les mers.

– Et de Ugo ? Qu'avez-vous gardé de Ugo ?

Diego soulève les mains, les contemple.

– Une image.

Noële attend. Derrière ces paupières baissées, Ugo est vivant.

– Jusqu'à son arrivée, vous nous regardiez, vous étiez avec nous. Dès qu'il a été là, vous n'avez plus vu que lui. Il est parti. Vous êtes partie avec lui. La maison a été vide.

– C'est que je l'aimais, Diego.

– C'est qu'il était tout.

Ils repartent. Diego, Miguel, Carlo, et même Lisette qui rentre au Brésil avec eux. Elle en est triste, mais Diego trouve qu'elle lui a manqué trop longtemps. A la Maison des Jeunes, on voudrait les attacher au plongeoir. Ils sautent une dernière fois dans le fleuve, roulés en boule, les genoux au menton. Ils s'enfoncent avec de grandes gerbes d'écume. On ne sait pas s'ils refont surface. On s'amuse à imaginer qu'ils restent au fond, comme des navires qui ont sombré, et qu'en nageant, les yeux ouverts, on retrouvera l'éclat de leur rire silencieux. Ils viennent dire au revoir à Noële, retenus une fois encore au seuil de la chambre, par crainte de ne pas savoir cacher leur chagrin.

– Miguel, Carlo...

Elle pense à ses étriers. Dans deux jours, en sellant leurs chevaux, c'est à eux qu'ils parleront. C'est à eux qu'ils diront tout ce qui les rend tristes. Elle se lève, regarde la voiture quitter les Quatre Vents. De sa fenêtre, au premier étage, on voit la route plus longtemps. Quand il n'y a plus rien, pas même le nuage de poussière suspendu, Noële sort de sa chambre, descend jusqu'à la cuisine.

Madame Marie la dévisage, étonnée.

– Tu es levée ?

– Tu vois.

– Tu as le droit ?

Noële ferme les yeux une seconde. Le soleil est parti avec la voiture. La maison reprend son calme.

– Nous avons du travail, toi et moi, maintenant.

– Du travail, ma petite belle ?

– Pour l'enfant. Il est bientôt là. Je n'ai pensé à rien pour lui.

Madame Marie ouvre un placard.

– J'y ai pensé, moi.

Elle montre, sur les étagères, tout ce qu'elle a préparé. Par piles entières, des vêtements, des draps, des peignoirs, tout blanc, sans une couleur, blanc brodé de blanc.

– Tout ça ? s'étonne Noële.

Elle regarde ce trésor.

– Tu te souviens, l'an dernier, dit madame Marie, quand tu es partie pour faire la connaissance de M. Karrassos ? Monsieur n'a pas voulu que tu arrives avec des valises vides. Il t'a fait faire des robes et des robes. Pour ton enfant, c'est pareil. Quand M. Karrassos viendra ici voir son petit-fils, il a beau être habillé comme les rois mages, avec tout son or, je te promets bien qu'il ne trouvera pas un Jésus tout nu dans la paille.

Noële revient s'asseoir près du fourneau. Tout est prêt. Il ne lui reste plus qu'à conduire l'enfant jusqu'au jour de sa naissance. C'est à M. Karrassos, maintenant, de tenir son serment.

V

En arrivant à Budapest, Yannis Karrassos n'a pas voulu s'installer à l'hôtel. Un couple grec, ami de Yorgos, qui possède un grand appartement, lui a offert une chambre dont les fenêtres donnent sur une cour d'école, vide parce que c'est l'été. Erwin, prévenu de son arrivée, sonne à l'appartement le soir même.

– Entrez, Erwin.

Il le conduit jusqu'à sa chambre. Erwin reste debout contre la porte. Il a le visage tiré. Il travaille de nuit dans une imprimerie.

– Nous n'avons plus d'espoir.

– Pourquoi ?

– Nous avons fini par apprendre qu'il y avait eu un accident à la frontière yougoslave. Des coups de feu.

– Qui a tiré ?

– Peut-être un douanier.

– Accident, ça signifie quoi ? Un blessé ? Un mort ?

– Nous n'en savons pas plus.

– Il faut m'apprendre les passages, Erwin. Tous les passages. Pour que je les refasse, un à un.

– Je n'ai pas le droit.

Ils restent silencieux un long moment. Yannis comprend qu'il faut chercher ailleurs.

– Où est Elizabeth ?

– Dans le sud du pays. Chez Josef.

– Dites-lui que je suis revenu, que je veux la voir.

– Nous n'avons plus d'espoir, murmure Elizabeth.

Les mêmes mots qu'Erwin. C'est la nuit. Ils sont assis dans la voiture, sur le bord de la route. A quelques mètres, entre les arbres, on aperçoit la maison de Josef. Elizabeth n'a pas voulu que Yannis Karrassos entre dans la maison, car Josef n'accepte pas ce qui s'est passé. Il dit que sans Elizabeth, sans Erwin et sans leurs amis, Tomas serait encore là. Il a donc été convenu que Yannis ferait un appel de phares et qu'elle le rejoindrait dans la voiture.

– Vous n'avez pas le droit de dire ça, Elizabeth. Tant que je n'aurai pas vu le corps de Ugo, tant que je n'aurai pas la preuve de sa mort, je la refuserai.

– Vous le dites pour me redonner du courage?

– Je le dis parce que c'est vrai. J'ai décidé de refaire, étape par étape, le chemin qu'ont suivi Tomas et Ugo. Vous ne pouvez pas le faire. Erwin non plus. Moi, je peux. Et je finirai par connaître la vérité. J'en ai fait le serment à ma fille. Je vous le fais, à vous aussi.

Elizabeth écoute cet homme, assis dans l'ombre à côté d'elle. Elle comprend soudain que c'est vrai. Tous les pouvoirs. Elle avait ri souvent, avec ses amis, de ce Karrassos dont les journaux de son pays parlaient parfois, toujours avec ironie, parce qu'il était trop riche, qu'il ressemblait à ces vedettes de cinéma que poursuivent les photographes, et qu'il était toujours debout, avec des lunettes noires, sur le pont d'un yacht. Cette nuit, elle se dit qu'il est le seul à pouvoir retrouver Tomas.

– Il faut me dire tout ce que vous savez des passages, reprend Yannis.

– D'accord.

Elle a besoin de parler, maintenant, parce qu'elle n'avait plus de raison de vivre, depuis des jours et des jours, et quelqu'un est venu lui tendre la main.

– Ça commence à Nice.

– Nice, je sais. Erwin m'avait déjà donné les premières étapes, à mon voyage précédent. Un bateau, jusqu'en Italie, qui les a débarqués au petit port de San Lorenzo al mare. Ensuite?

– Ensuite, ils ont pris une voiture et ils ont traversé toute l'Italie du Nord, jusqu'à Venise. Un homme les attendait, dans une auberge. L'*albergo dei Carmine*. N'écrivez pas le nom de cet homme, mais souvenez-vous-en: Zerlini.

– Zerlini.

– C'est lui qui devait les conduire en bateau jusqu'à Trieste, et les remettre à un passeur, qui leur aurait fait franchir la frontière yougoslave. J'ignore le nom de ce passeur. J'ignore ce qui devait arriver ensuite.

Elle se tourne vers Yannis.

– Ce n'est pas grand-chose.

– C'est un premier pas. Je pars demain. Je me rends directement à Venise. Je verrai le Zerlini en question. Il me conduira à Trieste.

Le signor Peretti est venu attendre Yannis à l'aéroport. Il ne savait plus rien, depuis qu'il avait été obligé d'annuler les contrats de Ugo. Il téléphonait à Athènes, de loin en loin, mais n'osait pas insister, sentant qu'il y avait trop de blessures ouvertes dans ces mystères. Yannis Karrassos lui raconte tout, dans le canot qui les conduit en ville. Il lui demande de l'emmener tout de suite à l'*albergo dei Carmine.*

– Pas tout de suite, signor, répond Peretti.

– Pourquoi ?

– Parce que le Zerlini, il est pas là.

– Comment le savez-vous ?

– Je suis vénitien, signor. Et c'est la mer, ici, vous la voyez partout. Elle est entre les maisons, entre les hommes. Chacun vit dans sa barque. Pour que deux barques se rejoignent, il faut faire longtemps des signaux. Si vous vous présentez à l'*albergo*, le Zerlini s'enfermera à clef dans sa chambre et fera dire qu'il est absent.

– Alors ?

– Alors, je vous conduis à mon palazzo, signor. Vous m'y attendrez tranquillement. J'irai seul à l'*albergo*. Je dirai que je veux un bateau, que j'ai de l'argent, que je viens discuter les prix, et peu à peu, je saurai ce que vous voulez savoir.

Yannis est obligé d'obéir. Il attend au palazzo pendant deux heures. Lorsque le signor Peretti revient, il a un grand sourire.

– Le passeur de Trieste s'appelle Marco. Voilà où vous le trouverez.

Il tend un petit plan tracé au crayon, au dos d'une facture de l'*albergo*. Le port, une rue qui monte sur la gauche, une croix, avec un chiffre à côté : 37.

Au 37, c'est un café. Une femme ronde, avec des cheveux déjà blancs, est assise sur le seuil. Elle écosse des haricots. Yannis Karrassos s'arrête devant elle. Elle ne lui demande pas ce qu'il veut. Elle se lève avec un geste craintif et lui fait signe d'aller s'asseoir au fond. Il entend un bruit de pas au-dessus de sa tête, quelqu'un qui marche de long en large. Le pas s'arrête. Un moment plus tard, une porte s'ouvre. Un homme paraît.

– Marco ?

L'homme fait un signe de tête. Il est grand et maigre. Il vient s'asseoir en face de Yannis, de biais, comme si ses jambes trop longues ne pouvaient pas se glisser sous la table.

– *Due espressi!* dit-il, avec un geste vers le garçon.

Il a une voix profonde, et une attitude un peu théâtrale, qui cache mal une sourde inquiétude.

– Qu'attendez-vous de moi, signor Karrassos?

– La vérité sur ce qui s'est passé à la frontière.

– J'ai conduit les deux hommes à un kilomètre du passage.

– Et puis?

– Ils ont continué seuls.

– Pourquoi?

– C'était convenu ainsi.

– Et vous?

– Je suis reparti tout de suite.

– Vous mentez.

Le garçon apporte les *espressi*. Marco avale le sien d'un trait, s'essuie les lèvres du revers de la main, se lève.

– Bonsoir, signor Karrassos.

– Où allez-vous?

– Inutile de continuer, puisque vous dites que je mens.

Il a déjà regagné la porte. Yannis sait que, s'il le laisse partir, son enquête s'arrêtera là. Il est prêt à tout, à demander pardon, à s'humilier.

– Marco...

L'homme se retourne.

– Ça fait plus de deux mois qu'ils ont disparu. Plus de deux mois que je les cherche et que je ne trouve rien. Je cours les routes, je ne dors plus. Si j'ai perdu patience, oubliez-le et comprenez-moi.

L'homme revient lentement vers la table.

– Comprenez-moi aussi, signor. Je n'ai fait que rendre un service. Si le voyage ne s'est pas passé comme il aurait dû, je n'en suis pas responsable. En me traitant de menteur, vous paraissez me soupçonner d'être d'un autre bord, du côté de ceux qui ont tiré, peut-être. Ça, je ne peux pas l'accepter.

– Jamais, Marco, jamais...

Yannis semble tellement perdu, dans la pénombre du café, avec cette femme assise devant la porte, et personne qui entre, tellement pris au piège, que Marco se rassied.

– Ces coups de feu, demande Yannis, vous les avez entendus?

– J'ai eu l'impression de les entendre. Mais j'étais déjà loin. Je n'en suis pas sûr. Un, d'abord, deux autres, un quart d'heure plus tard. Mais il y a quelqu'un qui sait mieux que moi.

– Qui?

– Le propriétaire du champ en bordure duquel j'ai déposé les deux hommes. Il était chez lui, cette nuit-là.

– Où est ce champ ?

– Comment vous expliquer? Il faudrait que vous connaissiez la frontière.

Yannis le regarde. Il n'ose pas demander : « Conduisez-moi. » Mais il sait que c'est sa dernière chance. Si Marco refuse, il n'aura plus qu'à rentrer à Athènes. Marco plisse les yeux en signe d'acquiescement, va dire quelques mots à la femme assise sur le seuil, puis entraîne Yannis vers une cour étroite, où est garée une camionnette de dépannage.

– Entre, Marco.

La porte de la bergerie s'est ouverte sans bruit. Il n'y a pas de lumière.

– *Buona serra*, Fabrizio. Je suis avec le signor Karrassos.

– Entrez, monsieur. Marco, tu restes dehors, tu t'assieds contre le mur. Tu surveilles.

Yannis avance vers ce Fabrizio, le propriétaire du domaine. La lune se glisse par les fenêtres de la bergerie. Tout est bleu. Fabrizio est large, trapu, le contraire de l'homme de Trieste. Le crâne nu, tous les poils en broussaille sur le visage : la moustache, de longs favoris épais qui se rejoignent sous les oreilles, comme un masque.

– C'est un grand domaine, dit-il. Plus de cent vingt hectares. Le long de la frontière. Cette ligne d'arbres, là-bas.

Yannis se penche. Il aperçoit, par la fenêtre, un long ruban de peupliers.

– Au pied des arbres, une rivière. C'est le passage.

Il a une voix sèche, presque haute. Une voix habituée à donner des ordres. Pour un si grand domaine, il faut beaucoup d'ouvriers.

– Je ne voulais pas qu'ils passent, cette nuit-là. La frontière était surveillée. Ils ont voulu passer quand même.

– Ugo et Tomas ?

– Les deux hommes, oui. Je ne sais pas leur nom. Je sais seulement qu'ils ont voulu passer quand même. J'avais demandé deux semaines de délai. Il y avait des mouvements le long de la frontière. Ils ont dit qu'ils ne pouvaient pas attendre. Alors, on les a laissés passer seuls. D'habitude, Marco les conduit jusqu'au bout. Cette nuit là, c'était trop risqué. Il les a guidés jusqu'à cette bergerie. Il est reparti. Moi, j'étais dans une autre maison, deux kilomètres plus loin. Je regardais l'heure. Marco n'est jamais en retard. Il devait déposer les deux hommes à deux heures et demie du matin. Je m'étais donné jusqu'à quatre heures. Le moment où le jour se lève. Si, à quatre heures, il ne s'était rien passé, je n'avais plus à m'inquiéter. A trois heures, j'ai commencé à penser qu'il y avait de l'espoir. A trois heures vingt, j'ai entendu un coup de feu. Je suis sorti. J'ai couru jusqu'au petit bois qui entoure la maison où je me tenais. J'ai écouté. Je ne comprenais pas pourquoi le coup de feu avait été tiré si près de chez moi. Je vous ai dit que Marco avait déposé les deux hommes ici. Ils devaient aller tout droit, jusqu'aux peupliers, franchir la rivière, il y a un gué facile en été, où les eaux sont basses, et marcher tout droit encore pendant une heure, avant de rejoindre le dernier passeur. Or le coup de feu a éclaté à deux cents mètres à peine de chez moi. Je pensais qu'on allait entendre les chiens aboyer. Mais non. Rien. J'ai attendu longtemps. Je me suis décidé à rentrer. Au moment où j'ouvrais la porte, il y a eu deux autres coups de feu, beaucoup plus loin sur la droite. J'ai regardé l'heure. Quatre heures moins vingt-cinq. J'ai attendu encore. Le jour s'est levé.

Le ciel est encore celui de la nuit. Sous la lune, le champ paraît enneigé.

– Le lendemain, j'ai interrogé les gendarmes, sans insister. Je ne voulais pas avoir l'air de m'intéresser à cette affaire. Ils m'ont répondu qu'ils n'avaient entendu aucun coup de feu. Je savais qu'ils répondraient ça. La surveillance s'est renforcée tout de suite. Elle dure encore.

Il se penche.

– Je connais bien mes terres, et je suis chasseur. Je déchiffre facilement les traces. Vos deux hommes ont franchi la rivière, mais ils n'ont pas poursuivi tout droit, comme prévu. Ils sont restés cachés quelque temps sur la rive, puis sont partis vers la gauche, en continuant à se cacher. Ils se sont donc rapprochés de la maison où j'étais. J'ai repéré l'endroit exact où ils se sont couchés à plat ventre quand le premier coup de feu a été tiré. Brusquement les traces changent. Ils ont quitté le bord de la rivière, sont partis en courant droit devant eux. Ce qu'ils auraient dû faire tout de suite, s'ils avaient suivi le plan prévu. Après, je n'ai pas pu aller voir. C'est la Yougoslavie.

– Le passeur de Yougoslavie, interroge Yannis, vous le connaissez ?

– Son nom, je l'ignore. Je sais seulement qu'il est cordonnier à Sesana.

– Pour vous, monsieur Karrassos, je remuerais le ciel et la terre. Votre famille, votre chère et honorée famille…

C'est le consul de Grèce à Ljubljana. Yannis est venu chez lui directement. Il sait qu'il ne pourra pas découvrir seul le cordonnier de Sesana. Il a besoin d'une aide efficace. Le consul est un homme d'âge, petit et rond, avec des cheveux très blancs, et un nez curieusement cassé.

– J'ai très bien connu votre père, monsieur Karrassos, votre cher et honoré père. Il a sauvé la vie de mon oncle Angelos, au moment de la guerre contre les Turcs. N'avez-vous pas souvenir de ce haut fait d'armes ?...

Il faut le laisser parler, pour qu'il soit ensuite dévoué et compréhensif. Ils sont enfermés dans un bureau étroit, peint en vert, avec des classeurs métalliques contre les murs. C'est le début de l'après-midi. Yannis a quitté la bergerie de Fabrizio à dix heures. Il s'est présenté au poste frontière, a obtenu un visa de transit provisoire, valable pour vingt-quatre heures. Il a alerté le consul de la ville la plus proche.

– Mon pauvre oncle Angelos serait mort si votre père ne l'avait porté lui-même, sur ses épaules, jusqu'à une grange transformée en infirmerie de campagne. Dans notre famille, lorsqu'on prononce votre nom, tout le monde lève les bras au ciel et crie : « Hosannah !... »

Il est heureux. Il ne sait pas pourquoi Yannis est venu le voir, mais c'est comme si quelque chose des légendes de son enfance devenait vrai.

– Le ciel et la terre, je vous le répète. Demandez-moi tout ce que vous voudrez. Ce sera pour moi un honneur.

Yannis Karrassos explique sans attendre.

– Je ne connais pas ce pays, je ne connais pas cette langue. Sans vous, je ne parviendrai jamais à découvrir le cordonnier de Sesana.

– Je pars sur-le-champ.

– Je vous accompagne.

– Votre arrivée donnerait l'éveil. C'est un petit bourg ou tout se sait. Vous allez m'attendre ici. Il y a une chambre, vous pouvez vous reposer. Ce soir au plus tard, je vous promets que votre homme sera dans ce bureau.

Le consul revient en fin d'après-midi. Il est seul. Il a réussi à trouver le cordonnier, mais celui-ci préfère attendre qu'il fasse tout à fait nuit pour les rejoindre.

– Vous êtes certain qu'il viendra ?

– Absolument certain, monsieur Karrassos. Dans ce pays, quand les gens disent « je viens », ils viennent.

En attendant, Yannis cherche à joindre Yorgos pour avoir des nouvelles de Noële. Yorgos est absent. Il laisse à une secrétaire le numéro du consulat. Et il revient s'asseoir dans le petit bureau. Il ne sait plus cacher sa fatigue. Tant de nuits qu'il ne dort pas. Le consul est debout devant la fenêtre.

– Voici une voiture, dit-il.

Elle s'arrête au coin de la rue. Un homme en descend. Le consul va lui ouvrir, le fait entrer dans le petit bureau et le laisse seul avec Yannis.

– Vous allez regretter que je sois venu, dit-il, à mi-voix.

Il est jeune, très blond, avec des yeux vifs.

– Pourquoi ?

– Parce que je tourne et retourne tout ça dans ma tête, pour chercher à comprendre ce qui s'est passé. J'interroge aussi. J'interroge beaucoup. Les hommes de la frontière, les douaniers, les gendarmes, ceux avec les fusils, ceux avec les chiens. Je les connais tous. Celui qui a tiré le premier coup de feu, il fait réparer ses bottes chez moi. Lui, il prétend qu'il a tiré sur quelque chose qui remuait, peut-être un animal, il n'est pas très sûr. Mais les deux autres coups de feu, un quart d'heure plus tard, il est sûr que c'était sur quelqu'un.

– Ce qui veut dire qu'ils sont morts ?

– Vraisemblablement.

– Vous n'en êtes pas sûr ?

– Personne n'est sûr de rien. Mais pour moi, il n'y a pas d'autre possibilité.

Yannis secoue lentement la tête.

– Apportez-moi une preuve, et je vous donnerai raison. Jusque-là je refuse. On se résigne à dire que quelqu'un est mort lorsque toutes les autres portes se sont refermées. L'espérance est un devoir.

Le cordonnier secoue la tête à son tour.

– Ce sont des mots.

– Si vous aviez vécu ce que j'ai vécu, vous sauriez que l'espérance n'est pas un mot.

Le cordonnier sort sans bruit. Yannis ne le voit pas partir. Il demeure immobile, les mains ouvertes. Il sait que son enquête est terminée. Qu'elle n'a abouti à rien. Qu'il n'a pas tenu son serment. Lorsque Noële lui demandera : « Où est Ugo ? », il ne pourra qu'écarter les mains, sans répondre. Il reste longtemps ainsi, comme endormi. Les images reviennent, toutes ensemble, et la plus douloureuse est celle du chantier naval, de la plate-forme suspendue dans le vide. *Le regard de Dieu*... Il a cru qu'il était le plus fort, qu'il finirait par vaincre. Il est obligé d'avouer sa défaite. Il lui semble entendre une sonnerie lointaine, puis la voix du consul dans le couloir.

– Monsieur Karrassos...

Il ouvre la porte.

– On vous demande d'Athènes.

Il va jusqu'à l'appareil.

– Allô ? Oui, c'est moi...

Il écoute. Il n'a pas l'air de comprendre ce que lui dit Yorgos.

– Je vais rentrer, dit-il, au bout d'un temps très long.

Il répète :

– Je vais rentrer.

Il raccroche doucement. Et les mots, peu à peu, arrivent jusqu'à lui. Ils étaient tout autour, à hésiter. Ils se précisent, deviennent comme de grandes lettres orange sur le sol. Il les déchiffre.

– Dans le vin, consul ! Nous l'avions vu dans le vin, Ugo et moi !

Il revoit la tache, au milieu des débris de verre, le vin qui coulait, qui dessinait lentement le visage de son petit-fils, et il comprend enfin ce que Yorgos vient de lui dire, que c'est vrai, que l'enfant est né et que c'est un garçon.

VI

ILS sont de nouveau dans la voiture, à quelques mètres de la maison de Josef. Elizabeth regarde devant elle. C'est le matin. Elle dit seulement, tout bas :

– Tomas...

Elle a écouté parler Yannis Karrassos. Pendant qu'il parlait elle pensait : « Ce n'est pas vrai. Il va me dire que ce n'est pas vrai. » Jusqu'à cette minute, elle avait cru qu'il reviendrait de son voyage en sachant où était Tomas. Chaque matin, elle se levait, allait à la fenêtre, regardait la route. Comme Mme Luckas. Elle était devenue, à son tour, une femme qui ne compte plus les jours, qui soulève le rideau et qui attend. Yannis Karrassos regarde la maison entre les arbres. Une petite maison, presque une ferme, avec des champs tout autour.

– Emmenez-moi, demande Elizabeth. Je rentre à Budapest. Je ne peux plus vivre à côté de cette femme qui attend.

– Oui, Elizabeth. Je vous emmène. Mais avant, il faut que je voie Mme Luckas. Que je lui parle. Même si Josef s'y oppose. Obligez-le à m'ouvrir sa porte. Deux minutes. Pas plus de deux minutes.

Elizabeth sort rapidement de la voiture.

– Vous traduirez.

Il fait gris, un ciel très bas, avec des nuages. C'est l'été pourtant, mais les orages sont proches. Yannis descend de voiture, fait quelques pas sur la route. Il essaie d'imaginer. Mais il ne sait pas. Sa fille, lorsqu'elle est venue au monde, il était caché dans les montagnes. Un enfant de quelques heures, il ne sait pas comment c'est fait. Il voudrait qu'il soit grand tout de suite, qu'il marche, qu'il parle, qu'il regarde son grand-père dans les yeux et lui tienne tête et donne des ordres, et soit un homme, de sa taille, de son poids. Ces sortes de petits animaux, repliés sur eux-mêmes, avec des visages rouges, comment en approcher seulement la main ?

Il s'immobilise, brusquement. Sur la route, Ugo, vivant. Sorti de la maison. Tous ces mensonges, toutes ces recherches. Il était là, caché dans la maison.

– Ugo !

– Pourquoi voulez-vous voir ma mère ?

C'est Josef. Comme un frère jumeau. Les cheveux, le regard, la voix, même la voix. Il a un chandail épais, malgré la chaleur, un pantalon de laine, des bottes. C'est Ugo, et pourtant son contraire. C'est Ugo dans ses champs, avec des chevaux dans ses écuries.

– Pourquoi ? répète-t-il.

– J'ai quelque chose à lui dire. Quelque chose de très important.

– Dites-le-moi à moi.

– A elle seule.

Elizabeth a prévenu Josef. On n'empêchera pas cet homme d'entrer. Il restera là, devant la maison, aussi longtemps qu'il le faudra. Puis il finira par perdre patience et par enfoncer la porte.

– Deux minutes ?

– Deux minutes.

La maison est sombre. Elizabeth attend près d'une porte ouverte. Elle fait signe à Yannis d'approcher. C'est une pièce carrée. Trois chaises, une table ronde. Une lampe au bout d'un fil, avec un abat-jour de carton. Debout devant la fenêtre, tournant le dos, une femme. Une ombre de femme, très mince, très droite, avec un long cou que dégagent des cheveux relevés sur la nuque. Une jeune fille. Avec une robe longue, qui pourrait être une robe d'autrefois, grise, très claire, peut-être blanche, Yannis ne distingue pas très bien. La femme est à contre-jour. Elizabeth dit un mot, d'une voix haute, chantante. La femme ne bouge pas. Elizabeth répète ce mot. C'est un appel. C'est, dans toutes les langues du monde, la musique du mot : mère. Mme Luckas se retourne brusquement, vient vers Yannis, le regarde de très près, fixement, un peu penchée vers lui. Elle est très belle, le visage lisse et doux, sans une ride, comme à seize ans. Pendant quelques secondes il croit qu'il y a méprise, que c'est la femme de Josef qui est devant lui, mariée depuis peu, et qui s'appelle aussi Mme Luckas. Mais le visage…

Elle regarde toujours, les yeux grands ouverts. Il commence à déchiffrer. C'est un visage qui n'est pas le sien. Un visage refait chaque matin, devant le miroir de sa chambre, minutieusement, pendant des heures, avec tout ce qu'elle a sauvé du désastre, tout ce qui lui reste de rouge et de rose, et qui tient comme un masque, et les cheveux gris maintenant, presque blancs sur ce visage de jeune fille, longuement mis en place, pour qu'il la reconnaisse. Pour qu'il sache qu'elle est la même, qu'il peut revenir, qu'elle n'a pas vécu, pas un an, pas un jour, la même qu'autrefois, lorsqu'il est venu chez ses parents pour dire qu'il l'aimait et qu'il désirait lui donner son nom. Elle était déjà debout, déjà immobile, déjà contre la porte de sa chambre, attendant que ses parents disent oui, et qu'il monte, qu'il l'entraîne vers ses longues propriétés brûlées de soleil, près du Balaton.

Ce n'est pas Ugo, Yannis le comprend brusquement, ce n'est pas Tomas qu'elle attend, ce n'est pas non plus Maria qui est morte et qu'on a retrouvée sur la plage. C'est son mari.

Yannis se souvient. Ugo lui en a parlé. Une voiture qui s'arrête, deux hommes qui en descendent, et M. Luckas, sans un mot, qui repart avec eux. Debout, ce jour-là, devant la fenêtre qu'elle n'a plus quittée, la raison perdue peu à peu, les yeux trop grands à force d'être fixes, avec ces vieilles robes qu'elle sort des malles, et qu'elle porte comme pour forcer le destin, elle attend son mari. Mme Luckas fait lentement de la tête un signe de refus, parce qu'elle a bien regardé le visage de cet homme, et ce n'est pas celui qu'elle désire. Même après tant d'années, elle l'aurait reconnu. Pourquoi l'obliger à quitter la fenêtre ? Pendant ces quelques instants, peut-être a-t-il traversé la route. Peut-être, ne la voyant pas, est-il reparti ?

– Dites-lui…

Yannis Karrassos se tourne vers Elizabeth.

– Dites-lui que je rentre en France, que je vais retrouver ma fille.

Elizabeth prend Mme Luckas par le bras, lui parle à mi-voix. Mme Luckas répond, très vite, d'une voix précise, mécanique, qu'elle tente de retenir en ouvrant à peine les lèvres, pour que son visage ne bouge pas.

– Elle dit qu'elle ne sait pas qui est votre fille.

– Dites-lui que l'enfant est né, l'enfant de Ugo. Dites-lui que c'est un garçon.

Il y a un silence. Dans une autre pièce de la maison, quelque chose tombe. Un léger bruit métallique, une voix étouffée qui s'irrite. Elizabeth parle de nouveau à Mme Luckas, en répétant plusieurs fois les mêmes mots. Mme Luckas lève la tête. Une sorte de lueur apparaît dans ses yeux, un reflet à peine mouvant. Elle bouge la main plusieurs fois, de haut en bas, comme on fait signe à un enfant de se taire. Elle tourne lentement, tout son corps redevenu souple. Elle fait un effort. Elle parle. C'est une autre voix. C'est une autre femme, prisonnière, qui tâtonne vers la lumière.

– Vous et moi...

En français. Des mots qu'elle avait oubliés, qui reviennent, qu'elle reconnaît avec étonnement.

– Votre petit-fils et mon petit-fils...

– Oui, répond Yannis.

Très bas, comme s'il tendait la main pour l'aider à sortir de cette ombre.

– Oui, répète Mme Luckas.

Elle sourit, brusquement, tout son visage ouvert, le regard comme une mer très verte. Et c'est vrai soudain, c'est vrai qu'elle a seize ans, qu'elle est une jeune fille, qu'autour d'elle le temps s'est immobilisé. Puis elle ferme les yeux, retourne lentement jusqu'à la fenêtre, soulève le rideau, penchée de nouveau vers la route, le dos tourné à ce qui n'est pas son attente.

VII

DEUX jours après la naissance, Noële a traversé une période de brusque dépression. Elle bougeait à peine, plongée dans une sorte de torpeur. Peu à peu, à travers son fils, elle a recommencé à vivre. A la clinique, chaque fois que l'infirmière le lui porte de la nursery, elle se redresse, et le regarde. Elle a l'impression qu'il n'est pas à elle, que ce n'est pas lui qu'elle portait. Celui qu'elle portait vivait de sa vie à elle. Celui-ci est indépendant. Il ne la connaît pas encore. Elle se demande: «M'aimera-t-il?» Une heure avant qu'on le lui apporte, elle se prépare comme pour un rendez-vous. Elle se coiffe, se regarde dans un miroir. Elle voudrait être belle. Aussi belle que possible pour lui. Elle l'explique à Nicole Vaindrier.

– J'ai peur de ne pas être comme il veut que je sois. Il est très petit, mais il sent déjà. Il s'attache à quelque chose comme une odeur, qui est la mienne. Mais il n'a pas encore ouvert les yeux. Quand il me verra vraiment, la première fois qu'il me verra vraiment, tu crois qu'il m'aimera?

Elles restent un long moment sans parler. Depuis la naissance, Noële n'a pas prononcé le nom de Ugo.

– J'ai vu Berthelin en arrivant. Il pense que tu pourras rentrer aux Quatre Vents avant la fin de la semaine.

La clinique est silencieuse. Même dans la nursery, au fond du couloir, les enfants ne crient plus.

– Papa va venir te chercher?

Nicole Vaindrier aurait voulu attendre encore un moment. Mais puisque Noële pose la question.

– Oui, mon chéri, avec ton père.

Noële se redresse.

– Il est revenu ?

Et sans attendre la réponse :

– Seul ?

Déjà elle sait, s'allonge de nouveau. Si Yannis Karrassos n'était pas revenu seul, on le lui aurait dit tout de suite.

– Nous savons peu de chose, ajoute Nicole. Il a juste télégraphié à Gilles de venir l'attendre à l'aéroport de Lyon. L'avion a dû se poser depuis plus d'une heure.

– Ils viennent à la clinique, directement ?

– Oui.

Noële se tourne sur le côté, comme si elle voulait dormir, les genoux un peu remontés.

– Tu veux que je te laisse ?

Elle fait signe que non. C'est un simple moment de repos, un souvenir de Ugo lorsqu'ils partageaient leurs sommeils, et qu'elle se roulait en boule contre lui. Toujours ainsi, comme des enfants. Elle se dit qu'il lui faudra apprendre à dormir sur le dos maintenant. Pour un instant encore, elle s'arrondit, elle se referme, elle a l'impression de le protéger. Elle croit entendre sa mère qui ouvre la porte de la chambre, une voix dans le couloir. Elle regarde par-dessus son épaule. Yannis Karrassos est debout sur le seuil. Il montre ses mains vides.

– Je t'avais fait un serment...

Elle se lève, l'entraîne le long du couloir jusqu'à la nursery. L'infirmière s'approche, mais Noële l'écarte avec un geste d'une si grande douceur qu'elle laisse faire, malgré les règlements de la clinique. Noële ouvre la porte, n'allume pas. Il y a des lits, les uns à côté des autres. Elle va droit à celui de son fils, se penche. Yannis Karrassos se penche avec elle. Il ne voit qu'un petit visage à la renverse, les lèvres serrées. Il ne parvient pas à comprendre leur folie, lorsqu'ils ont su. Ugo, le premier, à genoux sur le trottoir, et tous les gens autour qui regardaient. Lui, au Japon, lui, Yannis Karrassos, comme si la foudre lui tombait dessus, courant jusqu'à l'aérodrome, prenant lui-même les commandes de l'avion. Voilà l'enfant. Il dort, fermé sur son sommeil, indifférent à celui qui se penche, qui n'a même plus la force d'avancer la main. Noële se redresse :

– Il est à vous, dit-elle. Il s'appelle Yannis.

Alors, il cède, saisit l'enfant, d'un geste maladroit, le porte jusqu'à la lumière, interroge ce visage qui dort toujours, qui grimace un peu, qui défend son sommeil, et commence à se plaindre. Avec sur les lèvres une sorte d'ombre qui ressemble à un sourire.

Yannis Karrassos a longuement raconté son voyage. Nicole et Gilles Vaindrier ont écouté, en même temps que Noële, dans la chambre de la clinique.

Lorsque Yannis Karrassos achève son récit, il y a un long silence.

– Il est vivant, dit Noële.

C'est une évidence pour elle, malgré tous ces hommes, interrogés l'un après l'autre, et qui ne découvraient qu'un petit ruban de la route, un fragment de la vérité. La certitude que son enfant n'est pas un orphelin. Son père un jour le prendra dans ses bras et lui confiera à voix basse les secrets qu'un homme tient en réserve pour son fils. Elle se dit que l'attente est insupportable, qu'elle manquera de courage, qu'elle traversera des déserts, qu'elle se révoltera, mais qu'il reviendra comme elle est revenue.

Ils se séparent sans un mot, parce que tout a été dit. Noële sait qu'il faut dormir longtemps. Dans la voiture qui prend la route des Quatre Vents, Yannis Karrassos est seul à l'arrière. Il regarde ses mains vides.

– Quelle dérision ! murmure-t-il.

La route lui paraît longue. Pourquoi les Quatre Vents ? Ce n'est pas une maison pour ces tristesses. Il la reconnaît de loin, dans l'ombre, l'allée de tilleuls, la grille, avec une lampe allumée dans le salon, comme si quelqu'un était là. Il descend de voiture, reste debout au milieu de la cour, le visage levé vers les fenêtres. Il sait qu'il va passer la nuit sur un banc, dans le jardin, et que demain, il rentrera à Athènes.

– Ne vous inquiétez pas pour moi, dit-il à Nicole Vaindrier. Je serai très bien. Si le froid vient au petit matin, je marcherai.

Il prend Gilles par le bras.

– Je sais ce que vous pensez, monsieur Vaindrier. J'étais au Japon, c'est vrai, lorsque Ugo est parti pour Londres. Si j'avais été là, l'aurais-je empêché de partir, aurais-je poussé Alexandra à l'accompagner, malgré l'avis de son médecin, l'aurais-je accompagné moi-même ?

Ils regardent la maison, les murs, la nuit et sa lumière secrète.

– Qu'auriez-vous fait à ma place ?

Il parle tristement, parce que les choses qu'on voudrait reprendre se dérobent toujours. Gilles Vaindrier ne répond pas. A quoi bon ?

– Je suis fatigué, dit-il. Pardonnez-moi.

Il rentre lentement. C'est vrai qu'il est fatigué, les jambes lourdes, la tête lourde aussi, et tout ce qu'il ne formule pas, qui pèse dans le cœur. Cet homme, qu'il a laissé seul dans la cour, est si proche de lui, ce soir, qu'on pourrait les confondre. Mais chacun doit suivre sa route.

Au lever du jour, Yannis Karrassos se réveille. Il a dormi une heure.

Les oiseaux s'égosillent dans les arbres. Il se glisse dans le salon, cherche une feuille de papier, griffonne quelques mots. Il a décidé de descendre à pied jusqu'à Roanne. Deux longues heures de marche. Il arrivera très tôt à la clinique. Peut-être assistera-t-il au réveil de son petit-fils, peut-être verra-t-il la couleur de ses yeux. Il arrive devant la clinique avec le matin. Noële n'est pas encore réveillée. Il demande à parler au Dr Berthelin. Il se rassure : la nuit a été calme. Il pénètre sans bruit dans la chambre. Noële dort, les bras le long du corps, le visage tourné vers la porte. Il tire une chaise, s'assied, la regarde. Il a l'impression qu'elle sait qu'il est là, qu'elle joue encore à dormir, parce que c'est la première fois qu'ils sont ainsi, dans la pénombre et le silence, si proches.

Elle ouvre les yeux, l'aperçoit.

– Comment va mon fils ? demande-t-elle.

Yannis Karrassos secoue la tête. Il n'a pas encore été le voir. C'est vers elle, d'abord, qu'il est venu.

– Je repars tout à l'heure. Je retourne en Grèce. Tout est en désordre là-bas. Il faut que je recommence à travailler.

Il se penche soudain.

– J'aurais voulu...

Mais il s'interrompt. Il n'a pas le droit. Pas devant elle. Il aurait voulu qu'elle reparte avec lui. Il aurait voulu que l'enfant soit là, et qu'il le regarde grandir. Il va remonter à pied, jusqu'aux Quatre Vents, refaire le chemin, et il parlera. Il dira tout aux arbres. Il cachera sa plainte entre les feuilles pour que le pays qui lui reprend sa fille sache bien que c'est un vol.

– Je vais travailler, dit-il, pour l'enfant et pour toi. Reste ici autant qu'il faudra. Un jour, si tu as envie de me rejoindre, je serai là-bas à t'attendre.

Il sort rapidement de la chambre. Dans le couloir, par la porte ouverte de la nursery, il entend des cris, plusieurs voix mêlées. Il ne veut pas aller voir. Le petit Yannis, parmi tant d'autres, semblable à tant d'autres. Il tourne le dos, sort de la clinique.

– Je suis venu vous chercher.

C'est Gilles Vaindrier. Il a trouvé le mot griffonné et il est descendu avec la voiture, pour lui éviter de refaire la route à pied.

– Monsieur Vaindrier...

Il écarte les mains, une fois encore. C'est le seul geste qu'il sache faire depuis qu'il est revenu.

– Tout ce que j'ai, je vous le laisse.

Il explique qu'il a besoin de marcher. Il s'éloigne, les mains dans les poches, le col de sa veste relevé, hésitant d'une rue à l'autre, comme quelqu'un qui n'est pas chez lui. Gilles Vaindrier le regarde partir. Il sait maintenant. Ce qu'il a pensé hier, et qui n'était qu'une réaction inconsciente, depuis ce matin il sait que c'est vrai. Toute la nuit, il y a pensé. Il en a discuté avec Nicole dès son réveil. Il faut maintenant qu'il le raconte à Noële. Il monte jusqu'à la chambre. Noële, enfoncée dans ses oreillers, écoute à travers les cloisons les voix des enfants qui crient. Elle sait que bientôt on lui apportera le sien.

– Je suis venu te dire…

Gilles Vaindrier cherche ses mots. Cette idée est encore trop imprécise pour qu'il s'en explique facilement. Mais sa décision est prise.

– Tout à l'heure, en quittant la clinique, je vais aller dans une agence de voyages. Pour demander des renseignements. J'ai entendu parler d'un circuit touristique en Hongrie. Quinze jours, début septembre. Moi, si j'arrive là-bas, personne ne me connaîtra. Mon nom, Vaindrier, ce n'est rien pour les journaux. Je veux dire que je serai plus libre que M. Karrassos. On ne sera pas toujours à guetter ce que je fais.

Il parle d'une voix un peu embarrassée. Il voudrait qu'elle comprenne sans qu'il ait besoin d'en dire davantage.

– Toi, papa ? Jusque là-bas ?

Elle tend une main. Elle n'a plus que lui, et, à son tour, il veut s'en aller. Mais elle n'a pas le droit de le retenir. Pas plus qu'elle n'a retenu Yannis Karrassos. Dans ces combats qu'ils livrent pour elle, l'un après l'autre, avec des armes si différentes que tout devient possible, et qu'un espoir renaît lorsque l'autre paraît s'éteindre, elle découvre les signes d'un même amour.

VIII

QUINZE jours avec des chevaux. Les prospectus sont alléchants ! Une étape par jour, de haras en haras. Gilles Vaindrier se demande si cette vie de groupe lui laissera des loisirs. Il craint d'être prisonnier d'horaires et de contraintes qui l'empêcheront de chercher Ugo. Mais il n'a pas le temps de réfléchir davantage. Le directeur de l'agence a besoin d'une réponse rapide. Pour se procurer le visa. Le prochain départ est prévu le 4 septembre, à Paris. Ce sera le dernier. La saison est trop avancée pour en envisager d'autres avant l'année prochaine. En rentrant, le soir, Gilles annonce :

– Je me suis inscrit.

– Il y avait encore de la place ? demanda nerveusement Nicole.

Dès le premier jour, elle a marqué son désaccord. Gilles ne retrouvera pas Ugo. Il aura beau interroger les gens, chercher, ce sera inutile. Elle ne dit pas : puisque M. Karrassos n'a pas réussi. Non. Pour elle Ugo a vraiment disparu. Il a changé de nom, de visage. Il est devenu quelqu'un d'autre. Déjà une fois, il a voulu disparaître. C'est dans sa nature. Elle le sait maintenant. Tout, en elle, est changé depuis qu'elle a été chercher Noële à Athènes. Jusque-là elle aimait Ugo, elle voyait le bonheur dévorer le visage de Noële, elle se laissait prendre à ces bateaux, à ces départs, comme à des jeux. Mais en arrivant à Athènes, en apercevant Noële devant la porte, déchirée, sans vie, avec toute cette douleur dans le corps, en la prenant dans ses bras, en la sentant devenir si lourde, en entendant cette voix suppliante, qui avouait : *Je n'en peux plus*, elle a dit « non ! ». Elle n'a pas été étonnée que M. Karrassos revienne les mains vides. Ugo n'est plus. Maintenant il y a Noële, l'enfant de Noële, les Quatre Vents refermés, comme une place forte. Et tout ce qu'il faut de courage pour garder la porte. Mais voilà que Gilles cède. Lui aussi, brusquement, a changé. De façon inverse. Il ne supporte pas la souffrance de Noële. Pour qu'elle cesse, il est prêt à tout. Peut-être a-t-il raison, peut-être est-ce la seule façon d'apaiser Noële : que son espérance, quelques jours encore, lui soit rendue. Nicole Vaindrier, s'il le faut, reconnaîtra ses torts plus tard. Pour le moment, elle refuse.

– Tu restes longtemps ?

– Deux semaines. Je pars le 4, je reviens le 17.

– Si j'ai besoin de te joindre d'urgence ?

– Le voyage est très bien organisé. J'ai la liste de tous les hôtels où nous descendons, avec les dates.

Ils n'en parlent plus. C'est un accord entre eux. Noële non plus n'en parle pas. De nouveau, elle attend. Le Dr Berthelin la garde en clinique un peu plus longtemps que prévu. Pour qu'elle soit tout à fait bien. L'enfant est beau. Il prend du poids. Les infirmières l'ont baptisé : *le Maggyar*, parce qu'il a de longs yeux très noirs et déjà très ouverts.

Noële revient aux Quatre Vents, un lundi après-midi, dans la voiture de Gilles Vaindrier. Elle tient son fils dans ses bras. Elle lui parle, elle lui montre de loin les tuiles rouges entre les arbres, les tilleuls. Madame Marie est sur le seuil. Elle se penche sur l'enfant, le regarde attentivement.

– Il est bien à toi, dit-elle.

Elle le regarde encore un moment, devant la porte, avant d'entrer dans la maison.

– Je ne l'oublierai jamais, maintenant, tu peux être tranquille. Si on te le perd, je te le retrouverai.

Les premières visites arrivent. A la clinique, on n'osait pas. Mais aux Quatre Vents, la porte est ouverte. Marie-Hélène vient tout de suite. Elle regarde l'enfant.

– Je t'envie, dit-elle en embrassant Noële.

Le lendemain, dans l'après-midi, une voiture s'arrête dans la cour. Nicole Vaindrier vient prévenir Noële, dans sa chambre.

– Jean-François est en bas.

– Seul ?

– Oui.

Elle savait qu'il viendrait. Le bruit de la voiture, sans même regarder par la fenêtre, elle l'avait reconnu.

– Je descends, dit-elle.

Jean-François est debout au milieu du salon, immobile. Il lève la tête lorsqu'il l'entend entrer et la regarde calmement. Ils ne s'affrontent pas. Ils s'offrent l'un à l'autre avec leurs visages nouveaux, leur vie nouvelle.

– Je voudrais que tu viennes jusqu'au moulin, que tu nous voies ensemble, Marie-Hélène et moi. Ce qui commence à exister entre nous, ce n'est pas le bonheur, mais il n'est pas très loin. Il m'arrive de penser à toi. A toi et à moi l'an dernier. A Lefkas, sur la plage, pendant les vacances de Pâques, au soleil. Et aussi à la vieille maison dans la forêt. Et aussi à l'appartement de l'usine.

Il a un peu de mal à parler.

– Au début, je me défendais contre toi. Maintenant, je ne me défends plus. Ces souvenirs ne me font pas mal. Je ne dis pas que je les aime. Pas encore. Il s'y attache du regret, comme une vie qui s'est arrêtée brusquement. Mais je ne t'en veux plus. Je ne m'en veux plus. Entre toi et moi…

Il réussit à sourire.

– … c'est la paix.

Il l'a dit lentement, presque tendrement, parce qu'il n'accepte pas que cette jeune fille qu'il aimait soit devenue cette ombre, cette femme qui ne sait plus son âge.

– Il faut que tu me croies.

– Je te crois.

Elle aime le mot : paix. Il est dans la pièce, et tourne autour d'elle.

– Dis-moi encore que tu ne m'en veux plus.

– Je ne t'en veux plus.

– Par moments, je me dis… Si je suis malheureuse aujourd'hui, c'est peut-être pour me punir de toi. De tout ce que je t'ai apporté de souffrance l'an dernier.

– Il n'y a pas de comptes à rendre.

– Si, Jean-François, il y a des comptes à rendre. Il y a une raison à tout.

Il a envie de la prendre dans ses bras, non pas comme autrefois lorsqu'il avait le désir de l'avoir à lui seul, mais pour la réchauffer, comme un petit animal, quelqu'un qui a trop froid. Il oublie tout. Tout ce qui n'est pas ce besoin de l'aider, de lui redonner de l'espoir. Noële le sent. Dans sa solitude, il y a maintenant ce repos.

– Tu sais, dit-elle tout bas, c'est peut-être ce qu'attendait Ugo, cette paix entre toi et moi, pour revenir.

– Ce que j'apporte avec moi est terrible, madame Vaindrier. Je ne sais pas si vous comprenez vraiment. Ce disque, c'est Ugo vivant.

Maître Forestier vient de descendre du train. Il est encore sur le quai de la gare. Avant de se faire conduire aux Quatre Vents, il veut que Nicole Vaindrier sache exactement, qu'elle décide en connaissance de cause.

– Il suffit de poser ce disque sur un plateau, de mettre l'appareil en marche, et Ugo est là. Ce ne sont plus des mots, madame, ni des images. C'est la vie même. C'est Ugo qui joue. La main de Ugo, les doigts de Ugo. En prêtant bien l'oreille, on peut l'entendre respirer.

– Noële sait que vous arrivez, maître. Je le lui ai dit. Elle sait ce que vous apportez. Elle n'a pas peur.

– Moi, j'ai peur, madame.

Il a hésité longtemps. Le disque est sorti des presses depuis déjà deux mois. Il a demandé qu'on n'en parle à personne. Il a attendu, pensant qu'on allait retrouver Ugo. Mais il a fini par se dire qu'il n'avait pas le droit d'attendre plus longtemps. Il a écrit aux Vaindrier. Il proposait d'apporter un exemplaire du disque à Noële, de la laisser seule juge. Fallait-il le garder secret, fallait-il l'offrir au public ? Il monte dans la voiture, à côté de Nicole Vaindrier. Il n'a plus d'âge. Ce voyage qu'il vient de faire, on dirait que c'est à pied. Il marche avec peine. Ce danseur de la place Saint-Marc, qui portait en lui sa musique allègre, est-il parti, lui aussi ?

– C'est un testament que j'apporte. Pendant les séances d'enregistrement, devant votre fille et devant moi, il l'a dit. Il voulait que ce soit parfait. Il travaillait, retravaillait sans cesse. Comme si, jamais plus, il ne devait jouer de piano.

Il parle sourdement.

– Je ne le dirai pas devant votre fille, madame. Mais devant vous, je peux. J'aurais dû aller jusqu'à l'aéroport. Il était au studio avec moi. Son frère Tomas l'attendait dehors. Je l'ignorais. Quel que soit le temps qui me reste à vivre, le remords ne s'effacera plus. Si je l'avais mis moi-même dans l'avion d'Athènes...

En arrivant aux Quatre Vents, il cherche Noële des yeux. Elle vient vers lui, évoque Paris, ses rosiers, sa terrasse, lui montre la maison, le jardin. Elle marche à son pas. Ils savent l'un et l'autre, mais n'en parlent pas. Le soir, seulement, avant le dîner, Noële dit à sa mère :

– Crois-tu que Denis soit rentré ?

– Je ne sais pas, ma chérie. Pourquoi ?

– Il a un très bon tourne-disque. C'est chez lui que je voudrais emmener M. Forestier.

Gilles Vaindrier se renseigne. Denis est là, depuis quelques jours.

– Nous irons demain.

M. Forestier pensait ne rester aux Quatre Vents qu'une journée. Il retarde son départ. Sa fatigue s'estompe. Il s'installe dans le jardin, au soleil. Il respire ce pays qu'il aime.

– Je comprends, dit-il. Lorsque Ugo a joué le concerto de Ravel à Venise, pour la première fois, il ne connaissait pas encore cette maison. A Paris, tout était changé. La même musique, et pourtant les arbres, les champs, le ciel, une respiration qui ne se découvre qu'ici.

Noële ne répond pas. «Pour qui fais-tu ce disque, Ugo?» Il l'avait regardée. Il était assis sur l'accoudoir du fauteuil, penché vers elle. «Pour mon fils.»

Le lendemain, elle est prête de très bonne heure. Elle voudrait que M. Forestier soit prêt en même temps qu'elle. Mais il s'attarde, il a l'air d'hésiter. Il sort enfin de sa chambre, le disque serré contre lui. Nicole tend la main. Il se dit seulement qu'il aurait pu ne pas apporter la pochette: les mains de Ugo. Une photographie tellement nette, tellement vivante. Noële regarde. Sans un mot. Puis elle se dirige vers la voiture. M. Forestier conduit. Très lentement. Le Dr Berthelin l'a demandé. Noële indique simplement la route d'un geste, lorsqu'il le faut. Denis est debout, dans la cour de l'école.

– J'ai besoin de toi, annonce Noële.

Elle descend de voiture.

– Ton tourne-disque est toujours dans le grenier?

– Oui.

– Aide-moi, veux-tu...

Elle manque de force, au moment de monter l'escalier. Denis la prend dans ses bras, la porte jusqu'au grenier. M. Forestier monte derrière.

– Voilà, dit Denis.

Il assied Noële dans un fauteuil, lui glisse un coussin sous les jambes. Elle lui tend le disque. Il regarde la photographie à son tour. Il ne dit rien. Il met en marche le tourne-disque.

– Le second mouvement d'abord, Denis, parce que Ugo joue seul.

Seul. Oui. Un peu penché sur le clavier, le visage tourné vers elle. Toutes les scènes en même temps, tous les théâtres où il a joué, dans le monde entier. La lumière sur lui, son visage tourné vers la salle, vers la pénombre de la loge où elle est assise. Seule, elle aussi. Le voyage. Il lui parle. Ses mains. Depuis tant de jours et de nuits, elle guette, elle attend ses mains. Après, lorsqu'il aura fini de jouer, dans la loge, ses mains, sur son visage, sur ses yeux, et ses lèvres sur son visage, sur ses yeux, dessinant son visage. Il dira: je t'aime... Je t'aime. La phrase est longue, longue... Elle avance sur des chemins de nuit, elle avance vers le jour, vers la petite voix de la flûte, comme un chant d'oiseau, le premier. Toute la terre, tout l'orchestre avec lui qui s'éveille, et les voix, les voix, la voix de Ugo, plus forte, plus haute, «mon amour», les dominant toutes, les obligeant toutes à dire ce qu'il dit, plus haute, plus forte. Il est debout pour elle, pour elle seule. Debout, devant elle...

– Ugo !

Elle crie, longtemps, avec tout son corps, à travers les frontières, jusqu'à lui. Denis arrête le disque. Noële est retombée dans le fauteuil, les yeux fermés, le visage sans vie.

– Maître, dit-elle enfin. C'est aussi beau qu'il le voulait ?

– Oui, mon enfant.

Elle ouvre les yeux, regarde Denis.

– Je le laisse ici. Je reviendrai, je ne sais pas quand, et je l'écouterai jusqu'au bout.

Il l'aide à se relever, à descendre l'escalier. Il la porte encore dans ses bras. Il ne savait pas qu'un jour elle serait ainsi sans forces, qu'elle se tournerait vers lui pour chercher du secours. Il avait cet amour en lui, sans mesure, sans que Noële l'accepte. Et brusquement elle se souvient. Il regarde partir la voiture, reste longtemps immobile au milieu de la route. Il sait qu'elle reviendra.

Cette nuit-là, Noële se lève, écarte les volets de sa fenêtre, se penche. Très loin, au-delà des arbres, sans qu'elle puisse l'apercevoir, elle devine l'école d'Ouches. Elle entend Ugo. Il marche, dans le grenier, il fait les cent pas, il attend. Il ne comprend pas pourquoi ils sont si loin l'un de l'autre, lui dans ce grenier, elle aux Quatre Vents. Il s'impatiente. Il vient à son tour jusqu'à la fenêtre. Il se penche. La nuit est noire. Il l'aperçoit pourtant, lui fait signe, la main levée. Elle répond à ce signe. Puis elle se tourne vers son fils. Il dort.

– Tu sais..., lui dit-elle tout bas.

Il ne se réveille pas, habitué à cette voix, qui lui parle la nuit, depuis longtemps.

– Ton père va revenir. Je ne sais pas quand, mais il va revenir. Il y a d'abord un voyage à faire, ton grand-père Vaindrier, qui va prendre l'avion à son tour. Et quand ce voyage sera terminé, ton père se mettra en route, pour nous rejoindre.

IX

– Vous aimez faire du cheval, monsieur?

– Moi? Oh! je n'en ai jamais fait.

– Tu entends, Gilbert?

– Pardon?

– M. Vaindrier dit qu'il n'a jamais fait de cheval.

Elle est blonde, un peu ronde, avec un pantalon tout neuf, en gabardine beige, et des bottes. Elle s'appelle Cécile. Elle a voulu être en tenue pour le voyage. Les chevaux, c'est seulement dans trois jours, puisque le programme prévoit d'abord deux jours à Budapest. Mais, avec ses bottes, elle a l'impression d'être déjà là-bas. Dans la salle d'attente d'Orly, quelques instants avant l'embarquement, elle poussait des petits cris de plaisir.

– Je suis contente, contente…

Elle dansait sur place. Son mari riait avec elle. Et le groupe les regardait avec amusement. Seul, Gilles Vaindrier semblait ne pas les voir. Dans l'avion, elle est venue s'asseoir à côté de lui, étonnée par cet homme qui ne ressemblait pas aux autres.

– Je l'avais dit, en vous voyant arriver. Tous ceux du groupe sont des cavaliers. Nous les connaissons plus ou moins. Mais vous… Je l'ai dit à mon mari. N'est-ce pas, Gilbert?

Le mari est de l'autre côté du couloir central, penché vers le hublot.

– Pourquoi venez-vous alors, continue Cécile, si le cheval ne vous intéresse pas?

– Tu es indiscrète, Cécile. Ne pose pas toujours des questions.

– Tu peux parler, toi. Tu ne fais que ça.

Tournée vers Gilles Vaindrier, avec un sourire :
– Gilbert est journaliste.
Ils ont quitté Orly au milieu de l'après-midi. Ils doivent atteindre Budapest avant la nuit. Gilles Vaindrier pense aux Quatre Vents. Noële dans son fauteuil, Nicole à la fenêtre, silencieuses toutes les deux, attendant qu'il soit l'heure prévue, et qu'elles puissent se dire qu'il est arrivé.
– Vous connaissez la Hongrie, monsieur Vaindrier ?
Gilles a un petit mouvement de tête.
– J'en ai beaucoup entendu parler.
– Gilbert et moi, c'est comme si on connaissait. Parce qu'on a un ami, journaliste comme Gilbert, correspondant d'une agence de presse. Julien. Il est là-bas depuis deux ans.
Elle cherche une cigarette.
– On ne voit rien, dit Gilbert penché par le hublot.
– Alors vous voulez garder votre mystère, monsieur Vaindrier ? Vous ne voulez pas m'expliquer ce que vous allez faire en Hongrie ?
– Je vais voir.
– Voir quoi ? Le pays ?
– Le pays, oui.
Elle a un petit rire de gorge.
– Ma vraie raison à moi, ma vraie de vraie, vous voulez que je vous la dise ? C'est une phrase du prospectus. Une phrase que j'ai retenue par cœur, vous pensez : *l'attrait majeur de vos vacances, c'est une amitié de chaque jour avec une monture d'un haras hongrois...*

Julien, l'ami journaliste, les attend à l'aéroport. On s'embrasse. Cécile s'impatiente un peu. Elle demande tout de suite où sont les chevaux. Le guide de la compagnie touristique, qui accompagne le groupe, a beaucoup de mal à la calmer.
– Dans deux jours, madame. Seulement dans deux jours.
Il a hâte de conduire tout son monde à l'hôtel.
– Vous n'allez pas m'abandonner comme ça, crie Julien.
C'est un grand maigre, avec des lunettes et beaucoup de cheveux.
– Je comptais vous emmener dîner quelque part.
Le guide explique qu'il est trop tard.
– Demain, alors ?
Cécile et Gilbert acceptent d'enthousiasme. Le tourisme, ils s'en moquent un peu. Visiter Budapest, ce n'est pas dans leurs intentions. Autant déjeuner avec un ami.
– Je connais un petit restaurant très couleur locale.
– Comme il est gentil, notre Julien, dit Cécile à Gilles Vaindrier en lui donnant le bras. Vous venez avec nous, naturellement.

– Où ça ?

– Dans ce restaurant couleur locale. Julien vous invite. Les amis de nos amis sont nos amis.

Elle danse autour de l'autocar, pendant qu'on charge les valises. Ses bottes sont très belles, toutes neuves. Gilles observe autour de lui. Il se dit qu'il est arrivé, et qu'il ne sait rien. C'est une ville repliée sur elle-même. Des gens qui passent, sans regarder personne, parce que c'est une habitude, pour eux, d'être là, de vivre là. Un autocar, une vingtaine d'étrangers, oui, des étrangers, Gilles l'a compris en descendant de l'avion. Tout de suite il a senti la distance. L'autocar va partir, conduire ce petit groupe d'étrangers jusqu'à un hôtel où ils s'enfermeront pour la nuit, et Budapest continuera de vivre à son rythme, comme si l'avion ne s'était pas posé.

Le restaurant est dans l'île de Buda, cernée par le Danube. Il y a un tzigane, avec des moustaches très noires, une veste dont il n'a passé qu'une manche et des brandebourgs jaunes. Il joue du violon, en tournant autour des tables. Cécile ferme les yeux. Elle rêve de ce cheval qu'elle ne connaît pas encore, et qui aura peut-être le regard farouche du musicien.

Gilles regarde par la vitre. De l'autre côté du fleuve, il distingue de hautes maisons, avec des balcons et de larges portes. Ugo en parlait à peine. Mais sa famille avait habité le long du fleuve. Comment savoir ? Gilles comprend qu'il s'est trompé. Il avait cru être plus libre que M. Karrassos, protégé par son anonymat. Mais c'était une erreur. Si M. Karrassos avait fait la connaissance d'Elizabeth et de ses amis, s'il avait pu remonter la filière le plus loin possible, c'est que les journaux avaient annoncé son arrivée : on savait qu'il était le beau-père de Ugo Luckas. Lui, il restera avec Cécile et Gilbert, et Julien à parler de chevaux, à suivre les étapes, à se retrouver le soir dans des auberges. Et lorsqu'il regagnera les Quatre Vents, il écartera les bras lui aussi, comme M. Karrassos, il montrera ses mains vides.

– Vous ne parlez jamais plus que ça ?

– C'est le dépaysement, prétexte Gilles Vaindrier.

– Vous ne voyagez jamais ?

– Rarement. Je connais Venise. Je crois que c'est tout.

– Venise…

Cécile a de nouveau son petit rire de gorge.

– J'espère que vous n'y étiez pas seul, parce qu'on dit que c'est la ville des amoureux.

Gilles ne répond pas. Il aimerait entendre ce que raconte Julien, mais le violon aigu du tzigane qui joue toujours entre les tables couvre sa voix.

– Oui, chez moi, ce soir. Il y aura du champagne. J'en ai mis une bouteille de côté pour vous. Il y aura des amis français, des gens de l'Ambassade…

Gilles se penche.

– Vous avez dit : des gens de l'Ambassade ?

– Oui. Pourquoi ? Vous connaissez quelqu'un ?

– Non. Mais…

Cécile est alléchée.

– Vous allez enfin nous confier pourquoi vous êtes venu.

Gilles Vaindrier secoue la tête.

– Je me dis seulement que je suis un mauvais voyageur, et que je serai plus à l'aise avec des Français.

Elle s'appelle Françoise. Elle a une voix très douce. Dans chacun de ses gestes, dans sa façon de marcher, de s'asseoir, il y a quelque chose de retenu.

– Votre mari travaille à l'Ambassade ?

– Au service des échanges culturels.

Elle est venue vers Gilles Vaindrier, très vite, parce qu'elle a compris qu'il était seul, un peu mal à l'aise, qu'il ne parlait pas de cheval comme les autres, ni de souvenirs d'autres vacances en commun. Elle sait que ce n'est pas facile d'être étranger. Il lui a fallu de longs mois pour s'y habituer. Son mari, Simon, est en poste depuis dix ans maintenant. Certains soirs, elle pense encore qu'elle est arrivée la veille.

– Cela veut dire quoi : échanges culturels ?

– Beaucoup de choses. Simon fait venir ici des troupes théâtrales, des peintres, des écrivains, il organise des semaines de cinéma français. Il envoie en échange à Paris des artistes, des ballets, des orchestres.

– Des musiciens ?

Ils sont assis dans un coin du salon de Julien.

– Vous êtes musicien ?

– Pas moi.

– Qui ?

– Mon gendre.

Françoise sourit, boit une gorgée de champagne. Elle a un beau regard, très vert.

– Vous voulez que Simon s'arrange pour lui préparer une petite tournée ? Mais ce n'est pas ce soir qu'il faut lui en parler. Demain, si vous le voulez, à son bureau. Est-ce un bon musicien, au moins ?

– Assez bon, je crois. Un pianiste.

– Comment s'appelle-t-il ?

– Luckas.

Françoise reste un long moment immobile. Elle regarde devant elle, fixement.

– Ugo ? demande-t-elle à mi-voix.

– Oui.

Françoise se lève, rejoint son mari, lui dit quelques mots à mi-voix. Simon tourne la tête, regarde Gilles Vaindrier. Ils reviennent ensemble vers lui.

– Vous êtes le beau-père de Ugo ? questionne Simon.

– Vous le connaissez ?

– Ugo…

Ils ont répondu ensemble, Simon et Françoise, avec une même tendresse.

– Sa famille, durant l'été, habitait au bord du lac Balaton, mais Ugo venait prendre ses leçons de piano à Budapest. Tous les deux jours. Il avait sa chambre ici.

– Il avait quinze ans, seize ans.

– Depuis qu'il a franchi le mur nous ne savons plus rien de lui. Par des journaux étrangers, de temps en temps.

– Il ne vous a jamais parlé de nous ? C'était le fils de la maison.

Brusquement, ils entendent rire les autres, une voix qui appelle :

– Simon…

– J'arrive.

Il se penche vers Gilles Vaindrier.

– Il faut que vous nous parliez de lui. Venez déjeuner chez nous, demain. Françoise, explique à M. Vaindrier où se trouve notre maison.

Gilles Vaindrier leur a tout raconté. Simon est grave.

– Des amis suédois m'avaient parlé d'un concert annulé à Stockholm. Je ne pouvais pas penser…

Françoise va et vient sans bruit, apporte le plateau du café, offre des cigarettes. Mais elle écoute chaque mot, avec une extrême attention.

– Jusqu'à quand restez-vous en Hongrie ? demande Simon.

– Jusqu'au 17.

– Cela me donne dix jours pour essayer de trouver une amorce de vérité. Si c'est trop court, pouvez-vous rester plus longtemps ?

– Je suis venu avec un voyage organisé. Pour le visa, je crains…

– C'est vrai. Mais les randonnées à cheval, vous vous en passez facilement ? Vous pouvez demeurer à Budapest avec nous ?

– Bien sûr.

Simon se lève. Déjà il pense à certains amis, dans les milieux diplomatiques, qu'il peut tenter d'interroger.

– Je vous laisse avec Françoise.

Elle vient s'asseoir près de Gilles :

– Simon aimait Ugo comme un fils.

Son regard est plus sombre que la veille, d'un vert presque noir.

– Vous savez que M. Luckas a été arrêté lorsque Ugo avait onze ans. Il était comme un orphelin.

– Sa mère, pourtant…

– Après l'arrestation de son mari, elle est devenue lointaine. Elle ne s'occupait plus de ses enfants. Elle a commencé à attendre. Ce que vous nous avez raconté sur elle, l'image que vous en a rapportée M. Karrassos, rejoint ce qu'elle était déjà. Une femme, devant une fenêtre, qui attend.

Elle ferme les yeux, comme pour chasser une vision.

– En l'absence de Simon, voulez-vous que je vous montre la ville ? Jouer les touristes, c'est la seule façon de ne pas trop penser à Ugo. Mais demain je vous ferai connaître quelqu'un qui sera très ému de vous voir. Celui qui a tout appris à Ugo. Son vieux professeur de piano.

Il y a sur la porte une main de cuivre. Françoise la soulève, la laisse retomber. La porte s'ouvre aussitôt.

– Je vous attendais, dit l'homme.

Il les fait entrer, referme derrière eux, regarde Gilles Vaindrier.

– Ugo marié ! Je ne parviens pas à y croire. C'était un enfant, Françoise, rappelez-vous. Un petit enfant. Quand j'ai appris que nous avions à Budapest le beau-père de Ugo… Par ici, monsieur, entrez.

Il y a un couloir très étroit, une porte avec des vitres de couleur.

– Le piano, dit le professeur en ouvrant la porte. Toujours le même, celui sur lequel Ugo a travaillé.

Il est entré dans une pièce sombre, avec des tentures très lourdes le long des murs.

– A cause des voisins, dit-il. Des gammes toute la journée, ils ne le supportaient plus.

Il soulève le couvercle du piano, joue quelques notes.

– Il n'est même plus accordé. Je n'ai plus d'élèves maintenant. Je suis trop vieux.

C'est un homme très âgé, avec de petites mains rondes, un costume noir et, sur la tête, une sorte de chapeau en laine. Il parle très vite, par saccades. Sa voix est haute, un peu grinçante.

– Vous êtes allé voir Mme Luckas ?

Il regarde Gilles Vaindrier fixement. Il n'a même pas songé à le faire asseoir.

– Non, dit Gilles.

– Pourquoi ?
– Je ne sais pas. Je…
Françoise touche le bras de Gilles Vaindrier.
– Simon nous attend.
Avant de venir, elle avait dit qu'il ne fallait rien révéler de la vérité au professeur, qu'il ne supporterait pas d'apprendre la disparition de Ugo. Il fallait ne lui parler que des choses heureuses : le mariage, la naissance de l'enfant. Le vieil homme regarde toujours Gilles Vaindrier.
– Il est mort, n'est-ce pas ?
D'une autre voix, très douce.
– Je ne sais pas, répond Gilles. Personne ne le sait.
– Venez, monsieur Vaindrier, insiste Françoise.
Mais Gilles a un mouvement d'impatience.
– Pourquoi refusez-vous que je dise la vérité au professeur, puisqu'il a compris ?
– Françoise a peur que mon vieux cœur ne résiste pas. Mais à mon âge, il n'y a plus de sentiment, plus de chagrin. Seulement une mécanique qui tourne et qui permet d'être vivant. Je veux savoir.
Il pose sa main sur le bras de Gilles. Il ne serre pas, il n'appuie pas. Il impose sa volonté. Comme à ses élèves, autrefois. Gilles cède, malgré Françoise. Il raconte ce qu'il sait. Le professeur ne pose aucune question. Lorsque Gilles a terminé, il secoue lentement la tête, le pousse vers la porte aux vitres de couleur.
– Ne restez pas en Hongrie, monsieur Vaindrier. Vous perdez votre temps. Vous êtes un étranger ici. Comme Simon, comme Françoise.
Le couloir, la porte d'entrée.
– Ce qui se cache derrière nos murs, aucun étranger ne le saura jamais.
Il ouvre la porte.
– Adieu, monsieur.
Ils reviennent quatre jours de suite soulever la main de cuivre, mais la porte ne s'ouvre plus. Françoise interroge les voisins. Ils disent que le professeur est absent, qu'on l'a vu partir un matin. Gilles est sûr qu'il sait quelque chose, mais refuse de parler. Il s'obstine, frappe de nouveau, regarde la façade. Il a l'impression qu'un rideau a bougé.
– Il est là ! J'ai vu le rideau.
Il frappe avec ses deux poings.
– Ouvrez ! Je vous ai vu ! Ouvrez !
La porte s'ouvre.
– Pourquoi tant de bruit ? dit le professeur.
Il les fait entrer.

– Nous sommes venus tous les jours. Nous étions inquiets. Où étiez-vous ?

– Mais, je n'ai pas bougé.

Le même costume noir, la même coiffure de laine, mais sur le visage une animation, une vivacité, les joues colorées, le souffle plus rapide.

– Je n'ai pas bougé, répète-t-il.

Ils sont de nouveau dans la pièce aux tentures sombres, au piano fermé.

– Vous avez été absent quatre jours, professeur ! Vos voisins nous l'ont dit. Je ne suis pas un ennemi. J'aime Ugo. Autant que vous, plus que vous peut-être. Qu'avez-vous appris depuis quatre jours ?

Françoise est immobile. Le professeur la regarde. Il y a comme une prière dans ses yeux. Elle comprend qu'il veut être seul. Elle gagne sans bruit le couloir.

– Votre fille, dit le professeur...

Il parle à mi-voix, et Gilles Vaindrier comprend qu'il arrive peut-être au bout de son voyage.

– Je voudrais la connaître. Avez-vous une photographie d'elle ?

Gilles ouvre son portefeuille, cherche une photographie. Le professeur se penche sur l'image, regarde longuement, rend l'image à Gilles.

– Acceptez-vous de me faire un serment ?

– Quel serment ?

– Celui de ne poser aucune question, de ne pas chercher à en savoir plus que je n'en dirai.

– Je ne comprends pas.

– Il n'y a pas à comprendre, monsieur Vaindrier. Je n'ai pas le droit de parler. Je n'ai pas le droit, et pourtant je le ferai. Pour votre fille. Vous ne poserez aucune question, vous quitterez la maison, vous ne reviendrez plus.

Gilles Vaindrier fait le serment demandé. La petite pièce n'est plus aussi sombre. Derrière les tentures, quelque chose filtre, comme une lumière.

– Monsieur Vaindrier, dites à votre fille...

A voix basse, à peine un souffle.

– ... en la prévenant que vous ne savez rien de plus, que je n'ai rien pu dire de plus, qu'elle va poser des questions et que vous ne pourrez pas y répondre... Dites-lui : Ugo est vivant.

X

NOËLE n'a plus de patience. Elle est sans cesse devant sa fenêtre, à regarder la route. Non plus pour attendre. Pour s'en aller. Il faut qu'elle s'en aille. Elle le dit à son fils. « Bientôt, tu sais... » Le terrier, c'était pour avoir la force de mettre l'enfant au monde. Mais l'enfant est né. Il pousse droit. Alors, il faut sortir du terrier.

– Tu me comprends, maman ?

– Oui, mon chéri.

Nicole Vaindrier comprend. Depuis que Gilles est revenu de Budapest, depuis qu'il a transmis à Noële le message du professeur, elle ne peut plus rien. Elle s'était trompée, elle le reconnaît. Ugo est vivant. Sans poser de question, sans chercher d'autre preuve, elle le croit, comme l'a cru Noële, tout de suite. Et elle rentre dans l'ombre. Les mères ne sont pas celles qui décident toujours. Un moment vient où elles doivent s'effacer.

Noële appartient à Ugo. Il ne faut pas tenter de faire renaître ce qui n'est plus. Il y a les années d'enfance, et l'enfance un jour se défait. Nicole Vaindrier n'est pas triste. Elle se dit seulement que la maison sera vide, et que Gilles ne le supportera pas. C'est à lui qu'elle doit penser. C'est lui qui aura besoin d'elle.

– Je vais redescendre à la mairie. Avec la rentrée des classes, il y a sûrement des problèmes qui se posent. Et puis je vais aller jeter un œil à cette Maison des Jeunes. Je n'y suis pas retournée depuis l'inauguration. Il paraît qu'elle a un succès énorme.

Elle parle tout haut de ce qu'elle va faire, avec obstination, comme on oblige un malade à se lever.

– François Gallart est parti pour l'Espagne. Pour longtemps, car il a confié ses affaires à un confrère de Paris. J'ai téléphoné cet après-midi à la secrétaire, qui me l'a appris. Ce qui m'étonne, c'est qu'il ne m'ait pas prévenue.

– Tu sais, le terrain…

Gilles Vaindrier prend la parole à son tour. Un soir, après le dîner, dans le salon des Quatre Vents, il a allumé sa pipe, et marche avec une sorte d'impatience.

– Celui dont m'avait parlé M. Karrassos. J'ai été le revoir, cet après-midi. Il n'est pas question d'entreprendre quoi que ce soit avant le retour de Ugo. Mais puisqu'il va revenir…

Il va doucement jusqu'à la porte, l'entrouvre.

– J'avais cru qu'il était réveillé.

Lorsqu'il parle de son petit-fils, c'est toujours avec un sourire qu'il ne sait pas dissimuler. Il referme la porte, reprend sa marche, ses explications. C'est un grand terrain, relativement bon marché, qui manque d'eau, mais ce n'est pas difficile de brancher des canalisations. Déjà il imagine sa laiterie modèle.

– Je vais y emmener Brémont, demain ou après-demain. J'ai besoin de savoir ce qu'il en pense. Si François Gallart revient bientôt, je lui en parlerai. Je suis sûr qu'il sera très intéressé par un projet de cet ordre. Cette fois, il ne fera plus du neuf avec du vieux.

Ils vivent ainsi tous les trois, poursuivant chacun son chemin secret, dans une maison silencieuse, étonnée d'être déjà cernée par les pluies d'octobre et pourtant de garder ses volets ouverts. Noële va et vient d'une fenêtre à l'autre, surveillant la route, même la nuit.

Un matin, Noële essaie son vieux Solex, et découvre que le moteur tourne encore. Elle prend le chemin d'Ouches. La rentrée des classes a eu lieu. Denis, dans son grenier, corrige des copies.

Lorsqu'il entend le bruit du Solex, il ouvre la fenêtre, se penche.

– Je te rejoins, dit Noële.

Elle monte en courant l'escalier.

– Je voudrais écouter le disque.

Ils vont ensemble jusqu'au tourne-disque. Denis le met en marche. Un silence, et la musique les entoure. Noële regarde Denis.

– Il est vivant, dit-elle à mi-voix. Un homme là-bas, de Budapest, m'a fait parvenir ce message. Simplement ces trois mots : Ugo est vivant.

Elle penche un peu la tête vers les haut-parleurs, écoute une phrase du concerto.

– Je n'avais que cette vie mécanique, comme un mensonge. Ce Ugo qui se mettait à vivre chaque fois qu'on faisait tourner le disque, qui mourait quand on l'arrêtait. C'est pour ça que je ne suis jamais venue l'écouter. Maintenant, oui. Maintenant, je peux, et toi aussi, et tout le monde. Je vais partir, Denis. Je n'ai pas le temps. Fais-le pour moi. Ecris à M. Forestier. Il peut laisser sortir le disque.

Elle écoute encore un moment, s'approche de l'appareil, l'arrête.

– Je retourne en Grèce. Ici, c'est trop loin. Il ne pourra venir me chercher. Il faut que j'aille au-devant de lui, à Athènes, dans cette maison qui finira bien par devenir notre maison.

Elle parle vite. Elle est heureuse, son visage dans la lumière.

– Tu sais que mon fils l'entend approcher? Je le vois parfois, qui tourne la tête, comme s'il y avait un bruit, et son regard se fixe. Il entend mieux que moi. Je lui ai dit qu'il allait connaître son père.

Denis écoute en lui quelqu'un qui se racontait d'autres rêves, d'autres vies, et il sait qu'il va déchirer toutes les pages d'un livre qu'il avait commencé à écrire, un livre avec des robes, des robes, des tabliers, des nattes, parce qu'il l'écrivait comme une lettre d'amour, et cet amour n'a plus de sens. Ils redescendent ensemble. Noële ouvre la porte de la salle de classe, va s'asseoir sur un banc, cherche du doigt les deux initiales gravées. Denis s'assied à côté d'elle.

– Avec mon couteau, rappelle-t-il. N.V. Noële Vaindrier.

– Ce n'était pas mon nom.

Il sourit dans l'ombre.

– Le bois vit plus longtemps que nous, déclare-t-il. Rien n'effacera ces deux lettres que j'ai gravées. N.V. Ton fils, lorsqu'il sera grand, s'il vient ici, s'il passe son doigt sur ces lettres, il dira : c'est le nom de ma mère.

Lorsqu'elle rentre aux Quatre Vents, Noële trouve ses parents qui l'attendent à l'entrée de l'allée de tilleuls. Ils guettent depuis que le facteur est passé.

– Une lettre de Simon vient d'arriver! dit Gilles. Le professeur de Ugo est revenu le voir. Il lui a remis cette enveloppe pour toi.

Elle la prend, voit son nom écrit : *Noële.*

Elle ouvre l'enveloppe, en sort un papier déchiré. Deux mots seulement : *mon amour.*

Une secousse de tout le corps, les dents qui claquent, sans une parole, sans une larme. Nicole la prend dans ses bras.

– Gilles, aide-moi.

Mais ce n'est qu'un instant très bref. Elle se calme aussi vite, relit le papier, le retourne, le regarde à la lumière. Aucun autre signe.

– Papa, demande-t-elle, monte dans ma chambre, avec moi. Je vais commencer mes valises.

Elle explique ce qu'elle a déjà dit à Denis. Qu'elle est trop loin, que Ugo ne viendra pas la chercher ici, et qu'il faut qu'elle aille au-devant de lui.

XI

À ATHÈNES, Noële a retrouvé Delpina, rentrée de Pisticci en hâte pour s'occuper de l'enfant. Elle l'a pris dans ses bras, aussitôt lui a fait visiter la maison, d'une chambre à l'autre, comme on fait découvrir à un petit prince son royaume. Elle semblait avoir oublié Ugo. Cet enfant l'absorbait, lui prenait toutes ses forces d'amour. Elle était désarmée, inquiète pour un rien, tournant le dos à tout ce qui n'était pas lui. Noële, pendant ce temps, restait assise devant la fenêtre. Elle n'avait pas défait ses valises. Elle savait que c'était pour bientôt, qu'elle n'aurait plus longtemps à attendre.

Au bout d'une semaine, quelqu'un se présente au palais Karrassos. Un homme très grand, très maigre.

– Marco...

C'est l'homme du café de Trieste. Il ne cherche pas à se cacher. Il fait un geste vers Yannis, en levant la main, quatre doigts écartés.

– Quatre jours, signor Karrassos. Il faut que vous soyez à Trieste dans quatre jours. Avec Mme Luckas. Fabrizio vous attend.

Il lève de nouveau quatre doigts, et disparaît.

Yannis Karrassos décide de partir avec deux jours d'avance, car les tempêtes d'équinoxe rendent la mer incertaine. Noële, enfermée dans sa cabine, s'est enveloppée de grandes couvertures, mais elle a si froid qu'elle garde son manteau, avec ce papier froissé dans sa poche, qu'elle touche de temps en temps : *mon amour...*

Comme l'a prévu Yannis le voyage dure deux jours. Des paquets de mer jaillissent contre la coque et retombent sur le pont, mais le bateau poursuit sa route le long des côtes, et reprend courage la nuit avec la lumière des phares, qui se le confient l'un à l'autre, comme un relais.

Ils atteignent Trieste à la nuit. Yannis entraîne Noële aussitôt vers la rue qui monte à gauche du port. Les premières lampes s'allument dans les maisons. Le petit café est désert. La femme qui écossait des haricots n'est pas là. Noële interroge son père du regard.

– Marco va venir, dit-il.

Il s'assied au fond, à la même table. Noële reste debout. Si elle s'assied, elle ne se relèvera pas. La porte s'ouvre derrière eux.

– Nous partons à dix heures, dit Marco. Venez.

Il leur fait traverser la cour où est rangée la camionnette de dépannage, ouvre la porte d'une cuisine longue et basse. Devant le fourneau, la grosse femme fait cuire des poivrons et des tomates.

– Nous avons le temps de dîner.

Le couvert est mis sur une table. Avec des assiettes à larges fleurs, et des fourchettes en étain. Noële refuse d'un signe de tête. Elle reste debout près du fourneau. La femme finit par lui tendre un verre d'eau. Noële boit, remercie d'un sourire bref.

Dix heures. Ils montent dans la camionnette, sortent de la ville. Brusquement, elle n'en peut plus.

– Où allons-nous ?

Elle crie pour couvrir le bruit du moteur.

– Il faut que je sache. Sinon, je descends.

Yannis Karrassos la prend dans ses bras.

– Je te l'ai dit, ma petite fille. Nous allons chez Fabrizio, dans cette bergerie au bord de la frontière.

– Mais pourquoi ? Pourquoi la nuit ? Vous savez. Vous savez quelque chose !

Marco s'est arrêté sur le bord de la route.

– C'est qu'il revient cette nuit, madame.

– Qui ? demande Noële à mi-voix.

– L'homme.

Le vent autour de la camionnette, qui tourbillonne, s'éloigne. Noële regarde Marco, son visage dans la pénombre, ses yeux qu'elle ne voit pas.

– Il y avait deux hommes, dit-elle enfin.

Elle se tourne vers Yannis Karrassos. Une longue, très longue seconde. A se dire que tout est faux. Jusqu'à l'écriture. Les deux mots : *Mon amour*. Que ce voyage absurde, cette camionnette, ces chemins détournés, cette comédie monstrueuse, ce n'est que pour découvrir, au fond d'un domaine désert, le visage de Tomas.

Elle se serre contre Yannis, repliée sur elle-même, les yeux fermés pour ne rien voir. La camionnette repart.

– Entrez, dit Fabrizio.

Ils ont laissé la camionnette sous les arbres, sont arrivés à la bergerie, Noële accrochée à Yannis Karrassos, ne sachant plus marcher, et il la porte presque en cherchant son chemin dans l'ombre.

– Il doit être là vers une heure, annonce Fabrizio.

Debout au milieu de la bergerie, invisible. On n'entend que sa voix. Yannis Karrassos la reconnaît, sèche, presque haute.

– Je vous ai menti, monsieur Karrassos. Je ne pouvais pas faire autrement. Je me suis efforcé de vous dire une vérité qui se rapprochait le plus possible de la vérité.

La nuit est très opaque, derrière les vitres, traversée de mouvements et d'appels de vent, au-delà des arbres, du côté de la frontière. Marco est resté dehors. A l'heure dite, il doit s'approcher de la rivière.

– Je vous ai dit qu'en entendant le premier coup de feu j'étais sorti de chez moi, que j'avais couru jusqu'à un petit bois qui entoure ma maison. C'est vrai. Le coup de feu avait été tiré très près. A deux cents mètres, à peine, vous vous souvenez ?

– Oui, confirme Yannis à voix basse.

– C'est à ce moment-là que j'ai menti. Je vous ai dit que j'avais attendu longtemps sans bouger. Non. J'ai rejoint les deux hommes. L'un d'eux était blessé. Grièvement. J'ai aidé le second à le porter chez moi, à le cacher. Il fallait le cacher très bien, et très vite, car ceux qui avaient tiré n'étaient pas loin. Puis je suis ressorti. Je me suis glissé le long de la rivière. Il fallait à tout prix éloigner le danger. Je connais bien ces terrains, je vous l'ai expliqué. Il m'a été facile de brouiller les pistes. Ils m'ont pris en chasse. Les deux coups de feu, un quart d'heure plus tard, c'est sur moi qu'ils les ont tirés.

Il a baissé la voix.

– Lorsque je suis revenu chez moi, au petit jour, le blessé ne vivait plus.

Un mouvement de Noële, le premier. Elle s'approche de cet homme, qui parle, qui sait, qui dit enfin la vérité.

– Ugo ou Tomas ? demande-t-elle.

– Tomas.

Noële respire longuement. Dehors, c'est une accalmie, le vent qui se tait brusquement. Dans le silence, très loin un chien prend peur.

– Tomas…, répète Noële.

Haut, cette fois. Oubliant tout, la prudence, et le danger, sachant seulement qu'il faut que Ugo l'entende, qu'il n'est plus très loin maintenant, derrière la rivière peut-être, à portée de voix.

– Il ne pouvait pas, dit-elle. Il ne pouvait pas regarder Tomas, lui fermer les yeux, et revenir vers moi. C'était impossible. Il ne pouvait pas oublier sa mère, qui venait de perdre son fils aîné et qui attendait devant sa fenêtre. S'il était revenu vers moi, il aurait revu Tomas, chaque nuit, dans ses rêves, et nous n'aurions pas pu vivre ainsi, lui et moi, avec notre fils entre nous. Il fallait qu'il continue ! Il fallait qu'il franchisse la dernière frontière, qu'il aille seul où Tomas devait l'emmener. Vous l'avez aidé, monsieur? Dites-moi que vous l'avez aidé.

Elle touche le bras de Fabrizio.

– Vous l'avez caché ici le temps nécessaire. Vous avez envoyé quelqu'un, peut-être cet homme qui est là, dehors, pour préparer de nouveaux passages. Il a fallu des jours et des jours, jusqu'au moment où il a pu franchir la rivière, sans que les chiens aboient. Et moi, moi, pendant ce temps, je ne comprenais pas, et je suppliais qu'il revienne. Devant Tomas, s'il m'entend, je suis coupable.

– Les mêmes mots, prononce Fabrizio lentement. Les mots de Ugo pendant des jours et des jours. Caché dans ma maison, refusant ce que je proposais. Vous venez de dire tout ce qu'il m'a dit. En ajoutant votre nom à toutes ses phrases. Pour sa mère, pour Tomas, mais pour vous, pour vous d'abord, madame. Je l'ai gardé dix jours à essayer de lui faire entendre raison, à lui dire qu'il fallait repartir, rejoindre Trieste, prendre un bateau, rentrer en Grèce. Dix jours pendant lesquels nous nous sommes battus. Mais Ugo est plus fort que moi. Il a fini par me contraindre à céder. Il a fallu attendre que la surveillance se relâche. Dix jours encore. J'avais alerté le cordonnier de Sesana. Il était prêt. Ce passage a eu lieu le 27. Sans incident. Ugo est parti d'ici, à l'heure prévue. Il n'y avait pas de patrouille. Il a marché droit devant lui. Il a traversé la rivière. Marco était avec lui. Il l'a accompagné jusqu'au relais suivant. C'était une nuit très claire. Avec beaucoup de lune. Mais tout semblait facile. Ils n'ont pas eu besoin de courir. Ils marchaient comme pour une promenade, entre les arbres du petit bois.

Fabrizio se tourne vers Yannis Karrassos.

– Le cordonnier aussi vous a menti, monsieur Karrassos. C'était comme pour moi nécessaire.

Le vent reprend. Un volet claque, et, dans la bergerie, ils s'immobilisent tous les trois.

– Quelle heure est-il? demande Noële.

– Bientôt minuit.

Ils écoutent. Marco, dehors, a dû fixer le volet.

– Dites encore, reprend Noële à mi-voix.

– Le reste, je l'ignore, madame. Cette fois, c'est vrai. De Sesana, Ugo a réussi à atteindre la Hongrie. Après, pour Marco et pour moi, c'est l'inconnu. Pour le cordonnier aussi. Nous ne savions qu'une chose, c'est qu'il reviendrait par les mêmes passages. Nous étions prêts. Nous avons respecté la consigne de silence qu'il nous avait imposée. Même pour vous, madame.

Noële fait quelques pas dans l'obscurité.

– Il le fallait, dit-elle. Il le fallait.

Avec obstination, comme pour s'en persuader, d'une voix appliquée, volontaire. Elle revient vers Fabrizio.

– Où est Tomas ?

– Derrière ces arbres.

– Conduisez-moi.

Il ouvre doucement la porte, écoute la nuit, ses rumeurs, dit quelques mots, très bas, à Marco, fait signe à Noële de le suivre. Ils sortent de la bergerie, s'éloignent à travers un champ déjà labouré. La terre est humide. Noële a un peu de peine à marcher. Ils prennent un sentier étroit entre deux haies. Les arbres se devinent dans l'ombre, dépouillés, leurs branches dressées contre l'hiver proche.

– Ici, déclare Fabrizio.

Des feuilles déjà rongées, de la terre lourde. Noële s'agenouille, la bouche contre la terre.

– Je vous ai regardé comme un ennemi, Tomas, dit-elle à voix basse. Cette nuit, je suis en paix avec vous.

Elle se redresse, et reprend avec Fabrizio le chemin de la bergerie. A minuit et demi, Marco frappe deux coups contre la vitre.

– Il va au-devant de lui, explique Fabrizio.

Un quart d'heure encore. Puis Yannis Karrassos touche le bras de Fabrizio. Ils sortent sans bruit de la bergerie. Noële reste seule, le visage contre la vitre. Elle ne distingue rien. La nuit est trop noire. Elle a l'impression d'entendre des pas, une course brève. Elle pense à des chasseurs. Elle se retourne.

La porte est ouverte. Un carré de nuit sur la nuit. Des pas encore, un bruit de feuilles, de branches. Et quelqu'un. Debout, sur le seuil.

– Ugo !

Elle se jette contre lui, mains levées, s'accroche à ses cheveux, perd connaissance.

XII

NOËLE ouvre les yeux, aperçoit une main près de son visage, embrasse cette main qui commence à bouger lentement, dessine les lèvres, remonte vers les tempes, dégage le front, caresse les yeux doucement, redescend vers les lèvres, et tout le visage est enfin vivant sous ses doigts. Le sang recommence à battre, avec une impression de froid, très loin, le long des jambes, mais elle a la force de s'asseoir, très droite, comme tenue derrière la nuque. Elle regarde autour d'elle. Une chambre au plafond très bas, et la nuit, dans la fenêtre.

– Nous sommes à Trieste, dit Ugo à mi-voix. Le bateau est dans le port. Yannis nous attend. Je ne pourrai pas te porter à bord. Il faut que nous marchions doucement, en nous donnant la main, que nous descendions vers le port sans avoir l'air impatients. Si je te portais, on croirait qu'il y a des problèmes.

D'un geste brusque, elle est debout.

– Je peux marcher.

Ils descendent sans bruit l'escalier, arrivent dans la cuisine. Près du fourneau, Marco leur fait signe qu'ils peuvent sortir. Ils traversent la cour, passent devant la camionnette de dépannage. Ugo pousse un petit portail de fer. Ils sont dans la rue. Ils se tiennent par la main. Noële lève la tête, respire. La première fois qu'elle respire, la première fois qu'elle ouvre les yeux.

– Voici le port, dit Ugo.

Yannis Karrassos les a vus venir. Il voudrait déjà être en mer. Les visites, les formalités, il n'a pas eu grand mal à les assouplir. On le connaît dans tous les ports. Il préfère ne pas s'attarder. Ils montent sur le bateau. Derrière eux un marin hisse la passerelle. Un ordre bref. Le bateau se détache du quai. Ils s'enferment dans la cabine, et brusquement, parce que tout est devant eux, ils interrogent, avouent, se souviennent ensemble, leurs deux voix confondues.

– Dans une maison de repos, le médecin l'a voulu. J'avais fermé les volets.

– Mon père, je te dirai. J'avais onze ans lorsqu'ils sont venus le chercher.

– Lisette est arrivée. Elle m'a tirée de la nuit. Sans elle, je ne sais pas…

– Quel jour ? Dis-moi. Je sais seulement que c'est un garçon.

– Le 4. Dans la nuit. Le 4 août. Il te ressemble. C'est toi, tellement toi…

– Je t'en ai parlé plusieurs fois, mais très vite. Les chevaux noirs, tu te souviens ?

– Ugo. Je criais : Ugo. Tu m'entendais ?

– C'est Josef, surtout. Il refusait de laisser partir ma mère.

– J'ai parlé à Tomas, en t'attendant cette nuit. Je lui ai dit que j'étais en paix avec lui.

– Je pleurais en arrivant à Sesana.

Il essaie de mettre de l'ordre.

– Cet homme me voyait pleurer. Il n'osait rien dire. J'étais injuste. Comme si c'était lui qui avait tiré. Je le regardais avec haine. Il m'avait caché dans sa cave. Toujours dans des caves, avec des barreaux devant le soupirail. J'appelais Tomas. Je n'acceptais pas qu'il soit mort. J'aimais Tomas. C'était mon frère. On n'aime pas toujours ses frères. Josef, par exemple, il est comme moi, c'est à nous confondre, exactement le même visage, la même voix, tu nous entendrais la nuit, tu ne saurais pas qui est lui et qui est moi, mais Josef, c'est un étranger. Nous ne savons rien l'un de l'autre. En revanche, Tomas… C'était lui, tu sais, dans l'île Saint-Louis, je t'ai dit que c'était un homme qui ressemblait à Tomas, mais je t'ai menti. Je t'ai beaucoup menti. La nuit où je t'ai raconté Maria, la tempête et le navire qui a sombré, je te demandais : m'aimes-tu encore ? Aujourd'hui, je ne te le demande pas. Tu ne m'aimes plus…

– Ugo…

– Non, tu aimes le Ugo d'autrefois. Il faut tout recommencer maintenant. Tu vas comprendre.

Il cherche ses mots. Il y a trop longtemps qu'il ne lui a pas parlé.

– J'avais onze ans, lorsqu'ils ont arrêté mon père. Josef en avait six, Maria quatre. Mais Tomas déjà dix-huit. C'était un homme ! C'est lui, tout de suite, qui a pris la place de mon père. Il avait l'autorité, la force. Nous avions deux maisons. Une à Budapest, le long du Danube, qui servait l'hiver, à cause des écoles. Mais notre vraie maison, c'était sur le bord du Balaton. Avec des immensités de prairies, de champs et de bois autour. C'est un pays avec des saisons très marquées, des hivers très froids, des étés très chauds. La terre connaît tous les excès. Chaque année elle meurt vraiment, en hiver. Et puis, le printemps, c'est une folie. C'est tous les ruisseaux qui dégèlent, les bourgeons qu'on entend s'ouvrir. Oh, si je te parle de mon pays…

Il regarde Noële roulée en boule sur la couchette, comme une enfant entre deux trains, dans la salle d'attente d'une gare. Il a le sentiment que c'est elle qui revient, après un long voyage. Qu'il est venu l'attendre à la frontière.

– Tu te souviens, aux Quatre Vents ? J'étais jaloux de toi. Tu me promenais dans tes forêts, dans tes prairies, comme si c'était ton royaume, et j'étais jaloux. Je me disais que j'avais un pays, moi aussi, une enfance, moi aussi, des souvenirs gravés sur des arbres. Je te l'ai dit un jour : « Moi aussi, j'étais un enfant heureux… » Tu te souviens ?

Elle lui tend la main.

– Si je n'avais pas été aux Quatre Vents, je n'aurais pas suivi Tomas. Il a cru que je le suivais pour embrasser ma mère. C'était ce qu'il voulait. Tous ces hommes l'un après l'autre qu'il envoyait vers moi, c'était pour que j'aille embrasser ma mère. Quand j'ai dit à Tomas que j'acceptais de le suivre, il ne pouvait pas comprendre. Ce n'est pas pour ma mère que je suis retourné chez moi, c'est pour toi et moi. Quand je t'ai connue, quand je t'ai aimée…

Il est à genoux contre la couchette.

– … J'étais un exilé. Je t'ai tout demandé. D'être mon pays, mon enfance, mes parents. J'étais avide. J'avais besoin que tu remplaces tout ce que j'avais perdu. Ce n'était pas t'aimer. C'était tout attendre, et ne rien offrir. C'était toi la sécurité, la confiance. Je t'aimais comme il ne fallait pas t'aimer…

Il cache son visage contre la couverture. Elle pose sa main sur ses cheveux. Elle songe à l'enfant qui les attend, et qui va connaître son père. Jusqu'ici, elle pensait qu'elle avait deux enfants. Maintenant, ils seront comme un père et un fils.

– Aux Quatre Vents, pendant tous ces jours, je comprenais qu'il fallait que je sois ton égal. Que je me réconcilie avec ma terre. Alors, mais seulement alors, je pourrais revenir vers toi. Tomas est venu. J'ai suivi Tomas.

Le bateau semble tourner sur lui-même. Les eaux sont grises et noires. Derrière le hublot il y a des lignes disjointes. Est-ce le jour, la nuit ? De temps en temps, la sirène jette un cri sourd.

– Je dormais.

Noële ouvre les yeux. Ugo est allongé par terre, la tête dans ses bras repliés. Elle sort sans bruit. Quelqu'un, debout dans l'entrepont, vient vers elle.

– Père...

Elle voudrait lui dire merci, d'être là si patient, si effacé. Elle lui sourit.

– J'ai faim.

– Viens !

Il l'accompagne dans la petite salle à manger de cuivre et d'acajou.

– Juste une pomme.

Elle en prend une, mord dedans. Le jus de la pomme dans la bouche, acide et sucré en même temps. Tout, dans cette journée, lui paraît nouveau.

– C'est bon, dit-elle. Quand arriverons-nous ?

– Cette nuit, je pense, si la mer n'est pas plus forte.

Elle sort de la salle à manger, regagne sa cabine. Ugo est assis par terre.

– Tu as vu ? demande-t-il.

Il tend sa main ouverte. Sa main droite. Apparaît une longue cicatrice à la base des doigts, en travers de la paume.

– Je pourrai peut-être jouer encore. Je ne sais pas. Il faudra que je réapprenne.

Il rit un peu.

– Il y a des compositeurs qui ont écrit pour la main gauche seulement.

Il la fait asseoir à côté de lui. Ce qu'il a à dire maintenant, c'est le plus difficile.

– Pour ma mère, il faut que tu saches. Ce n'est pas moi qu'elle attendait. Ce n'est pas Maria. Le jour où mon père a été arrêté, elle a cessé de vivre. Son corps est resté pour nous, dans la maison. Son apparence. Mais le soir lorsqu'elle nous embrassait, elle avait des lèvres froides. C'était si beau, leur amour ! Comment t'expliquer ? Mon enfance, c'est leur amour dans la maison. Mon père était très grand, très mince, souvent à cheval, avec des cravaches, des bottes... Elle était le contraire de lui, fragile, silencieuse. Quand je pense à elle, c'est toujours avec des lampes, des flammes dans des globes de verre, qu'elle tenait à la main. Dès que le soir venait, elle allait d'une fenêtre à l'autre, guettant le pas du cheval, et, du plus loin qu'elle l'entendait, elle levait les lampes très haut, comme un signe, pour que mon père sache qu'elle l'attendait.

Il penche la tête un instant.

– J'aurais dû avoir le courage de tout te dire, sur la plage d'Ithaque. Elle a gardé la petite fille contre elle, pendant deux jours, et les hommes sont venus pour l'emporter. Alors, elle a crié. Et je me suis enfui. Ce cri...

Il cherche des mots.

– Elle refusait la mort de Maria. C'était un chagrin de trop, un chagrin qui l'obligeait à ne plus penser à mon père, à souffrir d'une autre absence ! Elle m'a chassé, pour que sa douleur disparaisse en même temps que moi, pour qu'il n'y ait plus rien, ni Maria, ni moi, qu'elle se retrouve dans son désert. Ce ne sont pas les hommes qui ont emporté le corps de la petite fille, c'est moi. En fuyant, c'est ce corps que j'emportais, et le cri de ma mère, et le peu de raison qui lui restait. Et ma mère est devenue folle.

Il répète tout bas :

– Folle...

Comme s'il ne savait pas le sens de ce mot.

– Elle était ma mère. J'aimais son visage au-dessus de mon lit le soir, et sa voix dans la maison, quand je rentrais de classe. Elle était debout près du piano, elle écoutait les yeux un peu fermés, la musique sur les lèvres. Je suis revenu un soir à la maison, il y avait eu une tempête sur le Balaton, et ma mère, à cause de moi, est devenue folle.

Il reste un long moment silencieux.

– Quand je me suis trouvé seul à Sesana j'ai pensé à toi, qui m'attendais, et à ma mère qui attendait. Je me suis dit que tu étais plus forte qu'elle, parce que tu allais avoir un enfant. Alors, c'est vers elle que je suis parti. Il fallait qu'elle me regarde et qu'elle me reconnaisse, et que Maria dorme près d'elle, en paix. Je pensais à toi, tout me tirait vers toi, mon amour, mon impatience, ma faim de toi, l'enfant, ces jours qui n'en finissaient pas où je ne pouvais plus te voir et te prendre dans mes bras, et t'entendre parler. Mais je disais : non. Je ne peux pas revenir tant que ma mère est devant la porte et qu'elle m'a chassé de chez moi. Tant que je suis un exilé.

Il serre Noële dans ses bras, brusquement.

– Je t'aimerai mieux maintenant. J'apprendrai. Tu étais toujours en péril avec moi. Je partais, je prenais des bateaux, je disparaissais. Parce qu'il y avait ce cri de ma mère. Et toi tu avais peur, en ouvrant les yeux chaque matin, de ne plus me trouver près de toi. Mais tu verras, c'est fini. Ma maison, c'est toi.

Il cherche sa main, y appuie ses lèvres, puis tout le visage dans la paume ouverte.

– A Sesana, je ne savais rien. J'interrogeais le cordonnier, mais il ne savait rien non plus. Juste le nom du passeur, celui qui devait me conduire en Hongrie. Mon frère aîné, qui me prenait sur ses épaules autrefois, n'était plus là pour m'aider. Il y avait une nuit fermée devant moi. Il fallait que j'entre dans cette nuit, que j'y trouve mon chemin. J'étais dans une cave, dans le noir. Je me suis dit que mon père était dans une prison, lui aussi, depuis des années. Il fallait que je sache où il était, que j'aille le chercher, que je me présente devant ma mère avec lui, puisque Tomas n'était plus là. Il fallait que mon père revienne.

Il ajoute, après un temps très long:

– Il est revenu. Trois mois si longs. Mais il est revenu.

Il s'endort, en une seconde, les yeux si lourds qu'il ne sait plus les ouvrir. Il dort de tout le poids de ces nuits qu'il raconte, au fond des caves, à regarder les barreaux devant le soupirail. Le bateau avance par à-coups, entre les nuages, si bas sur la mer qu'il semble que ce soit déjà le rivage. Des îles, peut-être. Noële se lève et regarde. Mais il fait sombre, elle ne voit rien. Ugo se réveille d'un coup, observe autour de lui. Il a cru, pendant une brève seconde, qu'il était de nouveau dans la cave de Sesana. Noële est avec lui.

– Pourquoi ont-ils arrêté ton père? demande-t-elle.

Il se met à parler un peu comme un élève qui a appris une leçon, et ne l'a pas vraiment comprise. De la Hongrie d'autrefois, de son père, qui était un seigneur, avec beaucoup de fermes et des villages entiers qui dépendaient de lui. Il parle de 1939, de l'Allemagne. Il parle d'années qu'il n'a pas vécues, d'avant sa naissance. L'alliance de la Hongrie avec les Allemands. La guerre. La défaite. L'arrivée des troupes russes.

– Quand je suis né, dit-il, toutes les femmes de mon pays étaient en noir. Elles portaient le deuil d'un mari, d'un frère, d'un fiancé. Il y avait eu la guerre, il y avait eu les déportations. Les hommes, on n'en voyait jamais.

Son père était là, pourtant. Il aimait trop sa terre pour accepter les aventures où le gouvernement du régent Horty entraînait ses armées. Très vite, il s'était enfoncé dans les forêts. Les premiers mouvements de partisans s'organisaient. Ses domaines comportaient tant de bois et de marais qu'il y était en sécurité. Il avait entraîné sa femme dans ses retraites. Elle s'était découvert une volonté qui la surprenait elle-même. C'est dans ces années-là que leur amour était devenu si beau. Jusque-là, et son père le reconnaissait plus tard avec un peu de honte, lorsqu'il en parlait à ses fils, ils étaient heureux avec trop de facilité, donnant des fêtes, avec des jardins illuminés, des violons dans les taillis, des barques sur le lac, et la fierté naïve d'être jeunes, de s'habiller comme à la cour, et d'avoir des chiens. Ils ne s'aimaient qu'avec plaisir. Pendant quatre ans, ils avaient appris à s'aimer dans le silence des maquis, anxieux d'une heure à l'autre, toujours en danger, s'émerveillant de la patience du destin. C'est de ces années qu'était venue l'habitude des lampes, comme un souvenir des attentes où il était interdit de faire signe de loin. Puis on avait offert à M. Luckas une place dans le nouveau gouvernement. Ses années de résistance le désignaient de droit. Il avait refusé. Il s'était battu pour sa terre. Il voulait y rester. Il avait obtenu qu'on la lui conserve, proposant lui-même des réformes nécessaires. Mais il se voulait hongrois. Il acceptait mal une tutelle où son pays était à l'étroit. Le même mouvement de cœur qui l'avait poussé dans ses forêts le conduisait peu à peu vers d'autres espérances. Il avait renoué les liens souterrains, avec une impatience trop vive, et qui l'avait perdu.

– Il a été arrêté. Un an plus tard commençait l'insurrection.

Il prend Noële dans ses bras, la porte jusqu'à la couchette, pose la couverture sur ses jambes.

– Le cordonnier de Sesana m'a fait traverser la Yougoslavie dans sa voiture. Le dernier passage, c'était une maison, dans une clairière. L'homme qui m'attendait m'a regardé longtemps. Il avait l'air de tourner autour de quelque chose qui lui faisait peur. Nous devions passer à deux heures du matin. J'étais assis sur une chaise, dans la cuisine. L'homme était vieux, avec des cheveux très blancs, des yeux très clairs. Il s'est décidé à parler : « Je n'ai pas le droit, me dit-il, jamais je n'interroge, mais Luckas, je voudrais savoir. Il y avait un homme de ce nom, près du Balaton. » J'ai répondu que c'était mon père. « Vous lui ressemblez », m'a-t-il dit. Il m'a parlé de mon père. Il l'avait connu pendant la résistance. Il était alors ouvrier agricole. Il en gardait un souvenir émerveillé. « Ce n'était pas seulement un seigneur, disait-il, c'était un monsieur. » Il a parlé très longtemps, et moi j'interrogeais, je découvrais ce que je croyais savoir, ce que mon père nous avait souvent raconté. Mais c'étaient d'autres mots, d'autres histoires. Au petit jour, nous parlions encore, le passage était compromis, mais j'avais changé mes projets. J'avais décidé de rester chez cet homme, jusqu'à ce qu'il m'ait aidé à retrouver mon père. Par son mariage, le passeur était devenu frontalier. Il vivait dans cette maison depuis tant d'années qu'on ne l'inquiétait pas. Il était veuf. Il allait tous les jours travailler en Hongrie. Je me suis caché chez lui. Et je l'ai envoyé à Budapest, chez mon professeur de piano. Cet homme que M. Vaindrier a été voir. Celui qui t'a fait parvenir la lettre.

Noële cherche dans la poche de son manteau. Le papier est là. Elle le sort, le déplie. *Mon amour.*

Un coup contre la porte. Ugo va ouvrir.

– Nous serons à Athènes dans une heure, dit Yannis Karrassos à mi-voix.

– Yannis…

Ugo découvre brusquement qu'il est là. Il n'y avait plus pour lui que Noële. Il a un mouvement de joie inattendu, lui saisit le bras.

– Le vin, tu te souviens? Le vin a dit vrai. C'est un garçon. Tu es grand-père, et tu ne me parles pas de ton petit-fils.

Ils sont si perdus de fatigue, et d'anxiété, et de nuits trop longues, qu'ils rient ensemble comme des enfants.

– Il ne te ressemble pas, dit Yannis. C'est à moi. A moi qu'il ressemble! Demande à sa mère. Il est déjà grand, il aura ma taille, il monte dans les hélicoptères avec moi, il visite mes chantiers, il donne des ordres. Ce n'est pas ton fils, Ugo, mon petit Ugo, c'est mon fils à moi.

Ils sont entraînés par les mouvements du navire, d'une paroi à l'autre, comme deux hommes ivres, et c'est la joie d'être ensemble, à parler de l'enfant.

Noële regarde une fois encore le papier: *Mon amour.*

– Père, dit-elle, restez avec nous. Ce que Ugo raconte, il faut que vous l'entendiez.

Ugo referme la porte et reprend son récit. Maintenant, il dit tout très vite, parce qu'il faut que le récit s'achève avant que la terre n'apparaisse. Il dit le lien qui s'est créé tout de suite entre son vieux professeur et lui, par l'entremise du frontalier. Il dit l'acharnement avec lequel le vieil homme a fait ses enquêtes, découvrant patiemment la vérité sur M. Luckas. Des années de cellule, un vieillissement de tout l'être, un poison du sang dû à l'éloignement d'une femme qu'il ne supportait pas de ne pas retrouver chaque soir. La maladie enfin, qui lui permet de sortir de cellule, le pousse vers une sorte d'asile, aux confins du pays. La liberté semble moins lointaine, car à travers un volet soulevé, il découvre un jardin et un mur. Ugo reste chez le frontalier. Il sait que son professeur va tout mettre en œuvre pour obtenir que cet homme et cette femme, son père et sa mère, soient réunis. Il a des appuis, il fait des démarches. C'est long, difficile. Il finit par convaincre. C'est Mme Luckas qui fera la route. La porte s'ouvrira pour elle. Dans le silence de la chambre au volet soulevé, ils pourront enfin se rejoindre.

– C'est à ce moment-là qu'est arrivé M. Vaindrier, à ce moment-là que le hasard l'a conduit chez mon professeur. Il n'a pas su s'il avait le droit de parler. Il est venu me retrouver chez le frontalier. J'étais déchiré pour toi. J'aurais voulu tout pouvoir te dire! Mais il me restait une chose à faire. Alors, je t'ai simplement fait dire que j'étais vivant.

Il a froid, soudain.

– Je me suis mis en route un matin. J'ai quitté la maison du frontalier. J'ai été chez mon frère Josef. Je suis arrivé vers la fin de l'après-midi. J'ai frappé à la porte. Je ne voulais pas regarder aux fenêtres. Je ne voulais pas apercevoir, derrière le rideau, l'ombre de ma mère. J'ai frappé encore une fois, parce que personne ne venait ouvrir. Aucun bruit dans la maison. Pourtant, je savais que Josef était là, et sa femme, et sa petite fille. Comme on n'ouvrait toujours pas, j'ai poussé la porte, et je me suis aperçu qu'elle n'était pas fermée. Je suis entré. La première porte était celle d'un salon. J'ai regardé, et...

Ugo cache sa tête dans ses mains.

– Yannis, tu l'as vue, toi aussi. De dos, c'est une jeune fille. Elle a remis ses robes d'autrefois.

– Je l'ai vue, Ugo. Elle s'est retournée. Elle est venue vers moi. C'est une jeune fille, très belle. Elle avait seize ans.

– Non...

Il regarde devant lui, comme si sa mère était là, debout, devant le hublot ouvert sur la nuit.

– Non, Yannis, pas seize ans. Je l'ai cru. Elle était debout. Je la voyais de dos. J'ai crié: «Mère!...», parce que c'était comme un miracle. Toutes les années effacées, et cette jeune fille si belle, comme l'aimait mon père du temps de leurs fiançailles, avec les robes et les coiffures. J'ai crié: «Mère!...» et j'ai voulu la remercier d'être aussi belle. Mais elle s'est retournée, Yannis. Elle m'a regardé... Ce visage levé vers moi, ce regard vide. Pas une vieille femme, pas même. Une morte. Avec l'habitude de tenir debout. On aime le visage de sa mère. Le regard de sa mère. Et j'avais devant moi une morte, qui me dévisageait sans me voir. Je voulais l'embrasser, mais je n'ai pas pu. J'ai retrouvé les mots d'autrefois, la langue que nous parlions dans la maison de famille. Depuis des années sans prononcer un mot de hongrois, soudain tout me revenait. J'ai parlé lentement. Son regard était posé sur mes lèvres. «Mère, tu m'as chassé de ta maison...» Elle regardait mes lèvres. Elle essayait de lire les mots. «Tu m'as chassé, et depuis je ne vis pas. Aide-moi. Aide-moi à vivre!» Je sentais qu'elle s'éveillait lentement. Ses yeux n'étaient plus aussi vides. Il y venait une lueur, quelque chose de noir, qui bougeait. J'ai fait un pas vers elle. J'ai redit les mêmes mots, en articulant bien, pour qu'elle finisse par entendre. «Tu m'as chassé, mère...» Elle a levé une main. Si longue, si belle. J'ai vu ce qui était noir dans son regard, et qui devenait le souvenir d'un cri. Je suis tombé à genoux, j'ai serré ses jambes. Elle s'est débattue.

Mais j'avais les deux bras autour de ses jambes. J'ai dit: «Maria Maria, Maria...», plusieurs fois. J'ai senti sa main sur mes cheveux ses doigts qui s'accrochaient à mes cheveux. Ce qui montait en elle cette chaleur qui venait de moi, de ses jambes, qui montait peu à peu, qui touchait le cœur, qui forçait les lèvres à s'ouvrir, c'était mon nom. *Ugo!* Elle a dit: *Ugo*, comme quelqu'un qui appelle au secours *Ugo*... Elle tenait mes cheveux. C'était une caresse, la première, depuis tant d'années. Elle a dit, très doucement: «Maria...», comme un secret dont on se délivre. Et puis, elle a fermé les yeux. J'ai vu ses larmes. J'ai su que j'étais pardonné. Je me suis relevé. Je lui ai dit que nous allions partir ensemble, que je l'emmenais jusqu'à l'asile où mon père l'attendait. Que tout était prévu. Que son attente était terminée. Elle m'écoutait. Elle comprenait tout ce que je disais. Elle comprenait qu'elle n'avait plus longtemps à être seule. Alors, une voix derrière moi a dit: non. Je me suis retourné. Josef était sur le seuil. Il m'a dit: «J'ai accepté que tu viennes. Je me suis enfermé dans une chambre au fond, pour que tu sois seul avec elle. Maintenant, va-t'en. Celui qui la soigne, c'est moi. Regarde-la. Elle est calme, les autres jours.» J'ai expliqué à Josef ce que j'avais déjà expliqué à ma mère, que j'avais retrouvé notre père, qu'on lui avait accordé l'autorisation d'avoir sa femme avec lui, que tout était arrangé. Josef s'est obstiné. Alors, je me suis battu avec lui. Josef est fort. Il est plus jeune que moi, mais il est fort! C'est un homme de la terre. Nous nous battions, quand nous étions enfants, par jeu. Souvent, il gagnait. Ce jour-là, nous nous sommes encore battus. Il revenait des champs. Il avait gardé ses bottes et ses éperons. J'ai gagné. J'ai fini par gagner. Mais sur les éperons...

Il ouvre sa main, montre la cicatrice.

– J'ai pris ma mère par la main, et je l'ai fait sortir de la maison de Josef. La voiture était toujours là. Je suis monté dedans, avec ma mère. Nous sommes allés jusqu'à la gare, qui est loin de la maison. Le train était pour le lendemain matin. Nous sommes restés toute la nuit dans la salle d'attente. Ma mère dormait, la tête droite. Il n'y avait plus rien de tout ce masque qu'elle se faisait si soigneusement chaque matin. Ses cheveux étaient vraiment gris. Au petit matin, le train est arrivé. Au terme du voyage, nous sommes allés jusqu'à la porte de l'asile. Je ne suis pas entré. Je n'avais pas le droit. J'ai tenu ma mère par la main. Je lui ai baisé la main longuement, parce que c'était une jeune fille et que je ne pouvais pas la prendre dans mes bras. Le seul homme qui avait le droit de l'embrasser était dans sa chambre, au premier étage. Je voyais le volet, et il attendait. Une femme a fait signe à ma mère, la porte s'est refermée. Je suis reparti en courant. La nuit, je suis allé chez mon professeur. J'ai écrit deux mots sur un papier parce que j'étais comme mon père, j'avais un poison dans le sang qui était ton absence. J'ai écrit *mon amour*, puis je suis revenu chez le frontalier, et j'ai préparé mon retour par les mêmes passages.

Il y a une lumière dans le hublot, qui tourne, une balise. La cabine est dans la nuit, puis dans la lumière, et de nouveau dans la nuit. Ugo appuie son front sur la main de Noële.

– Maintenant, dit-il, si tu veux bien encore de moi, je pourrai apprendre à t'aimer.

CHEZ LE MÊME ÉDITEUR

Collection "Romans"

LA MALÉDICTION DE RÊ
par Michael Asher

•

L'HOMME DE FEU
par Francesca Y. Caroutch

•

LE PEINTRE DE LA REINE
par Geneviève Chauvel

•

CHANT D'ADIEU
par G. Y. Dryansky

LES LARMES D'ISIS
par Barbara Erskine

L'ÉTÉ DES FONTANILLES
par Jean-Luc Fabre

POUR L'AMOUR D'ANTONIA
par Marie-Ange Faugérolas

LA CRYPTE DES TEMPLIERS
par Marie-Ange Faugérolas

•

L'OISEAU DE SAINT-NY
par Juliane Georges

•

LE CHIRURGIEN DU ROI
par Gérard Hubert-Richou

•

LE RETOUR À KERNOÉ
par Mireille Lesage

•

L'ENVOL DE CLÉMENCE *
par Mireille Lesage

•

CLÉMENCE ET LE RÉGENT **
par Mireille Lesage

•

CLÉMENCE À L'HEURE DU CHOIX ***
par Mireille Lesage

•

AU CREUX DE L'HIVER
par Lisa Rivers

•

LE DIVAN DES MORTS
par Lisa Rivers

CHEZ LE MÊME ÉDITEUR

La Citadelle des Ombres *
La Citadelle des Ombres **
par Robin Hobb

•

L'Assassin royal
par Robin Hobb

L'APPRENTI ASSASSIN (t. 1)
L'ASSASSIN DU ROI (t. 2)
LA NEF DU CRÉPUSCULE (t. 3)
LE POISON DE LA VENGEANCE (t. 4)
LA VOIE MAGIQUE (t. 5)
LA REINE SOLITAIRE (t. 6)
LE PROPHÈTE BLANC (t. 7)
LA SECTE MAUDITE (t. 8)
LES SECRETS DE CASTELCERF (t. 9)
SERMENTS ET DEUILS (t. 10)

L'un des chefs-d'œuvre de la littérature fantastique du XXe siècle, qui allie l'élégance de l'écriture à un talent romanesque fascinant.

•

Les Aventuriers de la Mer
par Robin Hobb

LE VAISSEAU MAGIQUE *
LE NAVIRE AUX ESCLAVES **
LA CONQUÊTE DE LA LIBERTÉ ***
BRUMES ET TEMPÊTES ****

•

Le royaume de Tobin
par Lynn Flewelling

Saluée par Robin Hobb, une grande saga de fantasy.

LES JUMEAUX *
LES ANNÉES D'APPRENTISSAGE **

•

Le Trône de Fer
par George R.R. Martin

LE TRÔNE DE FER (t. 1)
Prix Locus 1997
LE DONJON ROUGE (t. 2)
LA BATAILLE DES ROIS (t. 3)
L'OMBRE MALÉFIQUE (t. 4)
L'INVINCIBLE FORTERESSE (t. 5)
LES BRIGANDS (t. 6)
L'ÉPÉE DE FEU (t. 7)
LES NOCES POURPRES (t. 8)
LA LOI DU RÉGICIDE (t. 9)

•

La Tapisserie de Fionavar
par Guy Gavriel Kay

Une trilogie fantastique couronnée dans le monde entier par de nombreux prix littéraires.

L'ARBRE DE L'ÉTÉ *
LE FEU VAGABOND **
LA VOIE OBSCURE ***

CET OUVRAGE
A ÉTÉ ACHEVÉ D'IMPRIMER
SUR ROTO-PAGE
PAR L'IMPRIMERIE FLOCH
À MAYENNE EN JUIN 2004

N° d'impr. 60349. N° d'éd. 880. Dépôt légal : juin 2004.
Imprimé en France